MIRA®

Der Preis dieses Bandes versteht sich einschließlich
der gesetzlichen Mehrwertsteuer.

Umwelthinweis:
Dieses Buch wurde auf chlor- und säurefreiem Papier gedruckt.

Kat Martin

Perlen für die Herzogin

Roman

Aus dem Amerikanischen von
Alexandra Kranefeld

MIRA®

MIRA® TASCHENBUCH
Band 25345
1. Auflage: Januar 2009

MIRA® TASCHENBÜCHER
erscheinen in der Cora Verlag GmbH & Co. KG,
Valentinskamp 24, 20350 Hamburg
Deutsche Taschenbucherstausgabe

Titel der nordamerikanischen Originalausgabe:
The Handmaiden Necklace

erschienen bei: Mira Books, Toronto
Published by arrangement with
HARLEQUIN ENTERPRISES II B.V./S.àr.l.

Konzeption/Reihengestaltung: fredebold&partner gmbh, Köln
Umschlaggestaltung: pecher und soiron, Köln
Redaktion: Bettina Steinhage
Titelabbildung: Harlequin Books, S.A.
Autorenfoto: © by Harlequin Enterprise S.A., Schweiz
Satz: Buch-Werkstatt GmbH, Bad Aibling
Druck und Bindearbeiten: CPI – Ebner & Spiegel, Ulm
Printed in Germany
ISBN 978-3-89941-561-2

www.mira-taschenbuch.de

1. KAPITEL

London, Mai 1806

Es ist doch wirklich ein Jammer …" Cornelia Thorne, Lady Brookfield, stand im prächtigen Ballsaal des Chesterfield Hotels. „Sieh nur, wie er mit ihr tanzt – völlig gelangweilt. Sie ist ja auch ein unscheinbares Ding … und ganz in Ehrfurcht vor dem Duke erstarrt."

Miriam Saunders, die Duchess of Sheffield, hob ihr Augenglas, um ihren Sohn Rafael, den Duke of Sheffield, zu betrachten. Miriam und ihre Schwester Cornelia besuchten mit Rafael und seiner Verlobten, Lady Mary Rose Montague, einen Wohltätigkeitsball, dessen Erlös der *Londoner Gesellschaft für Witwen und Waisen* zugute kommen sollte.

„Das Mädchen ist doch ganz reizend", wandte die Duchess ein. „Blond und zierlich. Sie ist einfach ein wenig schüchtern." Ihr Sohn, der Duke, war ein hochgewachsener, dunkelhaariger Mann, dessen Augen noch blauer waren als die seiner Mutter. Er war zudem ein unglaublich gut aussehender Mann, der mit seiner kraftvollen Ausstrahlung die junge Frau, die er sich zur Braut erwählt hatte, förmlich zu erdrücken schien.

„Zugegeben, sie ist hübsch …", erwiderte Cornelia, „… auf ihre blasse, makellose Weise. Trotzdem ist es ein Jammer."

„Rafael kommt endlich seiner Pflicht nach. Es wäre schon längst an der Zeit gewesen, dass er sich eine Frau nimmt. Und wenngleich die beiden nicht so gut zueinander passen, wie ich es mir für ihn gewünscht hätte, so ist das Mädchen doch jung und kräftig und wird ihm einige gesunde Söhne schenken." Aber wie ihrer Schwester entging auch Miriam nicht der leere, gelangweilte Ausdruck im Gesicht ihres Sohnes.

„Erinnerst du dich noch daran, wie er früher war?", fragte

Cornelia ein wenig wehmütig. „Voller Ungestüm und Lebenslust ... und jetzt? Stets zurückhaltend und immer beherrscht. Ich vermisse den lebhaften jungen Mann, der er einmal war."

„Menschen verändern sich, Cornelia. Rafe hat sehr schmerzlich erfahren müssen, wohin ungezügelte Gefühle führen können."

Cornelia, die sehr dünn, fast sechs Jahre älter als die Duchess und bereits ergraut war, schnaubte verächtlich. „Du denkst an den Skandal – wie könnte irgendjemand Danielle vergessen ...? Sie war tatsächlich eine Frau, die es mit Rafael aufnehmen konnte. Schade, dass sie uns so sehr enttäuscht hat."

Die Duchess warf ihrer Schwester einen warnenden Blick zu. Sie wollte nicht an die schrecklichen Ereignisse erinnert werden, die sie alle wegen Rafes früherer Verlobten, Danielle Duval, hatten durchstehen müssen.

Nach dem Ende der Musik strömten die Paare von der Tanzfläche. „Pst!", zischte Miriam eindringlich. „Rafe und Mary Rose kommen zu uns herüber." Das Mädchen war einen ganzen Kopf kleiner als der Duke und mit ihrem blonden Haar, den blauen Augen und dem hellen Teint die vollkommene Verkörperung englischer Schönheit. Zudem war sie die Tochter eines Earls und verfügte über eine sehr beachtliche Mitgift. Miriam konnte nur hoffen, dass ihrem Sohn mit diesem Mädchen zumindest ein gewisses Glück beschieden war.

Rafe verneigte sich höflich und formvollendet. „Guten Abend, Mutter. Tante Cornelia."

Miriam lächelte. „Ihr seht heute Abend beide wundervoll aus." Und das taten sie wirklich. Rafe trug eine graue Hose und einen marineblauen Frack, der die Farbe seiner Augen unterstrich, und Mary Rose sah in ihrem mit winzigen Rosenblüten geschmückten weißen Seidenkleid ganz bezaubernd aus.

„Vielen Dank, Euer Gnaden", antwortete das Mädchen und machte einen artigen Knicks.

Miriam runzelte die Stirn. Täuschte sie sich, oder zitterte Mary Roses Hand, die sie auf Rafes Arm gelegt hatte, tatsächlich? Mein Gott, und dieses Kind würde bald eine Duchess sein! Miriam hoffte inständig, dass es ihr gelingen würde, dem Mädchen in den kommenden Monaten etwas mehr Selbstvertrauen einzuflößen.

„Möchten Sie gerne tanzen, Mutter?", fragte Rafe höflich.

„Vielleicht später."

„Tante Cornelia?"

Aber Cornelia sah wie gebannt zum Eingang des Ballsaals und schien in Gedanken ganz woanders zu sein. Miriam, Rafe und seine Verlobte folgten ihrem Blick.

„Wenn man vom Teufel spricht ...", murmelte Cornelia.

Miriams Augen weiteten sich ungläubig, und ihr Herz begann wild zu schlagen. Sie hatte in der korpulenten Frau, die gerade den Ballsaal betrat, sofort Flora Chamberlain, die verwitwete Countess of Wycombe, erkannt. Und nur zu gut erinnerte sie sich noch an die große, rothaarige Nichte der Countess ...

Verärgert kniff Miriam die Lippen zusammen und bemerkte, dass die Miene ihres Sohnes gleichfalls von Ungläubigkeit zu Wut wechselte, wodurch die kleine Kerbe in seinem markanten Kinn sich vertiefte.

Cornelia konnte ihren Blick nicht von den neuen Gästen abwenden. „Was für eine Dreistigkeit!"

Rafes Kiefermuskeln spannten sich, aber er sagte kein Wort.

„Wer sind die beiden?", wollte Mary Rose wissen.

Rafe ging nicht auf ihre Frage ein. Sein Blick blieb weiter auf die elegante Gestalt gerichtet, die ihrer Tante in den Ballsaal folgte. Während der letzten fünf Jahre hatte Danielle Duval zurückgezogen auf dem Land gelebt. Nach dem Skandal war sie von der besseren Gesellschaft geächtet worden und hatte die Stadt in Schande verlassen. Da ihr Vater tot war und ihre Mutter sie wegen der Vorkommnisse verstoßen hatte, war Danielle zu ihrer Tante Flora Chamberlain gezogen und bis zum heutigen Tag nicht nach London zurückgekehrt.

Die Duchess konnte sich nicht erklären, was Danielle nun wieder in der Stadt wollte oder warum sie sich ausgerechnet an einem Ort sehen ließ, wo sie so offensichtlich nicht willkommen war.

„Rafael ...?“ Lady Mary Rose sah mit besorgter Miene zu ihm auf. „Was ist los?“

Rafe sah starr geradeaus. In seinen durchdringenden blauen Augen blitzte etwas auf ... etwas Wildes und Leidenschaftliches, das Miriam seit bald fünf Jahren nicht mehr an ihrem Sohn wahrgenommen hatte. Dann atmete er tief durch und rang um Beherrschung.

Wieder gefasst, sah er zu Mary Rose hinunter und lächelte sie an. „Nichts, was Sie beunruhigen müsste, meine Liebe. Rein gar nichts.“ Er nahm ihre Hand und legte sie erneut auf seinen Arm. „Mir scheint, sie stimmen gerade ein Rondell an. Wollen wir tanzen?“

Ohne ihre Antwort abzuwarten, führte er sie auf die Tanzfläche. Miriam ahnte, dass es bei den beiden immer so sein würde – Rafe gab Anweisungen, und Mary Rose gehorchte ihm wie ein braves kleines Mädchen.

Die Duchess wandte ihre Aufmerksamkeit wieder Danielle Duval zu. Sie folgte ihrer Tante hoch erhobenen Hauptes durch den Saal, ließ sich nicht anmerken, dass sie die Blicke und das Getuschel durchaus wahrnahm, und bewegte sich mit der Grazie, die der Duchess gebührte, die sie einmal hätte sein sollen.

Dem Himmel sei Dank, dass ihr wahrer Charakter zum Vorschein kam, noch bevor Rafael sie geheiratet hatte! Und bevor er sich noch mehr in sie verliebte …

Die Duchess sah zu Mary Rose hinüber und dachte sich, was für eine fügsame Ehefrau sie doch abgeben würde – ganz anders als Danielle Duval –, und wurde auf einmal von tiefer Dankbarkeit ergriffen.

Von der hohen Decke des prachtvollen Ballsaals hingen kristallene Kronleuchter, die einen warmen Schein auf das glänzende Parkett warfen. Entlang der Wände standen große Vasen mit gelben Rosen und weißen Chrysanthemen. Alle, die Rang und Namen hatten, waren zu der Gala für die *Londoner Gesellschaft für Witwen und Waisen* erschienen und tanzten zur Musik des zehnköpfigen, in hellblaue Livreen gekleideten Orchesters.

Am Rande der Tanzfläche standen Cord Easton, Earl of Brant, und Ethan Sharpe, Marquess of Belford, mit ihren Frauen Victoria und Grace.

„Seht ihr auch, was ich zu sehen glaube?“, erkundigte sich Cord plötzlich und richtete seinen Blick auf die beiden Frauen, die am anderen Ende des Saals dicht an der Wand entlanggingen. Cord war ein stattlicher Mann von kräftiger Statur, mit dunkelbraunem Haar und goldbraunen Augen. Er und Ethan waren die besten Freunde des Dukes.

„Was fesselt dich denn so?“ Victoria Easton folgte seinem Blick.

„Danielle Duval“, stellte Ethan überrascht fest. „Ich kann kaum glauben, dass sie es wagt, sich hier sehen zu lassen.“ Ethan war genauso groß wie der Duke, schlank und breitschultrig, mit schwarzem Haar und sehr hellen blauen Augen.

„Oh, aber sie ist ja wunderschön …“ Grace Sharpe betrachtete die schlanke, rothaarige Frau ganz ergriffen. „Kein Wunder, dass Rafe sich in sie verliebt hat.“

„Mary Rose ist auch schön“, wandte Victoria ein.

„Ja, natürlich ist sie das. Aber Miss Duval hat etwas … seht ihr das nicht auch?“

„Sie hat wirklich etwas, dem stimme ich zu“, knurrte Cord. „Sie ist ein heimtückisches, gewissenloses Biest mit dem Herzen einer Schlange. Jeder hier weiß, was sie Rafe angetan hat, und sie ist alles andere als willkommen.“

Cord ließ seinen Blick über die Tanzenden schweifen, bis er den Duke entdeckt hatte, der seine zierliche, blonde Braut mit einer Aufmerksamkeit bedachte, die er ihr nie zuvor geschenkt hatte. „Rafe muss sie auch gesehen haben“, bemerkte Cord. „Verdammt! Warum nur musste Danielle nach London zurückkehren?“

„Was meinst du, wird Rafe tun?“, fragte Victoria.

„Sie nicht beachten. Rafe ist viel zu beherrscht, als dass er sich dazu herablassen würde.“

Danielle Duval sah starr geradeaus und folgte ihrer Tante. Sie steuerten den hinteren Teil des Saals an, wo Danielle den Blicken der meisten anderen Gäste entzogen sein würde.

Aus dem Augenwinkel nahm sie eine Frau wahr, die sich abrupt abwandte und ihr den Rücken zudrehte. Sie konnte hören, wie um sie herum getuschelt und über den Skandal geredet wurde. Warum um alles in der Welt hatte sie sich nur von ihrer Tante überreden lassen, hierherzukommen?

Aber Flora Chamberlain hatte es schon immer verstanden, andere von ihren eigenen Vorstellungen zu überzeugen.

„Die Wohltätigkeitsorganisation bedeutet mir alles, meine Liebe“, hatte sie erklärt. „Und du warst an all unserer guten Arbeit maßgeblich beteiligt und hast noch kein einziges Wort des Dankes gehört. Ich werde nicht ohne dich auf den Ball gehen. Bitte tu deiner Tante diesen kleinen Gefallen."

„Sie wissen, wie es für mich sein wird, Tante Flora. Niemand wird mit mir sprechen. Hinter meinem Rücken wird geredet werden. Ich weiß nicht, ob ich das noch einmal ertragen kann."

„Früher oder später musst du dich aus deinem Versteck wagen. Fünf Jahre sind bereits eine lange Zeit! Und du hast nie etwas getan, was es rechtfertigen würde, wie man dich behandelt. Es wird höchste Zeit, dass du deinen Anspruch in der Gesellschaft wieder geltend machst."

Da sie wusste, wie viel der Ball ihrer Tante bedeutete, hatte Danielle zögernd zugestimmt. Im Grunde hatte Tante Flora recht – es war an der Zeit, dass sie wieder den Platz einnahm, der ihr gebührte. Zudem musste sie nur die nächsten beiden Wochen in London verbringen. Danach würde sie nach Amerika und in ein neues Leben aufbrechen.

Danielle hatte den Heiratsantrag eines Mannes namens Richard Clemens angenommen. Clemens war ein reicher amerikanischer Geschäftsmann, verwitwet, mit zwei kleinen Kindern, den sie auf dem Land kennengelernt hatte. Als Richards Frau würde sich Danielles Wunsch nach einer eigenen Familie doch noch erfüllen, den sie längst aufgegeben hatte. Und weil sie wusste, dass am anderen Ende der Welt bereits ein neues Leben auf sie wartete, war es ihr gleich weniger schlimm erschienen, der Bitte ihrer Tante nachzugeben und sie auf den Ball zu begleiten.

Doch nun, wo sie tatsächlich dort war, wünschte Danielle sich von ganzem Herzen weit fort. Irgendwohin – nur hier wollte sie nicht sein.

Als sie den hinteren Teil des Ballsaals erreicht hatten, setzte sie sich auf einen der kleinen vergoldeten und mit Samt bezogenen Stühle, die an der Wand standen, und verbarg sich so gut wie möglich hinter einer großen Blumenvase. Tante Flora ließ sich von den feindseligen Blicken, mit denen sie beide bedacht wurden, nicht beirren, ging Früchtepunsch holen und kam wenige Minuten später mit zwei bis zum Rand gefüllten Kristallgläsern zurück.

„Hier, meine Liebe, trink das." Sie blinzelte Danielle zu. „Ich habe einen kleinen Schuss dazugetan, damit du dich ein wenig entspannst."

Danielle wollte bereits protestieren, dass sie durchaus keines Alkohols bedurfte, um den Abend zu überstehen, doch in diesem Moment fing sie erneut den feindseligen Blick einer Ballbesucherin auf … Danielle nahm einen tiefen Schluck Punsch.

„Als eine der Vorsitzenden dieser Veranstaltung", erklärte ihre Tante ihr derweil, „muss ich nachher eine kurze Rede halten. Ich werde alle Anwesenden um eine großzügige Spende bitten, meine Dankbarkeit für die bisherige Unterstützung zum Ausdruck bringen, und dann können wir gehen."

Letzteres konnte Danielle kaum erwarten. Obwohl sie vorher gewusst hatte, was sie hier erwarten würde – die Verachtung, die sie in den Gesichtern einstiger Bekannter wahrnahm, alte Freunde, die sie nun keines Blickes mehr würdigten –, schmerzte es sie dennoch mehr, als sie vermutet hatte.

Und dann war da noch Rafael.

Wie sehr hatte sie gehofft, dass er nicht hier sein würde! Tante Flora hatte ihr versichert, dass er wie in den Jahren zuvor lediglich eine große Spende machen würde. Doch nun war er hier … sah sogar noch besser aus, als sie ihn in Erinnerung gehabt hatte, und war von einer atemberaubenden Ausstrahlung kraftvoller Männlichkeit und aristokratischer Würde.

Dieser Mann hatte ihren Ruf ruiniert. Sie hasste ihn von ganzem Herzen.

„Ach du liebe Güte." Tante Flora wedelte mit ihrem bemalten Fächer vor ihrem runden, gepuderten Gesicht hin und her. „Ich habe mich geirrt. Es sieht ganz so aus, als ob Seine Hoheit, der Duke of Sheffield, doch anwesend ist."

Danielle biss kurz die Zähne zusammen. „Ja ... es sieht ganz so aus." Und sie wusste, dass er sie gesehen hatte, denn ihre Blicke waren sich einen kurzen Moment begegnet. Sie hatte Verärgerung in seinen Augen aufblitzen sehen, bis er sich wieder unter Kontrolle hatte und seine Miene erneut so ausdruckslos wurde, wie sie gewesen war, bevor er sie erblickt hatte.

Dafür spürte Danielle nun in sich selbst Wut aufsteigen. Nie zuvor hatte sie einen solchen Ausdruck in seinem Gesicht wahrgenommen, ihn so ruhig, vollkommen ungerührt und fast schon gleichgültig erlebt. Am liebsten hätte sie ihm diese herablassende Selbstgefälligkeit aus seinem viel zu gut aussehenden Gesicht geschlagen ...

Doch stattdessen saß sie auf ihrem Stuhl an der Wand, wurde von alten Freunden geschnitten, hörte Leute, die sie nicht einmal kannte, über sie tuscheln und wünschte sich nur, dass ihre Tante endlich ihre Rede halten würde und sie nach Hause fahren konnten.

Rafael brachte seine Verlobte zurück in die Obhut ihrer Eltern, dem Earl und der Countess of Throckmorton.

„Vielleicht würden Sie noch einen weiteren Tanz für mich freihalten", sagte Rafe zu der zierlichen Blondine und beugte sich galant über ihre Hand.

„Natürlich, Euer Gnaden."

Er nickte und wandte sich ab.

„Nachher spielen sie wieder einen Walzer", meinte Mary Rose. „Vielleicht könnten wir ..."

Aber Rafe war schon fortgegangen und in Gedanken bei

einer Frau, die gänzlich anders war als die, welche er zu heiraten gedachte. *Danielle Duval.* Allein der Klang ihres Namens genügte, um ihn zur Weißglut zu treiben. Er hatte Jahre gebraucht, um zu lernen, sein ungestümes Temperament zu zügeln und seine Gefühle zu beherrschen. Mittlerweile wurde er nur noch selten laut, und auch seine Wutanfälle gehörten der Vergangenheit an. Seine leidenschaftliche Natur war gezähmt und seit geraumer Zeit nicht mehr aus ihm hervorgebrochen.

Seit Danielle nicht mehr.

Danielle Duval zu lieben hatte ihn eine wertvolle Lektion gelehrt – er hatte einen hohen Preis dafür bezahlt, sein Herz und seinen Verstand von seinen Gefühlen regieren zu lassen. Wie eine Krankheit hatte die Liebe ihn schwach werden lassen und hätte ihn fast umgebracht.

Im hinteren Teil des Ballsaals sah er kurz Danielles leuchtendes Haar aufschimmern. Er konnte es kaum fassen, dass sie hier war. Wie konnte sie es wagen, sich nach allem, was geschehen war, hier zu zeigen!

Rafe war fest entschlossen, sie nicht weiter zu beachten, und ging zu seinen Freunden hinüber. Doch noch bevor er sie erreicht hatte, wusste er, dass auch sie Danielle bemerkt hatten.

Er nahm sich ein Glas Champagner von dem silbernen Tablett eines vorbeikommenden Dieners. „Nun …“, sagte er dann, „aus euren erstaunten Mienen schließe ich, dass ihr sie auch gesehen habt.“

Cord schüttelte den Kopf. „Kaum zu glauben, dass sie den Mut aufbringt, hierherzukommen.“

„Ihre Dreistigkeit ist nicht zu überbieten“, fügte Ethan finster hinzu.

Rafe sah kurz zu Grace hinüber, die ihn über den Rand ihres Champagnerglases aufmerksam musterte.

„Sie ist schön", bemerkte sie schließlich. „Ich kann nun verstehen, weshalb du dich in sie verliebt hast."

Seine Kiefermuskeln spannten sich. „Ich habe mich in sie verliebt, weil ich ein Idiot war. Aber ich habe den Preis für meine Dummheit bezahlt, und es wird nie wieder geschehen."

Victoria hob bei seinen Worten den Kopf. „Du willst doch nicht andeuten, dich nie wieder verlieben zu wollen?", fragte sie ungläubig.

„Genau das will ich."

„Aber was ist mit Mary Rose? Du wirst sie wohl zumindest ein bisschen lieben."

„Ich mag sie. Ich würde sie nicht heiraten, wenn es nicht so wäre. Sie ist eine reizende junge Frau von angenehmem Wesen, fügsam und mit einem hervorragenden Stammbaum."

Ethan verdrehte seine hellen blauen Augen. „Dürfte ich dich wieder einmal daran erinnern, mein Freund, dass wir hier von deiner zukünftigen Frau sprechen und nicht von einem Pferd?"

Cords Blick glitt erneut zu der rothaarigen Frau am anderen Ende des Saals. „Du schaffst es ja ganz vorzüglich, ihr die kalte Schulter zu zeigen. Ich weiß nicht, ob ich so gefasst sein könnte."

Rafe lächelte spöttisch. „So schwer ist das nicht. Die Frau bedeutet mir nichts – nicht mehr."

Aber erneut wanderte sein Blick über die Tanzfläche, bis er im Hintergrund kurz Danielles rotes Haar leuchten sah. Sogleich spürte er heiße Wut in sich aufsteigen. Es juckte ihn in den Fingern, den Saal zu durchqueren, Danielle bei den Schultern zu packen und sie mit aller Kraft zu schütteln. Solche Empfindungen hatten sich in ihm nicht mehr geregt, seit er Danielle das letzte Mal gesehen hatte – und das war fünf Jahre her.

Die Erinnerung an diesen Tag überkam ihn mit ungeahnter

Heftigkeit. Es war während einer mehrwöchigen Hausgesellschaft auf dem Landsitz seines Freundes Oliver Randall passiert. Er erinnerte sich wieder an die freudige Erwartung, die er bei dem Gedanken daran verspürt hatte, dass auch Danielle, ihre Mutter und ihre Tante unter den Gästen sein würden. Oliver Randall war der dritte Sohn des Marquess of Caverly, und Woodhaven, der Familiensitz, war ein wahrer Palast.

Der Aufenthalt auf dem Land war traumhaft gewesen. Rafe und Danielle hatten lange, müßige Nachmittage zusammen verbracht, abends miteinander getanzt und hin und wieder Gelegenheit gefunden, unbeobachtet zu sein. Dann, zwei Tage vor der geplanten Abreise, war Rafe eine von Danielle unterzeichnete Nachricht in die Finger gekommen. Das Schreiben war an Oliver gerichtet, schien gelesen und dann achtlos beiseitegeworfen worden zu sein.

Ich muss Dich sehen, Oliver. Nur Du kannst mich davor bewahren, einen schrecklichen Fehler zu machen. Bitte, ich flehe Dich an, komm um Mitternacht auf mein Zimmer. Ich werde auf Dich warten.
Deine Danielle

Rafe war zwischen Ungläubigkeit und Wut hin und her gerissen gewesen. Er liebte Danielle und hatte immer geglaubt, dass sie seine Gefühle erwiderte.

Kurz nach Mitternacht hatte Rafe an die Tür ihres Zimmers geklopft und dann den Knauf gedreht. Als er die Tür aufstieß, fand er seinen Freund im Bett mit seiner Verlobten … er lag nackt neben der Frau, die Rafe liebte.

Rafe konnte sich noch gut an die Welle der Übelkeit erinnern, die über ihm zusammenschlug, und an das entsetzliche, furchtbare Gefühl tief in seinem Innern, das ihm der Betrug verursachte.

Diese Empfindungen stiegen nun wieder in ihm empor, während die Musik im Saal zu einem Crescendo anschwoll. Rafe richtete seine ganze Aufmerksamkeit auf das Orchester. Er war fest entschlossen, die Geister der Vergangenheit zu vertreiben und die Erinnerungen zu begraben, wie er es schon vor fünf Jahren getan hatte.

Die nächste Stunde verbrachte er damit, mit den Ehefrauen seiner Freunde zu tanzen, dann tanzte er noch einmal mit Mary Rose. Eine der Organisatorinnen des Balls hielt eine kurze Rede, und als Rafe in ihr Flora Chamberlain erkannte, verstand er auch, weshalb Danielle heute Abend hier war.

Zumindest könnte die Anwesenheit ihrer Tante einer der Gründe sein.

Sollte sie noch andere haben, so würde er sie nie erfahren. Als die Musik wieder einsetzte, sah Rafe erneut über die Tanzfläche zum hinteren Teil des Saals.

Danielle Duval war nicht mehr da.

2. KAPITEL

Hast du bemerkt, wie er sie angesehen hat?" Victoria Easton, Countess of Brant, strich sich eine Locke ihres kastanienbraunen Haars zurück. Sie saß auf dem Brokatsofa im Blauen Salon des Stadthauses, in dem sie mit ihrem Mann und ihrem zehn Monate alten Sohn lebte. Claire, Lady Percival Chezwick, und Victorias beste Freundin Grace Sharpe, Marchioness of Belford, leisteten ihr Gesellschaft.

„Ja, das war wirklich allerhand", stimmte Grace zu. „Ich habe noch nie einen so leidenschaftlichen Ausdruck in seinen Augen gesehen."

„Wahrscheinlich war er nur wütend darüber, dass sie auf dem Ball erschienen ist", wandte Claire ein. „Ich wünschte, ich wäre dabei gewesen!"

„Stattdessen bist du lieber mit Percy zu Hause geblieben und hast weitaus Vergnüglicheres getan, als einen Wohltätigkeitsball zu besuchen", meinte Tory schmunzelnd.

Claire kicherte. Sie war die jüngste der drei Frauen, und auch nach ihrer Heirat wirkte sie oft noch ein wenig unbedarft. „Ja, wir hatten einen wundervollen Abend. Percy ist so ein Romantiker. Aber dennoch hätte ich gerne einmal eine wirklich verrufene Frau gesehen."

„Rafael tat mir leid", bemerkte Grace. „Er muss sie wirklich geliebt haben. Obwohl er sich bemüht hat, es zu verbergen, war er auch nach all den Jahren immer noch rasend vor Wut."

„Ja, und eigentlich verliert er nur sehr selten die Fassung", stellte Tory fest. Sie seufzte. „Es ist furchtbar, was sie ihm angetan hat. Aber ich wundere mich darüber, dass sie ihn so sehr hat täuschen können, denn an sich verfügt Rafe über eine ausgezeichnete Menschenkenntnis."

„Was genau hat sie denn getan?", fragte Claire und beugte

sich in ihrem Sessel vor.

„Cord hat mir erzählt, dass Danielle einen Freund von ihm in ihr Bett eingeladen haben soll. Rafe hat die beiden ertappt und die Verlobung gelöst. Alles fand recht öffentlich statt, und der Skandal hat ihn noch Jahre danach verfolgt."

Grace strich nachdenklich über den Rock ihres apricotfarbenen Musselinkleides. „Danielle Duval ist also der Grund, weshalb Rafe entschlossen ist, nicht aus Liebe zu heiraten." Vor einer Woche war Andrew Ethan, ihr kleiner Sohn, ein halbes Jahr alt geworden, aber Grace war bereits wieder so schlank wie eh und je.

In diesem Moment klopfte Timmons, und Tory bedeutete dem Butler einzutreten. Er rollte den Teewagen herein, stellte ihn neben dem Sofa ab und verließ dann wieder den Salon.

„Noch ist nicht alles verloren", meinte Tory zu Grace und beugte sich vor, um den dampfenden Tee in drei Porzellantassen mit Goldrand zu gießen. „Jetzt, wo du Rafael das Hochzeitscollier gegeben hast, gibt es vielleicht noch einen Hoffnungsschimmer."

Rafe war maßgeblich daran beteiligt gewesen, Grace und ihrem kleinen Sohn das Leben zu retten. Und weil sie wollte, dass ihr Freund genauso glücklich wurde, wie sie es mit Ethan geworden war, hatte sie dem Duke ein ganz besonderes Geschenk gemacht. Die Halskette war ein sehr altes Schmuckstück, das im dreizehnten Jahrhundert für die Braut Lord Fallons gefertigt worden war. Der Legende nach lastete ein Fluch auf der Kette, der besagte, dass sie entweder großes Glück oder aber unendliches Leid bringen könne – je nachdem, ob ihr Besitzer reinen Herzens war.

„Vermutlich hast du recht", stimmte Grace zu. „Rafe hat nun das Collier, und wir sollten hoffen, dass es ihm Glück bringt."

Claire ließ ihren Finger auf dem Rand ihrer Teetasse kreisen. „Aber was ist, wenn alles Gute, das dir und Tory geschehen ist, einfach nur Zufall war? Es könnte ja sein, dass die Kette gar nichts damit zu tun hat, oder?“

Tory seufzte, denn sie wusste, dass ihre Schwester recht haben könnte. „Das wäre natürlich möglich, aber …“ Tory dachte an die Zeit zurück, als die Brautkette ihr gehört hatte … und dachte an den wundervollen Mann, den sie geheiratet hatte, und an Jeremy Cordell, ihren kleinen Sohn, der glücklich und zufrieden im Kinderzimmer schlief.

Und nachdem Tory Grace die Kette geschenkt hatte, war ihre Freundin Ethan begegnet und hatte ihm geholfen, die Geister der Vergangenheit zu vertreiben. Mittlerweile war sie glücklich verheiratet und hatte auch einen wunderbaren kleinen Sohn.

Und natürlich kam Tory nicht umhin, sich an ihren Stiefvater Miles Whiting, Baron Harwood, zu erinnern, einen von Grund auf schlechten Menschen, den der Besitz des Colliers ins Grab gebracht hatte …

Tory erschauderte und versuchte, den Gedanken daran schnell zu verdrängen. „Wir wissen alle, dass Rafe ein gutes Herz hat. Nun können wir nur hoffen, dass der Zauber auch diesmal wirkt.“

Claire hatte nachdenklich den Teesatz in ihrer Tasse betrachtet und sah nun auf, als sei ihr eine Idee gekommen. „Vielleicht verliebt der Duke sich ja in Mary Rose! Das wäre doch die beste Lösung.“

Tory warf Grace einen kurzen Blick zu und konnte sich ein Lächeln nicht verkneifen, als sie ihre Freundin die Augen verdrehen sah. „Eine sehr gute Idee, Claire. Vielleicht passiert ja genau das.“

Aber wenn sie daran dachte, mit welch glühender Leidenschaft Rafe Danielle Duval angesehen hatte, erschien es ihr sehr unwahrscheinlich.

„Bitte nicht, Tante Flora! Wie können Sie nur erwägen, mich dies noch einmal durchmachen zu lassen?“

Sie standen beide in Danielles Schlafzimmer, einem schönen in Gold und Dunkelgrün gehaltenem Raum, der Teil der eleganten Suite war, die sie im Chesterfield Hotel bewohnten. Tante Flora hatte die Räumlichkeiten gemietet, bis sie in zwei Wochen nach Amerika aufbrechen würden.

„Komm schon, meine Liebe. Es ist kein Ball, sondern nur ein Nachmittagstee, bei dem auch viele Kinder sein werden, und ich weiß doch, wie sehr du Kinder liebst.“

Danielle nestelte unentschlossen am Kragen ihres blauen Morgenmantels. Es war noch nicht einmal Mittag, aber der Wohltätigkeitstee würde bereits in einer Stunde beginnen. „Ich werde dennoch von allen gemieden werden. Sie haben doch gesehen, wie ich auf dem Ball behandelt worden bin.“

„Ja, das habe ich – und ich war sehr stolz darauf, wie du damit umgegangen bist. Du hast allen zu verstehen gegeben, dass es dein gutes Recht ist, dort anwesend zu sein.“

„Ich habe mich den ganzen Abend elend gefühlt.“

Tante Flora seufzte theatralisch. „Ja, ich weiß. Es tut mir leid wegen des Dukes.“ Sie hob ihre fein gezupften silbergrauen Augenbrauen und sah Danielle prüfend an. „Zumindest hat er uns gestern keine Schwierigkeiten bereitet.“

Danielle verzichtete darauf, den wütenden Blick zu erwähnen, den er ihr zugeworfen hatte. „Er hätte es sicher bereut, wenn er auch nur ein Wort gesagt hätte.“

„Nun, heute wird er auf jeden Fall nicht anwesend sein, das verspreche ich dir.“

Danielle blickte zu ihrer Tante hinunter, die ein gutes Stück kleiner war als sie selbst, dafür jedoch um etliches schwerer. „Wie können Sie sich da so sicher sein?“

„Ein Nachmittagstee dürfte den Duke wohl kaum interessieren. Zudem würde ich dich gar nicht bitten, mich zu begleiten, wenn ich mich nicht etwas verschnupft fühlte. Die letzten Tage haben mich ein wenig erschöpft." Sie hüstelte vorwurfsvoll, um ihre Worte zu unterstreichen.

Doch statt sich schuldig zu fühlen, witterte Danielle ihre Chance. „Wenn Sie sich nicht wohlfühlen, sollten wir zu Hause bleiben. Wir könnten uns Tee und Scones heraufbringen lassen und …"

Tante Flora unterbrach sie. „Als eine der Vorsitzenden der Organisation muss ich meinen Pflichten nachkommen. Aber wenn ich dich an meiner Seite weiß, schaffe ich das schon."

Danielle ließ resigniert die Schultern sinken. Wie gelang es ihrer Tante nur, immer ihren Willen durchzusetzen? Andererseits hatte Tante Flora sich bereit erklärt, sie nach Amerika zu begleiten und dort zu bleiben, bis Danielle sich eingelebt hatte. Deshalb war es eigentlich kaum zu viel verlangt, wenn sie ihrer Tante nun den Gefallen tat und noch diese eine, letzte Wohltätigkeitsveranstaltung durchstand …

Zumal ja auch die Kinder dort sein würden, und Danielle somit zumindest auf ein paar freundliche Gesichter hoffen konnte, die ihr helfen würden, den Nachmittag zu überstehen.

Als es klopfte, wurde sie aus ihren Gedanken gerissen. Die Tür wurde geöffnet, und Danielles Kammerzofe, Caroline Loon, kam herein.

Caro lächelte vergnügt. „Lady Wycombe hat nach mir geschickt."

Danielle verdrehte die Augen und dachte, dass sie von Anfang an keine Chance gegen die Pläne ihrer Tante gehabt hatte.

„Nun, dann werde ich dich mal allein lassen, damit du dich ankleiden kannst", meinte Tante Flora und ging zur Tür. „Sobald du fertig bist, können wir aufbrechen."

Danielle fügte sich ihrem Schicksal und nickte resigniert.

Sobald die Tür sich hinter ihrer Tante geschlossen hatte, begann Caro aus dem Wandschrank ein Kleid für Danielle herauszusuchen. Caroline Loon war sechsundzwanzig und damit ein Jahr älter als Danielle, sehr groß und schlank, blond, von apartem Aussehen und sehr einnehmendem Wesen.

Caro war eine junge Dame aus respektablem Hause, deren Eltern unerwartet einem Fieber erlegen waren. Als mittellose Waise war sie vor fast fünf Jahren nach Wycombe Park gekommen, weil sie verzweifelt nach einer Anstellung suchte.

Tante Flora hatte sie sofort als Kammerzofe für Danielle eingestellt, doch im Laufe der Jahre hatte sich zwischen den beiden jungen Frauen mehr entwickelt als nur das übliche Verhältnis zwischen Herrin und Dienerin. Die Pfarrerstochter Caroline Loon war Danielles beste Freundin geworden.

„Wie wäre es mit dem mit Rosen bestickten safrangelben Musselinkleid?“, fragte Caro und zog eines von Danielles Lieblingskleidern hervor.

„Das klingt gut.“ Wenn sie schon zu diesem unseligen Nachmittagstee musste, dann wollte sie wenigstens etwas tragen, worin sie sich wohlfühlte, und Danielle wusste, dass ihr das Kleid sehr gut stand.

„Setz dich, damit ich deine Haare aufstecken kann“, wies Caro sie an. „Lady Wycombe reißt mir den Kopf ab, wenn sie deinetwegen zu spät kommt.“

Danielle seufzte. „Wie werde ich jemals eine eigene Entscheidung treffen, wenn ihr beide mir immer alles abnehmt?“

Caro lachte. „Deine Tante liebt dich und möchte, dass du glücklich bist.“

„Das werde ich sein – wenn ich erst einmal in Amerika bin.“ Danielle griff nach Caros Hand. „Ich bin dir so dankbar, dass du mit uns kommst.“

„Ich bin auch sehr froh darüber.“ Caro lächelte leicht. „Vielleicht können wir beide dort ein neues Leben beginnen.“

Danielle erwiderte ihr Lächeln. „Ja, vielleicht." Sie konnte es nur hoffen, denn sie war es so leid, zurückgezogen auf dem Land leben zu müssen, kaum Freunde zu haben und allenfalls einmal von den Kindern aus dem Waisenhaus besucht zu werden. In Amerika, wo niemand jemals von dem Skandal gehört hatte, würde sie sich ein neues Leben aufbauen können.

Aber bis dahin musste sie noch all ihren Mut zusammennehmen, um den heutigen Nachmittag zu überstehen.

Rafael zog einen tannengrünen Gehrock über seine hellbraune Weste, und sein Kammerdiener, ein schmächtiger Mann mit schütterem Haar, der schon seit Jahren in seinen Diensten stand, rückte ihm die Halsbinde zurecht.

„Das hätten wir, Euer Gnaden."

„Danke, Petersen."

„Brauchen Sie noch etwas, Sir?"

„Erst wenn ich am Nachmittag zurückkomme." Rafe hatte nicht vor, lange auf der Veranstaltung zu bleiben, sondern wollte nur kurz seine Aufwartung machen und eine Spende von beträchtlicher Höhe überreichen. Die Waisenkinder finanziell zu unterstützen war ihm eine selbstverständliche Bürgerpflicht.

Er versuchte sich einzureden, dass sein Entschluss nichts damit zu tun hatte, dass er Danielle Duval dort zu treffen hoffte, denn für diesen Fall war er fest entschlossen, ihr wie schon zuvor die kalte Schulter zu zeigen.

Er würde nichts von dem sagen, was er ihr vor fünf Jahren gerne gesagt hätte, und würde sie nicht merken lassen, wie sehr ihr Betrug ihn verletzt hatte. Die Genugtuung, zu wissen, dass er am Boden zerstört gewesen war und über Wochen hinweg kaum noch den Wunsch zu leben verspürt hatte, würde er ihr nicht gönnen. Stattdessen wollte er seine

Verachtung für sie ohne ein einziges Wort zum Ausdruck bringen.

Vor dem Haus stand Rafes Vierspänner bereit, und nachdem er es sich in den weichen, roten Samtpolstern bequem gemacht hatte, rumpelte der Wagen auch schon die kopfsteingepflasterte Straße hinunter. Der Nachmittagstee fand im Garten des Stadthauses des Marquess of Denby in Mayfair statt. Die Marchioness engagierte sich sehr für die Londoner Witwen und Waisen.

Bis zur Breton Street war es nicht weit. Rafe stieg aus und ging an zwei livrierten Hausdienern vorbei die Vordertreppe hinauf, durchquerte die Eingangshalle und gelangte schließlich in den Garten hinter dem Haus.

Wie er gehofft hatte, waren die meisten Gäste bereits eingetroffen und standen in kleinen Grüppchen auf der Terrasse beisammen oder schlenderten über die Kieswege, die sich durch das helle Grün des Gartens zogen. Einige Kinder, die einfach gekleidet, aber sauber waren und ordentlich gekämmtes Haar hatten, spielten am Fuße eines steinernen Brunnens.

Rafe schätzte die von Lady Denby organisierte Wohltätigkeitsarbeit sehr. Es gab in London nicht genügend Waisenhäuser, die sich um die unzähligen bedürftigen Kinder hätten kümmern können, und viele von ihnen endeten deshalb in Arbeitshäusern für die Ärmsten der Stadt, wurden als Kaminfeger ausgebildet oder wuchsen zu Bettlern heran, die sich auf der Straße durchschlugen und von der Hand in den Mund lebten.

Die meisten Waisen wurden durch die Gemeindepfarreien versorgt, doch was ihnen geboten wurde, konnte kaum als ein Zuhause bezeichnet werden. Findelkinder, die der Obhut eines solchen Heimes anvertraut waren, überlebten oft nicht einmal das erste Jahr. Rafe war der Fall der Pfarrei von Westminster zu Ohren gekommen, die in einem Jahr fünfhundert Kinder hatte aufnehmen müssen, von denen nach fünf Jahren nur noch ein einziges am Leben war.

Die *Londoner Gesellschaft* hingegen hatte schon einige Waisenhäuser von sehr hohem Standard gegründet.

„Euer Gnaden!" Lady Denby, eine üppige Frau mit kurz geschnittenem schwarzem Haar, das sich in glänzenden Locken um ihr Gesicht ringelte, kam auf ihn zugeeilt. „Wie schön, dass Sie gekommen sind."

„Ich fürchte jedoch, dass ich nicht lange bleiben kann, und wollte Ihnen nur kurz diese Bankanweisung für das Waisenhaus übergeben." Er zog das gefaltete Papier aus der Tasche seines Gehrocks und reichte es der Marchioness. Derweil ließ er seinen Blick über die anderen Gäste schweifen.

„Aber das ist wundervoll, Euer Gnaden – zumal Sie ja bereits auf dem Ball eine sehr großzügige Spende gemacht haben."

Rafe zuckte mit den Schultern. Er konnte es sich leisten, und Kinder hatten ihm schon immer am Herzen gelegen. Tatsächlich ging sein Entschluss, bald zu heiraten, auf den Wunsch zurück, endlich eine eigene Familie zu haben. Und natürlich lagen ihm auch seine Mutter und seine Tante dauernd damit in den Ohren, dass er seiner Verantwortung als Duke gerecht werden müsse.

Er bräuchte einen Erben, sagten sie. Und am besten noch einen zweiten und dritten Sohn dazu – für alle Fälle. Seine Pflicht war es, den Titel der Sheffields weiterzutragen und das riesige Vermögen zusammenzuhalten, damit alle Mitglieder der Familie auf lange Zeit gut davon leben konnten.

„Der Tee wird auf der Terrasse gereicht." Lady Denby nahm den Duke beim Arm und führte ihn über einen der Kieswege in besagte Richtung. „Natürlich haben wir auch etwas Gehaltvolleres für die Männer."

Sie lächelte, als sie vor einem Tisch stehen blieben, auf dem silberne Platten mit den verschiedensten Kuchen und Keksen standen sowie Sandwiches, die so winzig waren, dass Rafe ein Dutzend davon hätte essen müssen, um satt zu werden. In der Mitte des mit einem Leinentuch bedeckten Tisches standen eine große, silberne Teekanne und eine Kristallschüssel mit Fruchtpunsch.

„Soll ich Ihnen einen Brandy bringen lassen, Euer Gnaden?"

„Ja, das wäre schön. Danke." Er hatte nicht vor, länger als eine halbe Stunde zu bleiben, aber auch die musste durchgestanden werden.

Als ihm der Brandy gebracht wurde, trank er ihn in kleinen Schlucken und begann sich umzusehen. Sein Blick fiel auf seine Mutter und Tante Cornelia, die sich mit einigen anderen Damen unterhielten, und nicht weit von ihnen entdeckte er das runde, gepuderte Gesicht von Flora Chamberlain. Und dann bemerkte er die Frau, die neben ihr stand – eine Frau mit flammend rotem Haar und dem Gesicht einer Göttin. Rafes Innerstes zog sich schmerzhaft zusammen, als wäre sein Leib von einem heftigen Schlag getroffen worden.

Seine Miene wurde sofort kalt und unbewegt. Er hatte zwar versucht, sich einzureden, dass er nicht ihretwegen gekommen war, doch als er Danielle jetzt sah, merkte er, dass er sich selbst etwas vorgemacht hatte. Ihre Augen weiteten sich ungläubig, als ihre Blicke sich kurz trafen. Rafe spürte einen Anflug tiefster Zufriedenheit, als er sah, wie ihr das Blut aus ihrem schönen, betrügerischen Gesicht wich.

Er wandte seinen Blick nicht von ihr ab und war sich sicher, dass sie zuerst ihre Augen senken würde.

Doch stattdessen hob sie ihr Kinn noch höher und bedachte ihn mit einem Blick, der ihm durch Mark und Bein fuhr. Er biss die Zähne zusammen. Einen Moment lang sahen sie sich noch an. Dann erhob Danielle sich langsam von ihrem Stuhl und ging in Richtung des Gartens davon.

Rafe spürte Zorn in sich aufsteigen. Wo war die Demut, die er erwartet hatte? Wo die Verlegenheit, von der er sicher gewesen war, sie in ihrem Gesicht zu sehen?

Stattdessen zeigte sie ihm die kalte Schulter und schlenderte nun hoch erhobenen Hauptes den Kiesweg hinunter in den hinteren Teil des Gartens, wo einige der Kinder spielten.

Innerlich bebte sie, aber Danielle richtete ihren Blick unentwegt auf die Kinder, die beim Gartenpavillon Fangen spielten. Nein, sie würde sich nicht anmerken lassen, wie sehr die Begegnung mit Rafael Saunders sie aufgewühlt hatte. Nach dem Skandal hatte sie gelernt, ihre Gefühle zu beherrschen. Niemand sollte mehr merken, wie verletzlich sie war.

„Miss Danielle!“ Maida Ann, ein kleines Mädchen mit blonden Zöpfen, kam zu ihr gerannt und klatschte mit der Hand auf ihren Arm. „Sie sind dran!“

Danielle lachte erleichtert auf. Immer wenn die Kinder zu einem Besuch nach Wycombe Park kamen, hatte sie mit ihnen Fangen gespielt, und auch jetzt wollten sie, dass sie sich ihrem Spiel anschloss. Danielle war dankbar für diese Ablenkung.

„Also gut ... mal sehen ... wer wird wohl der Nächste sein? Robbie? Oder vielleicht du, Peter?“ Sie kannte einige der Kinder mit Namen, wenngleich nicht alle. Keines von ihnen hatte mehr Eltern, oder wenn, dann waren sie von ihnen ausgesetzt worden. Danielle war froh, dass ihre Tante Schirmherrin einer Wohltätigkeitsorganisation war, die sich um diese Kinder kümmerte. Auf diese Weise hatte auch Danielle Gelegenheit, Zeit mit ihnen zu verbringen.

Maida Ann rannte kichernd an ihr vorbei und wich ihr geschickt aus. Danielle hatte die lebhafte Fünfjährige mit den großen blauen Augen in ihr Herz geschlossen. Sie liebte Kinder sehr und hatte immer gehofft, eines Tages einmal eine eigene Familie zu haben.

Eine Familie mit Rafe.

Der bloße Gedanke daran ließ sie erneut wütend werden – und traurig.

Denn es würde ihr nicht vergönnt sein, weder mit Rafe noch mit einem anderen Mann … Danielle schüttelte den Kopf und schob den Gedanken an den Reitunfall beiseite, bei dem sie vor fünf Jahren schwer gestürzt war.

Stattdessen richtete sie ihre Aufmerksamkeit nun auf Terrance, einen rothaarigen Jungen, der vielleicht acht Jahre alt sein mochte. Terry rannte dicht an ihr vorbei, aber so, dass sie ihn nicht erreichen konnte. Auch die anderen Kinder schienen alle ihre Aufmerksamkeit auf sich ziehen zu wollen, als wäre es eine Ehre, von ihr gefangen zu werden.

Danielle spielte das Spiel eine Weile mit und fing dann schließlich Terry. Nachdem sie den Kindern ein letztes Mal zugewunken hatte, ging sie weiter.

Als sie auf einmal Schritte hinter sich hörte, wusste sie, noch bevor sie sich umdrehte, wer es war. Dennoch entwich ihr ein überraschter Laut, als sie Rafe ansah.

„Guten Tag, Danielle."

Ihr Herz klopfte heftig, und aufsteigende Wut färbte ihre Wangen rosig. Sie wandte sich von ihm ab. Es war höchst unhöflich, ihn auf diese Weise stehen zu lassen, und sie sah ihm an, wie sehr es ihn verblüffte, als sie einfach davonging.

Aber der Duke of Sheffield war es nicht gewohnt, dass man ihm die kalte Schulter zeigte, und Danielle spürte, wie sich seine Finger um ihren Arm schlossen. Sein Griff war so fest, dass sie stehen blieb und sich zu ihm umdrehte.

„Ich habe Guten Tag gesagt und erwarte zumindest eine angemessene Antwort."

Danielle versuchte, ihre Wut zu unterdrücken und sich nicht von ihm provozieren zu lassen. „Entschuldigen Sie mich bitte. Ich glaube, meine Tante ruft nach mir."

Er ließ ihren Arm jedoch nicht los. „Mir scheint, dass deine Tante anderweitig beschäftigt ist und du durchaus Zeit hast, einen alten Freund zu begrüßen."

Nun war es endgültig um ihre Selbstbeherrschung geschehen. „Du bist nicht mein Freund, Rafael Saunders! Tatsächlich bist du der letzte Mann auf Erden, den ich jemals als Freund bezeichnen würde."

Rafes Kiefermuskeln spannten sich. „So? Wenn wir keine Freunde sind, was sind wir dann?"

Sie hob ihr Kinn und spürte ihre Wut im ganzen Körper. „Ich war eine Närrin, dir jemals zu vertrauen, und es war dumm von mir, mich in dich zu verlieben, Rafael."

Sie wandte sich erneut zum Gehen, doch Rafe schnitt ihr den Weg ab. Seine Miene war undurchdringlich, und seine tiefblauen Augen leuchteten hart und klar wie Diamanten.

„Ich glaube mich zu erinnern, dass du es warst, meine Liebe, die mich hintergangen hat, als du Oliver Randall in dein Bett einludst."

„Und du warst es, der bereitwillig die Lügen deines Freundes geglaubt hat!"

„Du hast mich betrogen, Danielle, auch wenn du das lieber vergessen würdest."

Danielle sah zu ihm auf, und ihre Augen funkelten. „Nein, Rafael. *Du* hast mich verraten. Wenn du mich geliebt und mir vertraut hättest, hättest du wissen müssen, dass ich die Wahrheit sage." Sie lächelte bitter. „Wenn ich es genau bedenke, bist du es, der ein Narr gewesen ist."

Rafe bebte vor Zorn.

Sehr gut, dachte sie. Ihr war der stets gefasste und beherrschte Mann, der er geworden war, verhasst. Wäre er schon damals so gewesen, hätte sie ihn kein bisschen anziehend gefunden.

„Du wagst es wirklich, mir gegenüber zu behaupten, dass dich keine Schuld trifft?“

„Ich habe dir das von dem Moment an versichert, als du mein Schlafzimmer betreten hast, und …“

„Du warst mit diesem Mann im Bett!“

„Ich wusste nicht einmal, dass er dort ist – aber auch das habe ich dir schon damals gesagt. Und jetzt lass mich gehen, Rafael.“

In seinen blauen Augen loderte die blanke Wut, aber das war ihr gleichgültig. Als sie sich erneut zum Gehen wandte, versuchte Rafe nicht mehr, sie aufzuhalten.

Es überraschte sie, dass er sie überhaupt angesprochen hatte. Seit der besagten Nacht vor fünf Jahren, in der er Oliver Randall in ihrem Bett vorgefunden hatte, hatten sie kein Wort mehr miteinander gewechselt.

Sie hatte damals versucht, ihm zu erklären, dass Oliver sich einen schlechten Scherz erlaubt hatte, dass zwischen ihnen nichts geschehen war und sie tief und fest geschlafen hatte, als Rafe in ihr Zimmer kam.

Aber aus Gründen, die sie bis heute nicht verstehen konnte, war Oliver darauf aus gewesen, die Liebe zu zerstören, die Rafael für sie empfand – oder die er zumindest behauptet hatte, für sie zu empfinden –, und sein grausamer Plan war aufgegangen.

Rafe hatte Danielle nicht einmal angehört und auch auf keinen ihrer Briefe geantwortet, in denen sie ihn anflehte, sich ihre Seite der Geschichte anzuhören und ihr zu glauben, dass sie die Wahrheit sagte.

Als der Skandal öffentlich wurde, hatte Rafe keinerlei Anstrengung unternommen, Danielle in Schutz zu nehmen, sondern die Verlobung gelöst und damit die Anschuldigungen gegen sie bestätigt.

Sein Handeln hatte allgemein zu verstehen gegeben, dass Danielle Duval keineswegs so unschuldig war, wie sie tat, und in den Augen der Welt war sie nun eine gefallene Frau, die gegen alle Regeln des Anstands verstoßen und ihren Verlobten hintergangen und bloßgestellt hatte. Von der guten Gesellschaft war sie geächtet worden und hatte sich aufs Land zurückgezogen. Sogar ihre Mutter hatte ihr nicht geglaubt.

Tränen stiegen in Danielle auf, während sie durch den Garten lief. Sie hatte zuletzt nur noch selten an Rafael und die Ereignisse von damals gedacht. Aber nun war sie wieder in London, und Rafe konfrontierte sie erneut mit der ganzen Affäre.

Energisch kämpfte sie gegen ihre Tränen an. Nein, sie würde nicht wegen Rafael weinen – nicht schon wieder. Sie hatte mehr als genug Tränen um den Mann vergossen, den sie vor fünf Jahren geliebt hatte, und wollte ihm keinen einzigen Moment mehr nachweinen.

3. KAPITEL

Rafe sah Danielle nach, bis sie im Haus verschwunden war. Er wusste nicht, was in ihn gefahren war, sie anzusprechen. Vielleicht lag es daran, dass er all die Jahre geschwiegen hatte. Doch statt der Genugtuung, die er sich von der Konfrontation mit Danielle erwartet hatte, fühlte er sich nun noch aufgewühlter als zuvor.

Wie schon in besagter Nacht, hatte Danielle auch jetzt wieder ihre Unschuld beteuert. Aber er hatte ihr damals nicht geglaubt, und er glaubte ihr auch jetzt nicht. Schließlich hatte er den Brief gelesen und hatte zudem Augen im Kopf! Oliver war Danielles Einladung gefolgt, und Rafe hatte ihn in Danielles Zimmer ertappt – nackt und in ihrem Bett!

Natürlich hatte er diesen Bastard, den er einmal für seinen Freund gehalten hatte, zum Duell gefordert.

„Ich werde mich nicht mit dir duellieren, Rafe", hatte Ollie entgegnet. „Wir sind seit unserer Kindheit befreundet, und ich bestreite meine Schuld in dieser Angelegenheit nicht."

„Aber warum, Ollie? Wie konntest du das tun?"

„Ich liebe sie, Rafael. Ich habe sie schon immer geliebt, und als sie mich bat, sie in ihrem Zimmer aufzusuchen, konnte ich der Versuchung nicht widerstehen."

Tatsächlich hatte Rafael seit Jahren gewusst, dass sein Freund in Danielle verliebt war. Aber Danielle hatte Ollies Gefühle nie erwidert.

Das hatte Rafe zumindest immer gedacht. Dumm wie er war, hatte er geglaubt, dass Danielle ihn und nicht Oliver Randall liebte, wenngleich Ollie sie seit seiner frühen Jugend verehrte. Nach dem nächtlichen Zwischenfall war Rafe dann zu dem Schluss gekommen, dass Danielle seinen Heiratsantrag wohl nur angenommen hatte, um Duchess zu werden. Sie wollte gar nicht ihn, sondern nur sein Vermögen und seinen Titel …

Während er durch den Garten zum Haus zurückkehrte, rief er sich all diese Dinge wieder ins Gedächtnis. Früher war er überzeugt davon gewesen, dass Danielle ihm nicht die Wahrheit gesagt hatte, und auch heute war er noch versucht, an ihren Worten zu zweifeln.

Aber er war jetzt älter, nicht mehr rasend vor Eifersucht und blind vor Liebe, wie er es damals gewesen war. Die Wut und der Schmerz hatten nachgelassen.

Und weil er sich verändert hatte, wollte ihm Danielle, wie sie gerade im Garten vor ihm gestanden und ihn angesehen hatte, nicht aus dem Kopf.

Sie hatte weder Scham noch Reue erkennen lassen und ihn stattdessen voller Hass angesehen, der dem gleichkam, was Rafe für sie empfunden hatte.

Nein, Rafael. Du hast mich verraten. Wenn du mich geliebt und mir vertraut hättest, hättest du wissen müssen, dass ich die Wahrheit sage.

Ihre Worte verfolgten ihn auch dann noch, als er längst wieder nach Sheffield House zurückgekehrt war. Konnte es vielleicht doch möglich sein …?

Am nächsten Morgen schickte er als Erstes eine Nachricht an Jonas McPhee, den Ermittler aus der Bow Street, dessen Dienste Rafe und seine Freunde seit Jahren in Anspruch nahmen, wann immer sie irgendwelche Informationen benötigten. McPhee war vertrauenswürdig und leistete hervorragende Arbeit. Pünktlich um zwei Uhr mittags traf er in Sheffield House ein.

„Guten Tag, Jonas. Danke, dass Sie gekommen sind."

„Es ist mir ein Vergnügen, Ihnen in jeder mir möglichen Weise behilflich zu sein, Euer Gnaden."

Rafe trat einen Schritt zurück und ließ McPhee in sein Arbeitszimmer treten. Er deutete auf einen der dunkelgrünen Ledersessel, die vor seinem Schreibtisch standen.

„Ich habe einen Auftrag für Sie, Jonas." Rafe nahm hinter seinem wuchtigen Schreibtisch Platz. „Ich möchte, dass Sie ein Geschehen untersuchen, das sich vor fünf Jahren ereignet hat."

„Fünf Jahre sind eine recht lange Zeit, Euer Gnaden."

„Ja, ich weiß, und ich bin mir bewusst, dass es nicht einfach sein wird." Rafe lehnte sich in seinem Stuhl zurück. „Eine Frau namens Danielle Duval und ein gewisser Oliver Randall waren in den Vorfall verwickelt. Miss Duval ist die Tochter des schon vor Jahren verstorbenen Viscount Drummond, Lady Drummond starb letztes Jahr. Oliver Randall ist der dritte Sohn des Marquess of Caverly."

„Ich werde mir einige Notizen machen, Euer Gnaden."

Rafe hielt einen Bogen Papier hoch. „Ich habe Ihnen bereits alles aufgeschrieben."

„Ausgezeichnet."

Rafe legte den Zettel wieder auf seinen Schreibtisch. „Miss Duval und ich waren einmal verlobt. Vor fünf Jahren wurde die Verlobung gelöst."

Rafe erzählte nun, was sich an dem Abend ereignet hatte, an dem er Danielles Brief an Oliver fand. Er schilderte, wie er um Mitternacht in Danielles Zimmer gegangen war und die beiden zusammen angetroffen hatte. Rafe bemühte sich, dem Ermittler alles Wesentliche zu berichten, ohne dabei etwas von seinen Gefühlen preiszugeben.

„Sie haben den Brief nicht zufällig noch?", erkundigte sich Jonas.

Mit dieser Frage hatte Rafe gerechnet. „Es ist komisch, aber ich habe ihn tatsächlich aufgehoben ..." Er öffnete die unterste Schublade seines Schreibtisches, schob die Pistole, die er dort aufbewahrte, beiseite und holte eine kleine Schatulle hervor, in der sich der Brief befand. Das Papier war vergilbt und die Schrift verblasst, aber dennoch löste der bloße

Anblick erneut tiefe Bestürzung in Rafe aus.

„Vielleicht habe ich ihn aufgehoben, um mir stets vor Augen zu halten, dass ich nie wieder so vertrauensselig sein sollte."

McPhee nahm den Brief und die Liste mit den Namen der Leute, die in den Skandal verwickelt gewesen waren, entgegen.

„Es könnte aber eine Weile dauern ...", bemerkte McPhee.

Rafe erhob sich. „Nachdem ich fünf Jahre gewartet habe, kommt es auf einige Wochen auch nicht mehr an." Aber seltsamerweise konnte er es kaum erwarten zu erfahren, was McPhee wohl herausfinden würde. Vielleicht hatte er einfach nur das Bedürfnis, einen Schlussstrich unter die ganze Affäre zu ziehen, die nie wirklich untersucht worden war.

Vielleicht dachte er dabei auch an die Zukunft und an seine baldige Hochzeit. Es schien ihm besser, wenn die Vergangenheit ein für alle Mal begraben wäre.

Caro half Danielle dabei, ihre letzten Habseligkeiten in den Reisekoffern zu verstauen. Danielle konnte es kaum erwarten, endlich aufzubrechen.

„Es sieht ganz so aus, als seien wir mit allem fertig", verkündete Caro strahlend. „Bist du bereit?"

„Mehr als bereit. Und du?"

Caro lachte fröhlich. „Ich sitze schon seit Tagen auf gepackten Koffern."

„Und Tante Flora?"

In diesem Moment eilte Danielles Tante herbei. Einzelne Strähnen ihres silbergrauen Haars hatten sich gelöst und wehten ihr um das rundliche Gesicht. „Von mir aus können wir aufbrechen, meine Lieben."

Auch für Tante Flora war Caroline Loon fast zu einem Mitglied der Familie geworden, weshalb Danielle einmal vorgeschlagen hatte, dass Caro nicht länger als Zofe für sie arbeiten, sondern einfach ihre Gesellschafterin sein solle.

Caro war entsetzt gewesen. „Ich will keine Almosen, Danielle. Du und Lady Wycombe wart immer sehr freundlich und großzügig zu mir, aber ich möchte für das, was ich bekomme, auch arbeiten."

Danach hatte Danielle das Thema nie wieder angesprochen. Caro war glücklich über ihre Arbeit, und Danielle war glücklich, Caro zur Freundin zu haben.

„Nun, wenn wir alle so weit sind", meinte Tante Flora, „werde ich Bescheid sagen, damit die Kutsche vorgefahren wird." Der Wagen würde sie zum Hafen bringen und danach nach Wycombe Park zurückfahren. Lady Wycombe hatte vor, nach ihrer Amerikareise nach England zurückzukehren, während Danielle und Caro in Amerika bleiben und im Haus von Danielles künftigem Mann, Richard Clemens, leben würden.

„Oh, wie ist das alles aufregend!" Tante Flora eilte davon, und Danielle sah zu Caro hinüber, der die Vorfreude ins Gesicht geschrieben stand.

„Nun brechen wir also wirklich auf …", meinte Danielle.

Caro lächelte. „Stell dir nur vor – bald wirst du eine verheiratete Frau sein!"

Danielle nickte nur. Sie musste unwillkürlich an den Mann denken, den sie vor fünf Jahren hatte heiraten wollen und der sie so grausam verraten hatte.

Richard ist anders, versuchte sie sich aufzumuntern.

Sie konnte nur hoffen, dass sie sich nicht täuschte.

Auf dem Schiff wurden alle Vorbereitungen getroffen, um mit der Flut auslaufen zu können. Die Wyndham war ein großes Passagierschiff mit Kabinen, die allen modernen Komfort boten. Der Kapitän hatte die drei Frauen persönlich an Bord begrüßt und ihnen versprochen, sich während der Überfahrt um ihr Wohlergehen zu kümmern, da sie ohne den Schutz eines Mannes reisten.

Danielle versuchte sich zu erinnern, ob es jemals in ihrem Leben einen Mann gegeben hatte, der sie vor irgendetwas geschützt hätte ... Ihr Vater war früh gestorben, und ihr Cousin Nathaniel hatte ihr bereits nachgestellt, als sie erst zwölf Jahre alt gewesen war.

Und Rafael, der Mann, den sie von ganzem Herzen geliebt hatte und der ihr Ehemann hätte werden sollen ... Rafael schon gar nicht.

Sie fragte sich, wie es wohl mit Richard Clemens sein würde – aber eigentlich war das auch nicht wichtig, denn mittlerweile hatte sie gelernt, auf sich selbst aufzupassen, und das würde sie auch nach ihrer Heirat tun.

Danielle stand mit Tante Flora und Caro an der Reling, während auf dem Schiff die Segel gesetzt wurden. Es war Ende Mai, und ein leichter Wind blähte Danielles Umhang, den sie sich um die Schultern gelegt hatte.

„Ich kann es kaum glauben", meinte Caro, als sie den Londoner Hafen hinter sich in der Ferne verschwinden sahen. „Wir fahren wirklich nach Amerika!"

„Das wird für uns alle ein Abenteuer werden", verkündete Tante Flora strahlend.

Obwohl Danielle fast ebenso aufgeregt war wie die beiden, wünschte sie, sie wäre sich sicher, das Richtige zu tun. Sie kannte Richard Clemens kaum, und nach der Erfahrung mit Rafael war sie Männern gegenüber viel misstrauischer geworden. Andererseits bot Richard ihr die Möglichkeit eines glücklichen und erfüllten Lebens, wie sie es schon längst nicht mehr für möglich gehalten hatte.

Sie umarmte die beiden Frauen, die ihre besten Freundinnen waren. „Ich bin so froh, dass ihr beide mit mir kommt."

Und sie wusste, dass das für die beiden selbstverständlich war, denn sie alle drei waren wie eine Familie geworden – die einzige Familie, die Danielle je gehabt hatte.

Doch nun erwartete sie eine andere Familie in Amerika. Richards Sohn und seine Tochter würden ihr die Kinder sein, die sie sonst nie gehabt hätte. Sie versuchte, sich Richards Gesicht zu vergegenwärtigen und erinnerte sich an einen Mann mit dichtem blondem Haar und braunen Augen, einen attraktiven Mann, der klug und großherzig war.

Sie hatten sich in Wycombe Park kennengelernt. Richard arbeitete in der Textilbranche und hatte geschäftlich in England zu tun. Er war zu Gast bei Squire Donner, einem von Tante Floras Freunden, der ganz in der Nähe lebte. Eines Abends waren der Squire und seine Frau Prudence zusammen mit ihrem Hausgast zum Essen nach Wycombe Park eingeladen worden.

Nach einem erfreulichen Abend mit Kartenspiel und angenehmen Gesprächen, an dem Danielle und Prudence die Gäste auch eine Stunde auf dem Klavier unterhalten hatten, hatte Richard sie gefragt, ob er sie wiedersehen dürfe. Danielle war selbst überrascht gewesen, als sie Ja sagte.

Während der nächsten Tage hatten sie viel Zeit gemeinsam verbracht und schienen sich immer besser zu verstehen. Und auch nachdem sie Richard von dem Skandal erzählt hatte, wollte er sie noch heiraten.

Anders als Rafael hatte er ihr geglaubt, als sie ihm versicherte, dass sie sich keiner Schuld in dieser Angelegenheit bewusst war.

Als sie nun auf dem Deck der Wyndham stand, spürte Danielle den Wind auf ihrem Gesicht. Sie konnte sich glücklich schätzen, eine zweite Chance zu bekommen, und sie war fest entschlossen, an ihrem Glück festzuhalten und das Beste daraus zu machen.

4. KAPITEL

Es vergingen zehn Tage, in denen es nur spärliche Nachrichten von Jonas McPhee gab. Währenddessen führte Rafe sein Leben weiter wie gehabt. Er besuchte Hausgesellschaften, verbrachte seine Abende im White's Gentlemen's Club und machte manchmal einen Abstecher von intimerer Natur zu Madame Fontaneaus Freudenhaus.

Früher hatten ihn seine besten Freunde Ethan Sharpe und Cord Easton oft begleitet, doch beide waren nun glücklich verheiratete Familienväter. Rafe wollte, dass seine Zukunft genauso aussah. Wenngleich seine Ehe mit Mary Rose keine Liebesheirat sein würde, so war es doch unerlässlich, dass er einen Erben zeugte, um das große Vermögen der Sheffields auch für zukünftige Generationen zu bewahren.

Denn Rafe hatte keine Brüder, und wenn er starb, ohne einen Sohn zu hinterlassen, würden Besitz und Titel an seinen Cousin Arthur Bartholomew übergehen. Artie war ein Taugenichts der schlimmsten Sorte, dessen einziger Lebenszweck darin bestand, zu trinken, zu spielen und zu huren und sich mit seinen Ausschweifungen früh ins Grab zu bringen.

Arthur war denn auch der Grund, weshalb Rafes Mutter so sehr darauf bedacht war, dass ihr Sohn bald heiratete, und Rafe konnte es ihr nicht verübeln. Seine Mutter und seine Tante lebten von einem Einkommen aus dem Vermögen der Sheffields, und es war Rafes Aufgabe, dafür zu sorgen, dass dieses Vermögen auch in Zukunft allen Familienmitgliedern ein gutes Auskommen ermöglichen würde.

Um dies sicherzustellen, hatte Rafe beschlossen, eine eigene Familie zu gründen. Er brauchte Söhne – mehr als nur einen –, um seiner Verpflichtung nachzukommen. Aber davon abgesehen, freute er sich auch darauf, Kinder zu haben … er hatte sich seit seiner Verlobung mit Danielle darauf gefreut, wenngleich ihm nach deren Betrug die Vorstellung unerträglich gewesen war.

Seine Gedanken begannen erneut um Danielle zu kreisen, und er dachte immer noch an sie, als er eine Stunde später endlich eine Nachricht von Jonas McPhee erhielt, in der dieser ihn um ein Treffen am selben Abend bat. Aus dem Ton des Schreibens schloss Rafe, dass der Ermittler Neuigkeiten hatte.

Es war jedoch schon fast neun Uhr, als der Butler McPhee in das Arbeitszimmer führte, wo Rafe ungeduldig vor seinem Schreibtisch auf und ab ging.

„Guten Abend, Euer Gnaden. Ich hatte gehofft, früher kommen zu können, aber ich wollte noch einige Details überprüfen."

„Schon in Ordnung, Jonas. Ich weiß es zu schätzen, dass Sie so gründlich arbeiten. Und ich vermute, dass Sie Neuigkeiten für mich haben."

„Ich fürchte ja, Euer Gnaden."

Rafe horchte auf. Ein Blick in McPhees Gesicht machte ihm klar, dass ihm nicht gefallen würde, was der Detektiv herausgefunden hatte. Rafe bedeutete ihm, sich in einen der Ledersessel zu setzen, während er selbst hinter dem Schreibtisch Platz nahm.

„Also gut, ich höre."

„Um es kurz zu machen, Sir, es sieht so aus, als wären Sie an dem fraglichen Abend vor fünf Jahren hereingelegt worden."

„Wie meinen Sie das?"

„Dieser Bekannte von Ihnen, Oliver Randall, der in das Geschehen verwickelt war, hat anscheinend seit Jahren einen tiefen Groll gegen Sie gehegt."

„Das ist eine schwere Anschuldigung. Immerhin waren

wir Freunde. Nie wirklich enge Freunde, aber mir ist auch keine besondere Abneigung seinerseits aufgefallen."

„Wussten Sie von den Gefühlen, die er für Ihre Verlobte hegte?"

„Ja, ich wusste, dass er seit Jahren in Danielle verliebt war. Er tat mir irgendwie leid."

„Bis Sie die beiden dann in jener Nacht zusammen sahen."

„Das stimmt. Ich fand ihn nackt in Danielles Bett vor."

„Daran besteht auch kein Zweifel. Einige der Gäste, die zu der Zeit auf dem Landsitz zu Besuch waren, haben mir die Ereignisse dieses Abends bestätigt ... soweit sie davon wissen konnten. Sie hatten Geräusche gehört, waren zu Miss Duvals Schlafzimmer geeilt und sahen, was auch Sie gesehen haben – und kamen zu demselben Schluss wie Sie."

„Sie scheinen andeuten zu wollen, dass wir uns alle getäuscht haben."

„Erzählen Sie mir noch einmal, wie Sie den Brief gefunden haben."

Rafe kehrte in Gedanken abermals zu den furchtbaren Ereignissen von damals zurück. „Einer der Hausdiener brachte ihn mir nach dem Abendessen. Er sagte, er habe ihn in Lord Olivers Arbeitszimmer auf dem Boden gefunden. Und da er wusste, dass ich und Miss Duval verlobt seien, hielt er es für nicht richtig, was zwischen Miss Duval und Lord Oliver geschah."

„Erinnern Sie sich noch an den Namen dieses Dieners?"

„Nein, nur noch daran, dass ich ihn für seine Achtsamkeit gut entlohnte."

„Sein Name war Willard Coote. Und er hat sich auch von Lord Oliver gut dafür bezahlen lassen, dass er Ihnen den Brief gab."

Rafe runzelte die Stirn. „Warum sollte Oliver daran interessiert sein, sich mit Danielle ertappen zu lassen?"

„Bedenken Sie, wie entschlossen Lord Oliver war, Ihre Heirat mit Danielle Duval zu verhindern. Er wird gehofft haben, sie für sich selbst gewinnen zu können – was natürlich nie geschehen ist. Hauptsächlich ging es ihm darum, Ihnen tiefen Schmerz zuzufügen."

Rafe war völlig durcheinander und versuchte, das Gehörte zu begreifen. „Warum sollte Oliver mir so etwas antun?"

„Offensichtlich war er eifersüchtig. Aber dies scheint nicht der einzige Grund seiner tiefen Abneigung gegen Sie zu sein. Vielleicht kann ich diesbezüglich noch mehr herausfinden."

Rafe straffte die Schultern. In seinem Kopf wimmelte es von Bildern, die Oliver und Danielle in jener Nacht zeigten. „Das wird vorerst nicht nötig sein. Im Moment möchte ich nur wissen, ob Sie ohne jeden Zweifel sicher sind, dass Danielle Duval keinerlei Schuld an den damaligen Ereignissen trifft."

Statt zu antworten, holte McPhee einen Zettel aus der Tasche seines zerknitterten und schon etwas fadenscheinigen Gehrocks. „Es gibt noch ein letztes Beweisstück, das ich Ihnen zeigen möchte." Er legte den Brief, den Rafe ihm gegeben hatte, auf den Schreibtisch. „Dies ist die Nachricht, die der Hausdiener Ihnen an jenem Abend gegeben hat."

McPhee holte ein weiteres Papier hervor und legte es daneben. „Und hier ist ein von Miss Duval geschriebener Brief. Ich denke, das beweist alles." Jonas beugte sich über die beiden Zettel. „Wie Sie hier sehen können, Euer Gnaden, ist die Handschrift ähnlich, aber wenn Sie genau hinschauen, werden Ihnen kleine Unterschiede auffallen."

Rafe betrachtete aufmerksam jede einzelne Zeile von Daniellcs Brief und verglich sie mit der verhängnisvollen Nachricht. Es war offensichtlich, dass die Schriften sehr ähnlich waren, jedoch nicht von derselben Hand stammten.

„Sehen Sie sich die Unterschrift an."

Der Namenszug war zwar eine bessere Fälschung als der Rest, aber auch hier waren leichte Abweichungen zu erkennen.

„Ich bezweifle, dass Miss Duval diese Nachricht an Oliver Randall geschrieben hat", meinte Jonas. „Wahrscheinlich hat Lord Oliver den Brief selbst verfasst, bevor er seinen Diener anwies, Ihnen die Nachricht zukommen zu lassen."

Rafes Hand zitterte, als er nach dem Brief griff, den McPhee mitgebracht hatte. Danielle schrieb ihrer Tante darin von den schrecklichen Ereignissen jener Nacht und bat sie, ihr zu glauben, dass sie unschuldig war.

„Wo haben Sie den herbekommen?"

„Ich habe Miss Duvals Tante, Lady Wycombe, einen Besuch abgestattet. Die Countess hat sich sofort zur Zusammenarbeit bereit erklärt, weil sie sehr daran interessiert ist, dass die Unschuld ihrer Nichte bewiesen wird, und sie hat mir einige Schriftproben Miss Duvals geschickt."

Rafe legte den Brief zurück auf den Schreibtisch. „Danielle hat mir immer wieder geschrieben, aber ich habe nie ... ich habe keinen einzigen ihrer Briefe geöffnet. Aufgrund dessen, was ich gesehen hatte, war ich mir sicher, die Wahrheit zu kennen."

„Wenn man bedenkt, wie sorgfältig die Geschehnisse dieses Abends geplant worden sind, ist das nicht verwunderlich, Euer Gnaden."

Ruckartig schob Rafe seinen Stuhl zurück und stand auf. „Wo ist er?"

McPhee erhob sich gleichfalls. „Lord Oliver hält sich während der Saison im Stadthaus seines Vaters, Lord Caverly, auf."

Rafe kam hinter seinem Schreibtisch hervor. Sein Puls

raste, und er spürte, wie sein Zorn mit jeder Minute zunahm. Nur mühsam gelang es ihm, die Fassung zu bewahren.

„Danke, Jonas. Sie haben wie immer gute Arbeit geleistet, und ich wünschte nur, Sie schon vor fünf Jahren gekannt zu haben. Wenn ich bereits damals ihre Dienste hätte in Anspruch nehmen können, wäre mein Leben wahrscheinlich ganz anders verlaufen."

„Es tut mir leid, Euer Gnaden."

„Niemand könnte das Geschehene mehr bedauern als ich selbst." Rafe brachte McPhee zur Tür seines Arbeitszimmers. „Schicken Sie die Rechnung an meinen Buchhalter."

McPhee nickte. „Vielleicht ist es ja noch nicht zu spät, den Schaden wieder zu richten, Euer Gnaden."

Rafe fühlte erneut heftige Wut in sich aufwallen, die er nur mühsam zu zügeln vermochte. „Fünf Jahre sind eine sehr lange Zeit", meinte er schließlich mit tödlicher Ruhe. „Aber einer Sache können Sie sich gewiss sein – für Oliver Randall wird es bald zu spät sein."

Früh am Morgen klopfte es laut und bestimmt an Olivers Tür. Das Geräusch riss ihn aus einem tiefen Schlaf, und er verfluchte leise die Person, die es wagte, ihn zu so unchristlicher Stunde zu wecken. Zu seiner Überraschung sah er kurz darauf seinen völlig verstört wirkenden Kammerdiener das Schlafzimmer betreten.

„Was ist los, Burgess? Und was immer es ist, es sollte sehr wichtig sein. Ich habe friedlich wie ein Lamm geschlafen, als Sie anfingen, an meine Tür zu hämmern!"

„Unten warten drei Männer, Mylord, die darauf bestehen, mit Ihnen zu reden. Jennings hat ihnen gesagt, dass es für Besucher noch zu früh sei, aber sie weigerten sich zu gehen. Sie behaupten, dass die Angelegenheit keinen Aufschub dulde. Jennings hat mich gebeten, Sie zu wecken, Mylord." Er holte

Olivers Morgenmantel aus grüner Seide.

„Seien Sie doch nicht so dumm! Ich kann wohl kaum *das* anziehen, wenn ich mit ihnen spreche. Wer immer die drei sein mögen, sie werden warten müssen, bis ich angekleidet bin."

„Die Männer meinten, sie würden nach oben kommen und Sie holen, wenn Sie nicht in fünf Minuten unten sind."

„Was? Die wagen es, mir zu drohen? Was kann so wichtig sein, diese Leute zu einer solchen Stunde in mein Haus zu führen? Hat Jennings Ihnen ihre Namen gesagt?"

„Ja, Mylord. Der Duke of Sheffield, der Marquess of Belford und der Earl of Brant."

Oliver überfiel eine bange Vorahnung. Sheffield war hier – und er hatte zwei der einflussreichsten und mächtigsten Männer Londons mitgebracht. An den Grund ihres Kommens wagte Oliver gar nicht zu denken. Am besten wartete er erst einmal ab, was passieren würde.

Burgess hielt ihm erneut den Morgenmantel hin, und diesmal schlüpfte Oliver ohne Widerspruch hinein. „Führen Sie die drei in den Salon und sagen Sie, dass ich gleich komme."

„Ja, Mylord."

Als der Butler wenig später die große Doppeltür öffnete und Oliver den Salon betrat, bemühte er sich trotz seines Morgenmantels und seiner Hauspantoffeln eine annähernd würdevolle Haltung zu bewahren. Noch mehr als seine Aufmachung verunsicherte ihn allerdings, dass die drei Männer nicht Platz genommen hatten, sondern im Stehen auf ihn warteten.

„Guten Morgen. Rafe, Mylords."

„*Ollie*", erwiderte der Duke mit unüberhörbarer Schärfe in seiner Stimme.

„Ich vermute, dass eine sehr dringliche Angelegenheit Sie zu so früher Stunde zu mir führt."

Sheffield kam auf ihn zu. Oliver hatte Rafael Saunders seit Jahren nicht mehr gesehen, weil er es vorgezogen hatte, ihm aus dem Weg zu gehen. Und nun war er hier, in seinem Haus – ein Mann, der nicht nur größer war und kraftvoller wirkte als er selbst, sondern auch über mehr Macht und Reichtum verfügte, als Oliver jemals haben würde.

„Ich komme in einer persönlichen Angelegenheit", meinte der Duke. „Eine Angelegenheit, die schon vor fünf Jahren hätte geregelt werden sollen. Wahrscheinlich weißt du, wovon ich spreche."

Oliver runzelte die Stirn. Er verstand nicht, worauf der andere hinauswollte. „Ich habe gedacht, was geschehen ist, gehört längst der Vergangenheit an. Du bist sicher nicht gekommen, um nach all diesen Jahren meine Jugendsünden wieder aufzuwärmen."

„Eigentlich bin ich hier, um die Ehre von Danielle Duval zu verteidigen. Das hätte ich schon vor fünf Jahren tun sollen, denn du musst wissen, dass ich mich getäuscht habe, als ich damals dir geglaubt habe und nicht ihr. Aber diesen Fehler werde ich wiedergutmachen – ein für alle Mal."

„Was … wovon sprichst du?"

Statt zu antworten, holte Rafe einen weißen Handschuh aus der Tasche seines Gehrocks und schlug ihn Oliver ins Gesicht. „Danielle Duval hat sich in dieser Nacht nichts zuschulden kommen lassen, aber du sehr wohl. Und jetzt wirst du für den Schaden, den du angerichtet, und für die Leben, die du zerstört hast, bezahlen. Du darfst die Waffen wählen."

„Ich weiß nicht … ich weiß überhaupt nicht, wovon du redest."

„Natürlich weißt du das. Schließlich warst du es, der den Brief geschrieben und den Hausdiener bestochen hat. Du weißt genau, was ich meine. Ich erwarte dich morgen bei Sonnenaufgang auf der Anhöhe in Green Park. Diese beiden Männer werden mir sekundieren. Wenn du dich meiner Herausforderung widersetzt, wie du es schon einmal getan hast, werde ich dich suchen und dich erschießen, wo immer ich dich finde. Such dir jetzt die Waffen aus."

Die Wahrheit war also ans Tageslicht gekommen. Oliver hatte schon gehofft, dass es nie herauskommen würde und dass sein Plan aufgegangen war. Nun, fünf Jahre später, fragte er sich auf einmal, ob der Preis, den er für seine Rache bezahlen würde, vielleicht zu hoch war ...

„Pistolen", sagte er schließlich. „Du kannst auf mich zählen. Ich werde morgen früh im Green Park sein."

„Noch eine letzte Frage ... *Ollie.* Warum hast du das getan? Was habe ich dir angetan, um so grausam bestraft zu werden?"

Oliver zog einen Mundwinkel nach oben. „Du warst einfach nur du selbst, Rafael. Seit unseren frühen Kindertagen warst du größer als ich, klüger als ich und sahst auch noch besser aus. Du warst der Erbe des Titels eines Duke und eines unvorstellbaren Vermögens. Du warst der bessere Sportler, der charmantere Gastgeber, der bessere Liebhaber. Alle Frauen wollten dich heiraten. Als auch Danielle deinem Zauber verfiel, beschloss ich, dass du sie niemals haben solltest." Er lächelte bitter. „Und deshalb habe ich zerstört, was dir am meisten am Herzen lag."

Um die Beherrschung des Dukes war es geschehen, und er griff Oliver Randall wutentbrannt beim Kragen seines Morgenmantels. „Ich werde dich umbringen, Oliver. Es mag dir gelungen sein, deinen perfiden Plan in die Tat umzusetzen, aber für diesen Erfolg wirst du bezahlen."

Sowohl der Earl als auch der Marquess eilten auf die beiden zu.

„Lass ihn los, Rafael", beschwor Brant seinen Freund. „Morgen wirst du deine Vergeltung bekommen."

„Lass ihn bis dahin in Ruhe über sein Schicksal nachdenken", meinte nun auch der Marquess of Belford beschwichtigend, der nur zu gut wusste, wie Angst sich im Laufe der Zeit noch zu steigern vermochte.

Langsam lockerte der Duke seinen festen Griff.

„Zeit zu gehen“, meinte Belford. „Mittlerweile haben die Dienstboten bestimmt schon einen Wachmann gerufen. Cord hat ganz recht – morgen ist auch noch ein Tag.“

Sheffield ließ schließlich von Oliver Randall ab und stieß ihn so fest von sich, dass er gegen den Kaminsims taumelte und einen scharfen Schmerz im Arm verspürte. Zugleich merkte Oliver, wie seine Angst langsam einer eisernen Entschlossenheit wich. Er hatte sich seit Langem auf diesen Tag vorbereitet, und vielleicht bot ihm das Schicksal nun doch noch eine letzte Gelegenheit, doch noch den Sieg davonzutragen.

„Wir werden ja sehen, wer am Ende tot ist“, spottete er, als die drei Männer zur Tür gingen. „Ich bin nicht mehr der Schwächling, der ich noch vor fünf Jahren war.“

Doch die Männer beachteten ihn gar nicht, und als er die Haustür hinter ihnen ins Schloss fallen hörte, ließ Oliver sich auf das Brokatsofa sinken. Nun würde er also endlich dem Duke of Sheffield im Duell gegenüberstehen. Er hatte immer gewusst, dass dies eines Tages geschehen könnte, und sich ein Paar Pistolen gekauft. Durch tägliche Übung war er ein ausgezeichneter Schütze geworden.

In der letzten Zeit hatte er jedoch nicht mehr wirklich geglaubt, dass er die Waffen tatsächlich einmal brauchen würde. Aber er hatte sich getäuscht.

Oliver lächelte kaum merklich. Rafe wollte Vergeltung. Oliver kannte dieses Gefühl nur zu gut. In gewisser Weise empfand er sogar Genugtuung darüber, dass Rafe nun wusste, was sich in jener Nacht ereignet hatte. Und wenn er Glück hatte, würde der Mann, der sich jetzt an ihm rächen wollte, morgen tot sein.

Ein leichter Nebel lag über der Anhöhe. Das hohe Gras war nass von Tau, der auch die ledernen Stiefel der Männer benetzte. Die ersten Sonnenstrahlen zeigten sich am Horizont und ließen in ihrem schwachen Licht die beiden dunklen Kutschen erkennen, die am Fuße des Hügels geparkt waren.

Ethan wartete mit Cord und den beiden Männern, die Lord Oliver Randall begleitet hatten, unter einer alten Eiche. Auf der Anhöhe stand sein bester Freund Rafael Saunders, Duke of Sheffield, Rücken an Rücken mit dem Mann, der sein Leben ruiniert hatte.

Oliver Randall, dritter Sohn des Marquess of Caverly, war etwas kleiner als Rafe und von weniger kräftigem Körperbau. Er strahlte nichts von der Kraft und Stärke aus, die Rafe stets zu umgeben schienen, und dennoch hoffte Ethan, dass sein Freund den Feind deshalb nicht unterschätzen würde.

Denn es hieß, dass Oliver Randall ein sehr talentierter Schütze sei, vielleicht sogar einer der besten in London …

Aber das war Rafe auch.

Cord begann nun mit lauter Stimme bis zehn zu zählen, während die beiden Männer sich bei jeder Zahl mit einem großen Schritt voneinander entfernten. „… Sieben. Acht. Neun. Zehn."

Beide drehten sich im selben Moment um, hoben ihre Pistolen und drückten ab.

Zwei Schüsse hallten über die Anhöhe, und für einen kurzen Augenblick rührte sich keiner der Männer. Dann sackte Oliver Randall in sich zusammen und blieb im nassen Gras liegen.

Seine Sekundanten rannten zu ihm, und im roten Schein der Morgendämmerung eilte auch Neil McCauley herbei, ein befreundeter Arzt, der sich bereit erklärt hatte, bei dem Duell anwesend zu sein. Cord und Ethan folgten ihm, und Ethan spürte noch immer das Blut heftig durch seinen Körper pulsieren, wenngleich sich seine Sorge etwas legte, als er Rafe scheinbar unverletzt vor sich stehen sah.

Doch dann entdeckte er den leuchtend roten Fleck frischen Blutes auf Rafaels Ärmel. Rafe schien seine Verletzung jedoch gar nicht zu bemerken und ging entschlossenen Schrittes zu Oliver Randall.

Dr. McCauley beugte sich über den schwer verwundeten Mann und sah dann zum Duke auf. „Ich weiß nicht, ob er es schafft."

„Geben Sie Ihr Bestes", entgegnete Rafe kurz und kehrte zu Ethan und Cord zurück.

„Wie schwer bist du verletzt?", fragte Ethan und strich sich besorgt eine Locke seines schwarzen Haars aus der Stirn.

Zum ersten Mal wurde Rafe bewusst, dass der Schuss ihn getroffen hatte. „Nichts Ernstes, glaube ich. Es tut ein bisschen weh, aber nicht sehr."

„Zu mir ist es am nächsten, und die Frauen warten dort auf uns. Wir sollten sehen, dass wir nach Hause kommen und uns um deinen Arm kümmern", sagte Cord. „McCauley wird noch eine Weile mit Randall beschäftigt sein, aber meine Frau ist auch eine recht gute Krankenschwester."

Rafe nickte zustimmend. Während sie hinunter zur Kutsche gingen, spannten sich seine Kiefermuskeln einige Male vor Schmerz, aber er schien es kaum zu bemerken und in Gedanken ganz woanders zu sein.

Oliver Randall war zwar nun für ihn erledigt, aber die Ehre gebot es, dass Rafe sich noch einiger anderer Dinge annahm. Danielles Ruf musste wiederhergestellt und ihre Unschuld an dem Geschehenen bekannt gemacht werden, damit sie in die Gesellschaft zurückkehren konnte.

Ethan fragte sich, was Rafe wohl als Nächstes unternehmen würde.

5. KAPITEL

Rafe saß hinter seinem Schreibtisch und lehnte sich in seinen Sessel zurück. Die Junisonne schien sanft durch die Fenster und erwärmte das Zimmer, was Rafes Laune jedoch nicht zu bessern vermochte. Die Wunde in seinem Arm pochte, aber glücklicherweise hatte die Verletzung sich als nicht schwerwiegend herausgestellt. Die Bleikugel war durch das Fleisch hindurchgegangen, ohne den Knochen zu verletzen, und auf der anderen Seite wieder ausgetreten.

Oliver Randall hatte weniger Glück gehabt. Die Kugel hatte eine Rippe unterhalb seines Herzens getroffen, war daran abgeprallt und in unmittelbarer Nähe der Wirbelsäule stecken geblieben. Neil McCauley hatte das Geschoss zwar erfolgreich entfernen können, doch selbst wenn sich kein Wundbrand entwickelte und Oliver Randall überlebte, würde er nie wieder laufen können.

Rafe empfand keinerlei Mitleid. Oliver Randall hatte aus purer Eifersucht auf grausame und vorsätzliche Weise die Leben zweier Menschen ruiniert. Er hatte mit seinem perfiden Plan und seinen Lügen ganz London zu täuschen vermocht – und Rafael ganz besonders. Es schien nur ausgleichende Gerechtigkeit zu sein, wenn nun auch Olivers Leben zerstört war.

„Du erntest, was du aussäst", hatte sein Vater immer gesagt, als Rafe noch ein Junge war. Der verstorbene Duke würde den Ausgang des Duells als höhere Gerechtigkeit empfunden haben.

Andererseits war Oliver nicht der Einzige, den Schuld traf. In den Tagen nach dem Duell hatte Rafe sich darangemacht, einiges von dem Schaden, den er verursacht hatte, zu beheben. Er beabsichtigte, Danielles Ruf wiederherzustellen, der durch den Skandal ruiniert worden war. Zunächst wollte er aber mit Danielle sprechen.

Bislang waren seine Bemühungen jedoch nicht von Erfolg gekrönt gewesen.

Rafe fluchte leise. Missmutig dachte er an Danielle, als ihn ein leises Klopfen aus seinen Gedanken riss. Sein Butler Jonathan Wooster, ein Mann mit silbergrauem Haar, schmalem Gesicht und wässrigen blauen Augen, stand in der geöffneten Tür.

„Entschuldigen Sie die Störung, Euer Gnaden, aber Lord und Lady Belford wünschen, Sie zu sprechen."

Rafe hatte sich schon gefragt, weshalb seine Freunde so lange auf sich warten ließen. „Führen Sie sie herein." Wahrscheinlich sorgten sie sich um ihn, denn seit dem Duell hatte er sich völlig zurückgezogen und sein Haus nicht mehr verlassen. Wenngleich er Vergeltung gefunden hatte, fühlte er sich geschlagen.

Ethan folgte Grace in das Arbeitszimmer. Sie war eine schöne junge Frau mit rotbraunem Haar, grünen Augen, die funkelten wie Juwelen, und trug heute ein Kleid mit hoch angesetzter Taille in einem hellen Grünton, der ihre Augen noch leuchtender strahlen ließ. Grace und Rafe kannten sich schon lange, waren jedoch nie mehr als gute Freunde gewesen. Rafe hatte von Anfang an erkannt, dass Grace dafür ausersehen war, Ethans Frau zu werden, und dass es ihr gelingen würde, ihn von den dunklen Schatten der Vergangenheit zu befreien.

„Wie geht es dir?", fragte Ethan mit besorgter Miene.

„Es war zum Glück keine schwere Verletzung." Rafe ging auf die beiden zu. „Mein Arm scheint gut zu heilen."

„Das ist beruhigend." Grace lächelte. „Vielleicht fühlst du dich ja auch schon so gut, dass du uns zum Lunch begleiten magst? Es ist ein herrlicher Tag."

Rafe wandte seinen Blick ab. Sein Körper heilte zwar, doch seine Gedanken blieben auf die Vergangenheit gerichtet. Am Tag nach dem Duell hatte er Jonas McPhee beauftragt herauszufinden, wo Lady Wycombe und ihre Nichte sich derzeit aufhielten. Weder Rafe noch seine Mutter hatten Danielle seit dem Wohltätigkeitstee gesehen, weshalb er vermutete, dass sie und ihre Tante vielleicht nach Wycombe Park zurückgekehrt waren.

Doch dann hatte McPhee ihm mitgeteilt, dass Danielle Duval und Lady Wycombe außer Landes gegangen seien …

„Aus deiner finsteren Miene schließe ich, dass du schon gehört hast, dass Danielle nicht mehr in London ist“, meinte Ethan.

Rafe runzelte verärgert die Stirn. „Woher weißt du das?“

„Victoria hat es uns erzählt“, sagte Grace. „Sie scheint einen unsichtbaren Draht zur gesamten Dienerschaft der Stadt zu haben, und sie hat versucht, etwas über Danielle herauszufinden. Wahrscheinlich hat sie sich schon gedacht, dass du sie gerne sprechen würdest.“

Rafe unterdrückte einen tiefen Seufzer. „Jonas McPhee hat mir vor drei Tagen mitgeteilt, dass Danielle und ihre Tante mit dem Schiff nach Amerika aufgebrochen sind. Sie wollen nach Philadelphia. Ich hatte gehofft, mich bei ihr entschuldigen und zumindest etwas wiedergutmachen zu können – aber nun, denke ich, werde ich dazu keine Gelegenheit mehr haben.“

„Nein, zumindest nicht sofort“, stimmte Ethan zu.

Rafe sah seinen Freund scharf an. „Hat Victoria dir auch davon erzählt, dass Danielle den Heiratsantrag eines Amerikaners namens Richard Clemens angenommen hat?“

„Nein. Ich glaube auch nicht, dass sie davon wusste.“

Rafe sah gedankenverloren in den Garten hinaus. Die Sonne schien so strahlend wie schon seit Tagen nicht mehr, und sein Blick fiel auf ein Spatzenpaar, das auf einem Ast in der Nähe des Fensters saß.

Er wandte sich wieder seinen Freunden zu. „Danielle hat sich genötigt gesehen, ihre Heimat zu verlassen, um wieder glücklich zu werden. Sie ist bereit, Tausende von Meilen mit dem Schiff zurückzulegen, um den schrecklichen Lügen zu entkommen, die über sie erzählt wurden – und es ist alles meine Schuld."

Grace berührte sanft seinen Arm. „Nein, das ist es nicht. Dein Verhalten hat sicher eine maßgebliche Rolle gespielt, aber der eigentlich Schuldige ist Oliver Randall. Er wollte, dass deine Verlobung mit Danielle in die Brüche ging, und dabei die Gefühle, die ihr füreinander hattet, zerstören. Und leider ist ihm das gelungen."

Rafe ballte unbewusst die Hand zur Faust. „Randall hat erreicht, was er wollte. Er hat mir und Danielle jede Aussicht auf ein glückliches Leben genommen – es sei denn, dass Danielle vielleicht doch noch mit dem Mann, den sie heiraten wird …"

Grace' Finger schlossen sich fest um seinen Arm. „Willst du es darauf ankommen lassen, Rafael?"

„Was meinst du damit?"

„Danielles Heirat könnte sie noch unglücklicher machen, als sie es während der letzten fünf Jahre gewesen ist. Willst du das wirklich?"

Rafe war beklommen zumute. Dieser Gedanke war ihm im Laufe der letzten Tage wiederholt gekommen. Er hatte sich wieder an die Danielle erinnert, in die er sich damals verliebt hatte … die so jung und unschuldig gewesen war und doch voller Leidenschaft …

Wer war dieser Mann, den sie heiraten wollte? Liebte sie ihn? Würde er gut für sie sorgen und sie so behandeln, wie sie es verdiente?

Ethans Stimme durchbrach das Schweigen, das sich über den Raum gesenkt hatte. „Grace glaubt, dass Danielle und du noch eine Chance habt – wenn du es wagst, sie zu ergreifen. Meine Frau ist überzeugt davon, dass du Danielle immer noch liebst und dass du nie aufgehört hast, sie zu lieben. Ihrer Ansicht nach solltest du ihr hinterherfahren."

Rafe sah Grace durchdringend an. „Ich weiß, dass du schon immer eine unverbesserliche Romantikerin gewesen bist, meine Liebe, aber diesmal schießt du ein wenig übers Ziel hinaus. Danielle heiratet einen anderen Mann. Wahrscheinlich liebt sie ihn. Und ich … ich bin mit Mary Rose verlobt."

„Liebst du Danielle noch?", fragte Grace unbeirrt nach.

Rafe atmete tief durch. Liebte er Danielle noch? Er hatte noch nie gewagt, sich diese Frage zu stellen. „Das ist fünf Jahre her, Grace. Ich kenne sie kaum mehr."

„Du solltest es herausfinden, Rafael. Du musst wissen, ob du sie noch liebst – und ob sie dich noch liebt."

Rafe schnaubte verächtlich. „Ihr ist mein bloßer Anblick verhasst!"

„Vielleicht. Aber vielleicht täuscht sie sich da ja selbst. Ich habe auch lange Zeit versucht, mich davon zu überzeugen, dass ich Ethan hasse, und habe ihn für alles verantwortlich gemacht, was mir zugestoßen ist. Aber an dem Tag, als er plötzlich vor meiner Tür stand, wurde mir bewusst, dass die Gefühle, die ich einmal für ihn empfunden hatte, tief in mir immer noch lebendig waren. Damals wünschte ich mir, dass dem nicht so sei. Aber jetzt …"

Sie schmiegte sich an ihren Mann. „Jetzt bin ich froh und dankbar, dass er mir gefolgt ist und dass er mich genauso liebt wie ich ihn und er mir einen wunderbaren Sohn geschenkt hat."

Ethan berührte das rotbraune Haar seiner Frau sanft mit den Lippen.

„Aber was ist mit Mary Rose?", fragte Rafe. „Wir sind verlobt, falls du das vergessen haben solltest."

„Du liebst sie aber nicht", stellte Ethan unumwunden fest. „Und ich glaube auch nicht, dass sie dich liebt. Das würdest du auch gar nicht zulassen."

Nein, gestand Rafe sich ein, er wollte nicht von Mary Rose geliebt werden, denn er wusste, dass er ihre Liebe nie würde erwidern können.

„Bitte sie darum, auf dich zu warten“, schlug Grace vor. „Es ist sicher nicht zu viel verlangt, sich vor der Hochzeit noch ein wenig Zeit auszubitten.“

Rafe antwortete nicht. Die Fragen, die Grace aufgeworfen hatte, waren ihm selbst nicht mehr aus dem Kopf gegangen, seit McPhee die Wahrheit über die Geschehnisse jener Nacht herausgefunden hatte.

Es gab noch so viel, was gesagt werden musste ... so viel in der Vergangenheit, das einer Klärung bedurfte ...

„Ich werde darüber nachdenken. Ganz gleich, was geschehen wird, so sollt ihr wissen, dass ich eure Freundschaft sehr schätze – mehr als ihr ahnen könnt.“

Grace' Augen füllten sich mit Tränen. „Wir wollen nur, dass du glücklich bist.“

Rafe nickte, wenngleich er selbst diese Hoffnung vor fünf Jahren begraben hatte. Doch nun, als er die Worte seiner Freunde gehört hatte, verspürte er auf einmal wieder Zuversicht. Könnte es denn möglich sein ...? Er wusste es nicht – aber er würde es herausfinden.

Morgen früh würde er eine Überfahrt nach Amerika buchen.

„Wenn du dich entschließt zu fahren“, meinte Ethan nun, als ob er Rafes Gedanken hätte lesen können, „könnte ich dir ein Schiff von ‚Belford Shipping‘ empfehlen, das in drei Tagen ablegt. Du kannst die Eignerkabine haben. Die ‚Triumph‘ fährt über den Delaware River bis nach Philadelphia hinauf. Sie ist ein schnelles Schiff, Rafe, und bei günstigem Wind wirst du mindestens eine Woche der Zeit gutmachen, die Danielle dir voraushat.“

Rafe sah seinen Freund an, und ihm wurde so beklommen zumute, als hätte eine Faust sich um sein Herz geschlossen.

„Triff alle nötigen Vorbereitungen“, antwortete er knapp.

6. KAPITEL

Danielle wollte einen Augenblick allein sein. Sie stand am Fenster und sah auf die nächtlich daliegende Stadt, die sie vor zwei Wochen erreicht hatten. Heute Abend waren sie und ihre Tante auf eine kleine Hausgesellschaft eingeladen, die gute Freunde von Richard zu Ehren ihrer Verlobung gaben. Es schien Danielle, als würde die Flut neuer Gesichter, denen sie jeden Tag vorgestellt wurde, gar kein Ende nehmen, und obwohl die meisten von Richards Bekannten nett waren, überforderten sie die vielen neuen Eindrücke doch manchmal.

Und mit seinen engen, kopfsteingepflasterten Straßen und den Backsteinbauten, den weißen Kirchtürmen und den weitläufigen Parks war Philadelphia zwar eine bezaubernde Stadt, aber doch ganz anders als London.

Trotz der einstigen kolonialen Bindung Amerikas an England wirkte es so, als hätten die amerikanischen Siedler alles nur Erdenkliche versucht, um sich eine eigene Identität zu schaffen. Ihre Art zu sprechen war weniger prononciert und förmlich, bei der Kleidung orientierten sie sich zwar an der englischen Mode, doch bis die neuen Stoffe und Schnitte über den Ozean gelangt waren, wirkte sogar die raffinierteste Garderobe bereits wieder ein wenig überholt, was jedoch niemanden bekümmerte.

Die Amerikaner besaßen einen stark ausgeprägten Unabhängigkeitsgeist, den Danielle sehr bewunderte. Nie zuvor war sie so vielen Menschen begegnet, die keinen Zweifel daran ließen, dass sie ihr eigener Herr waren.

Danielle wandte sich vom Fenster ab und ging zurück zu ihrer Tante, die neben der großen Kristallschale mit dem Punsch stand. Während der letzten zwei Wochen hatte Danielle begonnen, sich in dem kleinen Reihenhaus, das Tante

Flora für die Dauer ihres Aufenthaltes gemietet hatte, sehr wohlzufühlen. Es war ein bezauberndes Haus im kolonialen Stil, in dem sie und Caro wohnen würden, bis sie Richard Clemens heiratete.

Nach der Hochzeit, die in drei Wochen stattfinden sollte, würde Danielle mit Caro in Richards Haus in Society Hill umziehen, und sobald sie sich dort eingelebt hatten, wollte Tante Flora nach England zurückkehren.

Danielle würde mit ihrem Mann in Philadelphia, einer für sie völlig neuen Umgebung, bleiben und war sehr dankbar dafür, Caro bei sich zu wissen.

Sie nahm einen Schluck von dem Punsch, den ihre Tante ihr gereicht hatte.

„Da kommt Richard“, flüsterte Tante Flora und lächelte dem blonden Mann zu, der vom anderen Ende des Salons auf sie beide zukam. „Er ist wirklich ein gut aussehender Mann.“

Sie warf Danielle einen kurzen Blick zu und versuchte herauszufinden, was ihre Nichte wohl für Richard empfinden mochte, aber Danielle bemühte sich um eine völlig reglose Miene.

Sie mochte Richard Clemens und hatte seinen Antrag angenommen, aber sie liebte ihn nicht. Auch glaubte sie nicht, dass Richard mehr als mäßige Gefühle für sie hegte. Er war ein erfolgreicher Mann, der praktisch dachte, und nach dem Tod seiner ersten Frau wollte er sich wieder verheiraten, nicht zuletzt, um eine Mutter für seine beiden Kinder zu haben. Danielle hoffte, dass ihre gegenseitige Zuneigung mit der Zeit noch zunehmen würde.

„Ah, Danielle ... da bist du ja.“ Er sah sie freundlich an, und sie erwiderte sein Lächeln.

„Ich habe gesehen, dass du dich mit Mr. Wentz unterhalten hast“, meinte sie. „Da ihr beide in der Textilbranche arbeitet, dachte ich mir, dass euer Gespräch geschäftlicher Natur sein wird."

Er nahm ihre Hand und drückte sie leicht. „Wie scharfsinnig. Aber das habe ich gleich bei unserer ersten Begegnung bemerkt, und eine kluge, aufmerksame Ehefrau kann sich als unschätzbar für den beruflichen Erfolg eines Mannes erweisen."

Danielle lächelte noch immer. Sie wusste zwar nicht genau, was Richard von ihr erwartete, aber sie war sich sicher, dass sie es im Laufe der Zeit herausfinden würde.

„Jacob Wentz hat eine Textilfärberei in Easton, nicht weit von meiner Fabrik." Richard wandte sich für einen Moment Tante Flora zu, und während die beiden sich höflich unterhielten, hatte Danielle Gelegenheit, ihren zukünftigen Ehemann genauer zu betrachten.

Richard war von etwas überdurchschnittlicher Größe und sehr attraktiv. Seine Haare hatten einen satten Goldton, und seine Augenfarbe wechselte je nach seiner Stimmung zwischen Braun und Grün.

Als sie ihn in England kennengelernt hatte, fand sie ihn aufmerksam und interessant. Er war ein intelligenter Mann, der beruflich sehr erfolgreich war, verwitwet mit zwei Kindern. Und er fand sie anziehend. Hier schien er ihr auf einmal ganz anders. Sein Geschäft stand immer an erster Stelle und nahm ihn gänzlich in Beschlag.

„Wenn Sie uns bitte einen Moment entschuldigen würden, Lady Wycombe", sagte Richard nun, „aber ich würde Danielle gerne jemandem vorstellen."

„Natürlich." Tante Flora schenkte ihm ein herzliches Lächeln und wandte ihre Aufmerksamkeit dann der Dame neben sich zu, mit der sie sogleich angeregt zu plaudern begann.

Richard legte Danielles Hand auf seinen Arm und bahnte

sich seinen Weg durch die Gäste. Manchmal blieb er kurz stehen, um ein kurzes Wort mit einem Bekannten zu wechseln, und Danielle bemerkte an der Art, wie ihr Verlobter behandelt wurde, dass er in der Gesellschaft von Philadelphia sehr angesehen war. Manchmal dachte sie sogar, dass er über die Maßen auf seine soziale Stellung bedacht war … aber vielleicht täuschte sie sich auch.

Er blieb vor einem hochgewachsenen, kräftigen Mann mit grauem Haar und Backenbart stehen. „Senator Gaines, wie schön, Sie zu sehen."

„Ganz meinerseits, Richard."

„Ich möchte Ihnen meine Verlobte, Danielle Duval, vorstellen."

Gaines beugte sich formvollendet über ihre Hand. „Miss Duval, Sie sind tatsächlich so schön, wie Richard gesagt hat."

„Ich danke Ihnen, Senator."

„Senator Gaines war einmal Botschafter in England", erklärte Richard Danielle, bevor er sich wieder dem Senator zuwandte. „Viscount Drummond war Danielles Vater. Vielleicht sind Sie ihm ja während Ihrer Zeit im Ausland begegnet."

Der Senator hob eine seiner buschigen Augenbrauen. „Ich fürchte, diese Ehre hatte ich nie." Er warf Richard einen kurzen Blick zu. „Sie haben sich also die Tochter eines Viscounts geangelt … ein schönes Ruhmesblatt für Sie, wenn ich das so sagen darf. Meinen Glückwunsch, alter Junge!"

Richard strahlte über das ganze Gesicht. „Vielen Dank, Senator."

„Wann ist die Hochzeit? Ich gehe davon aus, dass ich eingeladen bin."

„Aber natürlich. Wir wären beide sehr enttäuscht, wenn Sie nicht kämen."

Sie unterhielten sich noch kurz, dann verabschiedete Richard sich höflich und Danielle tat es ihm gleich. Sie versuchte, nicht weiter auf das ungute Gefühl zu achten, das diese Unterhaltung in ihr ausgelöst hatte. In den letzten Tagen hatte sie immer wieder festgestellt, wie wichtig ihr familiärer Hintergrund für Richard zu sein schien. Ihre Herkunft aus dem englischen Adel bedeutete ihm viel, und auf jeder Gesellschaft, die sie besuchten, kam das Thema zur Sprache.

„Richard! Komm doch mit deiner schönen Braut einmal hierher. Wir haben heute Abend einen Gast, den ihr unbedingt kennenlernen müsst."

Danielle erkannte Marcus Whitman, ihren rundlichen Gastgeber, einen vermögenden Landwirt, den Richard ihr das erste Mal auf einer Musikveranstaltung vorgestellt hatte, auf der sie letzte Woche gewesen waren. Seit ihrer Ankunft in Amerika hatte ihr Verlobter darauf bestanden, dass sie eine gesellschaftliche Veranstaltung nach der anderen besuchten.

„Ich möchte dir die Möglichkeit geben, meine Freunde zu treffen", hatte Richard ihr erklärt.

Danielle hingegen hatte gehofft, dass sie mehr Zeit für sich haben würden, um sich vor der Hochzeit noch etwas besser kennenzulernen. Bislang war sie seinen Kindern erst einmal begegnet, und dann auch nur kurz.

„Guten Abend, Marcus." Richard lächelte. „Es ist ein wunderschönes Fest, und wir freuen uns sehr, dass du es uns zu Ehren ausrichtest."

„Meine Frau und ich machen das gerne. Bis zu seinem Tod waren dein Vater und ich zwanzig Jahre lang die besten Freunde gewesen."

Richard nickte höflich. Sein Vater war in den letzten Tagen immer wieder erwähnt worden und schien ein sehr angesehener Mann gewesen zu sein. „Du meintest, dass du uns jemand vorstellen wolltest?"

„Ja. Ja … natürlich." Whitman berührte einen groß gewachsenen Mann, der hinter ihm stand, leicht am Arm, um ihn auf sich aufmerksam zu machen.

„Richard, ich möchte dir einen Bekannten aus London vorstellen, den Freund eines Freundes … du weißt schon, was ich meine. Rafael Saunders ist der Duke of Sheffield, und er hält sich geschäftlich in Philadelphia auf.“

Danielle durchraste ein eisiger Schreck. Ihr war, als würde sie den Boden unter den Füßen verlieren, und sie spürte, wie ihr das Blut langsam aus dem Gesicht wich.

Whitman fuhr damit fort, sie einander vorzustellen. „Duke, dies sind Richard Clemens und seine Verlobte, Miss Duval. Sie ist auch aus England, und vielleicht kennen Sie beide sich ja.“

Danielle sah erschrocken in die blauesten Augen, die sie sich vorstellen konnte … Augen, die sie nie vergessen würde. Sie spürte ihr Herz fast schmerzhaft in ihrer Brust schlagen.

„Mr. Clemens“, entgegnete Rafael und verbeugte sich höflich vor Richard. „Miss Duval.“ Seine Augen ruhten auf ihr, und Danielle konnte den Blick kaum von ihm abwenden.

Sie bekam kein einziges Wort heraus und starrte ihn einfach nur an. Ihre Hand, die auf Richards Arm lag, zitterte. Er wandte sich zu ihr um und bemerkte, wie blass sie geworden war.

„Geht es dir gut, meine Liebe?“

Danielle fuhr sich mit der Zunge über die Lippen. „Ich bin … ich freue mich, Sie kennenzulernen“, sagte sie zu Rafael. Zum Glück hatte sie Richard nie den Namen des Mannes gesagt, der einmal ihr Verlobter gewesen war. Der Mann, der sie ruiniert hatte …

Rafe sah sie unverwandt an. „Das Vergnügen ist ganz meinerseits, Miss Duval.“

Endlich wandte sie ihren Blick von ihm ab und sah sich mit wild schlagendem Herzen nach einer Gelegenheit um, die Flucht ergreifen zu können. „Ich … ich bitte um Entschuldigung. Mir ist furchtbar warm, und ich werde ein wenig an die frische Luft gehen."

Richard legte ihr den Arm um die Taille. „Ich begleite dich. Wenn du kurz auf der Terrasse warst, wirst du dich gleich wieder frisch und munter fühlen." Er führte sie zu den Flügeltüren, die sich zum Garten hin öffneten. Danielle bemerkte kaum, dass einige der Gäste sie neugierig beobachteten. In ihrem Kopf drehte sich alles, und ihr war wirklich ganz sonderbar zumute.

Rafael war ihr gefolgt. Anders konnte sie sich nicht erklären, dass er hier war. Warum war er gekommen? Was wollte er?

Hasste er sie so sehr, dass er versuchen würde, ihr die Möglichkeit eines Neubeginns mit Richard zu nehmen?

Danielle unterdrückte die in ihr aufkeimende Angst und hoffte inständig, dass Rafe aus einem anderen Grund den weiten Weg nach Amerika gemacht hatte.

Rafe sah Danielle nach und wünschte sich, dass er die Sache anders angegangen wäre. Danielle hatte so blass und erschüttert ausgesehen. Aber was hatte er erwartet?

Und war ihm eine andere Wahl geblieben?

Vor seiner Abreise hatte er nicht mehr genügend Zeit gehabt, um ihren genauen Aufenthaltsort ausfindig zu machen. Er wusste nur den Namen ihres Schiffes und dass sie auf dem Weg nach Philadelphia war, um dort einen vermögenden Fabrikanten zu heiraten.

Weitere Anhaltspunkte hatte er nicht. Dafür hatte Howard Pendleton, ein guter Freund der Familie, ihm zwei Empfehlungsschreiben einflussreicher Männer aus London mitgegeben, die Freunde in Philadelphia hatten und ihm vielleicht helfen konnten, Danielle zu finden.

Howard Pendleton war Colonel der britischen Armee

und arbeitete für das Kriegsministerium. Er hatte Rafe und Cord maßgeblich dabei unterstützt, Ethan aus französischer Gefangenschaft zu befreien. Durch Ethan hatte Pendleton auch von Rafes Reiseplänen erfahren und war sogleich mit den beiden Empfehlungsschreiben zu ihm gekommen – für die er allerdings eine Gegenleistung erwartete.

„Es gibt Gerüchte", hatte der Colonel begonnen, „die besagen, dass es eine Vereinbarung der Amerikaner mit den Franzosen gibt ... einen Handel, der für Napoleon sehr günstig wäre. Wir brauchen Ihre Hilfe, Euer Gnaden. Wenn Sie wünschen, werde ich Ihnen Max Bradley zur Seite stellen."

Rafe kannte Bradley gut und wusste, dass er nicht nur erstklassig arbeitete, sondern dass man sich auch auf ihn verlassen konnte. England lag seit Jahren mit den Franzosen im Krieg, und Tausende Briten hatten in den Auseinandersetzungen bereits ihr Leben gelassen.

Rafe hatte Pendleton seine Hilfe zugesagt, und als er an Bord der „Triumph" gegangen war, hatte Max Bradley ihn begleitet. Bradley arbeitete als außerordentlicher Mitarbeiter für das Kriegsministerium – eine höfliche Umschreibung dafür, dass Max ein Spion der britischen Krone war.

Gleich nach ihrer Ankunft in Amerika war Max untergetaucht, um sich nach wichtigen Informationen umzuhören, und Rafe hatte versucht, mithilfe der beiden Briefe jemanden zu finden, der ihn zu Danielle führen könnte. Er war daraufhin Marcus Whitman vorgestellt worden, einem guten Freund von Richard Clemens, und hatte eine Einladung zu dessen Abendgesellschaft bekommen.

Rafe sah erneut zur Terrasse hinüber und spürte, wie ihm zunehmend schwerer ums Herz wurde. In dem Kleid aus Goldbrokat und mit ihrem roten Haar, das sie aufgesteckt trug, sah Danielle am diesem Abend noch schöner aus, als er sie in Erinnerung gehabt hatte.

Doch als sie am Arm ihres zukünftigen Mannes durch den Salon gegangen war, hatte er in ihren schönen grünen Augen nicht eine Spur von Glück oder die Andeutung von Leidenschaft entdeckt. Vielleicht hatte auch sie gelernt, ihre Gefühle zu beherrschen …

Er sah ihr nach, als sie im Garten verschwand, und wünschte erneut, anders vorgegangen zu sein. Aber er hatte unbedingt Richard Clemens kennenlernen wollen und beabsichtigte, so viel wie möglich über den Mann herauszufinden. Und dazu würde ihm bis zu der Hochzeit in drei Wochen nicht mehr viel Zeit bleiben.

„Nun, wenn das nicht Seine Hoheit, der Duke, ist …“ Flora Chamberlain stand plötzlich neben ihm, wandte ihm ihr rundliches Gesicht zu und betrachtete ihn aufmerksam mit ihren wachen blauen Augen. „Es ist doch erstaunlich, wie klein die Welt ist.“ Sie musterte ihn kühl. „Ich hätte nicht damit gerechnet, dass Sie tatsächlich kommen.“

Rafe sah sie scharf an. „Nein? Ihnen musste doch klar sein, dass ich die Wahrheit herausfinden würde, als Sie McPhee den Brief gegeben haben. Dachten Sie wirklich, dass ich die Sache auf sich beruhen ließe, ohne noch einmal mit Danielle gesprochen zu haben?“

„Wenn Sie gewollt hätten, hätten Sie die Wahrheit schon vor fünf Jahren herausfinden können.“

„Damals war ich noch jünger und über die Maßen impulsiv. Ich war verrückt vor Eifersucht und habe mich zum Narren halten lassen.“

„Ich verstehe … Und nun sind Sie älter und haben Ihre Leidenschaften gezügelt.“

„Ganz genau. Als ich Danielle das letzte Mal sah und sie auch nach all den Jahren ihre Unschuld beteuerte, beschloss ich, der Sache auf den Grund zu gehen, und fand zu meinem großen Bedauern heraus, dass ich Ihrer Nichte Unrecht getan hatte."

„Das muss eine ziemliche Überraschung für Sie gewesen sein. Trotzdem ist es beeindruckend, wie weit zu reisen Sie nun bereit waren."

„Ich wäre bis ans Ende der Welt gefahren, um Danielle zu finden."

„Ich gestehe, dass ich darauf gehofft hatte. Danielle verdient es, eine Entschuldigung von Ihnen zu hören."

„Ist das der einzige Grund?"

Sie wandte den Blick ab und sah zur Terrasse hinüber. „Im Moment ja."

„Ich muss mit ihr reden, Lady Wycombe."

Die Countess betrachtete Rafe erneut. „Kommen Sie morgen in mein Haus – 221 Arch Street, zehn Uhr. Richard wird nicht vor Mittag dort sein."

Rafe nahm ihre Hand und führte sie an seine Lippen. „Ich danke Ihnen, Lady Wycombe. Sie waren Danielle schon immer eine gute Freundin."

„Versprechen Sie mir, dass Sie nichts tun werden, was sie verletzen könnte und mich meine Entscheidung bereuen ließe."

Rafe blickte zu der alten Dame hinunter, die Danielle so lange die Treue gehalten hatte – im Gegensatz zu ihm. „Ich gebe Ihnen mein Wort."

Danielle saß vor dem Ankleidetisch in ihrem Zimmer und trug nur ihr Unterkleid und einen leichten Morgenmantel aus Seide, da es auch zu so später Stunde noch warm war. Caroline Loon hatte ihr gegenüber auf dem Baldachinbett Platz genommen.

„Er war auf dem Fest, Caro! Ich kann immer noch nicht glauben, dass er den ganzen langen Weg von England … Was kann er nur wollen?“

„Vielleicht gar nicht das, woran du denkst. Es könnte doch wirklich sein, dass der Duke geschäftlich hier zu tun hat. Du hast mir einmal gesagt, dass er sehr vermögend ist und finanzielle Beteiligungen sowohl in England als auch in Amerika hat.“

Danielle spürte einen schwachen Hoffnungsschimmer. „Hältst du das für möglich?“

„Ich halte es sogar für sehr wahrscheinlich.“

„Aber vielleicht ist er auch gekommen, um Richard zu treffen und ihn vor der Frau zu warnen, für die er mich hält ...“

„Du hast deinem Verlobten von dem Skandal erzählt, weshalb der Duke ihm nichts mehr erzählen kann, was Richard Clemens nicht bereits von dir weiß.“

„Da wäre ich mir nicht so sicher. Richard ist sehr auf sein Ansehen bedacht. Selbst wenn er an meine Unschuld glaubt, so könnte er doch darum besorgt sein, dass anderen die Geschichte zu Ohren kommt.“

Caro klopfte sachte mit den Fingern auf die silberne Haarbürste, die sie in der Hand hielt. „Du meintest doch, dass der Duke sich gestern Abend nicht hat anmerken lassen, dass ihr beide euch kennt. Vielleicht wird er ja auch weiterhin darüber schweigen.“

Danielle schüttelte den Kopf. „Rafael hasst mich, und er hat mein Leben bereits einmal ruiniert. Wie soll ich mir sicher sein, dass er es nicht wieder tun wird?“

„Vielleicht solltest du mit ihm reden, um herauszufinden, was er vorhat.“

Ein seltsames Gefühl regte sich in Danielles Brust, von dem sie nicht wusste, was es bedeuten sollte. „Ja, vielleicht sollte ich das. Dann weiß ich wenigstens, woran ich bin.“

Caro erhob sich vom Bett. Sie war noch größer als Danielle, sehr schlank und trug eine leichte Haube über ihrer dichten Mähne hellblonder Locken. „Es ist schon spät. Dreh dich um und lass mich dein Haar bürsten. Du solltest versuchen zu schlafen, und morgen können wir uns dann einen Plan überlegen.“

Danielle nickte und setzte sich auf ihrem Stuhl zurecht. Mit einigen geübten Handgriffen löste Caro die Haarnadeln und begann, Danielles rote Locken kräftig auszubürsten.

Caro hatte recht, dachte Danielle. Morgen würde sie sich über eine Aussprache mit Rafael Gedanken machen. Ihr Magen zog sich in banger Erwartung zusammen, und sie wusste, dass sie bis dahin wohl kaum würde schlafen können.

Danielle war tatsächlich schon früh auf – zumindest für Londoner Verhältnisse. Die Amerikaner hingegen schienen wenig für die Gewohnheiten der englischen Oberschicht übrigzuhaben, deren Mitglieder die halbe Nacht ausgingen, um dann fast den ganzen darauffolgenden Tag im Bett zu verbringen und sich so auf eine Wiederholung der nächtlichen Ausschweifungen vorzubereiten. In Amerika gingen die Menschen auch gerne einmal abends aus, aber es war nicht an der Tagesordnung. Die Amerikaner, denen Danielle bislang begegnet war, arbeiteten hart und waren alle sehr ehrgeizig.

Das beste Beispiel dafür war Richard.

Heute hatte er ihr jedoch versprochen, dass sie den Nachmittag mit seinen Kindern verbringen und abends im kleinen Kreis mit seiner Mutter und einigen Freunden der Familie essen würden, bevor er zu seiner Fabrik nach Easton aufbrach. Easton war eine fünfzig Meilen entfernte Kleinstadt, in der Richards Unternehmen angesiedelt war und wo er während der nächsten Tage geschäftlich zu tun hatte.

„Danielle! … Danielle!“ Caro stürmte zur Tür herein, und ihre blauen Augen waren weit aufgerissen. „Er ist hier! Er ist unten im Salon!“

„Ganz ruhig, Caro. *Wer* ist unten im Salon?"

„Der Duke! Er möchte dich sprechen und sagt, dass es eine sehr dringliche Angelegenheit sei."

Danielle verspürte einen Anflug von Übelkeit, und ihre Hände begannen zu zittern. Sie atmete tief durch und versuchte, ihr wild schlagendes Herz zu beruhigen.

Aber war das nicht genau das, was sie gewollt hatte? Schließlich musste sie mit ihm reden, um seine Absichten zu erfahren …

Danielle warf einen kurzen Blick auf ihr Spiegelbild, drehte sich ein wenig, um auch die Rückseite ihres hellblauen Musselinkleides begutachten zu können, strich sich den schmal geschnittenen Rock glatt und rückte das Oberteil mit der hoch angesetzten Taille zurecht.

Das Kleid war durchaus vorzeigbar, und Caro hatte Danielles Haar nur an den Seiten mit Schildpattkämmen aufgesteckt, damit es ihr in dichten Locken den Rücken hinabhing.

„Du siehst gut aus", versicherte ihr Caro und schob sie zur Tür. „Du wolltest doch mit ihm reden – jetzt kannst du herausfinden, warum er gekommen ist."

Danielle atmete noch einmal tief durch, hob ihr Kinn und ging nach unten. Als sie den Salon betrat – einen behaglich wirkenden Raum, der ganz in Weiß und hellem Rosa gehalten war –, erblickte sie sofort Rafes hochgewachsene Gestalt. Sobald er sie das Zimmer betreten sah, erhob er sich vom Sofa.

„Vielen Dank, dass du mich empfängst", begrüßte er sie betont höflich.

„Wäre mir denn eine andere Wahl geblieben?" Sie kannte doch Rafael! Wenn er unbedingt mit ihr sprechen wollte, würde er sich durch nichts davon abhalten lassen.

„Ich fürchte nein." Er deutete auf das Sofa. „Wollen wir

uns setzen?“

„Danke, aber ich möchte lieber stehen.“

Rafael atmete hörbar aus. Er war sechs Jahre älter als Danielle, also einunddreißig. Leichte Falten begannen sich um seine unglaublich blauen Augen abzuzeichnen, und seine Miene ließ oftmals einen müden Überdruss erkennen, der ihm in jüngeren Jahren völlig fremd gewesen war. Gleichwohl sah er immer noch gut aus. Er war einer der attraktivsten Männer, die Danielle je zu Gesicht bekommen hatte.

Sie spürte seine strahlend blauen Augen auf sich ruhen. „Ich habe Tausende von Meilen zurückgelegt, um dich zu sehen, Danielle. Für deine Feindseligkeit mir gegenüber habe ich Verständnis – wer könnte das besser verstehen als ich? –, aber ich wüsste es zu schätzen, wenn du dich dennoch setzen würdest, damit wir Gelegenheit haben, uns auszusprechen.“

Danielle seufzte resigniert. Sie wusste, dass es nutzlos war, ihm zu widersprechen, und ging zu dem roséfarbenen Samtsofa hinüber. Während sie Platz nahm, schloss Rafe die Tür zum Salon. Sie war überrascht, als er sich zu ihr setzte und dabei kaum die schickliche Distanz wahrte.

„Soll ich uns Tee bringen lassen?“, fragte sie.

„Tee ist nicht notwendig – nur deine Aufmerksamkeit. Ich bin gekommen, um mich zu entschuldigen, Danielle.“

Sie sah ihn ungläubig an. „Wie bitte?“

„Du hast richtig gehört. Ich bin hier, weil jedes deiner Worte der Wahrheit entsprach. In jener Nacht vor fünf Jahren war ich derjenige, der dich betrogen hat – und nicht umgekehrt.“

Sie schluckte, und ihr war auf einmal schwindlig zumute. Zum Glück hatte sie nicht darauf beharrt, die Unterredung im Stehen zu führen! „Ich fürchte, ich … ich verstehe nicht …“

„Oliver Randall hat gelogen – genau wie du immer behauptet hast. Er hat sich den ganzen Plan gründlich ausgedacht, einschließlich des Briefes, den ich erhielt und der mich in jener Nacht überhaupt erst in dein Zimmer geführt hat."

Rafe erklärte nun, wie sich damals alles zugetragen hatte und warum er so überzeugt davon gewesen war, dass sie eine Affäre mit Oliver Randall haben müsse. Die ganze Geschichte klang so abenteuerlich, dass Danielle ihren Ohren kaum traute. Mühsam versuchte sie, das Gehörte zu verstehen.

„Aber warum …?", fragte sie schließlich leise. „Warum sollte Oliver so etwas tun? Ich habe schon oft darüber nachgedacht, aber nie eine Antwort darauf gefunden."

„Er wollte dich für sich haben. Er hat dich geliebt, Danielle, aber er konnte dich nicht bekommen. Und seine Eifersucht auf mich hat ihn fast verrückt gemacht."

Danielle lehnte sich in die weichen Sofakissen zurück. Ihr war beklommen zumute, und ihr Herzschlag schien völlig aus dem Takt geraten zu sein. Rafe stand auf und ging zur Anrichte hinüber. Nachdem er ein wenig Brandy in ein Kristallglas geschenkt hatte, kehrte er zu Danielle zurück und drückte ihr das Glas in die Hand.

„Trink das. Dann wird es dir gleich besser gehen."

Sie nahm einen vorsichtigen Schluck, spürte ein warmes Brennen … und nahm noch einen Schluck. Tatsächlich fühlte sie sich nun schon ein wenig wohler.

Sie sah zu Rafael auf und konnte noch immer kaum fassen, dass er hier im Salon ihrer Tante vor ihr stand. „Wie hast du all das herausgefunden?"

„Ich habe einen Ermittler angeheuert, einen Detektiv aus der Bow Street, mit dem ich schon öfter zusammengearbeitet habe."

Danielle schüttelte den Kopf. „Ich kann es immer noch nicht glauben."

„Was kannst du nicht glauben?“

„Dass du eine so lange Reise auf dich nimmst, nur um mir zu sagen, dass du dich geirrt hast.“

„Und um dir zu sagen, dass Oliver Randall seinen perfiden Plan sehr teuer hat bezahlen müssen.“

Danielle erhob sich so hastig vom Sofa, dass der Brandy über den Rand des Glases schwappte. „Du hast ihn getötet?“

Rafe nahm ihr das Glas aus ihren zitternden Händen und stellte es auf einem kleinen Tisch ab. „Ich habe ihn erneut zum Duell gefordert, und diesmal habe ich ihn gezwungen, meine Herausforderung anzunehmen. Meine Kugel ist an einer seiner Rippen abgeprallt und hat die Wirbelsäule verletzt. Oliver Randall wird nie wieder gehen können.“

Danielle versuchte, etwas zu fühlen … versuchte, Abscheu zu empfinden für das, was Rafael getan hatte. Aber sie wusste, dass er sich dem Ehrenkodex englischer Gentlemen verpflichtet sah, und hatte immer geahnt, dass er Oliver würde büßen lassen, wenn er jemals die Wahrheit herausfand.

„Es tut mir leid“, sagte sie schließlich.

„Um Randall? Das muss es nicht.“

„Es tut mir für uns alle leid … die Jahre, die wir verloren haben. Der Schaden, der angerichtet worden ist …“

„Randall hat unsere Leben zerstört, Danielle – meines ebenso wie deines. Es ist so, auch wenn du es nicht wahrhaben willst.“

„Nun … jetzt hat er seine Strafe bekommen, und alles ist vorbei. Danke, dass du es mir erzählt hast. Ich hatte schon befürchtet …“

„Was hast du befürchtet, Danielle?“

Sie hob trotzig ihr Kinn. „Dass du gekommen bist, um dich meiner gemeinsamen Zukunft mit Richard in den Weg zu stellen und mich erneut der Aussicht auf ein glückliches Leben zu berauben.“

„Hast du wirklich geglaubt, ich würde dich so sehr hassen, dass ich so weit zu gehen bereit wäre?“

„Hast du das denn nicht längst getan?“

„Ich habe in all den Jahren zu niemandem ein Wort über die Ereignisse jener Nacht verloren.“

„Du hast aber auch den Gerüchten nicht widersprochen. Zwei Tage später hast du unsere Verlobung gelöst und damit der Welt zu verstehen gegeben, dass ich schuldig sei.“

Ihre Worte bewegten etwas in ihm, und Danielle schien es fast so etwas wie Bedauern zu sein, was sie in seinem Gesicht erblickte. „Ich will meinen Anteil an dem, was geschehen ist, gar nicht leugnen. Wenn ich die Dinge ändern könnte ... wenn ich noch einmal von vorn anfangen könnte, dann würde ich das tun.“

„Aber das können wir nicht mehr, oder ... Rafael?“

„Nein. Die Vergangenheit lässt sich nicht ungeschehen machen.“

„Auf Wiedersehen, Rafael.“ Danielle ging zur Tür. Ihr Herz schlug ihr noch immer bis zum Hals, und sie kämpfte verzweifelt gegen die Tränen an, die in ihr aufstiegen.

„Liebst du ihn?“, rief Rafe ihr nach.

Doch Danielle ging einfach weiter, durch die Tür des Salons und in die Eingangshalle. Sie hob ihren Rocksaum ein wenig an und widmete ihre ganze Aufmerksamkeit den Treppenstufen, die sie hinaufstieg ... eine nach der anderen ... bis sie endlich ihr Zimmer erreicht hatte.

7. KAPITEL

Rafe saß auf dem Rosshaarsofa, das im Salon seiner Hotelsuite stand. Er dachte an seine Begegnung mit Danielle, stützte seine Ellbogen auf die Knie und ließ den Kopf auf seine Hände sinken.

„War es so schlimm?“ Max Bradley war lautlos aus dem Schlafzimmer gekommen und stand plötzlich neben ihm. Er hatte eine besondere Begabung dafür, unverhofft irgendwo aufzutauchen, aber Rafe hatte sich noch immer nicht daran gewöhnt und erschreckte sich jedes Mal erneut.

„Es war sogar noch schlimmer“, sagte er nun, lehnte sich zurück und streckte seine langen Beine von sich. „Ich werde nie den Ausdruck in ihrem Gesicht vergessen, als ich ihr mitgeteilt habe, dass ich endlich von ihrer Unschuld bei den damaligen Ereignissen überzeugt sei. Wenn sie mich zuvor bereits gehasst hat, dann verabscheut sie mich nun gänzlich.“

„Sind Sie sicher? Oder hassen Sie nicht vielleicht nur sich selbst?“

Rafe seufzte und wusste, dass Max recht hatte. „Natürlich fühle ich mich schuldig dafür, dass ich ihr damals nicht geglaubt habe. Ich wünschte, ich könnte es irgendwie wiedergutmachen.“

Max goss sich einen Brandy ein. Er war fast genauso groß wie Rafe, einige Jahre älter und so dünn, dass er fast schon hager wirkte. Sein Gesicht war wettergegerbt, und die tiefen Falten, die es zerfurchten, ließen es hart erscheinen und erzählten viel über Bradleys Leben. Sein dichtes schwarzes Haar trug er immer ein wenig zu lang, und es fiel ihm in dunklen Locken über den Kragen seines schlichten, braunen Gehrocks.

Max goss nun auch Rafe einen Brandy ein, kam zu ihm

herüber und reichte ihm das Glas. „Sie sehen aus, als könnten Sie einen vertragen."

Zum ersten Mal fiel Rafe auf, dass Max neuerdings mit amerikanischem Akzent sprach, und er erinnerte sich, ihn in Frankreich fließend Französisch sprechen gehört zu haben. Bradley besaß die Gabe, sich seiner Umgebung schnell anzupassen, nicht aufzufallen und sich unerkannt im Hintergrund zu halten. Für seine Arbeit war diese Fähigkeit von unschätzbarem Vorteil.

Rafe trank einen Schluck Brandy und spürte sogleich, wie eine wohltuende Wärme ihn durchströmte. „Danke."

„Sie hatten erzählt, dass Danielle hier ist, um zu heiraten."

„Das stimmt."

„Haben Sie ihren zukünftigen Mann kennengelernt?"

„Nur kurz. Nach allem, was ich bislang gehört habe, ist er ein sehr erfolgreicher Geschäftsmann, ein Witwer mit einem Sohn und einer Tochter."

„Liebt Ihre Herzensdame ihn denn?"

Rafe hob eine seiner dunklen Brauen. „Danielle ist nicht mehr die Dame meines Herzens, und … nein, ich weiß es nicht. Sie wollte es mir nicht sagen."

„Wie interessant …" Max nahm einen tiefen Schluck von seinem Brandy. „Ich finde, das ist etwas, was Sie unbedingt herausfinden sollten."

Rafe schnaubte verächtlich. „Warum? Viele Menschen heiraten aus Gründen, die nichts mit Liebe zu tun haben."

„Sie hatten vorhin gesagt, Sie würden gerne etwas wiedergutmachen …"

„Ja, das habe ich. Aber ich weiß beim besten Willen nicht, wie ich das anstellen soll."

„Wenn die Dame ihren zukünftigen Mann nicht liebt, dann heiraten Sie sie doch. Sie könnte dann nach England zurückkehren, zu ihrer Tante und ihren Freunden. Und was noch wichtiger ist – durch die Heirat würde den Gerüchten ein für alle Mal ein Ende gemacht, die Unschuld der Dame wäre bewiesen und ihr Ruf wiederhergestellt."

Rafe war beklommen zumute. Es hatte einmal eine Zeit gegeben, in der er sich nichts sehnlicher gewünscht hatte, als Danielle zu heiraten. Aber diese Zeit gehörte schon lange der Vergangenheit an ... oder?

Oder war ihm der Gedanke längst selbst gekommen, seit er die Wahrheit herausgefunden und von Danielles Unschuld überzeugt war? Weshalb hatte er beispielsweise vor seiner Abreise noch den Earl of Throckmorton aufgesucht, um über seine Verlobung mit Mary Rose zu sprechen?

Er hatte den Earl gebeten, die Hochzeit zu verschieben, und war sehr überrascht gewesen – und insgeheim auch erleichtert –, als der Earl stattdessen vorschlug, die Verlobung ganz zu lösen.

„Ich fürchte, dass ich einen Fehler gemacht habe, was meine Tochter anbelangt", hatte ihn der Earl wissen lassen. „Mary Rose ist noch so jung und unschuldig. Ein Mann von Welt wie Sie hingegen ... und noch dazu ein Mann, der so viel älter ist ... Kurzum, Sie sind ein Mann in den besten Jahren mit gewissen Bedürfnissen ... oder, um es noch genauer zu sagen, Euer Gnaden, meine Tochter ist von Ihnen völlig eingeschüchtert und fürchtet sich bereits jetzt davor, das Bett mit Ihnen teilen zu müssen. Und ich denke nicht, dass sich daran im Laufe der Zeit viel ändern würde."

Rafe hatte seinen Ohren kaum zu trauen gewagt. Der Mann verzichtete doch tatsächlich freiwillig darauf, seine Tochter an einen Duke zu verheiraten! In der Welt, in der Rafe sich bewegte, war dies eine nahezu unerhörte Begebenheit.

„Sind Sie sicher, dass eine Auflösung des Verlöbnisses auch im Sinne von Mary Rose ist? Ich würde sehr geduldig mit ihr sein ... ihr Zeit geben, sich an die Ehe zu gewöhnen."

„Daran zweifle ich keinen Moment, Rafael. Aber ich hoffe auch, dass Sie verstehen, dass ich nur das Beste für meine Tochter will.“

Die Entscheidung des Earls war in seinen Kreisen ungewöhnlich, und Rafe rechnete sie ihm hoch an. „Ich verstehe Sie und schätze Sie umso mehr, da Sie dem Wohlergehen Ihrer Tochter Vorrang einräumen. Ich danke Ihnen für Ihre Aufrichtigkeit und wünsche Mary Rose alles Gute.“

Wenngleich er eigentlich niedergeschlagen hätte sein müssen oder verärgert darüber, dass ihm bereits zum zweiten Mal seine Zukunftspläne durchkreuzt worden waren, hatte Rafe nur eine große Erleichterung empfunden, als er das Haus des Earls verlassen hatte. Ihm war, als sei ihm eine große Last von den Schultern genommen worden.

Rafe sah nun wieder zu Max Bradley auf, der im Salon der Hotelsuite auf und ab ging. „Ich gebe zu, dass die Vorstellung, Danielle zu heiraten, ihren Reiz hat – aber sie hat auch einen Haken. Danielle mag mich nicht, und wenn ich um ihre Hand anhielte, würde sie mich mit großer Wahrscheinlichkeit zurückweisen.“

„Das müssen Sie selbst herausfinden. Und natürlich sollten Sie sich auch fragen, ob sie Ihnen überhaupt noch etwas bedeutet.“

Bedeutete sie ihm etwas? Als er Danielle heute gesehen hatte, meinte er, wieder die Danielle von vor fünf Jahren vor sich zu haben. Nicht mehr von seinem Hass geblendet, hatte er sie endlich wieder so wahrgenommen, wie sie wirklich war – eine schöne junge Frau, klug und warmherzig. Eine Frau, die keinerlei Schuld an dem betrügerischen Vertrauensbruch hatte, dessen er sie so lange bezichtigt hatte.

„Ich möchte, dass Danielle glücklich wird. Das bin ich ihr schuldig, und ich bin fest entschlossen, alles dafür zu tun.“

Max schlug ihm freundschaftlich auf die Schulter. „Nun,

dann viel Glück. Mir scheint, dass Sie es brauchen werden.“ Max nahm einen letzten Schluck von seinem Brandy und stellte das Glas dann auf den Mahagonitisch, der vor dem Sofa stand. „In der Zwischenzeit habe ich noch einige Dinge zu erledigen, und wenn sich meine Informationen als richtig erweisen, werde ich Ihre Hilfe brauchen.“

„Lassen Sie es mich wissen, wenn es so weit ist“, erwiderte Rafe.

Max nickte schweigend und war kurz darauf fast ebenso unbemerkt verschwunden, wie er gekommen war. Rafes Gedanken kehrten sofort zu Danielle zurück.

Er war ihr das Glück schuldig, das er ihr einmal genommen hatte. Und zu diesem Zweck musste er mehr über den Mann wissen, den sie heiraten würde.

Rafe lächelte finster.

Dann stand er auf und ging zu dem silbernen Tablett, das auf dem Sheraton-Tisch neben der Eingangstür stand. Er nahm den gefalteten Briefbogen zur Hand, den er heute Morgen erhalten hatte – eine Einladung von Mrs. William Clemens zu einer kleinen Abendgesellschaft, die heute Abend in ihrem Haus stattfinden sollte.

Manchmal zahlte es sich doch aus, ein Duke zu sein.

Rafe hatte bereits eine Antwort geschickt und seine Freude darüber ausgedrückt, ihr Gast sein zu dürfen.

Danielle fand bald heraus, dass das Essen im kleinen Kreise von Richards Familie eine Abendgesellschaft mit zwanzig dem Anlass entsprechend elegant gekleideten Gästen im prachtvollen Stadthaus von Richards Mutter in Society Hill sein würde.

Richard lebte in einem etwas kleineren, aber keineswegs weniger vornehmen Backsteinbau, der einige Straßen entfernt lag. Außerdem besaß er ein Landhaus in Easton, wo er wohnte, wenn er dort geschäftlich zu tun hatte, was allem Anschein nach recht häufig der Fall war.

Den Nachmittag hatte Danielle mit Richards Mutter, Richards Sohn William und seiner Tochter Sophie verbracht. Es war das erste Mal, dass sie alle längere Zeit zusammen waren. Richard hatte ihnen auch eine Weile Gesellschaft geleistet, doch die Kinder begannen schnell, ihm auf die Nerven zu gehen, und er entschuldigte sich bald dafür, leider gehen zu müssen.

Danielle konnte es ihm nicht wirklich verübeln. William und Sophie hatten fast den ganzen Tag miteinander gezankt, sich gerauft und einen Koller nach dem anderen bekommen. Als Danielle sich endlich auf den Weg zu Tante Floras Haus machen wollte, um ihr Tageskleid gegen eine elegante Abendrobe zu tauschen, stritten sich die beiden immer noch.

Und als Danielle und Tante Flora mit den ersten Gästen um sieben Uhr eintrafen, konnten sie schon wieder das Gezänk der Kinder hören.

„Gib mir mein Pferd zurück!“ William war sieben Jahre alt, Sophie sechs. Beide waren blond, William hatte braune Augen und Sophie grüne. Sie ähnelten ihrem Vater sehr.

„Es ist mein Pferd“, beharrte Sophie. „Du hast es mir geschenkt.“

„Habe ich nicht – ich habe dich nur damit spielen lassen!“

„Kinder, bitte …“ Danielle eilte hinzu und hoffte, dass es ihr gelingen würde, die beiden zu beruhigen, bevor noch mehr Gäste eintrafen. Die Großmutter der Kinder hatte versucht, beide mit Geschenken zufriedenzustellen. William hatte ein Spielzeugpferd bekommen und Sophie eine neue Puppe, obwohl das Zimmer der beiden bereits von Spielsachen überquoll.

„Die Gäste eurer Großmutter sind eingetroffen. Und ihr

wollt sicher nicht, dass sie denken, ihr könntet euch nicht benehmen."

William sah sie erbost an. „Wir müssen gar nichts machen, was Sie uns sagen! Wir können Sie nicht leiden!"

Wahrscheinlich mochten sie niemanden leiden – zumindest niemand, der versuchte, ihnen Grenzen zu setzen. Aber Richard und seine Mutter schienen das nicht einmal zu versuchen.

Danielle seufzte. Sie musste unwillkürlich an die kleine Maida Ann und an Terrance denken, die beiden Kinder aus dem Waisenhaus. Sie freuten sich auch über Kleinigkeiten und wussten Zuneigung zu schätzen. Terrance wäre außer sich gewesen vor Freude über das geschnitzte Holzpferd, das Mrs. Clemens William geschenkt hatte, und Maida Ann hätte die Puppe, die Sophie achtlos in die Ecke geworfen hatte, bestimmt von ganzem Herzen geliebt.

Danielle sah die beiden Blondschöpfe nachdenklich an. Sie dazu zu bringen, sie als Mutter zu akzeptieren, würde eine Herkulesaufgabe sein. Aber sie wollte es schaffen – wenngleich sie den Verdacht hatte, dass es weder Richard noch seine Mutter, und die Kinder schon gar nicht, besonders interessierte, ob ihr das gelang oder nicht.

Mrs. Clemens kam geschäftig auf sie zugeeilt. Sie war eine kräftige Frau mit langsam ergrauendem blondem Haar und war fast genauso groß wie Danielle. „Richards Kutscher ist gekommen, um William und Sophie nach Hause zu ihrem Kindermädchen zu bringen."

Danielle drehte sich zu den beiden Kindern um, die immer noch wegen des Holzpferdes stritten. Als William es schließlich Sophies kleinen Händen entriss, fing die an zu weinen.

„Sei nicht traurig, mein Schatz", sagte Danielle schnell. Sie bückte sich, hob Sophies Puppe auf und kniete sich vor das kleine Mädchen. „Hier hast du deine neue Puppe. Wenn du magst, kannst du sie mit nach Hause nehmen."

Sophie nahm die Puppe und schlug den Porzellankopf so heftig gegen die Wand, dass er in Dutzende Teile zersprang und die Scherben auf den Teppich fielen. „Ich will keine blöde Puppe! Ich will ein Pferd!"

Mrs. Clemens griff nach Sophies Hand. „Du musst nicht weinen, meine Liebe. Großmama wird dir ein Pferd schenken, wenn du das nächste Mal zu Besuch kommst." Der Blick, den sie Danielle dabei zuwarf, bedeutete ihr, lieber zu schweigen. Mutter und Sohn schienen beide zu glauben, dass William und Sophie am besten zu handhaben wären, wenn sie ihnen einfach gaben, was immer sie wollten.

Danielle konnte nur hoffen, dass sie Richard im Laufe der Zeit davon zu überzeugen vermochte, dass er und seine Mutter damit keineswegs zum Besten der Kinder handelten.

Als sie nun die Stimme ihres Verlobten hörte, drehte sie sich um und sah ihn auf sich zukommen. „Es tut mir leid, dass ich heute Nachmittag so plötzlich aufbrechen musste, meine Liebe. Aber in meiner Branche kommt dies leider manchmal vor."

Er hatte ihr gesagt, dass er zu einer eilig einberufenen Geschäftsbesprechung musste, doch als er nun vor ihr stand, nahm sie schwach den Geruch von Alkohol wahr. Richard trug seine Abendgarderobe – eine dunkelblaue Hose und einen grauen Frack über einer silbrig schimmernden Weste – und sah wie immer blendend aus.

Und daraus, wie er sie ansah und seinen Blick über ihr grünes Seidenkleid mit der hoch angesetzten Taille schweifen ließ, schloss Danielle, dass er auch an ihrem Äußeren Gefallen fand.

Er deutete mit einer leichten Bewegung des Kopfes auf William und Sophie, die so taten, als würden sie ihn gar nicht bemerken. „Meine reizenden Kinder. Ich bin sehr froh darüber, dass du dich bald um sie kümmern wirst."

„Werde ich das denn, Richard? Kann ich wirklich wie eine Mutter für sie sorgen, oder soll ich nicht vielmehr nur ihr Kindermädchen sein?"

„Was willst du denn damit sagen?"

„Ich bin mir nicht sicher, ob wir uns darüber einigen können, wie viel wir William und Sophie durchgehen lassen."

Obwohl das Lächeln nicht aus Richards Gesicht wich, spannten sich seine Züge unmerklich an. „Ich denke, wir werden eine Lösung finden – solange du nicht vergisst, dass es *meine* Kinder sind. In allen Belangen, die sie betreffen, werde ich die Entscheidungen treffen."

Danielle spürte, wie ihr die Zornesröte in die Wangen stieg. Sie hatte befürchtet, dass Richard genau diese Haltung einnehmen würde. Gerade als sie zu einer Erwiderung ansetzen wollte, trafen neue Gäste ein, und das war nun ganz offensichtlich nicht der richtige Zeitpunkt für eine Auseinandersetzung.

Richards Miene entspannte sich. „Lass uns heute Abend nicht streiten, meine Liebe. Wir werden morgen darüber sprechen, aber bis dahin habe ich noch eine Überraschung für dich."

Er trat einen Schritt beiseite und gab den Blick frei auf einen hochgewachsenen Mann, der hinter ihm stand und sie beide beobachtete. „Nachdem ich meiner Mutter erzählt hatte, dass einer deiner Landsleute – und noch dazu ein Duke – sich derzeit in der Stadt aufhält, hat sie ihn gleich eingeladen." Er drehte sich um und deutete auf seinen Gast, doch Danielle hatte Rafe längst erkannt.

Ihr wurde beklommen zumute, und ihr Herz begann heftig zu schlagen. Warum musste Rafe sie auf diese Weise quälen? Konnte er sich nicht denken, wie unbehaglich sie sich in seiner Gegenwart fühlte? Sie hatte ihn einmal geliebt. Wusste er denn nicht, dass sie ihn nur anzusehen brauchte, um wieder an alte Zeiten erinnert zu werden … und daran, was hätte sein können?

„Miss Duval." Rafe beugte sich galant über ihre Hand und führte ihre Finger an seine Lippen. „Es ist mir eine Freude, Sie wiederzusehen."

Danielle versuchte, nicht auf den leichten Schauder zu achten, der ihren Arm durchlief. Sie konnte sich nicht erklären, warum Rafe gekommen war, und wünschte sich, dass er gleich wieder gehen würde.

Aber dieser Wunsch war natürlich vergebens, und Rafael unterhielt sich nun angeregt mit Richard, plauderte dann ein wenig mit Tante Flora und Mrs. Clemens, und begab sich schließlich mit den anderen Gästen in das Speisezimmer.

Seinem Rang entsprechend nahm er den Platz am Kopf der Tafel ein, mit Mrs. Clemens zu seiner Rechten und Jacob Wentz zur Linken. Erst nachdem die drei sich gesetzt hatten, nahmen auch alle anderen Platz.

Danielle saß etwas weiter mittig am Tisch, neben Richard und gegenüber von Tante Flora. Rafael unterhielt sich höflich mit seiner Gastgeberin und richtete oft auch das Wort an Richard und einige der anderen Männer bei Tisch, doch während des ganzen opulenten Mahls spürte Danielle immer wieder seine Augen auf ihr ruhen.

Sie bemühte sich sehr, ihn nicht anzusehen, aber manchmal ertappte sie sich doch dabei, wie ihr Blick den seinen suchte und sie sich dann kaum noch von ihm abwenden konnte. In seinen strahlend blauen Augen leuchtete etwas Wildes und Leidenschaftliches, das sie nicht hätte sehen dürfen … etwas, das alte Erinnerungen daran wachrief, was sie einander gewesen waren.

Sie dachte an einen Abend vor fünf Jahren, als sie mit Rafe

im Obstgarten seines Landsitzes Sheffield Hall spazieren gegangen war.

Er hatte über etwas gelacht, das sie gesagt hatte, und sie dann auf die Schaukel gehoben, die von einem der Apfelbäume hing, sich über sie gebeugt und sie geküsst ... zunächst ganz sanft, doch mit solch kaum gezügelter Leidenschaft, dass sie sich noch immer das Gefühl seiner Lippen vergegenwärtigen konnte, die sich auf den ihren bewegt hatten.

Als sein Kuss wild und verlangend wurde, hatte Danielle ihn nicht davon abgehalten, seine Hand auf ihre Brust zu legen. Sie erinnerte sich an seine zärtlichen Liebkosungen und an die Welle sinnlicher Leidenschaft, die durch ihren Körper geströmt war, und daran, wie ihre Brustspitzen sich unter dem Oberteil ihres blauen Musselinkleides aufgerichtet hatten.

Genauso wie jetzt ...

Danielle errötete.

„Meine Liebe, du hörst mir ja gar nicht zu", bemerkte Richard tadelnd.

Ihr Gesicht glühte, und sie hoffte, dass Richard im flackernden Kerzenschein des silbernen Kronleuchters nicht bemerken würde, wie ihr das Blut heiß in die Wangen stieg.

„Entschuldige, ich war in Gedanken ganz woanders. Was hattest du gesagt?"

„Ich erwähnte gerade, dass der Duke sich unserer Jagdgesellschaft nächste Woche anschließen wird."

Danielle mühte sich ein Lächeln ab. „Das ist ... das ist ja wunderbar. Es wird ihm sicher gefallen."

„Ich dachte mir, dass wir eine richtige Wochenendpartie daraus machen könnten. Jacobs Landhaus ist ziemlich geräumig, und er wird außer den Männern auch alle Damen einladen."

Ihr wurde beklommen zumute. Noch mehr Zeit mit Rafael. Was um alles in der Welt konnte er von ihr wollen? „Das klingt ja wirklich sehr … vergnüglich."

Richard war ganz offensichtlich mit seinen Bemühungen zufrieden und wandte sich wieder seiner Unterhaltung mit dem Duke und den anderen Männern zu, während Danielle ihre ganze Aufmerksamkeit dem Essen widmete. Warum musste Rafael sich auf diese Weise in ihr Leben drängen?

Danielle wusste es nicht, aber sie war fest entschlossen, es herauszufinden.

Rafael ertrug den endlos scheinenden Abend, hatte er sich doch vorgenommen, so viel wie möglich über den Mann, den Danielle heiraten würde, herauszufinden. Als er in seine Hotelsuite zurückkehrte, war es bereits Mitternacht, und Max Bradley erwartete ihn.

Max hatte im Dunkeln gesessen und erhob sich, als Rafe eine der Öllampen anzündete. Rafe fuhr zusammen und fluchte leise.

„Ich wünschte, Sie würden sich das abgewöhnen. Es ist äußerst irritierend."

Max lachte. „Das tut mir leid. Wie war Ihr Abend?"

„Langweilig."

„Haben Sie mit Clemens gesprochen?"

Rafe nickte. „Ich versuche mein Bestes, den Mann zu mögen, aber bislang fällt es mir verdammt schwer. Er hat irgendetwas … woraus ich noch nicht so ganz schlau werde. Es ist mir aber gelungen, eine Einladung zu seiner Jagdgesellschaft zu bekommen." Rafe lächelte schwach. „Danielle wird mit aufs Land fahren."

„Wann wird das sein?"

„Ende der Woche."

„Das sollte kein Problem sein."

„Wie meinen Sie das?"

„Ich glaube, ich bin da an einer Sache dran. Wenn sich

meine Vermutungen bestätigen, bräuchte ich Ihre Hilfe."

Rafe ging zu Max hinüber. „Stimmt es also, dass die Amerikaner einen Handel mit den Franzosen gemacht haben?"

„Es sieht so aus. Aber bislang habe ich nur Gerüchte gehört … es soll um einen Schiffstyp gehen, der Baltimore Clipper genannt wird."

„Sind Sie sicher?"

„Ich habe eine Spur, die ich genauer verfolgen will. Noch weiß ich nicht, wann ich wieder zurück bin."

„Lassen Sie es mich wissen, wenn ich etwas für Sie tun kann." Rafes gesellschaftlicher Rang würde ihm Zutritt zu Kreisen ermöglichen, die Max verschlossen blieben.

„Ich melde mich, wenn ich Ihre Hilfe benötige. Sie sehen aber aus, als könnten Sie jetzt dringend etwas Schlaf gebrauchen."

Rafe nickte. Er fühlte sich ungewöhnlich erschöpft. „Viel Glück, Max."

Nachdem Max verschwunden war, ging Rafe in sein Schlafzimmer und begann, sich auszuziehen. Seine Gedanken kehrten zu den frühen Abendstunden zurück.

Er war rechtzeitig genug bei Mrs. Clemens eingetroffen, um Danielle noch zusammen mit Richards Kindern zu sehen. Die beiden waren verwöhnte kleine Biester, die sich nicht benehmen konnten und denen stets nachgegeben wurde. Und nach Richards Worten zu urteilen, die Rafe mit angehört hatte, würde er Danielle bei der Erziehung seiner Kinder keinerlei Mitsprache gewähren.

Rafe glaubte hingegen, dass es für die Kinder weitaus besser wäre, wenn Danielle sich ihrer annehmen könnte. Sie hatte schon immer gut mit Kindern umzugehen verstanden, und sie und Rafe hatten einmal eine große Familie haben wollen. Als er sie am Nachmittag des Wohltätigkeitstees mit den Waisenkindern im Garten beobachtet hatte, war er keineswegs überrascht gewesen, dass die Kleinen ganz hingerissen von ihr waren.

Aber Richard schien seine Autorität wichtiger zu sein als das Wohl seiner Kinder. Und Rafe begann sich zu fragen, wie unbeugsam Danielles künftiger Mann wohl in anderen Belangen wäre …

Rafe ging zu Bett und versuchte, sich das Leben vorzustellen, das Danielle mit Richard Clemens führen würde.

Rafe wollte, dass sie glücklich wurde.

Er musste herausfinden, ob eine Ehe mit Richard Clemens ihr wirklich das Glück bescheren würde, das Rafe ihr schuldig war.

8. KAPITEL

Danielle hörte nichts von Rafael. Da sie aber den Grund herausfinden wollte, weswegen er nicht aufhörte, sich in ihr Leben einzumischen, und weil sie hoffte, ihn doch noch von seinem Entschluss abbringen zu können, mit ihnen aufs Land zu fahren, hatte sie ihm eine Nachricht in sein Hotel geschickt, in der sie ihn um ein Treffen bat. Als sie darauf keine Antwort erhielt, begann sie sich zu fragen, ob Rafe die Stadt vielleicht bereits verlassen hatte.

Danielle konnte es nur hoffen.

Und auch am Freitagmorgen, während sie auf Richards Kutsche wartete, hoffte sie erneut, dass Rafe es sich anders überlegt haben möge und sich ihnen weder heute noch in Zukunft anschloss.

Tante Flora hatte es abgelehnt, an dem Ausflug teilzunehmen, aber Caro würde sie begleiten – offiziell als ihre Kammerzofe, tatsächlich aber, um ihr freundschaftlichen Beistand zu gewähren. Da Danielle die Ehefrauen der anderen Männer gerade erst kennengelernt hatte und auch mit Richard noch nicht wirklich vertraut war, erleichterte es sie sehr, ihre Freundin bei sich zu wissen.

Endlich traf Richards Kutsche ein, die sie zu Jacob Wentz' Landhaus bringen sollte, das zwanzig Meilen außerhalb der Stadt lag. Danielle hoffte, dass sie während der Fahrt endlich Gelegenheit haben würde, sich mit ihrem Verlobten zu unterhalten.

Doch leider schlief Richard ein, kaum dass sie auf der Landstraße waren.

Am frühen Nachmittag erreichten sie ihr Ziel, ein großes Anwesen, das inmitten hügeliger grüner Wiesen und vereinzelter Waldungen lag.

„Es ist wunderschön", bemerkte sie, als sie aus dem Fenster der Kutsche sah. Die Landschaft erinnerte sie ein wenig an ihre englische Heimat.

Richard lächelte. „Wir könnten uns auch einen solchen Landsitz zulegen. Würde dir das gefallen, meine Liebe?“

Sie wandte sich zu ihm um. „Ich mochte das Landleben schon immer sehr.“

„Für die Kinder wäre es sicher auch gut.“

„Ja, das könnte sein.“ Vielleicht würden sie doch eines Tages wie eine richtige Familie zusammenleben …

Bei dieser Vorstellung hob sich ihre Stimmung merklich.

Das Haus war sehr weitläufig, mit niedrigen Decken, an denen die Holzbalken freilagen, und die Kamine in den Wohnräumen waren so groß, dass Danielle fast hineinlaufen konnte. An den holzvertäfelten Wänden hingen gewebte Teppiche, und in jedem der Gästezimmer stand ein breites Baldachinbett. Als Danielle nach oben ging, traf sie Caro bereits in dem Zimmer an, das sie beide sich teilten.

„Es ist sehr schön hier“, stellte Caro fest, die gerade die Liege, auf der sie schlafen würde, unter dem großen Bett hervorgezogen hatte und sich nun umsah. Sie ging zum geöffneten Fenster hinüber, und eine leichte Brise wehte einige ihrer hellblonden Locken, die sich aus ihrer Frisur gelöst hatten, um ihr schmales Gesicht. „Man hat einen herrlichen Blick über den Garten und die Hügel am Ende des Tals.“

Danielle stellte sich neben sie, um die Sicht zu genießen. Doch sogleich fiel ihr Blick auf einen hochgewachsenen Mann, der auf einem grauen Pferd die Zufahrt zum Haus entlanggeritten kam. Obwohl sie sein Gesicht nicht sehen konnte, wusste sie sofort, wer es war, denn sie erkannte ihn an seinen breiten Schultern und daran, wie er aufrecht und sicher im Sattel saß.

„Rafael ist gekommen“, sagte sie leise und machte Caro auf den Reiter aufmerksam.

„Der Mann auf dem grauen Pferd?“

Danielle schluckte. „Ja.“

Sie hatte ihrer Freundin zwar schon viel über Rafe erzählt, selbst gesehen hatte Caro ihn jedoch noch nie. Als er endlich nah genug beim Haus war, sodass sie ihn deutlicher erkennen konnte, schluckte Caro.

„Oh …“

„Genau“, stimmte Danielle ihr zu. Es gab wohl keine Frau, die nicht von Rafael beeindruckt gewesen wäre. Sie sahen ihm nach, bis er hinter der hohen Hecke am Ende des Gartens verschwunden war.

„Nun, dann ist er eben hier“, stellte Caro sachlich fest. „Du kannst es nicht ändern.“ Sie wandte sich vom Fenster ab und strahlte über das ganze Gesicht. „Und hattest du nicht ohnehin mit ihm sprechen und etwas über seine Absichten erfahren wollen?“

Danielle ging zurück ins Zimmer. „Wahrscheinlich hast du recht. Bislang hat er sich zumindest als Gentleman erwiesen, und da meine Anwesenheit keinerlei Gefühle bei ihm auszulösen scheint, werde ich mich genauso verhalten.“ Dennoch wünschte sie, dass er nicht gekommen wäre. Warum konnte er nicht einfach nach England zurückkehren, wo er hingehörte?

Es war spät am Nachmittag. Danielle schlenderte durch den Garten, als sie den Duke entschlossenen Schrittes auf sich zukommen sah. Bei seinem Anblick stockte ihr für einen Moment das Herz, nur um dann umso aufgeregter in ihrer Brust zu pochen.

„Entschuldige bitte“, begrüßte er sie und blieb direkt vor ihr stehen. „Ich habe deine Nachricht leider erst gestern am späten Abend erhalten. Der Rezeptionist meines Hotels muss sie in das falsche Fach gelegt haben.“

„Ich dachte, dass du vielleicht außerhalb der Stadt Geschäftliches zu erledigen hättest.“

Rafe lächelte, wie sie ihn seit jener Nacht vor fünf Jahren nicht mehr hatte lächeln sehen, und ihr Herz schlug sogleich noch einige Takte schneller.

„Es gibt tatsächlich ein paar Angelegenheiten, um die ich mich kümmern muss, während ich hier bin – aber der eigentliche Grund meiner Reise warst du, Danielle."

Ihn mit seiner dunklen, wohlklingenden Stimme ihren Vornamen sagen zu hören, ließ sie am ganzen Körper erschaudern.

„Meinetwegen musst du nicht hierbleiben. Du hast getan, weswegen du gekommen bist, und die Dinge klargestellt. Das ist mehr, als die meisten Männer zu tun bereit gewesen wären. Fahr wieder nach Hause, Rafael. Ich will nicht, dass du hier bist. Du kannst dir sicher denken, warum."

Schlagartig wich das Lächeln aus seinem Gesicht. „Ich möchte, dass du glücklich bist, Danielle. Das bin ich dir schuldig. Und sobald ich mir dessen sicher bin, werde ich gehen. Das verspreche ich dir. Aber bis dahin bleibe ich hier."

Wut stieg in ihr auf. „Du schuldest mir überhaupt nichts! Ich werde Richard Clemens heiraten und brauche dazu nicht deine Zustimmung – es ist mir egal, was du denkst. Lass mich in Ruhe und einfach mein Leben leben."

Danielle wandte sich um, aber Rafe griff nach ihrem Arm.

„Ich habe dich das schon einmal gefragt – liebst du ihn?"

Sie hob trotzig ihr Kinn. „Das ist nicht deine Angelegenheit."

„Dann mache ich es jetzt zu meiner Angelegenheit. *Liebst du ihn?*"

Sie riss sich von ihm los, ließ sich von seiner finsteren Miene nicht beirren, drehte sich um und ging wutschnaubend davon.

Sie würde Richard Clemens heiraten! Ihre Entscheidung stand fest, und was immer Rafael davon hielt, war nicht von

Bedeutung. Sie wollte an Richard denken, und nicht mehr an Rafael!

Doch während sie durch den Garten zurück zum Haus ging, wollte Rafe ihr nicht aus dem Sinn ... wie er vor ihr gestanden und sie den durchdringenden Blick seiner blauen Augen auf sich gespürt hatte. Könnte sie je vergessen, wie er sie angesehen hatte, bevor sie sich von ihm abwandte? Es würde nicht einfach sein, ihre Gedanken fortan auf Richard zu konzentrieren.

Am nächsten Morgen ritt Rafael zusammen mit den anderen Männern zur Jagd aus. Er hatte sich für den Ausflug aufs Land bereits in der Stadt ein ganz hervorragendes Pferd geliehen, und er bereute das Geld nicht, das er dem Stallbesitzer noch zusätzlich gezahlt hatte, um den grauen Wallach zu bekommen.

Die Landschaft, durch die sie nun ritten, war herrlich. So weit das Auge sehen konnte, erstreckten sich von gelbweißen Gänseblümchen übersäte Wiesen vor ihnen, niedrige Steinmauern zogen sich meilenweit über sanft geschwungene Hügelketten, und ab und an durchquerten sie eine bewaldete Anhöhe oder kamen an kleinen, gurgelnden Bächen vorbei.

Als sie ihr Ziel erreicht hatten, sprangen sie aus dem Sattel und ließen ihre Pferde auf der Wiese zurück, wo die sogleich anfingen, von dem saftig grünen Gras zu fressen.

Ihre Jagdgesellschaft bestand aus fünf Männern: Richard Clemens, Jacob Wentz, einem reichen Händler namens Edmund Steigler, dem Richter Otto Bookman, Rafael sowie einer Horde Jagdhunde, die Wachteln und Waldschnepfen aufspüren sollten.

Sobald die Hunde losgelassen waren, gesellte sich Richard Clemens zu Rafe. In der Hand trug er eine silberbeschlagene Schrotflinte.

„Ein schönes Stück“, bemerkte Rafe.

„Sie gehörte meinem Vater“, erwiderte Richard stolz. „Ausgezeichnete Handarbeit, übrigens aus England.“ Er reichte Rafe die Waffe, damit er sie sich genauer ansehen konnte.

Rafe lehnte sein Gewehr an einen Baumstamm, nahm das von Richard und betrachtete das Signet des Waffenschmieds.

„Ah, den kenne ich. Peter Wells fertigt immer noch ganz vorzügliche Stücke an.“

Clemens strahlte. „Mein Vater war sehr stolz auf seine Jagdflinte.“

„Dazu hatte er allen Grund.“

Sie unterhielten sich noch ein wenig und verstanden sich zunehmend besser, aber Rafe blieb dennoch wachsam. Er konnte sich auch nicht genau erklären, weshalb …

„Und wie gefällt es Ihnen bislang in unserem Land?“, fragte Richard jetzt. „Haben Sie jemand Interessantes getroffen?“

„Nun, ich hatte natürlich das Vergnügen, Sie und Ihre Freunde kennenzulernen.“ Rafe sah ihn fragend an. „Oder dachten Sie eher an eine Frau?“

Richard zuckte gleichgültig mit den Schultern. „Sie sind nun schon einige Wochen hier, und als Mann hat man ja seine Bedürfnisse. Wenn Sie Interesse haben, könnte ich Ihnen gerne weiterhelfen.“

„Möchten Sie mich zu einem vergnüglichen Abend einladen?“

„In der Stadt gibt es eine Lokalität, die ich ganz gerne aufsuche. Es würde Ihnen sicher auch gefallen.“

„Und Sie würden mich begleiten?“

Richard lächelte. „Ich habe dort eine Bekannte … eine ziemlich gute Bekannte, sollte ich vielleicht sagen.“

„Sie heiraten in weniger als zwei Wochen.“

Richard lächelte noch immer. „Die Ehe vermag einen Mann wohl kaum davon abzuhalten, seinem Vergnügen nachzugehen. Ich kann mir vorstellen, dass man das in ihrem Land genauso hält."

Dagegen konnte Rafe nichts einwenden. Es wäre sogar sehr wahrscheinlich gewesen, dass er, wenn er Mary Rose geheiratet hätte, auch die Gesellschaft anderer Frauen gesucht hätte. „Es gibt tatsächlich eine Menge verheirateter Männer, die eine Geliebte haben oder gelegentlich ein Bordell aufsuchen."

Aber mit Danielle wäre das nicht so gewesen, und der Gedanke daran, dass ihr künftiger Ehemann vorhatte, ein solches Leben mit ihr zu führen, verursachte Rafe Übelkeit.

„Ihre Verlobte", meinte er schließlich, „scheint doch eine sehr reizvolle junge Frau zu sein. Vielleicht werden Ihnen ihre Zuwendungen ja genügen."

Richard lachte laut auf. „Natürlich freue ich mich schon auf die Freuden des Ehebettes, aber ich werde häufig nicht in der Stadt sein, sondern bei meiner Fabrik in Easton. Dort in der Nähe habe ich eine Geliebte, und ich wüsste nicht, warum ich das ändern sollte."

Rafe schwieg daraufhin. Er hatte sich geschworen, dass Danielle glücklich werden sollte – und das würde sie ganz sicher nicht mit einem Mann, der schon mit dem Vorsatz der Untreue in die Ehe ging.

„Schauen Sie!" Richard deutete in Richtung des Ackerrains. „Die Hunde haben eine Schar Wachteln aufgespürt."

Er und die anderen Männer legten ihre Gewehre an. Rafe zielte und schoss. Ein Paar Vögel strauchelte in der Luft und fiel zu Boden. Wenn der Tag weiterhin so gut verlief, würden sie genug Wachteln für ein Abendessen haben.

Doch Rafe war in Gedanken schon längst nicht mehr bei der Jagd. Er dachte an Danielle. Nun, wo er die Antworten auf seine Fragen hatte, erschien es ihm als Vertrauensbruch gegenüber Clemens, Danielle die Wahrheit zu sagen.

Was sollte er nur tun?

9. KAPITEL

Caroline Loon saß im Untergeschoss des Hauses von Jacob Wentz an einem langen hölzernen Küchentisch, trank eine Tasse Tee und unterhielt sich mit den Dienstmädchen. Caro empfand es als einen der Vorteile ihres Lebens als Kammerzofe, dass sie mühelos von der Welt Danielles in diejenige des Personals wechseln konnte.

„Wie wäre es mit einem schönen Stück Apfelkuchen zu Ihrem Tee, meine Liebe?“ Emma Wyatt, die recht füllige Köchin kam behäbig auf sie zu und lächelte sie herzlich an. „Frisch aus dem Ofen – und die Äpfel habe ich selbst gepflückt … hinten im Obstgarten.“

„Er sieht köstlich aus, Emma, aber ich habe wirklich keinen Hunger.“

„Sind Sie sicher? Sie müssen aber auch mal etwas essen!“

„Nein, wirklich nicht, vielen Dank.“

Als sie hinter sich das Geräusch von Schritten vernahm, drehte Caro sich um und sah einen Mann die Küche betreten.

„Sie sollten lieber auf Emma hören. Ein bisschen mehr Fleisch auf den Knochen könnte Ihnen guttun.“ Er ließ seinen Blick über sie gleiten. „Wenngleich es sehr schöne Knochen sind …“

Caroline blinzelte verwirrt. Eines der Küchenmädchen kicherte, und Mrs. Wyatt strahlte über das ganze Gesicht.

„Lassen Sie sie in Ruhe, Robert.“ Emma drohte ihm mit ihrem Schöpflöffel. „Sie machen das arme Mädchen ja ganz verlegen.“ Die Köchin wandte sich wieder Caro zu. „Beachten Sie ihn gar nicht, meine Liebe. Robert ist ein furchtbarer Charmeur, der sogar die Spatzen von den Dächern locken könnte.“

Der so Gescholtene lächelte nur, stellte seine kniehohen, schwarzen Lederstiefel an der Tür ab und setzte sich Caroline gegenüber an den Küchentisch. Er war Mitte dreißig, hatte dickes, braunes Haar, ein wunderschönes Lächeln und sah unverschämt gut aus. Seine warmen braunen Augen funkelten spitzbübisch, als er seinen Blick erneut über Caro gleiten ließ, kurz auf ihren wenig bemerkenswerten Brüsten verweilen und ihn dann wieder auf ihrem Gesicht ruhen ließ.

„Ich hätte gern ein Stück von deinem Kuchen, Emma." Er blinzelte Caro zu. „Wenn Sie Emmas Apfelkuchen noch nie probiert haben, entgeht Ihnen wirklich etwas. Ich heiße übrigens Robert McKay und freue mich sehr, Ihre Bekanntschaft zu machen, Miss …"

„Loon. Caroline Loon. Ich arbeite für Miss Duval, eine von Mr. Wentz' Wochenendgästen."

„Ah, das erklärt natürlich alles."

„Was erklärt es?"

„Sie sind aus England. Ich habe diese ganz spezielle Sprachmelodie schon eine Weile nicht mehr gehört."

Er meinte wohl ihre verfeinerte Art der Aussprache. Obwohl ihre Familie nicht sehr wohlhabend gewesen war, hatte Caroline eine gute Ausbildung erhalten und sprach auf die kurz und klar pointierte Weise der britischen Oberschicht.

Ihr war sofort aufgefallen, dass Roberts Tonfall genauso klang. „Sie scheinen aber auch Engländer zu sein."

„Das war ich tatsächlich einmal. Aber jetzt bin ich Amerikaner, wenngleich nicht ganz freiwillig."

Emma stellte einen Teller mit einem großen Stück Apfelkuchen vor Robert McKay auf den Tisch, und sobald Caroline der verlockende Duft in die Nase stieg, begann ihr Magen vernehmlich zu knurren.

„Wusste ich es doch!" Robert lachte. „Emma! Miss Loon möchte auch etwas von deinem wunderbaren Kuchen."

Emma strahlte und brachte Caro ein etwas kleineres Stück. Robert wartete höflich, bis Caroline den ersten Bissen genommen hatte, dann stürzte er sich selbst auf seinen Teller wie ein Mann, der eine ganze Woche lang nichts zu essen bekommen hatte – was Caro in Anbetracht seines kraftvollen, muskulösen Körpers sehr unwahrscheinlich schien ...

Wie er versprochen hatte, war der Kuchen einfach köstlich, und der wunderbare Duft von Zimt und gebackenen Äpfeln erfüllte die Küche. Aber einem so gut aussehenden Mann gegenüberzusitzen lenkte Caro sehr von ihrem Essen ab.

„Arbeiten Sie für Mr. Wentz?", fragte sie, als er gerade den letzten Bissen verzehrte.

McKay schüttelte den Kopf und schluckte. „Ich bin mit Edmund Steigler hier. Ich bin sein *Diener.*" Er sprach das Wort mit einer solchen Verachtung aus, dass Caro überrascht ihre blonden Augenbrauen hob. „Zumindest werde ich das für die nächsten vier Jahre sein."

„Gefällt Ihnen die Arbeit nicht?"

Er lachte, doch es klang bitter. „Ich bin vertraglich an Steigler gebunden. Er hat sieben Jahre meines Lebens gekauft, und ich habe ihm erst drei abgegolten."

„Ich verstehe." Aber eigentlich verstand sie überhaupt nichts. Warum sollte ein gebildeter Mann, der McKay ganz offensichtlich war, sich in den Diensten eines anderen verdingen?

„Warum?" Die Frage war ihr herausgerutscht, ehe sie sie zurückhalten konnte.

McKay sah sie mit erneutem Interesse an. „Sie sind die Erste, die mich das fragt."

Caro betrachtete verlegen ihren halb vollen Teller und wünschte, sie hätte nichts gesagt. „Sie müssen nicht antworten. Es geht mich wirklich nichts an." Sie sah wieder zu ihm auf. „Es ist nur ... dass Sie den Eindruck eines Mannes machen, dem es gar nicht in den Sinn käme, sich freiwillig in Leibeigenschaft zu begeben."

McKay sah sie einen Moment nachdenklich an, dann warf

er einen kurzen Blick auf die anderen in der Küche. Emma war damit beschäftigt, Brotteig zu kneten, und die Küchenmädchen schrubbten emsig Pfannen und Töpfe.

„Ich sollte für ein Verbrechen bestraft werden, das ich nicht begangen hatte, und musste in großer Eile England verlassen. Allerdings hatte ich nicht genügend Geld, um mir eine Schiffskarte leisten zu können, und da entdeckte ich eine Anzeige im ‚London Chronicle', in der Dienstboten gegen den Preis der Leibeigenschaft die Überfahrt nach Amerika geboten wurde. Der Mann hinter der Anzeige war Edmund Steigler, und sein Schiff sollte am folgenden Morgen auslaufen. Ich habe ihn sofort aufgesucht, er hat keine Fragen gestellt, ich habe die Papiere unterschrieben, und so kam ich hierher."

Caro starrte ihn mit großen Augen ungläubig an. „Warum erzählen Sie mir das? Haben Sie denn keine Angst?"

Robert zuckte gleichgültig mit den Schultern. „Was könnten Sie denn schon tun? Es Steigler erzählen? Ihm wäre das gleichgültig. Außerdem werde ich in England gesucht und nicht in Amerika."

„Aber wenn Sie wirklich unschuldig sind, müssen Sie zurückkehren und Ihre Unschuld beweisen!"

McKay lachte bitter. „Sie sind wirklich eine Träumerin, meine Gute. Ich habe immer noch kein Geld und schulde Steigler zudem weitere vier Jahre." Als er den besorgten Ausdruck in ihrem Gesicht sah, streckte er seine Hand aus und berührte leicht ihre Wange. „Sie sind sehr nett, Caroline Loon. Ich mag Sie."

Caro wagte nicht, ihm zu sagen, dass sie ihn auch mochte und dass sie ihm seine Geschichte glaubte. Sie besaß eine sehr gute Menschenkenntnis und hatte gleich gespürt, dass Robert McKay ihr die Wahrheit sagte.

Er schob seinen leeren Teller von sich und stand auf. „Es war schön, Sie kennenzulernen, Miss Loon."

„Ganz meinerseits, Mr. McKay."

Als er zur Tür ging, betrachtete Caro seine muskulösen Beine, die sich unter seiner eng geschnittenen Reithose abzeichneten, und sie spürte, wie ihr das Blut warm in die Wangen stieg.

In der Tür blieb McKay noch einmal stehen und drehte sich um. „Mögen Sie Pferde, Miss Loon?"

„Ich bin eine furchtbar schlechte Reiterin, aber Pferde mag ich trotzdem sehr."

„Dann würden Sie vielleicht gerne das neue Fohlen ansehen? Wenn Sie mögen, können Sie nach dem Abendessen zu mir in den Stall kommen."

Caro lächelte. Das Fohlen interessierte sie weniger, aber Robert McKay ... „Ja, sehr gerne."

Ein freundliches Lächeln breitete sich über sein Gesicht. „Gut. Dann sehen wir uns heute Abend."

Sie nickte, und als sie ihm nachsah, dachte sie sogleich, dass sie sein Angebot nicht hätte annehmen dürfen. Er war ein sehr gut aussehender Mann, und wenn sie bereit war, sich mit ihm zu treffen, dachte er sicher, er könne sich Freiheiten bei ihr herausnehmen. Aber andererseits war sie schließlich eine erwachsene Frau ... Sie würde schon auf sich aufpassen.

„Robert ist ein guter Mann", riss Emma sie aus ihren Grübeleien, ganz so, als ob sie ihre Gedanken hätte lesen können. „Sie müssen sich keine Sorgen machen. Bei ihm sind Sie sicher und gut aufgehoben."

„Danke, Emma. Dann bin ich ja beruhigt." Weil es ihr langsam zu warm in der Küche wurde, trug Caro ihren Teller zur Spüle hinüber, wusch ihn ab und ging dann zur Tür.

Als sie in den sonnigen Tag hinausging, lächelte sie unwillkürlich bei dem Gedanken, dass sie den Abend mit Robert McKay verbringen würde.

Am nächsten Tag gingen die Männer erneut auf die Jagd, und um auch die Damen bei Laune zu halten, hatten Jacob Wentz und seine Frau für den Abend ein Fest geplant, zu dem einige Nachbarn, zumeist Gutsbesitzer und deren Frauen, eingeladen worden waren.

Den ganzen Tag über waren die Frauen damit beschäftigt gewesen, bei den Vorbereitungen zu helfen, das Haus mit Blumen aus dem Garten zu schmücken, hübsche Spitzendecken über die Tische zu breiten und mit den Dienstboten zusammen die Möbel beiseitezurücken, damit sie Platz zum Tanzen hätten.

Ein dreiköpfiges Orchester traf ein und wurde gleich in den Salon beordert. Nach und nach kamen auch die ersten Gäste, und Richard und Jacob begannen damit, alle einander vorzustellen.

Im Laufe des Abends tanzte Danielle mit Richard und dann auch mit dem Tuchhändler Edmund Steigler, einem schlanken Mann mit schwarzem Haar und einem hageren Gesicht. Danielle fand ihn sehr rätselhaft und wurde nicht ganz aus ihm schlau. Sie unterhielt sich außerdem mit Sara Bookman, der Frau des Richters, die sehr amüsant, geistreich und liebenswürdig war. Greta Wentz, ihre Gastgeberin, war eine herzensgute, freundliche Frau mit einem starken deutschen Akzent, die auch nicht davor zurückscheute mit anzupacken, wenn es etwas zu tun gab.

Danielle dachte, dass es ihr nicht schwerfallen würde, sich mit einigen der Damen, die sie in Amerika kennengelernt hatte, anzufreunden. Sie mochte ihre unkomplizierte Art und den Optimismus, mit dem sie ans Leben herangingen.

Am anderen Ende des Salons entdeckte sie Richard, der in ein Gespräch mit Edmund Steigler vertieft war, und sie fragte sich, ob sie hingegen mit ihrem zukünftigen Mann wohl jemals eine aufrichtige und tiefe Beziehung würde aufbauen können ... Sie hatte heute Abend einige Male nach ihm gesucht und ihn immer mit einem seiner Freunde vorgefunden, wobei er so beschäftigt schien, dass er sie kaum bemerkte.

Oder er unterhielt sich mit Rafael.

Genau in diesem Moment fiel ihr Blick auf Rafe, und ein leichter Schauder durchfuhr sie. Obwohl sie versuchte, Rafe nicht zu beachten und so zu tun, als sei er gar nicht da, ertappte sie sich doch immer wieder dabei, wie ihre Augen nach ihm suchten. Mehr als einmal war ihr dabei aufgefallen, dass er sie beobachtete, und sein Gesicht drückte zunehmende Besorgnis aus.

Wenn sie doch nur wüsste, was er dachte! Sie wollte ihn bitten, nach England zurückzukehren, aber bislang hatte sich keine Möglichkeit für ein Gespräch ergeben. Etwas später am Abend sah sie ihn auf einmal entschlossenen Schrittes auf sich zukommen.

„Ich muss mit dir reden", sagte er ohne Umschweife. „Ich hatte auf eine bessere Gelegenheit gehofft, aber morgen früh reisen wir ja schon wieder ab. Es ist wichtig, Danielle."

„Ich weiß nicht ... Ich glaube nicht, dass es eine gute Idee ist, wenn wir ..."

„Ich warte in dem Pavillon im hinteren Teil des Gartens auf dich." Er drehte sich um und ging fort, noch bevor sie ihm widersprechen konnte.

Danielle war verärgert, dass er ihr keine Wahl gelassen hatte, und zugleich neugieriger, als sie sich einzugestehen wagte. In Gedanken bereits bei ihrem Treffen mit Rafael wandte sie sich wieder den anderen Gästen zu. Sie tanzte noch einmal mit Richard, aber sobald er mit Jacob Wentz ein Gespräch über die hohen Kosten der Baumwolle aus den Südstaaten begann, ging sie in den Garten hinaus.

Obwohl entlang der Kieswege einige Fackeln standen, war es doch recht dunkel. Vorsichtig ging Danielle auf dem gewundenen Pfad zwischen Beeten mit gelben Stiefmütterchen und violetten Schwertlilien entlang in Richtung des Pavillons, der im hinteren Teil des Gartens nahe des kleinen Baches gelegen war und dessen kunstvoll gearbeitete Turmspitze sie trotz der Dunkelheit bereits erkennen konnte.

Es war gefährlich, sich hier mit Rafael zu treffen, denn Danielle wusste nur zu gut, was es hieß, kompromittiert zu werden … Wie sollte sie erklären, dass sie sich mit dem gut aussehenden Duke of Sheffield in der dunklen Abgeschiedenheit des Gartens traf? Was würden Richards Freunde denken, wenn man sie beide hier zusammen entdeckte?

Ein leichter Schauder des Unbehagens lief ihr über den Rücken. Sie würde nie die Qualen vergessen, die sie in jener Nacht vor fünf Jahren ausgestanden hatte, oder das Leid, das sie in den Wochen darauf erleben musste, als sie von der Gesellschaft beleidigt und geächtet worden war. Und noch schlimmer war es gewesen, den Kummer zu ertragen, den der Verlust des Mannes, den sie liebte, ihr verursacht hatte.

Sie liebte Richard nicht so, wie sie einst Rafael geliebt hatte, aber der bloße Gedanke daran, dies alles womöglich noch einmal durchmachen zu müssen, ließ ihr beklommen zumute werden.

Während sie den Kiesweg entlangeilte, sah sie angestrengt in die Dunkelheit. Rafe musste bewusst sein, was sie aufs Spiel setzte, indem sie sich hier mit ihm traf. Aber sie gab seinem Wunsch lieber nach, weil sie fürchtete, dass er sie sonst nur unter womöglich noch ungünstigeren Umständen für eine Unterredung aufsuchen würde. Hier waren sie zumindest ungestört …

Danielle konnte jetzt bereits die Umrisse des Pavillons ausmachen, einem achteckigen Bau mit aufwendigen Stuckverzierungen, der an den Seiten offen war und innen Sitzbänke hatte, die an der Balustrade entlang verliefen. Als sie näher kam, erkannte sie auch den schemenhaften Umriss Rafes, der im Innern des Pavillons wartend an der Brüstung lehnte. Danielle sah sich noch einmal um, und erst als sie sicher war, dass niemand sie beobachtete, raffte sie entschlossen den Rock ihres saphirblauen Seidenkleides zusammen und stieg die steilen Stufen hinauf.

Rafe streckte die Hand aus, um ihr behilflich zu sein. „Ich habe schon befürchtet, du würdest nicht kommen."

Wenn er ihr wirklich eine Wahl gelassen hätte, wäre sie auch nicht gekommen … „Du sagtest, es sei wichtig."

„Das stimmt."

Er führte sie zu einer der Bänke, und Danielle setzte sich. Rafe ging unruhig auf und ab, als ob er sich seine Worte noch überlegen müsse, und blieb dann schließlich vor ihr stehen und sah sie an. Im schwachen Lichtschein, den eine der Gartenfackeln bis in den Pavillon warf, konnte sie in Rafes blauen Augen eine tiefe Verunsicherung erkennen. Ihn so zu erleben war derart ungewöhnlich, dass ihr Herz sogleich aufgeregt zu pochen begann.

„Was ist los, Rafael?"

Er atmete einmal tief durch. „Ich weiß nicht genau, wie ich anfangen soll. Ich hatte dir ja erzählt, dass ich die Wahrheit darüber herausgefunden habe, was sich in jener Nacht vor fünf Jahren ereignet hatte."

„Ja …"

„Ich habe dir gesagt, dass ich will, dass du glücklich bist, und dass ich glaube, dir das schuldig zu sein."

„Das hast du gesagt, aber …"

„Aber ich glaube nicht, dass du mit Richard Clemens glücklich wirst."

Danielle sprang empört auf. „Es interessiert niemanden, was du glaubst, Rafael! Richard und ich werden Ende nächster Woche heiraten."

„Ich habe dich bereits zweimal gefragt, ob du ihn liebst, aber diesmal möchte ich darauf eine Antwort."

Sie straffte ihre Schultern. „Du wirst die Antwort bekommen, die ich dir auch zuvor gegeben habe: Das geht dich nichts an."

„Du hast nie um die Dinge herumgeredet, Danielle. Wenn du ihn lieben würdest, dann würdest du es mir auch sagen. Also schließe ich daraus, dass du ihn nicht liebst, und möchte dich bitten, die Hochzeit abzusagen."

„Bist du verrückt? Ich habe den Atlantik überquert, um Richard Clemens zu heiraten, und genau das werde ich auch tun!"

Rafe fasste sie sanft bei den Schultern. „Ich weiß, dass sich zwischen uns viel verändert hat ... dass du nicht mehr dasselbe für mich empfindest wie früher ..."

„Ich habe dich einmal geliebt. Aber jetzt nicht mehr. Willst du das sagen?"

„Es mag sein, dass du mich nicht mehr liebst, Danielle, aber du liebst auch Richard Clemens nicht." Er schaute sie eindringlich an. „Und dennoch glaube ich, dass es da einen Unterschied gibt."

„Was für einen Unterschied?"

„Wenn du mich ansiehst, funkelt etwas in deinen Augen ... ein Leuchten, das nicht da ist, wenn du Richard ansiehst."

„Du bist wirklich verrückt."

„Findest du? Vielleicht sollten wir einfach versuchen, es herauszufinden."

Danielle stockte der Atem, als Rafe sie in seine Arme zog und seinen Mund auf den ihren senkte. Einen Moment lang wehrte sie sich, drückte ihre Handflächen gegen seine Brust und versuchte, ihn von sich zu stoßen. Aber dann spürte sie das Verlangen ... spürte, wie sie von einer brennenden Leidenschaft ergriffen wurde, die sie für schon längst erloschen gehalten hatte. Ihre Empfindungen überwältigten sie, entfachten eine heiße Glut in ihr und ließen ihren Körper weich und nachgiebig werden.

Als Rafe den Kuss vertiefte, wanderten ihre Hände unmerklich am Aufschlag seines Fracks nach oben ... immer weiter hinauf, bis sie ihre Arme um seinen Hals legte. Es war ihr, als würde sie wieder wie damals mit Rafe unter den Apfelbäumen stehen, und sie küsste ihn von ganzem Herzen und mit all der Liebe, die sie einmal für ihn empfunden hatte.

Doch dann füllten ihre Augen sich mit Tränen. Sie waren nicht mehr im Obstgarten, und sie liebte Rafe nicht mehr.

Danielle riss sich von ihm los. Sie zitterte am ganzen Körper und hasste sich für das, was sie hatte geschehen lassen.

„Ich musste es einfach wissen", sagte er leise.

Danielle trat einen Schritt zurück. Sie konnte ihn immer noch auf ihren Lippen schmecken. „Es hat nichts zu bedeuten. Dein Kuss hat alte Erinnerungen in mir geweckt, nichts weiter."

„Vielleicht."

„Es ist schon spät. Ich muss wieder hinein." Sie wandte sich um, aber Rafe griff nach ihrem Arm.

„Hör mich an, Danielle. Noch ist es nicht zu spät, die Hochzeit abzusagen. Anstatt Richard zu heiraten, möchte ich, dass du mich heiratest."

Sie blieb wie angewurzelt stehen und sah ihn fassungslos an. „Das kann nicht dein Ernst sein."

„Doch, ich meine es ernst."

„Aber an dem Abend auf dem Ball ... ich habe gesehen, wie du mit deiner Verlobten getanzt hast, der Tochter des Earls of Throckmorton!"

„Mir ist klar geworden, dass wir nicht zusammenpassen. Bevor ich aus England abgereist bin, habe ich noch mit ihrem

Vater gesprochen, und er hat seinerseits darum gebeten, die Verlobung zu lösen."

Danielle schüttelte ungläubig den Kopf. „Es geht nicht, Rafael. Was einmal zwischen uns war, gibt es nicht mehr ... es hat vor fünf Jahren aufgehört."

„Es hat nie aufgehört – zumindest nicht, bis ich meinen Fehler wiedergutgemacht habe. Heirate mich und kehre als Duchess mit mir nach England zurück. Ganz London – nein, ganz England! – wird dann wissen, dass ich dir damals Unrecht getan habe."

„Es interessiert mich nicht mehr, was die Leute denken."

„Du könntest wieder zu Hause sein, bei deiner Familie und deinen Freunden."

„Weder von meiner Familie noch von meinen Freunden ist viel übrig geblieben. Ich bin nach Amerika gekommen, um endlich eine Familie zu haben, und mit der Zeit werde ich auch Freunde finden."

Rafes Kiefermuskeln spannten sich. Im flackernden Schein der Fackel erschienen seine Augen von noch tieferem Blau als sonst. Danielle kannte diesen Blick, kannte die Entschlossenheit, die er verriet, und spürte auf einmal eine leichte Verunsicherung in sich aufsteigen.

„Ich hatte gehofft, dass ich dich nicht dazu würde zwingen müssen, aber du lässt mir keine andere Wahl."

Ihr wich das Blut aus dem Gesicht. „Was willst du damit sagen? Willst du ... willst du mir drohen?"

Rafael streckte die Hand aus und berührte ihre Wange. „Ich versuche nur zu tun, wovon ich glaube, dass es richtig ist. Und ich glaube, dass ich dich glücklich machen kann, und ich bezweifle, dass Richard Clemens dies jemals gelingen wird. Nimm meinen Antrag an."

Sie sah ihn durchdringend an. „Was wirst du andernfalls tun, Rafael?"

Er straffte seine Schultern und richtete sich zu seiner vollen Größe auf. „Ich würde Einzelheiten über den Skandal verbreiten. Jeder hier wird die Geschichte glauben … Richards Mutter, seine Freunde … Du wirst deine Unschuld hier genauso wenig beweisen können, wie du es in England gekonnt hast."

Danielle bebte am ganzen Körper. „Noch bevor Richard mir einen Antrag gemacht hat, habe ich ihm von dem Skandal erzählt. Und im Gegensatz zu dir hat er mir sehr wohl geglaubt!"

„Ich weiß, dass ich mich damals geirrt habe. Aber das ändert nichts daran, dass ich jetzt recht habe."

Danielle schluckte schwer ihre aufsteigenden Tränen hinunter. „Ich kann einfach nicht glauben, dass du mir das antun könntest … dass du mich noch einmal so sehr verletzen willst. Wie kannst du dich nur zu so etwas herablassen?" Sie wandte sich von ihm ab, als sie die Tränen nicht länger zurückhalten konnte, denn sie wollte nicht, dass er sie weinen sah.

Rafe umfasste sanft ihr Kinn und zwang sie behutsam, ihn anzusehen. „Ich werde dich glücklich machen, Danielle. Das verspreche ich dir."

Die Tränen strömten ihr nun über die Wangen. „Wenn du mich dazu zwingst, werde ich dir nie verzeihen, Rafael."

Er führte ihre zitternde Hand an seine Lippen, hauchte einen zarten Kuss darauf und sah ihr tief in die Augen.

„Darauf würde ich es ankommen lassen."

10. KAPITEL

Sobald sie wieder in der Stadt zurück war, löste Danielle ihre Verlobung mit Richard Clemens. Es waren nur noch fünf Tage bis zur Hochzeit, aber sie sagte sich, dass ihr keine andere Wahl blieb, denn sie zweifelte nicht im Geringsten daran, dass Rafael seine Drohung wahrmachen könnte. Wenn sie seinen Heiratsantrag ablehnte, würde er sie wie schon einmal zuvor ruinieren.

Danielle verabscheute ihn dafür.

Und sie konnte ihn nicht verstehen. Warum nur war Rafe so beharrlich? Empfand er seine Schuld als so groß, oder gebot ihm sein Ehrgefühl, sie zu heiraten, um seinen damaligen Irrtum wiedergutzumachen?

Sie hielt beides durchaus für möglich.

Als Richard davon erfahren hatte, dass die Heirat abgesagt war, hatte er getobt und gewütet, gebettelt und gefleht und Danielle auf jede erdenkliche Weise zu überreden versucht, es sich noch einmal anders zu überlegen.

„Was habe ich getan, Danielle? Sag es mir, und ich verspreche dir, dass es nicht wieder geschehen wird."

„Du hast nichts getan, Richard. Es ist einfach nur, dass wir … nicht gut zueinander passen. Leider ist mir das erst jetzt bewusst geworden."

„Aber wir haben doch schon Pläne gemacht, Danielle! Wir wollten unser Leben miteinander verbringen."

„Es tut mir leid, Richard, aber ich kann es nicht ändern. Es ist einfach so … es muss so sein."

Nun wurde er wütend. „Du kannst jetzt nicht einfach davonlaufen! Und was ist mit meiner Mutter? Sie hat ein Vermögen für die Hochzeitsfeier ausgegeben. Was sollen die Kinder denken? Und meine Freunde! Was soll ich ihnen sagen?"

„Du hättest nie zugelassen, dass ich deinen Kindern wirklich eine Mutter bin, und wenn deine Freunde wirkliche Freunde sind, dann werden sie verstehen, dass jedem so etwas geschehen kann."

Richards Gesicht lief rot an. „Also mir passieren solche Dinge nicht!" Wutschnaubend verließ er das Haus, und Danielle beobachtete durch das Fenster, wie er die Eingangstreppe hinunterstürmte, in seine Kutsche sprang und die Tür hinter sich zuknallte.

Ihre Augen brannten, aber der Schmerz, den sie zu fühlen erwartet hatte, blieb aus. Sie wandte sich vom Fenster ab und seufzte in die tiefe Stille hinein, die Richard hinterlassen hatte. Weil sie Richards Stolz nicht verletzen wollte, hatte sie darauf verzichtet zu erwähnen, dass sie einen anderen Mann heiraten und als Duchess nach England zurückkehren würde.

Ebenso hatte sie ihm verschwiegen, dass Rafael sie erpresste und ihr keine andere Wahl geblieben war, als die Hochzeit mit Richard abzusagen.

Am liebsten hätte sie jetzt geweint, aber ihr wollten keine Tränen kommen. Es beunruhigte sie ein wenig, dass sie die Auseinandersetzung mit Richard so wenig berührte. Eigentlich spürte sie nur Ärger in sich – und Angst. Wie sollte sie an der Seite eines so rücksichtslosen Mannes wie Rafael leben? Ihr schauderte vor der Zukunft mit einem Mann, den sie kaum noch zu kennen schien und dem sie noch weniger vertraute.

Noch mehr beunruhigte sie allerdings der Aufruhr ihrer Gefühle, die sie empfand, sobald sie an Rafe dachte …

Warum nur musste ihr Leben so kompliziert sein?

Zwei Tage später wollte Danielle nach dem Lunch mit Tante Flora einkaufen gehen. Ihr war im Moment jede Gelegenheit recht, um auf andere Gedanken zu kommen.

Doch gerade als sie aufbrechen wollten, tauchte Rafe an ihrer Tür auf. Er hielt seinen Hut in der Hand und sah besser aus, als ihr lieb war.

„Ich habe deine Nachricht bekommen“, erklärte er, als sie ihn in den Salon führte und die Tür hinter sich schloss. „Ich bin froh, dass du so schnell gehandelt hast.“

Danielle warf ihm einen kurzen Blick zu. Sie hatte ihm einen Brief geschickt, in dem sie ihm mitteilte, dass sie ihre Verlobung gelöst hatte. Und sie wollte hoffen, dass ihm der bittere Unterton zwischen den Zeilen nicht entgangen war ...

„Du hast mir keine andere Wahl gelassen, und ich habe nur deshalb so schnell gehandelt, weil ich dachte, dass es für Richard dann weniger schlimm wäre.“

Danielle setzte sich auf einen Windsorstuhl mit hoher Rückenlehne, und Rafe nahm auf dem roséfarbenen Samtsofa Platz.

„Ende nächster Woche wird die ‚Nimble‘ in Richtung England auslaufen. Ich habe für uns beide, ebenso wie für deine Tante und Miss Loon, eine Überfahrt gebucht, und ich möchte, dass wir vor der Abreise heiraten.“

„Wie bitte?“ Sie sprang förmlich von ihrem Stuhl empor. „Das ist unmöglich! Warum können wir damit nicht warten, bis wir in England sind?“

Rafe straffte seinen Rücken, und Danielle wusste, dass er mühsam versuchte, sich zu beherrschen.

„Wir haben schon fünf Jahre gewartet, Danielle. Ich möchte, dass diese Angelegenheit ein für alle Mal geklärt ist ... wie sie es schon längst hätte sein sollen. Und nun, wo die Entscheidung gefallen ist, will ich, dass wir bald heiraten. Ich werde deine Tante um Zustimmung bitten und würde die Trauung gerne einen Tag vor unserer Abreise hier im Garten vornehmen lassen. Wenn wir wieder in London sind, werden wir unsere Hochzeit in einem angemessenen Rahmen feiern.“

„Aber … aber das ist … das ist ja schon in wenigen Tagen! Du kannst wohl kaum von mir erwarten, dass … dass …“

„Was, Danielle?“

Sie atmete tief durch und bemühte sich, ihre Fassung zu bewahren. „Wir haben uns beide verändert. Ich kenne dich kaum noch, Rafael, und ich brauche Zeit, um mich an den Gedanken zu gewöhnen … mit dir das Bett zu teilen. Ich kann nicht einfach … kann nicht …“

Rafe schmunzelte vergnügt. „Es gab einmal eine Zeit, wo du es kaum erwarten konntest, mein Bett zu teilen.“

Das Blut stieg ihr heiß in die Wangen. Sie erinnerte sich nur zu gut an diese Zeit … und seit Rafe sie neulich im Garten geküsst hatte, war es ihr fast, als sei es erst gestern gewesen, dass … Aber dennoch war sie jetzt nicht darauf vorbereitet, einen Schritt so großer Vertraulichkeit zu gehen. Sie wollte Rafe nicht mehr Macht über sich zugestehen, als er sich ohnehin schon verschafft hatte.

Sie hob trotzig ihr Kinn. „Bislang warst du es, der die Forderungen gestellt hat, und ich habe zugestimmt. Aber nun werde ich dich im Gegenzug um etwas bitten. Ich will Zeit haben, Rafael – Zeit, um mich damit abzufinden, dass du von nun an mein Ehemann sein wirst.“

Eine plötzliche Regung huschte über sein Gesicht, und er sah kurz beiseite. „Na schön, deine Bitte scheint mir nur angemessen. Du möchtest Zeit haben, und ich werde sie dir gewähren. Bis zu unserer Ankunft in England werde ich von meinen ehelichen Rechten keinen Gebrauch machen.“

Der Erfolg, den sie gerade erzielt hatte, ließ sie noch mutiger werden. „Vielleicht wäre es am besten, wenn wir eine reine Zweckehe führten. Wir würden beide unsere Leben getrennt voneinander …“

„Verdammt noch mal, nein!“ Rafe holte tief Luft und versuchte, seine Verärgerung im Zaum zu halten. „Du weißt selber sehr genau, dass dies nicht geschehen wird. Ich habe dich vom ersten Tag an begehrt, Danielle, und daran hat sich nichts geändert. Meine Hoffnung ist, dass du im Laufe der Zeit dasselbe Verlangen für mich empfinden wirst."

Danielle schwieg. Rafael Saunders war über die Maßen gut aussehend, und er strahlte eine kraftvolle Männlichkeit aus, die sie als junges Mädchen oft nachts hatte wach liegen lassen, während sie sich vorstellte, wie es wohl sein mochte, von ihm geliebt zu werden ... Und auch wenn sie es sich nur ungern eingestand, so hatte sich daran bis heute wenig geändert.

„Dann sind wir uns also einig", stellte sie abschließend fest.

„Ja – wenngleich ich unsere Vereinbarung an jedem Tag der Überfahrt bedauern werde."

Caroline Loon stand in der kleinen Gasse, die hinter dem an der Arch Street gelegenen Haus vorbeiführte. „Robert!"

Er kam schnellen Schrittes auf sie zu und küsste sie leicht auf die Wange. „Meine süße Caroline."

Caro errötete. Seit sie vor einer knappen Woche in die Stadt zurückgekehrt waren, hatten sie sich jeden Tag gesehen. Zu ihrer freudigen Überraschung hatte sie festgestellt, dass der Tuchhändler Steigler ebenfalls in Philadelphia wohnte ... und mit ihm natürlich auch Robert McKay.

Der Abend, an dem sie sich mit ihm bei den Stallungen getroffen hatte, war wundervoll gewesen. Als Erstes hatte Robert sie auf ein Feld neben der Scheune geführt und ihr das kleine Fohlen gezeigt, das neben seiner Mutter herumtollte.

„Das ist Prinz Löwenherz. Die älteste Tochter von Wentz hat ihn so genannt, weil er so gerne Löwenzahn frisst."

Caro lachte. „Er ist herrlich." Sie verbrachten einige Zeit bei den Pferden, und als Robert ihr die reinrassigen Stuten und Hengste von Jacob Wentz zeigte, bewies er eine erstaunliche Sachkenntnis und schien ganz in seinem Element zu sein.

„Ein Cousin meiner Mutter besitzt ein Gestüt, und sie hat mich oft dorthin mitgenommen."

„Und was ist mit Ihrem Vater?"

Robert schüttelte den Kopf. „Ich habe ihn nie kennengelernt. Er starb, bevor ich auf die Welt kam."

Als es langsam dunkel wurde, hatte Robert sie auf eine Anhöhe geführt, von der aus sie das ganze Tal überblicken konnten. Sie setzten sich auf einen Baumstumpf und genossen die Landschaft.

„Es ist wunderschön hier", bemerkte Caro und ließ ihren Blick über die Hügel schweifen, die sich, in das silbrige Mondlicht getaucht, vor ihnen erstreckten. „Wenn wir uns erst einmal in Mr. Clemens' Haus eingelebt haben, werde ich vielleicht Zeit finden, das alles zu malen."

„Sie malen?"

„Landschaftsaquarelle ... aber nur zum Vergnügen. Ich bin nur mäßig begabt."

„Ich könnte mir vorstellen, dass Sie eine sehr gute Malerin sind." Er hob einen kleinen Zweig vom Boden auf und drehte ihn geistesabwesend zwischen den Fingern. „Ich schnitze gerne. Dabei vergeht die Zeit schneller."

Caro betrachtete ihn im Schein des Mondes, bemerkte sein markantes Kinn und dachte, wie gut er doch aussah ... „Was für Dinge schnitzen Sie denn?"

„Meistens Spielsachen. Holzpferde, Spielzeugsoldaten, Miniaturkutschen und so etwas." Er lächelte. „Vielleicht können wir ja eines Tages einen Tauschhandel machen ... eines meiner Holzpferde gegen eines Ihrer Bilder."

Caro erwiderte sein Lächeln. „Das wäre schön. Ich werde mich auf jeden Fall daran erinnern."

Sie und Robert blieben bis nach Mitternacht auf der mondbeschienenen Anhöhe sitzen und unterhielten sich. Während sie miteinander lachten und redeten, schien die Zeit wie im Flug zu vergehen. Caro fühlte sich in seiner Gegenwart wohl und sprach so unbefangen, wie sie es bei noch keinem Mann getan hatte.

Sie musste auch jetzt lächeln, wenn sie an die letzten Tage dachte, an denen sie Zeit miteinander hatten verbringen können und viele Gemeinsamkeiten entdeckt hatten. Sie beide liebten Opern und Poesie, lasen gerne, mochten Tiere und Kinder ... Robert hatte ihr erzählt, dass er sich einmal eine große Familie wünschte.

Und sie erzählte ihm von ihrer Kindheit und davon, dass ihre Familie nicht vermögend, aber sehr glücklich gewesen war. Sie erzählte ihm auch von dem Sommer vor fünf Jahren, als ihre Eltern gestorben waren und sie tief um sie getrauert hatte. Robert hatte die ganze Zeit ihre Hand gehalten und ihr zugehört, und Caro wusste, dass er ihr nicht nur zuhörte, sondern sie auch verstand.

In den letzten paar Tagen hatte Caro zudem viel über Robert McKay erfahren. Wenngleich er sein Leben für die nächsten vier Jahre der Dienerschaft für einen anderen Mann verschrieben hatte, so konnte Robert doch immer noch viel und herzlich lachen. Trotz der widrigen Umstände schien er sich eine positive Haltung gegenüber allen Dingen bewahrt zu haben.

Und dass er von seinem Dienstherrn ausgenutzt und misshandelt wurde, schien daran nichts zu ändern.

„Ich bin sein Diener“, hatte Robert einmal zu ihr gesagt. „Er hätte mich mit allen möglichen anderen Aufgaben betrauen können, aber er wollte, dass ich ihm persönlich unterstellt bin. Er ist ein Mann, der es genießt, andere herumzukommandieren.“

„Wie meinen Sie das?“

„Steigler findet großen Gefallen daran, dass ich zwar in Cambridge studiert habe, ihm aber trotzdem den Dreck von den Stiefeln kratzen muss. Mein Englisch ist besser als seines, und ich bin belesener als er, aber dennoch muss ich mich um sein Bad kümmern und seine Socken und Hemden flicken.“

„Oh Robert.“

Er lächelte schwach. „Einmal hat er mich vor den Augen seiner Freunde ausgepeitscht, weil ich es gewagt hatte, ihn hinsichtlich eines Dramas von Shakespeare zu verbessern.“

„Du liebe Güte, Robert! Warum haben Sie nie versucht zu fliehen?“

Er zuckte mit den Achseln, und der Stoff seines Hemdes spannte sich über seinen breiten Schultern. „Steigler ist hierzulande ein einflussreicher Mann, und er hat mir zu verstehen gegeben, dass er mich ohnehin ausfindig machen würde. Ich habe damals einen Pakt mit dem Teufel geschlossen und werde auch noch die nächsten vier Jahre damit leben müssen.“

Auch wenn Robert diesen Umstand scheinbar gleichmütig hinzunehmen schien, so war Caro die Vorstellung doch unerträglich.

Denn während der kurzen Zeit, die sie Robert McKay nun kannte, hatte sie sich bereits in ihn verliebt.

Als Danielle draußen im Flur Stimmen hörte, blickte sie von dem Buch, das sie gerade las, Defoes „Robinson Crusoe“, auf und sah Caro in der Tür stehen – neben sich einen gut aussehenden Mann mit braunem Haar. Danielle wusste sofort, dass es nur Robert McKay sein konnte.

Seit ihrem Wochenende auf dem Land hatte Caro ihn bestimmt ein Dutzend Mal am Tag erwähnt. Obwohl Robert ein in Leibeigenschaft gehaltener Diener war, konnte kein Zweifel daran bestehen, dass sie in McKay verliebt war.

Danielle sorgte sich ein wenig, dass er eine so liebenswerte und unbedarfte junge Frau wie ihre Freundin Caroline nur ausnutzen wollte.

Als sie jetzt sah, wie attraktiv er war, nahm ihre Besorgnis noch zu.

Wenngleich Caro ein Jahr älter war als Danielle, hatte sie doch kaum Erfahrung mit Männern. Danielle konnte nur hoffen, dass Caros gesunder Menschenverstand und die ihr eigene Menschenkenntnis sie auch in Herzensangelegenheiten nicht im Stich ließen.

„Ich störe dich nur ungern, Danielle, aber Robert kam gerade vorbei, und ich hatte gehofft, dass du vielleicht Zeit haben würdest, ihn kennenzulernen."

„Aber natürlich." Von dem Moment an, da Caro ihn zum ersten Mal erwähnt hatte, war Danielle daran interessiert gewesen, McKay persönlich zu treffen. Sie legte ihr Buch beiseite, erhob sich vom Sofa und bat die beiden einzutreten.

Als das Paar gemeinsam in den Salon trat, hatte Robert seine Hand wie selbstverständlich um Caros schlanke Taille gelegt. Danielle dachte, dass sie sich für derlei vertrauliche Gesten eigentlich noch nicht lange genug kannten, doch als sie die beiden so vor sich sah, erschien es ihr auf einmal als die natürlichste Sache der Welt.

„Danielle, ich möchte dir meinen Freund Robert McKay vorstellen, von dem ich dir schon so viel erzählt habe."

Danielle lächelte. „Mr. McKay ... ich freue mich sehr, Sie kennenzulernen."

„Das Vergnügen ist ganz meinerseits, Miss Duval." Er beugte sich galant über ihre Hand, was viel eher dem Auftreten eines Adeligen als dem eines Dieners entsprach, und Danielle warf ihm einen prüfenden Blick zu.

„Meine Freundin Caroline ist sehr beeindruckt von Ihnen", stellte sie fest.

Robert strahlte über das ganze Gesicht. „Und ich bin ebenso beeindruckt von ihr, Miss Duval." Er sah Caro an, und in seinem Blick lag so viel Wärme, dass Danielles Besorgnis sich allmählich zu legen begann.

Sie unterhielten sich eine Weile über das Wetter, dann über Philadelphia, und schließlich fragte Robert Danielle, ob ihr der Roman gefalle, den sie gerade lese.

Sie zog erstaunt eine ihrer rötlichen Augenbrauen in die Höhe. „Kennen Sie ihn denn?"

„Aber ja. Es ist zwar schon einige Zeit her, dass ich ihn gelesen habe, aber er hat mir sehr gut gefallen."

In diesem Moment kam Tante Flora herein, um Danielle zu einem ihrer gemeinsamen Einkaufsbummel abzuholen, und sie schien nicht im Mindesten überrascht zu sein, einen so gut aussehenden Mann in ihrem Salon vorzufinden.

Genauso wenig störte sie sich daran, dass sie, eine englische Countess, einem Diener vorgestellt wurde. Schließlich waren sie ja in Amerika, und hier gab es eben kein Königshaus, und niemand hatte einen Titel. Langsam gewöhnte sie sich sogar an den Gedanken, dass alle Menschen in vielerlei Hinsicht gleich behandelt wurden.

Doch letztlich war es auch offensichtlich, dass Robert McKay nicht einfach nur ein gewöhnlicher Diener war …

„Mylady", sagte er nun in seinem vollendeten Englisch und beugte sich über Tante Floras Hand.

„Das ist also der junge Mann, der unsere Freundin in der letzten Zeit immer aus dem Haus gelockt hat", bemerkte Flora und ließ ihren Blick über McKay schweifen.

„Ich bekenne mich schuldig im Sinne der Anklage, Mylady. Aber für Miss Loons äußerst erfreuliche Gesellschaft wäre ich bereit, jedes Opfer zu bringen."

Auf diese Weise plauderten sie noch eine ganze Weile, und Robert McKay wirkte nicht im Geringsten dadurch verunsichert, dass Flora Chamberlain dem hohen Adel angehörte. Tante Flora warf Caro kurz einen verschmitzten Blick zu und wandte sich dann wieder an ihren Gast. „Vielleicht hätten Sie ja Zeit, zum Tee bei uns zu bleiben, Mr. McKay."

Roberts Miene drückte ehrliches Bedauern aus. „Ich muss Ihr Angebot leider ablehnen, denn die Pflicht ruft mich wieder, und ich bin schon länger ausgeblieben, als ich hätte sollen. Aber vielleicht ein andermal, Mylady."

Tante Flora lächelte, als sie den zärtlichen Blick sah, mit dem er Caroline bedachte. Dann verabschiedete sich Robert, und Caro brachte ihn zur Tür.

„Du hast Glück, solche Freunde zu haben", hörte Danielle ihn noch im Hinausgehen zu Caro sagen.

„Ja, ich kann mich wirklich glücklich schätzen", antwortete Caro.

Dann folgte das leise Rascheln von Stoff ... vielleicht küsste er sie jetzt auf die Wange. Schließlich hörte Danielle, wie sich die Eingangstür hinter ihm schloss, und kurz darauf kam Caro mit erwartungsvoller Miene zurück in den Salon.

„Und ... was haltet ihr von ihm?"

„Er sieht unverschämt gut aus", stellte Tante Flora sofort fest. „Gebildet und äußerst charmant." Sie schüttelte ungläubig den Kopf. „Warum um alles in der Welt arbeitet so ein Mann als Diener?"

„Das ist eine lange Geschichte, Lady Wycombe."

Tante Flora winkte ab. „Ja, und es geht mich auch nichts an. Aber trotzdem ... es macht mir Sorgen."

„Nun, ich mag Robert sehr", verkündete Danielle strahlend. „Und ich glaube, dass er von dir genauso fasziniert ist wie du von ihm", versicherte sie ihrer Freundin.

Caro errötete leicht. Dann blickte sie aus dem Fenster und sah Robert nach. Als er hinter der nächsten Kreuzung verschwand, wich ihr glückliches Lächeln schlagartig aus ihrem

Gesicht. Sie hatte geglaubt, dass sie in Amerika bleiben würden. Doch nun wollte Danielle mit Rafael nach England zurückkehren. Tante Flora würde sich den beiden anschließen, und Caro blieb nichts anderes übrig, als ihnen zu folgen.

Sie kannte niemanden in Amerika. Und wenngleich Roberts Absichten ehrbar waren, würde er sie während der nächsten vier Jahre nicht heiraten können.

Danielle sah ihrer Freundin nach, als die eilig den Salon verließ, und ihr wurde ganz beklommen zumute. Wenn Rafael in London geblieben wäre, würde Caros Wunsch nach einer gemeinsamen Zukunft mit Robert sich im Laufe der Zeit sicher erfüllt haben. Nun erschien Danielle dies mehr als unwahrscheinlich.

Ein weiteres Unglück, das sie Rafael anlasten konnte …

11. KAPITEL

Ruhelos ging Rafe in seiner Hotelsuite auf und ab, während seine Gedanken um Danielle und die bevorstehende Hochzeit kreisten. Nun würde es tatsächlich geschehen – er heiratete Danielle Duval und konnte es noch immer kaum glauben.

Für einen Moment blieb er am Fenster stehen und sah in die Nacht hinaus. Erst als es vernehmlich an der Tür seiner Suite klopfte, drehte Rafe sich wieder um.

Er ging durch das Zimmer, öffnete und war nur mäßig überrascht, Max Bradley vor sich zu sehen.

„Max! Kommen Sie herein. Ich hatte schon überlegt, ob Sie vielleicht nicht längst wieder in England wären."

„Noch nicht. Wenn jedoch weiterhin alles nach Plan läuft, werde ich bald aufbrechen."

Nachdem sie in den Salon hinübergegangen waren und die Tür hinter sich geschlossen hatten, bemerkte Rafe die Sorgenfalten auf Bradleys Stirn und sein zerzaustes schwarzes Haar.

„Was ist los, Max? Was haben Sie herausgefunden?"

„Weniger, als mir lieb ist, und deshalb möchte ich Sie um Hilfe bitten."

„Natürlich. Ich werde tun, was ich kann." Rafe hatte Colonel Pendleton seine Unterstützung zugesagt, und er würde zu seinem Wort stehen.

Max nickte. „Ich habe gehört, dass Sie heiraten wollen. Aber ich glaube, wir können diese Angelegenheit rasch erledigen, und Sie würden rechtzeitig zur Hochzeit zurück sein."

„Wie haben Sie erfahren, dass … egal. Sie sollten sich wirklich überlegen, ob Sie nicht einen eigenen Ermittlungsdienst gründen. Damit könnten Sie ein Vermögen verdienen."

Max lächelte über Rafes Bemerkung. „Ich möchte, dass

Sie mit mir nach Baltimore kommen. Wenn wir uns beeilen, brauchen wir für die Fahrt höchstens drei Tage. Das ließe uns ausreichend Zeit für das Treffen, das ich dort geplant habe, und Ihnen bliebe immer noch genügend Spielraum, um pünktlich zu Ihrer Heirat wieder zurück zu sein."

Rafe wollte hoffen, dass Max recht hatte. Wenngleich es Danielle vielleicht am liebsten wäre, wenn er ihr ganz fern blieb, so hielt Rafe es für keinen guten Beginn ihrer gemeinsamen Zukunft, wenn er zu seiner eigenen Hochzeit zu spät kam.

„Wann brechen wir auf?", erkundigte sich Rafe.

„In den frühen Morgenstunden. Je eher wir dort sind, desto schneller haben wir es hinter uns und können zurückfahren."

Und Rafe würde nach seiner Rückkehr noch einiges zu erledigen haben. Manchmal wunderte er sich ein wenig, warum der Gedanke daran, dass er bald ein verheirateter Mann sein würde, ihn in keiner Weise beunruhigte …

Baltimore hatte etwas mehr als zwanzigtausend Einwohner, aber wegen des Seehafens, von dem aus reger Handel mit England, der Karibik und Südamerika betrieben wurde, nahm die Stadt stetig an Größe und Bedeutung zu.

Max Bradley hatte unter einem Vorwand ein Treffen Rafaels mit einem reichen Schiffbauer namens Phineas Brand vereinbart. Demnach erwog der Duke of Sheffield eine gemeinsame Unternehmung mit dem Marquess of Belford, Eigentümer der Schiffsflotte von *Belford Shipping Enterprises,* und einigen anderen vermögenden Engländern. Der Duke hatte von den neuen Schonern gehört, die als Baltimore Clipper bezeichnet und in Brands Firma gebaut wurden, und überlegte nun, ob dieser Schiffstyp nicht auch dazu geeignet wäre, Handelsgüter in kleinere, weniger zugängliche Seehäfen zu befördern.

So weit die Geschichte, die Bradley sich zurechtgelegt hatte.

Das Treffen war in einem Büro der *Maryland Shipbuilding Company* verabredet, die sich im Erdgeschoss eines Lagerhauses in der Nähe des Hafens befand. Am Ende ihrer angeregten Unterhaltung erhob sich Phineas Brand, ein kleiner Mann mit lockigem grauem Haar, buschigem Backenbart und einer silbernen Brille, aus seinem Sessel.

„Die ‚Windlass' ist soeben vom Stapel gelaufen", verkündete er und lächelte stolz, als sie das Gebäude verließen und zum Hafen hinuntergingen, wo der Clipper vor Anker lag. „Es gibt kein anderes Schiff, das es hinsichtlich der Wendigkeit und der Geschwindigkeit mit ihr aufnehmen könnte."

Rafe konnte es kaum erwarten, den Neubau mit eigenen Augen zu sehen, der möglicherweise eine große Gefahr für England darstellte.

„Wenn Sie wirklich Interesse daran haben", fuhr Brand fort, „werden Sie allerdings schnell handeln müssen." Er warf Rafe einen vielsagenden Blick zu. „Denn wie ich Mr. Bradley bereits gesagt hatte, gibt es einige Interessenten. Und wer zuerst kommt, erhält auch den Zuschlag."

„Es ist doch von zwanzig Schiffen die Rede, nicht wahr?"

Brand nickte. „Da der Bau jedes einzelnen Schiffes sehr aufwendig ist, wird das ganze Projekt fünf Jahre dauern. Sie verstehen daher sicher, dass der Interessent mit dem höchsten Gebot im Vorteil sein wird …"

„Davon hat Mr. Bradley mich in Kenntnis gesetzt."

„Sie können natürlich auch erst einmal abwarten, bis die erste Flotte gebaut worden ist."

„Nein, ich denke nicht, dass das in Betracht kommt."

Sie hatten nun die Stelle erreicht, an der die „Windlass" festlag. Rafe blieb einen Moment stehen, um den flachen, schnittigen Rumpf und die beiden Masten zu begutachten, die sich ein wenig dem Heck zuneigten. Eine solche Konstruktion war ihm neu, doch er konnte sich vorstellen, dass sie den Schoner windschnittiger machten. Auch der Rumpf war einzigartig, und Rafe kam der Gedanke, dass es wohl kaum möglich sein würde, diesen Schiffstyp ohne die originalen Entwurfspläne nachzubauen.

Als Brand ihn nun zu einer kurzen Fahrt einlud, nahm Rafe das Angebot gerne an. Es war ein warmer und sonniger Tag, und der leichte Wind blähte die Segel, die von einer ungewöhnlichen dreieckigen Form waren, die Rafe nie zuvor gesehen hatte. Das Schiff war zwar nicht für schwere Lasten ausgelegt, aber es war unglaublich schnell und wendig.

Sollte ein solches Schiff mit Soldaten und Kanonen bestückt werden, wäre es jedem anderen Kriegsschiff überlegen und hätte leichtes Spiel mit der gegnerischen Flotte.

Während der Wind die Segel blähte und die „Windlass“ sich schnittig ihren Weg durch das Wasser bahnte, zweifelte Rafe kaum noch an dem Gerücht, dass Napoleon am Kauf einer solchen Flotte interessiert sei und plane, sie gegen die Engländer einzusetzen, die ihm letztes Jahr bei Trafalgar eine schmerzhafte Niederlage zugefügt hatten.

„Ich gebe heute Abend einen kleinen Umtrunk“, meinte Brand, als sie in den Hafen zurückkehrten. „Wir würden uns sehr freuen, wenn Sie kommen könnten.“

Rafe lächelte. Er benötigte so viele Informationen wie nur möglich, besonders über einen Mann namens Bartel Schrader, von dem Max glaubte, dass er für den Handel mit den Franzosen verantwortlich war. Phineas Brand hatte ihm gerade eine erstklassige Gelegenheit geboten, sich umzuhören.

„Es wäre mir ein Vergnügen, Mr. Brand.“

Es war schon etwas später am Abend, als Rafe in Phineas Brands Wohnhaus in der Front Street eintraf. Er hatte sich absichtlich etwas Zeit gelassen, da er nicht wollte, dass Brand merkte, wie wichtig es ihm war, den Verkauf der Baltimore Clipper an die Franzosen zu verhindern.

Noch war Rafe sich nicht sicher, ob die englische Regierung bereit wäre, mehr zu bieten, aber er war überzeugt davon, sollte die Schiffsflotte an Napoleon gehen, dass das Leben unzähliger britischer Seeleute auf dem Spiel stand.

Alle Fenster waren noch hell erleuchtet, als Rafe die breite Vordertreppe hinaufging. Zu beiden Seiten der Eingangstür stand ein livrierter Diener, um die Gäste willkommen zu heißen.

Zwei Stunden später verließ Rafe Brands Haus schon wieder.

Der Abend war noch besser verlaufen, als er sich es hätte träumen lassen. Er hatte alles erfahren, was er wissen wollte, und nun musste er nur noch Max die Neuigkeiten mitteilen.

„Wie ist es gelaufen?“ Max hatte in Rafes Zimmer auf ihn gewartet und erhob sich nun erwartungsvoll aus seinem Sessel. Während ihres Aufenthaltes in Baltimore hatten sie sich beide ein Zimmer im Seafarer's Inn genommen, einem kleinen Gasthaus in der Nähe des Hafens, und Rafe hatte Max seit dem frühen Morgen nicht mehr gesehen.

„Pendleton sorgt sich zu Recht“, stellte Rafe fest und zog seinen Frack aus.

„Das denke ich auch. Ich bin Ihnen heute Nachmittag zum Hafen gefolgt und habe die ‚Windlass‘ gesehen.“ Max ging zur Anrichte hinüber und goss ihnen beiden einen Brandy ein. „Ein Wunder der Schiffbaukunst.“ Er reichte Rafe ein Glas. „Unter Waffen könnte sie tödlich sein.“

„Genau das dachte ich auch.“

„War Schrader heute Abend unter den Gästen?“

„Ja, er war da.“ Max hatte Rafe zuvor schon alles über

den international tätigen Handelsmann erzählt, der von allen nur „der Holländer“ genannt wurde. Schrader verdiente ein Vermögen damit, Transaktionen zwischen Käufern und Verkäufern zu vermitteln, und erhielt für jeden abgeschlossenen Vertrag eine Provision. Max hielt es für möglich, dass er auch in dem Geschäft mit den Franzosen als Mittelsmann fungierte.

„Rotblondes Haar?“, erkundigte sich Max. „Blaugraue Augen? Ende dreißig?“

„Das ist er.“ Rafe nahm einen Schluck von seinem Brandy und spürte sofort, wie sich die Anspannung in seinen Schultern löste. Er dachte an das kurze Gespräch, das er mit dem Mann geführt hatte, den Phineas Brand ihm heute Abend vorgestellt hatte.

„Euer Gnaden“, hatte Schrader ihn begrüßt und dabei nur die Andeutung eines Akzentes hören lassen. Er mochte Holländer sein, war aber offensichtlich ein Mann von Welt.

„Es ist mir ein Vergnügen, Mr. Schrader.“

„Unser Gastgeber hat mir erzählt, dass Sie heute eine kleine Ausfahrt auf der ‚Windlass‘ genossen haben“, meinte der Holländer nun. „Ein unglaubliches Schiff, finden Sie nicht auch?“

„Das ist sie in der Tat.“

„Ich habe auch gehört, dass Ihr Interesse daran ernst zu sein scheint.“

„So? Mir ist über Sie genau dasselbe zu Ohren gekommen.“

Das schien Schrader zu überraschen. „Wirklich? Daraus schließe ich dann aber, dass auch meine Informationen stimmen.“

„Das Schiff ist in vielerlei Hinsicht faszinierend, aber für den Güterverkehr dürfte es ungeeignet sein. Das schränkt die Möglichkeiten seines Einsatzes erheblich ein.“

„Das stimmt allerdings.“

„Und zu welchem Zweck will Ihr Kunde eine solche Flotte

erwerben, Mr. Schrader?"

Der Holländer lächelte. „Das kann ich Ihnen leider nicht sagen. Meine Aufgabe besteht nur darin, den Kauf abzuwickeln – falls mein Kunde sich zum Kauf entschließen sollte."

In diesem Augenblick war Phineas Brand wieder zu ihnen gestoßen und die Unterhaltung hatte sich anderen Dingen zugewendet. Aber Rafe hatte bereits alles erfahren, was er wissen wollte, und es dann eilig gehabt, mit den Neuigkeiten zu Max zurückzukehren.

Rafe erzählte Max nun ganz genau von seiner Unterhaltung mit dem Holländer, denn er wusste, dass Bradley jedes einzelne Wort interessieren würde.

„Ich nehme an, dass Sie Mr. Brand versichert haben, immer noch am Kauf der Flotte interessiert zu sein", meinte Bradley schließlich und schwenkte den Brandy in seinem Glas.

„Er reibt sich bereits die Hände bei der Aussicht auf ein noch höheres Gebot."

„Dann hätten wir hier so weit alles erledigt und können gleich morgen früh wieder nach Philadelphia fahren."

Rafe verspürte eine Welle der Erleichterung, denn bis zur Hochzeit waren es noch einige Tage, und sie würden nun rechtzeitig zurück sein.

„Sobald wir dort sind", fuhr Bradley fort, „werde ich das nächste Schiff nach England nehmen und die zuständigen Stellen in Kenntnis setzen." Max lächelte, was bei ihm nicht allzu häufig vorkam. „Und Sie können sich derweil in den Hafen der Ehe begeben, mein Freund."

Rafe nickte nur kurz. Doch sobald Max das Zimmer verlassen hatte, begann er, an Danielle zu denken und sah sie vor sich, mit ihrem hochgesteckten roten Haar und ihrer seidig glatten Haut, die im flackernden Kerzenschein schimmerte wie Perlen.

Sofort fühlte er sich erregt. Eigentlich gestand er sich nur selten zu, seinem Verlangen nachzugeben, das ihr bloßer Anblick in ihm auszulösen vermochte. Früher hatte schon ihr helles Lachen oder ein Lächeln von ihr genügt, um ihn in einen Zustand höchster Erregung zu versetzen. Und auch jetzt, während er seine Halsbinde lockerte und sich seine Weste auszog, spürte er die untrügliche Regung seiner Männlichkeit, sobald er sich nur Danielles Gesicht vorstellte.

Er erinnerte sich noch genau daran, wie ihre Brüste sich an jenem Tag im Obstgarten von Sheffield Hall in seine Hände geschmiegt hatten und er spüren konnte, wie die Spitzen sich zu harten, kleinen Knospen aufrichteten.

Er hätte sich solche Freiheiten nicht herausnehmen dürfen, aber ihre Hochzeit hatte kurz bevorgestanden, und Danielle wäre bald seine Frau gewesen. Er wusste noch, wie sehr er sie damals begehrt hatte, und er konnte kaum behaupten, dass sein Verlangen nach ihr sich seitdem gemindert hätte.

Seine Männlichkeit pulsierte verlangend. Er begehrte Danielle, und bald würde sie seine Frau sein.

Als Rafe sein Hemd auszog und zu Bett ging, wurde ihm auf einmal ein wenig unbehaglich zumute, weil er es kaum noch erwarten konnte, dass dies endlich geschah.

Es war Donnerstag, einen Tag vor der Hochzeit, und die „Nimble“ würde am frühen Sonnabendmorgen zu ihrer langen Fahrt nach England aufbrechen.

Danielle saß auf einem Gobelinhocker vor ihrem Ankleidetisch und verfluchte Rafael. Sie überlegte krampfhaft, wie sie sich doch noch aus dem Netz würde befreien können, in das Rafe sie gegen ihren Willen gezogen hatte.

Sie trug nur ihr dünnes Batisthemd, das ihr nicht einmal bis zum Knie reichte, und ihre Haare waren noch nicht gekämmt, als Tante Flora anklopfte und sogleich in Danielles Schlafzimmer geeilt kam.

„Ach du liebe Güte, du bist ja noch nicht einmal angezogen! Der Duke ist gekommen, meine Liebe. Er wartet unten auf dich."

„Der Duke? Was will er denn?"

„Ich könnte mir vorstellen, dass er mit dir über die Hochzeitsfeier sprechen möchte. Seine Gnaden meinte, dass nun alles vorbereitet sei. Beeil dich, er wartet unten im Salon!"

„Soll er doch warten", entgegnete Danielle trotzig. „Meinetwegen kann er warten, bis im Himmel Jahrmarkt ist."

Tante Flora strich sich nervös den Rock ihres grauen, mit schwarzer Spitze besetzten Tageskleides glatt. „Ich weiß, dass du es nicht so gewollt hast, aber der Duke ist schließlich bis nach Amerika gekommen, um sich mit dir auszusprechen. Vielleicht ist es nur richtig, wenn du ihn nun doch heiratest."

Danielle stand auf und ging zum Fenster hinüber, wandte sich wieder um und ließ sich schließlich auf ihr Baldachinbett sinken.

„Wie kann ich einen Mann heiraten, dem ich nicht vertraue, Tante Flora? Er hat mich bereits einmal ruiniert, und er hätte es wieder getan, wenn ich meine Verlobung mit Richard nicht gelöst hätte. Rafael würde über Leichen gehen, um seinen Willen zu bekommen."

„Vielleicht will er einfach nur dein Bestes. Wenn du ihn heiratest, wirst du in England leben können anstatt hier … tausende Meilen von mir entfernt. Ich weiß, dass es sehr eigennützig klingt, aber ich bin darüber äußerst erfreut."

Danielle blickte zu ihrer Tante auf und sah Tränen in ihren Augen schimmern. Sie erhob sich von ihrem Bett, und die beiden Frauen umarmten sich.

„Du hast recht", meinte Danielle. „Wenigstens werden wir weiterhin zusammen sein können." Sie seufzte, als sie sich aus den Armen ihrer Tante löste, und sah erneut aus dem Fenster. Caro hatte unten im Garten ihre Staffelei aufgestellt und malte einige der leuchtend violetten Schwertlilien. Sie war wirklich eine bezaubernde junge Frau von einer ganz besonderen Anmut, was den meisten Leuten jedoch zu entgehen schien.

Danielle wandte sich vom Fenster ab. „Mit Richard würde ich aber Kinder gehabt haben …“, sagte sie wehmütig.

„Die beiden wären nie wirklich deine Kinder gewesen, ganz gleich, wie sehr du dich um sie bemüht hättest – dafür würden Richard und seine Mutter schon gesorgt haben.“

Danielle sah ihre Tante fragend an. „Und was wird geschehen, wenn Rafael von meinem Unfall erfährt?“

Tante Flora schnaubte verächtlich. „Sheffield hat dir damals Unrecht getan, und er schuldet dir seinen Namen. Du hättest schon vor fünf Jahren Duchess sein können, und nun wirst du es endlich.“

Danielle hatte Rafe nie von dem Reitunfall erzählt, der sich während ihrer Verbannung nach Wycombe Park ereignet hatte. Und Tante Flora war überzeugt davon, dass sie ihm darüber auch keine Rechenschaft schuldig sei … dass vielmehr Rafael ihr etwas schuldete …

Danielle ging zum Ankleidetisch hinüber und betrachtete sich im Spiegel. Ihr Haar war noch ein wenig zerzaust, und sie trug nur ihr Batisthemd, Strümpfe und Strumpfhalter. „Ich bin nach Amerika gekommen, um Richard zu heiraten.“

„Es wäre eine reine Zweckehe gewesen. Sei doch endlich so ehrlich mit dir selbst, das einzusehen.“

„Aber es war zumindest meine eigene Entscheidung!“

Tante Flora kam zu ihr und nahm ihre Hand. „Gib dem allen ein wenig Zeit, meine Liebe. Manchmal finden die Dinge sich ganz von selbst.“ Sie drehte sich um und ging zur Tür. „Ich werde dem Duke sagen, dass du herunterkommst, sobald du fertig bist."

Danielle verschränkte trotzig die Arme vor der Brust und ließ sich auf den Hocker vor dem Ankleidetisch fallen. Wenn es nach ihr ging, konnte Rafael lange warten.

Rafe erhob sich von dem Sofa im Salon und begann unruhig auf und ab zu gehen. Immer wieder sah er auf die Standuhr in der Ecke.

Nach zwanzig Minuten zog er seine goldene Taschenuhr aus seiner Weste und vergewisserte sich, ob die Uhr im Salon wohl richtig gehe. Leise fluchend steckte er seine Uhr zurück.

Nach dreißig Minuten wurde er zunehmend wütend. Danielle wusste doch, dass er hier war! Das konnte nur heißen, dass sie ihn absichtlich warten ließ.

Fünfundvierzig Minuten nachdem er gekommen war, ging er entschlossenen Schrittes aus dem Salon. Als er über den Holzdielenboden der Eingangshalle lief, sah er Danielles Freundin, Caroline Loon, aus einem der Zimmer im ersten Stock treten. Sie schrie überrascht auf, als sie ihn nach oben kommen sah.

„Danielle ist noch nicht angezogen, Euer Gnaden."

„Das ist ihr Problem. Ich habe ihr genügend Zeit gelassen." Unbeirrt ging er die Treppe hinauf.

„Warten Sie! Sie ... Sie können nicht einfach zu ihr hineingehen!"

Rafe bedachte sie mit einem grimmigen Lächeln. „Nein?" Er ging an ihr vorbei und konnte förmlich spüren, wie Miss Loon ihm mit ihren weit aufgerissenen blauen Augen nachsah. Oben angekommen, steuerte er geradewegs auf das Zimmer zu, aus dem er sie hatte kommen sehen, klopfte einmal vernehmlich, öffnete die Tür und trat ein.

„Rafael!" Danielle fuhr erschrocken von dem Gobelinhocker hoch, auf dem sie vor dem Ankleidetisch gesessen und gelesen hatte. Mit einem dumpfen Geräusch fiel das Buch zu Boden.

Rafe folgte ihm mit seinem Blick und bemerkte, wie schön Danielles Füße waren, gehüllt in hauchdünne weiße Strümpfe ... schlanke, grazile, anmutig geschwungene Füße. Auch ihre Knöchel waren entzückend, und darüber schmiegten sich die seidenen Strümpfe über wohlgeformte Waden und wurden noch weiter oben von weißer Spitze gehalten ...

„Wie kannst du es nur wagen, hier einfach hereinzustürmen?"

Sein Blick wanderte weiter hinauf, zu ihren Brüsten, die er genauso rund und füllig in Erinnerung hatte ... und sich noch genau vergegenwärtigen konnte, wie sie sich in seine Hände geschmiegt hatten. Augenblicklich durchfuhr ihn heftiges Verlangen wie ein harter Schlag.

„Du willst offensichtlich nicht nach unten kommen", sagte er sachlich. „Mir blieb keine andere Wahl, als zu dir nach oben zu gehen."

Sie nahm sich ihren Morgenmantel aus grüner Seide von der gepolsterten Bank, die am Fuß des Bettes stand, und zog ihn über ihr Batisthemd. „Was willst du?"

„Ich wollte sichergehen, dass du nicht im letzten Moment ausgerissen bist – oder womöglich doch noch diesen Trottel Richard Clemens geheiratet hast."

„Wie kannst du es nur wagen!"

„Das sagtest du bereits. Und ich kann dir versichern, meine Liebe, dass ich mir noch viel mehr herausnehmen werde, wenn du dich nicht an unsere Vereinbarung hältst."

Sie stöhnte entnervt auf. „Du bist ... einfach unerträglich. Du bist ... anmaßend und ... starrsinnig ... und ..."

„Wild entschlossen?", schlug er vor und hob fragend

seine dunklen Augenbrauen.

„Ja … zum Verrücktwerden!"

„Und du, meine liebe Danielle, bist einfach nur bezaubernd – sogar dann, wenn du wütend bist. Ich hatte ganz vergessen, was für eine Furie du sein kannst, wenn du dich aufregst." Er lächelte. „Zumindest wird es nie langweilig werden, mit dir verheiratet zu sein."

Danielle verschränkte die Arme vor der Brust, aber zu sehen, wie ihre Brustspitzen sich unter dem dünnen Stoff abzeichneten, vermochte kaum, Rafe von seiner noch immer pulsierenden Erregung zu befreien. Nun, da er wusste, dass Danielle an den Ereignissen jener Nacht unschuldig war und dass sie bald seine Frau sein würde, hatte sich sein Verlangen nach ihr so sehr gesteigert, dass er es als fast schon schmerzvoll empfand.

„Ich bin gekommen, um dir mitzuteilen, dass alle Vorbereitungen für morgen getroffen sind. Ich habe einen Geistlichen bestellt, der die Trauung morgen Mittag um ein Uhr vornehmen wird. Sobald wir verheiratet sind, packen wir unsere Sachen und gehen an Bord. Die ‚Nimble' wird Samstag früh mit der Flut auslaufen."

Max war bereits unterwegs nach England. Er hatte Rafe eine Nachricht geschickt, in der er sein Bedauern darüber ausdrückte, nicht zur Hochzeit kommen zu können. Rafe hoffte, dass es Max gelingen würde, den Premierminister davon zu überzeugen, dass die Baltimore Clipper eine ernsthafte Bedrohung für England darstellten.

Danielle stand noch immer mit verschränkten Armen vor ihm und sah ihn unter ihren langen, rötlich schimmernden Wimpern hervor an. „Ich kann mich wirklich nicht erinnern, dass du früher auch schon so herrisch gewesen wärst."

Rafe schmunzelte. „Vielleicht war es nicht notwendig."

„Oder du warst einfach jünger und noch nicht so darauf bedacht, alles immer so zu haben, wie du es möchtest."

„Zweifellos." Er machte einen Schritt auf sie zu und war gespannt, ob sie wohl ängstlich vor ihm zurückweichen würde, wie Mary Rose es immer getan hatte.

Danielle blieb reglos stehen, und ihre schönen grünen Augen funkelten ihn aufgebracht an. „Dürfte ich dich daran erinnern, dass wir noch nicht verheiratet sind?"

„Selbst wenn wir es wären, würde mein Versprechen mir nicht erlauben zu tun, woran ich gerade denke." Rafe stand dicht vor ihr und war ihr so nah, dass er ihr nach Apfelblüten duftendes Parfüm riechen konnte. Erinnerungen an den Abend im Gartenpavillon wurden in ihm wach, an dem sie es auch getragen hatte ... und an dem er sie geküsst hatte. Sofort regte sich verlangend und drängend seine Männlichkeit.

„Du hast mir dein Wort gegeben."

„Und ich werde es halten. Aber das erlaubt mir dennoch, gewisse Dinge zu tun." Rafe strich ihr eine ihrer tiefroten Locken von der Schulter, presste seine Lippen auf ihre bloße Haut und spürte, wie Danielle der Atem stockte. Erfreut sah er, wie ihre Brustspitzen sich unter dem seidenen Morgenmantel aufrichteten.

„Ich denke, dass für uns beide Hoffnung besteht", sagte er mit sanfter Stimme, denn er konnte sich nicht vorstellen, dass sie jemals auf Richard Clemens so reagiert hatte wie auf ihn.

Danielle trat einen Schritt zurück. „Du musst dir keine Sorgen machen. Wir haben eine Abmachung getroffen, und ich werde nicht davonlaufen."

„Das habe ich ehrlich gesagt auch nie angenommen. Ich habe zwar einmal an deinem Wort gezweifelt, aber nie an deinem Mut."

Aus seiner Jackentasche holte er nun einen kleinen Beutel aus roter Seide. „Ich habe dir etwas mitgebracht ... ein Hochzeitsgeschenk."

Wenn Grace nicht darauf bestanden hätte, würde er das Hochzeitscollier wohl kaum mit nach Amerika genommen haben. Aber sie musste geahnt haben, dass er das wunderschöne Geschmeide aus Perlen und Diamanten schon sehr bald Danielle schenken würde.

Er nahm das Schmuckstück aus dem Beutel und trat hinter Danielle. Kühl und geschmeidig fühlten sich die seidig glatten Perlen in seiner Hand an, als er sie Danielle um den Hals legte und die Kette in ihrem Nacken verschloss. „Ich würde mich freuen, wenn du sie auch morgen tragen würdest."

Danielle strich mit den Fingern über die makellosen Perlen, zwischen denen einzelne Diamanten eingearbeitet waren, die in dem durch das Fenster einfallenden Sonnenlicht funkelten.

Sie betrachtete sich im Spiegel. „Das sind die schönsten Perlen, die ich jemals gesehen habe."

„Die Kette ist im dreizehnten Jahrhundert gefertigt worden und wird das Hochzeitscollier genannt. Lord Fallon hat sie damals seiner zukünftigen Braut, Lady Ariana of Merrick, geschenkt. Eines Tages werde ich dir die ganze Legende erzählen."

Heute war dazu keine Zeit. Rafe sah auf und erblickte Lady Wycombe, die entrüstet in der Tür stand.

„Dies ist wirklich sehr unschicklich, Euer Gnaden! Noch sind Sie nicht Danielles Gemahl."

Rafe verbeugte sich tief. „Ich bitte um Entschuldigung, Mylady, und wollte ohnehin gerade gehen." Er verließ das Zimmer und wandte sich an der Tür noch einmal um. „Ich freue mich darauf, Sie beide morgen Mittag zu sehen."

Sein Blick suchte den Danielles ein letztes Mal, und als

ihm auffiel, wie besorgt sie aussah, wich das Lächeln aus seinem Gesicht.

Er schwor sich, dass er sie nicht enttäuschen würde und dass er versuchen wollte, ihre Zuneigung zu gewinnen … wenn nicht sogar ihre Liebe.

Aber tief in seinem Innern ahnte er bereits, dass dies nicht einfach sein würde.

12. KAPITEL

Der Tag ihrer Hochzeit war gekommen. Nach dem furchtbaren Skandal vor fünf Jahren hatte Danielle nicht mehr geglaubt, dass sie jemals heiraten würde. Und nun war sie in den letzten zwei Wochen gleich zweimal verlobt gewesen …

Nun würde Rafael Saunders ihr Ehemann werden – wahrlich der letzte Mann auf Erden, den sie zu heiraten wünschte!

Danielle ging seufzend in ihrem Schlafzimmer auf und ab. Ihr aus heller, bernsteingoldener Seide gefertigtes und mit tannengrünem Satin besetztes Hochzeitskleid lag auf dem Bett bereit. Caro hatte in Danielles Haar farblich passende grüne Bänder eingeflochten und ihre rote Lockenpracht zu einer kunstvollen Frisur aufgesteckt. Vor dem Bett standen ein paar Schuhe aus feinstem Leder, die nur darauf warteten, von Danielle über ihre cremefarbenen Seidenstrümpfe gezogen zu werden.

Danielle ermahnte sich, dass es langsam Zeit wurde, sich anzuziehen, ihren Mut zusammenzunehmen und nicht länger mit ihrem Schicksal zu hadern. Doch stattdessen schaute sie in den Garten hinunter, beobachtete die Vögel in der mächtigen Laubkrone des Bergahorns vor ihrem Fenster und fühlte sich zutiefst niedergeschlagen.

Als sich hinter ihr die Tür öffnete und Caros leichte Schritte zu hören waren, nahm sie es kaum wahr.

Caro sagte zunächst nichts, dann seufzte sie. „Ich wusste, dass ich dich nicht hätte allein lassen sollen. Du hast dich ja noch nicht einmal angezogen!“

Aber Danielle hatte allein sein wollen. Sie brauchte noch Zeit, um sich damit abzufinden, dass sie von nun an Rafaels Frau sein würde.

„Alle warten schon“, ließ Caro sie wissen. „Du erinnerst dich sicher noch, was der Duke gemacht hat, als du dich das letzte Mal geweigert hast, nach unten zu kommen.“

Danielle wandte sich um. Rafe würde es fertigbringen, sie in ihrem Unterkleid nach unten zu schleppen, wenn sie sich seinen Anordnungen widersetzte … Wann war er nur so bestimmend geworden? Und wie anstrengend würde es sein, mit einem solchen Mann zusammenzuleben? Aber vor allem … warum verursachte der Gedanke daran, seine Frau zu werden, ihr ein so seltsames Gefühl in ihrem Herzen?

„Also gut, du hast gewonnen. Hilfst du mir, das Kleid anzuziehen?“

Es dauerte nicht lange, bis die kleinen Perlmuttknöpfe am Rücken geschlossen waren und Danielle in ihre Schuhe schlüpfte. Sie betrachtete sich ein letztes Mal im Spiegel, versuchte, die Sorgenfalten auf ihrer Stirn zu glätten, und ging dann zur Tür.

„Warte! Dein Collier!“ Caro rannte zum Schreibtisch hinüber und holte die Perlenkette mit den Diamanten, die Rafes Hochzeitsgeschenk gewesen war. Sie hielt den Schmuck hoch und begutachtete ihn im hellen Sonnenlicht. „Ich habe noch nie etwas gesehen, das so wunderschön ist …“

„Rafe meinte, dass sie schon sehr alt sei. Es gibt wohl auch eine Legende dazu.“

„Eine Legende? Die würde ich gerne hören.“ Caro deutete auf den Hocker vor dem Spiegel, und Danielle setzte sich, während Caro ihr die Perlen um den Hals legte und den diamantenbesetzten Verschluss zuschnappen ließ.

„Siehst du, wie die Diamanten im Licht funkeln?“, fragte Caro. „Es ist fast so, als ob sie von innen leuchten würden.“

Danielle fuhr mit den Fingern über die geschliffenen Steine. „Ich weiß, was du meinst. Dieser Schmuck hat etwas Besonderes … etwas … ich weiß nicht genau, was es ist. Ich frage mich, woher Rafael die Kette hat."

„Warum fragst du ihn nicht … nach der Hochzeit!" Caro zog sie von dem Hocker und mit sich zur Tür. „Ich muss jetzt in den Salon und mich auf meinen Platz begeben." Sie warf Danielle einen kurzen Blick zu. „Und denk dran, wenn du nicht herunterkommst …"

„Mach dir keine Sorgen. Ich habe mich mittlerweile mit meinem Schicksal abgefunden." Aber das hieß nicht, dass sie es Rafe nicht mehr übel nahm. Sie hatte sich ihre Pläne für die Zukunft nicht aufzwingen lassen, sondern selbst über ihr Leben bestimmen wollen.

Caro umarmte sie kurz. „Du hast ihn einmal geliebt. Vielleicht wirst du erneut lernen, ihn zu lieben."

Völlig unerwartet schossen Danielle Tränen in die Augen. „Das werde ich nicht geschehen lassen – niemals! Solange ich ihn nicht liebe, kann er mich auch nicht verletzen."

Caro schien selbst den Tränen nahe, und sie sah ihre Freundin mit einer Spur des Bedauerns an. „Es wird sich alles finden. Das spüre ich hier." Caro legte ihre Hand aufs Herz. Dann wandte sie sich rasch um und eilte aus dem Zimmer.

Danielle atmete tief durch und ging dann zur Tür und ihrer ungewissen Zukunft entgegen. Sie hoffte von ganzem Herzen, dass Caros Worte sich bewahrheiten würden.

Doch wenn sie daran dachte, wie Rafe sich verändert hatte, dass er ein Mann geworden war, der unerbittlich seinen Willen durchsetzen wollte, vermochte sie kaum zu glauben, dass dieser Wunsch je in Erfüllung gehen würde.

Rafe stand am Fuß der Treppe, die Beine ein wenig gespreizt und die Arme hinter dem Rücken verschränkt, und hoffte, dass man ihm seine Aufregung nicht anmerkte.

Es gab nur wenige Gäste – Lady Wycombe und Caroline

Loon sowie den Pfarrer Reverend Dobbs und seine Frau Mary Ann. Danielle gebührte etwas Besseres als diese schlichte Trauung, und Rafe hatte sich geschworen, dass er eine rauschende Hochzeitsfeier ausrichten würde, sobald sie wieder in London waren.

Nun sah er Caroline Loon in einem wallenden, hellblauen Rock die Treppe hinunterkommen. Inzwischen wusste er, dass sie zwar die Stelle einer Kammerzofe innehatte, Danielle aber weit mehr bedeutete.

Lady Wycombe hatte ihm die Lebensumstände der jungen Frau erklärt – dass sie die Tochter eines Geistlichen war, eine gute Erziehung bekommen hatte, dann aber nach dem plötzlichen Tod ihrer Eltern völlig mittellos gewesen war. Lady Wycombe hatte Caroline damals als Danielles Zofe eingestellt, doch die beiden jungen Frauen waren schon bald beste Freundinnen geworden. Caro hatte Danielle in der schwersten Zeit ihres Lebens beigestanden – dem Skandal, in den Rafe sie unwissentlich hineingezogen hatte.

Rafe würde Caro immer dafür dankbar sein, dass sie ihr unverbrüchlich die Treue gehalten hatte.

„Miss Loon", begrüßte er sie nun und verbeugte sich, als sie vor ihm stand.

Unsicher sah sie sich noch einmal um. „Es ist nicht nötig, dass Sie nach oben gehen, Euer Gnaden. Danielle wird gleich so weit sein."

Rafe schmunzelte. Sie würde freiwillig kommen, sehr schön. Sicher konnte sie sich denken, dass er sie sich notfalls über seine Schulter werfen und heruntertragen würde. Er sah erneut nach oben und erblickte nun Danielle, die aus ihrem Schlafzimmer trat.

Rafe spürte, wie sein Puls schneller zu schlagen begann. Danielle trug ein bernsteinfarbenes Kleid mit dunkelgrünem Besatz aus Satin, und in ihr flammend rotes Haar waren Bänder in demselben Grünton geflochten. Sie wirkte blass und zerbrechlich und schöner, als er sie jemals zuvor gesehen hatte.

Schon ganz die Duchess, die sie bald sein würde, schritt sie mit hoch erhobenem Haupt die Treppe hinunter. Ihre Blicke trafen sich, und Rafe sah etwas in ihren Augen, das ihm beklommen ums Herz werden ließ. Bald würde sie seine Frau sein, und er wähnte das Schicksal dabei auf seiner Seite, doch fragte er sich insgeheim auch, ob Danielle jemals wirklich die Seine wäre, ob sie ihm jemals wieder vertrauen konnte und er ihr wieder etwas bedeuten würde.

Als Danielle die letzte Stufe erreicht hatte, nahm er ihre Hand und führte sie an seine Lippen. „Du siehst wunderschön aus“, sagte er und wurde sich sogleich der Unangemessenheit seiner Worte bewusst. Danielle war bezaubernd, verführerisch, liebreizend, göttlich, vollkommen …

„Ich danke dir.“

Er sah die Besorgnis in ihren Augen, die sie in der letzten Nacht lange nicht zur Ruhe hatte kommen lassen. Er wünschte sich, mehr Zeit zu haben, um sie zu umwerben, statt ihr auf diese Weise die Ehe mit ihm aufzuzwingen. Aber er war sich noch immer sicher, dass er Danielle ein weitaus besserer Mann sein würde als Richard Clemens.

Er nahm ihre Hand, legte sie auf seinen Arm und spürte, wie sie zitterte. Wenn er doch nur wüsste, wie er ihr Mut zusprechen könnte! Rafe schuldete Danielle seinen Namen, aber er wollte mehr als nur einen Fehler der Vergangenheit wiedergutmachen – er wollte, dass Danielle mit ihm glücklich wurde.

Die Zeit wird es richten, sagte er sich.

Und er würde Geduld brauchen, hörte er eine Stimme tief in seinem Innern flüstern. Es blieb ihm nur zu hoffen, dass er mit viel Geduld im Laufe der Zeit Erfolg haben würde.

„Du trägst das Collier“, stellte er erfreut fest. „Es steht dir.“

„Du hast mich gebeten, es zu tragen.“

Er deutete ein Lächeln an. „Ich habe dir gesagt, dass es eine Legende dazu gibt.“

Eine Spur von Neugier zeigte sich auf ihrem Gesicht. „Ja ...“

„Der Legende nach soll dem Besitzer der Kette entweder großes Glück oder tiefes Leid beschieden sein – je nachdem, ob er oder sie reinen Herzens ist.“

Danielle sah zu ihm auf. Die grünen Bänder in ihrem Haar ließen ihre Augen noch leuchtender strahlen als sonst. „Und du glaubst, dass mein Herz rein ist?“

„Ich habe einmal daran gezweifelt. Aber ich werde es nie wieder tun.“

Sie wandte den Blick ab.

In die Stille hinein kam Lady Wycombe mit raschelnden Röcken auf sie zugeeilt. „Der Pfarrer wartet schon! Ist alles in Ordnung?“

Rafe sah Danielle an und konnte nur hoffen, dass es so war. „Ja, es ist alles in Ordnung.“

„Dann kommen Sie“, forderte Lady Wycombe ihn auf. „Es wird Zeit, mit der Trauung zu beginnen.“

Danielle hatte keinen Vater mehr und auch keinen guten Freund, der sie zum Altar hätte führen können. Stattdessen ging sie an Rafes Seite in den Garten hinaus und spürte, wie ihre Hand auf seinem Arm zitterte. Unter einem weiß gestrichenen Torbogen, der am Ende der Terrasse aufgestellt und mit weiß blühenden Rosen geschmückt worden war, blieben sie stehen.

Reverend Dobbs stand hinter einem mit weißem Satin verhüllten Pult und hatte eine aufgeschlagene Bibel vor sich liegen. Nur wenige Schritte entfernt stand die zierliche Frau des Pfarrers neben Lady Wycombe und Caroline Loon, die beide ein kleines Blumenbukett in der Hand hielten.

„Wenn Sie so weit sind“, verkündete Dobbs, ein kleiner, stämmiger Mann mit einer Mähne grauen Haars und einer Brille, „können wir nun beginnen.“

Rafe sah Danielle an und hoffte, dass sie in seinen Augen sehen konnte, was sie ihm bedeutete und dass er entschlossen war, mit ihr eine gute Ehe zu führen. „Bist du bereit, meine Liebe?“

Tränen traten ihr in die Augen. Sie war überhaupt nicht bereit, dachte er, doch dies tat seiner Entschlossenheit keinen Abbruch. Danielle atmete tief durch und nickte. Sie würde sich ihrer Zukunft stellen – ganz gleich, was sie ihr bringen mochte.

„Sie können beginnen, Reverend Dobbs“, meinte Rafe und wünschte sich für Danielle, dass die Trauung bald vorbei wäre.

Der Geistliche ließ seinen Blick über die kleine Gruppe schweifen, die sich im Garten eingefunden hatte. „Meine Lieben … wir haben uns heute hier versammelt, um im heiligen Bund der Ehe diesen Mann, Rafael Saunders, und diese Frau, Danielle Duval, zu vereinen. Wenn jemand unter uns ist, der einen Grund vorbringen kann, warum diese beiden nicht im Bund der Ehe vereint werden können, so mag er nun sprechen oder für immer schweigen.“

Rafe spürte, wie sein Herz einen kurzen Moment stockte. Doch als niemand einen Einwand erhob, kein anderer Mann auftauchte und Ansprüche geltend machte, wagte Rafe zum ersten Mal wirklich zu glauben, dass Danielle nun endlich seine Frau wurde.

Danielle nahm die Trauung kaum wahr. Sie antwortete zwar zur richtigen Zeit mit den richtigen Worten, hoffte aber nur, dass es bald vorbei sein würde. Ihre Gedanken schweiften immer wieder ab, und sie musste sich zwingen, aufmerksam zu sein.

Jetzt wandte sich der Pfarrer an den Bräutigam. „Willst du, Rafael, diese Frau, Danielle, zu deiner dir anvertrauten Ehefrau nehmen? Willst du sie in guten wie in schlechten Tagen lieben und ehren und keine Frauen neben ihr haben, bis der Tod euch scheidet?"

„Ja, ich will", sagte Rafe klar und deutlich.

Reverend Dobbs stellte Danielle nun dieselbe Frage.

„Ja ... ich will", antwortete sie leise.

„Haben Sie den Ring dabei?", fragte der Geistliche Rafe, und für einen kurzen hoffenden und zugleich bangen Moment glaubte Danielle, dass er vielleicht nicht die Zeit gefunden hatte, einen Ring zu besorgen, und die Trauung nun nicht weitergehen konnte ...

Aber Rafe holte aus seiner Westentasche einen schmalen, mit Diamanten besetzten Goldring hervor, der in der Sonne funkelte.

Der Pfarrer sprach nun den Segen, und Rafe wiederholte seine Worte.

„Mit diesem Ring nehme ich dich zu meiner Frau." Er griff nach Danielles zitternder Hand und streifte ihr den Ring über den Finger. Rafe hielt ihre Hand und drückte sie leicht.

Nachdem die Trauung endlich überstanden war, entspannten sich auch die Züge von Reverend Dobbs, und er lächelte herzlich. „Ich erkläre euch hiermit zu Mann und Frau. Sie dürfen die Braut nun küssen", fügte er an Rafael gewandt hinzu.

Rafe legte seinen Arm um sie und zog sie an sich. Danielle schloss die Augen. Sie hatte einen zarten, unaufdringlichen Kuss erwartet und war überrascht, als er sie fest an sich drückte und mit großer Hingabe küsste.

Seine Lippen ergriffen von ihr Besitz, und er ließ keinen Zweifel daran, dass sie nun die Seine war. Ihr Herz stockte kurz und verfiel dann in einen wild rasenden Galopp. Einen kurzen Moment gab sie seinem Kuss nach, konnte seine Begierde spüren, seine mühsame Selbstbeherrschung, die ihr eigenes Verlangen entfachte.

Für die Dauer mehrerer Herzschläge erwiderte sie seinen Kuss, öffnete ihm ihre Lippen und begann am ganzen Körper zu zittern, als sich sein Atem mit dem ihren mischte. Dann löste sich Rafe von ihr, und sie traten beide einen Schritt zurück.

Er sah sie an mit seinen tiefblauen Augen, in denen sie seine Lust und sein heiß glühendes Verlangen erkennen konnte. Dann wurde sein Blick abweisend, und er wandte sich ab. Danielle war schwindlig zumute, sie fühlte sich verwirrt und benommen und wäre am liebsten davongerannt. Zum ersten Mal seit Langem war sie dankbar, dass Rafe besitzergreifend seine Hand um ihre Taille gelegt hatte und sie stützte.

Wie hatte sie nur vergessen können, welche Kraft von ihm ausging? Oder das atemberaubende, berauschende Verlangen, das er mit nur einem einzigen Blick in ihr auszulösen vermochte? Hatte sie wirklich geglaubt, dass ihre Abneigung gegen ihn sie davor bewahren konnte, sich der unwiderstehlichen Anziehung hinzugeben, die sie immer verspürte, sobald er in ihrer Nähe war?

Sie zitterte noch immer, als Rafe sie zu den mit Leinentüchern gedeckten Tischen führte, auf denen in silbernen Eiskübeln gekühlte Champagnerflaschen bereitstanden. Dienstboten eilten geschäftig umher und füllten kristallene Gläser, die sie auf silbernen Tabletts herumtrugen, andere kamen mit Servierplatten aus dem Haus, auf denen sich köstliche Speisen türmten: gebratene Gans, Rinderbraten, pürierte

Erbsen und in Butter geschwenkte Möhren, Aufschnitt und Pasteten, kandierte Früchte und Puddings.

Rafael und Tante Flora mussten gemeinsam beschlossen haben, dass sie trotz der wenigen Gäste eine kleine Feier ausrichten würden. Danielle bemühte sich, eine erfreute Miene aufzusetzen, nahm Glückwünsche entgegen und versuchte, ein wenig zu essen, wenngleich ihr Magen rebellierte.

Sie hatte sich einmal danach gesehnt, Rafaels Frau zu werden. Doch nun erneut in seinen Bann zu geraten war das Letzte, was sie wollte.

Sie war nicht mehr das junge Mädchen, das sie damals gewesen war, sondern wusste nun, wie gefährlich es sein konnte, einen Mann wie Rafael zu lieben … einen Mann, der mit dem kleinsten Wink seines Fingers ihr Leben würde zerstören können. Aber das, so hatte sie sich geschworen, würde sie nie wieder zulassen.

Er beugte sich zu ihr hinunter und sprach leise, dicht an ihrem Ohr: „Wir werden bald aufbrechen. Ich habe Miss Loon darum gebeten, deine restlichen Sachen zusammenzupacken. Vielleicht möchtest du auch noch einmal nach oben gehen und dich für die Reise umziehen?“

Danielle nickte und war dankbar, ihm entkommen zu können. „Ja, das ist eine gute Idee.“ Sie ging zurück ins Haus und eilte die Treppe hinauf in ihr Zimmer.

Caro wartete bereits auf sie. „Komm … ich helfe dir.“

Danielle wandte Caro den Rücken zu, damit sie die zahlreichen Knöpfe ihres bernsteinfarbenen Kleides öffnen konnte, und streifte sich die Schuhe von den Füßen. Sie setzte sich auf den kleinen Gobelinhocker, und Caro begann, die grünen Bänder aus Danielles Haar zu lösen.

„Wir könnten es einflechten“, schlug sie vor.

„Ja, das wäre am besten“, stimmte Danielle zu. Eine nach der anderen zog Caro die Haarnadeln heraus, flocht mit geschickten Bewegungen die langen roten Locken und steckte sie erneut auf.

„Könntest du auch den Verschluss der Kette öffnen?“, bat Danielle.

Im Spiegel beobachtete sie, wie Caro schweigend nickte. Ihre Miene wirkte düster und besorgt. Danielle hatte ihre Freundin nur selten so erlebt. Als Caro die Perlen in ihre Hand gleiten ließ, wandte Danielle sich zu ihr um und sah sie fragend an.

„Was hast du, meine Liebe? Ich sehe doch, dass etwas nicht stimmt. Sag mir, was los ist.“

Caro schüttelte nur den Kopf und strich sich ihre blonden Locken zurück. Sie drückte Danielle die Perlenkette in die Hand und wirkte nun noch verzweifelter als zuvor.

„Du liebe Güte, Caro, nun sag mir schon, was geschehen ist!“

Tränen schossen in die blauen Augen ihrer Freundin. „Es ist wegen Robert …“

„Robert? Was ist mit Robert?“

Die Tränen liefen Caro nun die Wangen herunter. „Er hat mich gestern Abend noch einmal besucht und mir gesagt, dass er mich liebt, Danielle. Er meinte, noch nie zuvor einer Frau wie mir begegnet zu sein. *Einer Frau wie mir,* Danielle! Als ob ich etwas Besonderes wäre und seine Liebe verdiente … Aber Robert kann an Heirat nicht einmal denken – nicht, solange er nicht frei ist!“

Danielle griff nach Caros zitternden Händen. Sie kannte die Geschichte von Roberts vertraglicher Bindung an seinen Dienstherrn und wusste auch, dass er eines Verbrechens angeklagt war, das er nicht begangen hatte, und deshalb seine Heimat hatte verlassen müssen.

„Du musst nicht weinen, meine liebe Caro. Ich werde mit Rafael sprechen und versuchen, ihn dazu zu überreden, dass er Roberts Vertrag ausbezahlt.“

Caro zog ihre Hände zurück, und die Tränen strömten ihr unvermindert über das Gesicht. „Edmund Steigler würde ihn nie freigeben … und selbst wenn – uns bleibt nicht mehr genügend Zeit.“

„Dann werden wir uns Zeit nehmen. Unsere Abreise können wir verschieben, bis Rafael mit Mr. Steigler sprechen konnte, und dann nehmen wir einfach das nächste Schiff.“

Caro wischte sich die Tränen aus den Augen. „Nein, du verstehst das nicht …“

„Dann musst du es mir eben erklären.“

Caro holte tief Luft. „Kurz vor deiner Hochzeit hat Robert mir erzählt, dass er einen Brief von seinem Cousin aus England bekommen hat, einem gewissen Stephen Lawrence. Und wie es aussieht, hat Stephen herausgefunden, wer Nigel Truman – so heißt der Mann, für dessen Tod Robert fälschlicherweise verurteilt wurde – wirklich umgebracht hat.

„Und weiter?“

„Ich habe Robert noch nie so erlebt …“ Caro sah gedankenverloren aus dem Fenster. „Ich glaube, dass er bislang nie ernsthaft davon ausgegangen war, dass er einmal seine Unschuld würde beweisen können. Doch nun ist er fest entschlossen, nach England zurückzukehren und seinen Freispruch zu erkämpfen. Er will flüchten, Danielle.“

„Oh, mein Gott!“

„Wenn er erst einmal seine Unschuld bewiesen hat, würde er versuchen, das Geld aufzubringen, um sich aus seinem Vertrag mit Steigler freizukaufen. Ich würde ihm so gerne helfen, aber es gibt nichts, was ich für ihn tun kann.“ Caro betrachtete die Kette, die Danielle noch immer in ihrer Hand hielt. „Ich habe schon daran gedacht, dass ich Robert die Perlenkette geben könnte … Du würdest erst auf dem Schiff gemerkt haben, dass …“

Caro sah Danielle an und begann erneut zu weinen. „Aber dann brachte ich es nicht über mich. Ich kann dich doch nicht bestehlen – nicht einmal für Robert – nach allem, was du für mich getan hast!" Sie schluchzte und bebte am ganzen Körper. „Es tut mir leid, Danielle. Aber ich … ich liebe ihn so sehr."

Danielle nahm ihre Freundin in die Arme. „Ist schon gut, meine Liebe. Wir werden sicher eine Lösung finden, und alles wird gut werden."

Danielle überdachte noch einmal, was Caro ihr gerade erzählt hatte, und die Gedanken wirbelten ihr nur so durch den Kopf. Sie vertraute dem Urteilsvermögen ihrer Freundin und ihrer eigenen Meinung, die sie sich von Robert McKay gebildet hatte. Sie glaubte ihm, dass er die Wahrheit sprach und des Verbrechens nicht schuldig war, für das er gesucht wurde. Danielle wusste nur zu gut, wie es war, für etwas angeklagt zu werden, das man sich gar nicht hatte zuschulden kommen lassen … Von ganzem Herzen konnte sie mit Robert und Caro mitfühlen.

Caro löste sich aus ihrer Umarmung und ging zum Fenster hinüber. Sie sah in den Garten hinaus, und nur ihre bebenden Schultern verrieten, dass sie noch immer weinte. Verzweifelt überlegte Danielle, wie sie ihr helfen konnte.

Natürlich könnte sie mit Rafael sprechen, aber sie war sich nicht sicher, ob das hilfreich wäre. Er hatte sich verändert, und sie wusste nicht, ob sie ihm vertrauen konnte. Wäre es nicht denkbar, dass er zu Steigler ging und Roberts Absichten verriet?

Sie wusste aus eigener Erfahrung, wie rücksichtslos Rafe sein konnte.

Dann fiel ihr Blick auf die Perlen, die sie immer noch in der Hand hielt. Sie verfügte nur über wenig Geld. Nach dem Tod ihrer Eltern bekam sie ein wenig Unterhalt, den ihr Vater für sie verfügt hatte, aber das war nicht genug, um Robert zu helfen. Bis zu ihrer Hochzeit war Danielle finanziell auf ihre Tante angewiesen gewesen, doch sie wollte Tante Flora auf keinen Fall in etwas verwickeln, das einem Verbrechen gleichkam.

Die Perlen in ihrer Hand fühlten sich warm an … irgendwie beruhigend … ganz so, als würde von ihnen eine Kraft ausgehen, die ihr neue Stärke gab. Danielle ging zu Caro hinüber und gab ihr die Perlenkette.

„Nimm sie. Robert soll sie dazu verwenden, sicher nach England zu gelangen und für seinen Freispruch zu kämpfen."

Caro sah Danielle ungläubig an. „Das würdest du für Robert tun?"

Danielle schluckte. „Ich tue es für *dich,* Caro. Du bist meine beste Freundin und für mich wie die Schwester, die ich nie hatte." Sie schloss Caros lange, schlanke Finger um die Perlen. „Bring Robert das Collier am besten jetzt gleich. Rafael wird sich schon wundern, wo wir so lange bleiben. Uns bleibt nicht mehr viel Zeit."

Caro war sichtlich bewegt, und erneut liefen ihr Tränen über die Wangen. „Ich werde es dir eines Tages zurückzahlen, das verspreche ich dir. Ich weiß zwar noch nicht wie, aber …"

„Du hast dich schon allein durch deine Freundschaft mehr als genug revanchiert." Danielle schloss sie in die Arme. Dann drehte sie sich um, ging zum Wandschrank und holte etwas aus ihre Schmuckschatulle. Sie nahm Caro die Perlen aus der Hand, ließ sie in den roten Seidenbeutel gleiten und gab sie dann ihrer Freundin zurück. „Und jetzt geh."

Caro umarmte sie ein letztes Mal, steckte den Beutel in ihre Rocktasche und eilte zur Tür. Danielle sah ihr nach und atmete tief durch.

Früher oder später würde Rafael herausfinden, was sie getan hatte, und sich vorzustellen, wie wütend ihn diese Entdeckung werden ließe, jagte ihr einen Schauer über den Rücken. Sie erinnerte sich wieder an seinen unbändigen Zorn, als er Oliver Randall in ihrem Bett vorgefunden hatte … und daran, wie er daraufhin ihr Leben zerstört hatte.

Danielle nahm all ihren Mut zusammen und straffte die Schultern. Wenn es so weit war, würde sie es mit Rafael aufnehmen. Sie wollte hoffen, dass es Robert bis dahin gelungen war, sicher zu entkommen.

13. KAPITEL

Rafe begleitete die Damen an Bord der „Nimble“, eines voll getakelten Dreimasters, der auf zwei Klassen verteilt insgesamt einhundertsiebzig Passagiere beförderte sowie dreieinhalbtausend Barrel Fracht und eine sechsunddreißigköpfige Mannschaft.

Wenngleich weitaus weniger Menschen die Reise von Philadelphia nach England antraten als die große Anzahl der Emigranten, die in umgekehrter Richtung aufbrachen, um in Amerika eine neue Heimat zu finden, herrschte auf dem Schiff eine rege Betriebsamkeit.

Der Kapitän, ein großer, stämmiger Engländer mit schwarzem Haar und dunklen Augen namens Hugo Burns, empfing sie an Bord.

„Willkommen auf der ‚Nimble‘“, begrüßte er sie, „einem der besten Schiffe, das jemals den Atlantik überqueren wird – vierhundert Tonnen, einhundertachtzehn Fuß in der Länge und achtundzwanzig querschiffs. Sie wird Sie sicher nach England zurückbringen.“

Rafe hatte Glück gehabt, ein britisches Schiff für die Heimfahrt zu finden. Es war zwar keines aus Ethans Flotte, aber soweit Rafe das beurteilen konnte, hatte Burns einen ausgezeichneten Ruf.

Lady Wycombe lächelte den Kapitän an. „Ich bin mir sicher, dass wir unter Ihrer kundigen Führung nichts zu fürchten haben, Captain Burns.“

„Ja, da können Sie ganz beruhigt sein, Lady Wycombe.“

Der Erste Maat, ein schlaksiger Matrose mit dunkelblauer Uniformjacke namens Pike, brachte sie zu ihren Kabinen. Rafe hatte dafür gesorgt, dass sie an Bord bestmöglich untergebracht wurden.

Über eine in der Mitte des Schiffs gelegene Stiege gelangten sie auf das Oberdeck, wo sich die Räumlichkeiten für die Passagiere der ersten Klasse befanden. Lady Wycombe und Caroline Loon teilten sich eine Kabine, und während die beiden Damen sich darin umsahen, versicherte Pike ihnen, dass ihr Gepäck sofort gebracht würde.

Dann ging der Erste Maat weiter und führte Rafe und Danielle zum Heck des Schiffes, wo sich die größte Kabine an Bord der „Nimble" befand. Nachdem Pike die Tür aufgeschlossen und einen Schritt beiseitegetreten war, sah Danielle mit gerunzelter Stirn in die Kabine und blieb wie angewurzelt stehen.

„Danke, Mr. Pike", sagte Rafael, „das wäre dann alles."

Nachdem der Erste Maat am Ende des Korridors verschwunden war, sah Danielle Rafe fragend an. „Es ist nicht dein Ernst, dass wir beide uns eine Kabine teilen …"

Um seinen Mund legte sich ein entschlossener Zug. „Doch, das ist es."

„Dürfte ich dich daran erinnern, dass wir eine Vereinbarung getroffen haben? Du hast gesagt …"

„Ich weiß, was ich gesagt habe. Ich habe dir versprochen, dass ich dich nicht lieben würde, bevor wir England erreicht haben. Aber nichtsdestotrotz sind wir verheiratet." Er stieß die Tür ganz auf. „Und wir werden uns nicht nur die Kabine teilen, sondern auch das Bett."

Das Blut schoss Danielle in die Wangen. Rafe war sich nicht sicher, ob es ein Anzeichen ihres Ärgers, ihrer Verlegenheit oder ein wenig von beidem war.

Schließlich hob sie entschlossen ihr Kinn und ging an ihm vorbei in die Kabine, wobei sie das geräumige Bett betrachtete, als wolle es sie bei lebendigem Leib verschlingen. „Caro und Tante Flora haben einzelne Kojen … übereinander."

Rafe verzog keine Miene. „Wir sind verheiratet, Danielle. Es gibt keinen Grund, weshalb wir getrennte Betten bräuchten.“ Nachdem er Danielle versprochen hatte, für die Dauer der Reise auf seine ehelichen Rechte zu verzichten, hatte Rafe beschlossen, sein Wort zu halten und sie nicht zu lieben.

Aber das ließ ihm noch einen gewissen Spielraum an Möglichkeiten …

Sogleich spürte er, wie seine Männlichkeit sich regte, als er sich einige dieser Möglichkeiten vorstellte. Was auch immer Danielle für ihn empfinden mochte, so wusste er doch, dass sie für seine körperlichen Reize empfänglich war – was ihr Kuss nach der Trauung ihm erneut bestätigt hatte. Noch immer erinnerte er sich daran, wie sie am ganzen Körper gezittert und ihre samtweichen Lippen sich unter den seinen geöffnet hatten. Danielle war schon immer eine leidenschaftliche Frau gewesen, und daran schien sich erfreulicherweise nichts geändert zu haben.

Seine Erregung nahm zu. Sie waren nun miteinander verheiratet, aber solange die Ehe nicht vollzogen war, würde Danielle noch immer nicht wirklich die Seine sein …

Um dem abzuhelfen, hatte Rafe beschlossen, sie zu verführen.

Er schloss die Tür hinter sich und ging zu Danielle hinüber. Ihr Blick ruhte unverwandt auf dem Bett, und er fragte sich, was sie wohl dachte. Sanft legte er ihr seine Hände auf die Schultern und drehte sie zu sich um.

„Wir haben Zeit, Liebste, und ich werde dich nicht drängen. Aber gleichwohl gewöhnst du dich besser an den Gedanken, dass wir nun einmal verheiratet sind.“

Sie sah zu ihm auf, und in ihren Augen las er Besorgnis und Zweifel. Rafe umfasste ihr Kinn und küsste sie zärtlich. Der liebliche Geruch ihres Parfüms erfüllte seine Sinne, und ihre Lippen fühlten sich unter den seinen blütenzart an.

Sein ganzer Körper spannte sich, und er spürte, wie seine Männlichkeit in wachsender Erregung beharrlich gegen seine

Hose drängte. Am liebsten wollte er ganz von ihrem Mund Besitz ergreifen und seine lockenden Tiefen erkunden, wollte sie ausziehen, sich zu ihr legen und ihre apfelrunden Brüste liebkosen, die ihn während der letzten Jahre bis in seine Träume verfolgt hatten.

Er wollte sie stundenlang ohne Unterlass lieben.

Doch stattdessen beendete er den Kuss. „Ich bitte dich nur darum, uns eine Chance zu geben, Danielle."

Danielle schwieg und wandte sich ab.

Rafe beobachtete sie, wie sie sich in den hinteren Teil der Kabine zurückzog, und sein Entschluss gewann an Kraft. Bevor er Danielle begegnet war, hatte er mit nur wenigen Frauen geschlafen. Zu seinem achtzehnten Geburtstag hatte ihm sein bester Freund, Cord Easton, eine Nacht in Madame Fontaneaus Freudenhaus geschenkt. Wenige Monate später hatte Rafe sich eine Geliebte genommen und gelegentlich auch einer Countess Gesellschaft geleistet, deren Mann an Gedächtnisverlust litt.

Doch nachdem er Danielle kennengelernt hatte, war sein Bedürfnis nach anderen Frauen geschwunden, denn er wusste, dass sich mit ihr all seine Wünsche erfüllen würden.

Aber jene schreckliche Nacht vor fünf Jahren hatte alles zunichtegemacht. Um Danielle zu vergessen, hatte Rafe mit unzähligen Frauen geschlafen, mit unbekannten Opernsängerinnen und begehrten Kurtisanen. Auf diese Weise hatte er die Kunst der Verführung gelernt und von ihr in den letzten fünf Jahren auch oft und erfolgreich Gebrauch gemacht. Und nun würde er es wieder tun, denn er wollte wiedergutmachen, was er Danielle angetan hatte, und hoffte auf eine Zukunft, die für sie beide vergnüglich sein würde.

Danielle ließ ihren Blick durch die geräumige Kabine schweifen und versuchte, sich eine Strategie zurechtzulegen. Natürlich könnte sie sich weigern, das Zimmer mit ihm zu teilen, und darauf bestehen, eine eigene Kabine zu haben, aber das entschlossene Funkeln in seinen Augen ließ sie ahnen, dass ihr Wunsch auf taube Ohren stoßen würde.

Sie sah zu Rafe hinüber, der immer noch an der Tür lehnte, die Arme vor der Brust verschränkt, und jede ihrer Bewegungen zu beobachten schien. Oberflächlich betrachtet machte er keinen bedrohlichen Eindruck, aber sie wusste, dass hinter der ausdruckslosen Fassade ein starker, kraftvoller Mann lauerte, der früher oder später seine ehelichen Rechte einfordern würde.

Der bloße Gedanke ließ ihr Herz schneller schlagen. Rafe machte aus seinem Verlangen nach ihr kein Geheimnis, aber er hatte ihr auch sein Wort gegeben. Sie glaubte zwar nicht, dass er es brechen würde, doch sobald sie England erreicht hatten, hielt ihn nichts mehr davon ab, von ihrem Körper Besitz zu ergreifen.

Danielle seufzte leise. Sie war fünfundzwanzig und wusste mittlerweile schon mehr davon, was zwischen einer Frau und einem Mann geschah, als sie sich noch vor fünf Jahren hätte träumen lassen. Dennoch war ihr diesbezügliches Wissen überaus dürftig. Nun auf so engem Raum mit Rafe zusammenleben zu müssen, könnte eine gute Möglichkeit sein, ihre Wissenslücken zu schließen …

Danielle musste sich eingestehen, dass sie eine gewisse Neugierde verspürte. Wie würde es wohl sein, neben einem Mann wie Rafael im Bett zu liegen? Seite an Seite mit ihm zu schlafen und am nächsten Morgen wieder neben ihm aufzuwachen …

Weil ihre Gedanken sie zunehmend beunruhigten, wandte sie zur Ablenkung ihre Aufmerksamkeit der Kabine zu. Die elegante Wandtäfelung war aus Teakholz, ebenso der Ankleidetisch und der Schreibtisch. Der ganze Raum war weitaus komfortabler ausgestattet als die Kabine, die sie sich mit Caro und Tante Flora auf der Hinfahrt geteilt hatte. In einer Ecke entdeckte sie sogar einen kleinen Kamin, der einem in einer kalten Atlantiknacht sicher gute Dienste leisten mochte.

Und es war ja wirklich so, dass sie früher oder später ohnehin das Bett mit ihrem Mann würde teilen müssen. Der Umstand, dass sie praktisch zu der Ehe gezwungen worden war, änderte nichts daran, dass sie Rafe nun ganz und gar gehörte.

Doch zumindest für einige Zeit würde sie vor seinen Avancen noch sicher sein.

Der Nachmittag neigte sich dem Ende zu. Es wurde Abend, und im Morgengrauen würden sie in Richtung England aufbrechen. Danielle graute bei dem Gedanken an die bevorstehende Nacht.

Wenngleich Rafe sich während des gesamten Abendessens sehr charmant mit Caro und Tante Flora unterhalten hatte, war Danielle doch nicht sein begehrlicher Blick entgangen, der unverhohlen seine Erwartung ausdrückte. Eigentlich hatte sie damit gerechnet, dass er versuchen würde, sein Verlangen zu verbergen, und die höflich-distanzierte Fassade wahren würde, die er immer dann aufgesetzt hatte, wenn ihre Tante und ihre Freundin anwesend waren – doch er versuchte es nicht einmal.

Du bist meine Frau, und ich will dich, schienen seine leidenschaftlichen blauen Augen ihr zu bedeuten, wann immer er sie ansah. Und jeder seiner Blicke ließ einen ganzen Schwarm von Schmetterlingen in ihrem Bauch aufflattern … Wenn sie sich zuvor schon beunruhigt gefühlt hatte, so merkte Danielle nun, dass ihre Nerven zum Bersten gespannt waren.

Sie hatten am Kapitänstisch in dem eleganten Salon der

ersten Klasse zu Abend gegessen, einem Raum mit roter Velourstapete und einer niedrigen Decke aus Teakholz, von der vergoldete Kronleuchter mit funkelnden Kristallen über der langen Mahagonitafel herabhingen.

Captain Burns schien ein patenter Mann zu sein, dem sein Schiff und seine Mannschaft mehr am Herzen lagen als die Unterhaltung mit den Passagieren der ersten Klasse, die sich im Salon versammelt hatten. Gleich nach dem Abendessen verabschiedete er sich wieder, weil er sich um die letzten Vorbereitungen für die morgige Abfahrt kümmern wollte.

Im Laufe des Abends lernten die Passagiere einander kennen. Da war zunächst Willard Longbow, ein Plantagenbesitzer aus Virginia, mit seiner zierlichen Frau, Sarah, dann Lord und Lady Pettigrew, denen Rafe anscheinend in England schon einmal begegnet war, ein Ehepaar Mahler aus Philadelphia, die ihre beiden Kinder zu einer ausgedehnten Reise nach Europa mitgenommen hatten, und ein Amerikaner von zweifelhafter gesellschaftlicher Stellung, der sich Carlton Baker nannte.

Etwas an Mr. Baker, einem groß gewachsenen, gut aussehenden Mann um die vierzig, bereitete Danielle Unbehagen. Nach allem, was sie bislang gehört hatte, schien er keinerlei Bindungen zu haben, reiste ziellos von einer Stadt zur anderen, die Quelle seiner finanziellen Einkünfte war nicht ersichtlich, und dennoch ließen seine Kleider darauf schließen, dass er ein Gentleman von Stand war.

Baker war an sich recht freundlich, doch die Art, wie er Danielle ansah, erschien ihr oft ein wenig zu vertraulich, fast schon unverfroren. Sie fragte sich, ob Rafe Mr. Bakers Interesse an ihr nicht bemerkt hatte, denn sie erinnerte sich noch daran, wie heftig seine Eifersucht vor fünf Jahren gewesen war. Aber er hatte sich seitdem verändert und gelernt, seine Gefühle besser zu beherrschen. Noch wahrscheinlicher war jedoch, dass sie ihm einfach nicht mehr so viel bedeutete wie damals …

Derweil achtete Danielle darauf, zwar freundlich zu Baker zu sein, ihn aber mit aller Bestimmtheit auf Distanz zu halten.

Der Abend zog sich hin. Während die anderen sich angeregt unterhielten, war Danielle sich Rafaels Anwesenheit zu sehr bewusst, als dass sie sich auf die Gespräche der anderen Gäste hätte konzentrieren können. Er war ihr immer zu nah, sprach mit zu sanfter Stimme, lächelte sie zu häufig an …

Sie dachte daran, dass sie bald Seite an Seite mit ihm in einem Bett schlafen würde. Nach dem langen, ereignisreichen Tag fühlte sie sich erschöpft, und ihre Nerven waren bis zum Äußersten gespannt. Doch während sie sich einerseits nur noch danach sehnte, endlich schlafen gehen zu können, hoffte sie zugleich, dass der Abend nie zu Ende gehen möge.

Als sie Rafes Hand auf ihrer Schulter spürte, durchfuhr sie ein Schauder banger Erwartung. „Komm, Liebste. Es war ein langer Tag, und es wird Zeit, dass wir unseren neuen Freunden eine gute Nacht wünschen."

Danielle nickte stumm. Selbst wenn sie bis zum Morgengrauen wach blieb, würde sich ihre Lage kaum ändern. Rafael wartete, bis sie sich verabschiedet hatte, und ging dann mit ihr über Deck bis zu der Stiege, die zu ihrer Kabine führte.

Der Korridor war schmal und nur spärlich beleuchtet. Obwohl Danielle selbst recht groß war, überragte Rafe sie dennoch, und sie wurde sich erneut seiner kraftvollen, männlichen Ausstrahlung bewusst.

Erneut durchfuhr sie ein leichter Schauder. Sie kannte diesen Mann nicht, der Rafe nun geworden war … der sie zu einer Ehe genötigt hatte, die sie gar nicht wollte. Und natürlich fragte sie sich, ob ein solcher Mann wohl zu seinem Wort stehen würde.

Rafe öffnete die Tür der Kabine und ließ Danielle eintreten. Durch das Bullauge über dem Bett drang ein schwacher, gelblich flackernder Lichtschein von den Laternen an der Hafenmole herein. Obwohl ihr der Raum vorhin noch sehr geräumig vorgekommen war, so empfand sie ihn nun als klein und beengend, sobald Rafe die Tür hinter sich geschlossen hatte und mit seiner bloßen Anwesenheit alles zu erfüllen schien.

Er entzündete eine der Öllampen, und sobald der Docht Feuer fing, erstrahlte sein Profil in hellem Licht. Danielle sah den dunklen Bartschatten, der sich schwach auf seinen Wangen abzeichnete, und die leichte Kerbe in seinem Kinn. Ihr Herz begann heftig zu schlagen. Du meine Güte, was sah dieser Mann gut aus! Sie brauchte ihn nur anzusehen, und schon stockte ihr der Atem, und ihr wurde ganz schwach zumute.

„Komm, Liebste, ich helfe dir beim Ausziehen."

Seine Worte hallten in ihr wider, und sie schluckte. Am liebsten hätte sie ihm gesagt, dass sie seine Hilfe nicht brauchte – weder jetzt noch irgendwann –, aber sie konnte die Knöpfe an der Rückseite ihres Kleides nicht allein öffnen. Und sie war so unendlich müde …

Fast schon wie im Traum streifte sie ihre Schuhe ab und ging zu Rafe hinüber, wandte sich um und drehte ihm ihren Rücken zu. Mit geschickten Bewegungen öffnete er die kleinen, stoffbezogenen Knöpfe, die das Oberteil ihres meerblauen Seidenkleides zusammenhielten. Bei wie vielen Damen er diese Fingerfertigkeit wohl schon erprobt hatte?

„Ich weiß, dass du es nicht gewohnt bist, dich in Gegenwart eines Mannes zu entkleiden", sagte er mit sanfter Stimme, „aber du wirst dich mit der Zeit daran gewöhnen. Vielleicht wird es dir eines Tages sogar Spaß machen."

Es sollte ihr Spaß machen, ihre Kleider vor Rafaels Augen

abzulegen? Das schien ihr mehr als unwahrscheinlich … aber sie musste sich eingestehen, dass die Vorstellung sie gleichwohl zutiefst faszinierte.

Als Rafes Hand leicht ihren Nacken berührte, bekam sie eine Gänsehaut. Vor Verlegenheit schloss sie die Augen. Rafe streifte ihr das Kleid von den Schultern, zog es über ihre Hüften und ließ es mit einem leisen Rascheln zu Boden fallen.

Sie trug jetzt nur noch ihr dünnes Batisthemd, Strümpfe und Strumpfhalter, und sie erinnerte sich, dass er sie so schon einmal gesehen hatte … Dann spürte sie die Berührung seines Mundes auf ihrer Schulter, doch statt Verlegenheit überkam sie diesmal ein Gefühl wohliger Wärme, das bis tief hinab in ihren Leib strömte. Ihre Brustspitzen richteten sich unter ihrem Hemd auf, und sie spürte, wie der dünne Stoff gegen die harten, kleinen Knospen rieb.

Oh, du lieber Himmel!

Sie wollte hoffen, dass Rafe nichts davon bemerkt hatte, und stieg eilig aus dem Kleid, das zu ihren Füßen lag, und beugte sich hinunter, um es aufzuheben. Weiterhin darum bemüht, Rafe den Rücken zuzukehren, ging sie zum Wandschrank hinüber und hängte das Kleid auf. „Danke. Den Rest kann ich alleine machen."

„Bist du sicher?" Seine Stimme klang ein wenig spröde und hatte zugleich etwas Herausforderndes.

Auch wenn sie halb entkleidet war, so konnte sie seinem Ton doch nicht länger widerstehen, drehte sich um und sah ihn mit trotzig erhobenem Kinn an. Sie mochte zwar nicht mehr viel anhaben, aber sie würde sich nicht von ihm unterkriegen lassen! Danielle spürte Rafes Blick über ihren Körper gleiten, und keine ihrer kaum verhüllten Rundungen schien ihm dabei zu entgehen. Ausgiebig betrachtete er ihre langen Beine, die schlanke Taille und ihre wohlgeformten Brüste.

„Warum setzt du dich nicht …", schlug er vor, „dann

werde ich deine Haarnadeln herausnehmen.“

Ihr wurde beklommen zumute. Himmel hilf! „Ich … das kann ich selber machen. Du … du musst mir nicht dabei helfen.“

Rafe lächelte, und sein Lächeln ließ Danielle fast dahinschmelzen. „Du willst mir doch diese kleine Freude nicht nehmen? Den ganzen Abend über habe ich mir vorgestellt, wie seidig dein Haar sich in meinen Händen anfühlen würde.“

Sie schluckte. Da sie nicht wusste, was sie auf eine solche Bemerkung erwidern sollte, ließ sie sich wortlos auf den Hocker vor dem Ankleidetisch sinken und wandte Rafe den Rücken zu. Er stellte sich hinter sie, und sie konnte im Spiegel beobachten, wie er eine nach der anderen die Nadeln aus ihrem Haar zog, die schweren roten Locken auf ihre Schultern fallen ließ und mit seinen Fingern durch ihr offenes Haar fuhr.

„Die Farbe des Feuers … Ich habe mir oft vorgestellt, wie herrlich sich dein Haar auf meiner Haut anfühlen würde, während wir uns lieben.“

Danielle begann zu zittern. In dem Sommer vor ihrer geplanten Hochzeit hatte sie einmal zufällig gesehen, wie er sein Hemd ausgezogen und auf einem Baumstumpf in der Sonne gesessen hatte. Sie wusste, dass er einen athletischen Oberkörper hatte, mit breiten Schultern und gut ausgebildeten Muskeln, denn Rafe war ein leidenschaftlicher Reiter, ging gern auf die Jagd, und wenn er in London war, boxte er regelmäßig in „Gentleman Jackson’s Salon“.

Er achtete darauf, dass sein Körper gut in Form war – und das sah man.

Fasziniert beobachtete sie im Spiegel, wie er sich zu ihr hinunterbeugte und seine Lippen an ihren Hals drückte. Dann biss er sanft in eines ihrer Ohrläppchen …

Danielle brauchte einen Moment, bevor ihr bewusst wurde, dass sie aufgehört hatte zu atmen. Sie holte tief Luft und stellte fest, dass ihre Hände zitterten. Obwohl Rafe einige Schritte zurückgetreten war, konnte sie ihn immer noch im Spiegel sehen, und seine Augen waren unverwandt auf sie gerichtet. In der Hoffnung, dass er ihren inneren Aufruhr nicht bemerken würde, begann sie, geschäftig ihr Haar zu flechten.

„Soll ich dir auch noch beim Rest behilflich sein?", fragte er nun.

Danielle sprang förmlich von ihrem Hocker. „Nein! Ich meine … nein, danke. Ich muss nur noch kurz hinter den Wandschirm gehen und mein Nachthemd anziehen."

Rafe schüttelte den Kopf. „Nein, Danielle. Ich habe dir einige Zugeständnisse gemacht, aber nicht dieses."

Sie sah ihn fassungslos an. „Du … du erwartest von mir, dass ich mich ganz vor dir ausziehe? Du wünschst … mich nackt zu sehen?"

Er schmunzelte. „Genau das ist mein Wunsch. Es soll keine Geheimnisse zwischen uns geben, Danielle."

„Aber …"

„Wir werden uns so nur besser kennenlernen und uns aneinander gewöhnen, Liebste … mehr nicht."

Ihr Herz schlug ihr so heftig bis zum Hals, dass sie meinte, ein eingesperrtes Tier in ihrer Brust zu haben, das sich beharrlich gegen ihre Rippen warf. Rafe wollte sie nackt sehen! Und er beharrte auf diesem Wunsch, als ob er ein Recht darauf habe. Was aber noch schlimmer war – als ihr Ehemann hatte er das wohl tatsächlich.

„Und wenn ich mich weigere?"

Er zuckte mit den Schultern. „Du kannst auch gerne in deinem Unterkleid schlafen … Je länger ich darüber nachdenke, desto besser gefällt mir die Idee sogar."

„Du bist unerträglich!"

Etwas blitzte in seinen Augen auf. „Findest du? Was meinst du wohl, hätte Richard Clemens in der Hochzeitsnacht von dir verlangt?“

Danielle zuckte unmerklich zusammen. Hätte sie Richard geheiratet, würde er ihr, ohne einen Moment zu zögern, ihre Jungfräulichkeit genommen haben. Sie zweifelte auch nicht daran, dass es ihm herzlich gleichgültig gewesen wäre, was sie dabei empfunden hätte.

Aber dennoch war es nicht ihre freie Entscheidung gewesen, Rafael zu heiraten, und sie konnte sich nur schwer mit seiner anmaßenden Art abfinden. Entschlossen wandte sie sich von ihm ab, stellte erst den einen, dann den anderen Fuß auf den Hocker, löste ihre Strumpfhalter und streifte dann ihre seidenen Strümpfe ab. Sie kehrte Rafael immer noch den Rücken zu, als sie mit einer schnellen Bewegung ihr Nachthemd von dem Haken neben der Tür nahm, sich ihr Unterkleid über den Kopf zog und es über den Wandschirm warf.

Mehrere Sekunden mühte sie sich vergeblich mit ihrem Nachthemd ab und war sich währenddessen nur allzu bewusst, dass sie ihr entblößtes Hinterteil Rafes Blicken darbot. Danielle verfluchte ihn innerlich und atmete erleichtert auf, als sie das Nachthemd endlich übergezogen hatte.

Sie versuchte so zu tun, als würde ihr Gesicht nicht vor Schamesröte glühen, hob ihr Kinn und drehte sich zu Rafe um. Er lehnte mit vor der Brust verschränkten Armen an der Wand, seine blauen Augen waren dunkel vor Verlangen, und seine Kiefermuskeln schienen vor Anspannung hart wie Stahl zu sein.

Sie konnte ihm anmerken, dass er zutiefst aufgewühlt war und mühsam um seine Selbstbeherrschung rang. Ein Gefühl von einer ihr bislang unbekannten Macht begann sich in ihr zu regen, und sie sah Rafe herausfordernd an.

„Ich bin bereit, zu Bett zu gehen. Du auch?“

14. KAPITEL

Danielle sah den hochgewachsenen Mann, der ihr gegenüber reglos an der Wand lehnte, unverwandt an. Als er ihre herausfordernden Worte hörte, spannte sich Rafes ganzer Körper an. Wie ein Panther, der sich an seine Beute heranschleicht, löste er sich von der Wand und kam langsam auf sie zu. Danielle zwang sich, nicht vor ihm zurückzuweichen, wenngleich ihr erster Impuls war, aus der Kabine zu flüchten.

„Eigentlich hatte ich auf deine jungfräulichen Gefühle Rücksicht nehmen und mich hinter dem Wandschirm umkleiden wollen – zumindest während der ersten Nächte."

Er bot ihr eine Möglichkeit zum Rückzug, und sie wusste eigentlich, dass sie davon Gebrauch machen sollte, aber … „Du hast gesagt, dass es keine Geheimnisse zwischen uns geben würde."

Er betrachtete sie schmunzelnd und mit einem Ausdruck wachsender Leidenschaft. „Ganz wie du möchtest."

Nervös fuhr sich Danielle mit der Zungenspitze über die Lippen. Einerseits fürchtete sie sich davor, soeben ein gefährliches Raubtier aus dem Käfig gelassen zu haben, doch andererseits konnte sie nicht anders, als Rafe fasziniert zu beobachten. Abgesehen davon, dass sie einmal einen kranken Jungen im Waisenhaus gepflegt hatte und einen kurzen Blick auf Oliver Randalls schmächtiges Hinterteil erhascht hatte, als er vor fünf Jahren aus ihrem Bett gestiegen war, hatte sie noch nie einen nackten Mann gesehen – geschweige denn einen so stattlichen Mann wie Rafe.

Sie schaute gebannt zu, wie er begann, sich auszuziehen, seine Jacke, Weste und die weiße Halsbinde ablegte, dann sein Hemd abstreifte und seinen kraftvollen Oberkörper entblößte, an den sie sich so gut erinnern konnte. Sein dunkelbraun gelocktes Brusthaar verjüngte sich nach unten zu einer feinen Linie, die über seinen flachen Bauch hinab abwärtsführte.

Rafe zog sich Schuhe und Strümpfe aus. Danielles Augen weiteten sich, als er begann, auch seine eng anliegende Hose aufzuknöpfen, und schließlich nur noch mit seiner Unterhose bekleidet vor ihr stand, die ihm wie eine zweite Haut saß und kurz über dem Knie endete.

„Ich weiß nicht, wie viel du über die männliche Anatomie weißt, meine Liebe, aber falls du es nicht längst bemerkt hast, kannst du dich jetzt vergewissern, dass es mich in großem Maße erregt hat, dir beim Auskleiden zuzusehen."

Ihr Blick fiel nun auf den Teil seines Körpers, der sich so offensichtlich unter dem dünnen Baumwollstoff abzeichnete, und sie stieß einen erschrockenen Schrei aus. Im Nu war all ihr Wagemut verschwunden. Sie wandte sich hastig von Rafe ab, eilte zum Bett, verschwand schnell zwischen den Laken und drehte sich auf die Seite, damit sie ihn nicht mehr sehen konnte.

Als sie Rafe leise hinter sich lachen hörte, schenkte sie ihm keine Beachtung. Einen Mann ohne seine Kleidung zu sehen war das eine – etwas ganz anderes war es, ihn im Zustand höchster Erregung zu erblicken. Danielle kannte sich gut genug in Fragen der Anatomie aus, um zu wissen, auf welche Weise ihrer beider Körper sich vereinigen würden. Und jetzt, da sie gesehen hatte, wie groß … Sie konnte sich nicht vorstellen, wie das jemals gehen sollte!

Sie spürte, wie Rafe zum Bett kam, und hielt den Atem an, als die Matratze unter seinem Gewicht nachgab.

„Im Moment werde ich wohl lieber darauf verzichten, gänzlich unbekleidet zu schlafen, aber ich kann dir versichern, meine Liebste, dass ich es bald wieder tun werde."

Seine Worte überraschten sie dermaßen, dass sie sich umwandte und ihn fragend ansah. „Du schläfst nicht in einem Nachthemd?“

„Nein, es ist viel angenehmer, nackt zu schlafen, und wenn du erst einmal deine jungfräuliche Schüchternheit überwunden hast, wirst du mir sicher zustimmen.“

Er schlief ganz ohne Kleidung und schien von ihr zu erwarten, dass sie dasselbe tat! Du lieber Himmel, zu welchen Verworfenheiten würde dieser Mann noch fähig sein? Und warum nur fand sie die bloße Vorstellung auf einmal so reizvoll?

Ihr Gesicht glühte, und sie drehte Rafe wieder den Rücken zu. Nein, sie konnte sich nicht vorstellen, nackt mit ihm zu schlafen. Sie hatte immer angenommen, dass ein Mann das Nachthemd seiner Frau hochschob, wenn er sie liebte, und es wieder herunterzog, wenn er fertig war. Aber das war anscheinend nicht der Fall. Warum hatte ihr das niemand gesagt?

Sie spürte, wie die Matratze sich unter Rafes Gewicht bewegte, als er näher an sie heranrückte. Eigentlich müsste sie noch einmal den Nachttopf benutzen, der hinter dem Wandschirm stand … aber damit würde sie warten, bis Rafe eingeschlafen war.

Nun kam er noch näher, legte seinen Arm um ihre Taille und schmiegte sich an sie. Sie schloss die Augen ganz fest, als sie merkte, wie seine Erregung sich an ihr Gesäß drängte. Danielle versuchte, ein wenig Abstand zu gewinnen, doch Rafe hielt sie fest in seinem Arm.

„Wenn ein Mann eine Frau so sehr begehrt, wie ich dich begehre, Danielle, ist das eine ganz natürliche Bewandtnis. Und während unserer Reise werde ich mich wohl sehr häufig in diesem Zustand befinden … es sei denn, du erlöst mich von meinem Versprechen.“

Heftig schüttelte sie den Kopf.

Er küsste sanft ihren Hals. „Dann schlaf jetzt, meine Liebste. Morgen fahren wir nach Hause."

Zwei Wochen waren schon vergangen. Es war jetzt Mitte September, und sogar auf dem Meer war zu spüren, dass der Herbst nahte. Die Tage wurden kürzer, die Nächte kälter, und oft zogen Nebelschwaden durch die salzige Luft.

Da sie ein jung verheiratetes Paar waren, schienen alle zu erwarten, dass Danielle die meiste Zeit mit ihrem Mann verbringen würde, und Rafe schenkte ihr tatsächlich sehr viel Aufmerksamkeit. Tagsüber spielten sie Karten oder lasen, unterhielten sich mit den anderen Passagieren oder gingen auf dem Schiff spazieren.

Jeden Abend nach dem Essen führte Rafe sie an Deck und ging mit ihr zu einer etwas abgelegenen Stelle, die er vor einigen Tagen entdeckt hatte. Hier konnten sie ungestört sein. Zuerst war Danielle sehr beunruhigt gewesen, denn wenn sie sich beide an ihren geheimen Ort zurückzogen, war Rafe ganz anders als sonst …

Sobald sie gemeinsam in ihrer Kabine waren, herrschte immer eine gewisse Anspannung zwischen ihnen, denn Danielle war stets wachsam, Rafe vorsichtig zurückhaltend, vielleicht auch besorgt, dass er die Beherrschung über sich verlieren könnte, wenn er ihr auf so engem Raum zu nahe kam. Abgesehen von dem abendlichen Ritual, sich voreinander auszuziehen, und den vertraulichen Berührungen ihrer Körper in der Nacht, war Rafe darauf bedacht, Distanz zwischen ihnen zu wahren.

Danielle war ihm dafür dankbar, denn sie brauchte Zeit, um sich mit ihrem Schicksal als seine Frau abzufinden.

Doch wenn er in der Kabine zurückhaltend war, so erlaubte er sich hier im Schein des Mondes und umgeben von der See, die sich mit weiß schäumender Gischt am Rumpf des

Schiffes brach, gewisse Freiheiten – und als seine Frau konnte Danielle ihn wohl kaum davon abhalten.

In Wahrheit hatte sie sogar angefangen, seinen Annäherungen voller Erwartung entgegenzusehen … den Küssen, die an den ersten Abenden noch vorsichtig und behutsam gewesen waren, doch dann immer drängender und leidenschaftlicher wurden. Hier draußen fühlte Danielle sich sicher – anders als in der Kabine, wo sie des Nachts oft kein Auge zubekam, wenn sie Rafes kraftvollen Körper an sich geschmiegt spürte.

Danielle sah zu Rafe auf, als sie sich heute Abend wieder im Schutz der Dunkelheit in ihrer eigenen kleinen Welt befanden, beschirmt nur vom Schein des Mondes und dem Funkeln der Sterne. Auch Rafes Augen funkelten, und seine angespannte Miene ließ erkennen, wie sehr er sich beherrschen musste, sein Verlangen zu zügeln.

Seine Hand berührte ihre Wange. „Es ist noch so weit nach London …“

Sie wusste, dass er auf den Moment anspielte, in dem er sie zu seiner Frau machen und die Ehe vollziehen würde, und der Gedanke daran durchfuhr sie mit einem kurzen, begehrlichen Schauder. Als Rafe ihr Gesicht mit seinen Händen umfasste, sich zu ihr beugte und sie küsste, wallte eine wohlige Wärme tief in ihr auf.

Unwillkürlich neigte sie sich ihm entgegen. Er war schließlich ihr Ehemann, und wenngleich sie Angst davor hatte, wohin ein solcher Kuss führen könnte, war sie doch längst selbst vom Feuer der Leidenschaft erfasst worden.

Rafe vertiefte den Kuss, und als sie seinen verführerischen Liebkosungen nachgab und ihm ihre Lippen öffnete, ergriff er mit seiner Zunge von ihr Besitz. Er küsste sie voller Hingabe, küsste sie mit leichter Zärtlichkeit, und dann wieder mit einer sinnlichen Leidenschaft, die in ihr dasselbe unbändige Verlangen weckte, das sie einst vor langer Zeit gespürt hatte. Nie hätte sie geglaubt, dass sie dergleichen noch einmal empfinden würde.

Es machte ihr Angst. Sie wusste, wie töricht es war, Rafe zu vertrauen – und noch dazu zu begehren –, aber je länger sie sich ihm hingab, desto weniger kümmerten sie ihre Bedenken. Stattdessen schlang sie ihre Arme um seinen Hals und erwiderte seine Küsse mit demselben stürmischen Verlangen, das sie bei Rafe spürte. Als seine Hände über ihren Rücken hinab abwärtsglitten, begann ihr Herz heftig zu schlagen. Rafe umfasste ihr Gesäß und zog sie an sich.

Sie konnte seine Erregung spüren, die sich an sie drängte, und ein wildes Verlangen durchfuhr sie bis tief in ihren Schoß.

„Spürst du es, Danielle? Kannst du dir vorstellen, wie sehr ich dich begehre?"

Es war noch gar nicht lange her, als eine solche Situation ihr Angst gemacht hätte. Doch heute Abend empfand sie mehr Neugierde als Furcht. Sie wusste, dass sie sich auf gefährliches Terrain wagte, aber sie konnte ihre Empfindungen nicht leugnen.

Rafe küsste ihren Hals und begann, ihre Brüste zu liebkosen … berührte sie, wie er es sich bis zu diesem Abend noch nicht erlaubt hatte, umfasste sie mit seinen Händen und liebkoste sie durch den Stoff ihres Kleides. Danielle erinnerte sich an den Tag im Obstgarten, und eine Welle der Lust schlug über ihr zusammen.

Ihre Brustspitzen richteten sich auf und verlangten nach seiner Berührung, als Rafe sie sachte mit den Handflächen streifte. Und während er ihre Brüste liebkoste, ließ er nicht ab, Danielle zu küssen … erregende, berauschende Küsse, die sie aufwühlten und ihre Begierde reizten … leidenschaftliche Küsse voller Sinnlichkeit, die sie mit einem tiefen Verlangen erfüllten.

Danielle wusste, dass sie ihm Einhalt gebieten sollte, denn es war noch mehrere Wochen hin, bis sie England erreichen würden. Aber ihre Brustspitzen schmerzten und fühlten sich so wund und empfindsam an, wie sie es nie zuvor erlebt hatte, und ungeahnte Empfindungen durchströmten sie bis tief hinab in ihren Schoß.

Er schloss seine Hand um ihre Brust und fuhr fort, sie zu liebkosen. „Heute Nacht werde ich dich dort mit meinen Lippen berühren", versprach er Danielle, und seine Stimme klang heiser.

Unbändiges Verlangen ergriff sie mit so ungeahnter Heftigkeit, dass sie ängstlich erschauderte. Zitternd löste sie sich aus Rafes Umarmung. Mit aller Macht verzehrte sie sich nach seiner Berührung, aber ihr war auch die Gefahr bewusst. Sie brauchte mehr Zeit, um zu verstehen, was er wirklich von ihr wollte, und in der es ihr gelang, zumindest wieder ein bisschen Vertrauen zu ihm zu haben – und sei es nur, dass sie ihm mit ihrem Körper Vertrauen schenkte.

Sie legte ihre Hand auf seine Brust, als wolle sie ihn auf Abstand halten. „Ich bin … dazu noch nicht bereit, Rafael."

Er ließ seinen Blick fragend auf ihrem Gesicht ruhen, und seine Augen waren im Schein des Mondes von einem tiefdunklen Blau und funkelten doch hell vor Leidenschaft. „Doch, das bist du. Dein Körper ist mehr als bereit." Als wollte er seinen Worten Nachdruck verleihen, umfasste er ihre Brust mit sanftem Druck. Danielle wurde augenblicklich von einer Welle unsäglicher Lust mitgerissen.

„Bitte, Rafael. Es waren erst … zwei Wochen." Zwei Wochen, in denen sie an seiner Seite geschlafen hatte, in denen sie die männliche Kraft und das Verlangen gespürt hatte, die von ihm ausgingen, und die Stärke seiner nächtlichen Erregung hatte fühlen können.

Rafe ergriff erneut von ihren Lippen Besitz und küsste sie

bedächtig und voller Hingabe. „Also gut. Wenn du es wirklich möchtest, werde ich dir mehr Zeit lassen. Unsere Reise hat ja gerade erst begonnen."

Er hatte recht. Sie hatten gerade erst begonnen. Und schon jetzt sehnte sie sich unaufhörlich nach ihm, sehnte sich nach seinen leidenschaftlichen Küssen und danach, seine Hände auf ihrem Körper zu spüren.

Und sie verzehrte sich danach, auch ihn zu berühren.

Die Erkenntnis traf sie wie ein Schock. Sie wollte ihn ebenso berühren, wie er sie berührte, ihre Lippen an seine Brust schmiegen und den Teil seines Körpers erkunden, der sich jede Nacht so verlangend an sie drängte.

Danielle wandte sich von Rafe ab und trat aus der Dunkelheit ihres geheimen Ortes hinaus in das helle Mondlicht an Deck. Sie ging zur Reling und sah auf das Wasser hinab, das unter ihr rasch am Rumpf des Schiffes vorbeiströmte. Über ihr zerrte der Wind an den hohen, weißen Segeln und ließ die Takelage ächzen und knarren.

Der kühlen Meeresbrise hielt Danielle ihr erhitztes Gesicht entgegen und spürte, wie ihr in Wallung geratenes Blut sich langsam beruhigte. Als sie sich ein wenig zur Seite wandte, sah sie einen Mann aus dem Schatten auf sich zukommen und glaubte für einen Moment, dass Rafael ihr gefolgt sei.

Doch stattdessen war es Carlton Baker, der neben sie an die Reling trat.

„Ein schöner Abend für einen Spaziergang", bemerkte er. Seine hellen, blauen Augen betrachteten Danielle aufmerksam und blieben dann auf ihrem noch immer leicht geröteten Gesicht ruhen.

„Ja … ja, das stimmt."

Er war ein stattlicher und sehr attraktiver Mann, um die vierzig und mit bereits leicht ergrauten Schläfen. Aber er hatte irgendetwas an sich, das …

„Ich kann Ihren Mann nirgends sehen. Hatten Sie heute Abend vielleicht andere Begleitung?"

Danielle spürte, wie ihr das Blut erneut in die Wangen stieg. Wollte er andeuten, dass sie sich heimlich mit einem anderen Mann traf?

„Nein, ich hatte keinen anderen Begleiter." Sie sah sich kurz um und hoffte, dass Rafael hinter ihr auftauchen würde. Vor wenigen Augenblicken noch hatte sie seiner beunruhigenden Nähe gar nicht schnell genug entkommen können …

Baker sah sie scharf an. „Dann sind Sie allein hier?"

„Nein! Ich meine, nein, ich …"

„Da bist du ja, meine Liebe. Ich hatte dich für einen Moment ganz aus den Augen verloren." Rafe trat aus dem Dunkel, und Danielle wurde von tiefer Erleichterung erfasst.

Bakers Lächeln wirkte bemüht. „Eine so schöne Frau wie die Ihre sollten Sie wahrlich nicht allein lassen."

„Genießen Sie auch den schönen Abend, Mr. Baker?" Rafe sprach betont höflich, doch sein Blick verhieß nichts Gutes. Vielleicht hatte er ebenfalls bemerkt, dass das Verhalten des Amerikaners nicht immer ganz korrekt war.

„Ja, sehr", entgegnete Baker, betrachtete dabei aber unverhohlen Danielle. „Genauso wie Sie, könnte ich mir denken."

„Leider ist die Luft zu dieser Stunde doch schon recht kühl und feucht." Rafe legte seine Hand besitzergreifend um Danielles Taille. „Ich denke, wir sollten wieder hineingehen, Liebste."

Sie nickte und konnte kaum schnell genug von hier wegkommen, wenngleich sie sich ihr Gefühl selber nicht genau erklären konnte. Als sie und Rafe über Deck davongingen, sah Danielle sich noch einmal kurz nach Carlton Baker um. Obwohl es ihr davor graute, eine weitere schlaflose Nacht neben Rafael zu verbringen, konnte sie es kaum erwarten, in die Kabine zurückzukehren.

Am nächsten Morgen traf Danielle sich mit Caro zum Frühstück. Sie hatte schlecht geschlafen und glaubte, dass es Rafe genauso ergangen war. Jede Nacht an seiner Seite zu schlafen und dennoch ihre Tugend zu wahren, begann langsam an ihr zu zehren.

Danielle trug ein rotbraunes Tageskleid, das mit dunkelbraunem Samt besetzt war. Als sie ihre Freundin an einem kleinen Tisch im hinteren Teil des Salons entdeckte, ging sie zu ihr und bemerkte beim Näherkommen, dass Caros schmales Gesicht dieselben Anzeichen von Müdigkeit erkennen ließ wie ihr eigenes.

Caro lächelte zur Begrüßung. „Wenn der Duke uns auch noch Gesellschaft leisten möchte, werden wir uns an einen größeren Tisch setzen müssen."

„Nein, ich glaube, er hat bereits gegessen. Als ich aufgewacht bin, hatte er die Kabine schon verlassen."

„Lady Wycombe hingegen schläft noch, und ich wollte sie nicht wecken."

Nachdem Danielle sich Caro gegenüber an den Tisch gesetzt hatte, kam ein Steward herbei, der ihre Bestellung für heiße Schokolade und süßes Gebäck entgegennahm. Dann waren sie beide wieder allein.

„Du siehst müde aus", stellte Caro fest, nachdem sie Danielle prüfend angesehen hatte. „Und daraus schließe ich, dass du schlecht zu schlafen scheinst."

„Mir scheint, dass es dir genauso ergeht."

Caro seufzte und schüttelte den Kopf. „Ich muss immerzu an Robert denken. Ich mache mir solche Sorgen, Danielle! Glaubst du, dass ihm die Flucht mittlerweile gelungen ist? Es ist ein Verbrechen, aus einer vertraglichen Bindung zu flüchten, Danielle! Was, wenn Mr. Steigler ihn zu fassen bekommt?“

Danielle griff nach der Hand ihrer Freundin. „Du darfst dir nicht solche Gedanken machen, Caro. Du solltest nicht immer das Schlechteste erwarten, sondern vielmehr auf das Gute hoffen. Ich bin mir sicher, dass Robert jede seiner Handlungen sorgfältig planen wird. Vielleicht ist ihm die Flucht bereits gelungen, und er befindet sich schon auf einem Schiff nach England. Dann würde er nur wenig später als wir selbst dort eintreffen.“

Caro stiegen Tränen in die Augen, und sie wandte den Blick ab. „Ich weiß nicht, Danielle. Vielleicht hatte er ja nie beabsichtigt, dorthin zurückzukehren. Was, wenn er mich nur ausgenutzt hat? Wenn ich ihm gar nichts bedeutet habe und er mich nur brauchte, um ihm bei der Flucht behilflich zu sein? Ich bin keine schöne Frau, Danielle, aber Robert sieht so gut aus! Kann er sich nicht einfach nur einen Scherz mit mir erlaubt haben?“

„Das glaube ich nicht … nicht für einen Moment. Und du bist doch schön! Du bist eine überaus anziehende Frau, und deine Schönheit ist von einer sehr feinen Art, die dich von anderen Frauen abhebt. Robert hat das erkannt, und er hat auch deine innere Schönheit entdeckt. Ich glaube, dass er dir zu jeder Zeit die Wahrheit gesagt hat.“

Der Steward kam herbei und brachte ihnen heiße Schokolade sowie einen Teller mit Gebäck, den er auf dem runden Tisch vor ihnen abstellte. Caro nutzte die Unterbrechung, um sich wieder ein wenig zu beruhigen.

„Es tut mir leid“, sagte sie dann. „Ich würde ihm wieder gerne genauso vertrauen, wie ich es zuvor getan habe. Aber wenn er mich hintergangen hat und ich dadurch in meiner Unwissenheit deine Großzügigkeit ausgenutzt habe, würde ich mir das nie verzeihen.“

Danielle drückte Caros Hand. „Was auch immer geschehen mag, ist nicht deine Schuld. Ich wollte dir helfen. Auch ich habe an Roberts Unschuld geglaubt. Und ich tue es immer noch."

Caro atmete tief durch. „Er war dir sehr dankbar für deine Hilfe und sagte, dass er für immer in deiner Schuld stehe."

„Ich weiß, meine Liebe. Wir müssen weiterhin an ihn glauben und hoffen, dass sich alles zum Guten wendet."

Caro nickte stumm.

„Und jetzt wollen wir unsere Schokolade genießen und nicht mehr an Männer denken."

Caro lächelte, und Danielle erwiderte ihr Lächeln, jedoch verging es ihr, sobald sie doch wieder an Rafael dachte und daran, dass noch lange Tage an Bord vor ihr lagen und viele Nächte, die sie in seiner beunruhigenden Nähe würde verbringen müssen.

Aus den zwei Wochen, die sie nun schon an Bord des Schiffes waren, wurden drei und schließlich vier. Je mehr Zeit verging, desto mehr begann Rafe von Danielle zu fordern – mehr Küsse, mehr Berührungen, mehr vertrauliche Liebkosungen ... und ihr Körper reagierte auf all dies in verräterischer Weise.

Nachts träumte Danielle davon, dass Rafe ihre Brüste liebkoste, sie mit seinem Mund berührte, ihre Schenkel streichelte und auch ihren Bauch ... sie träumte davon, dass er die Sehnsucht stillen würde, die sie tief in sich verspürte. Sie begann immer schlechter zu schlafen, warf sich unruhig hin und her. Ihr Körper brannte mit einem Verlangen, das ihr gänzlich unbekannt war.

Es war Mittwoch, wenngleich sie sich dessen nicht sicher war, denn Danielle verlor langsam jegliches Zeitgefühl. Je näher der Abend rückte, desto gereizter wurde sie. Beim Abendessen fuhr sie Caro wegen einer völligen Belanglosigkeit scharf an und brüskierte zudem Tante Flora.

Nach dem Essen gab sie Kopfschmerzen vor, die sie gar nicht hatte, lehnte Rafes Einladung zu ihrem üblichen Spaziergang an Deck ab und sehnte sich nur danach, ihm zumindest für eine Weile zu entkommen.

„Ich werde mich jetzt schon nach unten zurückziehen“, verkündete sie, als sie sich vom Tisch erhob. „Vielleicht kannst du ja Mr. Baker oder Mr. Longbow für ein Kartenspiel gewinnen.“

Sie spürte Rafes blaue Augen auf sich ruhen und fragte sich, ob er ihre fadenscheinige Ausrede wohl durchschaute.

Er lächelte kaum merklich. „Ich denke, ich werde mit dir kommen. Vielleicht gelingt es mir ja, deine … Kopfschmerzen … zu lindern.“

Als sie einen gewissen Unterton in seiner Stimme vernahm, verspürte sie sogleich eine wohlige Wärme in ihrem Bauch, die sie bis hinab in ihre Beine durchströmte. Sie war zudem zu müde, um sich noch auf eine Auseinandersetzung mit Rafe einzulassen, und fand sich daher mit seinen wie auch immer gearteten Absichten ab, als er sie aus dem Salon führte.

Sie sagte kein Wort, während sie den Korridor entlanggingen, und auch nicht, als er die Tür zu ihrer Kabine öffnete und ihr den Vortritt ließ. Er folgte ihr ins Zimmer, schloss die Tür hinter sich und sah Danielle mit seinen tiefblauen Augen an.

„Ich werde dir aus deinem Kleid helfen“, erklärte er.

Obwohl sie sich daran gewöhnt hatte, dass er ihr beim Entkleiden behilflich war, und sich von seiner Anwesenheit nicht länger einschüchtern ließ, nahm sie heute Abend in Rafes Blick etwas wahr, das Lust und Verführung verhieß und sie warnte, auf der Hut zu sein.

Doch stattdessen reagierte ihr verräterischer Körper sogleich auf Rafes begehrliche Blicke, und Danielle spürte, wie ihre Brustspitzen sich aufrichteten, ihr Leib sich verlangend zusammenzog und ihre Müdigkeit auf einmal verflogen war. Noch immer sagte sie kein Wort und ging zum Ankleidetisch hinüber, um ihre Haarnadeln herauszunehmen, zog sich dann Schuhe und Strümpfe aus, und Rafe knöpfte ihr das Kleid auf. Als sie sich ihr dünnes Batisthemd auszog und für einen Moment gar nichts anhatte, war sie sorgsam darauf bedacht, Rafe den Rücken zuzuwenden. Doch als sie nach ihrem Nachthemd griff, streckte Rafe die Hand danach aus und nahm es ihr ab.

„Heute nicht."

Sie sah ihn über die Schulter hinweg an und las in seinem Gesicht nicht nur deutlich sein Verlangen, sondern auch einen Ausdruck von Bestimmtheit.

Danielle begann zu zittern. „Du hattest versprochen, mir Zeit zu lassen."

„Das werde ich auch."

„Du hast mir dein Wort gegeben, Rafael!"

Er warf das Nachthemd über einen Stuhl. „Ich habe mein Versprechen bislang nicht gebrochen, und ich werde es auch heute Nacht nicht tun."

Danielle nahm all ihren Mut zusammen. Von einer Ehefrau wurde nun einmal erwartet, dass sie die Bedürfnisse ihres Mannes erfüllte. Doch in den Wochen, die sie nun an Bord des Schiffes waren, hatte Danielle auch gelernt, dass Frauen über eine ganz eigene Macht verfügten ...

Sie drehte sich zu Rafe um und bot sich gänzlich seinen Blicken dar. Er schien von ihrem Verhalten genauso überrascht zu sein wie sie selbst. Seine Kiefermuskeln spannten sich, und Danielle meinte, von Rafes begehrlichem Blick verbrannt zu werden.

„Du hast ein Spiel mit mir gespielt, nicht wahr?", fragte sie ihn. „Langsam verstehe ich aber, dass Frauen dieses Spiel genauso gut beherrschen können."

Er ließ seine Augen verlangend über sie gleiten, und Danielle spürte, wie ihre Brustspitzen sich fast schmerzlich spannten, und mit einem Mal wünschte sie sich nichts so sehnlich, wie von Rafe berührt zu werden.

„Gefalle ich dir?", fragte sie ihn herausfordernd. Ihre Schamlosigkeit überraschte sie, bis ihr bewusst wurde, dass ihr wagemutiger Ton nur ausdrückte, was sie wirklich empfand.

„Du gefällst mir sehr, Danielle." Der tiefe Klang seiner Stimme hallte in ihr wider, und wie in Trance ging sie auf ihn zu.

Rafe verbarg seine Gefühle nicht länger, und seine eingehende Betrachtung verriet ihr, wie sehr er nach ihr verlangte und wie sehr ihm gefiel, was sie seinen Blicken preisgegeben hatte.

„Komm her …"

Danielle zwang sich weiterzugehen. Sie wusste nicht, wohin dieses Spiel sie führen würde, aber sie war entschlossen, die Regeln mitzubestimmen. Rafe zog sie in seine Arme und küsste sie. Sein Kuss war zunächst behutsam, aber Danielle konnte spüren, wie groß seine Anspannung war und wie viel Mühe es ihn kostete, nicht die Beherrschung zu verlieren. Als er seine Zunge in ihren Mund gleiten ließ, stieg ein wildes Verlangen in Danielle auf. Sie erwiderte seinen Kuss voll ungestümer Hingabe, während sie Rafes Jacke von seinen Schultern streifte und ihm die Weste aufknöpfte.

Rafe stöhnte leise, schleuderte seine Schuhe von sich und löste seine Halsbinde. Er war Danielle behilflich, als sie versuchte, ihm auch sein Hemd auszuziehen, und als er mit bloßem Oberkörper vor ihr stand, hob er sie auf seine Arme und trug sie zum Bett hinüber.

„Erlöse mich von meinem Versprechen", beschwor er sie, aber Danielle schüttelte nur den Kopf.

Rafe zögerte nicht länger und küsste sie erneut. Er bedeckte ihren Hals und ihre Schultern mit Küssen, schloss seine Lippen um ihre Brüste und biss in die empfindsamen Knospen. Ein lustvoller Schmerz durchfuhr Danielle, und sie rief Rafes Namen.

„Erlöse mich von meinen Versprechen", drängte er erneut mit sanfter Beharrlichkeit, aber wieder schlug Danielle ihm seine Bitte ab. Sie brauchte Zeit, und sie wollte ihre Gefühle so lange wie möglich vor ihm schützen.

Als ihre Blicke sich trafen, konnte er in ihren Augen all ihre Ängste und all ihre Sehnsüchte lesen. Ihre Zweifel standen ihr ins Gesicht geschrieben, und in diesem Moment offenbarte sie ihm ihre Gefühle und bat ihn zugleich stumm darum, sie zu verstehen.

„Du begehrst mich", stellte er unwirsch fest. „Gib es wenigstens zu."

Sie schluckte, bevor sie die Wahrheit sprach. „Ja, ich begehre dich."

Ihre Worte schienen eine wilde Glut in ihm zu entfachen, und Danielle war sich sicher, dass er sie nun nehmen würde, und sei es mit Gewalt, doch stattdessen küsste er sie wieder … und wieder … ergriff mit hemmungsloser Leidenschaft von ihrem Mund Besitz, liebkoste ihre Brüste mit seiner Zunge, biss sachte in die Spitzen und saugte an ihnen, bis Danielle am ganzen Körper zitterte und bebte.

Eine tiefe Sehnsucht und ein brennendes Verlangen breiteten sich in ihr aus, und die in ihr aufsteigenden Empfindungen waren von so unbändiger Gewalt, dass Danielle glaubte, den Verstand zu verlieren. Unruhig bewegte sie sich auf dem Bett und war sich kaum der Hand bewusst, die an ihrem Körper hinab abwärtsglitt, bis sie Rafes Finger zwischen ihren Beinen spürte.

Ganz ohne ihr Zutun schien ihr Körper sich unter dieser Berührung aufzubäumen und drängte sich Rafe entgegen, um etwas zu finden, von dem sie selbst kaum wusste, was es war.

„Bitte …“, flüsterte Danielle. „Rafael …“

Er stieß einen kurzen heiseren Laut aus, und dann berührte er sie dort, wo sie zu verbrennen glaubte, ließ seine Finger in sie gleiten, liebkoste sie zunächst zärtlich und dann mit stetig wachsender Bestimmtheit. Eine Woge ungeahnter Lust schlug über ihr zusammen, und ein glühendes, leidenschaftliches Verlangen riss sie mit sich. Jede seiner Berührungen, jede Liebkosung schickte sie höher hinauf, immer näher an den Horizont heran, der zum Greifen nah schien.

Doch auf einmal drang erneut Angst in ihr Bewusstsein. „Rafael …?“

„Lass mich dir diese Wonne geben, Danielle.“ Seine geschickten Hände streichelten über ihren Körper, bewegten sich in ihr. „Lass es mich für dich tun.“

Immer enger zog sich ihr Leib zusammen, immer größer wurde die Anspannung in ihrem Innern, bis alles auf einmal zu bersten schien. Etwas Unbeschreibliches und all ihre Sinne zutiefst Erregendes blühte in ihr auf und schien gar nicht mehr enden zu wollen. Danielle schrie auf und rief Rafes Namen, als sie von wild zuckenden Wellen der Lust erfasst wurde und gewaltige Schauder sie immer wieder und wieder durchfuhren und erbeben ließen. Dann sank sie in eine tiefe, erlösende Dunkelheit, und für einen Moment, der ihr wie Stunden schien, ließ sie sich in dem Glück treiben, das sie umfing und durchströmte.

Langsam spürte sie, wie sie zur Ruhe kam und die Glücksgefühle allmählich verebbten. Als Danielle die Augen öffnete, sah sie Rafe neben sich auf dem Bett sitzen. Er hielt ihre Hand und betrachtete ihr Gesicht mit einer solchen Intensität, dass seine tiefblauen Augen ihr fast schwarz erschienen.

Danielle blinzelte verwirrt. „Rafael, was … was hast du mit mir gemacht?“

Rafe lächelte leicht. „Ich habe dir Vergnügen bereitet. Als dein Ehemann ist das mein gutes Recht."

„Haben wir … uns geliebt?"

Er schüttelte den Kopf, wobei ihm eine Strähne seines dunklen Haars in die Stirn fiel. „Nein, ich habe dir nur einen kleinen Vorgeschmack darauf gegeben, was du fühlen wirst, wenn wir uns lieben."

Einen kleinen Vorgeschmack? Danielle empfand eine wohlige Erschöpfung und war von einer tiefen Zufriedenheit erfüllt. Noch immer konnte sie kaum klar denken und versuchte, sich vorzustellen, wie es möglich sein sollte, zu steigern, was sie soeben erlebt hatte. Sie sah zu Rafe auf, und erst jetzt bemerkte sie, wie angespannt seine Kiefermuskeln waren, wie straff er die Schultern hielt und dass der Ausdruck seines Gesichtes an Schmerz grenzte.

Ein kurzer Blick auf die mächtige Wölbung seiner Hose bestätigte ihr, dass er nach wie vor zutiefst erregt war.

„Ich verstehe das nicht …"

Rafe streckte die Hand aus und streichelte ihre Wange. „Heute Nacht war nur für dich, Liebste. Aber wir haben noch viele Nächte vor uns … ein ganzes Leben, in dem wir uns gegenseitig beglücken können."

Danielle erwiderte daraufhin nichts. Sie fühlte sich wunderbar entspannt und war so schläfrig wie schon seit Tagen nicht mehr. Aber sie hatten sich noch immer nicht geliebt, und es war offensichtlich, dass Rafe nicht annähernd so glücklich und erfüllt war wie sie.

Und auf einmal wurde ihr bewusst, dass er sein Wort gehalten hatte, wenngleich ihm dies unendlich schwergefallen sein dürfte. Danielle klammerte sich an diesen tröstlichen Gedanken und fiel in einen tiefen Schlaf.

15. KAPITEL

In London war es kühl, und von der Themse her wehte ein frischer Wind. Ethan Sharpe fuhr mit seiner Kutsche in Whitehall vor, wo er ein Treffen mit Howard Pendleton vom Kriegsministerium hatte.

Als er aus seinem Wagen stieg, sah er Max Bradley aus dem Schatten des palastartigen Gebäudes treten und auf sich zukommen.

„Schön, Sie zu sehen, Ethan."

„Ganz meinerseits, Max." Seit Max Ethan das Leben gerettet hatte, war zwischen ihnen eine Freundschaft entstanden, die sich über soziale Unterschiede und Formalitäten hinwegsetzte.

„Pendletons Nachricht war recht unbestimmt", meinte Ethan. „Er schrieb nur, dass Sie wieder in England wären. Wahrscheinlich möchte er meine Meinung zu einer Sache hören, die Sie herausgefunden haben."

„Sie waren einer der erfolgreichsten Freibeuter der britischen Krone", meinte Max, nachdem sie das Gebäude betreten hatten. „Ihre Meinung ist für den Colonel immer noch von unschätzbarem Wert."

Ethan nickte. „Gibt es Neuigkeiten von Rafe?"

Max schmunzelte leicht. „Das Letzte, was ich von ihm gehört habe, war, dass er heiraten wollte."

„Er hat sie also gefunden."

„Ja, das hat er."

„Und anscheinend war er nicht der Meinung, dass Clemens der richtige Mann für sie sein würde."

„Sieht so aus, als wäre er von ihm nicht sehr angetan gewesen."

Ethan war nicht überrascht, dass es so gekommen war, und er fragte sich, welcher Mann Rafe wohl so sehr beeindrucken könnte, dass er ihn die Frau heiraten ließe, die einmal die Seine hätte werden sollen. Als sie die langen Korridore hinuntergingen und ihre Schritte auf dem Marmorboden widerhallten, musste Ethan lächeln.

„Schon als er nach Amerika aufgebrochen ist, hatte ich so eine Ahnung, dass er sie heiraten würde – wenngleich ich glaube, dass er sich zu dem Zeitpunkt darüber selbst noch nicht im Klaren war.“ Ethan klopfte kurz an die Tür, die zum Büro des Colonels führte, bevor er und Max eintraten.

Der Raum war nur spärlich möbliert mit einem Bücherregal, zwei Tischen, auf denen Landkarten und Schaubilder ausgebreitet lagen, und dem alten Schreibtisch des Colonels, vor dem zwei Sessel standen.

Pendleton erhob sich, als er Ethan auf sich zukommen sah. „Danke, dass Sie kommen konnten, Mylord.“

„Was kann ich für Sie tun, Hal?“ Auch Pendleton war damals an Ethans Befreiung beteiligt gewesen, und die beiden Männer waren seitdem gute Freunde.

Der Colonel lächelte. Er hatte silbergraues Haar, wirkte sehr würdevoll und war einer der verlässlichsten und arbeitsamsten Männer, die das Ministerium hatte. „Es ist vielleicht am besten, wenn Max Ihnen selbst erklärt, was er herausgefunden hat. Und dann wäre ich sehr gespannt zu hören, wozu Sie uns in der Angelegenheit raten.“

Bradley berichtete nun davon, was es mit besagten Schiffen auf sich hatte, die in Amerika gebaut wurden, und er erzählte auch von Bartel Schrader, dem Holländer, der vermutlich einen Handel mit den Franzosen zuwege gebracht hatte.

„Solche Schiffe habe ich nie zuvor zu Gesicht bekommen“, meinte Max abschließend. „Sie sind leicht gebaut, schnell und ausgesprochen wendig. Unter Waffen würden sie für die britische Flotte verheerend sein.“

Ethan saß in einem der beiden Sessel, die vor dem Schreibtisch des Colonels standen, und streckte sein rechtes Bein vorsichtig aus. Von einer alten Kriegsverletzung hatte er ein leichtes Hinken zurückbehalten, und manchmal schmerzte es auch noch ein wenig.

„Wenn ich Sie richtig verstanden habe", meinte er nun, „dann denken Sie, dass unsere Regierung dem Geschäft zuvorkommen und ihrerseits ein Gebot machen sollte, damit die Franzosen nicht in den Besitz der Flotte gelangen."

Max nickte. „Ganz richtig. Sheffield hat mir einen Brief geschrieben, den der Colonel auch schon gelesen hat. Nach Ansicht des Dukes, und ich bin ganz seiner Meinung, könnten diese Schiffe eine große Bedrohung darstellen."

Der Colonel holte eine Papierrolle hervor und breitete sie auf dem Schreibtisch aus.

„Dies ist eine Skizze, die Max von einem der Schoner gemacht hat, der ‚Windlass'."

„Die Pläne werden gut bewacht und sind praktisch nicht zugänglich", erklärte Max. „Ich bin kein großer Künstler, aber diese Zeichnung kann Ihnen vielleicht einen Eindruck davon geben, warum diese verdammten Dinger so schnell und wendig sind."

Ethan betrachtete die Skizze. Sein Blick fiel auf die einzigartige Neigung der beiden Masten und den niedrigen, schmalen Schiffsrumpf. Ihm kam der Gedanke, dass nicht einmal sein eigenes Schiff, die „Sea Devil", es auf offener See mit diesem Schoner würde aufnehmen können.

Kurz regten sich alte Gefühle in ihm. Er war zwar glücklich mit seinem neuen Leben als Ehemann und Vater, aber manchmal reizte es ihn doch, wieder ein solches Schiff zu befehligen. Nachdenklich sah er den Colonel an.

„Weder Rafe noch Max sorgen sich ohne Grund. Wenn die Zeichnung auch nur annähernd korrekt ist – und daran zweifle ich nicht im Geringsten –, würde ich diese Sache augenblicklich zur obersten Staatsangelegenheit erklären."

Pendleton rollte den Entwurf wieder zusammen. „Ich habe befürchtet, dass Sie das sagen würden." Er ging um den Schreibtisch herum und kam auf sie zu. „Ich werde so schnell wie möglich handeln, aber ich kann nicht dafür garantieren, was geschehen wird."

„In Anbetracht der Tatsache, dass der Krieg andauert und Napoleon entschlossen scheint, einen Sieg zu erringen, kann ich nur hoffen, dass Sie Gehör finden."

Der Colonel hatte allerdings recht – es war völlig unabsehbar, was die Regierung tun würde.

Ethan verabschiedete sich von den beiden Männern und kehrte zu seiner Kutsche zurück. In Gedanken war er immer noch bei der Unterredung, die er gerade gehabt hatte, und bei den Neuigkeiten, die Max ihm von Rafe erzählt hatte. Er fragte sich, ob Rafe mittlerweile wohl schon wieder auf dem Weg nach England war.

Und natürlich fragte er sich auch, ob Rafe tatsächlich als verheirateter Mann zurückkehren würde.

Ein schwerer Oktobersturm fegte über Deck, und hohe Wellen schlugen über dem Bug zusammen. Es waren nun nicht einmal mehr zwei Wochen, bis sie in London anlegen und Rafe mit seiner Braut zu Hause ankommen würde.

Sechs lange Wochen waren sie auf See gewesen, und noch immer hatte er die Ehe nicht vollzogen.

Rafe seufzte. Er saß im Salon und versuchte, sich auf eine Partie Whist mit Carlton Baker zu konzentrieren. Wegen des schweren Seegangs brannte kein Feuer im Kamin, und die meisten Passagiere hatten sich in ihre Kabinen zurückgezogen.

„Sie sind dran, Euer Gnaden."

Rafe betrachtete seine Karten. Er mochte Baker nicht sonderlich, aber Danielle hatte es bei diesem Wetter vorgezogen, es warm und gemütlich zu haben, und war in ihrer Kabine geblieben, wo sie mit Tante Flora und Caroline Loon Stickereiarbeiten machte. Lady Wycombe war seekrank geworden, und Rafe hoffte, dass Danielle davon verschont bleiben würde.

Sobald er an sie dachte, verspürte er den üblichen Ansturm heftigen Verlangens. Seit dem Abend, an dem er sie zur Erfüllung gebracht hatte, hatte er sich zumeist von ihr ferngehalten, denn der flehende Ausdruck in ihren Augen hatte all seine Verführungspläne zunichtegemacht. Als er in ihrem Blick Angst, Zweifel und ein tiefes Misstrauen las, das Danielle noch immer gegen ihn zu hegen schien, sah er sich einfach außerstande, sein Vorhaben in die Tat umzusetzen.

Rafe erinnerte sich wieder an ihre verlockenden Rundungen und daran, wie sie auf seine Liebkosungen reagiert hatte, und sogleich begann sein Körper sich zu regen. Aber obwohl er sie mit unbändiger Leidenschaft begehrte, würde er an seinem Entschluss festhalten.

Er deckte seine Karten auf und griff nach dem kleinen Stapel Münzen in der Mitte des Tisches.

„Das Glück scheint auf Ihrer Seite zu sein, Euer Gnaden“, stellte Baker fest. „Und Ihre schöne Braut dürfte dafür der beste Beweis sein.“

Rafe warf ihm einen kurzen Blick zu. „Ich kann mich tatsächlich sehr glücklich schätzen.“ Wenn er sich nicht so furchtbar gelangweilt hätte, würde er Bakers Einladung zum Spiel gar nicht angenommen haben. Vom ersten Tag an war ihm aufgefallen, dass der Amerikaner sich über die Maßen für Danielle interessierte. Was bei ihrer Schönheit vielleicht auch kaum verwunderlich war …

Rafes Gedanken kehrten zurück zu Danielle und der Entscheidung, die er getroffen hatte.

Vor fünf Jahren hatte er ihr Vertrauen enttäuscht. Und nun, da er sie zu einer Ehe genötigt hatte, die sie gar nicht wollte, hatte er es erneut getan.

Aber ein drittes Mal würde es nicht geschehen.

Rafe hatte Danielle versprochen, ihr Zeit zu lassen, und nach dem Abend, an dem er sie beinahe verführt hätte, hatte er sich auch darum bemüht, sein Versprechen zu halten. In den darauffolgenden Tagen hatte er die Kabine immer schon frühmorgens verlassen, bevor Danielle aufwachte, und obwohl sie tagsüber viel Zeit miteinander verbrachten und er sie immer zum Abendessen begleitete, hatte er sie doch nie mehr zu ihrem geheimen Ort an Deck geführt. Vielmehr blieb er ihrer Kabine sogar des Nachts so lange fern, bis er sichergehen konnte, dass Danielle bereits schlief.

Rafe lehnte sich in seinen Sessel zurück und hörte, wie Baker leise fluchte, als er auch die nächste Runde verlor, doch in Gedanken war er ganz woanders. In weniger als zwei Wochen würden sie England erreichen, und seine qualvolle Enthaltsamkeit hätte ein Ende.

Danielle würde die Zeit gehabt haben, die er ihr versprochen hatte, und er würde auf diese Weise – so hoffte er zumindest – ein wenig ihres Vertrauens zurückgewonnen haben.

Danielle warf einen prüfenden Blick in den Spiegel über dem Ankleidetisch. Der Sturm hatte sich gelegt, das Meer war wieder einigermaßen ruhig, und auch Tante Floras Seekrankheit war vorüber. Danielle hatte ihr geflochtenes Haar aufgesteckt und ein hellblaues Wollkleid angezogen. Gleich wollte sie sich mit ihrer Tante im Salon zu einer Tasse Tee treffen, wie sie es jeden Nachmittag taten.

Danielle schüttelte den Kopf über ihr Spiegelbild. Sie sah müde und angespannt aus. Zum Teil lag das an Rafael und ihrer ungewissen Zukunft mit ihm, aber mindestens ebenso beunruhigend fand Danielle den Gedanken ihrer baldigen Ankunft in England.

Sobald sie erst einmal in London war, würde ihr Leben sich grundlegend verändern. Sie war nun nicht länger eine Ausgestoßene der Gesellschaft, sondern die Duchess of Sheffield, aber wie konnte sie jemals die Vergangenheit vergessen, wenn sie wieder mit den Freunden und Bekannten verkehren sollte, die sie damals verstoßen und sie in der Stunde ihrer Not im Stich gelassen hatten?

Und dann Rafael ... Seit dem Abend, an dem er sie so vertraulich berührt hatte, war er unerklärlich distanziert. Sie wusste, dass er versucht hatte, sie zu verführen – und an jenem Abend wäre es ihm auch fast gelungen.

Danielle war sich sicher, dass er die stille Verzweiflung in ihren Augen gesehen hatte, ihr dringendes Bedürfnis, ihn auf Abstand zu halten, bis sie mit sich selbst und der Ehe, in die er sie praktisch gezwungen hatte, ins Reine gekommen war. Obwohl sie noch immer das Bett teilten, hatte Rafe sie nicht mehr berührt und sie nie wieder so geküsst wie in den Nächten zuvor.

Danielle versuchte sich einzureden, dass sie dafür dankbar war und dass es das war, was sie wollte. Aber tief in ihrem Innern war sie sich dessen auf cinmal nicht mehr sicher.

Es mochte sein, dass sie Rafe nicht aus ganzem Herzen vertraute, aber ihr Körper verzehrte sich in verräterischer Weise nach ihm. Des Nachts lag sie oft wach und dachte an ihn ... war versucht, die Hand nach ihm auszustrecken und seine bloße Haut mit ihren Lippen zu berühren.

Sie seufzte schwer und ging aus der Kabine, die Rafe bereits wieder im Morgengrauen verlassen hatte. Da sie schon ein wenig spät dran war, eilte sie den Korridor entlang zum Salon, wo ihre Tante sie bereits erwartete.

Tante Flora sah besorgt zu ihr auf. „Du verspätest dich sonst nie, meine Liebe. Ich hoffe, dass nichts Unangenehmes geschehen ist.“

„Nein, ich war nur völlig in Gedanken versunken und muss darüber wohl ganz die Zeit vergessen haben."

Tante Flora runzelte ihre silbergrauen Augenbrauen. „Mir scheint, dass das noch nicht alles ist …"

Danielle seufzte und nahm ihrer Tante gegenüber Platz. „Ich mache mir Sorgen darüber, was geschehen wird, wenn wir wieder in England sind … und in letzter Zeit fühle ich mich so furchtbar … ruhelos."

Tante Flora griff nach ihrer Hand. „Ich weiß, dass du nun eine verheiratete Frau bist und es mir kaum zusteht, dir Ratschläge zu erteilen, aber …"

„Ich weiß Ihren Rat immer zu schätzen, Tante Flora."

„Gut, dann werde ich dir sagen, was ich denke. Zuerst lass mich dir sagen, dass ich selbst einmal verheiratet war und aus Erfahrung sprechen kann."

„Natürlich."

„Einige Tage vor deiner Hochzeit hast du mir erzählt, dass der Duke zugestimmt hatte, auf seine ehelichen Rechte zu verzichten, bis ihr beide wieder zurück in England wärt."

„Ja, das hat er mir versprochen."

„Ich mag nicht gerade viel über das andere Geschlecht wissen, aber einer Sache zumindest bin ich mir sicher – ein junger, kraftvoller Mann wie der Duke vermag nicht wochenlang an der Seite der Frau zu schlafen, die er begehrt, ohne dafür einen hohen Preis zu zahlen. Und wenn ich mir dich so anschaue, denke ich, dass es auch an dir nicht spurlos vorübergeht."

„Ich brauche Zeit, um wieder Vertrauen zu ihm zu fassen. Das verstehen Sie doch sicher?"

Ihre Tante lehnte sich in ihrem Sessel zurück, den sie mit ihrer korpulenten Figur völlig ausfüllte, und betrachtete Danielle aufmerksam, während der Steward kam und den Tee servierte.

Nachdem der junge Mann sie wieder allein gelassen hatte,

nahm Tante Flora einen Schluck Tee und sah Danielle über den Rand ihrer Tasse hinweg an. „Wenn du Richard Clemens geheiratet hättest, würde er sich niemals auf eine solche Vereinbarung eingelassen haben, und du wärst schon längst seine Frau ... tatsächlich seine Frau, meine ich."

Danielle wandte den Blick ab und spürte, wie ihr das Blut in die Wangen stieg. Sie wusste, dass ihre Tante recht hatte.

„Wir kennen uns nun schon über fünf Jahre, Danielle. In dieser Zeit habe ich dich ziemlich genau beobachtet und kenne dich vielleicht besser als du selbst."

„Was wollen Sie damit sagen, Tante Flora?"

„Der Duke of Sheffield ist ein gut aussehender, überaus attraktiver Mann, und es ist ganz offensichtlich, dass du dich sehr zu ihm hingezogen fühlst. Ich kann es in deinen Augen sehen, wann immer du ihn anschaust. Und ebenso offensichtlich ist, dass der Duke sich noch weitaus mehr zu dir hingezogen fühlt."

Danielle machte sich nicht die Mühe, dem zu widersprechen. Wenngleich Rafe seit einiger Zeit wieder eine höfliche Distanz zu ihr wahrte, konnte ihr doch kaum das leidenschaftliche Verlangen entgehen, das sie nach wie vor in seinen Augen erblickte. „Was genau meinen Sie, Tante Flora?"

„Erlöse deinen Mann von seinem Versprechen."

Danielle errötete zutiefst. Dies war wohl kaum ein Thema, das sie mit ihrer Tante zu besprechen wünschte. Andererseits war ihr der Gedanke in den letzten Tagen selbst kaum noch aus dem Kopf gegangen. „Wir sind fast wieder zu Hause, und wenn wir erst einmal in London sind ..."

„Wenn wir erst einmal wieder in London sind, wirst du dir deiner Sache noch weniger gewiss sein als jetzt. Dadurch, dass du mit deinem Ehemann eine Kabine teilst, konntet ihr euch an die Nähe des anderen gewöhnen, und das ist sehr wichtig. Wenn du nun noch länger wartest, wird alles wieder ganz neu und ungewohnt sein, und die Vertrautheit, die zwischen euch bestanden hat, wird vergessen sein."

Flora stellte ihre Teetasse ab und griff nach Danielles Hand. „Hör auf deine innere Stimme, meine Liebe."

Danielle erwiderte nichts. Dafür stürmten Erinnerungen auf sie ein … von der Abendgesellschaft, auf der sie sich das erste Mal begegnet waren. Rafe hatte sie allen anderen Frauen vorgezogen und sie angesehen, als würde er niemanden bemerken außer ihr. Anders als die anderen jungen Frauen, die ihn den ganzen Abend umschwärmten, von seinem hohen Rang beeindruckt waren und bei jedem seiner Worte einer Ohnmacht nahekamen, hatte Danielle sich Rafe immer ebenbürtig gefühlt. Er war schließlich auch nur ein Mann und keineswegs das gottgleiche Wesen, für das ihn viele Frauen zu halten schienen.

Vom ersten Moment an hatte sie sich in seiner Gegenwart wohlgefühlt, und während sie sich angeregt unterhielten, stellte sie fest, dass sie beide viel gemein hatten. Sie erinnerte sich auch wieder an den kurzen Augenblick auf der Terrasse, als niemand sie beobachtete und Rafe zum ersten Mal ihre Hand gehalten hatte. Danielles Herz war damals von einer so gewaltigen Empfindung ergriffen worden, dass ihr immer noch schwindlig wurde, wenn sie nur daran dachte.

Langsam drangen Tante Floras Worte in ihr Bewusstsein. Von ihren Gefühlen für Rafe ganz abgesehen, konnte sie nicht leugnen, dass sie ihn begehrte.

„Danke, Tante Flora. Ich werde darüber nachdenken."

Das rundliche, gepuderte Gesicht ihrer Tante erhellte sich mit einem strahlenden Lächeln. „Ich bin mir sicher, dass du dich richtig entscheiden wirst, meine Liebe."

Eigentlich war Danielles Entscheidung schon gefallen. Von jetzt an war es nur noch eine Frage der Zeit, wann sie Rafe von seinem Versprechen erlösen würde.

16. KAPITEL

Danielle musste ihren Mann finden. Es war schon weit nach Mitternacht, und er war noch immer nicht zurückgekehrt. Nach dem Abendessen hatte er sie in die Kabine begleitet, sie dann aber plötzlich wieder verlassen.

Ruhelos ging Danielle auf und ab. Der Rock ihres burgunderroten Samtkleides, das sie an diesem Abend mit Bedacht gewählt hatte, streifte bei jedem ihrer Schritte ihre Knöchel. Sie hätte Rafe nicht gehen lassen, sondern endlich die Worte aussprechen sollen, die ihrer beider Qual beenden würden.

Natürlich könnte sie einfach warten, bis er zurückkehrte, aber bislang war es jede Nacht später geworden, dass er wieder in ihre Kabine kam. Die Enthaltsamkeit, die sie von ihm verlangt hatte, zehrte an ihm und ließ ihn zunehmend distanzierter werden.

Beim Abendessen hatte er missmutig und abwesend gewirkt. Danielle glaubte, dass sich all das ändern würde, wenn sie ihn erst einmal von seinem Versprechen erlöst hatte. Sie war sich nicht genau darüber im Klaren, wohin dieser Schritt sie führte oder was sie erwartete. Es würde wehtun, das hatte sie gehört, aber das mussten schließlich alle Frauen ertragen, und sie wusste auch, dass es nur beim ersten Mal so war.

Sie sah zur Schiffsuhr, die über dem kleinen Kamin hing, in dem ein Feuer niedrig brannte. Die Nacht wurde nur von einer schmalen Mondsichel erhellt, aber die See war ruhig, und Danielle wollte keinen Augenblick länger warten.

Sie nahm ihren wollenen Umhang vom Haken, warf ihn sich über die Schultern und zog die Kapuze über ihr leuchtend rotes Haar, das sie in Erwartung der Ereignisse offen trug. Danielle schob den Riegel der Tür zurück und trat auf den Korridor hinaus.

Es war in höchstem Maße unschicklich, ohne Begleitung an Deck zu gehen, aber außer einigen Matrosen, die sich am Bug versammelt hatten und Seemannslieder sangen, schien zu dieser Stunde niemand mehr draußen zu sein.

Danielle ging zunächst zum Salon. Als sie vorsichtig durch die Tür spähte, konnte sie Rafe jedoch nicht entdecken. Er war schon immer ein Mann gewesen, der körperliche Bewegung sehr schätzte, und wahrscheinlich lief er über Deck.

Sie zog ihren Umhang fester um sich, denn der Wind war recht frisch. Plötzlich kam ihr der geheime Ort in den Sinn, an den Rafe sie während der ersten Wochen ihrer Reise geführt hatte. Sie umrundete das Deckshaus und verschwand im Dunkel in Richtung des Hecks.

Kurz bevor sie ihr Ziel erreicht hatte, tauchte auf einmal eine hochgewachsene Gestalt vor ihr auf. Danielle lächelte, weil sie glaubte, Rafe gefunden zu haben.

„Nun, wenn das kein Zufall ist …“ Als sie die Stimme Carlton Bakers vernahm, blieb sie wie angewurzelt stehen. „Mir scheint, dass wir beide eine Vorliebe für diesen Teil des Schiffs haben.“

Danielle schluckte nervös. Sie mochte den Amerikaner mittlerweile noch weniger, als sie zunächst gedacht hatte. „Ich suche meinen Mann und dachte, dass ich ihn hier finden würde.“

Im schwachen Schein einer in einiger Entfernung hängenden Laterne konnte sie Bakers Augen funkeln sehen.

„Wenn das so ist, dürfte ich Sie auf Ihrer Suche begleiten?“

Bakers Gesellschaft war wirklich das Letzte, wonach ihr zumute war! „Danke, aber das ist nicht nötig. Wenn Sie mich nun bitte entschuldigen würden.“ Sie wollte schnell an ihm vorbeigehen, doch Baker hielt sie am Arm fest.

„Warum bleiben Sie nicht noch ein wenig und leisten mir Gesellschaft?“

Sie sah zu ihm auf. Er war ein kräftiger Mann und fast genauso groß wie Rafe. „Ich glaube kaum, dass das schicklich wäre. Und nun lassen Sie mich bitte vorbei.“

Baker dachte jedoch gar nicht daran. Seit Wochen schon hatte er sie beobachtet, oder zumindest war es Danielle so vorgekommen, als ob er sie kaum jemals aus den Augen gelassen hätte. In letzter Zeit hatte sie seine Aufmerksamkeit zunehmend argwöhnisch gemacht. Nun zog er sie mit einer kräftigen Bewegung an sich und drängte sie mit dem Rücken an die Wand des Deckshauses. Ihre Kapuze fiel zurück, als er sich über sie beugte und versuchte, sie zu küssen. Danielle wandte sich ruckartig von ihm ab.

„Lassen Sie mich los!“

Doch er hielt sie mit seinem Körper fest. Seine Hand fuhr über ihre Wange. „Kommen Sie schon … Ich habe doch bemerkt, wie Sie mich anschauen. Ich weiß, woran Sie denken. Ihr Frauen seid doch alle gleich.“

Danielle wurde von einem Gefühl des Abscheus überwältigt. Sie wehrte sich und bekam auf einmal große Angst. „Lassen Sie mich endlich los!“

Er versuchte erneut, sie zu küssen, doch als sie wieder ihr Gesicht abwandte und diesmal versuchte zu schreien, legte er seine Hand über ihren Mund. Dann spürte sie, wie er nach dem Saum ihres Kleides griff und den Rock hochschob. Baker war kräftig, und er nutzte seine ganze Kraft, um sie fest gegen die Wand zu drücken.

„Es wird Ihnen gefallen“, sagte er … und vielleicht hätte er noch mehr gesagt, wenn nicht auf einmal sein Körper von ihr weggerissen worden wäre, als sei er eine Marionette, die an unsichtbaren Fäden hing.

Rafe wirbelte ihn zu sich herum und schlug zu. Einmal …

und dann noch einmal, bis Baker gegen die Reling taumelte. Rasch erholte der sich jedoch wieder, rappelte sich auf und versetzte Rafe einen Schlag, der ihn am Kinn traf. Rafe trat einen Schritt zurück und hieb erneut auf ihn ein, bis Baker gegen die Wand des Deckshauses knallte.

Noch immer ließ Rafe nicht von ihm ab. Blut floss aus Bakers Nase und hinab auf sein Hemd, wo sich ein großer dunkler Fleck bildete. Rafe zog Carlton Baker am Kragen seines Mantels wieder in die Höhe und traf ihn erneut mit solcher Wucht, dass sein Kopf gegen die Wand krachte. Baker sank auf dem Deck zusammen und stand diesmal nicht mehr auf.

Erst als der Kampf vorüber war, merkte Danielle, dass sie am ganzen Körper zitterte. Rafes Augen loderten wild, als er sich zu ihr umdrehte.

„Ist mit dir alles in Ordnung?“, fragte er mit gepresster Stimme.

Sie nickte bloß, denn sie konnte kein einziges Wort hervorbringen. Ohne den noch immer am Boden liegenden Baker eines weiteren Blickes zu würdigen, legte Rafe seinen Arm um Danielles Taille und zog sie mit sich fort. Ihr Herz pochte laut und unregelmäßig, und eine ganz neue Angst machte sich in ihr breit.

Sie wusste, was Rafe dachte, denn sie erkannte den Ausdruck in seinen Augen wieder, den sie auch in jener Nacht vor fünf Jahren gesehen hatte. Er musste denken, dass sie Carlton Baker ermutigt hatte, und wenngleich Danielle sich keiner Schuld bewusst war, ahnte sie doch, dass ihr Mann ihr nicht glauben würde.

Ein leises Schluchzen stieg in ihr auf, als sie die Stiege zu ihrer Kabine hinunterging. Als Rafe ihr die Tür aufhielt und sie eintreten ließ, konnte sie die Tränen der Verzweiflung kaum noch zurückhalten.

„Ich … ich habe ihn nicht ermutigt“, stieß sie hervor. „Ich weiß, dass du mir nicht glaubst, aber ich schwöre es dir!“ Die Tränen strömten ihr nun über die Wangen.

Der harte Zug um seinen Mund wich einem Ausdruck der Bestürzung. „Denkst du wirklich, dass ich glauben könnte, du hättest Schuld an dem, was gerade geschehen ist?“

Rafe zog sie in seine Arme. Verwundert stellte sie fest, dass auch er zitterte.

„Als ich gesehen habe, wie er dich belästigte, hätte ich ihn am liebsten eigenhändig umgebracht. Ich sollte ihn zum Duell fordern, aber ein Schiff dürfte kaum ein geeigneter Ort dafür sein. Außerdem glaube ich nicht, dass du das wünschen würdest, und ich möchte alles nicht noch schlimmer machen.“

Er löste sich von ihr und sah sie an. „Ich habe nie geglaubt, dass du etwas damit zu tun haben könntest. Nicht für einen einzigen Moment.“

Ihre Tränen gingen in ein Schluchzen über, und Rafe zog sie erneut in seine Arme. Vor fünf Jahren hatte er ihr nicht geglaubt – und sie hatte sich nie wirklich vorstellen können, dass sich daran etwas ändern könnte.

„Weine nicht“, sagte er sanft. „Nicht seinetwegen.“

Sie schniefte leise und sah zu ihm auf. Mit seinen Fingern fuhr er über ihre Wangen und wischte die Tränen fort.

„Ich habe dich gesucht“, sagte sie. „Ich wollte mit dir reden.“

„Jetzt bin ich hier, und du kannst mir sagen, was dir so wichtig war, dass du mich deswegen mitten in der Nacht finden wolltest.“

Danielle sah beiseite. Sie hatte sich am frühen Abend Worte zurechtgelegt, doch nun erschienen sie ihr auf einmal belanglos.

„Es ist nicht so wichtig. Nicht jetzt.“

Sie versuchte, sich von ihm abzuwenden, aber Rafe ließ sie nicht so einfach entkommen und griff nach ihrem Arm. „Sag es mir. Ich möchte selber entscheiden, ob es von Bedeutung ist oder nicht."

Wie üblich, ließ er ihr keine Wahl, und Danielle nahm all ihren Mut zusammen. „Ich wollte dir sagen … dass ich dich gerne von deinem Versprechen erlösen möchte."

Für die Dauer eines Herzschlags verdunkelten sich seine Augen, nur um dann umso heller aufzuleuchten. „Und das hältst du nicht für wichtig? Für mich sind das die bedeutungsvollsten Worte, die ich in den letzten fünf Jahren gehört habe."

Und dann küsste er sie.

Danielle lehnte sich an ihn, als Rafe sie voller Hingabe küsste. Er vergrub seine Hände tief in ihrem Haar, hielt sie während seines zärtlichen Ansturms fest, war behutsam und versuchte, ihr die Angst zu nehmen.

„Wir werden es langsam angehen lassen", meinte er. „Ich möchte dich zu nichts drängen, wozu du nicht bereit bist." Aber als er mit seinen Lippen über ihren Hals streifte, sachte in ihr Ohrläppchen biss, dann erneut von ihrem Mund Besitz ergriff und sie diesmal noch inniger küsste, glaubte sie, jetzt zu allem bereit zu sein.

Er vertraute ihr. Rafe hatte ihr geglaubt, dass sie ihm die Wahrheit sagte. Ihr Herz hüpfte, und ein wunderbar süßes Gefühl breitete sich in ihr aus.

Rafe fing an, sie auszuziehen, und hielt sich damit nicht lange auf. Mit geschickten Bewegungen streifte er ihr die Kleider vom Leib und zog sich dann rasch die eigenen aus. Wenngleich Danielle sich mittlerweile daran gewöhnt hatte, sich in seiner Gegenwart zu entkleiden, war dies doch das erste Mal, dass sie Rafe in ganzer Blöße sah. Er befand sich in einem Zustand höchster Erregung, und sie stellte fest, dass der Anblick sie faszinierte.

„Hab keine Angst", beruhigte er sie, als er merkte, worauf ihr Blick sich richtete.

„Ich habe keine Angst", erwiderte sie und log dabei nur ein bisschen. Sie zitterte, als er sie erneut zu küssen begann. Seine tiefen, eindringlichen Küsse ließen ihr Innerstes zerfließen. Seine Lippen wanderten ihren Hals hinab, über ihre Schultern und hinunter zu ihren Brüsten, umschlossen und liebkosten die festen Knospen und lösten einen wilden Taumel leidenschaftlicher Begierde in ihr aus.

Sie standen neben dem Bett, und Rafes unermüdliche Liebkosungen ließen Danielle so schwach werden, dass sie meinte, ihre Beine würden unter ihr nachgeben. Als ob er das wüsste, hob er sie hoch und legte sich mit ihr in die Mitte des Bettes.

Er beugte sich über sie, um sie wieder zu küssen, und drückte sie tief in die Matratze. Seine Männlichkeit pulsierte warm und schwer mit jedem Schlag seines Herzens, und Danielles eigener Herzschlag begann sich in freudiger Erwartung zu beschleunigen.

Oh, wie sehr sie nach ihm verlangte!

Sie küsste Rafe mit unbändiger Leidenschaft, ließ ihre Zunge in seinen Mund gleiten, bäumte sich unter ihm auf und drängte sich an ihn.

Rafe stöhnte.

„Ich will nichts übereilen", sagte er, „aber ich weiß nicht, wie lange ich es noch aushalte."

„Ich will nicht mehr warten. Bitte, Rafael …"

Rafe stieß einen tiefen, kehligen Laut aus. „Ich werde versuchen, dir nicht wehzutun."

Sie erwiderte nichts und konnte es kaum noch erwarten, ihn endlich ganz zu spüren, wenn er sie gleich zu seiner Frau machen würde. Vorsichtig suchte er sich seinen Weg, dann küsste er sie hingebungsvoll und drang tief in sie ein.

Die Zeit schien stillzustehen. Für einen Moment erstarrte Danielle und verbiss sich einen Schmerzensschrei.

Rafes ganzer Körper spannte sich an. „Geht es?"

Sie nickte und merkte, wie viel Anstrengung es ihn kostete, sich zurückzuhalten. Während er ihr die Möglichkeit gab, sich an ihn zu gewöhnen, waren seine Muskeln so angespannt, dass sie zitterten.

„Das Schlimmste ist jetzt vorbei, Liebste. Versuche, dich zu entspannen."

Er war ein stattlicher Mann, der sie ganz erfüllte, und diese Empfindung war so gänzlich anders als alles, was sie sich hatte vorstellen können. Aber trotzdem war es nicht unangenehm. Im Gegenteil … Ihr wurde bewusst, dass sie keine Schmerzen mehr hatte. Nur ihr Verlangen nahm immer mehr zu.

„Ich mag, wie du dich in mir anfühlst …" Sie hob ein wenig die Hüften und nahm ihn noch tiefer in sich auf.

Rafe sog scharf den Atem ein. Er rang verzweifelt um Selbstbeherrschung, doch dann waren seine Grenzen erreicht, die angestaute Spannung löste sich mit einem Schlag, und er drang mit schnellen, tiefen Stößen in sie, als ob ihm keine andere Wahl bliebe.

Im ersten Moment erschreckte sie die Gewalt seiner Leidenschaft, aber dann empfand sie erneut die wilde Begierde, die sie bereits zuvor erfüllt hatte, die nun stetig zunahm, wuchs und anschwoll, bis Danielle Raum und Zeit vergaß. Ihr Körper war nur mehr ein bis zum Äußersten gespannter Faden, der plötzlich nachgab und sie zu einem Ort süßen Glücks und alles überwältigender Herrlichkeit hinaufschickte, an dem sie nie zuvor gewesen war.

Sie hielt Rafe fest umschlungen und rief seinen Namen.

Als ihre Lust verebbte, begann Danielle langsam, ihre Umgebung wieder wahrzunehmen. Rafe löste sich von ihr und legte sich neben sie. Er zog sie an seine Seite, und sie schmiegte sich an ihn.

Dann küsste er zärtlich ihre Stirn. „Schlaf gut, meine Liebste."

Erschöpft und wunderbar zufrieden fiel sie sofort in einen tiefen Schlaf.

In den frühen Morgenstunden erwachte sie. Sie spürte Rafe neben sich, streckte die Hand nach ihm aus und bemerkte, dass er wieder erregt war. Sie wandte ihren Blick seinem Gesicht zu und sah, dass er sie beobachtete.

Danielle beugte sich über ihn, und sogleich erwachte in ihr die Erinnerung an das Vergnügen, das er ihr bereitet hatte. Als sie ihre Lippen auf seinen bloßen Oberkörper drückte, zog Rafe sie an sich.

Er ließ sich mit weitaus geringerem Widerstand als zuvor in sie gleiten, und als sie sich liebten, erlaubten sie ihrer Lust, sich langsam zu steigern. Danach lagen sie aneinander geschmiegt, und Rafe schlief sofort ein.

Danielle lauschte seinen tiefen Atemzügen und beobachtete, wie seine Brust sich gleichmäßig hob und senkte. Er war ihr Ehemann, und ihr Körper verlangte nach ihm. Aber sie wusste auch noch, wie sehr sie ihn einmal geliebt hatte und dass diese Liebe sie fast zerstört hätte.

Schlaflos starrte Danielle zur Decke hinauf und beschloss, dass sie trotz des Vergnügens, das Rafe ihr zu bereiten vermochte, sich nie wieder in ihn verlieben wollte.

17. KAPITEL

Es war ihr letzter Tag auf See. Morgen würden sie die Themse hinauffahren und im Londoner Hafen anlegen. Für diesen Abend hatte der Kapitän der „Nimble“ ein feierliches Abschiedsessen für die Passagiere geplant.

Rafe und Danielle waren noch unten in der Kabine, und er sah ihr dabei zu, wie sie sich ein dunkelgrünes, mit winzigen Staubperlen besetztes Samtkleid anzog. Rafe gefiel das Kleid nicht nur, weil es recht tief ausgeschnitten war, sondern auch, weil die Farbe Danielles grüne Augen und ihr rotes Haar noch mehr leuchten ließ.

Zunächst wollte sie das Kleid gar nicht anziehen, denn sie meinte, es würde nur die Aufmerksamkeit der anderen Männer auf sie lenken – und schließlich würde auch Carlton Baker anwesend sein, der Danielle immer noch mit missmutigen und Rafe mit offen feindseligen Blicken bedachte. Rafe hatte sich jedoch geweigert, sich von Baker den Abend verderben zu lassen, und war davon überzeugt, dass Danielle insgeheim darauf brannte, das wundervolle Kleid zu tragen.

Er betrachtete sie nun aus einigen Schritten Entfernung, ließ sein Auge bewundernd über ihre schlanken Rundungen wandern und spürte sogleich eine Regung heißen Begehrens, die er sich jedoch zu unterdrücken zwang. Seit der Nacht, in der sie die Ehe vollzogen hatten, hatte ihre Beziehung zueinander sich in mancher Hinsicht verändert – vieles war jedoch geblieben wie zuvor.

Obwohl Danielle sich ihm nun mit ihrem Körper hingab, blieb sie doch zurückhaltend und darauf bedacht, ihre Gefühle zu schützen. In gewisser Hinsicht war Rafe dafür sogar dankbar, denn in den Jahren ihrer Trennung hatte auch er begonnen, eine schützende Mauer um sein Herz zu errichten. Er erinnerte sich nur noch zu gut daran, wie schmerzlich es sein konnte, zu lieben, und wie zerstörerisch die Kraft der Liebe sich auszuwirken vermochte. Und solches Leid wollte er nie wieder erleben.

Da war es schon besser, seine Selbstbeherrschung zu wahren und seine Gefühle unter Verschluss zu halten. Meistens gelang ihm das auch – nur nicht, wenn er mit Danielle im Bett war.

Wenn sie sich liebten, brannte sein Verlangen nach ihr mit derselben unbändigen Leidenschaft wie vor fünf Jahren. Die Lust, die er empfand, raubte ihm gänzlich den Verstand und ließ ihn seine so geschätzte Selbstbeherrschung völlig verlieren. Im nüchternen Licht des Tages konnte er seine Gefühle jedoch genauso gut verbergen wie Danielle, und er war davon überzeugt, dass es besser sein würde – sicherer vor allem –, wenn sie es beide dabei beließen.

Rafe warf einen kurzen Blick auf die Schiffsuhr über dem Kamin. Er hatte sich bereits für den Abend umgekleidet und trug einen dunkelgrauen Frack über einer burgunderroten Brokatweste. Danielle schien nun auch so weit zu sein, sie steckte sich gerade ein Paar Perlenohrringe an.

Auf einmal dachte Rafe, wie gut sein Hochzeitsgeschenk, das Collier, zu Danielles eleganter Abendrobe passen würde …

Er trat hinter sie, betrachtete sie im Spiegel und legte ihr seine Hände auf die Schultern. „Du hast die Kette, die ich dir geschenkt habe, seit unserer Abreise aus Philadelphia nicht mehr getragen. Wahrscheinlich hast du sie für die Dauer der Überfahrt sicher im Gepäck verwahrt."

Ihm fiel auf, dass ihre Hände ein wenig zitterten, als sie sich den zweiten Ohrring ansteckte. Als er sie zudem erblassen sah, wurde Rafe wachsam.

„Falls du sie dem Captain zur Verwahrung gegeben hast, würde ich sie dir jetzt gerne holen."

In ihre grünen Augen schlich sich eine Spur von Argwohn und etwas, woraus Rafe nicht klug wurde. Danielle wandte ihren Blick vom Spiegel ab und erhob sich langsam.

Fast unmerklich schob sie ihr Kinn ein wenig vor, als sie Rafe ansah. „Die Perlenkette befindet sich nicht bei Captain Burns … sie befindet sich gar nicht an Bord des Schiffes."

Er versuchte, den Sinn ihrer Worte zu verstehen. „Was willst du damit sagen?"

„Es tut mir leid, Rafael, aber sie wurde mir gestohlen. Wahrscheinlich ist es gleich nach der Hochzeit geschehen, aber es ist mir erst aufgefallen, als wir schon an Bord waren."

„Warum hast du mir das nicht erzählt?"

„Ich wollte es ja …" Sie sah kurz beiseite. „Aber ich hatte Angst davor, wie du reagieren würdest." Es beunruhigte Rafe, dass sie seinem Blick auswich. Er hatte doch geglaubt, ihr nun vertrauen zu können …

„Kannst du dir vorstellen, wer die Kette gestohlen haben könnte?", fragte er und bemühte sich, seine Stimme ruhig zu halten.

„Ich weiß nicht, wer so etwas tun würde. Vielleicht war es jemand von den Dienstboten. Es tut mir wirklich sehr leid, Rafael. Es war ein wunderschönes Schmuckstück und hat mir sehr viel bedeutet."

Anscheinend jedoch nicht so viel, als dass sie gleich zu ihm gekommen wäre und es ihm gesagt hätte. Aber was wollte er erwarten, nachdem sie jahrelang einander entfremdet gewesen waren und gerade erst begonnen hatten, sich wieder nahezukommen. Vielleicht hatte sie sich wirklich davor gefürchtet, wie er reagieren würde.

„Sobald wir in London sind, werde ich die amerikanischen Behörden verständigen und eine Belohnung aussetzen lassen. Wir können nur hoffen, dass die Perlen gefunden und zurückgebracht werden."

Danielle verschränkte ihre Hände. „Ja ... das hoffe ich auch. Ich fand die Kette wirklich wunderschön."

Rafe dachte kurz an die Legende von der Brautkette und fragte sich, ob wohl ein Fünkchen Wahrheit daran war. Und was würde dann wohl demjenigen geschehen, der dieses einzigartige Schmuckstück gestohlen hatte?

Er bemerkte, wie nervös seine Frau war, und sah den besorgten Ausdruck in ihren Augen, doch er versuchte, sich darüber jetzt keine Gedanken zu machen. „Im Moment können wir ohnehin nichts tun, und wir wollen uns von der Sache nicht den Abend verderben lassen."

Obwohl Danielle darauf nichts erwiderte, meinte er, dass seine Worte sie überraschten. Hatte sie wirklich geglaubt, dass er ihr die Schuld an dem Verlust der Kette geben würde?

„Du hast damit gerechnet, dass ich wütend sein würde."

„Ich ... Ja. Ich hatte Angst, du könntest die Beherrschung verlieren."

Er lächelte schwach. „Das passiert mir mittlerweile nur noch selten – außer vielleicht, wenn ich Carlton Baker begegne."

Ihre Blicke trafen sich, und Rafe wusste, dass Danielle sich wieder an jenen Abend erinnerte.

„Ja ... außer bei Mr. Baker."

Rafe bot Danielle seinen Arm. In ihrem grünen Samtkleid sah sie so atemberaubend aus wie noch nie.

Doch als sie die Kabine verließen, dachte er bereits wieder an die verschwundenen Perlen und daran, wie ausweichend Danielle reagiert hatte. Wie ein böser Geist schien der Vorfall zwischen ihnen zu schweben.

Gregory Latimer, Kapitän auf der „Laurel", die von Baltimore nach Liverpool fuhr, stand vor dem schwach brennenden Kaminfeuer in seiner Kabine. In der Hand hielt er das herrlichste Schmuckstück, das er jemals zu Gesicht bekommen hatte. Im flackernden Schein des Feuers schimmerten die Perlen, und die Diamanten funkelten.

Greg hatte die Kette von einem seiner Passagiere als Pfand genommen. Der Mann hatte ihm versprochen, sie gegen Geld auszulösen, sobald sie in England waren, und Latimer hatte diesem Handel nicht widerstehen können, denn die versprochene Summe war doppelt so hoch wie der Preis der Überfahrt.

Er betrachtete die Perlen aufmerksam – ihre gleichmäßige Form, die unglaublich satte cremeweiße Färbung – und fühlte sich fast magisch in ihren Bann gezogen. Nie zuvor in seinem Leben hatte er sich so sehr gewünscht, etwas zu besitzen. Aber er würde sie sich niemals leisten können, denn die Kette musste ein kleines Vermögen wert sein. Und selbst wenn er das Geld aufbringen könnte, so zweifelte er doch daran, dass ihr Besitzer sie verkaufen würde.

Er würde sie also stehlen und sich dann des Mannes entledigen müssen … Der Gedanke erschien ihm so ungeheuerlich, dass er kaum glauben konnte, diese Möglichkeit tatsächlich in Betracht gezogen zu haben.

Aber die Kette führte ihn in Versuchung, zog ihn magisch in ihren Bann und offenbarte ihm die Schattenseiten seiner Seele.

Greg lächelte und schüttelte den Kopf. Er mochte vielleicht kein Heiliger sein, aber er war kein Dieb und schon gar kein Mörder. Er ließ die Perlenkette wieder in den roten Seidenbeutel gleiten und legte sie zurück in den Tresor. Sie sollte auch weiterhin dem Mann gehören, der sich Robert McCabe nannte, wenngleich Greg nicht für einen Moment glaubte, dass dies sein richtiger Name war.

Vielleicht würde McCabe in den drei Tagen nach ihrer Ankunft, die Latimer ihm zugestanden hatte, auch die nötige Summe gar nicht aufbringen können. Dann könnte Greg doch noch seinen Anspruch auf die wundervolle Kette aus Perlen und Diamanten geltend machen …

Er seufzte tief in der Stille seiner Kabine. Nein, das würde wohl kaum geschehen. Es gab keinen einzigen Geldverleiher, der sich ein solches Pfand entgehen lassen würde. Greg verschloss den Tresor und versuchte, nicht mehr auf seine Gefühle zu achten, die ihm die Vorstellung des baldigen Verlustes der Kette bereitete.

Danielle war seit zwei Tagen wieder in London und hatte gerade erst begonnen, mit Caro zusammen ihre Sachen auszupacken und sich in ihren Räumlichkeiten einzurichten.

Und in nur zwei Tagen war ihr Gefühl sicherer Geborgenheit bereits gründlich erschüttert worden.

Gleich zu Beginn war Rafes Mutter aus dem Ostflügel von Sheffield House herbeigeeilt, wo sie einige Zimmer bewohnte. Sie wirkte sehr verärgert, als sie zu ihrem Sohn und ihrer Schwiegertochter in die zweigeschossige Bibliothek gestürmt kam, die Rafe auch als Arbeitszimmer diente.

Sie blieb vor Rafe stehen und stemmte die Hände in die Hüften. „Ich kann es einfach nicht glauben, dass du mir nichts davon gesagt hast!“ Ihr Zeigefinger schnellte in die Höhe, und es schien sie überhaupt nicht zu beeindrucken, dass Rafes breite Schultern sich merklich strafften. „Du hättest es mir sagen sollen, bevor du nach Amerika gereist bist! Wenn ich es nicht von Lord und Lady Belford erfahren hätte, wüsste ich wahrscheinlich immer noch nicht, dass du mit der Braut zurückgekehrt bist, die du vor fünf Jahren verlassen hast.“

Rafe besaß den Anstand zu erröten und verbeugte sich tief vor seiner Mutter. „Ich möchte mich entschuldigen, Mutter. Aber vor meiner Abreise haben sich die Ereignisse überschlagen. Ich bin daher froh, dass Ethan und Grace Ihnen Bescheid gegeben haben."

„Ja, darüber bin ich auch froh! Du kannst dir nicht vorstellen, wie besorgt ich war. Ethan hat mir dann von Jonas McPhee erzählt, der herausgefunden hat, was sich in jener Nacht mit Oliver Randall tatsächlich ereignet hat."

Rafes Kiefermuskeln spannten sich. „Um Randall habe ich mich gekümmert."

„Ich weiß ... Cord und Victoria haben es mir erzählt."

„Dann wissen Sie ja schon alles, was es zu der Angelegenheit noch zu sagen gibt – und auch, dass Danielle damals keine Schuld getroffen hat."

Seine Mutter zog argwöhnisch die Augenbrauen in die Höhe. „Ich weiß wahrlich noch nicht alles. Über die Zeit nach deiner Ankunft in Philadelphia erwarte ich einen ausführlichen Bericht. In Anbetracht der Tatsache, dass Danielle bereits mit einem anderen Mann verlobt war und ihn bald heiraten wollte, verspreche ich mir eine sehr unterhaltsame Geschichte."

Rafe schien sich sichtlich unwohl zu fühlen, erwiderte aber nichts. Danielle nahm nicht an, dass er seiner Mutter allzu viel über die Ereignisse in Amerika berichten würde.

„Aber letzten Endes", sagte die Dowager Duchess abschließend, „zählt ja nur, dass wir nun alle die Wahrheit kennen und Danielle sich nichts hat zuschulden kommen lassen."

Rafe legte seinen Arm schützend um Danielle. „Ganz genau. Und noch erfreulicher ist doch, dass ich endlich verheiratet bin – und bald werden sich unsere Kinder hier tummeln, und alles wird in bester Ordnung sein."

Die Dowager Duchess strahlte über das ganze Gesicht, aber Danielle trafen Rafes Worte wie ein Schlag. Seit Wochen hatte sie den Gedanken daran verdrängt, dass sie ihn belogen hatte, indem sie ihm verschwieg, was sie ihm längst hätte sagen sollen. Doch am Anfang war es ihr noch als eine gerechte Strafe für Rafe erschienen, der ihr in der Vergangenheit so viel Leid zugefügt hatte.

Doch seit ihrer Ankunft in England wurde Danielle zunehmend von Schuldgefühlen heimgesucht. Rafael war ein Duke, und von seiner Frau wurde erwartet, dass sie ihm einen Erben schenkte. Aber das würde nie geschehen, und Danielle wagte gar nicht, daran zu denken, was Rafe tun würde, wenn er hinter ihren Betrug kam.

Seit dem Reitunfall in Wycombe Park konnte sie keine Kinder mehr bekommen, und früher oder später würde diese Tatsache sich nicht länger verheimlichen lassen. Sie konnte nur hoffen, dass Rafe, wenn sie auch nach Jahren noch immer kein Kind empfangen hatte, einfach annehmen würde, dass etwas zwischen ihnen nicht stimmte, und er sich damit abfand, dass es nicht sein sollte.

Während die Dowager Duchess langsam zum Ende fand, wurde Danielle zunehmend beklommener zumute.

„Du hast natürlich ganz recht", gestand Rafes Mutter ihm zu. „Das Einzige, was zählt, ist, dass du nun endlich verheiratet bist." Sie bezog Danielle in ihr herzliches Lächeln mit ein. „Willkommen in der Familie, meine Liebe. Ich bin sehr glücklich darüber, dass alle Missverständnisse ausgeräumt werden konnten und die Dinge sich so zum Guten gewendet haben." Sie schloss Danielle kurz in die Arme.

„Danke, Euer Gnaden."

Ihre Schwiegermutter strahlte sie an. „Sobald ihr beide euch ein wenig eingelebt habt, werden wir einen großen Ball veranstalten, um eure Hochzeit gebührend zu feiern."

Danielle fand die Vorstellung zunächst wenig verlockend, denn der Gedanke an ihre Rückkehr in die Gesellschaft bereitete ihr nach wie vor Unbehagen. Aber sie konnte ihrer Schwiegermutter ansehen, dass sie von ihrem Vorhaben nicht ablassen würde, und vielleicht war das auch gut so. Der Ball würde in aller Öffentlichkeit einen Strich unter die Vergangenheit setzen.

„Das ist eine gute Idee, Mutter“, fand auch Rafe. „Ich würde Ihnen gerne die Vorbereitungen überlassen – wenn meine Frau nichts dagegen hat.“

„Natürlich nicht.“ Danielle empfand sogar Erleichterung, denn bereits vor dem Skandal hatte sie sich nicht viel aus gesellschaftlichen Ereignissen gemacht. „Ich war so lange nicht mehr in London, dass ich gar nicht wüsste, wo ich anfangen sollte.“

„Das macht nichts. Überlasst nur alles mir“, versicherte die Dowager Duchess.

Nachdem Danielle den ersten Tag in ihrem feudalen neuen Zuhause überstanden hatte, war sie so erschöpft, dass sie sich nach oben zurückzog und sich gleich in ihr großes Baldachinbett legte. Rafael kam nicht zu ihr, und zu ihrer Überraschung stellte sie fest, dass sie ihn an ihrer Seite vermisste. Ihr fehlten auch seine leidenschaftlichen Liebesbezeugungen, an die sie sich während der Nächte auf dem Schiff gewöhnt hatte.

Am nächsten Tag kam wieder Besuch. Es war der erste November, die Tage wurden kürzer und kälter, und morgens hing ein feuchter Nebel in der Luft.

Danielle hatte während ihrer Verlobung mit Rafe vor fünf Jahren seine besten Freunde kennengelernt: Cord Easton, den Earl of Brant, und Captain Ethan Sharpe, der mittlerweile der Marquess of Belford war. Die drei Frauen, die sich nun, in warme Winterkleider und pelzbesetzte Umhänge gehüllt, in Sheffield House einfanden, waren Cords und Ethans Frauen Victoria Easton und Grace Sharpe sowie Claire Chezwick, Victorias Schwester.

Grace war eine schlanke, lebhafte junge Frau mit rotbraunem Haar und einem herzlichen Lächeln. Victoria war ein wenig kleiner als ihre beste Freundin, hatte kastanienbraunes Haar und eine etwas üppigere Figur. Claire war … nun, Claire war anders als alle Frauen, denen Danielle jemals begegnet war. Mit ihrem langen silberblonden Haar und den kornblumenblauen Augen war sie atemberaubend schön, schien sich dessen jedoch gar nicht bewusst zu sein.

„Wir freuen uns alle sehr, Sie endlich kennenzulernen", sagte Grace, kam auf Danielle zu und umarmte sie zu deren Überraschung. „Als ich Sie das erste Mal gesehen hatte, wusste ich gleich, dass Sie die richtige Frau für Rafael wären."

Danielle hob verwundert ihre rötlichen Augenbrauen. „Wie konnten Sie das wissen?"

Grace lächelte vielsagend. „Weil ich es nie zuvor erlebt hatte, dass der Duke eine Frau so angeschaut hat, wie er Sie auf jenem Ball ansah. Ich dachte, dass gleich die Funken sprühen und er im nächsten Moment lichterloh brennen würde!"

Danielle lachte über diese treffende Beobachtung, denn all ihre Probleme vermochten nicht die unbändige Lust zu mindern, die sie und Rafe sich im Ehebett schenkten.

„Ich glaube, wir werden uns sehr gut verstehen, Grace Sharpe."

„Wir werden bestimmt alle beste Freundinnen werden."

Sie ließen sich Tee und Gebäck im Chinesischen Salon servieren, einem Raum mit hoher Decke und mächtigen Säulen aus schwarzem Marmor, zinnoberroten Vasen und eleganten Lackmöbeln.

Tory nahm einen Schluck aus ihrer goldgeränderten Porzellantasse. „Rafes Mutter hat erzählt, dass Sie einen prunkvollen Ball geben wollen, und hat uns um Mithilfe bei den Vorbereitungen gebeten. Sie möchte nicht, dass wir Freunde von Ihnen vergessen einzuladen."

Das Lächeln wich aus Danielles Gesicht. „Ich fürchte, dass ich nicht sehr viele Freunde habe ... seit dem Skandal. Selbst wenn sie nun, wo ich mit dem Duke verheiratet bin, wieder an mir interessiert wären, habe ich doch kein Interesse mehr an ihnen."

„Das kann ich Ihnen nicht verübeln", meinte Victoria und straffte unmerklich die Schultern. „Zwischen wahren Freunden und flüchtigen Bekannten ist nun einmal ein Unterschied. Aber wir werden auch Ihre Bekannten einladen. Sie werden sich sicher wünschen, sie wären damals klüger gewesen und hätten Ihre Freundschaft nicht so leichtfertig abgetan."

Claires blaue Augen weiteten sich erschrocken. „Oje ... und was ist mit unseren Ehemännern? Sie haben Danielle auch nicht geglaubt."

Grace und Tory sahen sich kurz an und mussten sich ein Lächeln verkneifen. „Wenn es um die Wahrheit geht, ist auf meine Schwester Verlass", stellte Victoria fest.

„Es tut ihnen beiden sehr leid, Danielle", versicherte ihr Grace. „Aber sie konnten Rafael einfach nicht im Stich lassen, denn er hat schrecklich gelitten. Ethan meinte einmal, dass er sich völlig verändert hat."

Rafe hatte sich tatsächlich verändert. Aber Danielle glaubte nicht für einen Augenblick, dass das irgendetwas mit ihr zu tun haben könnte. „Nun, er ist älter geworden ... zurückhaltender und beherrschter." Sie konnte sich nicht vorstellen, dass Rafe gelitten hatte. Wenn sie ihm noch etwas bedeutet hätte, so würde er ihre Briefe gelesen haben und hätte sie angehört, als sie versuchte, ihm alles zu erklären.

„Wenn der Earl und der Marquess ihr Verhalten bedauern", meinte Claire nun, „werden manche Ihrer Freunde das sicher auch tun."

„Claire hat recht", bemerkte Grace. „Vielleicht sollten Sie

erwägen, Ihnen zu verzeihen – genauso wie Sie Rafael verziehen haben.“

Sie hatte Rafael aber gar nicht wirklich verziehen … Damals hatte er ihr gesagt, dass er sie liebe. Wenn es so gewesen wäre, hätte er an ihre Unschuld geglaubt und sie gegen alle Vorwürfe in Schutz genommen.

Danielle hütete sich jedoch, das ihren neuen Freundinnen zu sagen, die sie noch kaum kannte.

„Aber bis dahin ist ja noch ein wenig Zeit“, wandte Tory ein. „Im Augenblick muss Danielle sich erst einmal an ihr neues Leben an Rafes Seite gewöhnen.“

„Ja, das ist eine ziemliche Herausforderung“, gab Danielle zu. „Jetzt, wo wir in London sind, bin ich auf einmal die Duchess. Es gab einmal eine Zeit, wo ich auf diese Rolle vorbereitet war … aber das ist nun nicht mehr so.“

„Im Laufe der Zeit wird sich das alles finden“, versicherte ihr Grace.

„Ich kann mir vorstellen, dass Sie noch sehr viel zu erledigen haben“, meinte Tory und stellte ihre Tasse zum Zeichen des Aufbruchs auf dem Lacktisch ab.

Grace und Claire standen beide auf. „Wir haben uns noch etwas überlegt …“, begann Grace.

„Ja …?“

„Nun … einmal die Woche treffen wir drei uns, um ein wenig die Sterne zu beobachten. Und wir hoffen sehr, dass Sie sich uns anschließen würden. Ethan hat mir kürzlich ein ganz wunderbares Teleskop geschenkt, das noch besser ist als mein altes. Ich interessiere mich nämlich schon seit meiner Schulzeit für die Gestirne.“

„Grace hat uns schon sehr viele Sternbilder gezeigt“, sagte Claire strahlend. „Und sie kann auch die griechischen Mythen dazu erzählen. Sie können sich gar nicht vorstellen, wie unglaublich schön der Nachthimmel ist, wenn man ihn durch

Grace' wundersame Gerätschaften betrachtet."

„Natürlich nur, wenn Sie möchten …", fügte Grace eilig hinzu. „Wir dachten nur … dass Sie das auch interessieren könnte."

Danielle wurde ganz warm ums Herz, denn seit dem Skandal hatte sie wirklich kaum noch Freunde gehabt. „Danke, dass Sie mich fragen. Ich würde mich Ihnen sehr gerne anschließen."

„Wir treffen uns nächsten Donnerstag", sagte Grace. „Manchmal leisten uns die Männer Gesellschaft, aber meistens verschwinden sie auf einen Brandy in Ethans Arbeitszimmer. Rafe ist also auch herzlich eingeladen."

„Danke. Ich werde es ihm ausrichten."

Als die drei Frauen gegangen waren, erschien es Danielle zum ersten Mal so, als ob ihr Leben langsam wieder in die Fugen geriet. Vielleicht würde sich im Laufe der Zeit wirklich alles finden.

Das dachte sie zumindest bis zu jenem Tag drei Wochen später, als plötzlich Cord Easton mit ihrem Hochzeitsgeschenk in Sheffield House auftauchte – dem Collier.

18. KAPITEL

Rafe stand am Kaminfeuer in seiner Bibliothek, die ihm auch als Arbeitszimmer diente, als Wooster, sein Butler mit dem silbergrauen Haar, ihm einen Besucher ankündigte. Kurz darauf betrat Cord das Zimmer.

Er stellte sich zu seinem Freund vor den Kamin und wärmte sich erst einmal auf. Rafe betrachtete derweil die Kette mit den Perlen und Diamanten, die Cord ihm gegeben hatte.

„Ich bin nicht davon ausgegangen, sie jemals wiederzusehen", meinte Rafe schließlich und konnte seinen bewundernden Blick kaum von dem Schmuckstück abwenden.

„Es ist unglaublich, nicht wahr?"

„Ja, ganz erstaunlich. Erzähle mir noch einmal, wie du sie gefunden hast."

„Sie hat *mich* gefunden! Ein Geldverleiher aus Liverpool hat mir eine Nachricht geschickt. Du weißt ja, dass ich hin und wieder ein ausgefallenes Stück für meine Sammlung kaufe, meistens natürlich Gemälde und Skulpturen, aber manchmal auch Schmuck, wenn ich denke, dass er Victoria gefallen könnte. Und mit diesem Händler hatte ich schon früher Geschäfte gemacht. Er hat einen sehr guten Ruf im Antiquitätenhandel."

Rafe bemühte sich die ganze Zeit, seine Gefühle unter Kontrolle zu halten, denn Zweifel begannen in ihm aufzusteigen. „Er hat dir also eine Beschreibung der Kette geschickt."

Cord nickte. „Eigentlich steht sie gar nicht zum Verkauf. Dem Mann, der sie verpfändet hatte, wurden dreißig Tage gewährt, um den Schmuck wieder auszulösen, aber der Händler nimmt nicht an, dass er noch einmal zurückkommen wird. Und nachdem ich von dir gehört hatte, dass die Kette gestohlen wurde, war mein Interesse geweckt. Ich musste in der letzten Woche ohnehin einige geschäftliche Dinge im Norden erledigen und bin dann dort vorbeigefahren."

„Und der Händler hat sie dir einfach so verkauft?"

„Als ich ihn erst einmal davon überzeugt hatte, dass es sich um Diebesgut handelt, war er sehr froh, die Kette gegen die recht beträchtliche Summe, die ich ihm gezahlt habe, einzutauschen. Ich wusste, dass du sie zurückhaben wolltest – egal zu welchem Preis."

„Ich werde meinen Anwalt bitten, dir eine Bankanweisung zu schicken."

„Die werde ich mit Freuden annehmen, zumal es jetzt schon das zweite Mal ist, dass ich mich für diese verdammte Perlenkette in Unkosten stürze."

Rafe schmunzelte, als er sich daran erinnerte, welche Rolle das Schmuckstück dabei gespielt hatte, seinen Freund mit Victoria zusammenzubringen. Doch sogleich wich das Lächeln wieder aus seinem Gesicht, und er betrachtete nachdenklich die Perlen, die im Schein des Kaminfeuers von innen her zu leuchten schienen.

„Danielle glaubt, dass sie ihr am Tag unserer Abreise aus Philadelphia gestohlen wurde, weshalb sie davon ausgegangen ist, dass es jemand vom Hauspersonal war. Aber wenn du die Kette in Liverpool gefunden hast, ist es eher wahrscheinlich, dass sie erst auf dem Schiff entwendet wurde."

„Vielleicht hat jemand von der Mannschaft sie aus Danielles Gepäck genommen, bevor eure Sachen in die Kabine gebracht worden sind."

Bedächtig fuhr Rafe mit seinen Fingern über die Perlen. „Aber wie kommt die Kette dann nach Liverpool, wenn wir doch in London angelegt haben?" Er sah seinen Freund fragend an. „Hat dir der Antiquitätenhändler eine Beschreibung des Mannes gegeben, von dem er sie bekommen hat?"

Cord holte einen zusammengefalteten Zettel aus seiner Westentasche. „Ich dachte mir schon, dass du danach fragen würdest, und habe mir alles aufgeschrieben."

Rafe las die Beschreibung laut vor. „Braune Haare, braune Augen, etwas über mittlere Größe." Er blickte von dem Papier auf. „Hier steht auch, dass die Kleidung des Mannes und seine Art zu sprechen vermuten lassen, dass er der Oberschicht angehört."

„Das meinte zumindest der Händler."

„Nach jemandem von der Schiffsmannschaft klingt das nicht."

„Nein, wohl weniger." Cord war sein Unbehagen anzusehen.

„Vielleicht erzählst du mir jetzt noch, was du bislang verschwiegen hast."

Cord fluchte leise. Sie kannten sich einfach schon zu lange, um den anderen noch täuschen zu können. „Der Händler meinte, seine weiblichen Angestellten seien ganz vernarrt in den Mann gewesen. Anscheinend ist er sehr gut aussehend."

Rafe versuchte angestrengt, seine aufsteigenden Zweifel und ein Gefühl der Eifersucht zu unterdrücken. Seine Hand schloss sich um die Kette. „Ich will, dass dieser Mann gefunden wird. Und ich will wissen, wie er an den Schmuck gekommen ist. Er soll für den Diebstahl bestraft werden."

„Ich nehme an, dass du McPhee damit beauftragen wirst."

Rafe nickte. „Wenn jemand ihn finden kann, dann Jonas." Er nahm hinter seinem Schreibtisch Platz.

Nachdem er die Perlen in den Seidenbeutel zurückgetan hatte, nahm er einen Briefbogen, tauchte seine Schreibfeder in das kristallene Tintenfass und verfasste eine Nachricht an Jonas.

„Ich schicke einen meiner Hausdiener damit los", erklärte

er schließlich und zeigte auf den mit einem Wachssiegel verschlossenen Brief, bevor er zu Cord an den Kamin zurückkehrte. „Ich möchte, dass McPhee so bald wie möglich mit der Arbeit beginnt."

„Was Danielle wohl sagen wird?", meinte Cord.

Rafe wurde beklommen zumute. „Ich werde ihr erst davon erzählen, wenn ich mehr weiß."

Cord erwiderte nichts darauf. Er erinnerte sich nur noch zu gut an die Probleme, die seine eigene Ehe am Anfang überschattet hatten.

Rafe hoffte inständig, dass seine Befürchtungen sich nicht bewahrheiten würden und dass Danielle ihm die Wahrheit gesagt hatte. Aber die Ungewissheit ließ ihm keine Ruhe.

Ein eisig kalter Dezemberwind heulte durch die kahlen Zweige der Bäume und wirbelte um das mit schweren Schindeln gedeckte, geweißte Steinhaus altes Laub auf. Innen knisterte ein anheimelndes Feuer im Kamin.

Robert McKay saß behaglich mit einem Glas Whiskey in einem Sessel am Kamin. Ihm gegenüber erhob sich gerade sein Cousin Stephen Lawrence, um sein eigenes Glas nachzufüllen.

„Soll ich dir auch noch etwas einschenken?"

Robert schüttelte den Kopf und schwenkte gedankenverloren die bernsteinfarbene Flüssigkeit in seinem Glas. „Ich kann es immer noch nicht fassen. Es ist einfach unglaublich!"

Stephen kehrte mit seinem Whiskey zum Sofa zurück und setzte sich wieder. Er war ein stämmiger Mann mittlerer Größe und fünf Jahre älter als Robert. Seine Haare waren von demselben Braun wie die seines Cousins, aber seine hellbraunen Augen hatte er von seiner Mutter geerbt, Roberts Tante.

„Unglaublich, aber wahr", stellte er nun fest. „Erst ein

Jahr, nachdem du außer Landes gegangen warst, ist meine Mutter damit herausgerückt. Und dann wurde mir auf einmal alles klar."

„In deinem Brief erwähntest du, dass ein gewisser Clifford Nash den Earl of Leighton umgebracht haben soll – den Mann, für dessen Mord ich angeklagt bin."

„Ja, das stimmt."

„Und du glaubst, dass der Earl mein Vater war."

„Nicht nur dein Erzeuger, mein Freund, sondern auch dein *legitimer* Vater. Nigel Truman hat deine Mutter sechs Monate vor deiner Geburt in der Kirche von St. Margaret in Fenwick-on-Hand geheiratet. Meine Mutter war damals Trauzeugin, und sie hat mir erzählt, dass Nigel und Joan sich schon seit Jahren kannten. Die beiden verliebten sich ineinander, und als sie ein Kind erwartete, heiratete er sie. Allerdings lebte sein Vater noch, weshalb er damals noch kein Earl war."

„Meine Mutter hat immer ein großes Geheimnis aus meinem Vater gemacht. Sie sagte mir einmal, dass sein Name auch Robert McKay gewesen sei und dass er im Krieg umgekommen wäre. Seine Familie würde uns das Geld schicken, von dem wir unseren Lebensunterhalt bestritten und meine Ausbildung finanzierten. Ich habe allerdings niemals jemanden aus der Verwandtschaft kennengelernt, was meine Mutter mir damit erklärte, dass sie alle gegen die Heirat gewesen seien."

„Robert McKay, nach dem du benannt bist, war ein früherer Verehrer deiner Mutter, der ihr auch freundschaftlich verbunden blieb, nachdem sie den Earl geheiratet hatte – eine Ehe, die nur kurz Bestand hatte. Der alte Earl und die Countess waren alles andere als glücklich über die Wahl ihres Sohnes, da deine Mutter nicht aus dem Adel kam. Schließlich einigten sie sich auf eine Abfindung."

„Ich hatte nie den Eindruck, dass meine Mutter ein besonderes Interesse an Geld gehabt hätte …“

„*Meine* Mutter meinte, dass es nicht nur um Geld ging. Anscheinend wurde deine Mutter auch anderweitig unter Druck gesetzt, denn der Earl of Leighton war ein sehr einflussreicher Mann. Er zwang seinen Sohn, nach London zurückzukehren, wo er bald darauf eine Frau heiratete, die den Vorstellungen seiner Familie entsprach.“

„Aber Tante Charlotte hat mir erzählt, dass diese Ehe kinderlos blieb.“

„Stimmt. Deshalb hatte Clifford Nash, ein entfernter Cousin, auch an erster Stelle um die Erbfolge für den Titel gestanden. Aber dann bist du aus der Versenkung aufgetaucht.“

„Das erklärt wahrscheinlich, weshalb er den Earl umgebracht hat und es dann so aussehen ließ, als sei ich der Täter.“

„Genau“, stimmte Stephen zu. „Soweit ich mich erinnere, hattest du eine Nachricht von Molly Jameson bekommen, der Witwe, mit der du dich damals getroffen hast.“

„Ja, das stimmt.“

„Ich weiß nicht, inwieweit Molly in die Sache verwickelt war, aber sicher ist, dass Clifford Nash hinter der Nachricht steckte.“

Robert erinnerte sich nur zu gut an das verabredete Treffen mit Molly. Er hatte einen kurzen Brief von der jungen Witwe bekommen, in dem sie ihn bat, zu ihr in das „Boar and Hen Inn“ zu kommen, das an der Landstraße nach London gelegen war. Normalerweise wählte sie für ihre Begegnungen Orte, die nicht so weit außerhalb lagen, aber Robert dachte sich, dass sie vielleicht in London etwas hatte erledigen müssen und in dem Gasthaus auf dem Heimweg haltmachen wollte.

Selbst als er die Tür zu dem Zimmer öffnete, in dem er

Molly vermutete, und auf einmal einen Pistolenschuss hörte, wäre ihm nie in den Sinn gekommen, dass er kurz darauf des Mordes beschuldigt werden würde.

Der Mann im Zimmer, bei dem es sich um den Earl of Leighton handelte, fasste sich an seine blutüberströmte Brust und sackte tot zu Roberts Füßen zusammen.

„Was zum Teufel …?" Robert hatte wie angewurzelt dagestanden, während ihm der scharfe Geruch von Schießpulver in die Nase stieg. Dann blickte er von dem toten Mann auf und sah, wie ein weiterer Mann aus dem Dunkel des Zimmers auf ihn zukam und ihm eine noch rauchende Pistole in die Hand drückte. Danach eilte der Mann zum Fenster und flüchtete über das Dach, während ein Dutzend Leute die Treppe hinaufgeeilt kamen.

Robert war wie betäubt, als ein großer, bärtiger Mann ins Zimmer stürmte.

„Dieser Bastard hat den Earl umgebracht!"

Robert ließ die Waffe fallen.

„Haltet ihn!", schrie ein etwas kleinerer Mann und fuchtelte wild mit einem Messer herum.

Robert sah eine solche Mordlust in ihren Augen, dass er das Einzige tat, was ihm in dem Moment in den Sinn kam – wie der Mörder stürzte er zum Fenster und flüchtete über das Dach.

Draußen war ein heilloses Durcheinander entstanden, in dem es ihm gelang, unerkannt zu seinem Pferd zu gelangen und in der Dunkelheit zu entkommen.

Alles, was er jetzt noch besaß, waren ein paar Shilling in seiner Tasche und das Pferd, auf dem er wie ein Verrückter durch die Nacht jagte. Wenn er gefasst würde, war ihm der Galgen sicher. Robert wollte nach London, denn er musste dringend eine Möglichkeit zur Flucht finden.

Nun, wo er in dem kleinen Cottage vor dem behaglichen

Kaminfeuer saß, verblassten die Erinnerungen langsam. Er nahm einen Schluck Whiskey. „Nash hat den Earl wegen seines Titels und seines Vermögens umgebracht. Aber wie hat er von mir erfahren?"

„Da bin ich mir nicht sicher. Der Pfarrer und seine Frau leben beide nicht mehr. Meine Mutter kannte natürlich die Wahrheit, aber auch sie erhielt Geld von Lord Leighton, damit sie schwieg. Ich schätze, dass dein Vater selbst es Nash erzählt hat."

Robert setzte sich in seinem Sessel auf. „Warum sollte er das tun?"

„Nash war fest davon überzeugt, dass er der Erbe sei. Vielleicht dachte Leighton, dass er dem Mann die Wahrheit schuldete."

„Allem Anschein nach kein guter Einfall."

„Nein, wahrlich nicht. Ich glaube, dass der Earl sich mit dir hat treffen wollen, als er umgebracht wurde."

Robert schnaubte verächtlich. „Nach siebenundzwanzig Jahren!"

„Er war mit der Tochter eines Adligen verheiratet, und wenngleich die Ehe dem Gesetz nach eigentlich ungültig war, fühlte er sich doch seiner Frau verpflichtet. Aber wie ich gehört habe, ist Elizabeth Truman vor vier Jahren gestorben, und das könnte für den Earl ein Grund gewesen sein, dich endlich aufzusuchen."

Robert dachte über die Worte seines Cousins nach. Stephen war ihm in seiner Jugend ein guter Freund gewesen, aber irgendwann hatten sie sich aus den Augen verloren. Als Robert wohlbehalten in Amerika angekommen war, hatte er seinem Cousin jedoch geschrieben, ihm erklärt, was geschehen war, seine Unschuld beteuert und ihn um Hilfe gebeten.

Stephen hatte sich sofort an die Arbeit gemacht. Nachdem er von seiner Mutter von der ersten Heirat Leightons erfahren hatte, begann er, nach weiteren Informationen zu suchen, die ihm schließlich die Wahrheit über Roberts Geburt enthüllten und den Grund, weshalb Clifford Nash ihn so gerne am Galgen sehen würde.

„Der Plan hätte ganz sauber aufgehen können, wenn du damals nicht so geistesgegenwärtig geflüchtet wärst“, stellte Stephen fest. „Sie hätten dich gehängt, und niemand hätte jemals davon erfahren, dass du der legitime Erbe des Earls warst.“

Ich bin ein Earl, dachte Robert. Und nicht irgendein Earl, sondern der mächtige Earl of Leighton. „Wenn sie mich finden, kann ich immer noch an den Galgen kommen“, stellte er schließlich ernüchtert fest.

„Du musst vorsichtig sein, Robert.“

„Und es gibt eindeutige Beweise dafür, dass ich tatsächlich der Sohn des Earls bin?“

„Meine Mutter lebt noch, und scheinbar sind die Kirchenregister von St. Margaret auch noch erhalten. Ich denke, dass Nash nicht weiß, wo die Hochzeit stattgefunden hat, sonst wären die Papiere mittlerweile sicher verschwunden.“

Robert streckte seine langen Beine von sich. Er war allen Ernstes ein Earl und nicht einfach nur ein Anwalt, der die reichen Landbesitzer von Guildford vertrat, wo er vor seiner Flucht nach Amerika gelebt hatte. Als Earl of Leighton würde er ein großes Vermögen haben – mehr als genug Geld, um sich aus seinem Vertrag mit Steigler freizukaufen und die Halskette, die er verpfändet hatte, auszulösen.

Er würde ein freier Mann sein und der Duchess ihren Schmuck mit erhobenem Haupt zurückgeben können.

Und er konnte Caro wiedersehen.

Der Gedanke an sie erfüllte ihn mit tiefer Sehnsucht. Robert hatte in seinem Leben schon viele Frauen gekannt, aber noch nie war er jemand von so vornehmem und liebenswürdigem Wesen wie Caroline Loon begegnet. Von Anfang an hatte er ihr alles anvertrauen können, und dann hatte sie auch noch fest an seine Unschuld geglaubt.

Caro besaß die Fähigkeit, Menschen zu durchschauen und ihre wahre Natur zu sehen. Ihre Güte schien alle Menschen zu berühren, mit denen sie zu tun hatte – so wie sie ihn berührt hatte. Er vermisste Caro mehr, als er zunächst für möglich gehalten hätte, und wollte sie um jeden Preis wiedersehen.

Robert blickte zu seinem Cousin hinüber. „Wie also beweisen wir, dass Clifford Nash der Mörder des Earls ist?"

Stephen sah ihn über den Rand seines Whiskeyglases hinweg an. „Nash oder wen immer er mit dem Mord beauftragt hat. Es wird nicht einfach sein, Beweise zu finden."

„Du meintest, dass Nash in London lebt. Vielleicht sollte ich dorthin fahren ..."

„Du musst dich auf jeden Fall von der Stadt fernhalten, Robert. Wenn Nash auch nur die leiseste Vermutung hat, dass du wieder im Lande bist und ahnst, was er getan hat, dann wirst du bald ein toter Mann sein."

Roberts Kiefermuskeln spannten sich. Er war weder leichtsinnig noch dumm, noch wollte er sterben, aber Caro war in London. Wenn er sie wenigstens noch einmal sehen könnte ... Vielleicht würde er dann feststellen, dass er sich getäuscht hatte und sie gar nicht anders war als alle anderen Frauen, die er bislang gekannt hatte. Seine Gefühle für sie könnten nicht mehr dieselben sein.

Aber das konnte Robert sich beim besten Willen nicht vorstellen ...

„Hörst du mir zu, Robert? Du solltest meinem Rat folgen. Ich kümmere mich weiter um die Angelegenheit und versuche mehr herauszufinden, aber du bleibst hier, wo du sicher bist."

Robert nickte, denn er wusste, dass sein Cousin recht hatte. Aber es würde ihm schwerfallen, die Hände in den Schoß zu legen und zu warten. Er wusste nicht, wie lange er das noch aushielt.

Danielle saß in ihrem Schlafzimmer vor dem Ankleidetisch und versuchte sich Mut zu machen für ein weiteres langweiliges Abendessen mit Rafael, der sich gleich nach dem letzten Gang wieder in sein Arbeitszimmer zurückziehen würde. Während der letzten zwei Wochen war er sehr distanziert, fast schon abweisend gewesen. Es war fast so, als hätten sie nie jene herrlichen Wochen an Bord des Schiffes verbracht.

Danielle seufzte tief und war zugleich auch ein wenig erleichtert. Wenn Rafe weiterhin so unnahbar blieb, war ihr Herz zumindest nicht in Gefahr.

Und genau darauf kam es ihr doch an, oder?

Als es leise an die Tür klopfte, wandte sie sich um. Caro kam hereingeeilt und erfüllte den Raum sogleich mit ihrem sonnigen Wesen.

„Es wird höchste Zeit, dass du dich zum Abendessen umziehst. Hast du schon entschieden, was du tragen willst?"

„Wie wäre es mit etwas Schwarzem? Das würde zu meiner Stimmung passen." Obwohl sie nun Mann und Frau waren, zog Rafael sich immer mehr von ihr zurück. In ihr Bett kam er nur gelegentlich, und selbst wenn sie sich liebten, blieb er seltsam verschlossen.

„Es ist wegen des Dukes, nicht wahr?" Caros Stimme riss Danielle aus ihren Gedanken. „Er wirkt recht kühl in letzter Zeit."

„Das ist noch milde ausgedrückt. Er ist jetzt wie an dem Abend des Balls der *Gesellschaft für Witwen und Waisen.* Ich erinnere mich noch daran, damals gedacht zu haben, dass er nun genau die höflich gelangweilte, unnahbare Sorte Mann geworden ist, die mich nie interessiert hat."

„Er benimmt sich tatsächlich sonderbar. Ich habe immer das Gefühl, an einem eingesperrten Tiger vorbeizugehen, wenn ich ihm begegne. Nach außen wirkt er ruhig und harmlos, aber eigentlich ist er ein wildes Raubtier, das bereit ist zum Sprung."

Caro hatte ganz recht, und manchmal überkam Danielle der Wunsch, Rafe dazu zu bringen, seine mühsame Selbstbeherrschung zu verlieren. Sie warf einen Blick über die Schulter in Richtung ihres Kleiderschranks.

„Vielleicht sollte ich das grüne Satinkleid anziehen ... du weißt schon, das mit dem tiefen Ausschnitt."

Caro holte das Kleid aus dem Schrank und hob eine ihrer hellblonden Augenbrauen. „Ich nehme an, dass die Dowager Duchess euch beiden heute nicht Gesellschaft leistet."

Danielle begutachtete das Kleid. Das Oberteil aus Satin war so knapp geschnitten, dass es einen tiefen Einblick in ihr Dekolleté gewähren würde, und der enge, mit Goldstickerei verzierte Rock war fast bis zum Knie geschlitzt.

„Nein, die Duchess hat heute Abend schon etwas vor", erwiderte Danielle und fuhr mit der Hand über den glatten Stoff. „Wir wollen doch sehen, ob Rafael seine kühle Fassade wahren kann, wenn ich das hier trage."

Caro lachte, doch während sie Danielle beim Ankleiden half, wirkte sie zunehmend betrübter.

Danielle hatte ihre Freundin in letzter Zeit eindeutig zu oft unglücklich erlebt. „Was ist los, meine Liebe?" Aber eigentlich kannte sie die Antwort schon.

„Es ist wegen Robert. Ich muss immerzu an ihn denken, Danielle. Erst mache ich mir Sorgen darum, ob er in Sicherheit ist, dann fange ich an zu befürchten, dass er mich doch nur angelogen hat und ich ihm nie etwas bedeutet habe. Vielleicht hat er nur so getan, als würde er mich lieben, damit ich ihm das Geld beschaffe …"

Tränen stiegen ihr in die Augen, und sie warf Danielle einen verzweifelten Blick zu. „Ich habe ihm deine wunderbare Perlenkette gegeben. Wenn er nur an Geld interessiert war, hat er ein gutes Geschäft gemacht."

Danielle fühlte tief mit ihrer Freundin mit. Sie hatte sich insgeheim schon oft gefragt, ob Caro den Mann, den sie liebte, wohl jemals wiedersehen würde.

„Du darfst die Hoffnung nicht aufgeben. Schließlich hast du ihm doch einmal vertraut, und du hast dich noch nie in jemandem getäuscht."

Caro wischte sich die Tränen ab und atmete tief durch. „Du hast natürlich recht. Aber ich vermisse ihn einfach so sehr."

Danielle nahm Caros feingliedrige Hand in die ihre. „Du darfst dich nicht verrückt machen, meine Liebe. Mit der Zeit wird sich alles finden."

Caro nickte bloß. Als sie Danielle in dem smaragdgrünen Satinkleid vor sich sah, lächelte sie. „Und derweil soll zumindest eine von uns beiden versuchen, ihre Stimmung ein wenig zu heben."

„Ich denke, dass ich mein Haar offen tragen werde", meinte Danielle und begann, ihre Haarnadeln herauszuziehen.

Caro verdrehte belustigt die Augen. „Ich wäre nachher wirklich gern Mäuschen."

Danielle betrachtete sich im Spiegel. „Vielleicht wird der heutige Abend ja interessanter als die ganze vergangene Woche."

Caros und Danielles Blicke trafen sich, und sie mussten beide lachen.

19. KAPITEL

Rafe hatte sich für den Abend einen burgunderroten Frack und eine taubengraue Hose angezogen. Er plante, so spät wie möglich nach unten in den prächtigen Speisesaal zu gehen, wo er mit Danielle an einem langen Rosenholztisch sitzen würde, um den herum vierundzwanzig Stühle standen.

Die Stuckdecke des Saals war vergoldet, über dem Tisch hingen drei kristallene Kronleuchter, und in dem riesigen marmornen Kamin brannte ein Feuer.

Eigentlich zog Rafe den Gelben Salon vor, in dem es sich im kleinen Kreis weitaus gemütlicher essen ließ, aber nach Cords Besuch hatte er angeordnet, dass von nun an alle Mahlzeiten im Großen Speisesaal serviert werden sollten.

Er war zwar nicht so weit gegangen, Danielle ans andere Ende der langen Tafel zu setzen, doch die Atmosphäre des Raumes selbst war schon steif und förmlich genug. Solange er nicht wusste, was mit der Perlenkette wirklich geschehen war, hatte er nicht vor, mit seiner Frau einen vertraulicheren Umgang zu pflegen.

Rafe stand nun am Fuß der breiten Marmortreppe und wartete auf Danielle, um sie in den Speisesaal zu begleiten. Er versuchte angestrengt, nicht daran zu denken, was das mysteriöse Verschwinden der Halskette möglicherweise bedeuten könnte. Er gab seiner Frau zwar keine Schuld an dem Verlust, aber er hätte sich gewünscht, dass sie ihm vertraut hätte und zu ihm gekommen wäre.

Außerdem war er sich ziemlich sicher, dass sie ihm nicht die Wahrheit gesagt hatte.

Rafe warf einen kurzen Blick zu der großen Standuhr in der Eingangshalle und seufzte. Danielle war nicht mehr die unbedarfte junge Frau, in die er sich vor fünf Jahren verliebt hatte. Sie hatte sich verändert, und manchmal erkannte er sie kaum noch wieder. Bevor er nicht die Wahrheit über das Verschwinden der Perlenkette kannte, würde er sich hüten, seine Zurückhaltung ihr gegenüber aufzugeben.

Das Geräusch leichter Schritte, gedämpft durch den Teppich im oberen Korridor, riss ihn aus seinen Gedanken. Er blickte nach oben und sah Danielle die weite Marmortreppe hinunterkommen.

Im ersten Moment verschlug es ihm die Sprache. Danielle trug ein elegantes Kleid aus grünem Satin und sah aus wie eine Göttin auf Erden. Sofort wurde er von heftigem Verlangen ergriffen, und sein Körper regte sich begehrlich. Rafe versuchte, seiner Begierde Einhalt zu gebieten, aber am liebsten wäre er die Treppe hinaufgestürmt und hätte Danielle auf seinen Armen geradewegs in sein Bett getragen.

Stattdessen stand er reglos mitten in der Eingangshalle und kam sich vor wie ein dummer Schuljunge. Danielle trug ihr Haar nur selten offen, und Rafe erinnerte sich bei dem Anblick sofort daran, wie sich ihre seidigen roten Locken auf seiner Haut anfühlten, wenn sie sich liebten. Der bloße Gedanke erregte ihn zutiefst.

Als Danielle schließlich vor ihm stand, lächelte sie ihn an. „Ich habe heute Abend sehr großen Appetit. Du auch?"

Rafe schluckte. Er verschlang sie mit den Augen und ließ seinen Blick dann auf ihrem üppigen Dekolleté ruhen. „Ja, auf einmal verspüre ich auch einen gewaltigen Appetit."

Der fließende Satinstoff schmiegte sich eng an Danielles verführerische Rundungen, und Rafe hätte ihr am liebsten das Kleid von den Schultern gerissen, um ihre köstlichen Brüste zu entblößen und sie mit seinen Lippen zu berühren.

„Sollen wir hineingehen?", fragte er stattdessen.

„Oh ja, bitte." Sie nahm seinen Arm und streifte ihn dabei beiläufig mit ihren Brüsten. Rafe spürte, wie alle Muskeln in seinem Leib sich spannten, und nur mit Mühe konnte er ein Stöhnen unterdrücken.

Im Speisesaal setzte er Danielle zu seiner Rechten und nahm dann selbst am Kopf der Tafel Platz. Eigentlich hatte er den Raum mit Bedacht gewählt, um Danielle auf Abstand zu halten, doch auf einmal erschien sie ihm viel zu weit weg …

Danielle war schon immer eine Versuchung für ihn gewesen, der er nur schwer widerstehen konnte – und heute Abend würde er das nicht mehr schaffen. Wären nicht die Hausdiener gewesen, die sich im Hintergrund bereithielten, um die Mahlzeiten zu servieren, so hätte er Danielle kurzerhand hier auf dem Tisch genommen.

Sie strich sich eine Locke ihres flammend roten Haars zurück und beugte sich ein wenig vor, um ihren Stuhl zurechtzurücken. Für einen kurzen Augenblick gewährte sie Rafe dabei einen so tiefen Einblick in ihr Dekolleté, dass er glaubte, eine der rosigen Brustspitzen gesehen zu haben. Nein, das musste er sich eingebildet haben, wies er sich zurecht. Aber eigentlich war es ganz gleichgültig, was er letztlich gesehen hatte, denn die bloße Vorstellung dieses Anblicks wollte ihm nicht mehr aus dem Sinn und schien gleichsam in sein Gehirn eingebrannt.

„Ich glaube, ich hätte gern ein Glas Wein", meinte Danielle, und sofort eilte einer der Hausdiener herbei und füllte ihr kristallenes Glas. Während der junge Mann ihr Wein eingoss, zog Danielle ihre Serviette aus dem goldverzierten Serviettenring und legte sie sich auf den Schoß. Als Rafe bemerkte, wie der Hausdiener verstohlen in Danielles Dekolleté blickte, wäre er fast auf ihn losgegangen. Am liebsten hätte er ihn beim Kragen seiner blauen Livree gepackt und ihn aus dem Speisesaal geworfen.

Stattdessen zwang er sich tief durchzuatmen. Der Junge war schließlich auch nur ein Mann. Und Rafe erinnerte sich nur noch zu gut daran, wohin seine überbordende Eifersucht das letzte Mal geführt hatte. Wenn seine Liebe zu Danielle ihn nicht so unglaublich eifersüchtig hätte werden lassen, würde er sie in jener Nacht angehört haben, anstatt fünf Jahre ihrer beider Leben zu zerstören.

Da er diesen Fehler nie wieder begehen wollte, bemühte er sich, seine Gefühle unter Kontrolle zu halten. Aber im Hinblick auf Danielle war das ein schier unmögliches Unterfangen …

Die Mahlzeit nahm ihren Lauf, und jeder Gang schmeckte köstlicher als der vorhergehende. Für Rafe hingegen war es einerlei, was er aß, denn in Gedanken war er nur bei Danielle und stellte sich bereits vor, was er mit ihr alles machen würde, wenn dieses ihm unendlich scheinende Abendessen endlich vorüber war.

„Wie gehen die Vorbereitungen für den Ball voran?“, fragte er mit betont ruhiger Stimme, was ihm nicht leichtfiel.

„Deine Mutter hat als Termin den übernächsten Freitag ausgesucht. Das Parlament tagt noch nicht wieder, weshalb nicht so viele Leute in der Stadt sein werden wie im neuen Jahr, aber es ist ihr wichtig, dass wir so bald wie möglich unseren gesellschaftlichen Einstand geben.“

„Meine Mutter mag dich sehr … sie hat dich immer gemocht.“

„Mehr als fünf Jahre lang hat sie mich gehasst.“

Rafe zuckte seine Schultern. „Sie ist eben eine Mutter, die sich um ihren einzigen Sohn sorgt.“

„Sie war davon überzeugt, dass ich dich sehr verletzt habe. Habe ich das?“

Rafe wurde ganz beklommen ums Herz, als mit einem Mal alle Erinnerungen wieder auf ihn einstürmten. „Sehr.“

Danielle wandte den Blick ab, und ihm war, als würde sie ihm nicht glauben. Vielleicht war das auch besser so.

Sie wandten sich dann Themen zu, die weniger gefährlich waren, plauderten über den bitterkalten Dezember, einen belanglosen Artikel, der in der Morgenzeitung gestanden hatte … Während sie auf diese Weise höflich nichtssagende Konversation betrieben, verlangte es Rafe einzig danach, mit Danielle in seinen Armen eilends sein Bett aufzusuchen. Jedes Mal, wenn er sich auf seinem Stuhl bewegte, spürte er, wie seine Erregung ihn schmerzlich bedrängte.

Ein Hausdiener servierte ihnen kleine Kirschtörtchen. Auf jedem Törtchen war inmitten von Vanillecreme eine einzelne langstielige Kirsche platziert.

Mit einer grazilen Bewegung nahm Danielle den Stiel zwischen ihre Finger und hob die Kirsche hoch. Mit der Zungenspitze leckte sie einen Tropfen Creme von der Kirsche.

Rafes Löffel verharrte reglos in der Luft.

Danielle leckte noch einmal an der Kirsche und ließ die Frucht dann langsam zwischen ihren rubinroten Lippen verschwinden.

Rafe warf seinen Löffel auf den Tisch und stieß seinen Stuhl zurück. „Ich glaube, wir brauchen keinen Nachtisch mehr."

Mit weit aufgerissenen Augen sah Danielle zu ihm auf. „Was willst du damit sagen?"

Rafe griff Danielle bei der Hand und zog sie von ihrem Stuhl hoch. „Wenn du noch mehr Nachtisch möchtest, hätte ich genau das Richtige für dich." Er umfasste ihre Schultern, schob den anderen Arm unter ihre Knie, hob sie an seine Brust und ging mit langen Schritten aus dem Speisesaal, wo er ein verdutztes Paar Hausdiener zurückließ.

Danielle schlang ihre Arme um Rafes Hals, um besseren Halt zu haben. „Was um alles in der Welt hast du vor?"

„Ich denke, das weißt du. Wenn nicht, kann ich es dir gerne zeigen, sobald wir mein Bett erreicht haben."

Danielle hatte ihre Arme fest um Rafes Hals geschlungen, und ihr entfuhr ein erschreckter Aufschrei, als Rafe die Tür zu seinem Schlafzimmer aufstieß, sie hereintrug und die Tür mit einem Stoß seines Fußes zuwarf.

Kaum einen Schritt von der Tür entfernt ließ Rafe sie aus seinen Armen und ergriff ungestüm von ihrem Mund Besitz. Für einen Moment drehte sich alles in Danielles Kopf.

Du liebe Güte, dachte sie, ich habe einen wilden Tiger entfesselt. Was soll ich jetzt nur tun?

Aber sie konnte kaum denken, wenn Rafe sie besinnungslos küsste und sie seine Zunge tief in ihrem Mund spürte und seinen kraftvollen Körper, der sich fest an den ihren schmiegte. Von ihm ging eine Hitze aus, die sie ganz und gar in sich aufnahm und die jeden vernünftigen Gedanken unmöglich machte.

Rafe drängte sie zurück an die Tür und öffnete einige Knöpfe hinten an ihrem Kleid, bis das Oberteil von ihren Schultern glitt. Danielle spürte seinen Mund auf ihrer bloßen Haut und die Berührung seiner Zähne, die über ihre Brustspitzen streiften. Eine Welle der Begierde durchflutete ihren Leib, und unwillkürlich bäumte sie sich auf und drängte sich enger an Rafe.

Er griff nach dem Saum ihres smaragdgrünen Satinkleides und ließ seine Hände mit ihrem Rock aufwärtswandern. Der dünne, glatte Stoff fühlte sich kühl auf ihrer Haut an, und sie begann zu zittern.

„Ich will dich", flüsterte er, während er ihren Hals küsste. „Hier. Jetzt." Ihre Blicke trafen sich. Seine Miene war nun nicht mehr kühl und distanziert. Die Hitze seines Verlangens ließ Funken in seinen tiefblauen Augen sprühen, und sein energisches Kinn drückte wilde Entschlossenheit aus.

Danielle keuchte atemlos, als Rafe ihren Mund erneut mit einem tiefen, leidenschaftlichen Kuss vereinnahmte, der ihr wohlige Schauer über den Rücken jagte. Er schob den Rock ihres Kleides bis zur Taille hoch und tastete unter dem Spitzensaum ihres Batisthemdes, bis er fand, was er suchte, und sie zu liebkosen begann.

Sie bebte vor Erregung. Das war es, was sie wollte, schoss es ihr durch den Kopf, deshalb hatte sie heute Abend dieses schon fast unschickliche Kleid angezogen. Mit Rafes kühler Distanziertheit konnte sie nichts anfangen – sie wollte, dass er sie begehrte, sich nach ihr verzehrte und vor Verlangen nach ihr erbebte.

Genauso wie sie für ihn erbebte.

Rafe drängte sein Bein zwischen ihre Schenkel. Danielle genoss es, den rauen Stoff seiner Hose auf ihrer Blöße zu spüren, und bewegte sich sachte, bis heiße Lust sie durchfuhr und sich in ihren Schoß senkte.

Als sie anfing, seine Hose aufzuknöpfen, hörte sie Rafe stöhnen. Er half ihr dabei, sich zu befreien, und ihre Finger schlossen sich um seine Männlichkeit. Rafe war ein stattlicher Mann, und sie fühlte seine Erregung warm und schwer in ihrer Hand. Danielle seufzte laut auf, als Rafe sich zwischen ihre Beine schob, sie leicht anhob und in sie eindrang.

Sie wurde von einer Woge der Lust erfasst, die sich in ihr ausbreitete und bis hinab in ihre Beine strömte.

Rafe umfasste ihr Gesäß mit beiden Händen und hielt sie fest, während sie ihn tief in sich aufnahm und von einem alles überwältigenden Verlangen mitgerissen wurde. Er küsste sie leidenschaftlich und bewegte sich zugleich mit kraftvollen Stößen in ihr, die ihnen beiden Vergnügen schenkten.

„Gib dich mir ganz hin“, forderte er mit seiner wunderbar tiefen Stimme, und ihr Körper gehorchte ihm. Sie zerbarst förmlich und schwang sich hoch hinauf, immer höher …

Wenig später spannten sich alle seine Muskeln, und er

stieß einen heiseren Schrei aus, als er ihr zum Gipfel ihrer Lust folgte.

Sie verharrten reglos und ließen die Zeit verstreichen. Danielle hatte ihre Arme um Rafes Hals geschlungen und konnte ihn noch immer tief in sich spüren.

Dann löste er sich von ihr, schob ihren Rock wieder über ihre Hüften nach unten und trat einen Schritt zurück.

„Ich habe dir nicht wehgetan, oder?"

Sie schüttelte den Kopf. „Nein, das hast du nicht." Wohl kaum, wenn ihr ganzer Körper noch vor Lust pulsierte.

Rafe wandte seinen Blick ab. Er hatte die Beherrschung über sich verloren, und ganz offensichtlich gefiel ihm das nicht. Einen nach dem anderen schloss er die Knöpfe seiner Hose. „Es ist noch früh", sagte er dann ganz ruhig. „Ich denke, ich werde noch ein wenig in meinen Club gehen."

Das war kaum das, was sie nach einem so leidenschaftlichen Liebesspiel erwartet hatte. Aber Danielle widerstand der Versuchung, ihn zu bitten, dass er bei ihr blieb, und antwortete ebenso gleichmütig: „Ich habe gerade ein sehr interessantes Buch. Ich denke, ich werde noch ein wenig lesen, bevor ich zu Bett gehe."

Wie war es möglich, dass sie sich gerade eben noch ganz dem Ansturm ihrer Leidenschaft hingegeben hatten, wenn sie nun schon wieder so abgeklärt und zivilisiert klingen konnten?

Rafe nickte ihr höflich zu. „Dann eine gute Nacht."

„Gute Nacht." Sie sah ihm nach, als er aus dem Schlafzimmer ging und hätte am liebsten geschrien. Sie wollte etwas nach Rafe werfen, ihn anbrüllen und beschimpfen, und erklären konnte sie sich das selber nicht.

Stattdessen atmete sie tief durch, drehte sich um und verschwand durch die Verbindungstür in ihrem Zimmer. Sie ging zur Klingelschnur und läutete nach einem Bad, da sie hoffte, dass das warme Wasser sie genauso beruhigen könnte, wie es eine Zeit lang die Liebesbezeugungen ihres Mannes vermocht hatten.

Sie wünschte nur, dass Rafael sie nicht allein gelassen hätte.

Die letzten Vorbereitungen für den Ball hatten begonnen, und alle halfen mit, sogar Tante Flora, die beschlossen hatte, während der nächsten Wochen noch in London zu bleiben, bevor sie aufs Land zurückkehrte.

„Selbst wenn Caro mich begleiten würde", hatte ihre Tante zu Danielle gemeint, „würde ich mich ohne dich doch sehr einsam fühlen, meine Liebe. Solange ich hier bin, kann ich auch meine Arbeit für das Waisenhaus fortsetzen."

„Es wäre wunderbar, wenn Sie noch blieben, Tante Flora. Und ich würde Ihnen gerne helfen." Die wohltätige Arbeit lag auch Danielle sehr am Herzen.

Sie und Tante Flora besuchten das Waisenhaus mindestens zweimal die Woche, und für die Weihnachtszeit hatten sie geplant, dass jedes Kind ein Geschenk bekommen würde. Anders als in vielen anderen Einrichtungen dieser Art in London, waren die Kinder der *Gesellschaft für Witwen und Waisen* auch immer ordentlich gekleidet und bekamen ausreichend zu essen.

Maida Ann und Terry hatte Danielle besonders lieb gewonnen, wenngleich ihr jedes Mal, wenn sie mit den beiden zusammen war, schmerzlich bewusst wurde, dass sie niemals eigene Kinder haben würde. Sie wünschte sich, dass sie mit Rafael über die beiden sprechen und ihn dazu überreden könnte, dass sie die Kinder für immer bei sich zu Hause aufnahmen, aber Rafe rechnete natürlich damit, eigene Kinder zu bekommen, und da Danielle fürchtete, er könne ihr dunkles Geheimnis entdecken, schnitt sie das Thema nie an.

Und dann endlich war der Abend des Balls gekommen.

Sheffield House, eine der prächtigsten Stadtresidenzen in London, hatte einen prunkvollen Ballsaal, der das gesamte zweite Stockwerk des Ostflügels einnahm. Von den verspiegelten Wänden leuchtete der Schein von Hunderten von Bienenwachskerzen in silbernen Kandelabern wider, und riesige kristallene Kronleuchter hingen funkelnd von der Decke herab.

Die Gäste würden bald eintreffen, und Danielles Aufregung nahm spürbar zu. Die Heirat des Dukes of Sheffield mit der Frau, die ihn einmal verschmäht hatte, war derzeit Stadtgespräch in London, und Danielle war froh, dass sie und Rafe so bald nach ihrer Rückkehr noch nicht oft Gelegenheit gehabt hatten, sich in der Gesellschaft zu zeigen. Aber nach dem Ball würde sich das ändern.

Danielle ging in ihrem Schlafzimmer auf und ab, sah immer wieder auf die goldbronzene Uhr, die auf dem marmornen Kaminsims stand, und wünschte, sie könnte in der Sicherheit ihres Zimmers bleiben. Als es an die Tür klopfte, glaubte sie, dass es wohl Caro sein werde, die ein letztes Mal nach ihr sehen wollte. Doch als Danielle die Tür öffnete, stand stattdessen die Dowager Duchess vor ihr.

„Darf ich hereinkommen?“

„Aber … ja, natürlich, Euer Gnaden.“ Danielle trat rasch einen Schritt beiseite, und ihre Schwiegermutter kam schnellen Schritts ins Zimmer. Miriam Saunders trug ein Kleid aus burgunderroter Seide, das über und über mit Brillanten besetzt war. Noch mehr Brillanten waren in ihr aufgestecktes Haar geflochten, und sie funkelten und schimmerten hell neben den ersten grauen Strähnen in ihrem dunklen Haar.

Sie betrachtete Danielle aufmerksam. „Sie sehen wunderbar aus, meine Liebe. Wie eine Duchess.“

Von Rafes Mutter kommend war dies ein großes Kompliment. „Danke."

„Rafael erwartet uns. Ich wollte Ihnen nur noch einmal versichern, dass wir sehr erfreut sind, Sie jetzt in unserer Familie zu haben."

Danielle wusste, dass sie nun eigentlich erwidern sollte, wie glücklich sie war, mit Rafe verheiratet zu sein, aber die Worte kamen ihr nicht über die Lippen. Seit dem Abend, an dem sie das gewagte grüne Kleid getragen und sie sich so leidenschaftlich geliebt hatten, war Rafe nicht mehr in ihr Zimmer gekommen. Meistens verbrachte er die Abende in seinem Club und kehrte erst in den frühen Morgenstunden zurück.

„Danke", sagte sie leise und bemühte sich zu lächeln.

„Ich bin noch aus einem anderen Grund gekommen."

„Ja …?"

„Sie beide sind nun schon einige Monate verheiratet, und ich frage mich, ob … Ich habe gehofft, dass Sie vielleicht bereits ein Kind erwarten."

Danielle fühlte einen tiefen Stich in ihrem Herzen. Sie sah ihre Schwiegermutter fassungslos an und konnte kaum glauben, dass sie ein derart heikles Thema ansprach.

„Ich hätte das nicht fragen sollen. Wahrscheinlich hätten Sie es schon von sich aus gesagt, aber es ist einfach sehr wichtig, dass Rafe einen Sohn bekommt."

Danielle wandte ihren Blick ab. Ein Kind zu haben war einmal ihr sehnlichster Wunsch gewesen, der sich nun aber nicht mehr erfüllen würde. Sie spürte Tränen in sich aufsteigen, die sie aber eilig unterdrückte, damit die Dowager Duchess sie nicht bemerkte.

„Die Antwort ist Nein. Wir sind zwar schon einige Monate verheiratet, aber … die erste Zeit haben wir nur … versucht, uns wieder näherzukommen." Danielle errötete leicht und fand, dass sie die Vertraulichkeiten, die sie und Rafe verbanden, wohl kaum mit ihrer Schwiegermutter besprechen wollte.

Die Dowager Duchess nickte bloß. „Ich verstehe … Nun, ich hoffe, dass Sie Rafe nichts von meiner Neugierde erzählen. Es wäre ihm sicher nicht recht, wenn ich mich in seine Angelegenheiten mische."

Danielle wusste das auch nicht besonders zu schätzen, womit sie wenigstens darin einer Meinung wären. „Ich würde niemals weitergeben, was wir unter vier Augen besprechen, Euer Gnaden."

Die Dowager Duchess nickte und schien zufrieden zu sein. „Nun sollten wir aber besser nach unten gehen." Sie warf Danielle einen prüfenden Blick zu. „Sie müssen sich wirklich keine Sorgen machen, meine Gute. Ich bin mir sicher, dass sich im Laufe der Zeit alles finden wird."

Das würde es natürlich nicht, wie Danielle nur zu gut wusste. Sie würde Rafe nie einen Sohn schenken können, und ihre Schwiegermutter würde ihr das nie verzeihen.

Danielle versuchte, ihre aufsteigende Verzweiflung zu unterdrücken, und folgte Rafes Mutter durch den von einem halben Dutzend flackernder Wandleuchter erhellten Korridor.

Rafe ging am Fuß der Treppe ungeduldig auf und ab. Die ersten Gäste trafen bereits ein, und wenn es nach ihm ginge, konnte der Abend gar nicht schnell genug vorüber sein.

Endlich sah er seine Mutter und seine Frau die breit geschwungene Marmortreppe herunterkommen. Danielle trug ein elegantes Kleid aus saphirblauem Samt, dessen Schnitt betonte, wie groß und schlank sie war.

Wenngleich ihre heutige Aufmachung weitaus weniger gewagt war als an dem Abend, an dem sie sich zuletzt geliebt hatten, trieb ihr Anblick Rafes Herzschlag in die Höhe. Diese Frau brachte ihn noch um den Verstand! Ganz gleich, wie sehr er sich dagegen wehrte, sein Verlangen nach ihr schien unersättlich.

Einzig die Nachricht von Jonas McPhee, die gestern Nachmittag eingetroffen war, hatte ihn davon abhalten können, abends ihr Bett aufzusuchen. Und auch heute würde er sich seine Lust versagen, so schwer ihm das auch fallen mochte.

Es sah so aus, als ob McPhee den Mann ausfindig hatte machen können, der das Hochzeitscollier gestohlen hatte. Er war auf der „Laurel" aus Amerika gekommen, in Liverpool von Bord gegangen und war, wie aus der Nachricht auch noch hervorging, bereits gefasst worden.

McPhee hatte um ein Treffen morgen Abend gebeten, und Rafe konnte es kaum erwarten, dann noch mehr zu erfahren. Die Nachricht gab nur wenig Auskunft, aber der Ton verhieß nichts Gutes. Rafe würde keine Ruhe mehr haben, solange er nicht wusste, was sich während jener letzten Tage in Amerika ereignet hatte.

Als Danielle an seine Seite kam, verdrängte er derlei unerfreuliche Gedanken. „Du siehst fantastisch aus, Danielle." Er beugte sich galant über ihre Hand, die bis zum Arm hinauf in einem langen, weißen Handschuh steckte.

„Auch Sie sehen heute Abend bemerkenswert gut aus, Euer Gnaden."

Ihre Blicke trafen sich, und Rafe hoffte inständig, dass Danielle ihm nichts verschwieg und dass seine wachsenden Gefühle für sie ihm nicht erneutes Leid zufügen würden.

„Die ersten Gäste sind bereits eingetroffen", erklärte er. „Es wird Zeit, dass wir unseren Platz einnehmen."

Danielle nickte lächelnd, doch ihm schien es, als koste sie das Lächeln große Mühe. Er versuchte sich vorzustellen, wie schwer es für sie sein musste, all den Leuten gegenüberzutreten, die sie vor fünf Jahren so schmählich behandelt hatten.

Das war auch seine Schuld gewesen, und sofort regte sich sein Beschützerinstinkt.

Er küsste sie leicht auf die Lippen und flüsterte dann dicht an ihrem Ohr: „Mach dir keine Sorgen, Liebste. Du bist jetzt die Duchess of Sheffield – was du schon vor fünf Jahren hättest sein sollen. Und mit dem heutigen Abend wird ganz London dies als Tatsache anerkennen."

Danielle schluckte, und als sie zu ihm aufsah, bemerkte er kurz das Schimmern von Tränen in ihren Augen, bevor sie ihren Blick schnell abwandte.

Er wurde in seinem Entschluss bestärkt. „Ich bin hier, bei dir. Ich werde dich nie wieder allein lassen." In diesem Moment wurde ihm bewusst, wie sehr er bereits wieder in Danielle verliebt war. Es machte ihm Angst, und dennoch sah er keine Möglichkeit, seinen Gefühlen zu entkommen.

Rafe atmete tief durch und wappnete sich für den langen Abend, der ihnen bevorstand.

20. KAPITEL

Danielle hatte ihre Hand auf Rafes Arm gelegt, und seine Finger ruhten auf den ihren. Er sah so unbeschreiblich gut aus … in seinem dunkelblauen Frack mit dem Samtkragen, seinem tadellos gekämmten dunklen Haar und den tiefblauen Augen. Er strahlte Stärke, Macht und Unerschrockenheit aus. Aber wann tat er das eigentlich nicht?

Danielle straffte die Schultern und versuchte, das erregende Bewusstsein seiner Nähe abzuschütteln, während sie neben ihm und der Dowager Duchess in der Eingangshalle stand, um die Gäste zu empfangen. Am Fuße der mit einem samtenen Läufer ausgelegten Vordertreppe hatte sie bereits Rafes beste Freunde und deren Frauen entdeckt.

Wenige Minuten später traten die beiden Paare in die weitläufige Eingangshalle. Über dem marmornen Fußboden wölbte sich hoch oben eine gewaltige Kuppel aus Buntglas, und entlang der Wand standen einige antike Büsten aufgereiht.

Tory Easton ergriff Danielles Hand. „Ich freue mich so sehr für euch!"

„Danke", erwiderte sie.

Ethan und Grace waren hinter Cord und Victoria hereingekommen und sprachen gleichfalls ihre Glückwünsche aus.

„Du siehst wundervoll aus, Danielle", meinte Grace. „Nach dem heutigen Abend wird jede Frau in London dich beneiden."

„Es ist nett von dir, das zu sagen", entgegnete sie und dachte dabei, dass ihr Auftritt als Rafes Ehefrau wohl eher den Klatschgeschichten neuen Auftrieb geben würde.

Grace lächelte. „Ich merke, dass du mir nicht glaubst. Aber es ist wahr."

Danielle wollte aber gar nicht beneidet werden. Sie wollte einfach nur glücklich sein. Als sie zu Rafe aufblickte und das ausdruckslose Lächeln sah, hinter dem er verbarg, was er wirklich dachte, fluchte sie innerlich auf sehr undamenhafte Weise.

„Am Donnerstagabend treffen wir uns wieder zum Sterngucken", erklärte Grace. „Ich hoffe, du wirst wieder dabei sein."

„Ja, mir hat es letzte Woche auch große Freude gemacht, und ich werde auf jeden Fall versuchen, wieder zu kommen." Es war tatsächlich sehr schön gewesen, und es tat ihr gut, jetzt zu Rafes Freunden zu gehören und zu merken, wie sie langsam auch die ihren wurden.

„Deine Mutter hat sich ja diesmal selbst übertroffen", sagte der Marquess schmunzelnd zu Rafe und ließ seine eisblauen Augen über einen in Herzform geschnittenen Buchsbaum schweifen, der in der Eingangshalle aufgestellt worden war. „Das wird den Klatsch wohl endlich zum Verstummen bringen."

Die Empfangsräume und der Ballsaal waren so dekoriert worden, dass sie wie ein riesiges Gewächshaus wirkten, mit kleinen Zitronenbäumen, Begonien, Geranien und einigen exotischen, weiß-violetten Orchideen. Blumentöpfe mit rosa leuchtenden Kamelien sorgten für noch mehr Farbe, und im Ballsaal gab es zudem ein kleines Wasserbecken mit Seerosen und Goldfischen.

Danielle unterhielt sich noch ein wenig mit Grace und Victoria. Für Rafe schien dies selbstverständlich, aber Danielle war den beiden immer wieder erneut für ihre freundschaftliche Unterstützung dankbar. Als die beiden mit ihren Männern schließlich zum Ballsaal hinaufgingen, traf ein anderes schönes Paar ein. Rafe stellte Danielle die blonde Frau mit dem hellen Teint als Ethans Schwester Sarah vor und ihren gut aussehenden, dunkelhaarigen Begleiter als ihren Ehemann Jonathan Randall, Viscount Aimes.

Der Strom der Gäste riss nicht ab, und irgendwann erblickte Danielle auch Lord und Lady Percy Chezwick, Victorias Schwester und deren Mann. Die beiden begrüßten sie herzlich und gingen dann ebenfalls nach oben.

Als Tante Flora eintraf, begann Danielle die Zeit schon etwas lang zu werden. „Ich habe mir bereits Sorgen gemacht, dass Sie vielleicht nicht kämen“, meinte Danielle und freute sich, dass ihre Tante hier war. „Ich weiß, dass Sie sich momentan nicht so gut fühlen.“

„Unsinn. Ein paar Zipperlein hier und da werden mich wohl kaum davon abhalten, zur Hochzeitsfeier meiner einzigen Nichte zu erscheinen.“ Tante Flora sah Rafe an. „Besonders wenn sie schon so lange überfällig ist.“

Rafes Wangen röteten sich leicht. „Viel zu lange überfällig“, gab er zu und beugte sich galant über die Hand von Danielles Tante.

Es war eine elegante Veranstaltung, der Mitglieder der ältesten Adelsgeschlechter beiwohnten, die extra deswegen von ihren Landsitzen in die Stadt gekommen waren. Als im Ballsaal das achtköpfige, in Sheffields hellblaue Livreen gekleidete und gepuderte Perücken tragende Orchester zu spielen begann, strömten alle Gäste in Richtung der Musik.

Einige der Männer zogen sich bald für einige Partien Whist, Hazard oder Loo zurück, während andere Besucher sich ihren Weg in den prächtigen, ganz in schwarzem Marmor und Gold gehaltenen Chinesischen Salon bahnten, aus dem der Duft gebratenen Fleisches und Geflügels drang sowie das verlockende Aroma einer großen Auswahl exotischer Früchte, die auf einer langen, mit Leintüchern bedeckten Tafel bereitstanden.

Danielle musste sich eingestehen, dass Rafes Mutter wirklich keine Mühen und Kosten gescheut hatte. Als sie mit Rafe zu den anderen Gästen in den Ballsaal ging, begann sie auch allmählich, sich zu entspannen. Nachdem sie zunächst mit ihrem Mann getanzt hatte und dann mit Ethan und Cord, nahm sie später auch die Einladungen anderer Männer an. Rafe hielt Wort und blieb immer in ihrer Nähe, was ihr half, über das eine oder andere Getuschel hinwegzuhören oder die bei ihrem Anblick missbilligend in die Höhe gezogenen Augenbrauen einer Matrone geflissentlich zu übersehen.

Danielle tanzte gerade mit Lord Percy, als sie Rafe mit einem Mann aus dem Ballsaal gehen sah, der die scharlachrote Uniform eines Offiziers der Britischen Armee trug.

„Guten Abend, Euer Gnaden." Colonel Howard Pendleton war erst spät auf dem Ball erschienen und gleich zu Rafe gegangen, der gerade am Rand der Tanzfläche stand.

„Ich freue mich, dass Sie kommen konnten, Hal."

Der Colonel seufzte. „Eine kleine Pause konnte ich ganz gut gebrauchen. Es war ein langer Tag."

Rafe zog fragend eine seiner dunklen Brauen in die Höhe. „Hatte das etwas mit den Clippern aus Baltimore zu tun?"

„Zurzeit hat alles mit diesen verdammten Schiffen zu tun", erwiderte Hal, und da er nur selten fluchte, wusste Rafe sofort, dass es schlechte Neuigkeiten gab.

„Darüber wüsste ich gerne mehr. Wie wäre es mit einem Brandy unten in meinem Arbeitszimmer?"

„Den könnte ich gut gebrauchen."

„Ich finde, dass auch Ethan sich anhören sollte, was Sie zu sagen haben."

„Gute Idee. Vielleicht wäre es für Lord Brant auch von Interesse."

Die drei Männer hatten bereits in der Vergangenheit mit Pendleton zusammengearbeitet. Rafe wusste, dass Ethan in die Sache mit den amerikanischen Schonern eingeweiht war und um die Gefahr wusste, die sie möglicherweise darstellten, wenn die Franzosen eine solche Flotte erwarben. Auch mit Cord hatte Rafe über die Angelegenheit gesprochen.

Er warf Danielle einen kurzen Blick zu. Als er sah, dass sie mit Percival Chezwick tanzte, wusste er, dass sie in guten Händen war, und verließ mit Pendleton den Ballsaal. Unterwegs sagte er noch seinen beiden Freunden Bescheid.

Sobald sie alle in seinem Arbeitszimmer waren, ging Ethan zur Anrichte hinüber und goss dem Colonel einen Brandy ein.

„Braucht einer von euch beiden auch noch etwas?“, fragte er seine Freunde.

Beide schüttelten den Kopf und deuteten auf ihre noch halb vollen Gläser, die sie mit nach unten gebracht hatten. Rafe goss sich selbst ein bisschen nach, dann ging er zu den anderen hinüber und setzte sich mit ihnen in die Sessel vor dem Kaminfeuer.

„So, Colonel, nun lassen Sie mal hören“, forderte Rafe ihn auf.

Pendleton nahm erst mal einen Schluck Brandy. „Kurzum, das Kriegsministerium hat meinen Antrag abgelehnt. Sie behaupten, dass es kein Schiff gebe, welches eine dermaßen große Bedrohung für die Flotte Seiner Majestät darstellte.“

Rafe fluchte leise.

Ethan stand auf und ging vor dem Feuer auf und ab. Das leichte Hinken, das von einer Verletzung aus seiner Zeit als Freibeuter stammte, war kaum noch zu bemerken. „Das wird sich als fataler Irrtum herausstellen! Während ich noch Kapitän auf der ‚Sea Witch‘ war, ist es uns unzählige Male gelungen, unsere Feinde allein deshalb zu besiegen, weil unser Schiff schneller und wendiger war. Und die Zeichnungen, die ich von der ‚Windlass‘ gesehen habe, lassen vermuten, dass dieser Schiffstyp in dieser Hinsicht noch einmal eine Verbesserung ist."

„Was können wir also tun, um die Regierung doch noch zu überzeugen?", fragte Cord und lehnte sich in seinen dunkelgrünen Ledersessel zurück.

„Wenn ich das nur wüsste ...", meinte Pendleton resigniert. „Die amerikanischen Schiffbauer werden nicht mehr lange warten, bevor sie den Handel festmachen. Sie werden bald eine Antwort von Ihnen haben wollen, Euer Gnaden. Und wenn Sie damit auf sich warten lassen, werden die Amerikaner das Angebot annehmen, das die Franzosen ihnen gemacht haben. Der Holländer wird sich ins Fäustchen lachen und seinen Teil des Geldes einstecken."

„Und wenn wir die Schiffe privat aufkaufen?", schlug Cord vor. „Keiner von uns kann sich das leisten, aber wenn wir noch einige Investoren gewinnen könnten, bekommen wir vielleicht die benötigte Summe zusammen."

„Leider sind diese Schiffe fast nur für militärische Zwecke geeignet", wandte Ethan ein. „Sie können nicht genügend Lasten fassen, um auch im Güterverkehr profitabel zu sein."

„Sie privat anzukaufen erscheint mir wenig sinnvoll", meinte nun auch Rafe, „aber vielleicht können wir die Amerikaner noch ein wenig hinhalten – zumindest so lange, bis wir unsere Regierung davon überzeugt haben, dass das Geschick unseres Landes von diesen Schiffen abhängen kann."

„Wir brauchen die Clipper", stimmte Ethan zu, „und sei es nur aus dem Grund, damit die Franzosen sie nicht bekommen."

Der Colonel trank nachdenklich seinen Brandy. „Bis wir eine Nachricht nach Baltimore geschickt haben, werden zwei Monate vergehen. Ich denke auch, dass wir eine Hinhaltetaktik versuchen sollten. Bieten Sie ihnen eine noch höhere

Summe und sagen Sie, dass wir noch ein wenig brauchen, um das Kapital aufzubringen."

„Zeit zu gewinnen ist erst einmal das Wichtigste", meinte Cord nachdrücklich.

„Gestern habe ich mit Max Bradley gesprochen", fuhr der Colonel fort. „Er meinte, dass der Holländer kurz nach Ihnen Amerika verlassen hat, Rafael. Schrader ist kürzlich in Frankreich gesehen worden, wo er zweifellos versucht haben wird, seinen Handel zum Abschluss zu bringen."

Rafe erhob sich. „Ich werde Phineas Brand noch heute Abend einen Brief schreiben."

Auch Cord und der Colonel standen nun auf, und Ethan kam vom Kamin zu ihnen herüber.

„Ein Schiff von *Belford Enterprises* wird in der kommenden Woche nach Amerika fahren", sagte er. „Ich werde den Kapitän beauftragen, dass er die Nachricht direkt nach Baltimore bringt und sie Phineas Brand persönlich übergibt."

Zum ersten Mal an diesem Abend lächelte Pendleton. „Das ist sehr gut. Aus Erfahrung weiß ich, dass die Schlacht erst dann vorüber ist, wenn sie tatsächlich vorbei ist."

„Hört, hört!", rief Cord lachend.

Darauf hoben alle vier ihre Gläser und tranken sich gegenseitig zu.

„Da kommt Rafael." Die Dowager Duchess deutete mit dem Kopf in Richtung der Tür, die zum Ballsaal führte, und Danielle folgte ihrem Blick. Rafe war nicht lange fort gewesen, und dennoch verspürte sie Erleichterung, als sie ihn nun zurückkehren sah.

„Entschuldige", sagte er, als er sie beide erreicht hatte. „Ich hoffe, dass meine Anwesenheit nicht vermisst wurde."

Doch, sie hatte ihn sogar sehr vermisst! Auf der Tanzfläche hatte er ihr an ihrer Seite gefehlt, sie hatte seinen beschützenden Blick vermisst, und es beunruhigte sie zutiefst, wie leicht er sie erneut in seinen Bann zu ziehen vermochte.

„Geschäftliches?", fragte Danielle nachsichtig.

„Die Geschäfte des Königs." Er betrachtete sie aufmerksam. „Hältst du dem Sturm gut stand?"

„Besser, als ich vermutet hätte."

„Sie war fantastisch", stellte die Dowager Duchess überschwänglich fest. „Man könnte fast meinen, sie hätte ihr ganzes Leben nichts anderes getan. Und wenn man euch beide zusammen ansieht ... so ein wunderschönes Paar! Ab morgen wird der Klatsch verstummen, und alle werden davon überzeugt sein, dass es eine Liebesheirat war."

Eine Liebesheirat. Das wäre es einmal gewesen, dachte Danielle.

„Und alle werden Oliver Randall dafür verschmähen, dass er euch beiden so viel Leid verursacht hat", schloss ihre Schwiegermutter.

Danielle wurde beklommen zumute. Die bloße Erwähnung dieses Mannes weckte Erinnerungen, die sie seit Jahren bemüht war zu vergessen.

„Oliver hat sich jede Schmähung redlich verdient", befand Rafe.

„Man hätte den Mann strecken und vierteilen sollen", meinte seine Mutter, die die Dinge gerne beim Namen nannte, und lächelte Danielle an. Dann schweifte ihr Blick ab, denn sie hatte über den Rand ihres Augenglases hinweg einen blonden Mann entdeckt, der mit unsicherem Gang auf sie zukam. In seiner Hand hielt er ein Glas, dessen Flüssigkeit bei jedem seiner Schritte leicht über den Rand schwappte.

Das Lächeln wich aus ihrem Gesicht. „Dreht euch nicht um. Euer Cousin Arthur kommt zu uns herüber."

„Es überrascht mich, dass Sie ihn eingeladen haben", bemerkte Rafe.

„Das habe ich natürlich nicht“, entgegnete seine Mutter.

„Ich kann mich nicht erinnern, einmal etwas von einem Cousin namens Arthur gehört zu haben“, meinte Danielle.

Rafes Kiefermuskeln spannten sich. „Arthur Bartholomew. Ich spreche nur dann über ihn, wenn es sich nicht vermeiden lässt.“

Die Dowager Duchess setzte ein künstliches Lächeln auf und wandte sich dann ihrem missratenen Neffen zu. „Artie, mein Lieber, das ist aber eine Überraschung!“

„Das ist es tatsächlich.“ Der Mann mochte ein paar Jahre jünger sein als Rafe, sah ausgesprochen gut aus mit seinen blauen Augen und der Kerbe im Kinn, die wohl in der Familie liegen musste, wenngleich sein blasser Teint und die strohblonden Haare ihn weniger beeindruckend wirken ließen als Rafe.

Arthur verbeugte sich ein wenig schwankend, verschüttete dabei auch noch den Rest seines Getränks, und Danielle stellte fest, dass er nicht nur angeheitert, sondern sturzbetrunken war.

„Hallo Artie“, sagte nun auch Rafe, und ihr fiel der scharfe Ton seiner Stimme auf.

„Ah, Rafael ... zurück von deinem Ausflug in die amerikanische Wildnis? Und das hier ist sicher deine schöne Braut.“ Er neigte sich so tief über Danielles Hand, dass sie einen kurzen Moment fürchtete, er würde gleich vornüber fallen. Aber Arthur schien schon ausreichend Erfahrung mit Zuständen der Trunkenheit zu haben und hielt sich auf seinen schwankenden Beinen. „Es ist mir ein Vergnügen, Ihre Bekanntschaft zu machen, Duchess.“

„Ganz meinerseits, Mr. Bartholomew.“

„Bitte ... Sie müssen mich Artie nennen. Wir gehören doch jetzt alle zur Familie.“ Er lächelte noch immer, aber in seinen Augen bemerkte Danielle eine gewisse Unverschämtheit, die ihr nicht gefiel. Arthur ließ seinen Blick über sie gleiten und grinste breit.

„Gute Wahl, lieber Cousin", meinte er zu Rafe. „Die Hüften sind breit genug zum Gebären, und der Rest ist so ansprechend, dass das Interesse eines Mannes sicher auch noch nach der Empfängnis geweckt bleibt. Gut gemacht, alter Junge!"

Ohne zu zögern, packte Rafe Arthur beim Kragen seines Fracks. „Du warst nicht eingeladen, Arthur, und soeben hast du auch wieder bewiesen, dass es dafür einen guten Grund gab. Und jetzt verschwinde von hier, bevor ich dich eigenhändig hinauswerfe."

Als Rafe von Arthur abließ, hätte der junge Mann fast das Gleichgewicht verloren. Rafe winkte einen Hausdiener herbei, der sofort zu ihnen kam.

„Begleiten Sie Mr. Bartholomew bitte hinaus, Mr. Cooney."

„Natürlich, Euer Gnaden." Der Hausdiener war ein großer, kräftiger Mann, dessen finsterer Blick Arthur Bartholomew nichts Gutes verhieß, wenn er nicht freiwillig den Ballsaal verlassen würde.

Arthur rückte seinen Frack zurecht und strich sich sein blondes Haar zurück. „Einen schönen Abend noch." Er drehte sich um und steuerte auf die Tür zu, dicht gefolgt von dem Hausdiener. Als sie beide verschwunden waren, entspannten Rafes Züge sich langsam.

„Ich bitte für meinen Cousin um Entschuldigung. Er kann ein ziemliches Ärgernis sein, wenn er betrunken ist – was er leider meistens ist."

Die Dowager Duchess schüttelte seufzend den Kopf. „Ich kann diesen Mann nicht ertragen. Er trinkt nicht nur die ganze Zeit, sondern hat es auch geschafft, in weniger als zwei Jahren sein gesamtes Erbe durchzubringen. Wenn ich nur daran denke, dass dieser Mensch womöglich einmal der nächste Duke of Sheffield werden könnte …"

Danielle blinzelte verwirrt und sah Rafes Mutter fragend an. „Wollen Sie damit sagen, dass Arthur Bartholomew einen Anspruch auf den Titel hat?"

Die Dowager Duchess seufzte erneut. „Es bekümmert mich zutiefst, dass dem so ist. Solange Rafe keinen Sohn hat, der den Namen der Familie weitertragen wird, ist unser Vermögen in Gefahr."

Danielle stockte der Atem, und ihr schwindelte auf einmal. Sie war sich sicher, dass alles Blut aus ihrem Gesicht gewichen war und sie völlig erblasst war.

Wie aus weiter Ferne nahm sie Rafes Stimme dicht an ihrem Ohr wahr: „Du musst dir keine Sorgen machen. Ich weiß, dass ich meine Pflichten in letzter Zeit ein wenig vernachlässigt habe, aber von nun an werde ich dir wieder mehr Vergnügen bereiten, und folglich wirst du mir wohl schon bald ein ganzes Haus voller Söhne und Töchter schenken."

Danielle brachte kein Wort über die Lippen. Zum ersten Mal wurde ihr das Ausmaß dessen bewusst, was sie getan hatte. Solange Rafe mit ihr verheiratet war, würde er keinen legitimen Erben bekommen können. Und wenn er einen Unfall haben sollte oder plötzlich erkrankte und starb – was Gott verhüten möge –, würde Arthur Bartholomew Titel und Vermögen des Dukes of Sheffield erben.

„Geht es dir gut, meine Liebe? Du siehst furchtbar blass aus."

„Ich … es geht schon." Sie versuchte zu lächeln. „Es ist schon recht spät, und ich bin ein wenig müde."

„Mir geht es genauso", meinte Rafe, wenngleich er überhaupt nicht erschöpft wirkte. „Mutter, Sie werden uns leider entschuldigen müssen, aber Danielle fühlt sich nicht gut."

Die Dowager Duchess betrachtete sie aufmerksam. „Ja,

das sehe ich." Sie lächelte Rafe an. „Du musst deine Frau sofort zu Bett bringen." *Du solltest zugleich mit ihr zu Bett gehen,* schienen die unausgesprochenen Worte zu sein. *Denn je eher sie dein Kind empfängt, desto eher wird auch die Zukunft unserer Familie gesichert sein.*

„Komm, Liebste." Rafe legte seine Hand um ihre Taille.

„Gute Nacht, Euer Gnaden", verabschiedete Danielle sich von ihrer Schwiegermutter.

Als Danielle und Rafe jedoch ihre Gemächer erreicht hatten, läutete er nur kurz nach Caro, die Danielle helfen würde, sich auszukleiden. Dann zog er sich in sein Zimmer zurück.

Am nächsten Morgen erhielt Rafe eine Nachricht von Jonas McPhee. Der Ermittler war nach London zurückgekehrt und bat um ein Treffen mit Rafael in Sheffield House am Abend desselben Tages.

Die bevorstehenden Neuigkeiten beunruhigten Rafe, weshalb er auf sein Abendessen mit Danielle verzichtet hatte und noch immer in seinem Arbeitszimmer am Schreibtisch saß, als sein Butler in der Tür erschien, um ihm das Eintreffen des Ermittlers aus der Bow Street mitzuteilen.

„Bringen Sie ihn herein", wies Rafe an, und wenige Minuten später kam McPhee in das Arbeitszimmer, die Hände tief in den Taschen seines abgetragenen Wollmantels vergraben.

„Es tut mir leid, dass ich nicht eher habe kommen können, Euer Gnaden. Aber das Wetter ist recht unwirtlich geworden, und auf den matschigen Straßen war kein Fortkommen mehr."

„Sie haben geschrieben, dass Sie den Dieb gefunden hätten, der die Kette meiner Frau gestohlen hat."

Jonas wählte seine Worte mit Bedacht. „Ich habe den Mann gefunden, den Sie suchen. Es sieht so aus, als habe er den Schmuck als eine Art Darlehen benutzt, um seine Überfahrt von Amerika zu bezahlen. Er lebt jetzt in einem kleinen Cottage, das einem gewissen Stephen Lawrence gehört. Wie Sie angeordnet hatten, habe ich den Mann verhaften lassen. Mr. Lawrence war zu der Zeit nicht in der Stadt."

„Wie heißt dieser Mann?"

„Er nennt sich Robert McCabe, wenngleich ich Zweifel habe, dass dies sein wirklicher Name ist."

„Wo ist McCabe jetzt?"

„Auf dem Weg ins Gefängnis von Newgate. Wahrscheinlich wird er morgen dort eintreffen."

„Wie sind Sie auf ihn gekommen?"

„Das war nicht so schwer, wie ich befürchtet hatte. Dieser McCabe ist ein recht gut aussehender Mann, gebildet ... genau die Sorte Mann, die Frauen anziehend finden. Die Frau eines Ladenbesitzers konnte sich noch genau an ihn erinnern. Er hatte sich bei ihr nach dem Weg nach Evesham erkundigt. In dem Dorf fand ich dann eine junge Frau, die in einer Schenke arbeitete und sich gleichfalls an ihn erinnerte. Sie war sich sicher, dass er irgendwo in der Nähe wohnen musste. Ich habe dann herumgefragt und ihn schließlich in dem Cottage von Mr. Lawrence gefunden."

„Ich verstehe."

McPhee war sichtlich unbehaglich zumute. Rafe lehnte sich in dem lederbezogenen Stuhl hinter seinem Schreibtisch zurück und legte seine Handflächen vor der Brust zusammen. „Sie waren schon immer recht diplomatisch, Jonas. Was ist es also, von dem Sie wünschten, dass Sie es mir nicht sagen müssten?"

Jonas fuhr sich mit der Hand über seinen fast kahlen Kopf und seufzte. „McCabe hat nicht geleugnet, dass er es war, der dem Geldverleiher in Liverpool die Kette gegeben hat. Aber er stritt ab, ein Dieb zu sein. Er meinte, dass er den Schmuck nur als Pfand gegeben hätte und hoffte, ihn bald wieder auslösen zu können. Er sagte auch, die Kette sei ein Geschenk gewesen, das er eines Tages der Person zurückzugeben gedenke, von der er es bekommen hatte."

„Weiter, Jonas."

„McCabe erzählte, dass die Duchess of Sheffield ihm die Halskette überlassen hatte, damit er seine Überfahrt nach England bezahlen könne."

Über den Raum senkte sich eine tiefe Stille.

Rafes Magen zog sich schmerzlich zusammen. „Ich vermute, dass Sie die Geschichte dieses Mannes für glaubhaft halten."

„Ich fürchte ... ja. Natürlich könnte ich mich auch täuschen, aber ..."

„Sie haben sich noch nie geirrt, Jonas." Rafe stand auf und versuchte, den Anfall von Eifersucht im Zaum zu halten, den er verspürte. Mit jedem Atemzug wuchs jedoch seine Wut. „Ich werde sehen, was ich mit diesen Informationen anfangen kann. Wie immer danke ich Ihnen erst einmal für Ihre gute Arbeit."

Jonas erhob sich nun auch. „Sie werden mit McCabe sprechen?"

„Sobald er im Gefängnis eingetroffen ist." Dass er sich derweil ausführlich mit seiner Frau unterhalten würde, behielt er für sich.

„Gute Nacht, Euer Gnaden."

„Gute Nacht, Jonas." Als der Ermittler gegangen war, goss Rafe sich erst einmal einen Brandy ein. Er trank, verspürte das Brennen im Hals, jedoch keine Linderung der Wut, die in ihm aufloderte. Er goss sich ein zweites Glas ein.

Seine Gedanken kreisten die ganze Zeit darum, dass seine Frau ihr Hochzeitsgeschenk einem anderen Mann gegeben hatte – einem gut aussehenden, charmanten, gebildeten Mann, der auf Frauen sehr anziehend wirkte.

McPhee konnte natürlich recht haben, und die Geschichte konnte sich als nicht wahr erweisen. Vielleicht hatte der Mann sich alles nur ausgedacht, um seine Haut zu retten. Immerhin konnte Rafe sich sicher sein, dass dieser McCabe Danielle nicht verführt hatte, denn als sie sich das erste Mal geliebt hatten, war sie noch unberührt gewesen.

Er dachte wieder daran, wie er Danielle schon einmal zu Unrecht beschuldigt hatte. Damals hatte er sich gewaltig getäuscht, und der Preis, den sie beide für seinen Irrtum hatten zahlen müssen, war hoch gewesen. Rafe wollte diesen Fehler nicht erneut begehen.

Aber er hatte von Anfang an gemerkt, dass Danielle ihm nicht die Wahrheit über das Verschwinden der Halskette sagte …

Rafe kippte den Rest seines Brandys hinunter, stellte das Glas auf dem Tisch ab und ging zum Tresor, aus dem er den roten Seidenbeutel holte.

Er steckte den Schmuckbeutel in seine Jackentasche und verließ entschlossenen Schrittes sein Arbeitszimmer.

21. KAPITEL

Wenn ich doch nur wüsste, was ich machen soll, Caro! Ich versuche mir einzureden, dass es besser ist, wenn er kühl und distanziert bleibt, und dass es für mich auf diese Weise sicherer ist, aber andererseits ist Rafe doch auch mein Ehemann, und ich wünschte mir, dass unser Verhältnis anders wäre … dass wir zumindest Freunde sein könnten."

Als Caro ihr einen kurzen Blick zuwarf, errötete Danielle, die auf dem Hocker vor dem Spiegel ihres Ankleidetisches saß. Sie und Rafe mochten zwar keine Freunde sein, aber sie waren ein leidenschaftliches Liebespaar. Zumindest waren sie das einmal gewesen …

„Der Duke ist schon geraume Zeit nicht mehr ganz er selbst", bemerkte Caro und fuhr mit der Bürste durch Danielles Haar. „Vielleicht würde sich eure Beziehung verbessern, wenn du herausfinden könntest, was die Ursache seiner Zurückhaltung ist."

Danielle war dabei, zu Bett zu gehen. Sie trug bereits ihr weißes Baumwollnachthemd, aber ihr Haar war noch nicht geflochten. Gerade als sie zu einer Erwiderung ansetzen wollte, beendete ein kräftiges Klopfen an der Tür Danielles Unterhaltung mit ihrer Freundin.

„Ich mache schon auf", rief Caro, die annahm, dass es eines der Zimmermädchen sein würde, doch noch bevor sie die Tür erreicht hatte, war Rafael bereits entschlossenen Schrittes eingetreten.

Seine blauen Augen funkelten aufgebracht, und seine Miene war angespannt. „Wenn Sie uns bitte entschuldigen würden, Miss Loon."

Danielle begann das Herz bis zum Hals zu schlagen.

Caro warf ihr noch einen besorgten Blick zu und eilte dann

hinaus. „Gute Nacht, Euer Gnaden.“ Sie schloss die Tür fest hinter sich.

Rafe betrachtete Danielle eingehend.

„Du willst zu Bett gehen …“, stellte er schließlich fest, als ob sie das nicht jeden Abend täte.

„Nun … ja, ich … ich habe nicht erwartet, dass du mir Gesellschaft leisten wolltest. Ich meine … du bist mir schon eine Weile ferngeblieben, und deshalb dachte ich …“ Sie war sich bewusst, dass sie Unsinn redete, aber sie konnte die Worte kaum zurückhalten.

„Ja …?“ Seine funkelnden Augen verhießen nach wie vor Ärger, aber auf einmal konnte Danielle in seinem Blick zudem das heiße Verlangen auflodern sehen, das unvermindert zwischen ihnen zu brennen schien.

„Nun … wie gesagt, es ist schon länger her, dass …“

„Zu lange.“ Er kam auf sie zu, zog sie in die Höhe und geradewegs in seine Arme.

Rafes Mund senkte sich ungestüm auf den ihren, und sie war so überwältigt, dass sie vergaß, was sie hatte sagen wollen. Sie wusste, dass er wütend war und dass er nicht zu ihr gekommen war, um sie zu lieben. Aber nun, da er sie küsste, schienen sich seine Absichten zu ändern. Sein kraftvoller Körper drängte sich an sie, und sie konnte seine Erregung spüren. Als Rafe sie immer eindringlicher zu küssen begann und sie mit seiner Zunge vereinnahmte, wurde das Feuer ihrer Leidenschaft zu neuem Leben entfacht, und alles, was zuvor gewesen war, verlor auf einmal an Bedeutung.

Danielle schlang ihre Arme um seinen Hals und erwiderte seinen Kuss. Als sie ihre Zunge über die seine gleiten ließ, hörte sie Rafe leise stöhnen. Seine Hände begannen ihre Brüste zu liebkosen, umfassten sie durch den dünnen Stoff und streichelten die Spitzen, die sich zu harten, kleinen Knospen aufrichteten. Unwillkürlich bäumte Danielle sich ihm entgegen und drängte ihre Brüste noch fester in Rafes Hände. Ein leise klagender Laut stieg tief aus ihrem Innern auf, und ein wohliger Schauer durchfuhr sie.

„Ich erinnere mich noch an das erste Mal, da ich dich so berührt habe", flüsterte er, „an jenem Tag im Obstgarten. Wenn ich meine Augen schließe, kann ich noch immer spüren, wie du am ganzen Körper gezittert hast ... so wie jetzt."

Als Rafe sie erneut küsste, wurde sie von wildem Verlangen durchdrungen. Sie fühlte seine Hände auf ihrem Rücken, dann umfasste er ihr Gesäß und zog sie an sich, und sie spürte, dass er genauso heftig erregt war wie sie.

Rafe drehte sie herum, bis sie sich beide im Spiegel betrachten konnten. Dieser Anblick von Vertrautheit und der Gedanke daran, dass sie gleich innig vereint sein würden, ließen ihren Leib vor Begierde brennen.

Rafe zog an den Bändern, die ihr Nachthemd am Hals zusammenhielten, und streifte ihr den Stoff von den Schultern, zog es über ihre Hüften und ließ es zu ihren Füßen zu Boden gleiten.

„Stütz dich mit deinen Händen auf dem Hocker ab", forderte er sie auf, umfasste ihre Handgelenke und drängte sie, sich nach vorn zu beugen. Im Spiegel sah sie ihn hinter sich stehen, dunkelhaarig und hochgewachsen, mit unglaublich tiefblauen Augen ... und noch völlig bekleidet, während sie sich in gänzlicher Blöße betrachtete. Danielle empfand den Anblick als unbeschreiblich erotisch.

Ihre Blicke trafen sich im Spiegel, und er zog sie vollkommen in seinen Bann, während er mit einer Hand ihr Gesäß streichelte. In seinen Augen lag das Versprechen lustvoller Erfüllung, und sie vertraute ihm. Der harte Zug um seinen Mund ließ jedoch erkennen, dass unter Rafes ruhigem Äußeren sein Zorn weiter schwelte. Danielle zögerte.

„Ich bin mir nicht sicher, ob ..."

„Doch.“

Ihr Herz schlug schneller, als sie seine tiefe Stimme und den Ton männlicher Bestimmtheit vernahm. Erneut überkam sie heftiges Verlangen, das ihr Blut aufwallen ließ. Sie konnte seine Hände auf ihrem Gesäß spüren … spürte sie zwischen ihren Beinen, wo Rafe sie zu liebkosen begann.

Ihr ganzer Leib pulsierte, Begierde durchströmte jede Faser ihres Körpers und jagte warme Wellen der Lust in ihren Schoß. Dann fühlte sie das suchende Tasten seiner Männlichkeit, und als er sich in sie gleiten ließ und sie ihn tief in sich spürte, bäumte sie sich auf, und ihrer beider Blicke trafen sich im Spiegel.

Rafe umfasste ihre Hüften und hielt sie fest, um seine kräftigen Stöße zu empfangen. Er nahm sie mit wilder Leidenschaft und drang immer wieder in sie. Ihre Lust steigerte sich mit jeder seiner Bewegungen. Als höchste Erfüllung sie erschauern ließ, schloss Danielle die Augen, aber Rafe setzte seinen Ansturm unvermindert fort, bis sie ein weiteres Mal zum Höhepunkt gelangte, und erst dann gab er seiner eigenen Lust nach und stöhnte tief auf, als er gleichfalls Erfüllung fand.

Gemeinsam ließen sie das Glücksgefühl in sich nachklingen, dann löste Rafe sich von ihr, und im Spiegel konnte Danielle sehen, wie sein Gesicht erneut einen harten Zug annahm.

Er griff nach ihrem blauen Morgenmantel und reichte ihn ihr. Dann knöpfte er seine Hose zu und rückte seine Kleider zurecht. Danielle schlüpfte rasch in den schützenden Mantel.

Rafe wandte den Blick ab und sah zum Fenster hinaus. „Das war nicht meine Absicht.“ Das Bedauern darüber, was gerade geschehen war, stand ihm ins Gesicht geschrieben. Er hatte die Kontrolle über sich verloren – und das konnte Rafe nicht ertragen. Danielle hingegen verspürte keinerlei Bedauern, denn seine ihm so liebe Selbstbeherrschung ging ihr zunehmend auf die Nerven.

„Wenn du mich nicht hast lieben wollen, weshalb bist du dann zu mir gekommen?"

Rafe holte einen roten Seidenbeutel aus der Jackentasche seines burgunderfarbenen Fracks. „Ich glaube, das gehört dir."

Danielle erkannte den Schmuckbeutel sofort wieder. Du lieber Himmel, die Perlen! Sie begann zu zittern, wollte etwas erwidern, doch die Worte kamen ihr kaum über die Lippen. „Das Collier", stellte sie schließlich fest.

„Du scheinst überrascht zu sein, es wiederzusehen." Rafe nahm die Perlen aus dem Beutel und ließ sie durch seine langen Finger gleiten.

„Natürlich ... bin ich überrascht."

„Weil sie gestohlen wurden?"

„Ja. Warum ..."

„Oder wegen etwas anderem? Vielleicht wurden die Perlen ja gar nicht gestohlen, und du bist deshalb überrascht, weil der Mann, dem du sie gegeben hast, nach England zurückgekehrt ist und sich noch nicht bei dir gemeldet hat."

Danielle war es, als würde ihr Verstand aussetzen. Wovon um alles in der Welt sprach Rafe? „Ich ... ich weiß nicht, was du meinst."

„Er hat sich also doch bei dir gemeldet."

„Nein!" Er musste von Robert sprechen. Du lieber Himmel, er hatte irgendwie herausgefunden, dass sie an Roberts Flucht beteiligt war, und kam nun mit wilden Vermutungen daher, die nicht im Entferntesten stimmten! Das Blut pochte ihr laut in den Schläfen. „Ich ... ich kann nur vermuten, was du denkst, aber es ist ganz anders, als es scheint."

„Ist es das?"

„Ich habe Robert tatsächlich die Kette gegeben ... aber nur, weil er sonst niemanden hatte, der ihm hätte helfen können."

„Robert? Wenn du ihn so nennst, müsst ihr euch wirklich sehr gut kennen."

„Nein! Ach du meine Güte ..." Sie wandte sich von Rafe ab, der reglos vor ihr stand, versuchte die Tränen zurückzuhalten und überlegte verzweifelt, was sie jetzt sagen sollte. „Wann ... wann hast du davon erfahren?"

„Cord kam vor einigen Wochen mit den Perlen zu mir." Er tat sie zurück in den Seidenbeutel und legte ihn auf den Ankleidetisch. „Dein Freund Robert hatte sie bei einem Geldverleiher in Liverpool verpfändet. Der Händler dachte sich, dass Cord an dem Schmuck interessiert sein könnte."

Danielle schüttelte den Kopf. „Du hast dich so seltsam benommen ... Ich wusste, dass etwas nicht stimmte, aber ..."

Rafe schlug mit der Faust auf den Tisch. „Was zum Teufel ist zwischen dir und diesem Robert McCabe?"

„Gar nichts! Robert ist ... er ist Caros Freund. Sie hat sich unsterblich in ihn verliebt. Aber Robert steckt in Schwierigkeiten, und er brauchte Geld. Doch Caro hat selber kein Geld, und wir waren schon fast auf dem Heimweg nach England. Ich ... ich wusste nicht, wie ich ihm anders hätte helfen sollen, und habe ihm die Perlen gegeben."

Einen Augenblick sah Rafe sie stumm an. Ihm war anzusehen, dass er sich sehr bemühen musste, seinen Zorn zurückzuhalten. „Warum bist du nicht zu mir gekommen, wenn du Hilfe brauchtest?"

„Das wollte ich. Aber wir waren gerade einmal ein paar Stunden verheiratet. Ich hatte Angst davor, was du sagen würdest und was dann womöglich mit Robert geschehen könnte."

Ein furchtbarer Gedanke kam ihr, und sie sah zu Rafe auf. „Was hast du mit ihm gemacht?"

Rafe zog leicht einen Mundwinkel in die Höhe. „Dein

Freund McCabe befindet sich auf dem Weg ins Gefängnis von Newgate."

Die Nachricht traf sie so unerwartet, dass ihre Beine unter ihr nachzugeben drohten. „Oh mein Gott ..."

Rafe streckte schnell seinen Arm aus, um sie zu stützen. „Verdammt!" Er half ihr in einen Sessel, ging dann zum Waschtisch, nahm den Porzellankrug und goss Danielle ein Glas Wasser ein. Sie nahm es dankbar entgegen und trank einen Schluck. Mit zitternder Hand stellte sie das Glas auf dem Tisch ab.

„Ich weiß, dass du keinen Grund hast, mir zu glauben, aber ich sage dir die Wahrheit."

„Das hättest du von Anfang an machen sollen", erwiderte Rafe nüchtern.

Danielle blinzelte. „Du ... du glaubst mir."

„Ich versuche es. Und jetzt erzählst du mir am besten alles, und lass nichts aus, denn ich will die ganze Wahrheit hören."

Danielle wurde ganz beklommen ums Herz. Nie hätte sie zu hoffen gewagt, dass Rafe sie anhören würde. Sie atmete tief durch und versuchte, die richtigen Worte zu finden.

„Es begann alles in Philadelphia." Dann erzählte sie Rafe, wie Caro ihr Robert in Tante Floras Haus vorgestellt hatte. Sie erklärte, warum Caro von seiner Unschuld überzeugt war und weshalb sie selbst auch dieser Ansicht war.

„Heißt er wirklich McCabe?"

Danielle zögerte.

„Verdammt noch mal! Wann wirst du endlich begreifen, dass ich dein Freund bin, und nicht dein Feind?"

Danielle holte tief Luft. „Entschuldige. Nein, sein Name lautet McKay. Aber wenn die Behörden herausfinden, wer er wirklich ist, werden sie ihn hängen. Und ihn zu verlieren würde Caro das Herz brechen."

„Du lieber Himmel, was hat der Kerl verbrochen?"

„Das ist ja genau das Problem. Er ist des Mordes angeklagt, ist aber unschuldig. Da ich genau weiß, wie es ist, eines Verbrechens beschuldigt zu werden, das man nicht begangen hat, musste ich ihm einfach helfen."

Rafe betrachtete sie einige Augenblicke aufmerksam. Dann zog er sie zu ihrer völligen Überraschung an sich und schloss sie fest in seine Arme. „Sie sind mir vielleicht eine, Duchess."

Danielle schluckte schwer. Sie schmiegte sich an ihn und wusste nicht, ob sie besorgt oder erleichtert sein sollte.

„Ich werde mit deinem Freund Robert sprechen und für ihn tun, was ich kann."

Ihr war so beklommen zumute, dass sie kaum atmen konnte. Rafe würde ihr helfen ... er wollte Robert helfen. „Danke."

„Im Gegenzug erwarte ich von dir, dass du mich von jetzt an nie wieder belügst."

Sie nickte, denn sie hatte ihn von Anfang an nie belügen wollen. Und jetzt vertraute sie ihm jeden Tag ein bisschen mehr.

„Versprich es mir."

„Ich verspreche es dir." Kaum hatte sie die Worte ausgesprochen, spürte sie erneut Tränen in sich aufsteigen, denn indem sie Rafe ihr dunkles Geheimnis verschwieg, belog sie ihn schon wieder. Wenn er jemals herausfand, dass sie ihn getäuscht hatte ... Danielle wusste nicht, ob sie das ertragen könnte.

Rafe ging durch die modrigen, dunklen Gänge des Gefängnisses von Newgate. Wasser tropfte von den Deckenbalken, und die kalten Steinwände waren mit glitschigem Moos überzogen. Der Geruch ungewaschener Körper und menschlicher

Exkremente hing in der Luft, und irgendwo in der schummrigen Dunkelheit war das klägliche Jammern eines Gefangenen zu hören.

„Hier entlang, Euer Gnaden.“ Ein fettleibiger, gleichfalls wenig erfreulich riechender Wärter führte ihn zu einer Zelle im hinteren Teil des Gefängnisses. Der Mann schob einen eisernen Schlüssel in das rostige Schloss, das sich quietschend öffnete, und nachdem er die schwere Holztür aufgestoßen hatte, trat er einen Schritt beiseite, um Rafe eintreten zu lassen.

„Wenn Sie fertig sind, rufen Sie einfach.“

„Danke.“ Rafe hoffte, dass er nicht lange brauchen würde.

Die Schritte des Wärters verhallten im Korridor, dann wandte Rafe seine Aufmerksamkeit dem Mann zu, der am Boden der Zelle auf dem feuchten Stroh saß. Er hatte den Rücken an die Wand gelehnt, und in dem schummrigen Licht konnte Rafe sehen, dass seine Jacke und sein Hemd zerrissen und voller Dreck und getrocknetem Blut waren.

„Wer sind Sie?“, fragte der Gefangene und setzte sich ein wenig auf, erhob sich jedoch nicht.

„Sheffield. Meines Wissens ist Ihnen der Name vertraut.“

Der andere bemühte sich nun erneut aufzustehen, doch Rafe legte ihm eine Hand auf die Schulter und bedeutete ihm zu bleiben, wo er war. „Sie sehen nicht gut aus. Wie schlimm sind Sie verletzt?“

„Die Bastarde haben mich fast totgeschlagen.“

„Der Wärter hat mir erzählt, Sie hätten sich Ihrer Verhaftung widersetzt.“

McKay erwiderte nichts.

„Ich habe mit meiner Frau über Sie gesprochen. Die Duchess sagt, sie habe Ihnen das Collier gegeben.“ Rafe merkte, wie überrascht der andere war.

„Es scheint Sie zu verwundern …“

„Ich war mir nicht sicher, was die Dame über mich sagen würde."

„Besser wäre es gewesen, wenn sie es bereits gesagt hätte, bevor wir nach England aufgebrochen sind."

„Sie verstehen sicher, dass sie mir nur helfen wollte. Ihre Frau ist wirklich ganz wunderbar."

„Ja, das ist sie. Und Caroline Loon?"

Der Gefangene ließ seinen Kopf gegen die Wand sacken. „Ich habe sie nicht erwähnt, da ich sie aus allem heraushalten wollte."

Rafe setzte sich neben den Mann in das schmutzige Stroh. Er war ihm nun nah genug, um auch sein blaues Auge und die Blutergüsse in seinem Gesicht erkennen zu können.

„Erzählen Sie mir den Rest der Geschichte … von dem Mord, dessen Sie angeklagt sind, und warum ich Ihnen, so wie meine Frau und Caroline Loon es tun, glauben sollte, dass Sie ihn nicht begangen haben."

McKay zögerte nur kurz und begann dann, klar und ruhig seine Geschichte zu erzählen. Eine halbe Stunde später rief Rafe nach dem Wärter, damit er ihn wieder aus der Zelle ließ.

„Ruhen Sie sich ein wenig aus, McKay. Ich werde Ihre Freilassung so schnell wie möglich in die Wege leiten. Aber wir dürfen kein Aufsehen erregen, denn bislang weiß niemand, wer Sie wirklich sind, und das ist sicher auch besser so. Es kann ein paar Tage dauern. Ich werde bei den Wärtern ein wenig Geld für Sie hinterlegen und Ihnen dann eine Kutsche schicken lassen, die Sie abholt."

„Danke, Euer Gnaden."

„Ich vertraue darauf, dass Sie mir die Wahrheit gesagt haben, Robert, und werde alles in meiner Macht Stehende tun, um Ihnen zu helfen. Sollten Sie mich angelogen haben, werden Sie sich allerdings schon bald am Galgen wiederfinden."

McKay unterdrückte einen Schmerzenslaut, als er schließlich doch aufstand und sich sogleich an die Wand lehnte, um sich zu stützen. „Jedes meiner Worte entspricht der Wahrheit."

Rafe erwiderte nichts darauf.

„Ich stehe in Ihrer Schuld, Euer Gnaden, und werde nie vergessen, was Sie und Ihre Frau für mich getan haben."

„Nun ... da ich es war, der sie hat verhaften lassen, und somit an Ihren Blessuren nicht ganz unschuldig bin, möchten Sie Ihre Meinung vielleicht noch einmal ändern."

Ihm war, als ob er die Andeutung eines Lächelns auf McKays Gesicht bemerkte.

„Bis bald, Robert."

„Ich werde Sie nicht enttäuschen, Euer Gnaden."

Als Rafe das Gefängnis verließ, überlegte er sich, ob dieser Mann sie alle an der Nase herumführte oder ob er tatsächlich die Wahrheit sprach. Wenn seine Geschichte stimmte, dann war Robert McKay der Earl of Leighton.

Dies zu beweisen würde jedoch nicht einfach sein. Und was würde mit Caroline Loon geschehen, wenn aus dem Mann, den sie liebte, wie durch ein Wunder plötzlich ein mächtiger und einflussreicher Adliger wurde?

22. KAPITEL

Danielle saß vor dem Ankleidetisch in ihrem Schlafzimmer, während Caro sich auf die goldsamtene Bank am Fuße des Baldachinbettes gehockt hatte. Seit einer halben Stunde redeten sie nun schon über Robert McKay.

„Ist der Duke wirklich sicher, dass Robert bald aus dem Gefängnis entlassen wird?", fragte Caro nicht zum ersten Mal.

„Er meint, dass es vielleicht noch ein, zwei Tage dauern könnte, aber Rafael hat versprochen, dass er die Freilassung durchbringen wird. Allerdings wollte er die Angelegenheit nicht zu dringlich erscheinen lassen, um bei den Behörden nicht unnötig Aufsehen zu erregen."

„Aber hast du nicht gesagt, dass Robert verletzt ist? Dann muss sich doch jemand um seine Wunden kümmern und ihn pflegen!"

Danielle straffte die Schultern und sah Caro streng an. Sie und Rafe wollten an dem Abend eine komische Oper mit dem Titel „Virginia" im Drury Lane Theatre ansehen und danach noch eine Abendgesellschaft besuchen, die anlässlich des Geburtstags des Bürgermeisters gegeben wurde. Danielle führte nun tatsächlich das Leben einer Duchess, und sie war fest entschlossen, ihrer neuen Rolle gerecht zu werden.

„Hör mir gut zu, Caro. Ich weiß, dass du dir Sorgen machst, aber wir müssen umsichtig vorgehen. Rafe hat mir versichert, dass Roberts Verletzungen nicht lebensbedrohlich sind. Zudem wird er ja sehr bald aus dem Gefängnis entlassen werden."

Sie dachte daran, dass Robert allerdings auch eine wirre Geschichte zum Besten gegeben hatte, laut derer er der Earl of Leighton sei. Das wollte Danielle ihrer Freundin lieber nicht erzählen, sondern dies Robert überlassen, denn sie war sich nicht sicher – sollte die Geschichte überhaupt stimmen –, wie sich dieser neue Umstand auf Roberts und Caros Beziehung auswirken würde.

Roberts dringlichstes Problem war derzeit aber, seine Unschuld zu beweisen. Und solange ihm das nicht gelungen war, schwebte er in höchster Gefahr. Das wollte sie Caro aber lieber auch nicht sagen.

Es klopfte an der Tür, und Danielle erkannte sofort, dass es Rafael war. Rasch warf sie einen prüfenden Blick in den Spiegel.

„Ach je, ich habe die Perlen ganz vergessen!“ Sie holte die Halskette aus ihrer Schmuckkassette hervor. „Du musst dir keine Sorgen machen, meine Liebe“, wandte sie sich erneut an ihre Freundin. „In wenigen Tagen wirst du deinen Robert wiedersehen.“

Caro nickte, und Danielle sah Tränen in ihren Augen schimmern. „Du und der Duke seid beide so gut zu mir gewesen!“

„Unsinn!“, ließ sich Rafes tiefe Stimme von der Tür her vernehmen. „Sie sind uns eine gute und treue Freundin, Caroline. Und Freunde helfen einander.“

Als er ins Zimmer kam, stand Danielle auf und küsste seine Wange. Sie war glücklich, jetzt wieder häufiger Spuren des Rafaels an ihm wahrzunehmen, den sie kannte und der immer so freundlich zu anderen gewesen war. Caro zog sich unauffällig aus dem Raum zurück, und Danielle reichte Rafe die Perlen.

„Würdest du so nett sein, sie mir anzulegen?“

Rafe lächelte, als er die Kette entgegennahm, dann legte er sie um Danielles Hals und ließ den diamantenen Verschluss einrasten. Er trat einen Schritt zurück, um die Wirkung des Schmucks zu begutachten. „Die Perlen sind einfach großartig – genau wie du.“

Danielle lächelte. „Danke."

„Ich habe dir noch nie die Legende erzählt. Möchtest du sie nun hören?"

„Ja, sehr gern." Danielle spürte die Perlen auf ihrer Haut. Das Collier schien wie für sie gemacht. „Ich bin sehr gespannt auf die Geschichte."

„Ich sollte dich vielleicht warnen, denn sie ist nichts für zarte Gemüter."

Danielle hob die Augenbrauen. „Nun hast du meine Neugierde aber geweckt!"

Rafe streckte seine Hand aus und berührte flüchtig die Perlen an ihrem Hals. „Wie ich dir bereits erzählt hatte, stammt der Schmuck aus dem Mittelalter. Der mächtige Lord Fallon hatte die Kette als Hochzeitsgeschenk für seine Braut, Lady Ariana of Merrick, in Auftrag gegeben und jede Perle und jeden Diamanten eigenhändig ausgesucht. An dem Tag, an dem ihr Bräutigam auf Castle Merrick eintreffen sollte, trug Lady Ariana das Collier. Der Legende zufolge war es eine Liebesheirat, wie es sie zu dieser Zeit nie zuvor gegeben hatte. Doch unglücklicherweise wurde der Earl auf dem Weg zu seiner Braut von Wegelagerern überfallen, und er und alle seine Männer wurden umgebracht."

„Oh, wie furchtbar!"

„Als Lady Ariana davon erfuhr, war sie so untröstlich, dass sie auf den höchsten Turm der Burg stieg und sich von den Zinnen hinab zu Tode stürzte. Sie trug immer noch die Perlen, und später fand man heraus, dass sie auch Lord Fallons Kind unter ihrem Herzen trug."

Danielle schluckte schwer. Sie legte ihre Hand auf die Perlen, die sich unter der Berührung ihrer Finger erwärmten. Nun verstand sie, weshalb man den Schmuck das Hochzeitscollier nannte.

Sie dachte an die junge Frau, die ihre große Liebe so grausam verloren hatte … und sie dachte an das Kind, das sie ihrem Mann geschenkt hätte. Danielle versuchte, den Gedanken daran zu verdrängen, dass sie und Rafe nie ein Kind haben würden, doch aus der Tiefe ihres Herzens ließ er sich nicht verbannen.

Dass sie angefangen hatte zu weinen, wurde ihr erst bewusst, als Rafe ihr eine Träne von der Wange wischte.

„Wenn ich gewusst hätte, dass die Legende dich so berührt, hätte ich sie dir nie erzählt."

Danielle versuchte zu lächeln. „Es ist eine sehr traurige Geschichte."

Ihre Finger fuhren langsam über die glatten Perlen und die geschliffenen Diamanten. „Ich habe schon immer geahnt, dass diese Kette etwas ganz Besonderes ist, aber …" Sie sah zu Rafe auf. „Ich werde von nun an gut auf sie aufpassen … und das Gedenken an Lady Ariana wahren."

Er küsste Danielle leicht auf die Lippen. „Ich bin mir sicher, dass du das wirst."

Sie atmete tief auf und sah zur Tür. „Wir sollten aufbrechen." Eigentlich wollte sie aber gar nicht gehen. Sie war zwar nun Rafaels Frau, doch es gab noch genügend Leute, die an ihrer Unschuld zweifelten und glaubten, sie habe Rafe in die Ehefalle gelockt.

Er nahm ihre Hand. „Wir wollen Cord und die anderen nicht warten lassen."

„Nein, natürlich nicht." Doch als sie an Rafes Arm ihr Schlafzimmer verließ, ging ihr noch immer die tragische Legende von Ariana und ihrem Geliebten – und dem Kind, das mit ihnen gestorben war – durch den Kopf. Den ganzen Abend verfolgte sie die Geschichte in ihren Gedanken.

Kräftiger Regen prasselte gegen die Sprossenfenster von Leighton Hall. Die zweitausend Morgen wogender Felder, die den

Landsitz aus dem heimischen gelben Sandstein der Cotswolds umgaben, wurden langsam zu einem Meer aus Schlamm, und ein rauer Wind heulte über die niedrigen Bruchsteinmauern.

In seinem holzgetäfelten Arbeitszimmer hatte Clifford Nash, der fünfte Earl of Leighton, es sich in einem Ledersessel vor dem Kamin gemütlich gemacht. Nash war zweiundvierzig, hatte dunkles Haar und dunkelbraune Augen. Er hatte sich immer für einen gut aussehenden Mann gehalten, wenngleich er in den letzten Jahren etwas rundlicher geworden war.

Und nun, da er reich war wie Krösus, gab es auch nichts mehr, was er sich versagen musste.

Ihm gegenüber saß sein Verwalter Burton Webster und beugte sich in seinem Sessel vor. „Was meinen Sie, sollen wir tun?“ Webster war vor einer halben Stunde unangemeldet, und offensichtlich zutiefst besorgt, vorbeigekommen.

Clifford ließ den Brandy in seinem Glas kreisen. „Woher wollen Sie wissen, dass dieser Mann wirklich McKay ist?“

„Ich sage Ihnen, er ist es! Er war bei seinem Cousin Stephen Lawrence in Evesham. Lawrence ist der Kerl, der vor ungefähr einem Jahr angefangen hat, nach Informationen über den Tod des alten Earls zu schnüffeln. Er war wild entschlossen zu beweisen, dass McKay unschuldig ist.“

„Ja, ich erinnere mich an ihn. Aber er hat nichts herausgefunden, soweit ich mich erinnere. Eigentlich hatte ich gehofft, dass wir danach nie wieder von ihm hören würden.“ Die Männer tranken Cliffords besten Brandy und rauchten dazu teure Zigarren, aber Webster war zu nervös, als dass er beides hätte genießen können.

„Ich bin mir nicht sicher, was aus Lawrence geworden ist“, fuhr er nun fort. „Mit Sicherheit weiß ich nur, dass Molly Jameson mir geschrieben hat, dass McKay wieder in England ist. Anscheinend hat er Kontakt mit ihr aufgenommen, weil er über das vermeintliche Rendezvous mit ihr sprechen wollte, das sie an dem fraglichen Abend in dem Gasthof gehabt hätten."

„Hat sie sich mit ihm getroffen?"

„Nein, er ist zur vereinbarten Zeit nicht aufgetaucht. Aber sie findet es naheliegend, dass er in England Zuflucht bei seinem Cousin suchen würde, und hat mich auf Stephen Lawrence gebracht."

„Dann fahren Sie nach Evesham, und kümmern Sie sich um McKay."

Webster seufzte. Er war ein großer, muskulöser Mann mit kräftigen Händen und einer Nase, die mehr als einmal gebrochen war. Seit fünf Jahren stand er nun schon in Nashs Diensten, hatte sich in dieser Zeit für Clifford unentbehrlich gemacht und war ihm treu ergeben.

„Da liegt das Problem. Ich war in Evesham – aber McKay ist nicht mehr dort."

„Haben Sie mit seinem Cousin gesprochen?"

„Lawrence ist auch verschwunden. Die Nachbarn haben mir erzählt, dass seine Mutter krank geworden und er in den Norden gereist ist, um sie zu pflegen."

Clifford zog an seiner Zigarre und stieß den Rauch langsam wieder aus. Er musste nachdenken. „Fangen Sie mit Lawrence an", meinte er dann. „Finden Sie heraus, wo er steckt, und bringen Sie ihn dazu, Ihnen zu verraten, wo McKay sich aufhält."

„Und was soll ich dann mit ihm machen?"

„Am Anfang wäre es die beste Lösung gewesen, McKay einfach für den Mord an Leighton an den Galgen zu bringen, aber mittlerweile möchte ich nicht mehr, dass in der Sache unnötig Staub aufgewirbelt wird. Lassen Sie ihn unauffällig verschwinden."

„Ich soll ihn umbringen?"

Webster hatte viele Vorzüge, aber manchmal zweifelte Clifford doch ein wenig an seiner Intelligenz. „Ja, was denn sonst? Wenn Ihnen das lieber ist, können Sie natürlich auch wieder jemanden damit beauftragen. Ich will ihn einfach nur aus dem Weg haben."

„Jawohl, Mylord."

Als Clifford sich aus seinem Sessel erhob, tat Webster dasselbe. „Halten Sie mich auf dem Laufenden."

„Natürlich, Mylord."

Der bullige Mann verließ das Arbeitszimmer, und Clifford setzte sich wieder, um den Rest seiner Zigarre zu genießen. Er war nicht wirklich beunruhigt, denn McKay wurde nach wie vor gesucht. Wenn es Webster nicht gelingen sollte, mit ihm fertig zu werden, brauchte Clifford einfach nur die Behörden einzuschalten. Das brachte natürlich weitaus mehr Aufwand mit sich, aber das Ergebnis wäre letztlich dasselbe.

Robert McKay war in jedem Fall ein toter Mann.

Nach der Vorführung von „Virginia" gingen Danielle und Rafe zur Geburtstagsfeier des Bürgermeisters. Grace und Ethan fuhren mit ihnen im prächtigen schwarz-goldenen Vierspänner des Dukes mit dem Familienwappen auf der Tür, während Cord und Victoria ihnen in der eleganten schwarzen Kutsche des Earls folgten, die von zwei Braunen gezogen wurde.

Die Feierlichkeiten waren schon in vollem Gange, als die drei Paare eintrafen. Die Gesellschaft fand im Stadtpalais des Duke of Tarrington statt, mit dem Cord und Victoria ganz besondere Erinnerungen verbanden.

„Was für ein wundervolles Haus", bemerkte Cord beiläufig und warf Victoria einen Blick zu, der schon fast unschicklich war.

Victoria errötete, doch ihr Mann lächelte bloß. „Später vielleicht", sagte er leise. „Wir könnten die alten Zeiten wieder aufleben lassen …“

Tory glühte nun förmlich, musste dann aber auch schmunzeln. „Ich werde dich daran erinnern.“

Cord lachte, und seine goldbraunen Augen funkelten.

„Ich kann mir schon denken, worüber die beiden gerade reden“, flüsterte Rafe Danielle ins Ohr. „Was seine Frau betrifft, ist er einfach unersättlich.“

Danielle lächelte. „Und wie ist das bei dir?“

Er sah sie an, und das glühende Blau seiner Augen verriet, woran er dachte.

„Touché“, erwiderte er. „Ich hoffe allerdings, dass ich mich beherrschen kann, bis wir wieder zu Hause sind.“

Danielle dachte an seine eiserne Selbstbeherrschung, die ihm so viel bedeutete und die ihr so verhasst war, und sie schwor sich, dass sie dies irgendwann in der nahen Zukunft einmal als Herausforderung nehmen würde.

Aber nicht heute Abend. Sie hatte gerade erst begonnen, sich in ihrer neuen Rolle als Duchess of Sheffield in der Öffentlichkeit zu zeigen, und wollte alles vermeiden, was erneut Klatschgeschichten nach sich ziehen könnte. Stattdessen ließ sie sich von Rafael zwischen den Gästen herumführen, begrüßte alle der Reihe nach, den Marquess von Dies und den Earl von Das, eine Baroness von Soundso. Es gab auch zahlreiche Sir Irgendwers samt Gattinnen und so viele Viscounts und Viscountesses, dass Danielle bald den Überblick verlor.

In einem der großen Salons wurde Tanzmusik gespielt, die leise zu ihnen herüberdrang, und Rafe führte sie nun in diese Richtung. Das Orchester spielte einen Ländler, und nachdem sie beide getanzt hatten, begleitete Rafe sie wieder an den Rand der Tanzfläche.

„Ich denke, ich sollte dich auch einmal mit jemand anderem tanzen lassen“, meinte er mürrisch.

„Ja, denn wenn nicht, würden dich wohl alle für eifersüchtig halten, und das willst du doch sicher nicht."

„Ich *bin* ja auch eifersüchtig! Aber ich habe meine Lektion in dieser Hinsicht gelernt." Er ließ seinen Blick durch den überfüllten Saal schweifen, und Danielle bemerkte, wie er die Stirn runzelte.

„Was ist?"

„Carlton Baker ist hier."

Danielles Magen zog sich zusammen, als sie sich an den furchtbaren Zwischenfall auf dem Schiff erinnerte. „Baker? Ich hätte gedacht, dass er längst wieder auf dem Weg nach Philadelphia ist."

Aber nun kam er tatsächlich auf sie beide zu, groß und gut aussehend, sein dunkles, an den Schläfen bereits leicht ergrautes Haar im beliebten Brutusstil in die Stirn gekämmt.

„Ah, Duke, wir begegnen uns also doch noch einmal." Baker lächelte kalt.

„Ja, leider."

Baker presste seine Lippen zusammen. „Nur damit Sie es wissen – ich habe nicht vergessen, dass Sie mich ohne jeglichen Grund zusammengeschlagen haben."

„Sie wissen sehr gut, dass ich durchaus einen Grund hatte, und wenn Sie jemals wieder meine Frau zu belästigen wagen, werden Sie am eigenen Leib erfahren, dass die Prügelei an Bord nur ein Kinderspiel war."

„Wollen Sie mir drohen?"

Rafe zuckte mit den Schultern. „Ich will Sie eigentlich nur warnen."

„Das möchte ich auch, denn man sieht sich bekanntlich immer zweimal im Leben."

Als Baker mit diesen Worten davonging, ballte Rafe unwillkürlich die Fäuste.

„Das hat nichts zu bedeuten", beruhigte Danielle ihn.

„Du hast damals seinen Stolz verletzt, und nun versucht er zu retten, was davon noch übrig ist."

Rafes Anspannung schien nachzulassen. „Du hast recht. Der Mann ist ein Narr, aber er ist nicht verrückt."

„Was soll das heißen?"

„Dass er weiß, dass ich genau dort weitermachen würde, wo ich in der Nacht an Bord des Schiffes aufgehört habe, sollte er sich noch einmal Freiheiten herausnehmen."

Danielle erwiderte darauf nichts. Rafe beschützte sie, wie kein anderer Mann es je zuvor getan hatte. Wenn Carlton Baker ihr auch nur einen falschen Blick zuwarf ... Sie erschauderte bei dem Gedanken daran, was mit Oliver Randall geschehen war, und konnte nur hoffen, dass Baker bald nach Amerika zurückkehren würde.

Etwas später am Abend begaben sich alle drei Paare in das Spielzimmer, wo Cord an einem der mit grünem Filz bespannten Tische Platz nahm und sein Glück beim Whist versuchte. Rafe und Ethan schlossen sich der Partie bald an, woraufhin die drei Frauen die Gelegenheit nutzten, um sich in den Erfrischungsraum zurückzuziehen.

Gerade als sie zu den Männern zurückkehren wollten, vernahmen sie auf einmal eine Frauenstimme hinter sich.

„Nun, wenn das mal nicht das kleine Flittchen ist, das den Duke in die Ehe gelockt hat."

Bei den Worten lief es Danielle kalt den Rücken herunter. Als sie sich umwandte, fand sie sich einer Frau gegenüber, die sie seit Jahren nicht gesehen hatte, die sie aber niemals vergessen würde – die Marchioness of Caverly, Oliver Randalls Mutter. Wie aus weiter Ferne nahm Danielle Grace' Stimme wahr.

„Na, und wenn das mal nicht die Mutter dieses elenden, unnützen Schuftes ist, dessen perfide Pläne beinahe das Leben zweier unschuldiger Menschen zerstört hätten."

Danielle stockte der Atem. „Grace!"

„Aber es stimmt doch", fiel Victoria ein und richtete ebenfalls ihren Zorn auf Lady Caverly. „Die Eifersucht Ihres Sohnes hat ihm nur eingebracht, was er verdient hat. Für das, was geschehen ist, sollte er niemanden außer sich selbst verantwortlich machen. Und Sie auch nicht."

Danielle war sprachlos und konnte kaum fassen, was ihre beiden Freundinnen gerade getan hatten. Ihr Mut bestärkte sie jedoch, sie hob ihr Kinn und wandte sich nun selbst an die Marchioness.

„Es tut mir leid, Lady Caverly, was Ihre Familie durchmachen musste, aber letztlich war es Olivers eigene Schuld und nicht meine."

„Wie können Sie es wagen! Sie sind eine Lügnerin und nicht einmal gut genug, um den Namen meines Sohnes auch nur auszusprechen!"

„Ich habe immer die Wahrheit gesagt. Vielleicht wird Ihr Sohn eines Tages den Mut aufbringen, dasselbe zu tun."

„Alles ist Ihre Schuld! Oliver würde niemals ..."

„Es reicht jetzt, Margaret." Der Marquess of Caverly trat an die Seite seiner Frau. „Solche Dinge löst man nicht in aller Öffentlichkeit." Der Marquess war ein groß gewachsener Mann mit stahlgrauem Haar, und seine arrogante Art ließ keinen Zweifel daran, dass er ein Mitglied des hohen Adels war. „Komm, meine Liebe. Es wird Zeit, dass wir nach Hause gehen."

Danielle schwieg, als der Marquess sich mit seiner Frau entfernte. Als sie neben ihren Freundinnen zurückging, zitterten ihre Beine noch immer, und sie hoffte, dass sie nicht unter ihr nachgeben würden.

Victoria eilte voraus und sagte etwas zu Rafe, der dann schnellen Schrittes auf sie zukam.

„Victoria hat mir erzählt, was geschehen ist." Er nahm

ihre Hände und blickte ihr besorgt in die Augen. „Es tut mir leid, Liebste. Ich dachte, sie wären noch auf dem Land, und hatte keine Ahnung, dass wir sie hier treffen würden."

„Früher oder später wäre ich ihnen ohnehin begegnet. Vielleicht ist es gut, dass es schon jetzt geschehen ist."

„Geht es wieder?"

„Mir geht es gut." Und wenn sie wieder daran dachte, wie Grace und Victoria sie verteidigt hatten, stimmte das sogar.

„Wir sollten trotzdem langsam nach Hause gehen", meinte Rafe, aber Danielle schüttelte den Kopf.

„Das Schlimmste haben wir gerade überstanden. Ich werde mich jetzt nicht kleinlaut davonmachen." Sie sah kurz zum Kartentisch hinüber. „Möchte jemand eine Partie mit mir spielen?"

Rafe lächelte und sah Danielle voller Stolz an. „Das ist eine ganz vorzügliche Idee ... *Euer Gnaden.*"

In seiner Stimme schwang etwas mit, das Danielle ganz warm ums Herz werden ließ.

Sie legte ihre Hand auf seinen Arm und ließ sich von Rafe zu den Spieltischen führen.

23. KAPITEL

Zwei Tage vergingen. Wie Rafe versprochen hatte, stand bei Robert McKays Entlassung aus dem Gefängnis eine Kutsche für ihn bereit, die ihn nach Sheffield House bringen sollte.

Doch von Robert keine Spur.

Als der Kutscher sich nach seinem Verbleib erkundigte, erfuhr er, dass McKay das Gefängnis schon vor einer Stunde verlassen hatte. Der Fahrer, ein beleibter Mann namens Mullens, fuhr ratlos und unverrichteter Dinge zurück nach Sheffield House.

„Es tut mir leid, Euer Gnaden", sagte Michael Mullens. „Der Bursche hat sich nicht blicken lassen. Entlassen haben sie ihn aber, das habe ich von den Wärtern erfahren."

„Danke, Mullens." Rafe versuchte, seine Verärgerung zu verbergen, als er sich zu den beiden Frauen umdrehte, die erwartungsvoll hinter ihm in der Eingangshalle standen.

„Ihr habt gehört, was der Kutscher gesagt hat. McKay hat das Gefängnis verlassen, ist aber nicht wie geplant hierhergekommen. Mir scheint, dass ich nun auch nichts mehr tun kann."

Caro begann zu weinen, wandte sich hastig ab und rannte die Treppe hinauf.

Danielle stand reglos da. „Ich kann einfach nicht glauben, dass Robert uns alle belogen haben sollte – sogar dich."

„Entweder ist dieser Mann der beste Schauspieler in ganz London, oder hinter dem allen steckt mehr. Vielleicht sollten wir noch etwas warten, ehe wir voreilige Schlüsse ziehen."

„Ja … natürlich, du hast ganz recht." Rafe konnte jedoch sehen, dass Danielle zutiefst beunruhigt war. Hätte er gewusst, wo er Robert McKay jetzt finden könnte, hätte er diesen Schurken beim Kragen gepackt und ihm ordentlich die Meinung gesagt.

Stattdessen blickte er nach oben, wo Caro eilig den Korridor entlang zu ihrem Zimmer rannte. „Du solltest mit ihr reden."

Danielle folgte seinem Blick und seufzte. „Wenn ich nur wüsste, was ich sagen soll …"

„Sag ihr, dass ich noch einen Tag warten werde, um McKay Gelegenheit zu geben, seine Unschuld zu beweisen. Dann verständige ich die Behörden."

„Das werde ich tun." Danielle raffte ihren Rock zusammen und ging die Treppe hinauf.

Rafe sah ihr nach, wie auch sie im oberen Korridor verschwand. Ihm wollte der tiefe Schmerz nicht aus dem Sinn, den er in Caros Augen wahrgenommen hatte, als McKay nicht wie erhofft eingetroffen war.

Andererseits hatte McKay ihm auch nie zugesagt, dass er sich an die Vereinbarung halten würde, sondern nur wiederholt und sehr überzeugend seine Unschuld am Tode des Earls beteuert.

Deshalb war Rafe auch kaum überrascht, als ihm eine Stunde später Mr. Cooney, einer der Hausdiener, zwei Nachrichten in sein Arbeitszimmer brachte. Die eine war an den Duke of Sheffield adressiert, die andere an Miss Caroline Loon.

„Danke, Cooney", sagte Rafe, als er von seinem Diener die beiden Briefe entgegennahm. „Haben Sie gesehen, wer sie gebracht hat?"

„Ja, Sir. Er ist an die Hintertür gekommen. Ein gut aussehender Bursche, nur dass sein eines Auge ganz geschwollen und sein Gesicht ganz blau geschlagen war."

„Braune Haare, braune Augen?"

„Ganz genau, Sir."

Rafe brach das Wachssiegel auf und las die Nachricht.

Euer Gnaden,
ich konnte nicht zulassen, dass Sie, Ihre Frau oder Miss Loon noch weiter in die Angelegenheit verwickelt werden. Bitte glauben Sie mir, dass ich die Wahrheit gesagt habe und fest entschlossen bin, meine Unschuld zu beweisen. Ich danke Ihnen für das Geld, das Sie für mich im Gefängnis hinterlegt haben, und hoffe, dass ich bald in der Lage sein werde, Sie für Ihre Freundlichkeit und Großzügigkeit zu entschädigen.
Ihr ergebener Diener
Robert McKay

Nachdem er den Brief ein zweites Mal durchgelesen hatte, war Rafe zunehmend davon überzeugt, dass McKay die Wahrheit sagte. Oder sollte der Mann doch nur ein Betrüger sein?

Rafe legte den Brief seufzend neben den an Caroline Loon adressierten.

„Mr. Cooney, bitten Sie Miss Loon und die Duchess, in mein Arbeitszimmer zu kommen."

„Jawohl, Euer Gnaden."

Als die beiden Frauen wenige Minuten später erschienen, konnte Rafe noch die schwachen Spuren von Tränen auf Caros Wangen sehen.

„Was ist geschehen?", fragte sie und gab ihre übliche Zurückhaltung auf. „Haben Sie etwas von Robert gehört?"

„Das habe ich in der Tat. Ihr Freund hat uns beiden eine Nachricht geschickt." Er gab Caro den Brief und reichte dann seiner Frau den an ihn selbst gerichteten.

Nachdem Caro Roberts Botschaft gelesen hatte, schloss sie kurz die Augen und drückte sich das Papier fest an die Brust. „Er ist nicht geflüchtet. Er versucht nur, seine Unschuld zu beweisen."

„Ich weiß, dass der Brief an Sie adressiert ist, aber wenn Sie nichts dagegen haben, würde ich ihn gerne lesen."

Caro errötete leicht, als sie ihm den Brief ein wenig zögerlich gab.

Meine liebste Caro,
seitdem wir voneinander getrennt wurden, ist kein Tag vergangen, an dem meine Gedanken nicht von Dir erfüllt gewesen wären. Ich hoffe inständig, dass Du auch an mich gedacht hast. Dennoch wage ich nicht, Dich zu sehen – sosehr ich mir das auch wünsche –, bis die ganze Angelegenheit geklärt ist. Ich will meine Unschuld beweisen, und dazu muss ich viele Fragen stellen und noch mehr Antworten finden. Bis dahin aber werde ich die Erinnerung an Dein wunderschönes Lächeln in meinem Herzen bewahren.
In Liebe
Robert

Nachdem Rafe zu Ende gelesen hatte, gab er Caro den Brief zurück und sah erneut Tränen in ihren Augen schimmern.

„Ich werde eine Nachricht an Jonas McPhee schicken. Wenn es jemanden gibt, der die Wahrheit über den Mord herausfinden kann, dann Jonas."

Caro kam auf ihn zu und griff nach seiner Hand. „Vielen Dank, Euer Gnaden. Ich werde Ihnen nie vergessen, was Sie für uns getan haben."

„Ich muss Sie leider warnen, meine Liebe. Sollte McPhee herausfinden, dass Ihr Freund doch schuldig ist, wird mir keine andere Wahl bleiben, als die Behörden einzuschalten."

„Das weiß ich."

„Er ist unschuldig, Caro", versicherte ihr Danielle. „Sonst

hätte er keine Nachricht geschickt, sondern wäre einfach verschwunden."

Andererseits könnte es aber auch bloß eine Strategie sein, um Zeit zu gewinnen – und jeder hier im Raum wusste das.

„Gibt es sonst noch etwas, Euer Gnaden?", fragte Caro schließlich.

„Ja. Ich habe mir überlegt, dass Sie sich lange genug versteckt haben. Sie sind eine junge Dame aus gutem Hause, die schlimme Zeiten erlebt hat, aber ebenso sind Sie Danielles Freundin, und wegen Ihrer Loyalität zu ihr haben Sie sich auch meine Freundschaft erworben. Es gibt zahlreiche gesellschaftliche Anlässe, die Ihnen sicher gefallen würden, und ich denke, es wird höchste Zeit, dass Sie damit beginnen, sich in der Öffentlichkeit zu zeigen."

Caros Augen weiteten sich ungläubig. Danielle strahlte Rafe so herzlich an, dass ihm ganz beklommen zumute wurde.

„Du brauchst eine neue Garderobe", stellte Danielle sachlich fest.

„Ohne Frage." Rafe schmunzelte. „Aber ich kann mir vorstellen, dass ihr beide dieser Aufgabe durchaus gewachsen seid."

Caro fehlten noch immer die Worte. Dann schüttelte sie den Kopf. „Es tut mir leid, Euer Gnaden. Ich weiß, dass Sie nur die allerbesten Absichten haben, aber ich kann Ihr großzügiges Angebot wirklich nicht annehmen. Bevor meine Mutter gestorben ist, habe ich mir geschworen, dass ich für mich selbst aufkommen werde, und so soll es auch bleiben. Wenn Sie mich nicht so annehmen, wie ich bin, dann muss ich Ihren Haushalt leider verlassen."

Danielle sah völlig bestürzt aus. „Rafael wollte dich nicht beleidigen, liebste Caro. Er meint es ernst, wenn er sagt, du bist unsere Freundin."

Caro bemühte sich zu lächeln. „Ich bin glücklich, so wie

es ist. Aber ich möchte auch, dass Sie wissen, wie sehr ich Ihrer beider Freundschaft schätze."

Rafe warf Danielle einen kurzen Blick zu. Es war offensichtlich, dass Caro ihre Haltung nicht ändern würde. Ein Heiratsantrag von Robert McKay würde die Situation natürlich völlig verändern, aber bislang hatte McKay sich noch nicht erklärt. Caro zuliebe hoffte Rafe, dass seine Absichten ehrbar waren. Doch wenn Robert tatsächlich ein Earl sein sollte und Caro nichts weiter als eine Kammerzofe …

„Mein Angebot bleibt bestehen", versicherte ihr Rafe. „Wenn Sie Ihre Meinung ändern sollten …"

„Das werde ich nicht tun."

Rafe nickte schweigend. In gewisser Weise beeindruckte ihn ihre Standfestigkeit. Jeder Mann könnte sich glücklich schätzen, Caroline Loon zur Frau zu haben.

Sogar ein Earl.

Aber noch bestand ja auch die Möglichkeit, dass Robert McKay nichts weiter war als der Mörder, als der er angeklagt war.

Die Zeit würde helfen, es an den Tag zu bringen. Die Zeit und Jonas McPhee.

Die Weihnachtstage vergingen. Rafes Mutter reiste aufs Land, um die nächsten Wochen in Sheffield Hall zu verbringen, dem in Buckinghamshire gelegenen Familiensitz. Danielle verbrachte mit ihrem Mann recht viel Zeit im Londoner Gesellschaftsleben, welches sie nach und nach wieder willkommen hieß.

Und so vergingen die Tage, aber von Robert McKay kam kein Wort. Danielle wusste, dass Jonas McPhee alles versuchte, um die Wahrheit über den Mord herauszufinden, doch bislang war ihm in dieser Hinsicht wenig Erfolg beschieden gewesen.

Jeder, der McKay kannte, mochte ihn. Vor dem Mordfall war er Anwalt in Guildford und ein geschätzter Bürger der Gemeinde gewesen, dessen Einwohner auch jetzt zögerten, Informationen preiszugeben, die McKay möglicherweise schaden konnten.

Mittlerweile war schon der neunte Januar. Das Wetter war seit Tagen bitterkalt und windig, auf den Straßen lag eisiger Frost, der auch mittags noch nicht getaut war. Doch heute schien wenigstens die Sonne, und sofort hob sich Danielles Stimmung.

Sie und Tante Flora beschlossen, dem Waisenhaus einen Besuch abzustatten, was sie versuchten, so oft wie möglich zu tun. Dabei brachten sie den Kindern meistens Spielsachen oder ein wenig Süßigkeiten mit. Danielle freute sich vor allem darauf, Maida Ann und Terry wiederzusehen, die sie am meisten ins Herz geschlossen hatte. Ihr letzter Besuch vor Weihnachten schien ihr schon eine Ewigkeit her zu sein.

Als ihre Kutsche, die kleiner war als die des Dukes, aber gleichfalls das Familienwappen trug, vor dem roten Ziegelbau des Waisenhauses vorfuhr, entdeckte Danielle sofort ihre beiden Lieblinge, die den anderen Kindern vorausrannten – die kleine Maida strahlte über das ganze Gesicht, und Terrys rotes Haar stand ihm in alle Richtungen vom Kopf ab.

Als Danielle sie sah, zog sich ihr Herz vor Sehnsucht zusammen. Sie stieg eilig aus der Kutsche, hockte sich auf den Gehweg und schloss die zwei Kinder in ihre Arme.

„Ich bin so glücklich, euch zu sehen!“

Maida Ann schlang ihre Arme um Danielles Hals. „Ich hatte gehofft, dass Sie kommen würden. Ich habe jeden Tag ein Gebet gesagt, und nun sind Sie hier!“

Danielle drückte sie an sich. „Ich verspreche dir, dass ich bis zum nächsten Mal nicht so lange fortbleiben werde.“ Sie spürte, wie jemand an ihrem Rock zog, und als sie sich umwandte, sah sie den kleinen Terrance sie mit seinen großen braunen Augen erwartungsvoll anblicken.

„Haben Sie uns Süßigkeiten mitgebracht?“, fragte der Junge.

Danielle lachte. „Natürlich habe ich das!“ Sie gab ihm und Maida Ann einige Bonbons.

„Wir haben genug für alle“, versprach Tante Flora und reichte Terry einen kleinen Stoffbeutel. „Die kannst du unter den anderen Kindern verteilen.“

„Vielen Dank, Mylady.“ Terry strahlte, und Danielle konnte sehen, dass ihm ein Zahn fehlte. Seine eigenen Bonbons hielt er fest, als seien sie Goldstücke, dann rannte er mit dem Beutel los und verteilte die süßen Schätze unter seinen Freunden.

Maida Ann klammerte sich an Danielles Hand. „Sie sind so schön!“

„Du auch, meine Liebe“, erwiderte Danielle und meinte es wirklich so. Die kleine Maida Ann in ihrem groben, braunen Wollkleid errötete und lächelte schüchtern.

Danielle umarmte sie ein letztes Mal und erhob sich dann. Noch immer hielt sie Maida Ann bei der Hand. Wie sehr sie sich wünschte, die beiden Kinder zu sich nach Hause zu nehmen! Ihr wurde ganz schwer ums Herz, wenn sie daran dachte, nie ein eigenes Kind haben zu können, doch noch war es zu früh, mit Rafe über eine Adoption zu sprechen. Er würde misstrauisch werden, und vielleicht würde er dann auch herausfinden, dass sie bereits vor der Hochzeit gewusst hatte, dass sie nie …

Danielle schluckte schwer und brachte es nicht über sich, den Gedanken weiterzuverfolgen.

Die beiden Frauen blieben eine Weile bei den Kindern, und Danielle versprach Mrs. Gibbons, der Leiterin des Waisenhauses, mit dem Duke über das Geld für neue Frühjahrskleider zu sprechen.

„Ein Glück, dass die Sonne endlich wieder scheint“, bemerkte Tante Flora, als sie und Danielle wieder in der Kutsche saßen und zurückfuhren.

„Ja, es ist erstaunlich, wie sehr ein freundlicher Tag doch die Stimmung zu heben vermag.“

„Das schöne Wetter lässt mich Heimweh bekommen, meine Liebe.“

Danielle sah ihre Tante aufmerksam an. „Sie wollen aufs Land zurückkehren?“

„Ja, ich habe beschlossen, bald abzureisen. London ist zu dieser Jahreszeit einfach unerträglich. Ich halte es keine weitere Woche mehr aus.“

„Sind Sie denn sicher, dass die Straßen in einem Zustand sind, der die Reise erlaubt?“

„Es wird schon gehen. Du scheinst mit dem Duke ja gut auszukommen, und ich denke, dass meine Anwesenheit nicht länger nötig ist. Es wird Zeit, dass ich zurückfahre.“

Während Danielle das freundliche Gesicht ihrer Tante betrachtete, dachte sie daran, dass sie und Rafe jetzt wirklich Mann und Frau waren, genau wie ihre Tante schon immer geglaubt hatte, dass es einmal sein würde. Danielle fragte sich oft, welchen Anteil ihre Tante wohl daran gehabt hatte, dass es schließlich doch noch so gekommen war.

Tante Flora seufzte. „Es wird wundervoll sein, nach Hause zu kommen.“

Danielle ließ sie nur ungern gehen, aber ihre Tante liebte die Weite und die frische Luft auf dem Land. Niemand konnte ihr verübeln, dass sie dem düsteren Londoner Himmel, dem rußigen Nebel und den schmutzigen Straßen der Stadt entkommen wollte.

Beim Abendessen teilte Danielle Rafe die Entscheidung

ihrer Tante mit. Zu ihrer Überraschung schlug er vor, dass sie Tante Flora begleiten sollten.

„Es ist keine weite Reise, und wir könnten ein bisschen Ruhe auch ganz gut vertragen. McPhee ist derzeit im Norden, um mit Stephen Lawrence, Roberts Cousin, zu sprechen. Während wir auf seine Neuigkeiten warten, könnte eine Fahrt aufs Land Caro vielleicht ein wenig von Robert McKay ablenken."

Die Vorstellung war herrlich, und Rafes Aufmerksamkeit ließ Danielle ganz warm ums Herz werden. Sie lächelte ihn an. In letzter Zeit fiel es ihr zunehmend schwer, ihre Distanz zu ihm zu wahren und an ihrem Entschluss festzuhalten, ihm nie wieder so zu vertrauen, wie sie es einmal getan hatte.

Immer schwerer wurde es ihr, ihn nicht von ganzem Herzen zu lieben.

Der Gedanke beunruhigte sie zutiefst. Was sollte geschehen, wenn er merkte, dass sie ihm nie ein Kind würde schenken können … wenn er herausfand, dass er nie einen Sohn haben würde – zumindest nicht mit ihr?

Danielle dachte sofort an Arthur Bartholomew, Rafes nichtsnutzigen Cousin. Die Familie brauchte unbedingt einen Erben.

Scheidungen kamen selten vor, eigentlich hörte man kaum davon, doch manchmal gab es sie doch. Meist stellten sie einen Skandal dar, der einen noch nach Jahren verfolgte. Aber Rafe würde einen Sohn brauchen, um den Namen seiner Familie weiterzutragen, und eine Scheidung wäre die einzige Möglichkeit, ihm dies zu ermöglichen. Danielle erschauderte, wenn sie daran dachte, dass ihr erneut all das Gerede und die gesellschaftliche Verbannung bevorstünden, die sie bereits zuvor erlebt hatte.

Und sie würde auch Rafe ein weiteres Mal verlieren … Sie glaubte nicht, dass sie es diesmal überleben könnte.

Ein tiefer Schmerz durchfuhr ihr Herz, wenn sie sich vorstellte, dass Rafe sein Leben mit einer anderen Frau teilen würde, und in diesem Moment wurde ihr die schreckliche Wahrheit bewusst.

Ich liebe ihn!

Nun war es zu spät, sich noch zu retten oder ihre Gefühle vor ihm zu schützen. Sie hatte sich in Rafe verliebt – genau so, wie sie es schon einmal getan hatte.

Eine furchtbare Angst erfüllte sie und ließ sie erbeben. Vor ihr lag ein Weg voller Gefahren, eine leidvolle Zukunft, die sie zerstören würde.

Wie um alles in der Welt hatte sie das geschehen lassen können?

Die Reisevorbereitungen begannen. Caro half Danielle dabei, für den einwöchigen Aufenthalt zu packen, aber anstatt Vorfreude zu empfinden, spürte Danielle nur eine wachsende Besorgnis.

Sie liebte Rafael – dessen war sie sich jetzt sicher, und sie wusste auch, dass ihre Liebe stetig zunehmen würde, je mehr Zeit sie mit ihm verbrachte. Das Schrecklichste war jedoch, dass sie nicht daran zweifelte, Rafael erneut zu verlieren.

Dies war ihr bei der Hochzeit überhaupt nicht in den Sinn gekommen. Tante Flora war der Ansicht gewesen, dass Rafe es Danielle schuldig war, sie zu heiraten, aber weder sie noch ihre Tante hatten geahnt, wie sehr seine Familie auf einen Erben angewiesen war. Keine von ihnen hätte es sich träumen lassen, dass Rafe eine Scheidung in Erwägung ziehen könnte.

Danielle dachte noch über diese wenig verlockende Aussicht nach, als Rafe sie am Tag vor ihrer Abreise in sein Arbeitszimmer rufen ließ.

Wenngleich er sie anlächelte, schlug ihr das Herz bis zum

Hals vor lauter Ungewissheit. „Du wolltest mich sprechen?"

„Es tut mir leid, meine Liebe, aber etwas Unvorhergesehenes hat sich ereignet, und es sieht so aus, als würde ich meine Pläne ändern müssen."

„Was ist geschehen?"

„Ich habe soeben eine Nachricht von Colonel Pendleton erhalten. Hal bittet mich um ein Treffen, und da es sich um eine sehr wichtige Staatsangelegenheit handelt, werde ich ihm das nicht ausschlagen können."

Rafe würde sie nicht begleiten! Danielle wurde von einer Welle der Erleichterung erfasst. Sie würde nur mit Caro und ihrer Tante aufs Land fahren und somit der überwältigenden Ausstrahlung ihres Ehemanns zumindest für einige Tage entkommen … Tage, in denen sie vielleicht ein wenig Ordnung in ihre verwirrten Gefühle bringen konnte.

„Das kann ich verstehen. Du musst natürlich hierbleiben."

„Wenn sonst nichts mehr anliegt, werde ich am Tag nach dem Treffen aufbrechen und zu euch stoßen."

Wycombe lag nur eine Tagesreise entfernt, und wenn Rafael früh am Morgen aufbrach, würde er bei Einbruch der Dunkelheit ankommen.

Danielle zögerte. Sie brauchte diese kurze Trennung von ihm. „Wir werden doch ohnehin nur eine Woche fort sein. Und ich kann mich erinnern, dass du am Freitag auch noch einen Termin mit deinem Anwalt hast. Mir erscheint es den Aufwand nicht wert, wenn du nur so kurz bleiben kannst."

Rafael runzelte die Stirn. „Meinst du wirklich? Ich habe mich eigentlich schon sehr darauf gefreut, dem Londoner Nebel zu entkommen."

Danielle wandte ihren Blick ab. Sie war noch nicht einmal abgereist und vermisste Rafe schon jetzt von ganzem Herzen. In Anbetracht ihrer ungewissen Zukunft war dies mehr als beunruhigend.

„Eigentlich möchte ich ganz gerne ein wenig mit meiner Tante allein sein ... ich meine ... nun, wo sich die Gelegenheit ergeben hat."

Rafe schien über ihre Worte wenig glücklich zu sein, und Danielle spürte einen Stich tief in ihrem Herzen. Er hatte sie einmal geliebt ... Vielleicht erging es ihm wie ihr, und er fing an, sich wieder in sie zu verlieben.

Aber selbst wenn ein Wunder geschah und dem so sein sollte, gab es immer noch das Problem der Erbfolge und Rafes Verpflichtung seiner Familie gegenüber.

Danielle fühlte sich schuldig. Was hatte sie nur angerichtet?

„Ich werde kaum eine Woche fort sein und wie geplant am Donnerstag zurückreisen."

„Wie du möchtest. Du kannst mit deiner Tante hinfahren, und für die Rückfahrt schicke ich dir meine Kutsche."

Danielle nickte schweigend und blinzelte, um die Tränen zurückzuhalten, die ihr auf einmal in den Augen brannten. Sie küsste Rafe kurz auf die Wange. „Danke." Dann wandte sie sich rasch um und eilte zur Tür, ohne sich noch einmal nach ihm umzusehen.

Auf dem Weg in ihr Zimmer dachte sie an die Tage ohne Rafe, die vor ihr lagen. Als sie die Tür zu ihren Gemächern öffnete, bereute sie ihre Entscheidung bereits.

Seine Frau war abgereist. Es war still an diesem Nachmittag, und Rafe ertappte sich dabei, wie er ruhelos durch das Haus lief. Früher hatte er sich in den leeren Räumen und den langen, marmornen Korridoren immer wohlgefühlt, doch nun vermisste er den hellen Klang von Danielles Lachen; er vermisste es, mit ihr während des Abendessens über die Ereignisse des Tages zu sprechen, und er vermisste die Nächte in ihrem Bett und das Vergnügen, das ihr Körper ihm zu schenken vermochte.

Es war erstaunlich, wie schnell er sich daran gewöhnt hatte, verheiratet zu sein.

Um seine Tage auszufüllen, arbeitete er viel. Er sah die Grundbücher seiner Besitzungen durch, hörte sich die Berichte seiner Verwalter an und erkundigte sich nach neuen Anlagemöglichkeiten. Er freute sich sogar schon auf das Treffen mit Howard Pendleton, das eine willkommene Abwechslung sein würde, während er auf Danielles Rückkehr wartete.

Sein Verhalten war einfach lächerlich, ermahnte er sich selbst. Er benahm sich wie ein unreifer Schuljunge und war dabei, sich wieder so sehr in Danielle zu verlieben wie einst.

Diese Vorstellung ernüchterte ihn.

Sie bedeutete ihm viel – das schon. Er war gerne mit ihr zusammen, fand Gefallen an ihrer Klugheit, die ihm fast genauso wichtig war wie die Leidenschaft, die sie beide verband. Aber er liebte sie nicht. Er würde nicht zulassen, dass er sich noch einmal in sie verliebte.

Diesen und die folgenden Abende verbrachte er in seinem Club. Wenn Danielle schon Raum in seinem Leben beanspruchte, wollte er ihr zumindest keinen Platz in seinem Herzen einräumen.

Stattdessen wappnete er sich gegen die Gefühle, die sie in ihm auslöste, und zog sich noch weiter hinter seine Fassade kühler Distanziertheit zurück.

Als endlich der Tag seines Treffens mit Pendleton gekommen war, dachte Rafe nur noch an eines, nämlich ob es dem Colonel wohl gelungen war, den Premierminister und sein Kabinett davon zu überzeugen, dass es von großer Wichtigkeit war, die Baltimore Clipper aufzukaufen.

Während er in Whitehall die Treppen zum Kriegsministerium hinaufstieg und im Geiste die verschiedenen möglichen Antworten durchging, entdeckte er Cord und Ethan, die auf ihn zukamen.

„Ich dachte mir, dass ich euch beide hier treffen würde", meinte Rafe.

„Weißt du schon, was mit der Flotte geschehen wird?", erkundigte sich Ethan.

Rafe schüttelte den Kopf.

Cord öffnete die schwere Eingangstür. „Wir werden es sicher gleich erfahren."

Ihre Schritte hallten in dem Gang wider, der zum Büro des Colonels führte. Als die drei Männer das spartanisch eingerichtete Zimmer betraten, erhob Pendleton sich hinter seinem Schreibtisch. Seine scharlachrote Uniform war wie immer in makellosem Zustand und sein silbergraues Haar kurz geschnitten und ordentlich gekämmt.

„Setzen Sie sich, meine Herren."

Sie nahmen auf schlichten Holzstühlen vor dem Schreibtisch Platz.

„Um gleich zur Sache zu kommen, ich habe Sie herbestellt, um Ihnen mitzuteilen, dass Bartel Schrader, der auch der Holländer genannt wird, in London gesehen worden ist. Ich weiß nicht, weshalb er gekommen ist, aber er hält sich auf jeden Fall hier auf."

„Das ist interessant", stellte Rafe fest, der sich an den Mann mit dem rotblonden Haar erinnerte, den er in Philadelphia kurz kennengelernt hatte.

„Ich dachte mir, dass Sie davon wissen sollten, Euer Gnaden, da Schrader Sie für seinen Hauptkonkurrenten im Rennen um die Baltimore Clipper hält."

„Ja", pflichtete Cord ihm bei, „und es ist zudem wahrscheinlich, dass er vermutet, dass auch Ethan in die Sache verwickelt ist, da ihr befreundet seid und Ethan in der Schiffsbranche zu tun hat."

„Genau das denke ich auch", stimmte der Colonel zu. „Dasselbe gilt aber auch für Sie, Lord Brant, denn Sie haben alle drei häufig zusammen in Geschäfte investiert."

„Das stimmt allerdings", stellte Cord fest.

„Der Mann hat den Ruf, nicht ganz ungefährlich zu sein", fuhr der Colonel fort, „und es geht um sehr viel Geld. Wenn Sie Schrader begegnen, möchte ich darüber informiert werden. Bis wir wissen, was er vorhat, sollten Sie vorsichtig sein."

Rafe nickte bloß.

„Wir werden Ihnen jede noch so geringe Neuigkeit mitteilen", versicherte Cord.

„Ich könnte einigen meiner Freunde in der Schiffsbranche Bescheid sagen, dass sie die Ohren offen halten sollen", erbot sich Ethan.

Nachdem das Treffen beendet war, verließen die drei Freunde gemeinsam Pendletons Büro, und ihre Gedanken wandten sich anderen Dingen zu.

„Ist deine Frau noch immer auf dem Land?", erkundigte sich Ethan beiläufig.

„Ja, leider", erwiderte Rafe finster.

Cord schmunzelte. „Ich bin froh, dass meine Frau zu Hause auf mich wartet. Und ich habe auch schon so eine Vorstellung davon, was wir heute Nachmittag noch machen könnten."

Das Funkeln in Cords goldbraunen Augen ließ keinen Zweifel daran, was er meinte. Ethan lachte. „Jetzt, wo du es sagst ... eine gute Idee!"

Rafe fluchte leise. „Ihr müsst beide euren Verstand verloren haben."

„Das ist die Liebe, mein Freund", entgegnete Ethan, der ehemalige Freibeuter, lächelnd.

„Und genau der Grund, weshalb ich mich dagegen wehre, derart den Kopf zu verlieren“, erwiderte Rafe. Er würde es nicht geschehen lassen. Nicht schon wieder.

Gleichwohl konnte er Danielles Rückkehr kaum noch erwarten.

Er lächelte unwillkürlich, wenn er nur daran dachte. Vielleicht hatten seine beiden Freunde gar nicht so unrecht. Auch er hatte schon gewisse Vorstellungen davon, was er mit Danielle machen wollte ... Wenn sie am Donnerstag zurückkehrte, würde er sie voller Leidenschaft und Hingabe lieben. Danach würde er sie mit der Ankündigung überraschen, dass sie von nun an nicht mehr in ihrem eigenen Bett schlafen, sondern die Nächte in dem seinen verbringen würde.

Seine Männlichkeit regte sich heftig bei dem bloßen Gedanken daran. Verdammt! Er konnte es wirklich kaum noch erwarten, dass sie wieder nach Hause kam.

24. KAPITEL

Rafes schwarze, von vier grauen Pferden gezogene Reisekutsche rumpelte die Straße nach London entlang. Mr. Mullens, der Kutscher, hielt die Zügel in seinen erfahrenen Händen, und hinter dem Wagen ritten zur Sicherheit noch zwei Hausdiener, auf deren Begleitung Rafe bestanden hatte.

Es war wieder empfindlich kalt geworden, doch es regnete nicht, weshalb die Straßen zwar holperig, aber zumindest nicht matschig waren. Im Innern der Kutsche saßen sich Danielle und Caro gegenüber, die sich beide in eine dicke Felldecke gehüllt hatten.

„Ich habe die Zeit auf dem Land sehr genossen", bemerkte Danielle seufzend, „aber ich freue mich doch darauf, endlich wieder zu Hause zu sein."

„Mir geht es genauso." Caro steckte sich eine blonde Locke in ihren Haarknoten zurück und sah aus dem Fenster. „Vielleicht gibt es schon Neuigkeiten von Robert."

„Ja, vielleicht." Danielle hoffte, dass dem so war, denn sie hatten seit der Nachricht, die McKay an dem Tag seiner Entlassung aus dem Gefängnis geschickt hatte, nichts mehr von ihm gehört. Jonas McPhee hatte sich im Norden nach Informationen umgehört, doch was er bislang erfahren hatte, war kaum der Rede wert.

„Vielleicht hat ja auch Mr. McPhee schon etwas in Erfahrung gebracht", fügte Caro hinzu, als ob sie Danielles Gedanken gelesen hätte.

„Rafael meint, dass er seine Arbeit sehr gut mache."

„Davon bin ich überzeugt und hoffe, dass er den Beweis erbringen kann, den Robert braucht."

Danach sprachen sie nur noch wenig. Die Kutsche rollte laut rumpelnd über die Straße, und beide Frauen fühlten sich von der Fahrt erschöpft und waren in Gedanken bei den Männern, die sie zurückgelassen hatten. Danielle hatte Rafe mehr vermisst, als ihr lieb war, und sie wusste, dass Caro sich nach Robert McKay sehnte.

Trotz der Kälte schliefen sie ein wenig. Als sie die ersten Vororte von London fast erreicht hatten, wurde Danielle durch das laute Geräusch der Pferdehufe auf einer Holzbrücke geweckt. Sie blickte aus dem Fenster auf die trostlose Winterlandschaft. Es war ein bitterkalter Januar, der Boden war hart gefroren und die Bäume kahl. Danielle hörte die Räder der Kutsche über die Brücke rollen und sah hinunter auf das Wasser, das in weißen Schaumkronen über die Steine schnellte.

Sie hatten die Mitte der Brücke erreicht, als sie plötzlich ein lautes Poltern vernahm, das wie Donner klang, dann das Knirschen von Holz …

Caro schrie auf, als die Vorderachse hörbar krachte, ächzte und schließlich entzweibrach.

„Halte dich fest!“, rief Danielle, während sie selbst verzweifelt nach etwas suchte, woran sie sich klammern konnte. Die Kutsche schwankte bedrohlich, neigte sich zur Seite und kippte schließlich ganz um. Zunächst schien sie schwerelos in der Luft zu hängen, dann löste sich der Wagen von den Pferden und fiel von der Brücke hinab in die Tiefe.

Danielle hörte das Splittern von Holz und das wilde Klopfen ihres Herzens, sie sah den Fußboden der Kutsche plötzlich über sich, dann wieder die Decke und erneut den Boden …

Im Wagen löste sich ein harter Gegenstand, wurde gegen ihren Leib geschleudert, und Danielle spürte, wie ein heftiger Schmerz sie durchfuhr. Ein Stück Holz traf sie mit voller Kraft am Kopf, und das Letzte, woran sie sich noch erinnern konnte, war das Gefühl des eisig kalten Wassers, das durch den zertrümmerten Boden der Kutsche strömte, Danielles Röcke durchnässte und sie mit sich in die Tiefe zog. Dann versank alles um sie in tiefer Dunkelheit.

Um sechs Uhr abends begann Rafe unruhig in seinem Arbeitszimmer auf und ab zu gehen. Sie hätten schon längst zurück sein sollen! Aber vielleicht waren sie ein wenig später aufgebrochen, oder unterwegs war ein Rad gebrochen … Sicherlich würden sie bald zu Hause sein.

Um acht Uhr war er außer sich vor Sorge. Vielleicht hatten Straßenräuber die Kutsche überfallen … oder sie hatten einen Unfall gehabt. Er dachte kurz daran, sein Pferd zu satteln und ihnen auf der Straße entgegenzureiten, doch dann hatte er Angst, dass sie London vielleicht schon erreicht hatten und er sie im Gewirr der Straßen verfehlen würde.

Um zehn Uhr war er völlig verzweifelt. Er hatte zwei berittene Diener ausgeschickt, die bislang noch nicht zurückgekehrt waren. Wenn sie binnen der nächsten halben Stunde nicht auftauchten, würde er sich doch selbst auf die Suche nach der Kutsche machen.

Um Viertel nach zehn vernahm er Lärm in der Eingangshalle und stürzte aus seinem Arbeitszimmer. Sofort entdeckte er Mr. Mullens, den Kutscher, der aufgeregt mit dem Butler sprach und verzweifelt die Hände rang. Sein Mantel war zerrissen und über und über mit Schlamm bedeckt, sein Gesicht blutverschmiert … Rafe spürte, wie sein Magen sich in schrecklicher Vorausahnung zusammenzog.

„Was ist los, Mullens? Was ist passiert?“

Der Kutscher blickte ihn mit seinen geschwollenen, blutunterlaufenen Augen an. „Wir hatten einen Unfall, Euer Gnaden. Die Vorderachse brach, als wir auf einer Brücke waren.“

„Wo ist die Duchess?“

„Sie und ihre Kammerzofe wurden verletzt, Sir, und einer der Hausdiener auch. Die Kutsche ist umgekippt und in den Fluss gestürzt. Aber wir konnten sie rausholen. Ein paar Leute kamen vorbei und haben uns geholfen, sie alle zu einem Gasthof namens ‚Oxbow Inn' zu bringen, und der Wirt hat gleich nach einem Arzt schicken lassen. Ich bin dann fort, um Sie zu holen."

Rafe versuchte, seiner Angst Einhalt zu gebieten. „Wie schwer sind die beiden Frauen verletzt?"

„Die Zofe hat nur ein paar Kratzer abbekommen, aber die Duchess … schwer zu sagen. Sie war noch bewusstlos, als ich aufgebrochen bin."

Rafe stockte der Atem. Danielle war verletzt, und er wusste nicht, wie sehr. Er musste so schnell wie möglich zu ihr.

„Gehen wir." Rafe setzte sich unverzüglich in Bewegung. Sein Pferd, ein großer, schwarzer Hengst namens Thor, war bereits gesattelt, denn er hatte schon vor einer halben Stunde zur Suche aufbrechen wollen. Nun war er froh, gewartet zu haben, denn sonst hätte ihn die Nachricht nicht erreicht.

„Wie weit ist es bis zu dem Gasthof?", fragte er, während er aus dem Haus und zum Stall eilte. Michael Mullens schien völlig erschöpft zu sein und konnte ihm kaum folgen, doch das war Rafe gleichgültig. Sollte sich herausstellen, dass der Kutscher für den Unfall verantwortlich war, würde es ihm noch viel schlechter ergehen.

„Nicht weit, Euer Gnaden. Wir hatten London schon fast erreicht."

Rafe verdrängte die Angst, die er tief in sich spürte, und wies einen der Stallburschen an, ein zweites Pferd zu satteln.

Bevor sie losritten, wandte Rafe sich noch einmal an seinen Stallmeister. „Schicken Sie eine Kutsche zum ‚Oxbow Inn' an der Landstraße nach Wycombe, damit wir die Frauen nach Hause bringen können. Und sagen Sie Wooster, dass er

Neil McCauley benachrichtigen soll, damit er zu uns in den Gasthof kommt.“

McCauley, ein ehemaliger Marinearzt, war ein guter Freund von Rafe. McCauley hatte den Dienst quittiert, um sich ganz seiner heilkundlichen Arbeit zu widmen, und war nun einer der angesehensten Ärzte Londons. Er hatte auch Grace’ und Victorias Kindern auf die Welt geholfen, und Rafe hatte volles Vertrauen zu ihm.

Der Stallmeister nickte rasch mit dem Kopf. „Ich werde mich sofort darum kümmern, Euer Gnaden.“ Er wandte sich um und rief den Stallburschen Anweisungen zu.

Kurz darauf preschten Rafe und Mullens mit halsbrecherischer Geschwindigkeit über das Kopfsteinpflaster. Während sie dem Gasthof immer näher kamen, versuchte Rafe, sich nicht von seiner Angst überwältigen zu lassen.

Es wird ihr gut gehen, redete er sich ein.

Es muss ihr einfach gut gehen.

Er hoffte inständig, dass sein Wunsch sich bewahrheiten würde.

Danielle erwachte in einem schmerzerfüllten Dämmerzustand. Neben ihrem Bett stand ein Mann, den sie nicht kannte.

„Versuchen Sie, sich nicht aufzuregen, Duchess. Sie sind ziemlich schwer verletzt. Ich heiße Neil McCauley, ich bin ein Freund ihres Mannes und Arzt.“

Danielle fuhr sich mit der Zunge über ihre Lippen, die völlig ausgetrocknet waren. „Ist … Rafael hier?“

Als Rafe auf sie zukam, sah sie, dass sein dunkles Haar zerzaust war. Unter seinen blauen Augen lagen dunkle Schatten, und Bartstoppeln zeigten sich auf seinen Wangen.

„Ich bin hier, Liebste.“ Er küsste sie behutsam auf die Stirn und griff nach ihrer Hand.

„Der Duke kam, sobald er davon erfahren hatte“, ließ sich nun der Arzt vernehmen. „Seit Stunden geht er unruhig im Zimmer auf und ab und ist ganz krank vor Sorge um Sie.“

„Was … was ist geschehen?“

Rafe drückte ihre Hand. „Es gab einen Unfall mit der Kutsche. Eine Achse ist gebrochen, und der Wagen ist in den Fluss gestürzt.“

Danielle versuchte, sich an die Geschehnisse zu erinnern, aber ihr Gedächtnis ließ sie im Stich. „Was … was ist mit Caro … und den anderen?“

„Ihre Kammerzofe hat einen ordentlichen Schrecken bekommen“, sagte der Arzt zu ihr, „aber ihre Verletzungen sind nicht ernst. Einer der Diener hat sich einen Arm gebrochen, aber der Knochen wurde gerichtet und wird mit der Zeit wieder völlig ausheilen.“

Sie dankte dem Himmel, dass niemand von ihnen ernstlich verletzt worden war! Danielle blickte zu Rafe auf und sah die tiefe Besorgnis in seinen Augen. Während der Woche, die sie voneinander getrennt gewesen waren, hatte sie ihn so unendlich vermisst … und sie liebte ihn so sehr.

Dann fielen ihr erneut die Augen zu. Sie war so müde …

„Ich habe Ihnen etwas Laudanum gegeben“, hörte sie McCauley wie aus weiter Ferne sagen. „Morgen werden Sie sich schon besser fühlen, und dann kann Ihr Mann Sie mit nach Hause nehmen.“

Danielle bemühte sich, noch einmal die Augen zu öffnen, und sah zu den beiden Männern auf, die an ihrem Bett standen. Sie spürte die beruhigende Wärme von Rafes Hand, die ihre umschlossen hielt.

„Alles wird gut werden“, sagte er sanft.

Danielle versuchte zu lächeln, doch schon waren ihr die Lider wieder zugefallen. Ihr ganzer Körper fühlte sich wund an, und sie meinte, überall Schmerzen zu haben. Am stärksten empfand sie ein dumpfes Pochen in ihrem Bauch. Das Laudanum half ein wenig, den Schmerz zu betäuben, aber es machte sie auch furchtbar schläfrig.

„Schlaf ein wenig, Liebste." Rafes Lippen berührten leicht die ihren. Er ließ ihre Hand los und wandte sich zum Gehen. Danielle versuchte, noch länger wach zu bleiben, aber ihr Körper widersetzte sich ihrem Willen, und sie sank langsam in einen tiefen Schlaf.

Sie träumte von Rafe und von zu Hause, wenngleich sie sich später nicht mehr daran erinnern konnte.

Sobald sie die Tür hinter sich geschlossen hatten, wandte Rafe sich an McCauley. „Wird sie wieder gesund werden? Ich will die Wahrheit wissen, Neil."

Der Arzt stellte seine Tasche neben der Tür ab. „Sie hat sich bei dem Sturz von der Brücke einige Verletzungen zugezogen, aber es scheint nichts gebrochen zu sein."

„Sie meinen also, dass sie wieder ganz gesund wird."

„Im Großen und Ganzen ja."

Rafe straffte die Schultern. „Was soll das heißen?"

„Nun … es gibt einige Komplikationen."

Rafe spürte, wie sein Puls in die Höhe schoss. „Was für Komplikationen?"

McCauleys Miene verdüsterte sich. „Als ich sie das erste Mal untersucht habe, hatte sie Unterleibsblutungen. Ich habe dann festgestellt, dass sich eine Verletzung an der Gebärmutter, die sie sich schon vor längerer Zeit zugezogen haben muss, erneut geöffnet hatte."

Rafe runzelte die Stirn. „Was für eine Verletzung meinen Sie?"

„Ich kann mir auch nicht genau erklären, wie es dazu gekommen ist. Wahrscheinlich ein Sturz, würde ich vermuten. Was auch immer es war, sie hatte bereits eine Verletzung an ihren weiblichen Organen, und durch den Unfall ist eine alte Wunde wieder aufgebrochen."

Rafe unterdrückte einen plötzlichen Anfall von Übelkeit. „Sagen Sie mir, dass alles wieder in Ordnung kommt."

„Die Chancen stehen gut, dass sie sich wie beim ersten Mal gut erholen wird. Aber etwas sollten Sie wissen, Rafael ..."

Rafe sah den bedauernden Ausdruck in McCauleys Gesicht und wappnete sich für das, was der Arzt ihm sagen würde. „Sagen Sie es."

„Ich fürchte, dass Ihre Frau nie Kinder bekommen wird. Ihre Gebärmutter war schon nach dem ersten Sturz beschädigt, und jetzt ist alles nur noch schlimmer geworden."

Rafe wandte seinen Blick ab und versuchte, die ganze Bedeutung von Neils Worten zu verstehen. Keine Kinder, wo sie doch vorgehabt hatten, ein halbes Dutzend zu haben? Danielle würde am Boden zerstört sein.

„Ich weiß nicht, was ich sagen soll. Wie soll ich ihr das beibringen?"

„Ich bin mir sicher, dass sie es bereits weiß. Die erste Verletzung liegt schon einige Jahre zurück. Ihre Regelblutung muss sich dadurch verändert haben, und der Arzt wird ihr damals sicher alles erklärt haben."

Rafe schüttelte den Kopf. „Nein, das ist unmöglich. Sie hätte mir etwas gesagt ... sie kann es nicht gewusst haben."

McCauley wich seinem Blick aus. „Vielleicht nicht." Es war aber offensichtlich, dass der Arzt davon nicht überzeugt war.

Rafes Gedanken drehten sich wild im Kreis. Danielle konnte unmöglich gewusst haben, dass sie unfruchtbar war. Hätte sie es gewusst, würde sie ihm davon vor der Hochzeit erzählt haben. Sie wusste doch, dass er einen Erben brauchte ... wusste, wie wichtig es war, dass sie ihm einen Sohn schenkte ...

Er ließ sich noch einmal ihre Reise nach Amerika durch den Kopf gehen. Danielle hatte vorgehabt, einen Witwer zu heiraten – einen Mann, der bereits zwei Kinder hatte.

Ich würde eine Familie gehabt haben, hatte sie einmal gesagt.

Zum Teufel auch, sie hatte es von Anfang an gewusst!

Rafes Magen zog sich schmerzlich zusammen. Er sah Neil McCauley an. „Sie sind sicher, dass sie sich wieder erholen wird?“

„Ja, soweit ich das jetzt beurteilen kann. Sie ist eine gesunde junge Frau. Im Wesentlichen braucht sie Ruhe und muss wieder zu Kräften kommen.“

Rafe nickte bloß, denn er konnte kaum sprechen. „Danke, dass Sie gekommen sind, Neil.“

McCauley packte Rafe bei den Schultern. „Es tut mir leid, Rafe.“

Rafe erwiderte nichts. Doch statt in Danielles Zimmer zurückzukehren, wie er es eigentlich vorgehabt hatte, drehte er sich auf dem Absatz um und ging davon.

25. KAPITEL

Danielle erholte sich schnell. Seit ihrem Unfall war nun eine Woche vergangen, sie war wieder zu Hause, lag nicht mehr im Bett und gewann rasch ihre robuste körperliche Verfassung zurück. Trotz des kalten Januarwetters machte sie jeden Morgen mit Caro einen Spaziergang im Garten.

„Ich will so bald wie möglich wieder auf den Beinen sein", meinte Danielle. „Eine Woche im Bett ist wirklich genug."

„Du musst dich erholen", wandte Caro ein. „Das hat Dr. McCauley gesagt."

„Er hat aber auch gesagt, dass ein wenig körperliche Betätigung mir guttun wird." Und sie fühlte sich nach ihrem morgendlichen Spaziergang tatsächlich besser. Ihr Körper heilte ohne Komplikationen – Kummer bereiteten ihr ihre Herzensangelegenheiten.

Seit dem Tag ihrer Hochzeit hatte Rafael sich hinter seine kühle Fassade zurückgezogen, sobald es ein Problem gab. Seit Danielles Unfall hatte sich die Distanz zwischen ihnen in bisher unbekanntem Ausmaß vergrößert.

Danielle sehnte sich danach, mit Rafe zu reden, um herauszufinden, was nicht stimmte. Aber jedes Mal, wenn sie schließlich den Mut dazu aufgebracht hatte, stellte sie sich vor, was Rafe wohl sagen würde, und sofort schwand ihre Entschlossenheit dahin. Stattdessen blieb sie für sich, genau wie er es tat, und während ihr Körper gut heilte, schmerzte ihr das Herz mehr und mehr.

Caro war bereits völlig genesen, wenngleich ihre Stimmung nicht viel zuversichtlicher war als die Danielles. Ruhelos streifte sie durch das Haus, und die Gedanken an Robert McKay schienen schwer auf ihr zu lasten. Danielle wusste, dass ihre Freundin auch des Nachts keine Ruhe fand, denn zu später Stunde noch konnte sie Caro im Zimmer nebenan auf und ab gehen hören.

Im Moment saß Caro unten im Wedgwood-Zimmer und arbeitete an ihrer Stickerei, doch Danielle war sich ziemlich sicher, dass die Handarbeit wohl nur wenig Fortschritte machen würde. Sie sorgte sich um ihre Freundin und konnte nur hoffen, dass bald eine Nachricht von Robert McKay kam.

Caro saß in einem der kleineren Wohnräume im hinteren Teil des Hauses und versuchte vergeblich, sich auf ihre Stickerei zu konzentrieren. Sie sah auf, als sie Wooster in der offenen Tür bemerkte.

„Entschuldigen Sie die Störung, Miss, aber Seine Gnaden wünscht Sie in der Bibliothek zu sprechen."

Caros Herz machte einen Sprung. Vielleicht war Robert ja endlich gekommen! „Danke, Mr. Wooster. Ich werde gleich kommen." Ihr zitterten die Knie, als sie eilig ihre Handarbeit beiseitelegte und sich vom Sofa erhob. Sie atmete tief durch, sammelte sich kurz, strich den Rock ihres hellblauen Wollkleides glatt und folgte dem Butler.

Ihre Hände zitterten, als Wooster den silbernen Knauf der Tür zur Bibliothek drehte. Dann trat er einen Schritt beiseite und ließ sie eintreten. Doch als sie ihren Blick durch den Raum schweifen ließ, der zugleich das Arbeitszimmer des Dukes war, entdeckte sie nicht Robert, sondern Jonas McPhee, den Ermittler aus der Bow Street, der vor dem wuchtigen Schreibtisch des Dukes stand.

„Kommen Sie herein, meine Liebe", ließ sich der Duke vernehmen und stand auf. „Sie haben mich Mr. McPhee sicher schon einmal erwähnen gehört."

„Ja, aber … Guten Tag, Mr. McPhee."

„Es ist mir eine Freude, Sie kennenzulernen, Miss Loon." Er war klein und stämmig, trug eine winzige Brille, sein Haar hatte sich schon stark gelichtet, aber seine breiten Schultern und ein entschlossener Zug in seinem Gesicht ließen erkennen, dass dieser Mann keineswegs zu unterschätzen war.

Der Duke bedeutete Caro, dass sie neben dem Detektiv Platz nehmen solle, und sie setzte sich in einen der dunkelgrünen Ledersessel, wobei sie so aufgeregt war, dass sie kaum atmen konnte.

„Ich habe Sie hergebeten, weil Mr. McPhee Neuigkeiten von Robert McKay gebracht hat und ich mir dachte, dass Sie daran sicher interessiert wären."

„Oh ja, sehr sogar! Vielen Dank, Euer Gnaden."

„Jonas, warum erzählen Sie Miss Loon nicht noch einmal, was Sie mir gerade berichtet haben?"

McPhee nickte und wandte sich Caro zu. „Nun, Miss Loon, vieles von dem, was Ihr Freund gesagt hat, hat sich als die Wahrheit herausgestellt."

Sie fühlte sich so schwach, dass sie glaubte, gleich von der Kante ihres Sessels zu fallen.

„Geht es Ihnen gut, Caroline?", erkundigte sich der Duke besorgt.

„Ja, es geht schon." Sie fasste sich und legte ihre Hände gefaltet in den Schoß. „Fahren Sie bitte fort, Mr. McPhee."

„Vor Kurzem bin ich in ein kleines Dorf in der Nähe von York gereist und habe dort mit einem Mann namens Stephen Lawrence gesprochen, der Mr. McKays Cousin ist. Es bedurfte zwar ein wenig der Überredung, doch letztlich war Mr. Lawrence sehr hilfreich. Sie müssen wissen, dass seine Mutter Roberts Tante ist. Sie war anscheinend damals in der Kirche von St. Margaret anwesend, als Nigel Truman, der älteste Sohn des Earl of Leighton, Roberts Mutter geheiratet hatte."

Caro runzelte die Stirn. „Das verstehe ich leider nicht."

Der Duke beugte sich vor, um seinen Worten mehr Nachdruck zu verleihen. „Wenngleich Sie schon recht viel von Roberts Geschichte gehört haben, Caro, so wissen Sie doch noch nicht alles. Stephen Lawrence hat herausgefunden, dass Robert der legitime Sohn von Nigel und somit Erbe des Earl of Leighton ist. Anscheinend war dies auch das Motiv dafür, ihn fälschlich des Mordes zu beschuldigen, denn wenn sein Vater tot war und er selbst für das Verbrechen gehängt würde, wäre Clifford Nash, ein entfernter Cousin des verstorbenen Earls, der Nächste in der Erbfolge um den Titel und den Besitz der Leightons."

Caros Gedanken rasten. „Wollen Sie damit sagen … dass dieser Clifford Nash den Earl ermordet hat?"

„Nash oder irgendjemand, den er damit beauftragt hat", erwiderte McPhee. „Wir sind noch nicht sicher, wie Nash überhaupt von Robert erfahren hat. Stephen Lawrence glaubt, dass der verstorbene Earl es ihm sogar selbst gesagt haben könnte."

„Eine wahrlich tragische Entscheidung", bemerkte der Duke.

Der Ermittler seufzte. „Das Problem ist letztlich, einen Beweis zu finden."

„Aber wenn Sie mit Sicherheit wissen, dass Robert … dass er der legitime Earl ist …", Caro verstummte kurz, als könne sie selbst kaum glauben, was sie soeben gesagt hatte, „… dann hätten Sie doch auch das Motiv für den Mord."

„Das stimmt, aber wie ich schon bemerkte, das eigentliche Problem liegt darin, es zu beweisen."

„Was werden Sie nun tun?"

„Ich fürchte, das müssen Sie leider mir überlassen."

Caro sah von dem Ermittler zum Duke hinüber. „Wissen Sie, wo Robert jetzt ist?"

Sheffield schüttelte den Kopf. „Nein, im Augenblick nicht,

aber ich bin mir sicher, dass Mr. McPhee ihn ausfindig machen wird."

„Ich verstehe."

„Haben Sie noch weitere Fragen, Caro?", erkundigte sich der Duke freundlich.

Selbst wenn sie die gehabt hätte, wäre ihr in ihrer Verwirrung keine einzige eingefallen. „Nein, im Moment nicht."

„Dann können Sie uns nun wieder allein lassen."

Caro erhob sich unsicher aus ihrem Sessel und ging zur Tür. Ihre Gedanken wirbelten wild durcheinander, und das Herz war ihr schwer. Alles, woran sie denken konnte, war, dass Robert ein Earl war und sie nur eine Kammerzofe …

Warum musste das Leben so ungerecht sein?

Noch bevor sie ihr Zimmer erreicht hatte, brach Caro in Tränen aus.

Der Januar neigte sich dem Ende zu. Danielle und Caro saßen zusammen im Wedgwood-Zimmer, wo Caro sich erneut an ihrer Stickereiarbeit versuchte, während Danielle in einem Band mit Gedichten von Elizabeth Bentley las und dabei dem Regen lauschte, der an die Fensterscheiben prasselte.

Als sie von ihrem Buch aufblickte, sah sie ihre Freundin gedankenverloren in das Kaminfeuer starren, ihre Hand verharrte reglos über der Stickerei, die in ihrem Schoß lag. Seit sie die Wahrheit über Roberts Herkunft erfahren hatte, war Caro untröstlich.

Die Blicke der beiden Frauen trafen sich. „Selbst wenn Roberts Unschuld bewiesen werden kann, wird es zwischen uns aus sein." Caro stieß die Nadel in den Stoff, der in den Stickrahmen eingespannt war. „Ich bin nur eine Pfarrerstochter, eine Bürgerliche, wohingegen Robert … der Sohn eines Earls ist."

„Vielleicht wird das nichts an eurer Beziehung ändern",

erwiderte Danielle und hoffte inständig, dass es wahr sein möge. Robert hatte eine Heirat bislang nie erwähnt, und je mehr Tage verstrichen, an denen sie nichts von ihm hörten, desto offensichtlicher wurde, dass dies wohl auch nie seine Absicht gewesen war.

„Ich wünschte, ich wäre in Amerika geblieben. Ich wünschte, dass auch Robert dort geblieben wäre. Ich würde auf ihn gewartet haben, bis er seinen Dienst abgeleistet hätte. Ich würde bis in alle Ewigkeit auf ihn gewartet haben … wenn er nur gefragt hätte."

„Noch ist nichts entschieden. Wir wissen nicht einmal, wo Robert derzeit ist. Vielleicht wird sich mit der Zeit alles finden."

Aber Caro schien daran zu zweifeln, und Danielle gestand sich ein, dass sie ebenfalls kaum daran glaubte. Aber sie sagte nichts mehr, sondern legte still ihr Buch beiseite und verließ das Zimmer, denn sie fühlte sich nicht minder niedergeschlagen als ihre Freundin.

Ihre Verletzungen waren mittlerweile gut verheilt, und sie fühlte sich wieder genauso gut wie früher. Aber Rafael blieb dennoch ihrem Bett fern.

Beim Abendessen bedachte er sie mit bedeutungsvollen Blicken und versuchte kaum, eine Unterhaltung zustande zu bringen. Danielle hätte ihn am liebsten angeschrien, damit er endlich mit ihr redete und ihr sagte, was nicht stimmte. Immer häufiger dachte sie an den Abend, an dem sie das smaragdgrüne Satinkleid mit dem fast unschicklichen Ausschnitt getragen hatte. Sie überlegte, ob sie es nicht wieder anziehen sollte …

Nachdem ein weiterer ereignisloser Abend damit endete, dass Rafe sich nach dem Essen in sein Arbeitszimmer zurückzog, ging Danielle in ihr Zimmer hinauf. Unruhig lief sie auf und ab und wurde von Minute zu Minute wütender.

Aber mit der Wut kam auch die Verunsicherung.

Was, wenn Rafe sie nun nicht einmal mehr begehrte? Seit ihrem Unfall hatte sie in seinen Augen keine Spur des leidenschaftlichen Verlangens gesehen, das sie früher dort bemerkt hatte, wann immer er sie angesehen hatte. Die kaum zu zügelnde Leidenschaft, die stets zwischen ihnen gelodert hatte, schien erloschen zu sein.

Er wollte sie nicht mehr. Die Erkenntnis war niederschmetternd.

Immer öfter verbrachte er die Abende in seinem Club und kehrte erst am nächsten Vormittag nach Hause zurück. Danielle glaubte, dass es nur eine Frage der Zeit war, wann Rafe die Gesellschaft anderer Frauen suchen würde, wenn es ihr nicht gelang, die Mauer zu durchbrechen, die er zwischen ihnen errichtet hatte.

Sie war noch hellwach, als sie ihn nebenan in sein Schlafzimmer kommen hörte. Er ging auf und ab, und sie stellte sich vor, wie er seine Kleider ablegte ... sah ihn im Geiste vor sich ... seine hochgewachsene, schlanke Gestalt, die breiten Schultern und den muskulösen Oberkörper ... Ein leichter Schauer des Verlangens durchfuhr sie.

Ihr Entschluss stand fest. Danielle sprang aus dem Bett, eilte zur Kommode und holte ein Nachthemd aus weißem Satin hervor. Als sie es sich überstreifte, fühlte es sich wie flüssiges Silber an, das ihre Hüften hinunterglitt. Es hatte eine hoch angesetzte Taille, und das Oberteil war aus nahezu durchsichtiger weißer Spitze. Als Danielle sich im Spiegel betrachtete, konnte sie ihre Brustspitzen deutlich sehen, und der Anblick rief ihr das Gefühl von Rafes Händen in Erinnerung, unter deren Berührung die rosigen Knospen sich erwartungsvoll spannten und begehrlich aufrichteten.

Sie berührte ihre Brüste und spürte, wie sehr sie danach verlangte, von Rafe geliebt zu werden. Bevor sie mit ihrer

Tante aufs Land gefahren war, hatte sie das letzte Mal mit ihm das Bett geteilt, und dies schien ihr nun Ewigkeiten her zu sein.

Danielle fuhr sich mit der Bürste durch ihre langen, roten Locken und ließ sie sich lose über die Schultern fallen. Dann atmete sie einmal tief durch und ging zur Tür, die ihre beiden Zimmer miteinander verband.

Es war schon nach Mitternacht, und Rafe entschied, seinen Kammerdiener nicht mehr zu rufen. Er löste seine Halsbinde, hängte seine Jacke und seine Weste über einen Stuhl und zog sich sein feines Batisthemd über den Kopf.

Dann hörte er auf einmal ein schwaches Klopfen an der Verbindungstür zu den Gemächern der Duchess. Überrascht sah er, wie sich der silberne Türknauf drehte und Danielle ins Zimmer trat.

„Guten Abend." Sie sprach leise, ein wenig außer Atem, und Rafe spürte, wie sein Blut heftig zu pochen begann.

Danielle trug ein dünnes Nachthemd aus weißem Satin, das sich eng an ihren Körper schmiegte und ihre verführerischen Rundungen betonte. Rafes Blick verweilte auf dem Oberteil, das ihre Brüste kaum zu verhüllen vermochte, und unter seinen Augen richteten die rosigen Spitzen sich zu kleinen, verlockenden Knospen auf. Er spürte das schwere Pochen seiner sich regenden Männlichkeit.

„Möchtest du etwas von mir?", fragte er betont gleichgültig.

Ihre Blicke trafen sich, ihre strahlend grünen und seine blauen Augen. „Ja … und ich glaube, du weißt genau, weshalb ich gekommen bin."

Sein ganzer Körper spannte sich unter seiner wachsenden Erregung. Danielle sah so schön aus, wie sie ihm noch nie zuvor erschienen war, hochgewachsen, grazil und würdevoll …

und er hatte sie das letzte Mal vor ihrem Unfall geliebt.

Sofort erinnerte er sich wieder an ihren Verrat und erneuerte seinen Entschluss, seine Gefühle im Zaum zu halten. Sie hatte ihn auf eine Weise betrogen, die noch heimtückischer war als die Lüge, derer er sie einmal zu Unrecht beschuldigt hatte. Rafe hatte beschlossen, seine Lust auch bei anderen Frauen zu stillen, denn warum sollte er sein Vergnügen auf Danielle beschränken, wo ihrer Verbindung doch ohnehin keine Kinder beschieden waren?

Doch jede Nacht, wenn er in seinem Bett lag, verlangte er nach Danielle ... war es Danielle, die er begehrte.

Und nun stand sie nur wenige Schritte von ihm entfernt in seinem Schlafzimmer. Im flackernden Schein der Öllampe sah er ihre seidig schimmernde Haut und den feurig roten Glanz ihres langen Haars. Schwach nahm er ihr Parfüm wahr, das ihn immer an Apfelblüten erinnerte.

Ihr Anblick erregte ihn, und dennoch blieb er reglos stehen. „Du warst krank", stellte er sachlich fest, wenngleich die Worte ihm kaum über die Lippen wollten. „Du solltest dich noch erholen, bis du wieder bei Kräften bist."

„Ich bin nicht mehr krank, Rafael – außer vor Sehnsucht nach dir."

Rafe sog scharf den Atem ein und machte unwillkürlich einen Schritt auf Danielle zu, dann gebot er sich Einhalt und blieb stehen. Seine Kiefermuskeln spannten sich. „Vielleicht ein andermal."

Danielle kam auf ihn zu, und sie bewegte sich so leichtfüßig, dass sie in dem sanft ihre anmutige Figur umspielenden Nachthemd aussah, als sei sie in Wolken gehüllt.

Sie blieb vor ihm stehen, legte ihre Hand auf seinen bloßen Oberkörper, und Rafe spürte die Wärme ihrer Finger und ihres Atems auf seiner Haut.

„Es ist schon viel zu lange her." Sie ließ ihre Hand nach

unten wandern und umfasste die mächtige Wölbung seiner Hose.

Rafe schlug das Herz bis zum Hals. Seine Männlichkeit drängte sich erregt Danielles Hand entgegen.

„Du willst mich“, stellte sie fest, während sie ihn sanft drückte, und es klang beinahe erleichtert.

Rafe biss die Zähne zusammen und versuchte, sein unbändiges, ihn heiß durchströmendes Verlangen im Zaum zu halten, aber als Danielle zu ihm aufsah und sich mit der Zungenspitze über ihre vollen roten Lippen fuhr, war es um seine mühsame Selbstbeherrschung geschehen.

Mit einem leisen Stöhnen zog er sie an sich und ergriff mit wilder Leidenschaft von ihrem Mund Besitz. Er küsste sie heiß und innig und kostete aus, was nur sie ihm geben konnte. Keinen Moment länger würde er ihr widerstehen können! Danielle schlang ihre Arme um seinen Hals und erwiderte seinen Kuss. Rafe stöhnte erneut auf, als ihre Lippen unter den seinen nachgaben und ihre Brüste sich an seinen bloßen Oberkörper schmiegten.

Er nahm Danielles vertrauten Geruch tief in sich auf und verzehrte sich vor Verlangen nach ihr. Sie drängte sich an ihn, erwiderte seine Küsse und machte von allen Verführungskünsten Gebrauch, die er sie gelehrt hatte. Seine Erregung begann ihn zu peinigen.

Rafe umfasste ihre Brust und wollte Danielle die dünnen Träger ihres Nachthemdes von den Schultern streifen, doch sie trat einen Schritt zurück.

„Noch nicht ... Erst möchte ich dir beim Ausziehen behilflich sein.“

Fasziniert beobachtete er, wie sie sich bückte, um ihm Schuhe und Strümpfe auszuziehen. Dann begann sie, die Knöpfe seiner Hose zu öffnen. Jede noch so leichte Berührung ihrer Finger verursachte in ihm eine Begierde, die ihn dazu drängte, Danielle das Hemd vom Leib zu reißen und sich tief zwischen ihren langen, wohlgeformten Beinen zu verlieren.

Aber er hielt sich zurück und wartete stattdessen darauf, was sie tun würde. Er wollte sie nicht drängen und genoss jede ihrer Berührungen, als ob sie Regentropfen für seinen dürstenden Körper wären.

Auch nachdem sie ihn gänzlich entkleidet hatte und er nackt vor ihr stand, bewegte er sich nicht, verharrte reglos und ließ einfach nur ihre Nähe auf sich wirken. Sanft fuhr er mit einer Hand über ihr seidiges Haar.

„Du hast mir gefehlt", sagte er leise. Gegen seinen Willen war ihm dieses Eingeständnis über die Lippen gekommen. Mit glänzenden Augen sah Danielle zu ihm auf, und er versuchte sich einzureden, dass dies unmöglich Tränen sein konnten.

Ihr Mund streifte über seine bloße Haut, direkt über seinem Herzen … dann kniete sie sich erneut vor ihn, umfing ihn mit ihrer Hand und schloss ihre Lippen um seine erregte Männlichkeit.

Rafe erstarrte einen kurzen Moment. Er musste träumen … und hoffte, dass er nie aus diesem Traum erwachen würde, in dem Danielle ihn küsste und liebkoste und ihm mit ihren Lippen und ihrer Zunge ein Vergnügen schenkte, wie kein Mann es bei seiner Ehefrau fand.

Aber er hatte schon immer gewusst, dass Danielle eine ganz besondere Frau war. Als seine Lust sich ins Unermessliche steigerte und er die süße Qual nicht länger ertragen konnte, vergrub er seine Hände in ihrem dichten roten Haar und zog Danielle zu sich hinauf.

Er hob ihr Kinn an und suchte ihren Mund mit dem seinen, schmeckte sich selbst auf ihren Lippen und sog jeden ihrer Atemzüge tief in sich auf.

Ihre Blicke trafen sich, als er sie auf seine Arme hob und zu seinem großen Baldachinbett hinübertrug. Er legte sie auf die reinen, weißen Laken und streifte ihr das Nachthemd ab. Sie wartete darauf, dass er zu ihr auf die weiche Matratze kam, und er legte sich neben sie. Danielle sah ihn jedoch mit großen Augen an, als er sie dann hochhob und rittlings auf sich setzte.

Ihr Körper war schlank und geschmeidig, ihre Haare hingen ihr lose über die Schultern und umspielten die Spitzen ihrer Brüste. Als Danielle sich vorbeugte, legten sich ihre roten Locken sanft wie Satin auf Rafes bloßen Oberkörper und bewegten sich wie seidiges Feuer über seine Haut.

„Du bist wunderschön …", sagte er. „Schöner als alle anderen Frauen."

Sie berührte mit ihrer Hand seine Wange, und er schloss seine Lippen um die sanfte Rundung ihrer Brust. Während er sie mit seinem Mund liebkoste, berührte er sie mit seiner Hand zwischen den Beinen. Er fand sie erregt und für ihn bereit. Langsam drang er in sie ein und erfüllte ihren herrlichen, wie für ihn geschaffenen Körper.

Er versuchte, sich einzureden, dass es nur daran lag, dass er eben ein Mann war und sie eine Frau, und er schon viel zu lange ohne eine Frau gewesen war.

Aber er wusste, dass er sich damit nur selbst zu täuschen versuchte, und als er Danielle zur Erfüllung brachte und sich in ihr verströmte, schrie sein Herz auf wegen einer anderen Täuschung, die ihn zutiefst verletzt hatte.

Danielle hatte ihn belogen, ohne auch nur ein einziges Wort zu sagen.

26. KAPITEL

Danielle erwachte in dem großen Bett ihres Mannes. Sie fühlte sich wohlig erschöpft und zutiefst befriedigt, denn sie hatte eine wundervolle Liebesnacht hinter sich.

Sie lächelte verträumt, als sie sich an das lustvolle Vergnügen erinnerte, das sie und Rafe sich mehr als einmal in inniger Vereinigung geschenkt hatten. Als sie jedoch merkte, dass sie allein im Bett lag und Rafes kraftvoller Körper nicht mehr an ihrer Seite ruhte, wich das Lächeln mit einem Schlag aus ihrem Gesicht.

Er war einfach fortgegangen, als hätte es diese Nacht nie gegeben! Danielle ließ sich zurück in die Kissen fallen und fühlte sich auf einmal sehr müde.

Eine Stunde später erst quälte sie sich aus dem Bett und kehrte in ihre eigenen Gemächer zurück. Sie läutete nach einem heißen Bad und hoffte, dass sie ihre schlechte Laune von sich abwaschen konnte. Als sie damit fertig war, kam Caro, um ihr beim Ankleiden behilflich zu sein und ihre Haare zu flechten und aufzustecken.

Danach streifte Danielle eine Weile ziellos durch die leeren Räume des Hauses und fragte sich, wohin ihr Mann wohl gegangen sein könnte. Sie sehnte sich nach ihm. Am späten Vormittag schlenderte sie mit Caro auf den Kieswegen durch den winterlich verlassenen Garten, der auch zu dieser Jahreszeit reizvoll war, mit seinen zu Tierformen geschnittenen Buchsbaumbüschen und den ersten grünen Trieben, die hier und da durch die Erde drangen.

Am späten Nachmittag begann sie sich Sorgen zu machen. War er verärgert wegen ihres schamlosen Verhaltens vergangene Nacht? Er schien darüber sehr beglückt gewesen zu sein, aber vielleicht empfand er ihr Benehmen nun bei genauerer Überlegung als dreist. Sie hatte nicht absehen können, wohin ihre Liebkosungen sie führen würden, aber Rafe hatte einfach so wunderbar ausgesehen, so kraftvoll männlich, und sie hatte so sehr nach ihm verlangt ... Nun sorgte sie sich, dass er an ihrem Verhalten Anstoß genommen hatte.

Danielle seufzte. Bei einem Mann wie Rafe, der so wenig von sich preisgab, war es schwer zu wissen, woran man war.

Ihre Gedanken kreisten noch immer um ihn, als sie wenig später in ihre Räumlichkeiten zurückkehrte, wo sie sich gespannt zu fragen begann, ob sie sich wohl heute Nacht wieder lieben würden ... und ob Rafe sich danach wieder völlig in sich zurückziehen würde. Während sie noch ganz in Gedanken versunken war, erhielt sie eine Nachricht von Rafe, in der er sie bat, mit ihm im Großen Speisesaal zu Abend zu essen.

Mit zitternder Hand legte Danielle den kurzen Brief auf ihren Ankleidetisch. Der Anlass war so förmlich, dass sie sogleich schlechte Neuigkeiten vermutete. Ruhelos begann sie, in ihrem Schlafzimmer auf und ab zu gehen, und wartete angespannt darauf, dass die Zeit verging. Schließlich setzte sie sich und verharrte untätig, bis Caro kam, um ihr beim Umkleiden zu helfen und sie neu zu frisieren.

„Wir fangen besser sogleich an“, meinte ihre Freundin entschlossen und eilte betriebsam durch das Zimmer. „Was möchtest du anziehen? Und wage ja nicht, dir etwas Schwarzes auszusuchen, wenngleich ich an deinen hängenden Schultern erkennen kann, dass deine Laune nicht die beste ist.“

Danielle musste unwillkürlich lächeln. „Also gut, kein Schwarz.“ Sie seufzte. Gleich nachdem sie Rafes Nachricht erhalten hatte, hatte sie sie Caro gezeigt. „Ich kann mir nicht erklären, was er von mir will. Aber ich mache mir Sorgen, denn er war so seltsam in letzter Zeit.“

„Vielleicht bist du ganz ohne Grund beunruhigt. Es könnte

doch sein, dass er dich mit erfreulichen Neuigkeiten überraschen will."

Danielle sah hoffnungsvoll auf. „Meinst du wirklich?"

„Das wäre doch möglich, oder?"

„Ja, wahrscheinlich ..." Trotzdem war er heute Morgen ohne ein Wort verschwunden und den ganzen Tag außer Haus gewesen. Danielle unterdrückte die Angst, die erneut in ihr aufstieg, und ging zu dem elfenbeinfarbenen Wandschrank mit den Goldverzierungen hinüber, um mit Caro zusammen ein Kleid für den heutigen Abend auszusuchen.

Sie überlegten lange, was dem Anlass entsprechen könnte, und schließlich entschied Danielle sich für ein Kleid aus schwerer amethystfarbener Seide, dessen Oberteil mit Goldfäden durchwirkt war.

„Das Kleid ist herrlich. Der Duke wird seine Augen nicht von dir abwenden können."

Caro breitete es auf dem Bett aus, und Danielle nahm auf dem Hocker vor dem Ankleidetisch Platz. Während sie vor Aufregung kaum stillsitzen konnte, begann Caro ihr das Haar zu bürsten, es aufzustecken und goldene Bänder in die roten Locken einzuflechten.

„Mir fällt noch etwas ein ..." Caro holte den roten Seidenbeutel aus der kunstvoll verzierten Schmuckschatulle hervor, legte Danielle das Hochzeitscollier um den Hals und ließ den Verschluss leise einrasten. „Du siehst wunderschön aus", bemerkte Caro, „und die Kette passt perfekt zu dem Kleid."

Danielle berührte mit den Fingern die glatten Perlen an ihrem Hals. „Ich kann es mir zwar nicht erklären, aber jedes Mal, wenn ich das Collier trage, fühle ich mich sogleich besser."

Caro trat einen Schritt zurück, um sie zu betrachten. „Jetzt bist du gewappnet, um dich in die Höhle des Löwen zu wagen."

Danielle seufzte und stand auf. „Ja, das bin ich wohl." Der bloße Gedanke ließ sie jedoch schaudern. Sie zweifelte nicht daran, dass Rafael ihr etwas Bedeutsames mitzuteilen hatte, und danach zu urteilen, wie er sich in letzter Zeit verhalten hatte, würde es wohl kaum etwas Gutes sein.

Wenn doch nur einmal der Tag käme, an dem wir keine Geheimnisse mehr voreinander hätten, dachte sie. Dann würde sie ihm ohne Angst und Schuldgefühle begegnen können.

„Wünsch mir Glück", bat sie Caro. Dann raffte sie ihren Rock zusammen, hob unwillkürlich das Kinn ein wenig höher und ging zur Tür.

Als sie die weite Marmortreppe erreicht hatte, hielt sie kurz inne, um nach unten zu sehen. Rafe stand wartend am Fuß der Treppe, und in seinem marineblauen Frack, der dunkelgrauen Hose und der makellosen weißen Halsbinde sah er so atemberaubend gut aus, dass Danielle das Herz stockte.

Hoch erhobenen Hauptes schritt sie langsam die Stufen hinunter und spürte bei jedem Schritt Rafes Blick auf sich ruhen. Seine Augen schienen ihr heute von einem noch tieferen Blau zu sein als sonst, aber vielleicht lag das auch nur an seiner finsteren Miene …

Verstohlen betrachtete sie ihn, während er sie in den prächtigen Speisesaal führte und ihr den Stuhl neben seinem Platz am Kopf der Tafel zurechtrückte.

„Ich habe die Köchin gebeten, uns heute etwas dem Anlass Gebührendes zu bereiten", bemerkte er.

Danielle hob fragend eine Augenbraue. „Und was wäre dieser Anlass?"

„Ein Dankeschön für das Vergnügen, das du mir letzte Nacht bereitet hast."

Sie sah ihn kurz an und wusste nicht, ob ihr die Vorstellung gefiel, dass er sie dafür entlohnte – und sei es nur mit einem Essen. Es gab ihr das Gefühl, eine Frau von zweifelhaftem Ruf zu sein.

Rafe schien sich daran nicht zu stören. Unbefangen plauderte er während des Mahls mit ihr. Seine Augen wanderten immer wieder zu ihrem Dekolleté, und erleichtert stellte sie fest, dass sein Blick wieder jenes Verlangen ausdrückte, das sie so lange vermisst hatte.

Vielleicht war die letzte Nacht doch nicht vergebens gewesen …

Das Abendessen bestand aus einem halben Dutzend Gängen. Es gab Austern in Anchovissoße, Schildkrötensuppe, marinierten Lachs und Spanferkel. Danielle brachte jedoch kaum einen Bissen herunter und bemerkte, dass auch Rafe weniger aß als sonst. Nach dem Dessert, einer Vanillecreme mit Mandeln, goss ihnen einer der Hausdiener noch ein letztes Glas Wein ein, bevor Rafe die Dienstboten aus dem Speisesaal entließ.

Sobald die Tür sich hinter ihnen geschlossen hatte, hob er sein Kristallglas. „Auf die Zukunft", sagte er und sah Danielle unverwandt an.

„Auf die Zukunft", erwiderte sie mechanisch und fühlte erneut eine tiefe Unruhe in sich.

Rafe nahm einen Schluck, und Danielle tat es ihm nach … vielleicht trank sie auch etwas mehr, als gut für sie war.

Ohne den Blick von ihr abzuwenden, stellte er sein Glas auf den Tisch, hielt seine Finger jedoch um den langen Stiel geschlossen und schwenkte den rubinroten Wein sachte in dem kristallenen Glas.

„Erinnerst du dich noch an das Versprechen, das du mir vor gar nicht langer Zeit gegeben hast?"

Danielle schluckte. „Das Versprechen?"

„Ja, in der Nacht, als ich dich nach der Halskette fragte und du mir gestanden hast, sie Robert McKay gegeben zu haben."

Danielle fuhr sich mit der Zungenspitze über ihre trockenen Lippen. „Ich … ich erinnere mich daran."

„Du hast mir versprochen, mich nie wieder zu belügen."

„Ja …"

„Aber du hast es dennoch getan, nicht wahr, Danielle?"

Sie zitterte am ganzen Körper und wünschte sich, noch mehr Wein getrunken zu haben. „Was … was willst du damit sagen?"

„Wann wolltest du mir sagen, dass du keine Kinder bekommen kannst?"

Danielle glaubte, dass ihr Herz aufgehört hatte zu schlagen. Kalt und schwer lag es in ihrer Brust und schmerzte sie, als würde sie sterben. Alles Blut war ihr aus dem Gesicht gewichen.

„Wann, Danielle?"

Sie griff nach ihrem Weinglas, aber Rafe hielt ihre Hand fest.

„Wann wolltest du es mir sagen, Danielle!"

Sie sah zu ihm auf, und Tränen stiegen ihr in die Augen. „Niemals …", flüsterte sie, und dann begann sie zu weinen.

Ihr schmerzte die Brust vor dem Ansturm ihrer Tränen, und sie weinte nicht leise, wie eine Frau, die bei einer Lüge ertappt wurde, sondern schluchzte laut auf und vergoss die bitteren Tränen einer Frau, die um das Kind weint, das sie dem Mann, den sie liebt, niemals würde schenken können. Danielle weinte herzzerreißend und konnte gar nicht mehr aufhören. Sie bemerkte nicht einmal, dass Rafe aufgestanden war und sie in seine Arme gezogen hatte.

„Es ist schon gut … alles wird gut werden."

„Nein, es wird niemals gut werden", erwiderte sie und lehnte sich an ihn. „Niemals." Sie weinte sich an seiner Schulter aus und spürte, wie er mit seinen Lippen ihr Haar berührte.

„Beruhige dich."

„Ich … ich hätte es dir vor der Hochzeit sagen sollen, aber …“

„Aber was?“, fragte er mit sanfter Stimme.

Sie holte tief Luft. „Am Anfang wollte ich dich bestrafen. Du hast mich gezwungen, dich zu heiraten, und ich fand, dass du nur bekamst, was du verdient hattest.“

„Und später?“

„Als wir … als wir wieder in London waren, habe ich durch deine Mutter verstanden, wie wichtig es für eure Familie ist, einen Erben zu haben, der den Namen weiterträgt. Und als ich dann Arthur Bartholomew kennenlernte, erkannte ich, wie bedeutsam es tatsächlich ist.“ Sie blickte zu ihm auf, und erneut liefen ihr Tränen über die Wangen. „Es tut mir leid, Rafael. Es tut mir so furchtbar leid!“ Sie schluchzte laut auf, und Rafe schloss seine Arme fester um sie.

„Weine nicht, Liebste.“

Aber sie konnte nicht aufhören. „Wie hast du … es herausgefunden?“

„Neil McCauley hat es mir gesagt. Er meinte, dass du eine frühere Verletzung hättest. Was ist mit dir geschehen?“

Sie schluckte schwer. „Ich … ich machte einen Ausritt in Wycombe Park. Nachdem du … unsere Verlobung gelöst hattest und ich aus London fortgegangen war, bin ich sehr viel ausgeritten, da es mir eine innere Ruhe verschaffte, die ich nirgendwo sonst finden konnte.“

„Und weiter?“

„In der Nacht zuvor hatte es geregnet, und die Wiesen … die Wiesen waren aufgeweicht und schlammig. Tante Flora versuchte mich davon abzuhalten, an diesem Tag reiten zu gehen, denn sie hielt es für zu gefährlich, aber ich … ich hörte nicht auf sie. Mein Pferd hat dann vor einer Steinmauer den Halt verloren, und ich stürzte zu Boden. Dabei muss ich unglücklich auf etwas gefallen sein … genau weiß ich es nicht.

Als Blossom – so hieß mein Pferd – lahmend und ohne mich in den Stall zurückkehrte, schickte Tante Flora die Stallburschen aus, um mich zu suchen."

Sie zwang sich, zu Rafe aufzusehen. „Es dauerte lange, aber letztlich erholte ich mich doch von meinem Sturz. Doch der Arzt teilte mir mit, dass ich nie ein Kind bekommen könnte."

Danielle wischte sich die Tränen von den Wangen. Sie spürte einen tiefen Stich im Herzen. „Wenn ich dir das erzählt hätte, würdest du mich nie geheiratet haben. Du hättest dir eine Frau gesucht, die dir einen Sohn schenken kann."

Rafe umfasste sanft ihr Kinn und hob ihren Kopf, damit er ihr in die Augen sehen konnte. „Hör mir zu, Danielle. Ich hatte viel Zeit gehabt, um darüber nachdenken zu können, und dabei ist mir etwas klar geworden. Ich habe erkannt, dass es nicht von Bedeutung ist. Du bist meine Frau, und du hättest es schon vor fünf Jahren sein sollen. Wenn ich dir damals geglaubt hätte, würdest du bei mir gelebt haben und nicht bei deiner Tante auf dem Land. Du wärst nicht jeden Tag ausgeritten und hättest nie diesen Unfall gehabt. Letztlich ist alles meine Schuld und nicht deine."

Danielle betrachtete Rafes Gesicht, das ihr so lieb geworden war. Sie konnte vor lauter Rührung kaum sprechen. „Rafael ..."

Ihre Lippen zitterten unter den seinen, als er sich zu ihr hinunterbeugte und sie küsste. Ich liebe dich, wollte sie sagen. *Ich liebe dich so sehr.*

Doch sie sprach die Worte nicht aus, denn sie wusste nicht, was Rafe für sie empfand, und noch immer war ihre Zukunft ungewiss.

„Wirst du mir jemals vergeben können?", fragte sie stattdessen.

„Wir werden einander vergeben müssen." Er berührte

leicht ihre Lippen. „Keine Geheimnisse mehr."

„Nein. Ich verspreche es dir bei meinem Leben."

Dann küsste Rafe sie so zärtlich, dass sie meinte, gleich erneut in Tränen auszubrechen.

„Da wäre noch etwas."

Sie spürte sogleich Besorgnis in sich aufsteigen. „Ja …?"

„Von jetzt an wirst du jede Nacht in meinem Bett schlafen."

Danielle war so überwältigt, dass sie bloß nicken konnte, doch ihr Herz jubelte vor Freude.

Caro stand vor dem Arbeitszimmer des Dukes. Sie war an der geöffneten Tür vorbeigegangen, als Stimmen an ihr Ohr drangen und sie aus dem Augenwinkel Michael Mullens, den Kutscher, mit seinem Hut in der Hand vor dem Schreibtisch des Dukes stehen sah.

Sie hatte wirklich nicht lauschen wollen, aber dann hörte sie, dass Mullens von dem Unfall redete und dabei ungewöhnlich aufgeregt schien.

„Ich sage Ihnen, Sir, das war gar kein Unfall!"

Caro drängte sich dicht an die Wand und horchte angestrengt, was der Kutscher vorzubringen hatte.

„Als ich die Achse reparieren wollte, habe ich mir die Stelle angeschaut, wo das Holz gebrochen ist, und es sah irgendwie seltsam aus. Und dann habe ich noch genauer hingesehen und festgestellt, dass es tatsächlich angesägt worden war!"

Der Duke sprang aus seinem Sessel empor. „Was sagen Sie da? Wollen Sie andeuten, dass jemand den Unfall absichtlich herbeigeführt hat?"

„Noch schlimmer, Sir. Es sollte genau an der Stelle passieren, wo es dann passiert ist. Ich habe in dem Holz noch etwas gefunden …"

Caro sah verstohlen um die Ecke. Der Kutscher holte etwas aus seiner Jackentasche und reichte es dem Duke.

„Jemand muss uns bei der Brücke aufgelauert haben, Sir. Unmittelbar vor dem Unfall habe ich ein Geräusch gehört, das wie ein Schuss klang, aber ich konnte mir keinen Reim darauf machen, bis ich die Bleikugel hier im Holz gefunden habe."

Der Duke hielt das Geschoss in die Höhe, um es zu betrachten, und Caro lief es eiskalt über den Rücken. „Es muss auf die Achse geschossen worden sein. Und weil sie bereits angesägt war, brauchte es nicht mehr viel, um sie zum Brechen zu bringen."

„Ganz genau, Sir, so sehe ich es auch."

Der Duke schloss seine Hand um die kleine Kugel. „Wenn Sie nichts dagegen haben, Mr. Mullens, würde ich das gerne behalten. Ich danke Ihnen sehr, dass sie damit zu mir gekommen sind."

Der Kutscher verbeugte sich. Hastig raffte Caro ihren Rock zusammen und eilte den Korridor hinunter, bevor sie entdeckt wurde. Sie musste unbedingt mit Danielle sprechen!

Jemand hatte versucht, sie beide umzubringen …

„Ich weiß nicht, was ich dazu sagen soll." Danielle ging im Wedgwood-Zimmer auf und ab. Der Raum war kleiner als die anderen Salons im Haus, die Fenster gingen auf den Garten hinaus, und Danielle hielt sich sehr gerne dort auf. „Warum sollte jemand unseren Tod wünschen?"

Doch sogleich kam ihr ein furchtbarer Gedanke … Um den Titel des Dukes of Sheffield zu vererben, brauchte Rafe nach dem Erbrecht der Erstgeburt einen ehelich geborenen Sohn – und dazu würde es einer Scheidung bedürfen.

Es sei denn, Danielle wäre tot und er könnte eine andere Frau heiraten.

Sie sah zu Caro auf und wusste sofort, dass ihre Freundin jeden ihrer Gedanken auf ihrem Gesicht abgelesen hatte.

„Daran darfst du nicht einmal denken. Ich kann mir nicht vorstellen, dass er so etwas tun würde – wirklich nicht. Der Duke liebt dich. Er mag sich dessen nicht bewusst sein, aber es ist so. Er liebt dich und würde dir niemals etwas zuleide tun."

Danielle war sich keineswegs sicher, welche Gefühle Rafe für sie hegte, aber selbst wenn Caro recht haben sollte und Rafe wieder beginnen würde, sie zu lieben, so war Liebe manchmal eben nicht genug. Rafe hatte seiner Familie gegenüber eine Verantwortung, der er nicht nachkommen konnte, solange Danielle seine Frau war.

„Wir dürfen keine Möglichkeit ausschließen", meinte Danielle, „auch wenn sie noch so schmerzlich sein mag."

„Aber der Duke hat doch erst *nach* dem Unfall erfahren, dass du keine Kinder bekommen kannst!"

„Vielleicht. Es gibt aber genügend Leute, die es schon vorher wussten … der Arzt, der mich damals behandelt hat, und die Dienstboten im Haus meiner Tante. Rafe könnte es schon gewusst haben, bevor Neil McCauley ihn davon in Kenntnis setzte."

„Das glaube ich nicht."

„Ich will es auch nicht glauben, aber wir müssen um jeden Preis herausfinden, wer dahintersteckt – und vor allem warum."

„Da kann ich dir allerdings nur zustimmen."

Danielle fuhr erschrocken zusammen und drehte sich um, als sie Rafes Stimme von der Tür her vernahm. Er betrat das gemütliche Wohnzimmer, das durch seine Anwesenheit gleich noch kleiner wirkte.

„Ich habe euch gesucht." Er sah sie beide aufmerksam an. „Mir scheint, dass ihr schon gehört habt, was sich mit der

Kutsche ereignet hat."

Caros schmales Gesicht errötete tief. „Ich wollte nicht lauschen, Euer Gnaden, aber als ich den Gang entlanglief, hörte ich Sie über den Unfall reden und …"

„Schon gut. In diesem Fall bin ich sogar froh, dass Sie bereits Bescheid wissen. Weil Jonas McPhee vollauf damit beschäftigt ist, den Mord an dem Earl of Leighton aufzuklären, habe ich seinen Kollegen Samuel Yarmouth beauftragt, Licht in die Angelegenheit zu bringen."

Danielle nickte stumm.

„Was ist? Ich kenne diese Miene doch …"

„Es ist nichts, Euer Gnaden", antwortete Caro an Danielles Stelle. „Aber der Gedanke, dass jemand versucht hat, sie umzubringen, macht ihr sehr zu schaffen."

„Nun … darüber wollte ich auch sprechen. Wir sollten überlegen, ob eine von euch beiden irgendwelche Feinde haben könnte."

Danielle sah abrupt auf, als sie Rafes Worte hörte. „Feinde? Ich kann mir niemanden vorstellen, der mir etwas Schlechtes wollte. Niemanden!"

Rafe betrachtete sie durchdringend. „Niemanden außer mir – meinst du das?"

„Nein, ich … natürlich nicht." Aber ihre leicht geröteten Wangen verrieten, was sie kurz zuvor noch gedacht hatte.

„Ich denke, dass es kaum hilfreich wäre, wenn ich jetzt meine Unschuld beteuerte, aber ich möchte doch betonen, dass ich zum Zeitpunkt des Unfalls noch nichts von deinem Zustand wusste und dass ich ebenso gut in der Kutsche hätte sitzen können. Meine Pläne hatten sich sehr kurzfristig geändert, und es ist gut möglich, dass der Täter davon nichts erfahren hatte und daher seinen ursprünglichen Plan ausgeführt hat."

Rafes Argumente hatten etwas für sich, und der Gedanke,

dass er ihr etwas antun wollte, war ihr zudem so zuwider, dass Danielle sich wie eine Ertrinkende an ein rettendes Seil verzweifelt an seine Worte klammerte. „Ja, ich denke du hast recht."

„Und wenn ich das Opfer des Anschlags sein sollte, so gibt es eine ganze Reihe von Verdächtigen."

Sie sah ihn scharf an. „Du meinst Oliver Randall."

„Genau. Meinetwegen wird Randall nie wieder laufen können, weshalb ich Lord Oliver ganz oben auf die Liste der möglichen Täter setzen würde."

Danielle lehnte sich in ihren Sessel zurück. „Nach allem was geschehen ist, glaube ich kaum, dass Lord Oliver es wagen würde, etwas gegen dich zu unternehmen."

„Mag sein. Aber es lohnt auf jeden Fall, diese Möglichkeit zu erwägen." Rafe verschränkte die Hände hinter dem Rücken und sah zum Fenster hinaus in den Garten. „Dann wäre da noch Carlton Baker, der verschiedentlich Drohungen gegen mich ausgesprochen hat."

„Mr. Baker würde wohl kaum so weit gehen, einen Mord zu begehen."

„Es ist schwer abzuschätzen, wozu ein Mann fähig ist, dessen Stolz verletzt wurde." Rafe wandte sich zu Danielle um.

„Und natürlich mein Cousin, Arthur Bartholomew. Er steckt bis zum Hals in Schulden. Für ihn würde es sich wirklich lohnen, der nächste Duke of Sheffield zu werden."

Daran hatte Danielle noch gar nicht gedacht. Sie erschauderte, wenn sie daran dachte, dass diese Gefahr bestand, bis Rafe einen eigenen Sohn hatte.

„Von diesen dreien einmal abgesehen, besteht auch noch die Möglichkeit, dass Bartel Schrader etwas damit zu tun haben könnte. Er wird auch der Holländer genannt, und ich habe ihn in Amerika getroffen."

„Welchen Grund hätte dieser Schrader, dich zu töten?"

„Er ist an einem Geschäft beteiligt, das der französischen Marine von großem Nutzen wäre, und ich habe alles daran gesetzt, diesen Handel zu durchkreuzen."

„Hast du dich darüber mit Colonel Pendleton beraten?"

Rafe nickte. „Der Holländer glaubt, dass ich sein wichtigster Konkurrent um den Erwerb einer Flotte ganz neuartiger Schiffe bin. Wenn ich aus dem Rennen wäre, könnte er den Kauf zum Abschluss bringen und dabei sehr viel Geld verdienen."

„Ich verstehe." Danielle biss sich auf die Unterlippe. Sie machte sich Sorgen wegen Rafes Verwicklung in eine Regierungsangelegenheit, die so brisant war, dass er deswegen umgebracht werden könnte. „Glaubst du denn, dass Mr. Yarmouth in der Lage ist, den Mann zu finden, der für den Kutschenunfall verantwortlich ist?"

„Das wird sich zeigen. Wir müssen auf jeden Fall selber wachsam bleiben. Ich werde mit den Dienstboten sprechen, damit sie Augen und Ohren offenhalten, wenngleich natürlich auch die Möglichkeit besteht, dass einer von ihnen mit der ganzen Sache zu tun hat und für den oder die Täter arbeitet."

„Das kann ich mir nicht vorstellen. Die meisten stehen doch schon seit Jahren in Diensten deiner Familie!"

„Das stimmt zwar, aber man kann es dennoch nicht ausschließen."

In diesem Moment erschien der Butler in der Tür. „Entschuldigen Sie die Störung, Euer Gnaden, aber Lord Brant und Lord Belford sind soeben gekommen."

Rafe nickte. „Sehr gut. Führen Sie sie herein." Er wandte sich wieder an Danielle. „Ich habe unsere Freunde hergebeten. Beide sind gesellschaftlich einflussreiche Männer, die sehr viel herumkommen, und ich hoffe, dass sie etwas erfahren können, das uns weiterbringt."

Caro erhob sich. „Ich werde Sie nun allein lassen."

„Nein, bleiben Sie", erwiderte Rafael. „Sie waren zusammen mit meiner Frau in der Kutsche. Die Sache betrifft Sie ebenso wie mich und Danielle."

Caro nickte unmerklich und nahm wieder in ihrem Sessel Platz, doch Danielle war nicht entgangen, wie sehr ihre Freundin sich freute, einbezogen zu werden.

Einige Minuten später kehrte Wooster mit dem Earl of Brant und dem Marquess of Belford zurück.

„Wir sind so schnell wie möglich gekommen", bemerkte der Earl.

„In deiner Nachricht hieß es, dass es dringend sei", fügte der Marquess hinzu.

„Das ist es in der Tat", meinte Rafe, der während der nächsten halben Stunde seinen beiden Freunden berichtete, was sein Kutscher, Mr. Mullens, herausgefunden hatte.

„Es war also gar kein Unfall", bemerkte Ethan finster.

„Leider nein."

„Wir werden uns umhören", versicherte Cord. „Wenn du einverstanden bist, werde ich auch Victoria davon erzählen. Sie hat ein Händchen dafür, sich die Hilfe des Dienstpersonals zu sichern, und was dort an Neuigkeiten kursiert, mag auch für uns sehr hilfreich sein."

„Ich werde Grace ebenfalls Bescheid sagen", meinte Ethan. „Sie wird auch helfen wollen."

„Die Entscheidung, ob wir die Frauen in die Angelegenheit verwickeln, wollte ich euch überlassen, da versuchter Mord ja eine recht heikle Sache ist. Aber natürlich bin ich für jede erdenkliche Hilfe dankbar."

„Können wir sonst noch etwas tun?", fragte der Marquess.

Danielle musste an Rafe denken – und an seine Mutter,

die gleichfalls vom Tod ihrer Schwiegertochter profitieren würde. Aber sie schwieg, wenngleich es ein seltsam glücklicher Zufall war, dass Rafe sich zum Zeitpunkt des Unfalls sicher in London aufgehalten hatte, denn im Grunde ihres Herzens konnte sie sich nicht vorstellen, dass er ihr etwas zuleide tun würde. Die Dowager Duchess würde zwar bestürzt sein, wenn sie erfuhr, dass Danielle Rafe keinen Erben würde schenken können, doch hoffte Danielle inständig, dass ihre Schwiegermutter nicht so weit gehen würde, einen Mord zu erwägen.

Als die beiden Männer wieder gegangen waren, wandte Rafe sich an Danielle.

„Ich werde in dieser Angelegenheit noch einige Dinge zu erledigen haben. Bis wir Licht in die Sache gebracht haben, wäre es mir lieb, wenn du und Caro in den nächsten Tagen zu Hause bliebet."

Obwohl Danielle der Gedanke, eine Gefangene in ihrem eigenen Haus zu sein, gar nicht gefiel, widersprach sie nicht. Draußen war es derzeit ohnehin kalt und regnerisch. Und vielleicht war es ja wirklich ratsam, sich einige Zeit nicht in der Öffentlichkeit zu zeigen.

„Ganz wie du meinst – bis auf Weiteres", stimmte sie daher zu und erntete einen strengen Blick von Rafe.

„Hör mir zu, Danielle. Ich werde nicht zulassen, dass du dein Leben aufs Spiel setzt. Deshalb möchte ich, dass du tust, was ich sage."

„Und du? Wenn du tatsächlich recht haben solltest und der Anschlag dir gegolten hatte, dann bist du es doch, der zu Hause bleiben sollte."

Er schmunzelte. „Ich weiß deine Besorgnis zu schätzen, und ich kann dir versichern, dass ich über die Maßen vorsichtig sein werde."

Rafe verließ das Wohnzimmer, und kurz danach folgte

ihm Caro, um sich nach oben zurückzuziehen. Danielle fühlte sich auf einmal ruhelos und verlangte nach frischer Luft. Der Garten gehörte doch sicher zum Haus, überlegte sie … Wie Rafe, so würde auch sie in der nächsten Zeit sehr umsichtig sein, denn *ein* Anschlag auf ihr Leben war für Danielles Geschmack mehr als genug.

27. KAPITEL

Die Stadt lag in tiefe Finsternis gehüllt, und nur eine schmale Mondsichel hing über dem Stadthaus des Dukes am Hanover Square. Caro lag wach in ihrem Schlafzimmer und sah zur Decke hinauf. Sie betrachtete die kunstvolle Stuckarbeit, zählte die Blätter der Laubgirlanden und versuchte vergebens einzuschlafen.

Seit sie und Danielle Wycombe Park verlassen hatten und in die Stadt zurückgekehrt waren, hatte sich so viel ereignet.

Und so vieles hatte sich verändert.

Sie waren nach Amerika gefahren und wieder zurückgekehrt. Danielle hatte geheiratet, und Caro war nun die Kammerzofe einer Duchess.

Robert McKay war in ihr Leben getreten … und sie hatte sich in ihn verliebt.

Tränen traten ihr in die Augen, und Caro blinzelte hastig. Sie hatte schon mehr als genug wegen Robert McKay geweint.

Mittlerweile war zwar bewiesen, dass Robert unschuldig war und er ihr die Wahrheit gesagt hatte, doch noch immer hatte er kein Wort über seine Gefühle zu ihr verloren, und in den Monaten seit ihrer Rückkehr nach England hatte er sie kein einziges Mal besucht.

Für Caro war die Sache klar. Robert war ein Earl, und sie war nur eine Kammerzofe. Natürlich würde er nun nicht mehr zu ihr kommen. Selbst wenn er einmal etwas für sie empfunden haben mochte, so würden sich seine Gefühle für sie geändert haben, sobald er davon erfahren hatte, dass er dem Adel angehörte.

Robert war für sie verloren, und mit dieser Tatsache fand sie sich am besten ab, damit sie bald wieder mit ihrem einfachen, unkomplizierten Leben zufrieden sein konnte, das sie bislang geführt hatte.

Doch noch während sie dies dachte, schrie ihr Herz laut auf. Wenn sie geahnt hätte, wie viel Leid es bereiten konnte, jemanden zu lieben, dann wäre sie an jenem ersten Abend niemals zu Robert in den Stall gegangen! Niemals hätte sie ihn geküsst oder ihm erlaubt, sie zu küssen.

Caro unterdrückte ein Schluchzen und war fest entschlossen, jeden Gedanken an Robert McKay aus ihrem Bewusstsein zu verbannen. Doch noch immer fand sie keinen Schlaf. Stattdessen lauschte sie dem Flüstern des Windes, der durch die kahlen Äste der Bäume vor ihrem Fenster streifte, hörte schwachen Hufschlag auf der kopfsteingepflasterten Straße und das Rumpeln einer Kutsche, die am Haus vorbeifuhr.

Während der nächsten Stunden fiel sie in einen leichten Schlummer, aus dem sie immer wieder erwachte. Auf einmal vernahm sie ein leichtes Klopfen gegen die Fensterscheibe, das zunehmend lauter wurde. Caro stand auf und ging zum Fenster hinüber, um in die Dunkelheit hinauszusehen.

Ihr stockte der Atem, als sie einen Mann erblickte, der auf dem schmiedeeisernen Geländer vor ihrem Fenster hockte. Doch als der Mann sich vorbeugte und erneut anklopfte, erkannte sie ihn, und ihr Herz machte einen Sprung.

Robert!

Die Hände zitterten ihr, als sie den Riegel zurückschob und das Fenster öffnete. Ohne ein Wort sprang Robert ins Zimmer und schloss das Fenster hinter sich und vor der Kälte, die von draußen hereindrang. Dann drehte er sich zu ihr um und sah sie gebannt an, und Caro dachte kurz, wie schrecklich sie doch aussehen musste …

Du lieber Himmel, sie hatte ja nicht einmal ihr Haar geflochten! Sie hatte es offen gelassen, und es fiel ihr in wilden Locken den Rücken hinab, und einzelne Strähnen ihres hellblonden Haars hingen ihr zerzaust ins Gesicht. Sie trug nur ein Baumwollnachthemd, unter dessen Saum ihre bloßen Füße hervorsahen, und wegen der Kälte hatten ihre Brustspitzen sich aufgerichtet, was sich durch den dünnen Stoff kaum verbergen ließ.

Caro errötete. „Ich … ich bin nicht angezogen", sagte sie mit schwacher Stimme. „Ich weiß, dass ich furchtbar aussehe. Ich …"

Was immer sie noch hatte sagen wollen, verstummte unter dem Ansturm seines Mundes. Robert küsste sie, wie er sie nie zuvor geküsst hatte, und sein wildes, leidenschaftliches Verlangen sagte mehr, als sie jemals von ihm zu hören gehofft hatte.

„Entschuldige", meinte er und trat einen Schritt zurück. „Ich wollte nicht … Ich hoffe, dass ich dir keine Angst eingejagt habe."

„Nein, das hast du nicht." Sie berührte ihre Lippen, die von seiner Liebkosung noch immer bebten. „Ich bin so froh, dich zu sehen, Robert."

„Ich musste einfach kommen." Er streckte seine Hand aus und berührte ihre Wange. „Keinen Moment länger hätte ich es ohne dich ausgehalten."

„Robert …" Caro fiel ihm erneut in die Arme und empfand ein völlig ungeahntes Glück. „Ich habe dich so sehr vermisst."

Sie spürte seine Hände in ihrem Haar, fühlte, wie er sanft ihren Kopf umfasste und sie dann erneut küsste. Danach sah er sie an, wie sie im schwachen Licht des Mondes, das durch das Fenster fiel, vor ihm stand.

„Ich hatte vergessen, wie schön du bist."

Erneut schoss ihr heiß das Blut in die Wangen. „Ich bin überhaupt nicht schön."

„Doch, das bist du. Mit deinem fein geschnittenen Gesicht und deiner hellen Haut bist du wie eine Blume im Frühling.

Dein Haar hat die Farbe hellen Goldes und glänzt wie gesponnenes Silber. Du magst das nicht sehen, aber ich tue es."

Niemand hatte jemals zuvor so zu ihr gesprochen, und ihre Liebe zu ihm ließ sie erschauern. „Robert ..." Sie schmiegte sich in seine Arme. „Es ist so viel geschehen."

Robert schüttelte den Kopf und seufzte tief. „So viel – und dennoch nicht genug. Ich bin immer noch ein von den Behörden gesuchter Mann."

Und ein Earl, fügte Caro in Gedanken hinzu, sagte es jedoch nicht laut. Sie wagte es nicht, die Worte auszusprechen, die diesen Moment zwischen ihnen zerstören konnten. Diese Nacht gehörte ihr, nur ihr allein, und jede Minute, die sie mit Robert hatte, war kostbar.

„Wenn du mir deine Neuigkeiten erzählst", sagte sie, „werde ich dir auch die meinen berichten."

„Meine Neuigkeiten? Ich bin durch halb England gereist und habe dennoch nicht gefunden, wonach ich suche. Aber ich werde nicht eher aufgeben, bis ich mein Ziel erreicht habe." Während der nächsten halben Stunde redeten sie über alles, was sich in der letzten Zeit ereignet hatte, und erneut teilten sie dieselbe Unbefangenheit miteinander, die sie vom ersten Moment an empfunden hatten. Caro erzählte ihm vom Duke und dem Ermittler Jonas McPhee, der Roberts Geschichte überprüft hatte.

„Er sucht nach weiteren Beweisen für deine Unschuld", versicherte sie ihm. „Und der Duke ist sich sicher, dass er sie finden wird."

Robert wandte den Blick ab. „Diese Hoffnung hatte ich auch einmal. Ich habe mit der Frau gesprochen, die ich an jenem Abend in dem Gasthof hätte treffen sollen, aber sie war keine große Hilfe. Sie ist in Tränen ausgebrochen und sagte, dass ein Mann ihr Geld dafür gegeben hatte, damit sie mir eine Nachricht schickte, in der sie mir vorschlug, dass wir uns im ‚Boar and Hen Inn‘ verabreden. Angeblich wusste sie nicht, was geschehen würde, sobald ich dort eintraf. Sie versicherte mir, den Mann, der sie bezahlt hatte, nie zuvor gesehen zu haben, wenngleich ich mir nicht sicher bin, ob ich ihr glauben kann.“

Sie redeten noch eine Weile, und als alles gesagt war, was es über den Mord zu sagen gab, küsste Robert sie erneut. „Ich bin gekommen, weil ich dich wiedersehen wollte“, meinte er, „nicht, weil ich dir noch mehr von meinen Problemen aufbürden will.“

„Deine Sorgen sind auch meine Sorgen geworden, Robert. Das solltest du mittlerweile doch wissen.“ Caro zog ihn für einen weiteren hingebungsvollen Kuss an sich. Zunächst erwiderte er ihre Liebkosung und ließ seine Zunge wie zuvor in ihren Mund gleiten, doch als die Leidenschaft zwischen ihnen wuchs und ihrer beider Atem sich beschleunigte, zog er sich von ihr zurück.

„Ich sollte jetzt gehen. Ich begehre dich sehr, meine Liebste, und ich weiß nicht, wie lange ich mich noch beherrschen kann.“

Caro schlug das Herz bis zum Hals. *Er begehrte sie!* Es schien ihr fast wie ein Traum, dass er hier neben ihr stand und sie mit seinen warmen braunen Augen voller Verlangen ansah. Und als sie an die Hindernisse dachte, die sich zwischen ihnen aufgetürmt hatten, und an die langen, einsamen Jahre, die vor ihr lagen, wurde Caro bewusst, dass sie auch ihn begehrte.

„Geh nicht, Robert.“ Sie berührte leicht seine Wange. „Bleib heute Nacht bei mir.“

Er ließ seinen Blick über sie wandern, und sie sah die verlangende Leidenschaft in seinen Augen.

„Du bist noch unberührt, Caro. Ich kann dir nicht die Unschuld nehmen … nicht so, wie die Dinge derzeit stehen.“

„Das macht mir nichts. Ich möchte, dass du es bist, Robert. Mach mich zu deiner Frau. Sag, dass du bleiben wirst."

Er begann, den Kopf zu schütteln, doch Caro schmiegte sich an ihn und küsste ihn. Sie nahm seine Hand und legte sie auf ihre Brust ... fühlte die Wärme seiner Finger, die ihre sanften Rundungen umfassten. „Sag, dass du bleiben wirst."

„Wir wissen nicht, was die Zukunft bringt. Vielleicht ende ich doch noch am Galgen, Liebste. Und was ist, wenn du ein Kind bekommst?"

Sie sah ihn an, und aus ihrem Blick sprachen all ihre Gefühle für ihn. „Das wäre das schönste Geschenk, das du mir machen könntest, Robert."

Er stöhnte leise auf, als er sie in seine Arme zog. „Du bist wundervoll." Er küsste sie erst zärtlich, dann mit wachsender Leidenschaft, und schließlich küssten sie sich, bis sie beide zu keinem vernünftigen Gedanken mehr in der Lage waren.

Caro war sich kaum bewusst, dass er ihr das Nachthemd abgestreift hatte. Sie spürte einen kühlen Lufthauch auf ihrer Haut, als er sie auf seine Arme hob und zum Bett trug. Robert zog sich rasch aus und legte sich zu ihr, und im schwachen Mondlicht schimmerte sein kraftvoller, wohlgeformter Körper.

„Ich weiß, dass dies nicht richtig ist, aber was dich anbelangt, verlässt mich mein starker Wille, denn dein bloßer Anblick bringt mein Blut in Wallung."

„Diese Nacht gehört uns", meinte Caro, „und wir werden es nie bereuen, was auch immer geschehen mag."

„Versprichst du mir das?"

„Das schwöre ich dir."

„Dann werde ich dich nicht nur heute Nacht, sondern für immer lieben, Caroline Loon." Und als er sie küsste und voller Zärtlichkeit berührte, glaubte ihm Caro fast.

Clifford Nash, Earl of Leighton, ließ sich vor dem Kaminfeuer in seinem Arbeitszimmer in Leighton Hall in einen behaglichen Ledersessel sinken. Draußen blies ein eisiger Februarwind über das Land, und Clifford konnte den Frühling kaum erwarten.

Als es leise an der Tür klopfte, winkte er Burton Webster herein, einen Schrank von einem Mann, der trotz seines grobschlächtigen Aussehens nicht ganz ohne Intelligenz war.

„Alles erledigt? Ist McKay tot, und bin ich ihn ein für alle Mal los?"

Webster schüttelte seinen struppigen Kopf. „Noch nicht, aber es dürfte nicht mehr lange dauern. Ich habe ihn endlich ausfindig gemacht, wenngleich es länger gedauert hat, als ich dachte."

„Wo steckt er?"

„In London. Da hätte ich ihn am wenigsten erwartet."

„Was treibt er in London?"

„Ich bin mir nicht sicher, aber soweit ich gehört habe, wohnt er in einer Dachkammer über einer Schenke namens ‚The Dove' im East End. Ich habe mit Sweeney geredet und …"

„Sweeney?"

„Albert Sweeney. Das ist der Mann, mit dem ich schon früher gearbeitet habe. Sweeney ist schon auf dem Weg nach London. Ich habe ihn gut dafür bezahlt, dass er sich um McKay kümmert. Ich denke, danach werden Sie von dem Kerl nichts mehr hören."

„Sehr gut. Es wird langsam Zeit, dass diese Angelegenheit endlich ein Ende findet."

Webster erhob sich. „Gibt es sonst noch etwas, Mylord?"

„Sehen Sie zu, dass es diesmal klappt."

„Das wird es. Ich mache mich selbst auf den Weg nach London. Sobald ich weiß, dass die Sache zu Ihrer Zufriedenheit erledigt wurde, werde ich Sie benachrichtigen."

Clifford nickte zustimmend, und Webster drehte sich um und verließ das Arbeitszimmer. Bald würde es vorbei sein.

Wie Clifford bereits sagte, war es damit wirklich an der Zeit.

Caro klopfte vorsichtig an die Tür des Arbeitszimmers. Sie hatte dem Duke eine Nachricht geschickt, in der sie ihn um ein Gespräch gebeten hatte, und nur wenige Minuten später hatte er sie zu sich rufen lassen.

Als der Duke sie hereinbat, öffnete sie die Tür und trat ein. Sie konnte nur hoffen, dass er nicht hören konnte, wie ihr das Herz bis zum Halse schlug.

„Sie wollten mich sprechen?"

„Ja, Euer Gnaden. Ich habe Neuigkeiten von Robert McKay."

Der Duke ließ die Zeitung, in der er gelesen hatte, auf den Schreibtisch sinken. „Setzen Sie sich, Caro. Was immer Sie zu sagen haben, seien Sie ganz unbesorgt."

Sie nahm in einem der Sessel vor dem Schreibtisch Platz. Der Duke stand auf, kam um den Tisch herum und setzte sich neben sie.

„Nun erzählen Sie mir, welche Neuigkeiten Sie von McKay haben."

Sie strich eine Falte in ihrem Rock glatt und versuchte, die vertraulichen Zärtlichkeiten, die sie mit Robert geteilt hatte, aus ihren Gedanken zu verbannen. „Robert ist letzte Nacht zu mir gekommen."

Der Duke zog seine dunklen Augenbrauen fragend zusammen. „Er war hier im Haus?"

„Ja, Euer Gnaden. Er ist auf den Baum geklettert, der vor meinem Fenster steht, und ich habe ihn hereingelassen."

„Wie konnte er wissen, welches Zimmer das Ihre ist?"

„Das weiß ich nicht, aber Robert ist ausgesprochen schlau."

„Daran zweifle ich nicht."

„Ich habe ihm von McPhee erzählt und dass Sie denken, dieser Mann könne den Beweis für Roberts Unschuld erbringen. Robert glaubt allerdings nicht daran. Er meint, er habe schon alles versucht und bislang noch keinen Erfolg gehabt. Er schien sehr entmutigt zu sein."

„Wo ist Robert jetzt?"

Caro wandte den Blick ab. „Er hat mich gebeten, es nicht zu verraten."

„Aber Sie lieben ihn doch und wollen, dass ihm geholfen wird, weshalb Sie mir besser sagen, wo ich ihn finden kann."

Sie blinzelte und sah zu ihm auf. „Fragen Sie mich das bitte nicht."

„Ich bin weder Roberts Feind noch der Ihre, Caro. Sagen Sie es mir, damit ich ihm die Hilfe zukommen lassen kann, der er so dringend bedarf."

Sie hatte Robert ihr Versprechen gegeben, und dennoch wusste sie, dass er gewiss am Galgen enden würde, wenn es dem Duke nicht gelang, seine Unschuld zu beweisen. „Er hat ein Zimmer in einem Gasthaus im East End namens ‚The Dove'."

„Danke, Caro. Ich werde weder Ihr Vertrauen noch das Roberts missbrauchen."

„Das weiß ich, Euer Gnaden."

„Hat er irgendetwas Neues herausgefunden, das für ihn von Nutzen sein könnte?"

„Er sprach von einer gewissen Molly Jameson, mit der er sich am Abend des Mordes in dem Gasthof hätte treffen sollen. Sie hat ihm erzählt, dass jemand ihr Geld dafür gegeben hätte, dass sie sich dort mit ihm verabredet, aber nicht wisse, wer das war. Robert ist sich nicht sicher, ob er ihr glauben soll."

Caro berichtete dann, was Robert sonst noch erzählt hatte, und hoffte, damit in irgendeiner Weise behilflich sein zu können.

„Ich danke Ihnen für Ihr Vertrauen“, meinte der Duke schließlich. Er nahm ihre Hand und drückte sie zuversichtlich. „Sie bedeuten Robert sehr viel. Vergessen Sie das nie, was auch immer geschehen wird.“

Caro wusste, was er ihr damit zu verstehen geben wollte. Ein Earl würde niemals eine Kammerzofe heiraten – selbst dann nicht, wenn er sie liebte. Aber das war ihr längst bewusst, und daher nickte sie bloß. Nachdem das Gespräch damit beendet war, erhob sich der Duke, und Caro verließ sein Arbeitszimmer. Sie hoffte von ganzem Herzen, dass er Robert würde helfen können, bevor es zu spät war.

Danielle lag in Rafaels großem Baldachinbett und kuschelte sich an ihn. Das Schlafzimmer, in dem schon sechs Generationen von Sheffields geruht hatten, war ein sehr männlich anmutender Raum, ein wenig zu dunkel vielleicht, mit wuchtigen, kunstvoll geschnitzten Möbeln und schweren Vorhängen aus blauem Samt. Auch das Bett wurde von blauen Samtbehängen vor der winterlichen Kälte geschützt.

Es war ganz offensichtlich das Zimmer eines Mannes, und genau deshalb mochte Danielle es so sehr. Rafes Stiefel standen neben dem Wandschrank, und auf dem Ankleidetisch, neben seinem silbernen Kamm, standen verschiedene Fläschchen mit seinen bevorzugten Rasierwassern. Rafe las gerne, weshalb ein halbes Dutzend Bücher sich auf einem kleinen Tisch neben dem Bett stapelten.

Es gefiel Danielle, dass Rafe sie hier neben sich in seinem großen Bett haben wollte … und dass er auch mitten in der Nacht ihre Nähe suchte … und ein weiteres Mal, bevor sie morgens aufstanden.

Ihr Verlangen füreinander schien unersättlich zu sein, und doch taten sich dunkle Abgründe zwischen ihnen auf. Jemand hatte versucht, sie zu ermorden. Vielleicht hatte er auch Rafael töten wollen, und sie und Caro waren eher zufällig zu Opfern geworden.

Während sie so im Bett lag und Rafe an ihrer Seite schlief, wirbelten ihr die Gedanken wild durch den Kopf. Doch Danielle fand keine Antworten auf ihre Fragen. Sie konnte es kaum erwarten, dass Jonas McPhee nach London zurückkehrte. Rafael hielt sehr viel von der Arbeit des Ermittlers, und Danielle war überzeugt davon, dass sie seiner Hilfe nun dringend bedurften.

Rafes Körper erfüllte sie mit einer angenehmen Wärme, die sie schließlich doch einschlafen ließ, aber es war nur ein leichter, unruhiger Schlaf. Als ein seltsamer Geruch in ihre Nase drang und ihre Augen zu tränen begannen, fuhr sie mit einem Ruck hoch.

Zunächst glaubte sie, noch zu träumen und dass der flackernde, gelbliche Lichtschein, der sich den Teppich entlangfraß, und die orangegelben Flammen, die an den Bettvorhängen hochzüngelten, nur ihrer Fantasie entsprangen.

Dann atmete sie tief durch, hustete und sprang aus dem Bett. „Wach auf, Rafael! Es brennt! Wir müssen aus diesem Zimmer heraus!“

Sie packte seine Schulter und schüttelte ihn. „Rafe, wach auf!“

Er regte sich träge, und ihr wurde bewusst, wie tief und fest er geschlafen hatte. Hätte sie nicht so lange ruhelos wach gelegen, wären sie beide von dem Rauch überwältigt worden und nie wieder aufgewacht.

„Was ist los?“ Er sah sich um. „Oh mein Gott!“ Mit einem Schlag war er hellwach, sprang aus dem Bett, warf Danielle ihren Morgenmantel zu und zog sich rasch den seinen an. „Wir müssen sofort hier raus!“

Er nahm ihre Hand und ging ihr voraus zur Tür. Der halbe Teppich stand nun in Flammen, und die Samtbehänge an den Wänden brannten lichterloh. Danielle hatte damit gerechnet, dass das ganze Haus ein Inferno sein würde, und sie war völlig verblüfft, als Rafe die Tür aufriss und sie feststellten, dass es nur in ihrem Schlafzimmer brannte.

„Feuer!“, schrie Rafe in den Gang hinaus. „Es brennt!“

Im zweiten Stock klappten Türen, und die ersten Dienstboten kamen angerannt, riefen Anweisungen hin und her und eilten die Treppe hinunter in den ersten Stock. Zwei Türen vom Schlafzimmer des Dukes entfernt rannte Caro in Morgenmantel und Pantoffeln aus ihrem Zimmer. Sie hatte ihre blauen Augen weit aufgerissen, und einige Strähnen ihres Haars hingen wirr aus ihrem Zopf.

„Was ist passiert?“ Sie sah an Danielle und Rafe vorbei in das Zimmer und konnte gerade noch die züngelnden, orangeroten Flammen sehen, bevor Rafe die Tür hinter sich zuschlug. „Oh mein Gott!“

„Gehen wir!“, wies Rafe sie beide an und zog die Frauen mit sich zur Treppe. Sie eilten nach unten, und Rafe führte sie durch die Flügeltüren des Salons in den Garten hinaus. „Hier seid ihr sicher. Bleibt hier, bis das alles vorbei ist.“

„Warte!“, rief Danielle ihm hinterher, aber Rafe war bereits wieder im Haus verschwunden und rief den Hausdienern zu, dass sie ihre Anstrengungen mit der Wasserkette verdoppeln sollten.

„Wir müssen auch helfen“, stellte Danielle fest, und vor Angst klang ihre Stimme ein wenig höher als sonst.

„Einen Eimer kann ich auch tragen“, meinte Caro zustimmend, und beide Frauen rannten los.

Hölzerne Eimer wurden mit Wasser gefüllt und eine Reihe von Dienstboten entlanggereicht, bis sie im Haus verschwanden. Von ihrem Platz im Garten aus konnte Danielle sehen, wie im oberen Stockwerk die Flammen aus dem Fenster von Rafes Schlafzimmer schlugen.

Sie schrie leise auf, als die Fensterscheiben unter der großen Hitze zerbarsten. Kurz darauf erkannte sie Rafe selbst, der inmitten des Zimmers stand und eimerweise Wasser ausschüttete, um den Brand zu löschen. An seiner Seite arbeiteten mit großem Eifer Mr. Cooney, einer der Hausdiener, sowie der Kutscher Mr. Mullens. Die drei Männer machten gute Fortschritte.

Als Rafe in den Garten zurückkehrte, schmerzte Danielles Rücken vom Wassertragen, und ihr Morgenmantel war völlig durchnässt. Rafe war von oben bis unten mit Ruß bedeckt, sein Haar war zerzaust und hing ihm wild in die Stirn.

„Es ist vorbei“, sagte er zu der kleinen Gruppe, die noch am Brunnen Wasser pumpte. „Es ist uns gelungen, das Feuer unter Kontrolle zu bringen, bevor es auf den Rest des Hauses übergreifen konnte. Ich danke Ihnen allen für Ihre Hilfe.“

Danielle war zutiefst erleichtert. „Gott sei Dank.“ Rafes blaue Augen ruhten auf ihrem durchnässten Morgenmantel, unter dem sie nichts weiter anhatte.

„Hatte ich dich nicht gebeten, dort zu bleiben, wo du sicher bist?“

„Ich war hier draußen wohl kaum in Gefahr. Zudem, *Euer Gnaden,* ist es mein gutes Recht, mein eigenes Zuhause zu retten.“

Ihre Worte schienen ihn zu bewegen, und seine Züge entspannten sich ein wenig. „Entschuldige. Du hast natürlich völlig recht.“

Ihre Blicke trafen sich, und trotz all des Rußes fand Danielle, dass der Duke of Sheffield der bestaussehendste Mann in ganz England war.

Sogleich schämte sie sich ihrer Gedanken und sah beiseite.

„Aber was ist geschehen? Weißt du, was das Feuer verursacht hat?“

Rafes Kiefermuskeln spannten sich, wodurch die Kerbe in seinem Kinn betont wurde. „Auf dem Teppich habe ich Lampenöl entdeckt. Auch die Wandbehänge waren damit getränkt.“

Danielle riss die Augen weit auf. „Das Feuer wurde somit absichtlich gelegt?“

„Es sieht leider ganz so aus.“

„Oh mein Gott.“

Caro stieß einen erstickten Schrei aus. „Er versucht, euch beide umzubringen!“

„Kommt, gehen wir hinein“, meinte Rafe. „Wir wollen die Dienstboten nicht unnötig beunruhigen.“

Doch das Personal stand bereits völlig kopf, und Danielle spürte, wie es ihr eiskalt den Rücken hinunterlief. Also hatte jemand zum zweiten Mal versucht, sie zu töten.

Doch zumindest eines war nun klar, und ihr wurde ganz leicht ums Herz bei dieser Erkenntnis – wer auch immer ihr nach dem Leben trachten mochte, jetzt konnte sie zumindest sicher sein, dass es *nicht* ihr Ehemann war.

28. KAPITEL

Rafe begleitete die Frauen zurück ins Haus. Sein Schlafzimmer war zerstört, die Teppiche auf den Korridoren völlig durchnässt, und der beißende Geruch nach Rauch hing noch immer in der Luft, weshalb nicht daran zu denken war, im Westflügel zu schlafen. Er hatte angeordnet, dass dieser Teil des Hauses bis auf Weiteres geschlossen werden sollte, und hatte den Zimmermädchen aufgetragen, ihm und Danielle sowie Caro einige Räume im Ostflügel herzurichten.

Langsam kehrte im Haus Ruhe ein, nachdem alle wieder zu Bett gegangen waren. Bis zur Morgendämmerung waren es nur noch wenige Stunden. Rafe lag schlaflos neben Danielle und ging im Geiste immer wieder eine Liste aller möglichen Verdächtigen durch, die seinen Tod wünschen könnten. Oder vielleicht hatte Caro ja auch recht damit, dass die Person ihn *und* Danielle aus dem Weg schaffen wollte.

„Wie erklärst du dir, dass der Mann, der das Feuer gelegt hat, ins Haus gelangen konnte?“ Danielle drehte sich zu Rafe um und sah ihn fragend an.

„Ich dachte, du würdest schon längst schlafen.“

„Ich wusste, dass du wach bist. Und ich glaube nicht, dass wir beide in dieser Nacht noch ein Auge zutun werden.“

„Damit hast du sicher recht.“

„Wie ist er also ins Haus gelangt?“

„Ich weiß es nicht genau. Er könnte durch ein Fenster eingestiegen sein, so wie Robert es neulich getan hat, als er zu Caro wollte. Wahrscheinlicher ist aber, dass ihn jemand hereingelassen hat.“

„Genau das denke ich auch. Vor einigen Wochen hat die Haushälterin ein neues Zimmermädchen eingestellt. Wenn ich genau darüber nachdenke, sind in der letzten Zeit sogar einige neue Dienstmädchen eingestellt worden. Vielleicht war es ja eine von ihnen."

„Sprich doch einfach mit Mrs. Whitley und versuche, etwas über die neuen Mädchen in Erfahrung zu bringen."

„Das ist eine sehr gute Idee."

„Bis zum Morgen sind allerdings noch einige Stunden Zeit, und es täte uns beiden gut, ein wenig Schlaf zu bekommen. Ich glaube auch, dass ich schon weiß, wie ich dem ein wenig nachhelfen kann." Rafe beugte sich über Danielle und küsste sie. Sie hatte wunderbar weiche Lippen, und er liebte es, wie sie unter den seinen nachgaben. Danielle erwiderte seinen Kuss, und sofort straffte sich sein ganzer Körper vor Erregung.

Bald darauf drang er in sie ein, und sie begannen sich in vollkommener Harmonie zu bewegen. Gemeinsam fanden sie zum Höhepunkt, und der Ansturm leidenschaftlicher Erfüllung pulsierte durch jede Faser seines Körpers.

Als er sich wohlig ermattet und zutiefst befriedigt zurück in die Matratze sinken ließ, zog er Danielle an sich und lauschte ihrem Atem, der ruhig und gleichmäßig wurde, als sie in einen erschöpften Schlaf fiel.

Rafe wünschte, er könnte ebenso schlafen, aber obwohl er völlig ermüdet war, machte er sich zu große Sorgen, als dass er Ruhe gefunden hätte.

Am nächsten Morgen stand Danielle früh auf. Ihre Muskeln schmerzten davon, in der Nacht zuvor die schweren Eimer gehoben zu haben, und wegen all der Aufregung hatte sie nur wenig Schlaf gefunden, bevor sie sich dem neuen Tag stellen musste.

Sie zog sich alleine an, da sie Caro noch einige wohlverdiente Stunden Schlaf gönnen wollte, steckte sich ihre Haare an den Seiten mit Schildpattkämmen zurück und ging dann aus ihrem Zimmer hinaus auf den Flur. In der Eingangshalle bemerkte sie bereits erneute Betriebsamkeit.

Am Fuße der Treppe sah sie die Dowager Duchess of Sheffield, die, hochgewachsen und mit silbergrauen Strähnen im dunklen Haar, noch immer ausgesprochen attraktiv war. Im Moment unterhielt sie sich recht aufgebracht mit ihrem Sohn.

„Wie konntest du mich nichts davon wissen lassen? Deine Frau kommt fast bei einem Kutschenunfall ums Leben, und du meinst, mir das nicht sagen zu müssen?"

„Ich wollte Sie nicht beunruhigen."

„Wahrscheinlich soll es mich auch nicht beunruhigen, dass jemand in deinem Schlafzimmer Feuer gelegt hat."

Rafe sah finster drein. „Wie haben Sie davon erfahren?"

„Nun, das ganze Haus riecht entsetzlich nach Rauch, und selbst wenn es nicht so wäre, geschieht in diesem Haushalt wenig, von dem ich nichts mitbekäme. Wo ist Danielle?"

„Ich bin hier, Euer Gnaden."

Die Dowager Duchess drehte sich um und musterte sie scharf mit ihren blauen Augen. „Wie geht es Ihnen? Sagen Sie bloß nicht, dass es Ihnen gut geht. Ich kann mir vorstellen, dass Sie in der letzten Nacht kaum zur Ruhe gekommen sind. Anstatt hier zu stehen und sich zu unterhalten, sollten Sie oben in Ihrem Bett sein und etwas von dem Schlaf nachholen, den Sie ganz offensichtlich benötigen."

Danielle war sich nicht sicher, ob ihre Schwiegermutter um ihre Gesundheit besorgt war oder ob sie sich darum sorgte, dass ihre mangelnde Ausgeruhtheit in irgendeiner Weise ihre Fähigkeit, einen Erben zu bekommen, beeinträchtigen könnte. „Ich verspreche, heute einen Mittagsschlaf zu halten. Abgesehen davon, dass ich ein wenig müde bin, geht es mir wirklich gut."

Rafes Mutter wandte ihre Aufmerksamkeit erneut ihrem Sohn zu. „Und du! Du solltest Leute einstellen, die dich und deine Frau beschützen. Jemand hat es auf euer Leben abgesehen, und du scheinst keinerlei Vorkehrungen für eure Sicherheit getroffen zu haben!"

„Doch, Mutter, genau das habe ich getan. Ein Mann namens Samuel Yarmouth ermittelt bereits in der Angelegenheit. Heute werde ich Yarmouth darum bitten, einige vertrauenswürdige Männer als Wachen vor dem Haus zu postieren. Sie werden rund um die Uhr im Einsatz sein. Sind Sie nun zufrieden?"

Seine Mutter schnaubte bloß. „Wahrscheinlich steckt dein nichtsnutziger Cousin Artie Bartholomew dahinter. Er würde von deinem Ableben am meisten profitieren."

Rafe runzelte die Stirn. Er ließ seinen Blick rasch durch die Eingangshalle schweifen, um abzuschätzen, wer von den Dienstboten wohl ihrer Unterhaltung folgen könnte. „Ich denke nicht, Mutter, dass wir die schmutzige Familienwäsche hier mitten in der Eingangshalle waschen sollten. Warum gehen wir nicht alle in den Salon?"

Die Dowager Duchess ging ihnen mit erhobenem Kinn voraus und wartete dann, bis Rafe die schwere Tür hinter ihnen geschlossen hatte. Er ging zu dem Brokatsofa hinüber, auf das seine Mutter sich gesetzt hatte, während Danielle in einem Sessel nahebei Platz nahm.

„Jetzt können Sie sagen, was Sie noch zu sagen haben, Mutter. Danach will ich zu Yarmouth und mich um die Wachposten kümmern, und Danielle wird mit Mrs. Whitley, der Haushälterin, über die neu eingestellten Zimmermädchen reden müssen."

„Was du nicht sagst", bemerkte seine Mutter. Sie warf Danielle einen verstohlenen Blick zu und sah dann wieder Rafe an. „Vielleicht solltest du einfach schon aufbrechen. Danielle und ich werden die Sache dann in größerer Genauigkeit bereden können und haben endlich einmal Zeit, uns während deiner Abwesenheit ausführlich zu unterhalten."

Rafe nickte. „Von mir aus. Ich werde so bald wie möglich wieder zurück sein."

„Sei vorsichtig, Rafael", sagte Danielle und wurde für ihre Besorgnis von ihm mit einem zärtlichen Lächeln bedacht.

„Du auch." Und dann war er auch schon fort und hatte sie mit ihrer Schwiegermutter allein gelassen. Danielle wusste genau, worüber die mit ihr zu reden wünschte, und verspürte sofort eine tiefe Beklommenheit in sich aufsteigen.

Noch immer erwartete sie kein Kind – und sie würde es auch nie tun.

Danielle setzte dennoch ein freundliches Lächeln auf und wandte sich der Frau zu, die, wenn sie jemals die Wahrheit herausfand, ihre Schwiegertochter wohl lieber tot als lebendig sehen würde.

Es war mitten in der Nacht, und Rafe hatte tief, wenngleich recht unruhig, geschlafen, als das vertraute Klopfen seines Butlers an der Tür ihn weckte. Sofort machte er sich Sorgen, was nun schon wieder geschehen sein könnte. Rasch sprang er aus dem Bett, warf seinen Morgenmantel über und eilte zur Tür.

„Was gibt es, Wooster?"

„Entschuldigen Sie bitte die Störung, Euer Gnaden, aber Mr. McPhee erwartet Sie unten. Er befindet sich in Begleitung von zwei anderen Herren, von denen der eine ziemlich zwielichtig aussieht. Mr. McPhee meint, es sei unerlässlich, dass er so bald wie möglich mit Ihnen sprechen kann."

Danielle kam hinter ihm zur Tür. „Was ist los, Rafael?"

„Jonas ist gekommen. Ich glaube, dass er etwas Wichtiges herausgefunden hat." Rafe zog sich schnell seine Hose und ein frisches weißes Hemd an. „Bleib hier. Ich werde gleich zurück sein."

Er ließ Danielle an der offenen Schlafzimmertür zurück, doch noch bevor er sein Arbeitszimmer erreicht hatte, sah er, wie sie die Treppe hinuntergerannt kam. Er fluchte leise und sagte sich, dass er hätte wissen müssen, dass sie sich seiner Anordnung widersetzen würde. Also wartete er, bis sie ihn eingeholt hatte.

„Sag nichts, Rafael. Dies betrifft mich ebenso wie dich."

Er versuchte, seinen Ärger zu zügeln, denn letztlich hatte sie ja recht. „Nun gut." Er nahm ihren Arm und führte sie durch die Eingangshalle. In ihrem schlichten taubengrauen Rock und der weißen Baumwollbluse, mit dem dicken roten Zopf, der ihr den Rücken hinabhing, und den bloßen Füßen, die manchmal unter dem Saum ihres Rocks hervorblitzten, sah sie wieder aus wie das junge Mädchen, in das er sich vor so langer Zeit einmal verliebt hatte. Rafe musste unwillkürlich lächeln.

Doch sofort wurde ihm beklommen zumute. Er hatte sie einmal geliebt. Aber er wäre ein Narr, wenn er sein Herz ein weiteres Mal aufs Spiel setzen würde.

Zusammen betraten sie das Arbeitszimmer, wo McPhee sich gerade über einen Mann beugte, dessen Hände hinter dem Rücken gefesselt waren. Neben den beiden stand niemand anderer als Robert McKay.

„Guten Abend, Euer Gnaden", begrüßte Jonas sie beide. „Es tut mir leid, Sie stören zu müssen, aber diese Angelegenheit duldet keinen Aufschub."

„Ich weiß es zu schätzen, dass Sie zu dieser Stunde noch gekommen sind."

„Guten Abend, Robert", sagte Danielle.

„Wie immer ist es mir ein Vergnügen, Duchess. Und mir scheint, dass ich ein weiteres Mal in Ihrer und Ihres Mannes Schuld stehe."

Rafe betrachtete ihn aufmerksam. „Wie kommt das?"

Robert warf dem Ermittler einen kurzen Blick zu. „Wenn Ihr Freund nicht rechtzeitig gekommen wäre, würde ich jetzt wahrscheinlich tot sein."

Robert berichtete nun davon, wie Jonas McPhee ihn in seiner Dachkammer im East End ausfindig gemacht und begonnen hatte, ihn zu beschatten.

„Was sich für Mr. McKay als wahres Glück erwies", ergänzte Jonas. Er deutete mit dem Kopf in Richtung des gefesselten Mannes. „Das ist Albert Sweeney. Als ich hörte, wie er den Schankwirt über McKay ausfragte und ihm dann noch Geld dafür gab, damit er ihm verriet, in welchem Zimmer er wohnte, bin ich ihm gefolgt. Er hat das Schloss aufgebrochen, und als ich hinter ihm den Raum betrat, war es offensichtlich, dass er in mörderischer Absicht gekommen war."

„Und das wäre nicht seine erste Tat dieser Art gewesen", fügte Robert hinzu.

„Das stimmt", bestätigte Jonas. „Nachdem wir den Mann überwältigt hatten, haben McKay und ich uns ein wenig mit ihm unterhalten."

Die Spuren dieser Unterhaltung waren noch deutlich zu erkennen. Eines von Sweeneys Augen war gänzlich zugeschwollen, seine Lippe war aufgeplatzt und seine Kleidung blutbefleckt.

„Was haben Sie herausgefunden?", fragte Rafe.

„Albert Sweeney wurde dafür bezahlt, den Earl of Leighton zu ermorden", erläuterte Jonas ohne Umschweife.

Danielle sah den Ermittler mit großen Augen an. „Das hat er tatsächlich zugegeben?"

„Nun, es bedurfte ein wenig der Überredung", gestand Jonas ein, „sowie des Versprechens, dass der Duke of Sheffield sich dafür verwenden würde, den Mann dingfest zu machen, der den Mord in Auftrag gegeben hat."

Rafe nickte zustimmend. „Und wer war das?"

„Ein gewisser Burton Webster. Ich hoffe, dass es mir noch gelingt, eine Verbindung zwischen ihm und Clifford Nash nachzuweisen."

Rafe spürte, wie aufgeregt Danielle war, als ihre Finger sich fester um seinen Arm schlossen. „Das sind wunderbare Neuigkeiten!"

Sweeney stieß einen Fluch aus, woraufhin McPhee ihn hart gegen die Wand drückte. „Hüten Sie Ihre Zunge – Sie befinden sich in Gesellschaft einer Dame!"

„Ich werde mit Webster sprechen", bot Robert an. „Vielleicht erklärt er sich zur Zusammenarbeit bereit, wenn er sich davon Vorteile gegenüber den Behörden verspricht."

„Überlassen Sie das lieber mir", erwiderte McPhee. „Immerhin war es Webster, der Sweeney den Auftrag erteilte, Sie ermorden zu lassen. Und das bedeutet, dass Nash weiß, dass Sie wieder in England sind. Solange Sie leben, stellen Sie eine Bedrohung für ihn dar, und Ihr Leben ist in Gefahr."

„Jonas hat recht", stimmte Rafe ein. „Es ist besser, wenn er sich darum kümmert." Er wandte sich an den Ermittler. „Gibt es noch etwas, das ich tun kann?"

„Im Moment nicht."

„Lassen Sie mich wissen, wenn es etwas gibt."

„Ich danke Ihnen, Euer Gnaden. Wenn das alles wäre, würde ich jetzt gerne aufbrechen, da ich unseren Freund hier noch den Behörden übergeben muss."

Nachdem Jonas mit seinem Gefangenen das Haus verlassen hatte, wandte Rafe seine Aufmerksamkeit Robert McKay zu. „Sie müssen hierbleiben, bis die ganze Angelegenheit endgültig aufgeklärt ist."

Robert zögerte. „Das könnte noch eine Weile dauern. Selbst wenn Sweeney ein Geständnis ablegt, kann es passieren, dass niemand ihm glaubt. Meine Unschuld wird erst dann wirklich bewiesen sein, wenn Webster und Nash verurteilt werden."

„Da haben Sie sicher recht. Aber dennoch sind Sie Ihrer Freiheit schon einen großen Schritt näher gekommen, und Sie sind herzlich eingeladen, so lange Gast dieses Hauses zu sein."

Robert nickte mit ernster Miene. „Ich schulde Ihnen beiden so unendlich viel, dass ich mich nie dafür werde revanchieren können."

„Sie schulden uns gar nichts, aber es gibt etwas, worüber ich gerne mit Ihnen reden würde."

Robert sah abrupt auf. „Sie meinen Caroline Loon."

„Ganz genau. Es scheint, als würde Miss Loon gewisse Gefühle für sie hegen, und bislang wissen wir nicht, was Sie wirklich für sie empfinden."

„Ich liebe sie", erklärte Robert schlicht.

„Das ist sehr erfreulich, aber wenn Sie Ihre Freiheit zurückgewinnen sollten, werden Sie zugleich den Titel eines Earls erben – und Miss Loon ist nur eine einfache Kammerzofe."

„Selbst wenn sie eine Kaminfegerin wäre – ich liebe sie und möchte sie heiraten."

Rafe glaubte fast das aufgeregte Schlagen von Danielles Herz zu hören. Sie trat nun einen Schritt vor und griff nach Roberts Hand. „Ich habe mich nicht in Ihnen getäuscht, Robert McKay. Als ich Sie und Caro zusammen sah, wusste ich sofort, dass Sie all die Schönheit an ihr wahrnehmen, die ich auch in ihr sehe."

„Ihr zu begegnen war das Beste, was mir in meinem Leben passiert ist."

Danielle lächelte und ließ seine Hand los. Sie strahlte über das ganze Gesicht und wirkte so glücklich, wie Rafe sie noch nie gesehen hatte.

Robert blickte zur Tür. „Ich weiß, dass es mitten in der Nacht ist, aber wäre es vielleicht möglich, dass ich …"

In diesem Moment drehte sich der silberne Knauf und die Tür flog auf. „Robert!"

„Der Herr bewahre uns vor lauschenden Frauen", murmelte Rafe, aber er konnte sich ein Lächeln dennoch nicht verkneifen, als er sah, wie Robert auf Caroline Loon zueilte und sie an sich zog.

Für einige Augenblicke hielt er sie einfach nur in seinen Armen. Rafe bedeutete Danielle, dass sie die beiden allein lassen sollten, doch noch ehe sie die Tür erreicht hatten, sank Robert vor Caro auf die Knie.

„Ich weiß, dass dies weder die beste Zeit noch der angemessene Ort ist, aber das ist mir gleichgültig, denn ich liebe dich mehr als mein Leben, Caroline Loon. Willst du mich heiraten?"

Caro sah ihn aus weit aufgerissenen blauen Augen entsetzt an. „Was redest du denn da? Du kannst mich nicht heiraten – du bist ein Earl!"

„Ich mag ein Earl sein, aber dennoch bin ich ein Mann, und ich liebe dich. Sag Ja, Caro. Erweise mir die Ehre, meine Frau zu werden."

Caro blickte sich fragend zu Danielle um. „Ich kann ihn nicht heiraten. Das wäre doch nicht richtig, oder?"

„Es wäre noch viel weniger richtig, ihn mit einem gebrochenen Herzen zurückzulassen." Danielle schmunzelte. „Und ich kann mir sehr gut vorstellen, dass du eine wunderbare Countess abgeben wirst. Immerhin weißt du schon alles über die richtige Garderobe für jeden Anlass."

Caro musste lachen, während ihr zugleich die Tränen über die Wangen liefen, und sie wandte sich wieder dem Mann zu, der vor ihr auf dem Boden kniete. „Ich liebe dich auch, Robert McKay, und wenn dies wirklich dein Wunsch ist, dann wäre es mir eine Ehre, dich zu heiraten."

Robert stieß einen Freudenschrei aus, stand auf und zog Caro stürmisch in seine Arme.

Rafe führte Danielle derweil aus seinem Arbeitszimmer und tat so, als würde er nicht bemerken, dass sie ebenfalls weinte.

„Ich freue mich so sehr für die beiden", meinte sie.

„Du weißt aber, dass es längst noch nicht ausgestanden ist, oder? Es liegen noch einige Unwegsamkeiten vor uns, und die Möglichkeit besteht, dass doch noch etwas schiefgeht."

„Das weiß ich. Aber ich hoffe, dass das nicht geschieht. Caro verdient es, glücklich zu sein, und mit Robert wird sie es werden." Während sie die Treppe zu ihrem Schlafzimmer hinaufgingen, kam ihr auf einmal ein seltsamer Gedanke. „Robert war für kurze Zeit im Besitz des Hochzeitscolliers. Du erinnerst dich sicher noch, dass ich es ihm überlassen hatte."

Rafe lachte leise. „Du glaubst doch nicht etwa, dass die beiden wegen des Colliers zueinander gefunden haben?"

„Nun, zumindest glaube ich, dass Robert reinen Herzens ist – du etwa nicht?"

„Doch, meine Liebe, das tue ich. Ich freue mich auch sehr für die beiden." Aber er glaubte nicht an die Macht von Legenden oder sonstigen wundertätigen Kräften. Wenn er das täte, müsste er sich wohl keine Sorgen mehr um den Mann machen, der versuchte, ihn zu töten.

Und er müsste nicht länger Angst haben, dass auch Danielle Opfer dieses Bastards werden könnte.

29. KAPITEL

Es war fast schon Zeit für das Abendessen, als Danielle sich am folgenden Tag auf die Suche nach ihrem Mann machte. Sie sah in den Salons im Erdgeschoss nach und in seinem Arbeitszimmer, aber Rafe war nirgends zu finden.

„Guten Abend, Wooster“, sagte sie zu dem Butler mit dem silbergrauen Haar. „Wissen Sie, wo sich der Duke aufhält?“

„Aber sicher, Euer Gnaden. Er kleidet sich um, da er noch ausgehen will.“

Das überraschte Danielle. Rafe hatte nichts davon erwähnt, und irgendwie war sie auf den einfältigen Gedanken verfallen, dass er das Haus nicht mehr verlassen würde, solange Gefahr für sein Leben bestand. Sie hätte sich denken können, dass er nicht so vernünftig war.

„Danke, Wooster.“ Sie raffte ihren Rock zusammen, ging die Treppe hinauf und eilte dann den Korridor hinab in den Ostflügel, den sie bewohnten, bis ihre Räume im Westteil des Hauses wieder hergestellt waren.

Danielle klopfte nicht an, sondern öffnete einfach die Tür und trat ein. Rafe war gerade dabei, seine weiße Halsbinde anzulegen, und hielt inne, als sie ins Zimmer kam.

„Guten Abend, Liebste.“

Danielle achtete nicht weiter auf das warme Gefühl, das sie umfing, als sie das Kosewort hörte. Sie versuchte auch nicht darauf zu achten, wie gut Rafe in seiner Abendgarderobe aussah. Er hatte seinen Frack noch nicht angezogen, und sein weißes Hemd spannte sich straff über seine breiten Schultern, und seine Hose war so eng geschnitten, dass sich nicht nur seine muskulösen Schenkel, sondern auch seine Männlichkeit unter dem Stoff abzeichneten.

Ein wohliger Schauder durchfuhr sie, aber Danielle erinnerte sich streng an den eigentlichen Grund ihres Kommens. „Was machst du da, Rafael? Du hast nichts davon gesagt, dass du am Abend ausgehen wolltest.“

Rafe widmete sich wieder seiner Halsbinde. Nur selten nahm er die Hilfe seines Kammerdieners in Anspruch, und seit sie in den Ostflügel gezogen waren, verzichtete er fast völlig auf dessen Dienste. „Im Stadthaus des Earl of Louden findet eine Soiree statt, und es heißt, dass auch Bartel Schrader anwesend sein wird. Ich möchte ein paar Worte mit ihm wechseln.“

Danielle erinnerte sich daran, dass Rafe ihn den Holländer genannt hatte und dass er ein international tätiger Handelsmann war, der wegen eines laufenden Geschäftes von Rafes Tod profitieren würde. Es lief ihr eiskalt über den Rücken. „Ich komme mit dir.“

Rafe hielt erneut inne. „Nicht heute Abend. Du bleibst zu Hause, wo du in Sicherheit bist.“

Danielle ging zu ihm und zupfte seine Halsbinde zurecht. „Glaubst du wirklich, dass ich hier sicherer wäre, ganz allein, als ich es in deiner Nähe bin?“

Rafe zog seine dunklen Augenbrauen zusammen. „Du bist hier wahrlich nicht allein. Das Haus wimmelt nur so von Dienstboten, und vor dem Haus stehen ein halbes Dutzend Wachposten.“

„Du erinnerst dich vielleicht, dass auch zwei Hausdiener die Kutsche begleitet haben, als der Unfall geschah – ganz zu schweigen davon, dass wahrscheinlich jemand vom Personal in die ganze Sache verwickelt ist.“ Daran zweifelte sie nicht, wenngleich sie mittlerweile mit der Haushälterin Mrs. Whitley über die neuen Zimmermädchen gesprochen hatte und nun davon überzeugt war, dass keine der beiden etwas mit dem Brand zu tun hatte.

Rafe runzelte die Stirn. „Du bemühst dich vergeblich."

Danielle lächelte ihn an. „Du meinst also, dass ich hier eher in Sicherheit bin als bei dir."

Rafe warf ihr einen finsteren Blick zu und fluchte leise. „Du raffiniertes kleines Biest. Zieh dich an – und wage ja nicht, während des Abends von meiner Seite zu weichen."

Danielle konnte sich kaum ein triumphierendes Grinsen verkneifen. „Natürlich nicht, mein Lieber." Dann eilte sie davon, bevor er es sich anders überlegen konnte, verschwand durch die Verbindungstür in ihr Zimmer und wollte gerade an der Klingelschnur ziehen, als Caroline Loon schwungvoll hereinkam.

Danielle zog eine ihrer rötlichen Augenbrauen fragend in die Höhe. „Wie kommt es eigentlich, dass du immer schon zu wissen scheinst, was ich brauche, bevor ich mir dessen selbst bewusst bin?"

Caro lachte. „Ich habe gehört, was Wooster zu dir gesagt hat. Mir war sofort klar, dass du deinen Mann begleiten wolltest."

Danielle ging zum Wandschrank hinüber, um sich etwas zum Anziehen auszusuchen. „Sobald ich jemand Geeignetes gefunden habe, stelle ich eine neue Kammerzofe an. Du wirst bald eine Countess sein, und es ist in höchstem Maße unschicklich, dass du mir immer noch zu Diensten bist."

„Aber wir sind doch Freundinnen, und ich helfe dir gerne." Caro lächelte verträumt. „Ich kann es noch immer nicht glauben. Robert liebt mich. Er ist ein Earl und will mich dennoch heiraten."

„Er kann sich glücklich schätzen, dich zu bekommen – und das weiß er."

Caro blickte Danielle an. „Ich habe Angst um ihn. Solange die ganze Angelegenheit nicht aufgeklärt ist, besteht immer noch die Gefahr, dass er verhaftet wird."

„Unter seinem falschen Namen McCabe wird niemand ihn mit einem Verbrechen in Verbindung bringen, das bereits drei Jahre zurückliegt."

„Ich kann nur hoffen, dass du recht hast." Caro sah die Kleider im Wandschrank prüfend durch. Dann zog sie eines aus rosa Seide hervor, das mit schwarzen Samtbordüren verziert war. „Wie wäre es mit diesem? Oder vielleicht doch eher das tannengrüne mit dem Überrock aus golddurchwirkter Spitze?"

Danielle nahm ihr das rosa Seidenkleid ab. „Das ist genau richtig." Sie wartete, bis ihre Freundin die Knöpfe ihres Tageskleides geöffnet hatte, streifte es rasch ab und zog sich die Abendrobe an.

Caro zupfte das Kleid zurecht und begann dann, die Knöpfe zu schließen. „Robert will bald heiraten." Sie sah Danielle an und errötete leicht. „Er meint, er könne es nicht ertragen, mit mir unter einem Dach zu leben und dennoch nicht das Bett mit mir teilen zu können."

Danielle schmunzelte. „Er liebt dich."

Caro seufzte. „Seit es so aussieht, als würde er wirklich seine Unschuld beweisen können, benimmt Robert sich tatsächlich wie ein Gentleman. Solange wir nicht Mann und Frau sind, will er nichts tun, was meinem Ruf schaden könnte."

„Davon solltest du dich geehrt fühlen."

„Ja, ich weiß ... aber ich ..." Sie wandte den Blick ab.

„Was, meine Liebe?"

„Ich möchte, dass er mich liebt, Danielle – so wie in jener Nacht, als er heimlich in mein Zimmer kam."

Danielle bemühte sich, ihre Überraschung zu verbergen. Caro war tatsächlich verliebt. Auch Danielle hätte Rafael vor fünf Jahren gerne ihre Unschuld geschenkt.

Sie griff nach der zarten, blassen Hand ihrer Freundin. „Es ist nur natürlich, dass du den Mann, den du liebst, auch begehrst.“ Nachdenklich runzelte sie die Stirn. „Wahrscheinlich hat Rafael bereits so etwas vermutet und war deshalb so sehr bestrebt, Roberts Absichten zu erfahren.“

Caro errötete zutiefst. „Das will ich nicht hoffen!“

Danielle lächelte. „Nun macht es doch nichts mehr. Bald wirst du mit Robert verheiratet sein, und dann könnt ihr euch so oft lieben, wie ihr wollt.“

Nun glühte Caros Gesicht förmlich, aber zwischen ihr und Danielle gab es keine Geheimnisse mehr, und sie verloren beide kein weiteres Wort darüber. Wäre Danielle nicht so sehr mit ihren eigenen Problemen beschäftigt gewesen, hätte sie bestimmt schon früher erraten, wie nah Robert und Caro sich bereits gekommen waren.

Nachdem Danielle sich angekleidet hatte, ging sie hinunter in die Eingangshalle. Sie verspürte ein wenig Neid, weil Robert Caro liebte. Danielle hingegen wusste noch immer nicht, was Rafe für sie selbst empfand.

Das Herz wurde ihr schwer, und als sie die breite Marmortreppe erreichte, sah sie Rafe bereits auf sie warten. Sie versuchte, seinen Gesichtsausdruck zu deuten, doch wie immer hatte er eine kühle, distanzierte Miene aufgesetzt. Rafe führte sie hinaus zur Kutsche, half ihr hinein und nahm dann ihr gegenüber Platz.

Während der Wagen über das Kopfsteinpflaster holperte, schwiegen sie.

Es war schon zehn Uhr vorbei und bereits dunkel, als Rafe und Danielle das dreigeschossige Stadthaus des Earl of Louden in der Cavendish Street erreichten. Die Fenster waren hell erleuchtet, und Rafe und Danielle stiegen aus der eleganten neuen Kutsche des Dukes, die anstelle der bei dem Unfall zerstörten angeschafft worden war. Ein Paar bewaffneter Hausdiener war dem Wagen zu Pferde gefolgt, und auch Michael Mullens, der Kutscher, trug eine Pistole bei sich.

Zwar wusste niemand, wo er den Abend verbringen würde, aber Rafe wollte kein Risiko eingehen. Unauffällig sah er sich um, als er mit Danielle die breite Vordertreppe hinaufging. Zwei livrierte Diener standen zu beiden Seiten der Eingangstür, nickten höflich und ließen sie hinein.

Die Abendgesellschaft war bereits in vollem Gange, und Rafe führte Danielle in einen der Salons. Im Vorbeigehen nahm er für sie ein Glas Champagner und für sich ein Glas Brandy von einem der silbernen Tabletts, die herumgetragen wurden.

Immer wieder ließ er seinen Blick über die Menge schweifen, konnte aber nichts entdecken, das auf eine Gefahr hindeutete.

„Sieh nur!“ Danielle deutete auf ein attraktives Paar. „Da sind Cord und Victoria.“

„Tatsächlich.“ Rafe freute sich, die beiden zu sehen, und als er Danielle zu ihnen hinüberführte, entdeckte er auch Ethan und Grace.

Cord hatte ihn bereits gesichtet und sah ihn vorwurfsvoll an. „Ich dachte, du wolltest in nächster Zeit lieber zu Hause bleiben.“

„Wenn ich mich in meinem Haus einschließe, werde ich wohl kaum herausfinden können, wer es auf mein Leben abgesehen hat.“

„Und Danielle?“, fragte Ethan. „Ihr solltet euch beide aus der Schusslinie halten.“

Danielle lächelte. „Ich weiß Ihre Besorgnis zu schätzen, Mylord, aber Sie stimmen mir doch sicher zu, dass ich bei Rafael sicherer bin, als wenn ich alleine zu Hause wäre.“

„Aber natürlich“, antwortete Grace an Stelle ihres Mannes. „Wenn Rafael sie beschützt, ist Danielle wahrlich am besten aufgehoben.“

Cord verdrehte nur die Augen. „Wir wollten uns gerade etwas zu essen holen“, wechselte er das Thema. „Vielleicht möchtet ihr uns begleiten.“

Rafe nickte und sah sich dabei erneut unauffällig unter den Gästen um, bevor sie sich ihren Weg durch die elegant gekleidete Menge bahnten. Im Galeriegeschoss war ein Buffet aufgebaut worden, und neben einer großen Kristallschale mit Punsch standen silberne Tabletts, auf denen sich verschiedene Köstlichkeiten häuften: gebratenes Geflügel, ein kalter Rinderbraten, marinierter Lachs, unzählige Käsesorten, frisches Brot sowie eine Auswahl an Früchten und Süßigkeiten.

Zahlreiche andere Gäste hatten dieselbe Idee gehabt wie sie, und Rafe und seine Freunde warteten geduldig, bis sie an die Reihe kamen.

„Weshalb bist du ausgerechnet hierhergekommen?“, fragte Cord.

„Es gibt Gerüchte, dass der Holländer heute Abend anwesend sein soll.“

„Schrader?“

Rafe nickte. „Wenn er hier ist, möchte ich mit ihm reden.“

Wenige Minuten später entdeckte er ihn tatsächlich. Er unterhielt sich gerade mit dem Earl höchstpersönlich, und Rafe begann sich zu fragen, ob Schraders Familie vielleicht selbst dem Adel angehörte, weil der Holländer sich mit so großer Selbstverständlichkeit in den besten Kreisen der Gesellschaft zu bewegen wusste.

„Gebt ihr bitte einen Augenblick auf Danielle acht?“, bat er Ethan und Cord.

Die beiden nickten.

„Lasst sie nicht aus den Augen!“

„Rafe, ich bin hier nun wirklich nicht in Gefahr …“

„Wir passen schon gut auf“, versprach Cord, und sofort stellten die beiden Männer sich schützend vor Danielle.

Dann ging Rafe zu dem Holländer hinüber. Als der Mann, Ende dreißig und mit rotblondem Haar, seine Unterhaltung mit dem Earl beendet hatte und davongehen wollte, stellte Rafe sich ihm in den Weg.

„Entschuldigen Sie, Mr. Schrader", begrüßte ihn Rafe. „Sie werden sich vielleicht nicht mehr daran erinnern, aber wir sind uns bereits einmal in Philadelphia begegnet. Mein Name ist Rafael Saunders, und wenn Sie nichts dagegen hätten, möchte ich mich kurz mit Ihnen unterhalten."

Schrader war schlank und von athletischer Gestalt, und seine lebhaften Augen waren von einem ungewöhnlichen Blaugrau. „Euer Gnaden." Er neigte leicht seinen Kopf. „Es ist mir ein Vergnügen, Sie wiederzusehen."

„Tatsächlich?"

Schrader lächelte. „Ah, ich verstehe. Ich habe von Ihren Schwierigkeiten gehört."

„Haben Sie das?" Rafe deutete zur Tür und forderte sein Gegenüber auf, ihm aus dem Salon in die Eingangshalle zu folgen, wo sie ungestört sein konnten.

Unter einem Paar vergoldeter Wandleuchter blieben sie stehen, und der Holländer blickte Rafe misstrauisch an. „Sie glauben doch nicht im Ernst, dass ich Sie umbringen lassen würde, nur weil wir Konkurrenten sind?"

Rafe war nicht besonders überrascht darüber, dass der Mann bereits von den Anschlägen auf sein Leben erfahren hatte. Immerhin war Schrader in einer Branche tätig, in der es darauf ankam, gut informiert zu sein.

„Es wäre aber möglich. Sie könnten sich von meinem Ableben versprechen, endlich den Handel zum Abschluss zu bringen, an dem sie bereits so lange arbeiten."

„Mag sein. Aber selbst wenn Sie aus dem Weg wären, bestünde immer noch die Wahrscheinlichkeit, dass Ihre beiden Freunde an Ihrer Stelle den Kauf tätigen würden."

„Sie überraschen mich, Schrader. Über meine Geschäfte scheinen Sie besser Bescheid zu wissen als ich selbst."

Der Holländer zuckte mit den Schultern. „Davon lebe ich."

„Aus Ihrem Aufenthalt in England schließe ich, dass Sie die Flotte noch nicht an die Franzosen verkauft haben."

„Leider steht es mir nicht zu, über die Belange meiner Kunden zu reden."

Rafe musste wieder an Danielles Unfall denken und an das Feuer, in dem sie beide hätten sterben können. „Die Belange Ihrer Kunden sind mir verdammt noch mal egal, Schrader, aber ich möchte eines klarstellen: Mich umzubringen wird Ihre Probleme nicht lösen. Und sollte meiner Frau etwas geschehen und sollte ich herausfinden, dass Sie dafür verantwortlich sind, wird es für Sie keinen Ort mehr auf Erden geben, an dem Sie mir entkommen könnten."

Schrader lachte bloß. „Ich bin Geschäftsmann, Euer Gnaden. Ihren Bösewicht müssen Sie sich woanders suchen."

Rafe betrachtete ihn einen Moment aufmerksam, dann wandte er sich ab und ging davon. Bartel Schrader war ein intelligenter Mann, und Rafe war der Antwort auf die Frage nach seiner Schuld oder Unschuld kein bisschen näher gekommen. Während er in den Salon zurückkehrte, wünschte er sich, dass das Gespräch aufschlussreicher gewesen wäre.

Als er sich nach seiner Frau und seinen Freunden umsah, entdeckte er, dass Anthony Cushing, Viscount Kemble, sich zu ihnen gesellt hatte. Kemble war ein berüchtigter Lebemann, gut aussehend und sehr reich, und nun hatte er seinen verlangenden Blick auf Danielle gerichtet. Sie lachte gerade über etwas, dass der Viscount gesagt hatte, und Rafe spürte Wut in sich aufsteigen.

Er ging zu seinen Freunden hinüber, legte seinen Arm besitzergreifend um Danielles Taille und richtete seinen Blick unverwandt auf den Viscount. „Schön, Sie zu sehen, Kemble."

„Ganz meinerseits, Euer Gnaden." Sein schwarzes Haar und sein anzügliches Lächeln ließen ihn Rafe wie einen hungrigen Wolf erscheinen. „Ich hatte soeben das Vergnügen, Ihre wunderschöne Frau kennenzulernen, und habe dabei festgestellt, dass sie ausgesprochen bezaubernd ist."

„Da haben Sie ganz recht", entgegnete Rafe und biss die Zähne zusammen.

Der Viscount wandte sich wieder den anderen zu und ließ seinen Blick erneut auf Danielle ruhen. „Wenn Sie mich nun entschuldigen würden, aber ich muss leider weiter. Es war mir ein Vergnügen, Euer Gnaden." Er beugte sich über Danielles Hand, und Rafes Kiefermuskeln spannten sich. „Ich wünsche Ihnen allen noch einen schönen Abend."

Rafe erwiderte den Gruß nicht. Jetzt war er sogar schon eifersüchtig … Aber wenn man eine so schöne Frau hatte wie Danielle, war das schließlich nicht verwunderlich. Über seine Gefühle für sie hatte das gar nichts zu sagen.

„Und?" Cords Frage riss Rafe aus seinen Gedanken und brachte ihn zurück zu dem Gespräch, das er gerade mit wenig Erfolg geführt hatte.

„Schrader streitet ab, irgendetwas mit den Vorfällen zu tun zu haben. Irgendwie glaube ich ihm, aber mit Sicherheit kann ich es nicht wissen."

„Wir werden Augen und Ohren offenhalten", versprach Cord.

„Da fällt mir etwas ein …", meinte Ethan. „Carlton Baker ist nach New York abgereist. Sein Name steht auf der Passagierliste der ‚Mariner'."

„Du hast seine Schritte verfolgt?"

Ethan winkte ab. „Ich habe in der Schiffsbranche zu tun, und es war nicht schwer, das herauszufinden."

„Wann ist er aufgebrochen?"

„Die ‚Mariner' ist gestern Morgen in See gestochen. Sollte er der Mann sein, den du suchst, so dürfte er nun keine Gefahr mehr darstellen."

„Stimmt. Baker hätte nur dann Freude an meinem Ableben, wenn er es mit eigenen Augen sehen könnte." Rafe bemühte sich zu lächeln. „Danke."

Cord schlug ihm ermutigend auf die Schulter. „Wir versuchen weiterhin, etwas herauszufinden, und werden dich wissen lassen, wenn es Neuigkeiten gibt."

Rafe nickte schweigend. Er hatte wirklich die besten Freunde, die ein Mann sich wünschen konnte, aber trotz ihrer Hilfe war er der Antwort auf die Frage, wer ihm nach dem Leben trachtete, noch keinen Deut näher gekommen.

Er verstärkte seinen Griff um Danielles Taille. „Zeit zu gehen, Liebste ... bevor dein Verehrer wieder auftaucht und ich mich genötigt sehe, ihn zum Duell zu fordern."

Als ihre grünen Augen sich angstvoll weiteten, musste er lächeln. „Ich mache nur Spaß. Aber ich freue mich schon darauf, wenn ich mit diesem leichtlebigen Halunken das nächste Mal eine Runde in ‚Gentleman Jackson's Salon' boxe."

Danielle erwiderte sein Lächeln. Den ganzen Abend über war sie sehr ruhig gewesen und schien in Gedanken ganz woanders zu sein. Rafe war sich sicher, dass sie sich Sorgen machte, und er konnte es ihr kaum verübeln.

Er hielt sie nah bei sich, während er sie zurück zur Kutsche führte, und binnen weniger Minuten befanden sie sich auf dem Weg nach Hause.

Als sie vor seinem Haus am Hanover Square vorfuhren, waren alle Fenster hell erleuchtet.

Trotzdem war Rafe auf der Hut, als er Danielle aus der Kutsche half. Er entspannte sich erst, als er sah, dass rund um das Anwesen alle Wachposten auf ihren Plätzen standen.

Doch konnte es nicht schaden, zu so später Stunde vorsichtig zu sein.

Wooster öffnete die Tür, und Rafe führte Danielle rasch in die von einer Kuppel aus Buntglas überwölbte Eingangshalle.

„Ich weiß, dass es bereits spät ist“, empfing ihn der Butler, „aber Sie haben Besuch, Euer Gnaden. Mr. McPhee erwartet Sie. Ich habe ihm gesagt, dass Sie ausgegangen seien und ich nicht wüsste, wann Sie zurückkämen, aber er wollte unbedingt warten. Ich habe ihn in Ihr Arbeitszimmer geführt. Mr. McCabe und Miss Loon sind ebenfalls dort.“

„Danke, Wooster.“

„Oje, ich hoffe nicht, dass etwas Schlimmes geschehen ist“, meinte Danielle sogleich besorgt. Rafe hielt ihr die Tür auf, als sie ihm voraus in das Arbeitszimmer eilte.

Robert, Caro und Jonas McPhee erhoben sich von ihren Sesseln am Kamin, sobald sie beide den Raum betraten.

Jonas sprach zuerst. „Gute Neuigkeiten, Euer Gnaden! Ich denke, dass wir den Mordfall des Earl of Leighton bald zu den Akten legen können.“

„Das ist wirklich eine erfreuliche Neuigkeit.“

„Ja, und wenn wir erst einmal so weit sind, geht es Clifford Nash an den Kragen, und der Titel und das Vermögen der Leightons können dem rechtmäßigen Erben zugesprochen werden.“

Robert grinste breit, was ihn auf einmal ganz jungenhaft erscheinen ließ. Neben ihm stand Caro und strahlte über das ganze Gesicht.

„Ich nehme an, dass Sie mit Burton Webster gesprochen haben“, wandte Rafe sich an McPhee, während er Danielle zum Sofa führte. Er setzte sich neben sie, und die anderen nahmen wieder in ihren Sesseln Platz.

„Es war einfacher als erwartet“, erklärte Jonas. „Webster

fürchtete offenbar, dass Nashs Plan böse für ihn selbst enden könnte, und war sehr daran interessiert, seinen Kopf aus der Schlinge zu ziehen."

„Dann konnten Sie ihn also dazu bewegen, gegen seinen Auftraggeber auszusagen?", fragte Danielle.

Jonas nickte bestätigend. „Ich musste es ein wenig aus ihm herauskitzeln, aber anscheinend hat Clifford Nash Webster von dem Moment an, da er die Rolle des Earls angenommen hatte, seine Überlegenheit spüren lassen, worüber Webster wenig erfreut gewesen war."

„Sweeney hat also die Wahrheit gesagt", bemerkte Rafe. „Webster hat ihn dafür bezahlt, den Earl umzubringen, aber er hat es im Auftrag von Clifford Nash getan."

„Ganz genau. Und um das zu beweisen, hat Webster jede Nachricht, die Nash ihm jemals geschrieben hat, aufgehoben. Nash hatte einen der Dienstboten des Earls dafür bezahlt, ihn über sein Opfer auf dem Laufenden zu halten. Deshalb wusste Sweeney auch, dass Leighton in jener Nacht im ‚Boar and Hen Inn' sein würde, und konnte ihm dort auflauern."

„Webster ist bereit auszusagen, wenn er dafür mit einer Strafmilderung rechnen darf", fügte Robert hinzu und lächelte Caro zärtlich an. „Ich hoffe, dass seine Aussage, Sweeneys Geständnis und die handschriftlichen Zeugnisse von Nashs Plänen ausreichen werden, meine Unschuld zu belegen."

„Daran kann eigentlich kein Zweifel bestehen", stellte Rafe fest.

„Die Einträge aus dem Kirchenregister von St. Margaret bezeugen zudem, dass Mr. McKay einen Anspruch auf den Titel hat", ergänzte McPhee.

Rafe lehnte sich entspannt zurück. „Nun, Robert, es sieht ganz so aus, als würden Sie bald ein freier Mann sein."

Robert drückte Caros Hand. „Und das bedeutet, dass ich

bald auch ein verheirateter Mann sein werde."

Caro errötete.

„Meinen Glückwunsch", sagte Rafe.

„Wir freuen uns beide so sehr für euch." Tränen schimmerten in Danielles Augen.

„Ich werde die Einzelheiten des Falls jetzt an meinen Kollegen Mr. Yarmouth übergeben", meinte Jonas, „damit ich mich ganz der Angelegenheit Ihrer persönlichen Sicherheit widmen kann, Euer Gnaden."

Rafe nickte und war insgeheim ziemlich erleichtert, dass McPhee sich wieder selbst um die Sache kümmerte. „Vielleicht können wir morgen ausführlicher darüber sprechen."

„Genau das denke ich auch. Ich werde Sie dann erneut aufsuchen."

Der Ermittler verließ das Arbeitszimmer, und ihm folgten Robert und Caro, die nur Augen füreinander hatten.

Rafe verspürte einen Anflug von Neid. Es hatte einmal eine Zeit gegeben, wo er und Danielle ihre Liebe ebenso offen gezeigt hatten, wie Caro und Robert es taten. Doch jetzt hielten sie beide ihre Gefühle zurück, weil sie sich vor dem Leid fürchteten, das sie wieder erfahren könnten, wenn sie erneut das Wagnis der Liebe eingingen.

Immer öfter hatte Rafe sich in letzter Zeit jedoch zu fragen begonnen, ob er wirklich so leben wollte.

Er schüttelte ungläubig den Kopf. Im Augenblick sollte seine ganze Sorge dem Mann gelten, der ihn umzubringen versuchte. Es war wirklich nicht die Zeit, sich über die Liebe Gedanken zu machen.

30. KAPITEL

Danielle ging unruhig in ihrem Schlafzimmer auf und ab. Es war noch früh, aber die Sonne zeigte sich bereits, und es sah so aus, als würde der kalte Februartag zumindest freundlich werden. Sie ging zum Fenster hinüber. Durch die welligen Glasscheiben fiel ihr Blick auf ein leeres Vogelnest, das in der Astgabelung eines kahlen Baumes gebaut worden war. Danielle sehnte den Frühling herbei.

Als es leise an der Tür klopfte, drehte sie sich um und sah Caro ins Zimmer kommen. „Du bist ja schon wach und bereits angezogen."

„Ich habe eines der Zimmermädchen gebeten, deine Aufgaben als meine Kammerzofe zu übernehmen, bis wir jemand Neues gefunden haben." Denn bislang hatte sich noch keine gefunden, die nach Caros strengen Kriterien als ihre Nachfolgerin geeignet gewesen wäre.

Caro seufzte. „Ich versuche immer noch, mich an den Gedanken zu gewöhnen, bald eine Countess zu sein, aber es fällt mir nicht leicht. Ich möchte, dass Robert mit mir zufrieden ist, aber ich fürchte, ihn zu enttäuschen."

„Unsinn, du wirst ihn nicht enttäuschen. Du kommst aus gutem Hause und hast eine vorzügliche Erziehung genossen. Während der letzten fünf Jahre warst du zudem meine Kammerzofe und hast alles darüber gelernt, was du für deine neue Rolle wissen musst."

Caro wandte sich ab. „Ich kann nur hoffen, dass du recht hast."

„Außerdem liebst du ihn, und er liebt dich. Das ist alles, worauf es ankommt."

Das *Einzige,* worauf es ankam, wie Danielle mittlerweile erkannt hatte. Sie liebte Rafe von ganzem Herzen und wünschte sich nur, dass Rafe sie ebenso lieben würde.

Caro kam zu Danielle herüber und stellte sich neben sie ans Fenster. Zum ersten Mal fiel Danielle auf, wie besorgt ihre Freundin wirkte. „Was ist los, meine Liebe? Stimmt etwas nicht?“

„Ich muss dir etwas sagen … etwas, das Robert mir gestern Abend erzählt hat. Ich habe lange darüber nachgedacht, aber ich finde, du solltest es wissen. Es geht um Richard Clemens.“

„Robert hat dir etwas über Richard erzählt?“

Caro atmete hörbar aus. „Robert meinte, Richard habe einen üblen Ruf … er soll ein ziemlicher Lebemann sein. Er sagte auch, dass allgemein bekannt war, dass er eine Geliebte hatte – mehr als eine, um genau zu sein. Richard hat Edmund Steigler erzählt, dass er vorhabe, auch nach der Heirat sein Verhältnis zu Madeleine Harris, einer Frau, die in der Nähe seiner Fabrik in Easton lebte, weiterzuführen. Robert hatte ein Gespräch der beiden Männer mit angehört.“

Danielle erblasste. „Richard hatte bereits vor unserer Heirat vor, mir untreu zu sein?“

„Davon geht Robert aus. Er glaubt auch, dass der Duke etwas von Richards Absichten erfahren hatte und dich aus diesem Grund zwang, stattdessen ihn selbst zu heiraten.“

Danielle sah unverwandt aus dem Fenster. Ihre Gedanken wirbelten wild durcheinander. „Rafael sagte damals, er glaube nicht, dass die Ehe mit Richard mich glücklich machen würde.“

„Er wusste, dass du mit einem Mann, der dir nicht treu ist, kein Glück finden könntest.“

Danielle fehlten die Worte. Rafe hatte sie geheiratet, um ihr ein unerträgliches Leben an Richards Seite zu ersparen. Er hatte sie nur beschützen wollen! Schmerzliche Gefühle stürmten auf sie ein. Von dem Moment an, als Rafe wieder in ihr Leben getreten war, hatte er sich stets um sie besorgt gezeigt – und im Gegenzug hatte sie seine Hoffnung auf ein eigenes Kind zerstört …

Er würde nie einen Erben bekommen, und sollte Rafe etwas zustoßen, würde seine Familie dem Wohlwollen von Artie Bartholomew ausgeliefert sein. Und das alles wäre ihre Schuld!

„Danke, dass du mir davon erzählt hast", meinte sie leise.

„Ich weiß, dass du den Duke liebst. Du hast es mir selbst gesagt, aber ich kann es auch so in deinen Augen sehen, wann immer du ihn ansiehst. Ich dachte mir, dass du es wissen wolltest."

Danielle nickte. Sie schluckte schwer, und ihr war so beklommen zumute, dass ihr das Herz in der Brust schmerzte. Caro liebte Robert, und sie würde ihm nie etwas zuleide tun. Danielle liebte Rafe mehr, als sie sich das je hätte träumen lassen, aber indem sie ihm keine Kinder schenkte, fügte sie ihm mehr Leid zu, als sie hatte ahnen können.

Nachdem Caro das Zimmer verlassen und leise die Tür hinter sich zugezogen hatte, blieb Danielle reglos am Fenster stehen. Vielleicht überlegte Arthur Bartholomew sich gerade einen Plan, wie er seinen Cousin aus dem Weg schaffen könnte, um selbst an das Vermögen der Sheffields zu kommen. Rafes Familie war in Gefahr, und das war allein ihre Schuld.

Tränen schossen ihr in die Augen. Sie liebte Rafael … wenn sie ehrlich war, hatte sie nie aufgehört, ihn zu lieben – auch nicht in den Jahren, die sie getrennt gewesen waren. Nach der Hochzeit hatte sie versucht, sich damit zu beruhigen, dass es nichts ausmachte, dass sie keine Kinder bekommen konnte. Tante Flora hatte sie in dieser Annahme bestärkt.

Und auch Rafe hatte nach ihrem Geständnis gesagt, dass es nicht von Bedeutung wäre.

Aber tief in ihrem Innern wusste Danielle, dass es nicht so war. Sie fühlte sich, als sei sie nur eine halbe Frau. Zudem hatte sie Rafe getäuscht. Hätte er von Anfang an die Wahrheit gewusst, würde er sie niemals geheiratet haben.

Danielle atmete tief durch. Ihr Herz schlug schwer. Sie hatte sich lange genug etwas vorgemacht, doch jetzt wusste sie, was sie zu tun hatte – ganz gleich, wie schwer es ihr fallen und wie hoch der Preis auch sein würde, den sie dafür zu zahlen hätte.

Danielle hatte sich bereits zur Nacht zurückgezogen, aber Rafe wollte noch nicht zu Bett gehen. Stattdessen steuerte er, wie so häufig in letzter Zeit, sein Arbeitszimmer an. In den beiden Kaminen des zweigeschossigen Raumes brannte ein kräftiges Feuer, um die eisige Kälte des Februars zu bannen.

Rafe war tief in Gedanken versunken. Er dachte an den Kutschenunfall, an den Brand in seinem Schlafzimmer und an die Person, die hinter alldem stecken könnte. Als er an einem der Ledersessel vorüberging, nahm er aus dem Augenwinkel die Gestalt eines Mannes wahr, und sofort spannte sich sein ganzer Körper an.

Doch dann erkannte er seinen Freund Max Bradley.

„Verdammt noch mal, Sie haben wirklich eine Unart, sich an Leute heranzuschleichen." Rafe ließ sich erleichtert in den Sessel fallen, der Max gegenüberstand. „Um das ganze Haus herum sind Wachen postiert. Wie zum Teufel sind Sie hier hereingekommen?"

Max zuckte mit den Schultern. „Eine der Flügeltüren zum Garten war nicht verriegelt. In Anbetracht der Tatsache, dass Ihnen jemand nach dem Leben trachtet, eine sehr schwerwiegende Nachlässigkeit."

Rafe überraschte es nicht, dass Max Bescheid wusste. Es gab nur wenig, was ihm verborgen blieb.

Rafe seufzte. „Wenn ich nur wüsste, wer es sein könnte."
„Ich kann Ihnen zumindest sagen, wer es nicht war."
Rafe beugte sich in seinem Sessel vor. „Wer?"
„Bartel Schrader."
„Er ist in London. Ich habe gestern Abend mit ihm gesprochen. Wie können Sie sich so sicher sein, dass er nichts damit zu tun hat?"
„Weil die Franzosen sich gegen den Kauf der Baltimore Clipper entschieden haben. Und das schon vor beinahe zwei Wochen – und damit auch vor dem Brand in Ihrem Haus. Wir haben soeben erfahren, dass Schrader in einer ganz anderen Angelegenheit in England ist und vorhat, Ende der Woche wieder abzureisen."
Rafe fuhr sich mit der Hand durchs Haar. „Herrje ..."
„Nun ist die Liste der Verdächtigen doch schon um einen Mann kürzer."
„Zwei. Carlton Baker ist nach Philadelphia zurückgekehrt. Doch es bleiben immer noch zwei Personen übrig, die ich zudem für die Hauptverdächtigen halte."
„Artie Bartholomew und Oliver Randall."
„Ganz genau. Jonas McPhee kümmert sich um Randall, während sein Kollege Mr. Yarmouth meinen lieben Cousin Artie im Auge behält."
„Ich werde auf jeden Fall an der Sache dranbleiben. Wenn ich etwas in Erfahrung bringe, melde ich mich bei Ihnen."
„Das wüsste ich zu schätzen."
Max erhob sich aus seinem Sessel. „Passen Sie gut auf sich auf, mein Freund."
Rafe stand gleichfalls auf. „Ich bringe Sie lieber hinaus. Es wäre wenig hilfreich, wenn einer meiner Wachposten Sie erschießen würde."
Max lächelte. Es war sehr unwahrscheinlich, dass die Wachen ihn überhaupt bemerken würden. Dennoch ließ er sich

von Rafe zur Eingangstür begleiten und den Männern vor dem Haus erklären, dass es sich bei dem Besucher um einen guten Bekannten handelte. Dann verschwand Max wieder in der Dunkelheit.

Seufzend schloss Rafe die Tür und ging die Treppe hinauf zu seinem Schlafzimmer, wenngleich er kaum glaubte, schlafen zu können. Aber mit Danielle an seiner Seite würde er zumindest zur Ruhe kommen, und bis all dies ausgestanden war und er wieder gewiss sein konnte, dass seiner Frau nichts geschehen würde, musste er sich damit zufriedengeben.

Finster hatte sich die Nacht um das Haus gelegt. Danielle hatte Kopfschmerzen vorgetäuscht und war früh nach oben gegangen. Sie brauchte Zeit, um in Ruhe über ihre Entscheidung nachzudenken.

Sie wusste, dass ihr Entschluss richtig war, denn nie würde ihr Gewissen es zulassen, dass sie sich Rafes Zukunft in den Weg stellte. Er brauchte Kinder, und deshalb brauchte er eine Frau, die ihm welche schenken würde.

Seit Wochen hatte sie damit gerechnet, dass Rafe, sobald er von ihrem Zustand erfuhr, sich von ihr scheiden lassen würde. Stattdessen hatte er jedoch die Schuld für ihren Unfall auf sich genommen und ihr versichert, dass ihre Unfruchtbarkeit nicht von Bedeutung sei.

Sie beide wussten jedoch, dass dies nicht so war.

Nachdem sie sich angehört hatte, was Caro ihr erzählt hatte, waren all die Zweifel, die sie längst begraben hatte, erneut zum Vorschein gekommen. Sie hatte vom ersten Moment an geahnt, dass sie Rafe früher oder später würde aufgeben müssen.

Die Tür öffnete sich, und Rafe trat leise ins Schlafzimmer. Danielle lauschte dem vertrauten Klang seiner Schritte, während er hin und her ging und sich für die Nacht zurechtmachte. Auch in ihren neuen Räumlichkeiten im Ostflügel des Hauses verbrachte sie die Nächte an seiner Seite, und sie genoss seine Nähe. Er schlief stets unbekleidet, und sie hatte sich daran gewöhnt, es ihm gleichzutun, denn Rafes Körper genügte völlig, um sie während der Nacht zu wärmen.

Den ganzen Tag über hatte sie an Rafe gedacht … daran, was sie von Caro erfahren hatte, und wie Rafe mit allen Mitteln versucht hatte, sie glücklich zu machen. Und es war ihm gelungen – mehr als sie sich das jemals hätte träumen lassen.

Während sie ihm zusah, wie er leise im Zimmer auf und ab ging, wollte ihr das Herz vor Liebe zu ihm überfließen. Er glaubte, dass sie schliefe, doch stattdessen beobachtete sie ihn dabei, wie er sich mit Bewegungen voll natürlicher Anmut, wie nur wenige Männer sie hatten, entkleidete. Er legte seine Halsbinde ab, seinen Frack und seine Weste und zog dann auch sein Hemd aus. Sein Oberkörper war schlank und doch kraftvoll, seine Haut schimmerte in der Dunkelheit, und Danielle konnte das Spiel seiner Muskeln sehen, als Rafe sich bückte, um sich Schuhe und Strümpfe auszuziehen.

Schließlich streifte er auch seine Hose und Unterwäsche ab, und als Danielle sein wohlgeformtes Gesäß erblickte, erinnerte sie sich daran, wie sehr sie es liebte, ihn zu berühren und die Bewegungen seiner Muskeln unter ihren Händen zu spüren. In seiner ganzen Blöße kam er nun über den weichen Teppich zum Bett hinüber, und sie dachte, was für ein stattlicher Mann er doch war, auch wenn er nicht erregt war.

Je länger sie ihn beobachtete, desto schmerzlicher zog sich ihr Herz zusammen. Doch sie hatte sich entschieden – sie würde ihn verlassen. Sie würde Rafe freigeben und alles wiedergutmachen, wie sie es schon längst hätte tun sollen.

Sie spürte, wie die Matratze unter seinem Gewicht nachgab, und ihr wurde beklommen zumute, wenn sie daran dachte, dass dies ihre letzte gemeinsame Nacht sein würde.

Er musste gemerkt haben, dass sie wach war, denn er rückte näher an sie und zog sie in seine Arme.

„Kannst du nicht einschlafen?"

„Ich habe auf dich gewartet."

Rafe beugte sich über sie und küsste sie zärtlich. „Das freut mich."

Danielle schlang ihre Arme um seinen Hals. Sie wurde von einer Welle der Liebe für ihn erfasst, und auch die Leidenschaft ließ nicht lange auf sich warten. Sie begehrte Rafe – mehr noch heute Nacht als jemals zuvor. Sie wollte diese Nacht gemeinsam mit ihm verbringen, damit ihr diese letzten Stunden wertvolle Erinnerung waren, die ihr den Mut geben würden aufzubrechen.

Danielle verdrängte die Traurigkeit, die sie bei dem Gedanken daran überkam, und konzentrierte sich ganz auf Rafes Liebesbezeugungen. Sie war fest entschlossen, diese Momente des Abschieds von ihm zu genießen. Rafe küsste sie erneut, und sein inniger Kuss weckte all ihre Sinne und ließ ihr Innerstes zerfließen. Sie bäumte sich unter ihm auf, drängte ihre Brüste an ihn und fühlte, wie sein dunkel gelocktes Brusthaar über ihre Haut streifte.

Er neigte seinen Kopf zu ihrer Brust herab, und ihr entfuhr ein lustvoller Schluchzer. Dann schluchzte sie erneut auf, doch diesmal aus Verzweiflung, was sie Rafe aber nie wissen lassen würde. Jede seiner Berührungen, jede Vereinigung ihrer Körper vertiefte die Liebe, die sie für ihn empfand, und weil sie Rafe so sehr liebte, wollte sie, dass er das Leben bekam, das ihm zustand.

Sie wollte, dass er seine Pflicht seiner Familie gegenüber erfüllen und sie beschützen konnte, denn sie wusste, wie viel ihm diese Verantwortung bedeutete.

Und morgen wollte Danielle dafür sorgen, dass dem nichts mehr im Wege stand. Ihnen blieb nur noch diese eine

Nacht, und die Erinnerung daran würde für ein ganzes Leben reichen müssen.

Als Rafe seine Lippen um ihre Brust schloss, verspürte sie unbändiges Verlangen und zog ihn an sich. Mit seinem Knie drängte er ihre Beine auseinander, beugte sich über sie, und während er sie voller Leidenschaft küsste, ließ er sich in sie gleiten.

Rafael … mein Liebster, schrie sie stumm auf. Aber sie sprach die Worte nicht laut aus und würde es auch niemals tun. Sie wollte diese letzte Liebesnacht mit ihm genießen, und am nächsten Tag würde sie Rafe verlassen.

Danielle schlang ihre Arme um seinen Hals und schmiegte sich an ihn, während er sich tief in ihr bewegte. Sie passte ihre Bewegungen den seinen an, bäumte sich auf, um seinen Stößen zu begegnen, und barg ihr Gesicht an seinem Hals, während sie sich gemeinsam dem Höhepunkt näherten. Jeder Stoß erfüllte sie mit tiefer Lust und einer bittersüßen Sehnsucht nach etwas, das nie sein würde.

Sie schloss ihre Augen, als könnte sie so ausschließen, was ihr das Herz zu zerreißen drohte, und konzentrierte sich ganz auf die innige Leidenschaft und die unermessliche Liebe, die sie für Rafe empfand.

Gemeinsam fanden sie Erfüllung, und Rafes Muskeln spannten sich an, als er sich in ihr verströmte. Aber aus ihrer Liebe würde kein Kind hervorgehen – weder diese Nacht noch jemals.

Danielle bemühte sich so sehr, einen Aufschrei tiefster Verzweiflung zu unterdrücken, dass ihr heiße Tränen in die Augen schossen. Sie wandte den Kopf ab, damit Rafe es nicht bemerken würde.

„Schlaf gut, meine Liebste.“ Er küsste sie auf die Stirn, bevor er sich neben sie in die Kissen sinken ließ.

Aber Danielle konnte nicht schlafen – weder diese Nacht,

noch würde sie es in den einsamen Nächten können, die vor ihr lagen. Tränen liefen ihr unter den Wimpern hervor, als sie in der Dunkelheit lag und Rafes tiefen Atemzügen lauschte und versuchte, sich den gleichmäßigen, ruhigen Klang einzuprägen, damit sie sich in ihrer Einsamkeit daran erinnern konnte.

Es war bereits Nachmittag, und Rafe hatte Danielle seit dem Morgen nicht mehr gesehen. Er wusste, dass sie in der Nacht nur wenig geschlafen hatte, und sorgte sich um sie.

Dass er von ihr eine Nachricht erhalten hatte, in der sie ihn bat, sich mit ihr um drei Uhr nachmittags im Chinesischen Salon zu treffen, steigerte seine Unruhe noch.

Mit seinen Säulen aus schwarzem Marmor und Gold, den schwarzen Lackmöbeln und Goldbrokatstoffen wurde der Raum hauptsächlich für den Empfang von Gästen oder zu besonderen Anlässen genutzt. Rafe fragte sich, warum seine Frau wohl diesen förmlichen Rahmen gewählt haben mochte.

Als er den Salon mit Danielles Brief in der Hand betrat, sah er zu seiner Überraschung seine Mutter auf einem der Sofas sitzen. Sie hatte ihr mit silbergrauen Strähnen durchzogenes Haar sorgfältig frisiert, trug ein Kleid aus dunkelblauer Seide und schien genauso verwundert zu sein wie ihr Sohn.

„Danielle hat mir eine Nachricht geschickt", erklärte sie ihm und hielt einen Brief hoch, der dem seinen ähnelte. „Sie bat mich, sie hier um drei zu treffen."

„Ich habe genau dieselbe Nachricht erhalten."

„Kannst du dir denken, weshalb sie uns sprechen möchte?"

„Nein, ich weiß es nicht." Und aus ihm unerklärlichen Gründen nahm seine Besorgnis stetig zu.

„Vielleicht sollte ich uns Tee bringen lassen", schlug seine Mutter vor und sah zur geöffneten Tür hinüber, während Rafe ihr gegenüber in einem Sessel Platz nahm.

Genau in diesem Moment tauchte Wooster auf, und als er die Duchess ankündigte, erhob Rafe sich wieder.

„Es tut mir leid, dass ich Sie mitten am Tag mit meinem Anliegen behellige", begann Danielle, als sie entschlossenen Schrittes in den Salon kam. „Ich hoffe, ich habe Ihnen keine Unannehmlichkeiten bereitet."

„Nicht im Geringsten", antwortete Rafe. Hinter ihnen schloss Wooster die hohen Schiebetüren, damit sie ungestört sein konnten, und Rafe nutzte den Moment, um das angespannte Gesicht seiner Frau zu betrachten. Sie sah blass aus, und unter ihren Augen lagen leichte Schatten. Ihr Anblick bestätigte ihm sein Gefühl der Besorgnis.

„Soll ich uns Tee bringen lassen?", fragte Rafes Mutter, aber Danielle schüttelte den Kopf.

„Es wird nicht lange dauern. Ich habe etwas Wichtiges zu sagen und wollte, dass Sie es beide zugleich hören."

Rafe warf seiner Mutter einen kurzen Blick zu. Sie schien mittlerweile genauso beunruhigt zu sein wie er selbst.

„Wir hören", meinte er schließlich und nahm erneut in seinem Sessel Platz.

Danielle blickte zu ihrer Schwiegermutter und sah dann wieder Rafe an. „Ich habe deine Mutter gebeten, ebenfalls anwesend zu sein, da ich hoffte, dass sie dich wird überzeugen können, wenn mir das nicht gelingen sollte."

Etwas in ihm regte sich und ließ alle Alarmglocken läuten. Sein Herz pochte dumpf in seiner Brust.

Danielle wandte nun ihre ganze Aufmerksamkeit seiner Mutter zu. „Es gibt etwas, das Sie wissen sollten, Euer Gnaden … etwas, das ich Rafe verschwiegen habe, bis es zu spät war."

Plötzlich wusste er, was sie meinte. „Nein", rief er und

sprang auf. „Nein!“

Doch Danielle beachtete ihn nicht. „Während der Jahre, in denen Rafe und ich getrennt waren, hatte ich einen Reitunfall, bei dem ich auf eine solche Weise verletzt wurde, dass ich keine Kinder mehr bekommen kann. Ich bin unfruchtbar, Euer Gnaden.“

„Hör auf!“ Rafe schlug das Herz nun bis zum Hals, und ihm war, als wolle es seine Rippen sprengen. Er ging auf seine Frau zu und fasste sie bei den Schultern. „Das geht nur uns etwas an – uns beide, und sonst niemanden!“

Sie sah ihn gar nicht an, sondern redete einfach weiter, doch er konnte spüren, dass sie am ganzen Körper zitterte. „Ich weiß, dass ich ihm die Wahrheit hätte sagen müssen, Euer Gnaden, aber ich habe es nicht getan. Vielleicht war ich damals nicht ganz bei Sinnen, oder ich ... mir war nicht bewusst, wie wichtig ein Erbe für Ihre Familie ist.“

Rafe begann sie zu schütteln. Er konnte nicht zulassen, dass sie weitersprach und sich dermaßen demütigte. „Ich verbiete dir fortzufahren, Danielle. Du bist meine Frau, und meine Mutter hat kein Recht, bei dieser Unterredung anwesend zu sein.“

Als Danielle sich zu ihm umwandte, sah er Tränen in ihren Augen schimmern. Er merkte, wie schwer es ihr fiel, und der schmerzliche Ausdruck ihres Blicks ließ so überwältigende Gefühle in ihm aufsteigen, dass ihm für einen Moment die Worte fehlten.

„Sie hat ein Recht darauf, die Wahrheit zu wissen“, entgegnete Danielle leise. „Denn solange ich mit dir verheiratet bin, steht auch ihre Zukunft auf dem Spiel.“ Sie wandte sich erneut an die Dowager Duchess. „Es gibt nur eine einzige Lösung. Rafael muss eine Frau heiraten, die ihm ein Kind schenken kann. Und dazu wird er sich von mir scheiden lassen müssen.“

Wie eine kalte Faust ergriff Panik sein Herz und löste zugleich eine unbändige Wut in ihm aus. „Aber das ist ja verrückt! In dieser Familie wird es keine Scheidung geben! Wir sind vor dem Gesetz und vor Gott verheiratet, und daran wird sich nichts, aber auch gar nichts ändern!"

Nun strömten Danielle die Tränen über ihre Wangen. „Aber du musst es tun, Rafael! Du hast eine Verantwortung ..."

„Nein! Ich bin dir gegenüber verantwortlich, Danielle, dir und niemandem sonst." Er zog sie in seine Arme, und sie begann noch heftiger zu zittern. „Ich habe dich bereits einmal verloren", flüsterte er in ihr Haar. „Ich will dich nicht wieder verlieren."

Sie schluchzte leise auf, und ihm wurde furchtbar schwer ums Herz. Dann löste sie sich von ihm und wandte sich wieder seiner Mutter zu, die noch immer auf dem Sofa saß, mittlerweile aber auch Tränen in den Augen hatte und so blass geworden war, wie Rafe sie noch nie gesehen hatte.

Rafe packte Danielle bei den Schultern. „Meine Mutter hat damit nichts zu tun. Ich bin dein Ehemann, und ich werde mich nicht von dir scheiden lassen – weder jetzt noch später."

Danielle sah zu ihm auf. Sie blinzelte, und erneut flossen ihr Tränen über die Wangen. „Dann werde *ich* mich von dir scheiden lassen, Rafael."

Sie riss sich von ihm los und rannte aus dem Salon.

„Danielle!" Rafe eilte ihr hinterher.

„Rafael!" Der scharfe Ton in der Stimme seiner Mutter ließ ihn abrupt innehalten.

Er drehte sich zu ihr um. „Sagen Sie nichts, Mutter. Nichts von dem, was geschehen ist, war Danielles Schuld – ich bin es, der daran Schuld hat."

„Aber ..."

„Es tut mir leid, dass die Dinge sich nicht so entwickelt haben, wie Sie es sich gewünscht hätten. Aber ich liebe Danielle, und ich werde sie nicht gehen lassen."

Die Worte waren seinem tiefsten Innern entsprungen, und sobald er sie laut gesagt hatte, wusste er, dass es die Wahrheit war. Er hatte versucht, Danielle nicht zu lieben, hatte alles in seiner Macht Stehende unternommen, um seine Gefühle für sie zurückzuhalten, aber während der letzten paar Monate war sie ihm wichtiger geworden als alles andere auf der Welt.

Sie bedeutete ihm alles.

Er drehte sich um, eilte aus dem Salon und stürmte die Treppe hinauf, doch kaum hatte er die ersten Stufen erklommen, hielt Wooster ihn auf. „Sie ist nicht oben, Euer Gnaden."

„Wo ist sie?"

„Die Duchess hat das Haus verlassen."

„Wie bitte?"

„Bevor sie zu Ihnen in den Salon ging, hatte sie darum gebeten, dass ihre Kutsche vorgefahren wird. Als sie herauskam, nahm sie ihren Umhang und verschwand durch die Vordertür. Seitdem habe ich sie nicht mehr gesehen, Sir."

Rafe musste sich sehr beherrschen, um seinen alten Butler nicht beim Hemdkragen zu packen, weil er Danielle hatte gehen lassen. Irgendwo dort draußen lief ein Mörder frei herum! Danielle konnte in höchster Gefahr sein.

Aber natürlich war das nicht die Schuld des Butlers, sondern seine eigene, gestand Rafe sich ein.

Wenn er ihr gesagt hätte, dass er sie liebte, ihr erklärt hätte, dass sie ihm das Wichtigste auf Erden war, würde sie verstanden haben, dass es nicht länger von Bedeutung war, ob sie ihm ein Kind würde schenken können. Sie allein war für ihn von Bedeutung.

Als Rafe aus dem Haus stürzte, war von der Kutsche

nichts mehr zu sehen. Er drehte sich um und rannte zu den Stallungen. Er würde Danielle finden, sie wieder nach Hause bringen und ihr sagen, was er für sie empfand. Er konnte nur hoffen, dass es dafür noch nicht zu spät war.

Rafe hatte die Hintertür fast erreicht, als Robert McKay und Caroline Loon ihn einholten.

„Was zum Teufel ist passiert?", fragte Robert.

„Wo ist Danielle?", wollte Caro wissen. „Einer der Hausdiener sagte, sie sei in ihrer Kutsche davongefahren. Er meinte, sie hätte geweint. Warum hat sie geweint, Euer Gnaden?"

Rafe spürte tiefe Beklommenheit. „Es gab ein Missverständnis. Ich muss sie finden und ihr alles erklären." Er wandte sich an Robert McKay. „Dort draußen lauert ein Mörder. Es kann sein, dass Danielle sich in höchster Gefahr befindet."

„Ich begleite Sie." Robert schlug ihm auf die Schulter. „Kommen Sie, gehen wir."

Sie rannten zu den Stallungen, und Caro folgte ihnen dicht auf den Fersen. Beide Männer hatten es eilig, ihre Pferde so schnell wie möglich zum Aufbruch bereit zu machen.

Während zwei Stallburschen die Sattelgurte festzogen, sprach Rafe mit Caro. „Haben Sie eine Idee, wohin Danielle gegangen sein könnte?"

„Mir fällt nur Wycombe Park ein. Dort hat sie sich immer wohlgefühlt, und ihre Tante lebt dort. Aber Danielle hat sich in den letzten Tagen recht seltsam benommen, und ich kann nicht mit Sicherheit sagen, was sie vorhat."

„Wir werden nach Wycombe aufbrechen", meinte Rafe. „Unterwegs erkundigen wir uns, ob irgendjemand die Kutsche der Duchess of Sheffield gesehen hat. Wenn sie auf der Landstraße unterwegs ist, muss jemand den Wagen mit dem Wappen bemerkt haben."

Die beiden Männer schwangen sich in den Sattel. Rafe ritt

auf Thor, seinem schwarzen Hengst, und Robert nahm einen braunen Wallach. Beide Pferde tänzelten unruhig, als spürten sie die allgemeine Aufregung.

Caro berührte Roberts Bein. „Sei vorsichtig." Sie blickte zu Rafe hinüber. „Passen Sie beide gut auf sich auf."

Robert beugte sich zu ihr herunter und küsste sie kurz. „Sprich mit den Dienstboten und versuche herauszufinden, ob sie wissen, wohin die Duchess gefahren ist."

Caro nickte. „Ich werde tun, was ich kann."

Die Männer gaben ihren Pferden die Sporen, und schon galoppierten sie mit klappernden Hufen über das Kopfsteinpflaster in Richtung der Landstraße nach Wycombe davon.

Die folgenden Stunden schienen sich endlos hinzuziehen. Eine bittere Kälte setzte ihnen zu, und die Pferde wurden langsam müde. Robert und Rafe machten bestimmt ein Dutzend Mal auf ihrer Strecke halt, um Kutscher und Reisende zu befragen. Aber niemand hatte den Wagen mit dem Wappen der Sheffields gesehen.

„Sie ist nicht auf dem Weg nach Wycombe", stellte Rafe schließlich erschöpft fest. „Wenigstens das wissen wir jetzt."

„Wir sollten in die Stadt zurückkehren", bemerkte Robert. „Vielleicht hat Caro mittlerweile schon etwas über die Pläne der Duchess in Erfahrung bringen können."

Die beiden Männer wendeten ihre Pferde und ritten durch den eisigen Wind, vor dem ihre Mäntel sie kaum zu schützen vermochten.

Rafe trieb seinen Hengst an. „Ich war mir sicher, dass sie auf dem Weg zu ihrer Tante sein würde."

„Vielleicht ist sie einfach nur eine Weile in der Gegend herumgefahren und hat sich dann entschieden, wieder nach Hause zurückzukehren."

Rafe schüttelte den Kopf. „Sie war fest entschlossen, dass

wir uns scheiden lassen sollten. Eine solche Entscheidung hätte sie niemals getroffen, ohne nicht vorher alles genau durchdacht zu haben. Wenn es mir nicht gelingt, sie umzustimmen, wird sie an ihrem Plan festhalten."

„Aber sie liebt Sie doch! Warum sollte sie eine Scheidung wünschen?"

Rafe seufzte. „Das ist eine lange Geschichte. Doch wenn ich ihr aufrichtig meine Gefühle gestanden hätte, wäre es wohl nie so weit gekommen."

Robert lächelte. „Dann ist doch alles halb so schlimm. Sobald wir sie gefunden haben, werden Sie ihr sagen, was Sie für sie empfinden, und dann wird alles wieder gut sein."

Rafe wünschte sich, dass Robert recht hätte. Aber seine Unruhe nahm dennoch ständig zu. Wenn sie einmal zu etwas entschlossen war, konnte Danielle fast genauso starrsinnig daran festhalten wie er selbst – zudem sie davon überzeugt war, dass ihr Handeln zu seinem Besten war.

Rafe konnte nur hoffen, dass Danielle in Sicherheit war, wo immer sie sein mochte.

31. KAPITEL

Als Rafe, von dem schnellen Ritt bis auf die Knochen nass, erschöpft, durchgefroren und von oben bis unten mit Schlamm bespritzt, zu Hause eintraf, wartete bereits eine Lösegeldforderung auf ihn. Wooster reichte ihm die Nachricht mit einer solchen Grabesmiene, als würde er die schlechten Neuigkeiten bereits ahnen.

Rafe brach das Wachssiegel und überflog das Schreiben rasch. Was er las, überraschte ihn wenig, und ihm war, als hätte er es von Anfang an gewusst.

Wir haben Ihre Frau. Wenn Ihnen ihr Leben lieb ist, sollten Sie sich an unsere Anweisungen halten. Kommen Sie um Mitternacht in den Green Park. Folgen Sie dem Weg, der auf die Anhöhe hinaufführt, und warten Sie bei der alten Eiche. Kommen Sie allein. Wenn Sie jemandem davon erzählen, wird Ihre Frau sterben.

Green Park. Rafe erinnerte sich nur zu gut an den Ort, an dem er sich mit Oliver Randall duelliert hatte.

„Was schreiben sie?“, fragte McKay, an dessen Seite sich Caro eingefunden hatte und sich angsterfüllt an ihn schmiegte.

„Sie haben Danielle entführt.“

„Wer?“

„Oliver Randall. Hier steht, dass ich um Mitternacht auf die Anhöhe im Green Park kommen soll. Dort fand unser Duell statt, bei dem Randall schwer verletzt wurde. Es sieht ganz so aus, als hätten wir den Mann gefunden, nach dem wir gesucht haben.“ Nachdenklich faltete er den Brief zusammen. „McPhee wollte ein Auge auf Randall haben, während Yarmouth sich um meinen Cousin kümmerte. Irgendetwas muss schiefgegangen sein."

Robert sah zu der großen Standuhr hinüber. „Ihnen bleibt weniger als eine Stunde bis Mitternacht. Wir sollten uns einen Plan überlegen." Er wollte in das Arbeitszimmer gehen, doch Rafe hielt ihn zurück.

„Das ist nicht nötig, denn Sie werden mich nicht begleiten. In der Nachricht stand, dass ich allein kommen solle, und genau das werde ich tun."

„Seien Sie doch kein Narr! Dieser Mann hat bereits zweimal versucht, Sie zu töten, und einmal wäre es ihm fast gelungen. Wahrscheinlich hat er Leute angeheuert, die ihm behilflich sein werden, damit er diesmal endlich Erfolg hat. Wenn Sie alleine in den Park gehen, werden Sie ein toter Mann sein."

„Mir bleibt keine andere Wahl. Ich werde Danielles Leben nicht aufs Spiel setzen. Ihr Angebot weiß ich sehr zu schätzen, Robert, aber ich werde dieses Risiko nicht eingehen."

Rafe rief einem Hausdiener zu, dass er seinen Zweispänner vorfahren lassen solle.

„Ich gehe nicht unbewaffnet", versuchte er Robert zu beruhigen. „Und ich bin ein verdammt guter Schütze." Doch letztlich wusste er selbst, dass dies keine Garantie für seine Sicherheit war. Rafe wandte sich an Caro. „Sollte mir etwas geschehen, wird Danielle Sie brauchen, wenn sie nach Hause kommt."

„Ich werde hier sein."

„Sagen Sie ihr, dass ich sie liebe und dass ich wünschte, ich hätte ihr selbst sagen können, wie sehr ich sie liebe. Würden Sie das für mich tun?"

Tränen schimmerten in Caros blauen Augen. „Ich werde es ihr sagen."

Dann wandte er sich an McKay. „Sie sind ein guter Mann, Robert. Sollte mir etwas geschehen, verlasse ich mich darauf, dass Sie sich gut um die beiden Frauen kümmern."

„Verdammt noch mal, lassen Sie mich mitkommen! Wenn ich mich im Dunkeln halte, wird mich niemand sehen. Ich kann Ihnen Deckung geben, ohne dass mich jemand bemerkt."

Doch Rafe ging ohne ein Wort davon. In seinem Arbeitszimmer holte er aus der untersten Schublade seines Schreibtischs eine Pistole hervor, steckte sie ein und ging dann zur Hintertür, die zu den Stallungen hinausführte.

Was mit ihm selbst geschah, war nicht von Bedeutung.

Aber er würde dafür sorgen, dass die Frau, die er liebte, sicher nach Hause kommen würde.

Wie versteinert saß Danielle in einer fremden Kutsche, neben sich einen bärtigen, übel riechenden Mann, der eine Pistole in seiner schmutzigen, behaarten Hand hielt. Ihr eigener Wagen war, zusammen mit ihrem Kutscher Michael Mullens, den sie gefesselt und geknebelt hatten, in einer dunklen Seitenstraße nicht weit von Sheffield House zurückgelassen worden.

Wie dumm von ihr, überhaupt das Haus verlassen zu haben! Doch nach der Aussprache mit Rafe und seiner Mutter wollte sie nur noch weg – möglichst weit weg von Rafael –, denn sie befürchtete, dass es ihm sonst gelingen würde, sie von ihren Plänen abzubringen, und wenn sie von ihrem Vorhaben abwich, würde sie seine Liebe verraten.

Sie blickte auf ihre Hände, die gefesselt in ihrem Schoß lagen. Nie hätte sie sich träumen lassen, dass sie tatsächlich in Gefahr sein könnte. Rafe war es, der Feinde hatte, nicht aber sie. Auf den Gedanken, dass der Mann, der ihm nach dem Leben trachtete, sie als Pfand gegen Rafe benutzen könnte, wäre sie nie gekommen.

Sie hatte gehört, wie die Männer sich unterhielten, und wusste, dass sie Rafe eine Nachricht geschickt und sein Kommen gefordert hatten. Während die Kutsche rumpelnd durch die Nacht fuhr, erschauerte Danielle. Sie liebte Rafe so sehr und hatte ihm nur ermöglichen wollen, was er sich so wünschte – einen Sohn, der seinen Namen trug.

Doch stattdessen hatte sie ihn in höchste Gefahr gebracht.

Was sollte sie nur tun, wenn er ihretwegen getötet wurde?

Zitternd atmete sie tief durch und bemühte sich, ihre Stimme ruhig klingen zu lassen. „Wohin fahren wir?“ Sie sah aus dem Fenster der Kutsche, doch draußen war es zu dunkel, als dass sie irgendetwas hätte sehen können.

„Green Park“, antwortete ihr Begleiter. Ihm gegenüber saß ein weiterer Mann mit einer großen Knollennase in seinem finsteren Gesicht.

„Und dort werden wir uns mit dem Duke treffen?“

„Das wird kein Sonntagsausflug, Schätzchen.“ Der Mann mit der großen Nase lachte, und Danielle sah, dass ihm zwei Schneidezähne fehlten.

Green Park. Dort hatte sich Rafe mit Oliver Randall duelliert. Er hatte ihr einmal davon erzählt, und sie wusste, dass die Narbe an seinem Arm daher stammte.

Rafe hatte also recht gehabt mit seiner Vermutung, dass Randall der Mann war, der es auf sein Leben abgesehen hatte.

Danielle sah sich in der Kutsche um. Sie ließ ihren Blick über die dunkelroten Samtvorhänge und die auf Hochglanz polierten Messingbeschläge schweifen. Der Wagen war viel zu vornehm für die beiden üblen Gesellen, die es sich in den weichen Polstern bequem gemacht hatten. Danielle nahm daher an, dass die Kutsche Oliver gehörte, und fragte sich, ob er nicht nur Rafe, sondern auch sie selbst umbringen wollte.

Während sie durch die dunklen Straßen fuhren, schwieg sie, doch ihre Gedanken wirbelten wild durcheinander, als sie überlegte, wie sie Rafe helfen konnte. Einen nach dem anderen verwarf sie ihre Pläne jedoch wieder und kam zu dem

Schluss, dass sie einfach darauf würde warten müssen, was als Nächstes geschah. Aber sie hatte nicht vor, untätig dabei zuzusehen, wie diese Männer ihren Ehemann umbrachten.

Kein Preis würde ihr zu hoch sein, um Rafe zu retten.

Nur wenige Minuten später verlangsamte der Wagen seine Fahrt, bevor der Kutscher die Bremse zog und ihn ganz zum Stehen brachte.

Danielle zog ihren Umhang fester um sich, als die Tür geöffnet wurde und einer ihrer beiden Begleiter sie mit dem Lauf seiner Pistole hinausdrängte.

„Steigen Sie aus. Aber wenn Sie versuchen abzuhauen, drücke ich ab."

Der Bärtige folgte ihr dicht auf den Fersen, als sie die eisernen Trittstufen hinunterstieg. Sie konnte den Lauf der Pistole zwischen ihren Rippen spüren, als sie den Weg einschlugen, der zur Anhöhe hinaufführte. Unablässig überlegte Danielle, wie sie entkommen und Rafe warnen könnte. Doch sie wusste nicht einmal, wo er gerade war oder aus welcher Richtung er in den Park kommen würde.

Sie zweifelte keinen Augenblick daran, dass er kam. Rafe war ein Ehrenmann, der das Leben seiner Frau trotz allem, was zwischen ihnen vorgefallen war, verteidigen würde. Sie musste einfach warten, bis er hier war, und würde ihm dann auf jede nur erdenkliche Weise helfen.

„Dort hinauf." Mit seiner Pistole drängte der Bärtige sie weiter, den Hügel ganz hinauf, wo eine mächtige, alte Eiche stand und ein eisiger Wind über den Rasen peitschte. Als sie den Baum erreicht hatten, blieb sie kurz stehen und sah sich in der Dunkelheit suchend nach dem Mann um, den sie einmal für ihren Freund gehalten hatte – Oliver Randall.

Doch stattdessen trat aus dem Schatten ein Mann hervor, den Danielle nicht kannte. Er war Ende dreißig, attraktiv und gut gekleidet. Dann bemerkte sie eine weitere Gestalt, und Danielle erstarrte, als sie sich völlig unerwartet einer Frau gegenübersah.

„Nun ist es also so weit." Die Frau war ganz in Schwarz gekleidet, und von ihrem Hut hing ein dunkler Schleier, der ihr Gesicht jedoch nicht ganz verdeckte. Sie war ein wenig kleiner als Danielle, etwas kräftiger und hielt sich mit derselben würdevollen Autorität wie ein Mann.

Danielle hatte sofort die Marchioness of Caverly erkannt, Oliver Randalls Mutter.

„Sie sind es gewesen – und nicht Ihr Sohn."

„Dank Ihres Mannes ist mein Sohn nicht mehr der Mann, der er einmal war. Ich sehe mich daher gezwungen, an seiner Stelle zu tun, wozu er selbst nicht mehr in der Lage ist."

„Sie beabsichtigen, Rafael zu ermorden?"

Die Marchioness verzog angewidert das Gesicht. „Bevor der Morgen anbricht, werden Sie beide tot sein."

Danielle lief es eiskalt über den Rücken. Mit jeder Faser ihres Körpers konnte sie den Hass der anderen Frau spüren und zweifelte nicht im Geringsten daran, dass die Marchioness sich erst dann zufriedengeben würde, wenn sie und Rafe beide nicht mehr lebten.

Danielle sah sich nach etwas um, das ihr als Waffe dienen könnte. Sie hoffte inständig, dass Rafe nicht kam.

Doch tief in ihrem Innern wusste sie, dass er sie nicht im Stich lassen würde.

Ihr Herz schmerzte, wenn sie daran dachte, dass sie ihm doch nur hatte ersparen wollen, weiterhin mit einer Frau verheiratet zu sein, die ihm keine Kinder schenken konnte – und somit auch nicht den Erben, den er so dringend brauchte. Doch statt die Zukunft seiner Familie zu retten, hatte sie sein Leben in höchste Gefahr gebracht.

Auf einmal hörte sie auf dem Weg den vertrauten Laut

von Rafes weit ausholenden Schritten.

Das Herz schlug ihr bis zum Hals. Hastig sah sie sich um, aber sie wusste nicht, wie sie entkommen sollte, und auf der Anhöhe gab es nichts, wo sie sich hätte verstecken können.

„Geh zurück, Rafael! Es ist eine Falle!"

Ein harter Schlag ins Gesicht ließ sie taumeln und gegen den Stamm der alten Eiche sinken.

„Sei ruhig, du Miststück, oder ich werde dich gleich zum Schweigen bringen!"

Danielle lag zitternd am Boden. Sie atmete tief durch und versuchte, wieder aufzustehen. Sie wusste, dass Rafe ihre Warnung gehört haben musste, doch seine Schritte kamen immer näher. Für einen kurzen Moment riss die schwere Wolkendecke auf, und im blassen Schein des Mondes erstrahlte seine hochgewachsene Gestalt. Die Liebe, die sie für Rafe empfand, ließ Danielles Herz erbeben.

Er war nur noch fünf Schritte von ihr entfernt, doch es kam ihr vor, als wären es fünf Meilen. Sie wollte die Hand nach ihm ausstrecken und ihn berühren … wollte sein Herz schlagen fühlen und spüren, wie seine Brust sich mit seinem Atem hob und senkte.

„Wie Sie gewünscht haben, bin ich gekommen." Sein Blick löste sich von dem gut gekleideten Mann und suchte Danielle in der Dunkelheit. „Geht es dir gut, meine Liebe?"

Tränen stiegen ihr in die Augen. „Alles ist meine Schuld … es tut mir so leid."

Rafe sprach mit fester Stimme. „Dies ist nicht deine Schuld. Nichts von dem, was geschehen ist, war jemals deine Schuld." Dann wandte er seine Aufmerksamkeit wieder dem gut gekleideten Mann zu. „Ich wüsste nicht, dass wir uns schon einmal begegnet sind."

„Das ist Phillip Goddard." Die Marchioness trat aus dem

Schatten des Baumes hervor, und Rafe sah sich überrascht nach ihr um.

„Oh, Lady Caverly ... Ich muss gestehen, dass mir der Gedanke bereits kam, dass Sie in die Angelegenheit verwickelt sein könnten. Doch hielt ich es für wahrscheinlicher, dass Ihr Sohn Rache üben würde – und nicht Sie."

„Schade, dass eine Frau so oft unterschätzt wird."

„Das stimmt allerdings", erwiderte Rafe.

Als er zu Danielle hinübersah, trafen sich ihre Blicke, und ihr schien, als würde sie in seinen Augen etwas sehen, das sie dort nie zuvor bemerkt hatte. In seinem Blick lag so viel Liebe, dass ihr die Tränen kamen.

„Mr. Goddard arbeitet für mich", bemerkte die Marchioness. „Seine Dienste sind von unschätzbarem Wert, wie Sie vielleicht schon bemerkt haben."

Rafe richtete seine tiefblauen Augen erneut auf Phillip Goddard. „Sie haben das Feuer gelegt."

„Legen lassen."

„Und der Kutschenunfall?"

Goddard zuckte mit den Schultern. „Ich hielt es für ein sicheres Unterfangen und war selbst ein wenig überrascht, dass es nicht nach Plan gelaufen ist."

„Und was soll nun geschehen?", fragte Rafe.

Die Marchioness kam langsam auf ihn zu. „Jetzt, wo Sie wissen, weswegen Sie hier sind, sollen Sie sterben. Ihre Leichen werden beiseitegeschafft, und Sie beide werden fortan spurlos verschwunden sein."

„Glauben Sie wirklich, dass Sie den Duke und die Duchess of Sheffield ermorden können, ohne dass der Verdacht dabei auf Sie fällt?"

„Aber Sie scheinen mich nicht zu verstehen – ich bin nur eine alte Frau. Wer sollte mich schon verdächtigen? Der Fall wird allen Rätsel aufgeben."

Danielle beschlich auf einmal der Gedanke, dass die Marchioness recht haben könnte.

„Setzen Sie der Angelegenheit ein Ende", wies Lady Caverly Phillip Goddard an.

Goddard nickte dem Bärtigen zu, der seine Pistole auf Rafe richtete. Ihm gegenüber stand der Knollennasige mit der Zahnlücke, der ebenfalls seine Waffe zückte und auf Danielle zielte. Und dann geschah alles gleichzeitig.

Danielle warf sich auf den Mann, der Rafe erschießen wollte, und stürzte mit ihm zu Boden. Ein Schuss löste sich, und die Kugel irrte wild durch die Luft. Im selben Moment feuerte Rafe mit der Pistole, die er in seiner Jackentasche verborgen hatte, und der Mann zu seiner Rechten sackte zusammen. Als er schon am Boden lag, gab er jedoch noch einen Schuss ab, und Danielle schrie laut auf, als sie plötzlich einen stechenden Schmerz spürte.

„Danielle!"

Auf einmal waren überall Männer, die aus dem Nichts zu kommen schienen. Während sie sich vor Schmerzen auf dem Boden krümmte, sah Danielle den Earl of Brant über die Anhöhe rennen, dicht gefolgt von Ethan Sharpe, dem Marquess of Belford. Aus der gegenüberliegenden Richtung eilte Robert McKay herbei und richtete seine Pistole auf Phillip Goddard.

Und dann war Rafe da. Er kniete sich neben sie, nahm ihre Hand und flüsterte ihren Namen.

„Danielle. Um Himmels willen, Danielle!"

Der Rauch des Schießpulvers ließ ihre Augen tränen, und der Schmerz in ihrer Seite nahm zu, bis sie glaubte, kaum noch atmen zu können. Die Lider wurden ihr schwer, und Dunkelheit schien sie wie ein schwarzer Schleier zu umfangen. Sie zwang sich, die Augen offenzuhalten. „Es tut mir so leid."

„Ich bin es, dem es leidtut. Ich liebe dich, Danielle. Ich liebe dich so sehr."

Danielle sah hinauf in Rafes geliebtes Gesicht und sah Tränen über seine Wangen laufen. „Ich liebe dich auch … Rafael. Ich habe nie … aufgehört, dich zu lieben."

Dann durchfuhr sie ein heftiger Schmerz, sie schloss die Augen und wurde von der Dunkelheit verschluckt.

Ihr letzter Gedanke galt Rafael. Sie dachte, dass sie ihm nun endlich seine Freiheit schenken würde und ihm die Möglichkeit gab, den Sohn zu bekommen, den sie ihm von ganzem Herzen wünschte.

32. KAPITEL

Neil McCauley stand neben Rafe in Danielles Schlafzimmer in Sheffield House, wo sie reglos und bleich im Bett lag, ihr tiefrotes Haar auf dem Kissen ausgebreitet.

Seit dem nächtlichen Schusswechsel war sie nicht mehr zu Bewusstsein gekommen, und wenngleich Rafe darum betete, dass ihr Zustand sich bessern möge, blieb alles unverändert. Wenn er sich an jene Nacht erinnerte, wurde ihm beklommen zumute. Cord und Ethan hatten ihm erzählt, dass sie sich um ihn und Danielle Sorgen gemacht hatten und bei ihm zu Hause vorbeigekommen waren – nur wenige Minuten, nachdem er in den Green Park gefahren war.

Robert war soeben dabei gewesen aufzubrechen, da er Rafe nicht allein gehen lassen wollte, und die drei Männer waren ihm dann zusammen gefolgt, was sich als eine sehr gute Entscheidung erweisen sollte.

Nachdem die Pistolenschüsse verhallt waren und der Pulverdampf sich gelichtet hatte, stellte sich heraus, dass einer von Phillip Goddards Gehilfen tot war, ebenso wie die Marchioness of Caverly, die von einer Kugel getroffen worden war, von der niemand mehr genau wusste, aus wessen Waffe sie sich während des Handgemenges gelöst hatte. Cord und Ethan hatten dann Goddard überwältigt und Robert den zweiten seiner Gehilfen.

Mit ein wenig Überredungskunst war es ihnen gelungen, den Aufenthaltsort der Kutsche aus ihnen herauszubekommen, um Mr. Mullens befreien zu können.

Sowohl Oliver Randall als auch der Marquess of Caverly waren in Trauer. Der Marquess war persönlich nach Sheffield House gekommen, um mit Rafe zu sprechen.

„Es ist vorbei“, versicherte er. „Rache hat mich einen Sohn

und meine Frau gekostet. Oliver hat mir die Wahrheit darüber gestanden, was vor fünf Jahren geschehen ist, und Sie werden von niemandem in meiner Familie mehr etwas zu befürchten haben.“

„Ich bedaure Ihren Verlust“, hatte Rafe erwidert.

„Ich wünsche Ihrer Frau eine baldige Genesung“, hatte der Marquess knapp entgegnet.

Doch davon war bislang noch nichts zu merken. Danielle war immer noch dem Tode nah, und niemand schien ihr helfen zu können.

Rafe blickte auf die Frau hinab, die er liebte, und vernahm kaum die Worte des Arztes.

„Ich würde gerne draußen mit Ihnen reden“, erklärte Neil McCauley.

Rafe nickte teilnahmslos. Während der letzten fünf Tage hatte er an Danielles Bett gesessen, ihre Hand gehalten und sie immer wieder beschworen aufzuwachen, weil er sie liebe und ohne sie nicht leben könne. Endlich hatte er sich getraut, die Dinge auszusprechen, die er zuvor nicht zu sagen gewagt hatte.

Doch Danielle hatte keinerlei Anzeichen der Besserung erkennen lassen und mit keiner Regung zu verstehen gegeben, dass sie ihn überhaupt gehört hatte.

Sie lag im Sterben, und Rafe war zumute, als würde ihm das Herz aus der Brust gerissen.

Er folgte Neil McCauley nach draußen auf den Flur und schloss die Tür leise hinter sich.

„Es tut mir leid, Rafael. Ich wünschte, ich könnte Ihnen mitteilen, dass der Zustand Ihrer Frau sich bessert, aber es ist nicht so.“

Rafe stockte der Atem. „Sie meinten, dass Danielle jung und kräftig sei und deshalb gute Aussichten habe, sich wieder zu erholen. Nachdem es Ihnen gelungen war, das Geschoss aus ihrem Körper zu entfernen, haben Sie mir versichert, dass sie mit der Zeit genesen würde!"

„Das habe ich", beschwichtigte ihn der Arzt, „denn ich habe weitaus schlimmere Fälle gesehen, die wieder zu Gesundheit gelangt sind. Aber in diesem Fall mangelt es an etwas ..."

„Woran soll es denn mangeln?"

„An Lebenswillen. Ihre Frau entzieht sich immer mehr, als ob sie froh wäre, sterben zu können. Bei jemandem in ihrem Alter ist das sehr selten, und ich kann es mir nicht erklären."

Die Worte des Arztes brannten wie Feuer in Rafe. Neil McCauley mochte es nicht verstehen, aber Rafe verstand es sehr wohl. Er erinnerte sich noch gut an den Nachmittag, an dem Danielle ihn in den Salon bestellt hatte, um ihm mitzuteilen, dass sie sich von ihm scheiden lassen wolle. Sie wollte ihm seine Freiheit schenken, damit er wieder heiraten und den Erben bekommen konnte, den er so dringend brauchte.

Aber Rafe hatte sie wissen lassen, dass es keine Scheidung geben würde. Und nun schien Danielle im Tod die Lösung gefunden zu haben.

Mit zitternder Hand fuhr er sich durchs Haar. Er hatte seit Tagen weder gegessen noch geschlafen, denn er hatte nicht den geringsten Appetit und konnte nicht zur Ruhe finden.

„Ich weiß nicht mehr, wie ich ihr helfen soll. Ich habe mit ihr gesprochen ... ihr gesagt, wie sehr ich sie liebe und wie sehr ich sie brauche. Doch meine Worte scheinen nicht zu ihr durchzudringen ..." Die Stimme versagte ihm beinah. „Ich weiß nicht, was ich tun soll."

„Vielleicht können Sie nichts tun", meinte McCauley.

Ein leises Rascheln ihrer Röcke kündigte das Kommen von Rafes Mutter an, die fast ebenso erschöpft schien wie er selbst. „Das nehme ich nicht hin – nicht für einen Moment."

Rafe fuhr sich über die Augen und wischte eine Träne beiseite. „Wie bitte?“

„Du hast dein Möglichstes getan, Rafael. Jetzt bin ich an der Reihe. Ich möchte mit Danielle sprechen.“

Er betrachtete sie argwöhnisch. „Warum?“

„Weil ich eine Frau bin und ihr einiges zu sagen habe. Ich hatte viel Zeit, um über alles nachzudenken, und wenn überhaupt jemand sie noch erreichen kann, dann wahrscheinlich ich.“ Sie ging entschlossen an ihrem Sohn vorbei und betrat Danielles Schlafzimmer.

Rafe beobachtete durch die geöffnete Tür, wie sie auf einem Stuhl neben dem Bett Platz nahm und nach der blassen, schlaffen Hand ihrer Schwiegertochter griff.

„Ich möchte, dass Sie mir zuhören, Danielle. Hier spricht Rafes Mutter – und ich bin jetzt auch Ihre Mutter.“

Danielle rührte sich nicht.

Die Dowager Duchess atmete tief durch. „Ich bin hier, um Sie um einen Gefallen zu bitten, Danielle ... einen Gefallen für mich und meinen Sohn. Ich möchte Sie bitten, zu uns zurückzukehren und wieder Licht in unser Leben zu bringen.“

Rafe schluckte schwer und wandte den Blick ab.

„Sie wissen, dass Rafael Sie liebt“, fuhr seine Mutter fort. „Er hat es, seitdem Sie so schwer verletzt hier liegen, Hunderte von Malen gesagt.“

Sie holte ein Taschentuch hervor und betupfte sich die Augen. „Vielleicht ist Ihnen nicht bewusst, dass er ohne Sie ebenso sterben wird wie Sie. Vielleicht wissen Sie nicht, dass er sich nie davon erholen würde, Sie zu verlieren. Aber ich weiß es, denn ich habe erlebt, was geschehen ist, als er Sie schon einmal verloren hatte. Es hätte ihn fast umgebracht. Doch als Sie zu ihm zurückkehrten, fing er wieder zu leben an. Sie haben ihn zu dem Mann gemacht, Danielle, der er ohne Sie nicht hätte sein können.“

Die Dowager Duchess schniefte leise und hielt sich ihr Taschentuch an die Nase. „Ich weiß, dass Sie glauben, Rafael würde erneut heiraten, wenn Sie von uns gehen, und dass er dann Söhne haben könnte, die seinen Namen weitertragen. Aber ich bin hier, um Ihnen zu sagen, dass dies nicht das Wichtigste ist. In den Monaten, in denen Sie nun mit meinem Sohn verheiratet sind, habe ich einiges gelernt. So habe ich gelernt, dass es Dinge gibt, die wichtiger sind als Geld und ein Titel. Dass es wichtiger ist, glücklich zu sein und jemanden von ganzem Herzen zu lieben und von ihm geliebt zu werden."

Sie wischte sich die Tränen ab. „Wir Sheffields haben uns noch nie unterkriegen lassen. Wenn nun etwas geschehen sollte und der Titel an Artie oder sonst jemanden überginge, würden meine Schwester und ich und Rafaels Cousinen vielleicht nicht all das haben, was wir jetzt haben, aber wir würden auch nicht verhungern müssen."

Sie hob Danielles kalte, leblose Hand an ihre Lippen und küsste sie. „Als Sie Rafael geheiratet haben, gaben Sie mir meinen Sohn zurück. Sie haben ihm die Möglichkeit gegeben, der Mann zu werden, der er schon immer hätte sein sollen. Er braucht Sie. Meine Liebe, kommen Sie zurück zu uns. Kehren Sie zu meinem Sohn zurück. Er liebt Sie doch so sehr!"

Rafe schluckte schwer, als seine Mutter sich erhob, und als sie das Zimmer verließ und an ihm vorbeiging, hielt er sie fest und küsste sie auf die Wange.

„Ich danke Ihnen, Mutter."

Sie nickte. „Ich habe eine Weile gebraucht, bis ich verstanden habe, was wirklich wichtig ist." Sie wischte eine letzte Träne beiseite. „Ich kann nur hoffen, dass Danielle mich gehört hat und dass sie zu uns zurückkehrt."

Rafe nickte schweigend. Dann ging er wieder in das Zimmer, nahm erneut seinen Platz an Danielles Bett ein und griff nach ihrer Hand.

„Komm zurück zu mir, Liebste", sagte er mit sanfter Stimme. „Ich will nicht ohne dich leben."

Doch erst am nächsten Tag, als Rafe bereits völlig erschöpft war und die Hoffnung beinahe aufgegeben hatte, öffnete Danielle die Augen und sah zu ihm auf.

„Rafael ...?"

„Danielle ... ich liebe dich so sehr. Bitte verlass mich nicht."

„Bist du ... sicher?"

„Ja, ich bin mir ganz sicher."

Ihre blassen Wangen färbten sich leicht rosig. „Dann werde ich bei dir bleiben ... für immer." Und als sie ihn anlächelte, wusste er, dass er ihr glauben konnte, und sein Herz schwang sich in ungeahnte Höhen hinauf.

EPILOG

Sechs Monate später

Danielle stand am Fenster ihres Schlafzimmers und sah auf den Garten hinab. Es war ein warmer Tag im August, und die Sonne versank langsam am Horizont. Im Garten waren Kinder. Danielle lächelte, während sie die kleine Maida Ann und Terry dabei beobachtete, wie sie zwischen den Kieswegen Verstecken spielten und laut lachten, wenn sie hinter den prächtig blühenden Blumenbeeten und Büschen hervorsprangen. Mrs. Higgins, ihr Kindermädchen, saß auf einer schmiedeeisernen Bank am Brunnen und schaute den beiden zu.

Maida hielt eines von Roberts geschnitzten Holzpferden fest an sich gedrückt, das sie wie einen Schatz hegte, trotz all der Wunder, die sie erlebt hatte, seit sie die Adoptivtochter eines Dukes geworden war.

Danielle wurde ganz warm ums Herz, als sie den beiden Kindern zuschaute, die aus diesem Haus erst ein wirkliches Zuhause gemacht hatten. In den Tagen ihrer Genesung war Rafael mit dem kleinen Mädchen und dem Jungen an ihr Bett gekommen, denn er hatte sich daran erinnert, wie angetan sie von den beiden war, und Caro hatte ihm gesagt, dass es Danielles sehnlichster Wunsch sei, die beiden zu adoptieren.

„Maida und Terry werden unsere ersten, nicht aber unsere letzten Kinder sein. Wir werden so viele haben, wie du nur möchtest, meine Liebe – auch wenn dann das ganze Haus voller Kinder ist."

Seine Worte hatten sie zu Tränen gerührt und sie in ihrem Vorsatz bestärkt, sich so bald wie möglich zu erholen.

Nun ging es ihr wieder gut, nur eine Narbe war zurückgeblieben und erinnerte sie noch an jene schreckliche Zeit.

Nach all dem, was geschehen war, dachte sie nur noch selten an die Wochen vor besagter Nacht im Green Park, während derer sie geglaubt hatte, dass es ihrem Mann ohne sie besser ergehen würde.

Wenngleich Danielle sich nicht wirklich vergegenwärtigen konnte, was Rafes Mutter zu ihr gesprochen hatte, während sie dem Tode nahe gewesen war, so mussten ihre Worte doch Danielles Bewusstsein erreicht und sie zurückgeholt haben in die Welt und zu dem Mann, den sie hatte verlassen wollen.

Sie wurde gebraucht, hatte die Dowager Duchess ihr versichert.

Und sie wurde geliebt.

Während des letzten halben Jahres war Danielle daher auch sehr glücklich gewesen, unbeschreiblich und unfassbar glücklich, denn sie liebte ihren Ehemann über alles, und er schien sie ebenso zu lieben wie sie ihn.

Sie unternahmen lange Spaziergänge zusammen, machten sonntags Ausflüge aufs Land und fuhren mit den Kindern nach Wycombe Park, um Tante Flora zu besuchen. Sie verbrachten auch viel Zeit mit Caro und Robert, der sich mittlerweile aus seinem Vertrag mit Edmund Steigler freigekauft und Rafe das Geld für das Hochzeitscollier zurückgezahlt hatte.

Im Augenblick weilten der Earl und die Countess auf Roberts Familiensitz Leighton Hall und genossen ihren Aufenthalt auf dem Land, aber bald würden sie wieder nach London zurückkehren.

Danielles Leben war von grenzenloser Freude erfüllt, doch als sie nach ihrer neuen Kammerzofe läutete, einer schüchternen jungen Frau namens Mary Summers, die seit Caros Hochzeit in Danielles Diensten stand, spürte sie dennoch eine Mischung aus Vorfreude und banger Erwartung.

Denn es war etwas geschehen – etwas Wundervolles, von

dem sie erst heute erfahren hatte. Ein Wunder, das eigentlich nicht sein konnte, und doch ... Tief in ihrem Innern wusste sie, dass dieses Wunder wahr werden würde.

Als sie es anklopfen hörte, eilte sie zur Tür, denn es war nicht das schüchterne Klopfen, das sie von Mary Summers kannte. Anstelle ihrer Kammerzofe trat Rafe in die prächtig renovierten Gemächer der Duchess, die an die Räume des Dukes angrenzten, in denen Danielle jede Nacht an Rafes Seite verbrachte.

„Ich habe Mary auf der Treppe getroffen. Sie wollte gerade nach oben kommen, um dir beim Ankleiden behilflich zu sein, aber ich dachte mir, dass ich das an ihrer Stelle machen könnte."

Danielle errötete, als sie das Verlangen in Rafes tiefblauen Augen bemerkte. Sie hatte sich für einen Abend im Theater angezogen und trug ein Kleid aus smaragdgrüner Seide. Danach wollten sie und Rafe sich noch mit ihren besten Freunden Ethan und Grace sowie Cord und Victoria zum Essen treffen.

„Zu meinem großen Bedauern muss ich feststellen, dass du schon fast fertig bist. Es wäre mir lieber gewesen, wenn ich dich noch unbekleidet gefunden hätte, aber das können wir vielleicht später nachholen. Was kann ich denn jetzt noch für dich tun?"

Danielle lachte, während sie ihm den Rücken zuwandte, und dachte, dass seine Pläne für den Abend ganz den ihren entsprachen. „Du könntest die Knöpfe meines Kleides schließen und mir mein Collier anlegen."

Sie wartete, bis er das Kleid zugeknöpft hatte, und reichte ihm dann die Perlenkette. Rafe legte den eleganten Schmuck um ihren Hals und befestigte den Verschluss. Er beugte sich zu ihr herab und küsste leicht ihren Nacken, dann drehte er sie zu sich herum.

Danielle lächelte ihn so strahlend an, dass er überrascht die Augenbrauen hochzog. „Du scheinst dich sehr über etwas zu freuen. Was ist es?“

Sie hob die Hand und berührte die sanft schimmernden Perlen und die funkelnden Diamanten des Colliers, spürte die vertraute Wärme, die von dem Schmuck auszugehen schien, und atmete tief durch. „Ich habe sehr aufregende Neuigkeiten …“ Sie blinzelte rasch, doch ihr Glück überwältigte sie so sehr, dass ihr die Tränen über die Wangen strömten.

„Du weinst.“

Sie nickte. „Ich war heute bei Dr. McCauley.“

Rafe sah besorgt drein. „Du bist doch nicht etwa krank? Es ist doch alles …“

„Nein, es besteht kein Grund zur Sorge.“ Sie strahlte nun übers ganze Gesicht. „Ein Wunder ist geschehen, Rafael! Ich kann es mir nicht erklären, und ich weiß, dass es gar nicht sein kann, aber es ist dennoch geschehen. Ich erwarte dein Kind, mein Liebster. Wir bekommen ein Baby!“

Eine Weile sah Rafe sie fassungslos an. Dann zog er sie überschwänglich in seine Arme und drückte sie fest an sich. „Bist du sicher? Täuscht McCauley sich nicht?“

„Er ist sich ganz sicher, und ich bin bereits im vierten Monat. Er sagte, dass er dafür auch keine Erklärung weiß, aber es besteht kein Zweifel. Und ich weiß, dass er recht hat, denn ich kann spüren, wie dein Kind in mir wächst.“

Rafe hielt sie in seinen Armen, und sie spürte, wie ein leichter Schauder ihn erbeben ließ.

„Ich hätte nie gedacht … es war nicht länger von Bedeutung, aber ich … jetzt bin ich der glücklichste Mann der Welt!“

Sie lachte durch ihre Tränen hindurch, schmiegte sich an ihn und fand keine Worte, die ihr Glück hätten beschreiben können. Dann löste sie sich ein wenig von Rafe und berührte erneut die Perlen an ihrem Hals.

„Es liegt an dem Collier“, meinte sie. „Dessen bin ich mir ganz sicher.“ Sie glaubte, dass Rafe ihr nun sagen würde, dass sie albern sei und es eine andere Erklärung geben müsse.

Doch stattdessen zog er sie erneut an sich und küsste sie zärtlich. „Vielleicht. Mit Sicherheit werden wir das nie wissen können.“

Aber Danielle wusste es. Ihr war das große Glück zuteilgeworden, das die Brautkette der Legende nach zu geben vermochte. Auch Caro und Robert hatten ihr Glück gefunden, genauso wie Victoria und Cord sowie Grace und Ethan.

Danielle musste wieder an Lady Ariana of Merrick denken und an die große Liebe zwischen ihr und Lord Fallon.

Und auch wenn es sich nie beweisen lassen würde und die meisten Menschen wohl nicht daran glauben mochten, so wusste Danielle doch tief in ihrem Herzen, dass die Legende von dem Hochzeitscollier sich bewahrheitet hatte.

– ENDE –

Bitte helfen Sie mir! Elizabeth Conners reagiert höchst misstrauisch, als eine Klientin ihr erzählt, dass sie von dem Geist eines kleinen Mädchens heimgesucht wird. Nacht für Nacht rät es ihr, so schnell wie möglich zu fliehen. Bevor noch ein Mord geschieht. Zögerlich beschließt Elisabeth, sich das Phänomen aus der Nähe anzuschauen. Und tatsächlich, seltsame Dinge geschehen auf Harcourt Farm: Der Fußboden knarrt, trotz sommerlicher Hitze wird es plötzlich eiskalt, und in der Luft liegt der tödliche Duft von Rosen. Sollten die Warnungen des kleinen Mädchens wirklich ernst zu nehmen sein? Was für ein fürchterliches Verbrechen geschah vor vielen Jahren hier, in diesen Wänden? Der Einzige, der Elizabeth darüber Auskunft geben kann, ist Zach Harcourt. Und während die beiden sich immer tiefer in die Geschichte des Hauses und ihre wachsenden Gefühle füreinander verstricken, ist ihnen der Mörder schon längst auf der Spur.

PROLOG

Sie schreckte hoch. Ihre Augen mussten sich erst an die Dunkelheit gewöhnen. Sie horchte dem merkwürdigen Geräusch nach, das sie aus ihrem tiefen, aber ruhelosen Schlaf geweckt hatte.

Da. Da war es wieder. Ein fernes, seltsames Knarren, wie das einer Diele. Sie hob den Oberkörper leicht an und lauschte angestrengt. Das Geräusch hatte sich verändert, war zu einem eigenartigen Stöhnen geworden. Es klang ein bisschen wie der Wind, aber es konnte nicht der Wind sein. Denn draußen war die Luft ruhig und warm, die Sommernacht stockdunkel und still. Sie lauschte auf das Zirpen der Grillen im nahe gelegenen Feld, doch die gaben merkwürdigerweise keinen Laut von sich.

Es begann erneut. Ein merkwürdiges Knarren, dann ein Stöhnen. Es ähnelte keinem Geräusch, das sie jemals in diesem Haus gehört hatte. Mit klopfendem Herzen setzte sie sich auf und lehnte sich an das Kopfteil des Bettes. Während sie unverwandt auf die Tür starrte, überlegte sie, ob sie ihren Mann wecken sollte. Doch Miguel musste früh raus. Seine Tage waren lang und anstrengend. Was auch immer sie gehört hatte, es entsprang sicher ihrer Einbildung.

Sie lauschte angestrengt in die Stille, lauschte und lauschte, doch das Geräusch kam nicht wieder. Sie musste sich fast zwingen zu atmen. Es war plötzlich fürchterlich stickig im Schlafzimmer geworden. Sie konnte kaum noch Luft holen, als ob ein schweres Gewicht auf ihrer Brust lag. Ihr Herz schlug nun noch schneller und härter, sodass sie jeden einzelnen Schlag hinter dem Brustbein spürte.

Madre de Dios, was ist los?

Sie atmete erneut tief ein, sog die stickige Luft in ihre Lungen und stieß sie langsam wieder aus. Sie ermahnte sich selbst, ruhig zu bleiben. *Es ist nichts … nur eine Sinnestäuschung. Nichts außer der warmen mondlosen Nacht und der Stille.* Sie atmete wieder ein. Wieder aus und wieder ein, tiefe, angestrengte Atemzüge, die sie beruhigen sollten. Ihre wachsende Furcht konnten sie jedoch nicht lindern.

Und dann roch sie es. Den schwachen Duft von Rosen. Der Duft zog immer mehr auf sie zu, schien sich um sie legen und sie zu erdrücken. Seine Intensität steigerte sich, bis er zu einem widerlichen und unerträglich süßen Gestank wurde. Auf den Feldern um das Haus blühten das halbe Jahr über Rosen, doch ihr Duft war sanft und leicht und angenehm. Ganz und gar nicht wie dieser stickige Geruch, der in der Luft hing: der Gestank von verfaulenden Blumen.

Ein bitterer Geschmack breitete sich in ihrem Mund aus. Maria wimmerte. Ihre Hand zitterte, als sie nach ihrem Mann tastete, der seelenruhig neben ihr schlief. Doch sie hielt inne. Sie wusste, dass er schlecht wieder einschlafen konnte, und sie wusste, wie nötig er seinen Schlaf hatte. Reglos hoffte sie, ihn allein durch die Kraft ihrer Gedanken wecken zu können.

Ihr Blick huschte ruhelos durch den Raum, immer auf der Suche nach dem Ursprung der Geräusche und des Gestanks und zugleich voller Angst, was sie finden mochte. Doch es war nichts zu sehen. Nichts, das die Panik erklären konnte, die in ihr aufstieg und mit jedem angsterfüllten Herzschlag größer wurde.

Der Hals war ihr wie zugeschnürt. Sie schluckte und streckte die Hand nach Miguel aus. Genau in diesem Moment wurde der Geruch schwächer. Der Druck auf ihrer Brust ließ nach. Allmählich wurde auch die Luft wieder leicht. Sie nahm einen tiefen, reinigenden Atemzug und dann noch einen und noch einen. Draußen vor dem Fenster hörte sie das Zirpen der Grillen. Erleichtert ließ sie sich gegen das Kopfteil des Bettes sinken.

Es war also doch nichts. Nur die heiße, trockene Nacht und ihre Einbildung. Miguel wäre ärgerlich gewesen. Er hätte ihr vorgeworfen, sich wie ein Kind aufzuführen.

Unwillkürlich legte sie die Hand auf ihren Bauch. Sie war kein Kind mehr. Sie war neunzehn Jahre alt und trug selbst ein Kind in sich.

Sie blickte hinüber zu ihrem Mann und wünschte, dass sie ebenso tief schlafen könnte wie er. Doch ihre Augen blieben offen, ihre Ohren alarmbereit. Sie redete sich zu, dass sie keine Angst mehr zu haben bräuchte.

Doch sie wusste, dass sie für den Rest der Nacht keinen Schlaf mehr finden würde.

1. KAPITEL

Elizabeth Conners saß hinter ihrem Schreibtisch. Ihr Büro in der psychologischen Gemeinschaftspraxis für Familienberatung war gemütlich eingerichtet mit dem Eichenschreibtisch und dem dazugehörigen Stuhl, den beiden Aktenschränken aus Eiche, zwei weiteren Stühlen und dem dunkelgrün bezogenen Sofa an der einen Wand.

Eichenholzgerahmte Stadtansichten aus dem neunzehnten Jahrhundert schmückten die Wände, und auf dem Schreibtisch stand eine grüne Glaslampe. Der Raum wirkte zwanglos und ein wenig altmodisch. Das Büro war aufgeräumt und ordentlich. Bei den zahlreichen Patienten, die sie betreute, musste sie einfach gut organisiert sein.

Elizabeth blickte auf den Stapel Akten auf ihrem Schreibtisch. Jede von ihnen war ein Fall, den sie derzeit betreute. Sie arbeitete seit zwei Jahren in der kleinen Gemeinschaftspraxis in San Pico, Kalifornien. Sie war hier geboren und aufgewachsen. San Pico lag nahe dem südwestlichen Ende des San Joaquin Valley und war stark landwirtschaftlich geprägt.

Elizabeth hatte ihren Abschluss an der San-Pico-Highschool gemacht. Sie erhielt ein Teilstipendium, das ihr half, ihren Lebensunterhalt während des Colleges zu bestreiten. Sie studierte Psychologie im Hauptfach an der University of California in Los Angeles und machte ihr Diplom in Sozialpädagogik. Wie schon zu Highschool-Zeiten verdiente sie sich als Kellnerin etwas dazu.

Vor zwei Jahren war sie in ihre Heimatstadt zurückgekehrt, einen ruhigen Ort, in dem ihr Vater und ihre Schwester lebten. Doch inzwischen war ihr Dad gestorben, und ihre Schwester hatte geheiratet und war fortgezogen. Elizabeth war nach Hause gekommen, um sich von einer schmutzigen

Scheidung zu erholen. Das ruhige Leben weit weg von der Großstadt hatte ihr geholfen, die Depressionen zu überwinden, unter denen sie seit dem Ende ihrer Ehe mit Brian Logan litt.

Anders als das hektische und betriebsame Santa Ana, wo sie vorher gearbeitet hatte, war San Pico ein Städtchen mit ungefähr dreißigtausend Einwohnern, etwa die Hälfte davon Latinos. Elizabeths Familie hatte 1907 zu den Gründern der Stadt gehört; damals waren sie noch Farmer und Milchbauern gewesen. Elizabeths Eltern besaßen einen kleinen Lebensmittelladen namens Conners' Grocery, doch nach dem Tod ihrer Mutter verkaufte ihr Vater das Geschäft. Er setzte sich zur Ruhe, als Elizabeth die Schule beendet hatte.

Sie griff nach der obersten Akte, um sich auf die für den Abend geplante Sitzung bei den Mendozas vorzubereiten. Die Akte erzählte eine Geschichte von Alkoholmissbrauch und Gewalt in der Familie, eingeschlossen einen Fall von Kindesmisshandlung. Doch seit die Mendozas regelmäßig an der Familienberatung teilnahmen, schien die Gewalttätigkeit abgenommen zu haben.

Elizabeth glaubte inbrünstig daran, dass die Sitzungen Familien dabei halfen, sich auf andere Art und Weise auseinanderzusetzen als durch körperliche Gewalt.

Über die Akte gebeugt, schob sie eine widerspenstige Strähne ihres kastanienbraunen Haars hinter das Ohr. Wie alle Conners war sie von schlankem Wuchs, etwas größer als der Durchschnitt. Doch anders als ihre Schwester hatte sie die leuchtend blauen Augen ihrer Mutter – was bedeutete, dass sie bei jedem Blick in den Spiegel an Grace Conners dachte und sie vermisste.

Ihre Mutter war einen elenden Krebstod gestorben, als Elizabeth gerade fünfzehn Jahre alt gewesen war. Beide hatten sich sehr nahegestanden. Die schweren Monate, in denen sie ihre Mutter erst gepflegt und dann verloren hatte, hatten ihr Großes abverlangt.

Elizabeth seufzte, als sie den letzten Eintrag in den Unterlagen las. Sie schloss die Augen und lehnte sich zurück. Sie hatte niemals vorgehabt, in ihre Heimatstadt zurückzukehren, in der es so flach und staubig und die meiste Zeit des Jahres zu heiß war.

Doch manchmal hatte das Schicksal andere Pläne, und so war sie also hier gelandet. Sie wohnte in einem gemieteten Apartment in der Cherry Street und arbeitete als Familienberaterin. Und auch wenn ihr das Leben in dem kleinen Städtchen nicht sonderlich gefiel, fühlte sie sich mit ihrer Arbeit doch sehr wohl.

Sie dachte an die bevorstehende Sitzung, als sacht an die Tür geklopft wurde. Sie schaute auf. Einer der Jungs, die sie beriet, kam herein. Raul Perez war siebzehn Jahre alt und freigestellt vom Jugendarrest, zu dem man ihn bereits zum zweiten Mal verurteilt hatte. Streitlustig, mürrisch und schwierig, war er doch auch klug und mitfühlend und loyal gegenüber seinen Freunden und den Menschen, die er liebte. Und besonders gegenüber seiner geliebten Schwester Maria.

Seine Besorgnis um andere war der Grund, warum Elizabeth zugestimmt hatte, ihn ohne Honorar zu beraten. Raul hatte Potenzial. Er konnte etwas aus sich machen, wenn man ihn richtig motivierte … und wenn sie ihn davon überzeugen konnte, dass sein Leben niemals besser werden würde, solange er Alkohol und Drogen zu sich nahm.

Die Folge waren Einbrüche gewesen, wie das so oft bei Jugendlichen wie Raul vorkam. Sie brauchten Geld, um Drogen zu kaufen, und sie taten alles, um es zu bekommen.

Doch Raul war seit über einem Jahr clean, und er hatte ihr versichert, dass das so bleiben sollte. In seinen tiefen dunklen Augen lag etwas, das Elizabeth glauben ließ, dass er die Wahrheit sagte.

„Raul. Komm rein." Ihr Lächeln war warm. „Schön, dich zu sehen."

„Gut sehen Sie aus", sagte er, höflich wie immer.

„Danke." Sie fand, dass sie heute tatsächlich gut aussah in ihrer beigen Baumwollhose und der türkisfarbenen kurzärmeligen Seidenbluse. Ihr Haar, das sie offen trug, umrahmte in weichen Wellen ihr Gesicht.

Raul setzte sich auf einen der beiden Stühle, während Elizabeth ihn nach seinem Teilzeitjob bei Sam Goodie fragte. Dort verrichtete er Hausmeister- und Botendienste, bis Ritchie Jenkins wieder auf dem Damm war, der am Ende der Main Street einen Motorradunfall gehabt hatte. In einer Woche war der Job vorbei, und wenn Raul bis dahin nicht etwas anderes fand, musste er auch tagsüber wieder in den Arrest.

„Wie gefällt dir denn bislang die Arbeit?"

Er zuckte die Achseln. „Ich mag die Musik, außer wenn sie Country und Western spielen." Raul war nur etwa eins fünfundsiebzig groß, doch er war stämmig und muskulös. Schon in seiner Kindheit war er immer kräftig gewesen für sein Alter. Er hatte glänzendes glattes Haar und dunkle Haut, die nur von einem Totenkopf-Tattoo auf seiner rechten Hand und seinen blau tätowierten Initialen unter seinem linken Ohr verunstaltet wurde. Die Initialen waren eine Amateurarbeit, vermutlich aus der Schulzeit. Sie nahm an, dass der Totenkopf während seines letzten Arrests entstanden war.

Elizabeth lächelte Raul ermutigend zu. „Ich habe aufregende Neuigkeiten für dich."

Er musterte sie argwöhnisch. „Was für welche denn?"

„Du bist bei Teen Vision angenommen worden."

„Teen Vision?"

„Ich erwähnte es vor einigen Wochen. Erinnerst du dich?"

Er nickte und blickte sie unverwandt an.

„Da die Farm eine ziemlich neue Einrichtung ist, haben sie nur Platz für fünfundzwanzig Jugendliche. Doch es haben sich ein paar Lücken ergeben, und deine Bewerbung gehörte zu denen, die akzeptiert wurden."

„Ich habe keine Bewerbung eingereicht", sagte er finster.

Sie lächelte. „Ich weiß, dass du das nicht getan hast. Ich habe es getan."

Er runzelte die Stirn. Kein gutes Zeichen. Die Jugendlichen, die am Resozialisierungsprojekt von Teen Vision teilnahmen, waren aus freien Stücken dort. Wenn er nicht bereit war, sich darauf einzulassen, würde ihm der Aufenthalt nichts bringen.

„Das Programm dauert ein Jahr. Man muss zwischen vierzehn und achtzehn Jahren alt sein, und man muss sich einverstanden erklären, die ganzen zwölf Monate zu bleiben. Andernfalls nehmen sie einen nicht auf."

„Ich komme in sechs Monaten auf Bewährung frei."

„Du musst dein Leben ändern, damit du nicht wieder im Gefängnis landest."

Raul schwieg.

„Du würdest nächste Woche anfangen. Während deines Aufenthalts werden Unterkunft und Verpflegung vollständig übernommen. Sie zahlen dir sogar ein kleines Gehalt für die Arbeit auf der Farm."

Raul grunzte. „Ich weiß, wie viel Farmarbeiter verdienen. Meine Familie hat so ihren Lebensunterhalt bestritten."

„Dies ist etwas anderes, als ein Wanderarbeiter zu sein, Raul. Du hast mir selbst gesagt, dass du die Farmarbeit liebst. Du könntest einen Beruf erlernen, während du dort bist, und du könntest deinen Schulabschluss machen. Wenn das Jahr vorüber ist, kannst du einen Vollzeitjob in der Landwirtschaft übernehmen oder was du auch immer tun willst. Etwas, das dir mit der Zeit dein eigenes Auskommen sichert."

Er runzelte die Stirn. „Ich muss darüber nachdenken."

„In Ordnung. Aber ich denke, dass du einen Blick auf die Einrichtung werfen solltest, bevor du eine Entscheidung triffst. Wärst du bereit, das zu tun, Raul?"

Er straffte die Schultern und blickte sie noch immer unverwandt an. „Ich würde es mir gern anschauen."

„Das ist großartig. Denk daran, ein Ort wie dieser erfordert ein besonderes Engagement. Dort geht man hin, um sein Leben zu ändern. Du musst das wirklich wollen. Du musst noch einmal von vorn anfangen wollen."

Raul sagte eine Weile gar nichts. Ebenso wenig wie Elizabeth, die ihm Zeit zum Nachdenken geben wollte.

„Wann würden wir es uns ansehen?"

Sie erhob sich von ihrem Stuhl. „Musst du heute Nachmittag arbeiten?"

Er schüttelte den Kopf. „Erst morgen wieder."

„Gut." Elizabeth umrundete den Schreibtisch und ging an ihm vorbei zur Tür, die sie lächelnd öffnete. „Warum dann nicht gleich?"

Die Teen-Vision-Farm befand sich auf einem 60.000 Quadratmeter großen flachen und trockenen Gelände direkt am Highway 51, ein paar Meilen zur Stadt hinaus. Das fruchtbare Stück Boden war von Harcourt Farms gespendet worden, dem größten Landwirtschaftsunternehmen im San Pico County.

Bis vor vier Jahren hatte Fletcher Harcourt die Farm geleitet. Nach einem beinahe tödlichen Unfall, der das Gehirn des Familienpatriarchen in Mitleidenschaft gezogen und ihn im Rollstuhl zurückgelassen hatte, hatte sein ältester Sohn Carson das Unternehmen übernommen. Er leitete nicht nur den Betrieb, sondern hatte auch die einst einflussreiche Position seines Vaters in der Gemeinde inne. Carson war beliebt und großzügig. Das hübsche weiß verputzte Haus mit den Schlafräumen und die anderen Gebäude von Teen Vision waren zweifellos zu einem großen Teil Carsons Spenden zu verdanken.

Elizabeth war Carson Harcourt seit ihrer Rückkehr nach San Pico mehrere Male begegnet. Er war groß, blond und attraktiv. Nach mehreren kurzen Beziehungen blieb er mit siebenunddreißig unverheiratet, auch wenn er sich mit seinem bedeutenden Vermögen und seiner sozialen Position sich sicher jede Frau in der Stadt hätte aussuchen können.

Als sie ihren neuen, perlweißen Acura durch das Tor von Teen Vision steuerte, war Elizabeth kaum überrascht, als sie Carsons silbernen Mercedes vom Parkplatz fahren sah. Er bremste, als er an ihr vorbeifuhr, wobei er jede Menge Staub aufwirbelte. Als ob er davon nichts bemerkt hätte, ließ Carson das Fenster herunter und schenkte ihr das berühmte Harcourt-Lächeln.

„Hallo, Elizabeth! Was für eine nette Überraschung. Sieht so aus, als ob ich genau zur falschen Zeit wegfahre."

„Nett, dich zu sehen, Carson." Sie deutete mit einer Kopfbewegung auf ihren Passagier. „Das ist Raul Perez. Ich hoffe, er nimmt bald am Programm teil."

„Tatsächlich?" Carson beugte den Kopf, um einen Blick auf Elizabeths Schützling zu werfen. „Die machen ihre Sache hier gut, mein Junge. Du solltest die Chance ergreifen."

Raul sagte nichts. Elizabeth hatte nichts anderes erwartet.

„Dieser Ort ..." Sie ließ den Blick schweifen und betrachtete die Gruppe von Jungs, die das Feld umgruben, und die beiden lachenden Teenager, die Korn in einen Trog schütteten, um die vier Hereford-Rinder zu füttern. „Das war sehr großzügig von dir, Carson."

Er zuckte mit den Schultern. „Harcourt Farms gibt der

Gemeinde gern etwas zurück."

„Jemand anderes hätte ein solches Projekt vielleicht nicht unterstützt."

Er lächelte und blickte hinüber zu den Feldern, bevor er sie wieder ansah. „Ich muss los. Ich habe einen Termin mit ein paar Gewerkschaftlern in der Stadt." Er beugte wieder den Kopf, um den Jungen neben ihr anzusehen. „Viel Glück, mein Junge."

Raul starrte nur vor sich hin, und innerlich seufzte Elizabeth.

„Ach, eins noch", sagte Carson. „Ich hatte sowieso vor, dich anzurufen. Ich wollte mit dir über die Teen-Vision-Benefizgala am Samstagabend sprechen. Ich hoffte, du würdest mich begleiten."

Sie war überrascht. Carson war immer freundlich zu ihr gewesen, aber auch nicht mehr. Vielleicht hatte er ihr Interesse an Teen Vision bemerkt? Auch wenn sie bislang noch niemals auf der Farm gewesen war, wusste sie um die wunderbare Arbeit, die dort geleistet wurde, und glaubte fest an das Projekt.

Sie taxierte ihn. Seit ihrer Scheidung hatte sie sich kaum verabredet; Brians Untreue hatte sie argwöhnisch werden lassen. Dennoch: Mit einem intelligenten, attraktiven Mann einen Abend zu verbringen könnte Spaß machen.

„Das tue ich gern, Carson. Danke für die Einladung. Soweit ich mich erinnere, wird um Abendgarderobe gebeten?"

Er nickte. „Ich rufe dich an. Dann kannst du mir sagen, wie ich zu dir nach Hause komme, damit ich dich abholen kann."

„Wunderbar, das klingt gut."

Er lächelte und winkte, ließ das Fenster hochfahren und fuhr fort. Elizabeth sah ihm einen Moment im Rückspiegel nach, trat dann aufs Gas und fuhr durch das Tor auf einen der

Parkplätze im staubigen Parkbereich.

„Wir sind da." Sie lächelte Raul an, der aus dem Fenster zu der Gruppe junger Männer schaute, die auf dem Feld arbeiteten. In der Ferne wirbelte ein Traktor eine Staubwolke auf, und auf einem Hügel standen Milchkühe, die auf das Abendmelken warteten.

Raul wirkte nervös und jünger als seine siebzehn Jahre, als er die Beifahrertür öffnete und in die Nachmittagshitze hinauskletterte. Sam Marston, der Direktor von Teen Vision, kam vom Haus aus auf sie zu.

Sam war durchschnittlich groß und normal gebaut. Ein Mann in den frühen Vierzigern, der rasch eine Glatze bekommen hatte. Die spärlichen Resthaare trug er rasiert. Er sprach leise, strahlte aber dennoch eine gewisse Autorität aus. Er winkte zur Begrüßung, während er auf sie zukam.

„Willkommen bei Teen Vision."

„Danke." Sie war Sam Marston bereits begegnet, seit sie in die Stadt zurückgezogen war, und kannte seine bemerkenswerte Arbeit mit straffälligen Jugendlichen. „Ich weiß, dass Ihre Zeit begrenzt ist. Für einen offiziellen Rundgang kann ich ja später noch einmal kommen."

Er verstand, was sie sagen wollte. Dass er nämlich die Zeit mit Raul verbringen sollte. „Sie sind jederzeit willkommen", erwiderte er lächelnd und wandte seine Aufmerksamkeit dem Jungen zu. „Du musst Raul Perez sein."

„Ja, Sir."

„Ich bin Sam Marston. Lass mich dich ein wenig herumführen, und ich erzähle dir dabei ein bisschen über Teen Vision." Ohne Rauls alarmierten Gesichtsausdruck zu beachten, legte Sam ihm eine Hand auf den Rücken und schob ihn leicht vorwärts.

Elizabeth beobachtete, wie die beiden sich entfernten, und lächelte. Sie betete darum, dass Raul dem Ort eine Chance geben und die Farm seine Rettung würde, so wie sie das schon für viele andere Jungen gewesen war.

Als sie in den Schatten eines Obstbaumes wechselte, von wo aus sie die Jungen auf dem Feld beobachten und auf Sam warten wollte, erblickte sie einen weiteren Wagen, einen dunkelbraunen Jeep Cherokee, der durch das Tor fuhr und direkt neben ihrem Wagen hielt.

Ein großer schlanker Mann in ausgeblichenen Jeans und einem dunkelblauen T-Shirt stieg aus. Sein Haar war sehr dunkel und seine Haut tief gebräunt. Er hatte breite Schultern, schmale Hüften und einen flachen Bauch. Als er auf sie zukam, erkannte sie den Teen-Vision-Slogan, der in weißen Buchstaben auf seinem T-Shirt prangte: *Nur du kannst deine Träume wahr werden lassen.* Die kurzen Ärmel gaben den Blick auf seinen kräftigen Bizeps frei.

Dennoch konnte sie sich nicht vorstellen, dass er als Berater auf der Farm arbeitete. Sein Haarschnitt wirkte zu teuer, sein ausgreifender Schritte zu entschieden, wenn nicht gar aggressiv. Sogar der Schnitt seiner Jeans kündete von Stil und Geld. Elizabeth musterte ihn von ihrem Platz unter dem Baum aus. Obwohl er eine Sonnenbrille trug und sie sein Gesicht nicht erkennen konnte, kam er ihr doch irgendwie bekannt vor.

Sie fragte sich, wo sie ihm schon begegnet sein könnte. Wenn es so war, würde sie sich mit Sicherheit an ihn erinnern. Er ging an ihr vorbei, als ob sie gar nicht da wäre, den Blick unverwandt nach vorn gerichtet. Sein Ziel war die halb fertige Scheune, wo mehrere ältere Jungen eifrig herumhämmerten. Der dunkelhaarige Mann ging zu ihnen und begann ein Gespräch. Wenige Minuten später streifte er einen Werkzeuggürtel über und machte sich an die Arbeit.

Elizabeth sah ihm eine Weile zu. Offensichtlich verstand er etwas von dem, was er da tat. Sie fragte sich noch immer, wer er war. Sie wollte sich nach ihm erkundigen, doch als Sam und Raul wieder zurückkamen, glühte das Gesicht des Jungen, und er lächelte so strahlend, dass sie ihr Vorhaben vergaß.

„Du wirst es also tun?", fragte sie und strahlte ihn an.

Er nickte. „Sam sagt, dass er mir dabei helfen wird, herauszufinden, welche Arbeit mir am meisten liegt. Er sagt, ich darf das tun, was mich am meisten interessiert."

„Oh Raul, das ist ja wunderbar!" Sie hätte ihn gern umarmt, doch sie musste professionell bleiben, und außerdem wäre es ihm vermutlich nur peinlich. „Ich kann dir gar nicht sagen, wie sehr mich das freut."

„Er kann am Samstag hier einziehen", sagte Sam. „Wir helfen ihm mit dem ganzen Papierkram, der notwendig ist." Formell gesehen stand Raul noch bis zum nächsten Jahr unter Vormundschaft des Jugendamtes, und die Papiere würden die entsprechenden Stellen durchlaufen müssen.

„Das klingt großartig." Elizabeth wandte sich an Raul. „Ich kann dich mit zurücknehmen, wenn du möchtest."

„*Sí,* das wäre gut." Raul verfiel selten in seine Muttersprache, eigentlich nur wenn er nervös oder verärgert war. Doch er lächelte. Nervosität konnte also manchmal auch etwas Gutes sein.

„Deine Schwester wird sich so freuen."

Sein Lächeln wurde breiter. „Maria wird glücklich sein. Und Miguel vermutlich auch."

„Ja, sie werden sich beide über deine Entscheidung freuen."

Sie verabschiedeten sich von Sam, der ihr jederzeit eine persönliche Führung über die Farm versprach, und gingen in Richtung des Wagens.

Sie war sehr zufrieden mit dem Verlauf des Nachmittags. Doch als ihr Blick auf Raul fiel, bemerkte sie, dass sein Lächeln verschwunden war.

„Was ist los, Raul?"

„Ich bin nervös. Ich möchte das hier richtig machen."

„Das wirst du. Du hast viele Menschen, die dir helfen werden."

Dennoch entspannte er sich nicht. Sie wusste, er machte sich Sorgen, dass er irgendwie versagen würde. Es waren die Misserfolge, hatte sie gelernt, an die sich die meisten dieser jungen Latinos erinnerten, und diese Misserfolge prägten ihr Leben. Doch Raul hatte auch viele Fähigkeiten. Er war seit einem Jahr drogenfrei geblieben, und nun wollte er sich für ein Jahr dem Teen-Vision-Programm verpflichten.

„Wirst du deine Schwester heute Abend sehen? Ich kann mir vorstellen, wie aufgeregt sie sein wird."

Statt zu lächeln, runzelte Raul die Stirn. „Ich werde vorbeigehen und ihr die Neuigkeiten erzählen." Er blickte Elizabeth von der Seite an. „Ich mache mir Sorgen um sie."

„Warum? Ich hoffe, es gibt keine Probleme mit ihrer Schwangerschaft?" Obwohl Maria erst neunzehn war, war es bereits ihre zweite Schwangerschaft. Letztes Jahr hatte sie eine Fehlgeburt erlitten. Elizabeth wusste, wie viel ihr und Miguel dieses Baby bedeutete.

„Es geht nicht um das Baby. Es ist etwas anderes. Maria will mir nicht sagen, was." Seine dunklen Augen ruhten auf ihrem Gesicht. „Vielleicht können Sie mit ihr sprechen. Vielleicht würde Sie Ihnen dann sagen, was los ist."

Das hörte sich nicht gut an. Obwohl Marias Mann der typische Latino-Macho war, der den Mann als unbestrittenes Familienoberhaupt betrachtete, schien das Paar doch glücklich zu sein. Hoffentlich hatten die beiden keine Eheprobleme.

„Ich spreche gern mit ihr, Raul. Sag ihr, sie soll mich im Büro anrufen, und wir vereinbaren einen Termin."

„Das werde ich ihr sagen. Aber warten Sie nicht darauf,

dass sie anruft.“ Mehr sagte Raul nicht.

Elizabeth setzte sich hinter das Steuer und zuckte zusammen, als die Hitze des roten Ledersitzes an ihre Haut drang. Sie warf einen letzten Blick auf die Scheune. Zwar standen erst zwei Seiten des Gebäudes, doch sie machten gute Fortschritte. Sie musterte die Gruppe, die noch immer fleißig hämmerte. Der dunkelhaarige Mann war fort.

Raul schnallte sich auf dem Beifahrersitz an, und Elizabeth fuhr los. Auf der Rückfahrt schien der Junge meilenweit fort zu sein, und sie fragte sich, ob ihn die Gedanken an seine neue Zukunft beschäftigten oder die Sorge um seine Schwester.

Elizabeth nahm sich vor, bei nächster Gelegenheit bei dem kleinen gelben Haus zu halten, in dem Miguel Santiago und seine hübsche Frau wohnten. Sie würde mit Maria reden, sich erkundigen, was los war, und herausfinden, ob sie etwas tun konnte.

2. KAPITEL

Es war spät und die Nacht schwarz wie Tinte. Nur die schmale Mondsichel erhellte die Dunkelheit mit ihrem dünnen Lichtstrahl. Der Geruch frisch gemähten Heus und umgegrabener Erde hing in der Luft. Im Haus schaltete Maria Santiago den Fernseher aus, der auf einem kleinen Holztisch an der Wand ihres spärlich möblierten Wohnzimmers stand.

Das Haus war nicht groß. Es hatte nur zwei Zimmer und ein Bad. Es war erst vier Jahre alt. Es war solide gebaut, gelb verputzt und mit einfachen Dachschindeln versehen. Vor ihrem Einzug waren alle Zimmer frisch gestrichen worden. Der beige Teppichboden sah noch fast wie neu aus.

Maria hatte das Haus vom ersten Moment an geliebt. Mit dem Garten und den Zinnienbeeten vor der Veranda schien es ihr der hübscheste Ort zu sein, an dem sie jemals gelebt hatte. Miguel mochte es ebenfalls und war stolz, dass er seiner Frau und ihrem Kind solch ein Heim bieten konnte.

Miguel wünschte sich sogar noch mehr als Maria ein Kind. Abgesehen von Maria und Raul hatte er kaum Familie, jedenfalls nicht in der Nähe. Die meisten seiner Verwandten lebten weiter nördlich im San Joaquin Valley bei Modesto.

Marias Mutter war gestorben, als sie vierzehn war, und ihren Vater hatte sie niemals kennengelernt. Als ihre Mutter noch lebte, hatte sie ihr erzählt, dass er sie verlassen hätte, als Raul geboren wurde, und dass ihn seitdem niemand mehr gesehen hätte.

Ohne ihre Eltern oder irgendjemand anders, der für sie sorgte, hatten sich Maria und Raul einem Paar namens Hernandez angeschlossen, Wanderarbeitern, die von Farm zu Farm übers Land zogen. Zu einem ihrer Jobs gehörte die

Mandelernte auf der Harcourt-Farm, und dort hatten Maria und Miguel sich kennengelernt. Maria war noch keine fünfzehn gewesen und ihr Bruder erst dreizehn. Miguel Santiago wurde ihre Rettung.

Sie heirateten einen Tag nach ihrem fünfzehnten Geburtstag, und als die Wanderarbeiter weiterzogen, blieben sie und Raul bei Miguel auf der Farm. Obwohl er kaum genug zum Leben verdiente, gab es genug zu essen, und Raul konnte zur Schule gehen. Das erste Jahr nahm er gewissenhaft am Unterricht teil, doch weil ihm die anderen Kinder weit voraus waren, rebellierte er bald und weigerte sich, weiter den Unterricht zu besuchen.

Er fing an, lange wegzubleiben und sich mit zwielichtigen Typen herumzutreiben. Schließlich brachte er sich in Schwierigkeiten und wurde in ein Pflegeheim gesteckt. Am Ende landete er in einer Jugendstrafanstalt. Doch jetzt würde er bald bei Teen Vision dabei sein.

Es schien, als ob ein Wunder geschehen wäre.

Ein weiteres war vor zwei Monaten geschehen, als Marias Mann zu einem der vier Vorarbeiter auf der Farm befördert worden war. Er hatte eine Gehaltserhöhung bekommen, und ihm wurde das Haus zur Verfügung gestellt.

Ein sehr hübsches Haus, dachte Maria erneut, als sie den Gürtel ihres Bademantels löste und ihn über einen Stuhl warf. In ihrem kurzen weißen Nylon-Nachthemd, das sich über ihrem immer größer werdenden Bauch spannte, ging sie zu Bett und wünschte, dass Miguel nach Hause käme. Doch er arbeitete oft spät in den Feldern, und sie hatte sich eigentlich daran gewöhnt.

Nur in letzter Zeit wurde sie ängstlich, wenn er nicht nach Hause kam und es immer später wurde.

Sie warf einen Blick auf das Bett mit seiner komfortablen Matratze in Übergröße. Es war größer als alles, worin sie vorher geschlafen hatte.

Sie sehnte sich danach, unter die Decke zu schlüpfen, ihren Kopf auf das Kissen zu legen und langsam in den Schlaf zu gleiten. Sie war so müde. Ihr Rücken schmerzte, und die Füße brannten. Bestimmt würde sie heute Nacht schlafen und nicht wieder aufwachen, bis Miguel nach Hause kam. Bestimmt würde das, was ihr letzte Woche und vorletzte Wochen widerfahren war, heute Nacht nicht passieren.

Es war nach Mitternacht und das Haus völlig still, als sie den hübschen gelben Überwurf zurückzog, sich hinlegte und die dünne Bettdecke bis unters Kinn zog.

Sie konnte die Grillen im Feld hören, und das rhythmische Zirpen beruhigte sie. Das Kissen unter ihrem Kopf fühlte sich weich an. Ihr offenes schwarzes Haar kitzelte ihre Wange, als sie ihre Lage veränderte, und die Augen fielen ihr zu.

Eine Zeit lang döste sie friedlich, ohne das merkwürdige Knirschen und Stöhnen oder die leichte Veränderung der Atmosphäre zu bemerken. Dann wurde die Luft dichter, stickiger, und das beruhigende Zirpen der Grillen hörte abrupt auf.

Maria riss die Augen auf. Sie starrte zur Decke hinauf. Ein schweres Gewicht auf ihrer Brust schien sie niederzudrücken. Sie hörte das merkwürdige Stöhnen und das Knarren, das nicht vom Wind stammen konnte. In der Dunkelheit des Schlafzimmers stieg ihr der erstickende Geruch von Rosen in die Nase, und ihr wurde übel.

Der Verwesungsgestank hüllte sie geradezu ein, schien sie auf die Matratze zu drücken und ihr die Luft aus den Lungen zu pressen. Sie wollte sich aufsetzen, konnte sich aber nicht bewegen. Sie versuchte zu schreien, doch kein Laut entwich ihrer Kehle.

Oh Madre de Dios! Muttergottes, beschütze mich!

Sie hatte solche Angst! Sie verstand nicht, was hier vor sich ging. Sie wusste nicht, ob das, was sie fühlte, real war, oder ob sie ihren Verstand verlor. Ihre Mutter hatte an einem Tumor gelitten, der letztlich zu ihrem Tode führte. Kurz vor ihrem Ende hatte sie fantasiert, wirres Zeug geredet und sich Dinge eingebildet.

Was geschah nur mit ihr?

Sie drehte sich im Bett herum und versuchte sich aufzusetzen, doch ihr Körper blieb einfach wie festgefroren auf dem Bett liegen. Etwas schien in ihren Geist einzudringen und ihre Gedanken zu besetzen, bis sie an nichts anderes mehr denken konnte als an die Worte, die in ihrem Kopf kreisten.

Sie wollen dein Baby, flüsterte eine leise Stimme in ihrem verängstigten Gehirn. *Sie nehmen dir dein Baby, wenn du nicht fortgehst.*

Maria schluchzte auf. Panik erfüllte sie. Sie sehnt sich nach Miguel, betete, dass er nach Hause käme und sie rettete. Leise betete sie zu Gott, dass er ihn ihr zurückbrächte, bevor es zu spät sei.

Doch Miguel kam nicht.

Stattdessen verebbte die leise Stimme allmählich in der Stille, als ob sie niemals da gewesen wäre, und der betäubende Rosenduft verflog in der Dunkelheit. Lange noch lag sie da und hatte Angst, sich zu bewegen, Angst vor dem, was womöglich passieren würde.

Maria schluckte. Sie versuchte die Arme anzuheben, und stellte fest, dass ihre Glieder ihr wieder gehorchten. Mit zur Decke gerichtetem Blick lag sie da und atmete tief durch, während ihre Hände zitterten. Sie bebte am ganzen Körper. Ihr Herz schlug wie nach einem kilometerlangen Dauerlauf. Zögernd streckte sie die Beine aus. Sie bewegte die Arme und kreuzte sie über der Brust, um das Zittern zu unterdrücken. Unsicher setzte sie sich auf. Das lange schwarze Haar fiel ihr über die Schultern bis fast zur Taille. Sie zog die Beine an den Körper, strich das Nachthemd darüber und ließ ihr Kinn auf die Knie sinken.

Es war ein Albtraum, sagte sie zu sich selbst. *Der gleiche Traum, den du schon zuvor hattest.*

Marias Augen füllten sich mit Tränen. Sie schlug eine Hand vor den Mund, um das Schluchzen zu unterdrücken, und versuchte sich selbst davon zu überzeugen, dass sie recht hatte.

Zachary Harcourt öffnete die Vordertür jenes Hauses, das einst sein Zuhause gewesen war. Es war ein großes weißes zweigeschossiges Holzhaus mit je einer Veranda vorn und hinten, ein eindrucksvolles Haus, das in den Vierzigerjahren gebaut und über die Jahre umgestaltet und verbessert worden war.

Die stuckverzierten Decken waren hoch, damit sich die Hitze nicht staute, und teure Damastvorhänge rahmten die Fenster ein. Die Böden waren aus Eiche und immer glänzend poliert. Zach ignorierte das scharfe Klirren seiner Arbeitsschuhe, als er den Flur entlang zu jenem Raum schritt, der einst das Arbeitszimmer seines Vaters gewesen war. Es war ein durch und durch herrschaftlicher Raum in dunklem Holz und mit Regalen an den Wänden, in denen ledergebundene Büchern mit Goldprägung standen.

Der große Eichenschreibtisch, an dem sein Vater immer gesessen hatte, dominierte noch immer den Raum. Doch nun saß sein älterer Bruder Carson in einem teuren Ledersessel dahinter.

„Ich sehe, du hältst noch immer nichts vom Anklopfen." Carson wandte sich ihm zu, wobei eine Hand auf den Papieren auf dem Schreibtisch ruhte. Die Feindseligkeit in seinem

Blick war nicht zu übersehen. Zacharys Augen zeigten die gleiche Abneigung.

Die Männer waren etwa gleich groß, fast eins neunzig, doch der zwei Jahre ältere Carson war in Schultern und Brust breiter gebaut, mehr wie sein Vater. Er war blond und hatte blaue Augen wie seine Mutter, wohingegen Zach, sein unehelicher Halbbruder, schlanker war und das fast schwarze, leicht wellige Haar von Teresa Burgess geerbt hatte, der langjährigen Geliebten seines Vaters.

Es ging das Gerücht, dass Teresa eine spanische Großmutter gehabt hatte, doch dem hatte sie immer widersprochen. Und auch wenn Zachs Haut dunkler war als Carsons und seine Wangenknochen höher und ausgeprägter, hatte er dennoch keine Ahnung, ob er nun Latino-Blut in sich hatte oder nicht.

Eines aber war gewiss: Zach hatte die gleichen goldgesprenkelten braunen Augen, aus denen ihn auch sein Vater ansah und die ihn eindeutig als Sohn Fletcher Harcourts und damit als Carsons Bruder auswiesen – sehr zum Verdruss von Carson.

„Ich brauche nicht anzuklopfen", sagte Zach. „Falls du es vergessen haben solltest, was du ja gern tust, dieses Haus gehört noch immer unserem Vater, was bedeutet, dass es ebenso sehr meines ist wie deines."

Carson gab keine Antwort. Nach dem Unfall, der Fletcher Harcourt in den Rollstuhl gebracht und sein Gedächtnis zerrüttet hatte, war sein ältester Sohn zum Verwalter der Farm und aller Angelegenheiten des Vaters bestimmt, eingeschlossen seiner gesundheitlichen Belange. Dem Richter war die Entscheidung leichtgefallen, da Zach jünger und vorbestraft war.

Mit einundzwanzig hatte Zach wegen fahrlässiger Tötung zwei Jahre in der Justizvollzugsanstalt Avenal absitzen müssen. Er war verurteilt worden, weil er betrunken Auto gefahren und dadurch ein Mann zu Tode gekommen war.

„Was willst du?", fragte Carson.

„Ich möchte wissen, wie es mit der Benefizgala steht. So wie ich deine zupackende Art kenne, nehme ich an, dass alles bereit ist."

„Alles unter Kontrolle. Ich habe gesagt, dass ich dabei helfe, Geld für dein kleines Projekt zu sammeln, und das tue ich auch."

Vor zwei Jahren hatte Zach seinen Stolz heruntergeschluckt und sich an Carson gewandt mit der Idee, ein Camp für Teenager mit Drogen- und Alkoholproblemen zu eröffnen. Als Jugendlicher war er einer dieser Teenager gewesen, die immer Ärger hatten, die immer im Clinch lagen mit ihren Eltern und dem Gesetz.

Doch die zwei Jahre im Gefängnis hatten sein Leben verändert. Und er wollte den Jungs, die nicht so viel Glück gehabt hatten wie er, ebenfalls eine Chance geben.

Nicht dass er sich damals für glücklich gehalten hätte.

Trotzig und wütend war er gewesen. Er hatte allen außer sich selbst die Schuld daran gegeben, was mit ihm geschehen und was aus seinem Leben geworden war. Aus Langeweile hatte er begonnen, sich mit Jura zu beschäftigen – und weil er hoffte, so seine Strafe zu verkürzen. Es schien ihm zu liegen. Er holte seinen Highschool- und den College-Abschluss nach. Dann ging er nach Berkeley und schrieb sich an der Juristischen Fakultät ein.

Beeindruckt von seinem Veränderungswillen, half ihm sein Vater mit dem Schulgeld, sodass Zach mit dem Geld aus einem Teilzeitjob auskam. Zach hatte es auf diese Weise geschafft, die Schule als einer der Besten seines Jahrgangs abzuschließen. Die Zulassungsprüfung als Anwalt bestand er mit Bravour, und Fletcher Harcourt ließ seine Beziehungen spielen, damit Zach trotz seiner Strafakte als Anwalt arbeiten konnte.

Zach war inzwischen ein erfolgreicher Anwalt geworden. Er war Partner in einer Kanzlei in Westwood, besaß ein Apartment mit Meerblick in Pacific Palisades und fuhr ein brandneues BMW-Cabrio und den Jeep, mit dem er immer ins Tal kam.

Er führte ein privilegiertes Leben und wollte etwas von dem Erfolg zurückgeben, den er errungen hatte. Bis zu jenem Tag vor zwei Jahren hatte er seinen Bruder niemals um etwas gebeten – und er hatte sich geschworen, das auch niemals wieder zu tun. Carson und seine Mutter hatten Zach das Leben schwer gemacht, seit sein Vater ihn mit nach Hause gebracht und angekündigt hatte, ihn adoptieren zu wollen.

Das böse Blut zwischen ihnen würde immer bestehen, doch Harcourt Farms gehörte Zach ebenso sehr wie Carson. Und auch wenn sein Bruder das Unternehmen führte, gab es dennoch jede Menge Land. Das Gelände, das er für das Camp gewählt hatte, war der perfekte Ort.

Zach erinnerte sich an den Tag, als er zu seinem Bruder gekommen war, erinnerte sich an sein Erstaunen, als Carson so bereitwillig auf seinen Vorschlag einging.

„Nun, da hattest du ja tatsächlich mal eine gute Idee", hatte Carson gesagt.

„Soll das heißen, dass Harcourt Farms das Gelände stiften wird?"

„Genau. Ich werde dir sogar helfen, das Geld aufzubringen, um das Projekt zu verwirklichen."

Zach hatte mehrere Monate gebraucht, bis er begriff, dass sein Bruder wieder einmal den Spieß umgedreht hatte. Das Projekt wurde Carsons Projekt, obwohl vor allem Zachs Geld in der Stiftung steckte, und die ganze Stadt befand sich nun in Carsons Schuld.

Zach war das inzwischen egal. Mit Carson als Wortführer kam laufend Geld herein. Genug, um das Projekt am Laufen zu halten, und sogar genug, um zu expandieren. Je mehr Jungen geholfen werden konnte, desto besser, dachte Zach. Er hielt sich gern im Hintergrund. Und unter Carsons statt unter seinem Namen würde die Benefizveranstaltung am Sonnabend vermutlich ein ganzer Erfolg werden.

„Ich wollte mich nur vergewissern", sagte Zach und dachte an die Abendgesellschaft, an der er nicht teilnehmen würde. „Lass es mich wissen, wenn du mich brauchst." Stattdessen würde er am Wochenende mit den Jungs von Teen Vision die Scheune weiterbauen, eine Beschäftigung, die ihm viel Freude bereitete.

„Bist du sicher, dass du nicht kommen möchtest?", fragte Carson, obwohl Zach davon ausging, dass er das schwarze Schaf der Familie wohl als Allerletztes dabei haben wollte.

„Nein, danke. Ich will dir nicht in die Quere kommen."

„Du könntest Lisa mitbringen. Ich komme mit Elizabeth Conners."

Liz Conners. Sie war vier Jahre jünger als er. Er hatte sie einmal ziemlich heftig angebaggert, in dem Coffeeshop, in dem sie damals gearbeitet hatte. Das war noch, bevor er ins Gefängnis kam. Er war betrunken und high gewesen. Liz hatte ihn geohrfeigt – etwas, das keine andere Frau je getan hatte. Er hatte sie nie vergessen.

„Ich dachte, sie ist verheiratet und lebt irgendwo in Orange County."

„Inzwischen ist sie geschieden und vor ein paar Jahren zurück in die Stadt gezogen."

„Tatsächlich?" San Pico war der letzte Ort, an dem Zach wohnen wollte. Er kam nur, um seinen Vater zu besuchen und auf der immer größer werdenden Farm zu helfen.

„Grüß sie von mir."

Innerlich lächelte er bei dem Gedanken, dass er wohl der Allerletzte war, von dem Liz Conners gern hören würde. Irgendwie hatte er angenommen, dass Liz der Typ Frau war, die einen Mann wie seinen Bruder durchschauen würde. Auf der anderen Seite konnte man über den Geschmack anderer Menschen nicht streiten.

Carson erwiderte nichts, sondern wandte sich wieder seinen Papieren auf dem Schreibtisch zu. Zach verließ das Arbeitszimmer ohne Abschiedsgruß und ging zu seinem Wagen. Er war überrascht, dass Carson von Lisa Doyle wusste, und es gefiel ihm nicht besonders. Er wollte nicht, dass Carson überhaupt irgendetwas von ihm wusste. Er traute seinem Halbbruder nicht, hatte ihm nie getraut.

Was auch immer Carson glauben mochte – Lisa war wirklich nicht sein Typ. Doch sie mochte scharfen und zügellosen Sex ebenso wie Zach, und so schliefen sie seit Jahren hin und wieder miteinander.

Er musste sich nicht erst ein Hotelzimmer nehmen, wenn er in der Stadt war, und Lisa musste sich keinen Wildfremden aus der Bar mit nach Hause nehmen, wenn sie Sex haben wollte.

Es war ein gutes Abkommen, von dem sie beide profitierten.

Elizabeth sah auf, als es klopfte. Die Tür ging auf, und ihr Chef Dr. Michael James steckte seinen Kopf herein. Michael, knapp einen Meter achtzig groß und mit sandfarbenem Haar und haselnussbraunen Augen, war Doktor der Psychologie. Vor fünf Jahren hatte er die Praxis eröffnet. Elizabeth arbeitete seit zwei Jahren für ihn. Michael war verlobt und wollte eigentlich heiraten, doch seit Kurzem schien er Bedenken zu haben, und Elizabeth war nicht sicher, ob er die Hochzeit durchziehen würde.

„Wie ist es mit Raul gelaufen?", fragte er, denn auch er war ein Unterstützer des Jungen. Raul hatte so eine Art, sich beliebt zu machen, auch wenn man auf den ersten Blick den Eindruck hatte, dass er das Gegenteil versuchte.

„Er hat sich entschieden, an dem Programm teilzunehmen."

„Das ist großartig. Wenn er dann auch nur dabei bleibt."

„Er war ziemlich aufgeregt, glaube ich. Natürlich könnte Sam selbst einer Kuh noch Milch verkaufen."

„Dann waren Sie also beeindruckt von der Farm. Das dachte ich mir."

„Das Projekt ist wirklich weit gediehen. Carson hat wunderbare Arbeit geleistet."

„Ja, das hat er. Auch wenn ich den Eindruck habe, dass er das alles nicht ohne Eigennutz tut. Kürzlich hörte ich das Gerücht, dass er für einen Sitz im Repräsentantenhaus kandidieren will."

„Ich kenne ihn nicht sehr gut, doch er scheint sich um die Gemeinde zu kümmern. Vielleicht wäre er ganz gut für den Job geeignet."

„Vielleicht." Doch Michael schien nicht ganz überzeugt.

Sie sprachen noch über dieses und jenes, bis Dr. James das Büro verließ und das Telefon klingelte. Als Elizabeth sich meldete, erkannte sie Raul Perez' Stimme.

„Ich rufe wegen meiner Schwester an", sagte er ohne weitere Erklärung. „Ich sah sie heute Morgen, nachdem Miguel zur Arbeit gegangen war. Sie war sehr verstört. Sie versucht es zu verbergen, doch ich kenne sie zu gut. Irgendetwas stimmt nicht. Könnten Sie vielleicht irgendwann heute dort haltmachen?"

„Tatsächlich wollte ich sowieso nach ihr sehen. Ich fahre heute Nachmittag vorbei. Ist deine Schwester zu Hause?"

„Ich denke schon. Ich wünschte, ich wüsste, was los ist."

„Ich werde versuchen, es herauszufinden", versprach Elizabeth und fragte sich beim Auflegen, worum es sich handeln mochte.

Bei ihrem Beruf, in dem sie mit Gewalt in der Familie, Drogen, Raub und sogar Mord zu tun hatte, brauchte es schon einiges, um sie zu überraschen.

Kat Martin
Perlen für eine Mätresse
Band-Nr. 25302
5,95 € (D)
ISBN: 978-3-89941-487-5
400 Seiten

Susan King
Sturm über dem Hochland
Band-Nr. 25333
5,95 € (D)
ISBN: 978-3-89941-547-6
368 Seiten

Lisa Kleypas
Der Earl und die Erbin
Band-Nr. 25323
5,95 € (D)
ISBN: 978-3-89941-536-0
368 Seiten

Lynsay Sands
Wie Fackeln im Sturm
Band-Nr. 25315
5,95 € (D)
ISBN: 978-3-89941-503-2
368 Seiten

Julia Quinn
Wie erobert man
einen Duke?
Band-Nr. 25324
6,95 € (D)
ISBN: 978-3-89941-537-7
400 Seiten

Julia Quinn
Wie bezaubert man
einen Viscount?
Band-Nr. 25325
6,95 € (D)
ISBN: 978-3-89941-538-4
384 Seiten

Julia Quinn
Ein hinreißend verruchter
Gentleman
Band-Nr. 25265
5,95 € (D)
ISBN: 978-3-89941-432-5
416 Seiten

Julia Quinn
Penelopes pikantes
Geheimnis
Band-Nr. 25223
5,95 € (D)
ISBN: 978-3-89941-340-3
448 Seiten